上善若水,水善利万物而不争……

——老子

刘乐一 著

狼水

山东文艺出版社

图书在版编目（CIP）数据

狼水 / 刘乐一著 .—济南：山东文艺出版社，2023.7

ISBN 978-7-5329-6860-2

Ⅰ.①狼… Ⅱ.①刘… Ⅲ.①长篇小说—中国—当代 Ⅳ.① I247.5

中国国家版本馆 CIP 数据核字 (2023) 第 045987 号

狼　水
LANG SHUI

刘乐一 著

主管单位	山东出版传媒股份有限公司
出版发行	山东文艺出版社
社　　址	山东省济南市英雄山路 189 号
邮　　编	250002
网　　址	www.sdwypress.com
读者服务	0531-82098776（总编室）
	0531-82098775（市场营销部）
电子邮箱	sdwy@sdpress.com.cn
印　　刷	山东临沂新华印刷物流集团有限责任公司
开　　本	710mm×1000mm　1/16
印　　张	36
字　　数	615 千
版　　次	2023 年 7 月第 1 版
印　　次	2023 年 7 月第 1 次印刷
书　　号	ISBN 978-7-5329-6860-2
定　　价	88.00 元

版权专有，侵权必究。如有图书质量问题，请与出版社联系调换。

目 录

第一章　狼水 ……………001
第二章　懒边 ……………008
第三章　丘坡 ……………018
第四章　麦场 ……………025
第五章　习武 ……………034
第六章　庙会 ……………041
第七章　酒香 ……………050
第八章　劫票 ……………057
第九章　水泊 ……………065
第十章　神医 ……………077
第十一章　苇丛 ……………088
第十二章　悲爱 ……………098
第十三章　洪波 ……………108
第十四章　洞藏 ……………120
第十五章　大计 ……………130
第十六章　疫疾 ……………141
第十七章　村婚 ……………154
第十八章　走镖 ……………167
第十九章　参乡 ……………175
第二十章　出诊 ……………184

第二十一章	雪魂	194
第二十二章	奉天	202
第二十三章	离别	210
第二十四章	精元	218
第二十五章	白塔	226
第二十六章	沦陷	236
第二十七章	强梁	246
第二十八章	入伍	254
第二十九章	高崖	264
第三十章	祭灶	272
第三十一章	闯桥	282
第三十二章	杀戮	289
第三十三章	过年	298
第三十四章	任务	308
第三十五章	接应	317
第三十六章	穿插	326
第三十七章	真相	335
第三十八章	乞丐	343
第三十九章	谋事	352
第四十章	突袭	359
第四十一章	怆愤	367
第四十二章	反击	375
第四十三章	超度	383
第四十四章	邂逅	391
第四十五章	清明	400
第四十六章	蝗灾	408

第四十七章	尺蠖	 416
第四十八章	银臂	 424
第四十九章	挟制	 431
第五十章	鸿信	 440
第五十一章	拯救	 448
第五十二章	快婿	 455
第五十三章	空袭	 463
第五十四章	人日	 472
第五十五章	夜宴	 481
第五十六章	阅兵	 492
第五十七章	路障	 500
第五十八章	假券	 509
第五十九章	颓势	 521
第六十章	光复	 532
第六十一章	团圆	 541

附：《懒边园》 555

第一章 狼水

　　白狼山西麓的仙月湖，清澈的湖面宛如明镜一般，倒映着蓝蓝的天、白白的云，它像一颗蓝宝石镶嵌在营丘县这片广袤的土地上。

　　县志载："白狼水，《齐乘》云有二源，一出丹山，隋志作白狼山，一出小王庄，平地泉涌如轮，上源合此始大。"从仙月湖里流出水，绕过白狼山东滩入营丘境，北流经南岩走北岩，穿过营丘县城，入大丹与小丹河流，下东北至懒边园汇成葫芦湾。这湾里的水再往北流，进入寿光县羊角沟入渤海。这片被狼水滋润的地域，田野肥沃，水源充足，形成潍北平原。当地曾有"南岩到北岩，东村到懒边，狼水流经处，收粮不靠天"的民谣。

　　懒边园里一声鸡鸣，响彻上空。

　　晨曦中微茫的天上挂着一轮红日，柔光轻轻地洒满大地，照耀着连绵不绝的田野平畴，泛出缥缈的光芒。起伏着的村落上空流淌着一袭薄云，像浅色的轻纱掠过树梢飘然而去。谷雨后的雾水滴滴答答地把懒边园里的植被洗刷得苍翠欲滴。园里拴马石前有几丛丁香正开着紫白相间的花朵，吐发着诱人的芬芳。亭廊上的紫藤垂吊着一簇簇花穗，点缀着晶亮的水珠，素雅之色缓缓地晕染开来。

　　刘老爷子拿着他那把爱不释手的剑杖，缓缓地走出了正厅房门，对面花蕊欲放的石榴树上挂着一只鸟笼子，那笼子里的两只红嘴八哥看见刘老爷过来了，一唱一和地叫着"黎明即起，黎明即起……"。刘老爷子朝着鸟笼子伸了个懒腰，用鼻子深深地吸了一口清晨的空气，又徐徐地用嘴巴呼了出来。他对着两只八哥说"早安，我起床了"，那两只八哥又喊叫着"早安，早安，我起床了"。刘老爷子走到了庭院中央的那块八卦阴阳石面上，从剑杖中抽出那把龙泉镇锻造的龟纹宝剑，沿顺着石面上的阴阳八卦图，挥舞了起来。

刘老爷子舞的是由武当派祖师张三丰所创的太极剑法，无论剑轻剑重，远近收放自如，轻灵柔和，连绵不断，且重意不重力，优美潇洒。

刘老爷子对这把剑杖情有独钟，凡是出门几乎是杖不离手。记得中原大战，阎锡山的晋军打进了山东，他二弟刘锦武时任第二师一团营长，随韩复榘的部队在昌潍大平原上阻击晋军。中秋之夜，锦武率领全营官兵潜伏在懒边园西南方向刘家墓地里，那里松柏成林，茔墓似丘，是隐藏埋伏的绝佳之地。次日凌晨，随着隆隆炮声，锦武率队突袭了设在墓田东侧玉皇庙里的阎军统帅部，晋军溃不成军，狼狈而逃。在清理战场时，在晋军占领的大庙里缴获了这把龙泉剑杖。

大哥锦戎在懒边园家中设宴款待二弟锦武及参加突袭的官兵。席间，锦武将缴获的这把龙泉剑杖赠送给了大哥，随即率全营官兵追击逃亡的晋军。

刘老爷子深爱这把剑杖，不只是二弟赠送的战利品，他对剑柄上镌刻有"不远复"这三个字样更是心有所悟。"不远复"取自《易经》六十四卦中的《复卦》，卦曰：初九，不远复，无祗悔，元吉。他每日清晨练剑之时必温读几遍，进而反思执家、敬祖、做事的为人之道，同时也深深地怀念二弟锦武。

再说刘锦武自从率兵突袭晋军，摧毁阎军统帅部之后，按照命令继续追击落荒而逃的阎锡山晋军部队。不久光复德州，又追至聊城。阎军兵败如山倒，似落花流水狼狈不堪地逃回了山西老巢。锦武因战功显赫，不久被提升为韩军一团参谋长。该团团长叫吴赫章，浙江吴兴人，他与天津卫鼎鼎有名的银行家吴达铨先生是同门宗亲，相交甚笃。

天津有份报纸叫《大公报》。一九〇二年六月由当地的天主教徒集资创办，以"开风气，牖民智，挹彼欧西学术，启我同胞聪明"为宗旨，宗教色彩比较浓厚。当时的《大公报》主要宣传变法维新、君主立宪，反对封建专制、黑暗吏治和外来侵略，以敢于言论著称，公开与袁世凯对抗，因此名满全国。袁世凯窃任民国大总统后，纠其北洋政府不择手段地封杀《大公报》，以致该刊销路不畅，每天只售几份报纸，曾一度停刊。一九二六年，时任天津盐业银行总经理的吴达铨，出资五万大洋组成新记公司，接办《大公报》，并召回在山东韩复榘军队中任团长的门生吴赫章，主管天津新记公司并兼任《大公报》社长。

吴赫章接管《大公报》后，即号召全体同仁，振奋图强，标榜"不党、不卖、不私、不盲"，报社业务一度好转。因缺乏得力助手，电告在韩军任团参谋长的刘锦武，让他北赴天津卫，商谈协助吴赫章分管报社事宜。此时的刘锦武对山东韩复榘军队中的腐败及军纪涣散早已不满，以身体不适养病为名辞掉军职，北去天津协助吴赫章。当时日本及欧洲列强企图垄断中国商务之心昭然若揭，为了激发国民爱国热情，扩大《大公报》的发行范围，报社董事会决定分别在上海、西安、重庆开办分社，遣派刘锦武去上海主管沪版《大公报》业务。

当时的上海，外有西方列强的租界，内有当地蛇头的帮会。一些青帮头目勾结军阀政客，广收门徒，霸占一方，开设赌场妓院，贩运毒品，绑票勒索，坐地分赃；还有的利用搜刮来的巨额资财投资商业，气焰特别嚣张。日本特务机关也利用这些青帮组织进行汉奸活动。

设立在上海的大公报社，为民众主持正义，为社会担负责任。钱綦文主编亲笔撰写文章，对横行不法、为害地方的江北帮进行了揭露和批判，得罪了帮主汪斧樵。汪斧樵伙同青帮帮主张啸林，以给张啸林过五十大寿为名，将钱綦文骗到汪家公馆加以杀害。时任上海站《大公报》主管的刘锦武，只身去了汪府讨说法，汪斧樵知道刘锦武是行伍出身并不好惹，只得笑脸相迎，谎说自己酒后失控，过失杀人，愿以三千现大洋作赔偿谢罪。锦武遂电告天津大公报总社吴赫章社长说明情况，吴社长考虑上海情况特殊，原则上同意上海江北帮的条件，但须为钱綦文总编召开追悼大会，要求帮主汪斧樵披麻戴孝为被害人送葬。在准备召开追悼会的前夜，青帮帮主张啸林担心次日的新闻报道会让他丢失脸面，便指派汪斧樵纠集二十余人手拿棍棒去大公报馆滋事取闹，并派青帮枪手暗中协助，企图一举捣毁报社的印刷设备。刘锦武率领报社职工与帮会打手们进行了殊死搏斗，最终打跑了江北帮，保住了印刷设备。

正当锦武准备回办公室休息，在黑暗里隐藏着的青帮枪手向锦武背部连开数枪，刘锦武当即倒在了血泊中。此事当时在上海滩引发了轩然大波，总社吴赫章社长亲赴上海交涉，经过几度法庭审理，终因案件取证不足不了了之。

从此，再无刘锦武的消息。大哥刘锦戎多次给锦武写信，未有任何回函，只好书信致天津《大公报》社长吴赫章，询问刘锦武下落。《大公报》回函说锦武受枪伤严重，生命垂危，已送上海协和医院治疗。半年后刘锦戎仍不见锦武回信，又致函天津总部问询，大公报总部又回信说在协和医院医治数日未见好转，已转至英国租界里的保利医院。后因大公报社移迁香港，锦武也就更杳无音信了。

此时，刘老爷子把剑舞到了极致，不自觉中吟出一首诗来：

> 剑锋高指岱峰隈，
> 梦里依稀几度回。
> 我亦白狼山下仔，
> 常携此杖舞龙飞。

他想起二弟锦武不幸罹难，不禁凄然泪下……

刘老爷子刚收起剑杖，他的养子朴子喊他去东厢房吃饭。朴子每天早晨的事情就是在他二娘做好饭后，去各个房间喊全家一起吃饭。

朴子先是去北厅房里叫他大娘，朴子在家里最怕大娘，每次叫门都胆战心惊，看见大娘像是老鼠见了猫似的。大娘姓张，是刘老爷子的大夫人，她长得人高马大，体格健壮，平时不苟言笑，一副不怒自威的样子。她娘家是寿光县羊角沟镇上的渔民，她家几代人都在海上打鱼。渔民的姑娘有时在近海捕虾捞蟹，自小生活在船上，一般不裹脚。她生日是九月初九，在寿光娘家都叫她九娘。她与丈夫刘锦戎在订婚婚约上的名字是刘张氏，结婚过门那一天正好懒边园内宅里一棵蜡梅开了花，丈夫给她起了个名字叫张新梅。其实，新梅这个名字也就是刘老爷子叫，懒边园里其他人都叫她大娘，叫她大娘不光是她在刘家排行老大，她又长着两只大脚，街坊邻居也就大娘长大娘短地叫她。

张新梅和丈夫刘锦戎同庚。她的七个女儿中，老大素绣，十八岁那年嫁到寿光县纪台乡的孙家寨，女婿孙来富是个务农好手，车马耕种，泥瓦木工，样样皆通。家有百亩良田，日子过得富裕。二女儿素涵，自幼聪慧，考入新办的济南齐鲁大学医学院，就读西医学。三女儿素清，营丘县中学毕业后，在三叔父刘锦什的康然药店里抄写药方。四女儿素欣，在营丘县中学就读。五女儿素楠，因刘老爷子的三弟刘锦什与夫人秦贞贞没有生育，三岁那年过继到叔父家，现在潍县城里一家教会学校学护理。六女儿莲儿，是养女，有一年新梅与丈夫锦戎回寿光娘家，路经丹河桥时，见一弃儿在竹筐里哭泣，即抱回家收养，现已长大成人在家帮助大娘操持家务。七女儿素英，正准备应考营丘县中学。

张新梅是懒边园里的实际当家的，家中的骡马耕种、收粮纳捐、家务雇工、吃喝拉撒睡均由她来掌管。她不只是治家理财有方，为人也厚道，既勤俭又朴实。她嫁到刘家那年春天，长工杨喜奎赶车去胶州办货，一时回不来，此时蒜苗因缺水临近枯萎，新梅见状挽起了袖子，到井边放下辘轳绞起大桶来汲水浇地，一气浇了百十桶水，硬是把一亩蒜苗浇了个透，这一下子把丈夫锦戎惊了个目瞪口呆。自此以后，懒边园里的上下家人都对她敬重有加。

在张新梅看来，她的丈夫就是这个家的神和魂，这些年没有给刘家接续香火生个儿子出来，总觉得愧对锦戎。二娘苏小玲是新梅的亲表妹，她十九岁那年嫁给了潍县杨家埠村上的裁缝家，丈夫杨大奎不只是裁缝手艺好，还能够跑货售卖。天有不测风云，人有旦夕祸福，杨大奎婚后不久不幸染上了肺痨，半年后去世。此时小玲已怀上朴子。生下朴子不久后，一场大火又把裁缝铺烧了个一干二净，苏小玲只好带着朴子回娘家住。朴子三岁那年，苏小玲父母相继去世，娘家哥嫂对苏小玲和朴子时有白眼。小玲无奈之下，只好带着朴子来投靠表姐张新梅。苏小玲性格温和，生情绵软，为人憨厚，而且长得也好看，只是从小被家里裹了双小脚，走起路来像扭秧歌似的。此时刘老爷子在省城济南署衙任职，新梅因家里一大堆事务不能分身，便自作主张把朴子留在懒边园由她照顾，让苏小玲去济南照应刘老爷子。新梅总觉得没有生个儿子给刘家留后，就说服丈夫纳小玲为二房，自此懒边园一家老小都叫苏小玲为二娘。

这天的早餐是二娘做的杂面条，一盘佐菜是用酱疙瘩切细的咸菜条，加了些香菜、青椒拌成的老虎菜，一盘是加了麻汁和蒜瓣末的马生菜。全家的杂面条里，只有刘老爷子碗里放着一个荷包蛋。一家人刚入座准备吃饭，大娘开始发话了，她瞅了一下二娘和莲儿说："后天咱家要开镰割麦子了，明天后晌我让喜奎去招二十个短工来家里干活，先在河沿西边那块地里夯出一块场子来，你们俩吃完饭去工坊那边看看，从明天开始烙的饼不要掺杂合面了，全烙白面的，中午多加两个菜。把上次他二舅从羊角沟拿来的那些咸鱼干多炸点，咸鱼干好下饭。"她想了一下，又对着素英说："英子，今儿上午陪着你四姐去城里走一趟，问问你三叔公酒厂和铺子里能不能挤出几个伙计来帮着割麦子。"

英子听了老娘的吩咐，噘起了小嘴巴，说："为什么伙计吃的饭比家里的还好呢？今早上又是咸菜和杂面条，难吃死了。"

大娘对着刘老爷子说："看看，看看，都是她这些姐姐们把英子给惯坏了。英子呀，你要是会割麦子也去工坊里吃大饼去。"

刘老爷子见母女俩顶撞起来，就转移了话题，对着朴子说："朴子呀，我让你去园子里数一数咱家有多少棵楸树，你数过了没有？"

朴子嚼着满嘴的面条，吧嗒着嘴说："俺数了，没数过来。俺找俺二娘帮我数，还是没数过来。"

刘老爷子看见二娘苏小玲羞红了脸，就对着朴子说："我教你背的《三字经》，你背到哪儿了？"

"昨晚上二娘还让我背了呢，怎么今早晨又忘了？"朴子思索了一会儿又说，"对了，好像是什么什么不教来着。"

英子说："是'苟不教，性乃迁'。"

朴子说："是，英子姐说的对，我问俺二娘啥意思，二娘说就是咱家的大黄狗不叫了，让我拿着绳子把它牵出来。"

噗的一声，英子差一点没把嘴里的面条给吐了出来，一屋子的人都笑了起来。

素欣和素英要到县城，一是按照大娘嘱咐的去找三叔，二是去看看三姐素清。姐妹俩刚走出街口，便听见一阵马铃响，有人在喊英子。姐妹俩回头一看，是大姐夫孙来富驾着马车刚进村口，车上还拉着他儿子大民。大民今年八岁，生得虎头虎脑，胖胖壮壮的。大民站在大车上，对着四姨和七姨说："俺娘让俺爹来给姥娘和姥爷送樱桃，今早晨刚摘的，今年俺家园里结了很多樱桃，可好吃了。"

英子走到马车旁对着大民说："你娘怎么没有来？你怎么不去上学了？"

孙来富连忙说："你姐在家忙着过麦子打场的事呢，丹河沿上的樱桃熟了，今早我和你姐摘了几筐子，赶过来送给咱爹咱娘尝个鲜。大民听说要来姥娘家，吵着闹着要来见朴子舅舅，学校正好刚放了麦假，就跟着来了。"

这时素欣也走到马车旁说："谢姐夫了，今儿个我和小妹去城里看看三叔公和三姐，你和大民快回家吧。"

来富听说她姐俩要去县城，便从车上提了两筐子樱桃，对着她俩说："正好你们俩把这两筐子樱桃捎给三叔和三妹，小筐子也不重，好拿的。"

素欣和素英各自提了一筐子樱桃往县城去了。

孙来富赶着马车进了懒边园内院，卸下马笼套，又把马系在拴马石上，即让大民到内宅去喊他六姨莲儿出来搬车上的樱桃。

不一会儿，莲儿和长工喜奎从宅院大门出来，莲儿和姐夫来富往宅院里搬樱桃筐子，长工喜奎把马牵进马厩里去喂草料。孙来富和儿子大民到了内宅院里，见大娘正张罗着准备后天割麦子的事情，几个伙计正在检查推车、木架子、绳索、碌碡、箔子等收麦的工具，忙得难以分身。大民很是亲姥娘，叫着姥姥跑了过来。大娘看见女婿和外甥来了，很是高兴，搂着大民说："又长高了，这段日子没惹你娘生气吧。"她看见大民在摇头，就对来富说："你爷俩先去看看老爷子，再让大民去找朴子玩吧。"说罢又忙活开了。

大民害怕见到姥爷又被问起读书和考试的事来，就以去茅房为名，跑到东侧院里去找朴子小舅。朴子正愁着没有人跟他玩呢，见大民来了便找出藏好的弹弓，两个人绕过磨坊的小侧门，跑到园子里打鸟去了。

来富进了正厅房去见岳父，见刘老爷子正在喝着茶看书呢，就轻轻地问了声"老爹好"。刘老爷子见女婿来了，就放下了书，让来富坐在侧面圈椅上，问起一些夏收农事来。这时，莲儿端着一盘洗过的樱桃走进来，随后把樱桃放在茶案上，便说："老爹呀，今年大姐家的樱桃格外甜，您尝尝吧。"

刘老爷子拿起一个樱桃放进嘴里，慢慢咀嚼着说："是甜，孙家寨村西丹河沿上的樱桃是有名的，过去还送进宫里给皇帝吃呢。"他连着吃了几个，好像想起了什么，然后对莲儿说："你再去洗一盆，晾干后泡上几坛子酒。这樱桃泡酒能治腰酸腿疼，等麦收完了，让你大娘每顿饭前喝上一小杯，我看过了麦收又要把她累坏了。"

来富见岳父又要拿起书来看，就道了一声别，要帮着莲儿去洗樱桃。这时大娘走了进来，问来富说："你们家准备什么时候开镰呢？"

来富说："俺孙家寨的地都在丹河下坡，地势洼，麦子熟得晚，还得过几天才开镰呢。"

大娘说："那好，你套上车，拉我去南岩麦地去看看，哪片地里的麦子先熟，就准备先从哪里开镰。"

刘老爷子说："那你们快去吧，还有上次他三叔从城里捎信来，说县教育局局长郭子敬要在麦收前来咱懒边园，我估摸着他可能今天到。你娘俩看完麦子回来的时候，看看北岩菜园子里的西瓜熟了没有，再摘点黄瓜、芸豆什么的。"说罢，拿起那把剑杖去园里溜达去了。

第二章　懒边

刘老爷子走出宅园大门口，径直来到由他题写的"始勤亭"匾牌的六角亭里，这是一个三阶台的六角重檐起翘的木制凉亭，六根老榆木柱子支撑着瓦顶，没有雕梁画栋，但木质的纹理显得端庄而坚韧。亭子中央用磨盘切砌成了一个圆圆的石桌，六只石鼓为凳围绕着磨盘，虽然朴实却让人感到惬意。亭子南侧是一片竹林，无论是严寒还是酷暑，总是四季常青。初夏的青竹，一根根轻盈细巧，高耸挺拔，向大地展示着自己旺盛的生命力。刘老爷子尤其喜欢这片青青的竹林，来访的客人多被邀请在这里品茶赏竹。刘老爷子在亭子里坐了一会儿，又起身沿着用青砖铺成的路径向外院的园门走去。

外院被几棵粗大的老槐树掩遮着，一片阴凉。在青砖墙下，矗立着六块大半个人高的拴马石，石首雕的是狮头猴面的吼兽，传说吼兽会在早晨太阳刚出来的时候鸣叫，标志着主人的勤奋和辛劳。

懒边园的沿街大门因能进出马车，又称车门。车门西侧是刘家的五间沿街大磨坊，磨坊里有碾盘、大磨、小磨和能吹谷糠的手摇风箱。刘家的磨坊每月的逢五排十对村民开放。今天是五月初五，磨坊里一大早就热闹了起来，一些村民在排队等待碾粮和磨面，有几个准备磨面的村民看见刘老爷子走了过来，便主动打招呼。正在这时，传来了叮当叮当的铃声，刘老爷子打眼一看，是县教育局局长郭子敬骑着一辆崭新的脚踏车来到了懒边园的车门口。

来的这位郭局长四十岁左右的年纪，瘦高的身材，戴着一副金丝眼镜，文质彬彬的模样。只见他身穿一身浅黄色的丝绸中装，头戴一顶白色的礼帽，脚蹬一双白色帆布胶鞋。他看见了刘老爷子便翻身下了脚踏车喊了起来："刘叔好呀，愚侄前来拜访，您身体好啊。"

郭子敬伸着长长的脖子像公鸭似的尖叫着。刘老爷子一边把车门开得大一点，一边回话："子敬呀，噢，郭局长，你怎么一个人骑着脚踏车来了？快请吧。"边说边把郭子敬让进了懒边园外院。

郭子敬把他那辆德国制造的飞鹰牌脚踏车推到拴马石处，从车筐提出两盒子糕点送给刘老爷子说："不成敬意啊，我是奉马县长之命，前来拜访。"

这时莲儿也从宅院出来迎客，刘老爷子把两盒子糕点交给莲儿说："这是县里教育局的郭局长，你去亭子里备茶，中午炒几个菜款待郭局长。"

莲儿说："知道了，老爹。"素莲又向郭子敬行了个礼转身离去。

郭子敬对刘老爷子说："好俊俏的姑娘，听说您膝下有七个仙女，不知道这位妹妹尊排第几？"

刘老爷子说："她叫莲儿，是老六。你老婶子去南岩看麦田去了，后天家里开镰麦收，宅院里的人忙活着准备夏收，乱糟糟的，咱俩先去亭子里喝杯茶吧。"

刘老爷子陪着郭子敬在内院亭子里坐了下来，郭子敬便夸起亭外的景致来，他指着那一丛丛青竹说："鄙人在日本留学多年，日本人喜欢在亭子旁边种植松树，他们以松喻神，以示神灵。咱中国人喜欢在亭子旁边栽竹，以竹拟人，人动景移，天人合一。"

这个郭子敬是泰沂山区南麓的泗水县人，当年刘老爷子从济南省政府委派到泗水任县政府知事，与泗水县中学的校长、秀才出身的郭文然交往颇深。有一年郭文然校长带着他在日本留学的儿子郭子敬来县政府拜见，因郭文然年长于刘锦戎，便让儿子以叔辈相称。时过境迁，天地之间竟有如此巧合，这个郭子敬竟到了营丘县当起教育局局长来。

这时，莲儿端了茶点过来，沏好茶后就离开了。郭子敬啜了一口茶，不解地问刘老爷子："这茶既不是龙井，也不是红茶，味道介于绿茶与红茶之间，香甘清雅，不知是什么茶？"

刘老爷子也品了一口，慢慢地说："此茶是岩茶，产自建州武夷山的九龙窠，所谓茶禅一味，这茶以佛语命名，叫黄观音。"

郭子敬说："领教了，我在日本时，日本人喜欢喝抹茶，在绿茶里掺些米粉，有的还配上些海带片，也是别有一番味道。等青岛日本商会来人时，我让他们捎点来给您尝尝。"

刘老爷子见他不太懂茶，也不与他计较，便问道："你老父亲身体如何？"

"他老人家前年中秋过后去世了，时年七十七岁。"郭子敬好像不愿意说起父亲过世的话题来，便说，"您老说起茶禅一味，我这次来拜访您是想和您商量方山禅寺重建开光大典的事，您老也知道，原方山禅寺在闹义和拳时被官府捣毁，我去年来营丘县，马尚岭县长集资把寺院修建起来了，所幸那块方山禅寺匾额还在，现在已经把它漆饰一新，就是大典两侧柱子上的对联条匾被毁，已不复存在。您老是县内尚在的老举人，又当过泗水县县长，德高望重，这次马县长特别嘱托，让我当面求方山禅寺院殿柱上的对联。开光大典定于五月二十八山会之日开幕，务必请您老在开光之日参加这个盛会。"

郭子敬的一番话，让刘老爷子回忆起方山这个寺院来，那是在光绪二十三年，德国占领青岛，山东民众对清政府丧权辱国的行径十分反感。山东冠县飞地梨园屯的村民与洋教堂因土地纠纷起了冲突，河北威县梅花拳师赵三多应村民阎叔勤等邀请，遂率弟子十几人前往援助，并竖起"扶清灭洋"的旗帜起义，又与清政府前来镇压的官兵发生打斗，引发全省义和拳运动的兴起。次年，捐官出身的汉裔旗人毓贤出任山东巡抚，提出"民可用，团应抚，匪必剿"，对义和拳采用抚的办法将其招安纳入民团。营丘县方山禅寺是周边县城的义和拳总部，后因清政府发布取缔令，几经官兵镇压，义和拳运动失败，方山禅寺被清兵剿毁，一个完整的佛教院落成为一片残垣断壁。而今听郭子敬说方山禅寺已经修复，自然极为高兴。

刘老爷子即说："阿弥陀佛，一会儿我去书房拟出个对联，写好后你带回去，别耽误用。"又说，"我家老三今年秋后出嫁，准备了几件首饰还要去寺院开光呢。"

郭子敬见刘老爷子欣然应许，搀扶着刘老爷子从亭子石阶上下来，步入题有匾额"懒边园"的内宅大门，绕过了影壁进垂花门到二进庭院，正厅房檐下居中挂着刘老爷子用古隶书体写的"守三堂"门匾，笔法苍劲有力，古朴淳厚。房内东侧是刘老爷子的卧室，西侧是书房。书房南窗下一张黄花梨木大画案映入眼前，案子上垒着一叠书画法帖。一方雕着云龙的朱砂色徐公砚格外醒目。西墙上挂着一幅斗方小品，是刘老爷子用写意笔法画的一只大青萝卜，款跋"干脆也"，亦是古隶书法，书道极深。斗方之下是靠墙的紫檀半圆桌案，桌面上放着一只青铜尊盘，内盛数个玲珑泛黄的佛手，散发着阵阵幽香。这书房给人的感觉是总体宽大又细处谨密，传承古风又不失新意，弥漫着一股潇洒风雅的书卷气。

郭子敬在书案一侧的杌椅上坐了下来，见对面挂着几乎占满墙壁的巨大横幅，上书：书山策马，可攀学术之峰。书海畅游，一解求知之渴。书林漫步，静享阅读之乐。他深有所思地读出声来，刘老爷子一边研着墨，一边说："这幅字是大学士陆润庠写的，他是同治十三年的状元郎，我在济南省政府当职时，他时任山东学政，辛亥革命后他是溥仪的老师，他崇尚新政，人品也好，可惜保皇啊。"

这时，刘老爷子在笔筒里挑选了一只大号斗笔，似乎运了一下力，然后饱蘸浓墨，悬起手腕挥起笔来。只见他在宣纸对联上顿挫有度，锋走龙蛇，振笔疾书：方山看柏，清角佛声凝古韵。狼水听涛，梵钟响处振天风。撰联大气磅礴，又接佛门地气，字迹中钟鼎大篆笔势结合张迁碑形体，姿态横生，笔法雄壮，如壮士拔剑，神采动人。

郭子敬看着刘老爷子写联的一笔一势自是赞不绝口，看到精彩之处，情不自禁地叫起好来。见对联写完趁着墨迹未干，便问起刘老爷子来："我刚来营丘县时就听说烟台苹果莱阳梨，比不上潍北的萝卜皮，您在这幅萝卜画上题跋'干脆也'，是说办事情要干脆利落，不拖泥带水，亦是您老的处事风格。但对厅房门匾上的'守三堂'之意我却不解，请您老赐教。"

此时，刘老爷子将印章打了朱红印泥，用力将印钤拓在对联右上角的空闲处，恰好是朱文"不远复"印文，颇具汉印风格，古朴大方。刘老爷子盖完印章，用手捋了一下他那花白的胡须，便缓缓地说："这'守三堂'，就是要守住'不远复'这三个字。"他拿起了那把剑杖，递给了郭子敬，说："你看看杖柄上'不远复'这三个字，说来话长，南宋前期，祖上为躲避战乱，举家迁至建州武夷山畔五夫里镇。你也知道宋代理学家朱熹吧，他十四岁那年父亲朱松不幸病逝，朱松当时是建州的一个县令，与祖上刘子羽同朝为官。他病重期间将朱熹母子托付给刘子羽的弟弟刘子翚收养，朱熹遂成为我祖子翚的学生。公元一一四七年，刘子翚临终前赠朱熹'不远复'三字，以此告诫朱熹，要自律自省。《易经》中《复卦》有'不远复，无祗悔，元吉'之说。《小象辞》著曰'不远之复，以修身也'。'不远复'从字面上理解是不多远就回头，但内涵是反省之意，劝诫人要常常反思自己的言行，及时纠正偏差，才不会在前行路上失去方位。"

郭子敬听了如梦方醒，对刘老爷子的学识敬佩不已。刘老爷子见所写的对联墨迹已干，就细心折叠起来，交给郭子敬说："走，咱俩去园子里看看。"

五月上旬，正是楸树开花的季节，那满树粉白色的花朵，密密匝匝聚集成一串串花朵，在微风下摇动着枝头，像是在迎接来客，馥郁的芳香弥漫着整个懒边园子。郭子敬望着满园楸树上盛开的花朵,瞅着硕大的树冠,像一把把白绿相间的遮阳伞,把大半个园子遮蔽在浓荫之下,便动情地说:"楸树上的花竟如此美丽,造化成这样的景致,清赏,清赏啊!"

刘老爷子接过"清赏"这个用词说:"林泉到处资清赏,翰墨随缘拟古欢。我家这个园子自道光元年始建,到我这里已是三代,园里的这些楸树共二百零二棵,是我祖父刘阳熙和我父亲刘境宽所栽,都已近百年了。说来是个笑话,我那个养子叫朴子,虚岁都十六了,这二百来棵楸树从来就没数全过,真是竖子难教也。"刘老爷子用他那把剑杖指着满园子的林木说,"山不在高,贵有层次;水不在深,妙于曲折;园林之胜,在于神秀。所谓入山唯恐不深,入林唯恐不密。我家这园子没有奇石雅观,也没有廊台亭榭,就像一块自然无华的原始林地。"

郭子敬说:"是的,自然是园林的追求,我很喜欢懒边园的这份朴实。"

两个人谈及园林兴致盎然,郭子敬不解地问道:"请教一下老前辈,这懒边是啥意思啊,我来见您之前,曾面晤马县长,问起这个村子为什么叫懒边园来,县长也说不出个所以然来。"

刘老爷子笑了笑说:"狼水河北流入海,其地势自然是南高北低,道路沿河岸而修,从县城北门出来顺路北行至葫芦湾畔一路下坡,马夫赶车时懒得策马扬鞭,所以这个村落明朝叫'懒鞭',后来不知为什么叫来叫去就把懒鞭变成了懒边,又有我家这个园林,遂又叫成了懒边园,相约俗成吧。"

郭子敬似乎恍然大悟,笑道:"感谢您老启示!我总算明白了。这个村落叫懒边园,你们家的宅院也叫懒边园,这个园子还是叫懒边园,其实是懒边三园称谓源自懒鞭,对吧?"

刘老爷子点了一下头说:"我却喜欢懒边这个名字,人懒到了边缘也就开始勤快了,否极泰来蛮有哲理的。"

郭子敬说:"我说在刚才喝茶的亭子上匾额叫始勤亭,原来是懒边的反义呀,受益匪浅,受益匪浅!"

刘老爷子和郭子敬一问一答地走出了这片楸树林子,迎面是几棵大杏树,骄阳下饱含汁水的杏子挂在树上,像一串串小灯笼,交相辉映。在这些杏树中,所结的杏子有黄里渗红的,也有白里泛黄的,还有青红相间的,一簇簇挂满枝头,十分惹人喜爱。其中有一棵杏树,枝干矮壮,有几枝快垂到了地上,所结的杏子是淡青色,晶莹剔透的,像翠色的宝石镶嵌在浓叶之间。刘老爷子随手摘了一个,从中间一捏,杏子顷刻被分开两半,杏核掉了下来。把杏肉放进嘴里,顿感肥汁满口,软糯又不粘牙,香甜无比。

刘老爷子说:"这杏叫玉杏,杏果是青色的,你尝一下味道如何?"

郭子敬接连吃了好几个,直夸好吃。

"征途一任如天远,不过归时杏子黄。"刘老爷子顺口背了句古诗,说,"我自去年告老还乡,离开泗水县衙,还不知道今年结了这么多杏子,下午让莲儿给你摘一筐,你带回县里也让马县长尝尝。"

走出杏林,他俩来到园子中央,那里是一架纵纵横横由葡萄藤交织长成的葡萄架,但见一粒粒籽芽看似惺忪,毛茸茸的藤蔓缠绕在架杆上,叶子上面一滴滴清澈的露珠在骄阳下熠熠生辉。郭子敬来到幽深的葡萄架下面,蓦然回头似乎觉得有两个身影一晃即失,他揉了揉眼睛也没发现什么,就问刘老爷子:"您这园子里养了猴子吗?"

刘老爷子对答道:"哪来的猴呀,有两条龙在这里住呢。"

郭子敬大感不解,见他一脸迷惑的表情,刘老爷子领他到了葡萄架北侧的两口水井处,只见井台上有两架辘轳立在井口上方,两口井一东一西对称排列,距离五步之遥。

刘老爷子指着东侧那口井说:"我家里有四眼井,内宅里一眼井供家中饮水用,村外丘坡上有口井是麦场上用的,这园子里东侧这口井也是甜水井,伙计们出工回来在这里汲水可以直接饮用,甘洌解渴。西侧这口井是咸水井,水中有卤,家里做豆腐用此水点浆,做出来的豆腐软硬适度,入口即化。县城六合祥饭庄里的名吃弹指豆腐,就是用的我家豆腐坊里做的豆腐。"

郭子敬才想起他初来营丘县任教育局局长时,马县长在县城六合祥饭庄宴请,席间有道菜叫"弹指豆腐",吃起来口感细腻,豆香怡人,原来用的是刘老爷子家里的豆腐。于是便说:"这懒边园真是物择天宝啊,您这园子里真的有龙?"

刘老爷子笑了一笑说:"龙就在西边这口卤水井里,这井里半腰处有个龙洞,确有两条比挑水的扁担还长的花蛇,一条青白色,一条赤褐色,等每年秋天它们蜕皮的时候,就会爬到葡萄架上晒太阳。说起来也怪,这蛇会叫,我亲耳听过,咯咯咯咯的,像家鸡叫,蛇这一叫,家里的鸡就飞跑过来下蛋给蛇吃,所谓龙凤呈祥,果真如此啊。"

郭子敬生来怕蛇,一听这井中果真有蛇,而且比扁担还长,心里开始紧张起来,就催促着刘老爷子往南走去。

懒边园子的南端有十几棵粗大的柿子树,它们簇拥着一棵茶树叶茂枝展。

刘老爷子指着这棵茶树说："茶树在北方很难生长，唯这棵茶树在这园里能熬过冬天的严寒。用这棵树上的叶子炒茶，虽有清香，但茶汤略有苦涩，达不到茶品的级别，每逢夏季，伙计们用它来煮水消暑，倒也清火。"他抚摸着碗口粗的树干说："郭局长，你看一下这棵茶树有没有特别之处？"

郭子敬上下看着这棵大茶树，也没有看出个所以然来。

刘老爷子说："六十年前这棵树还没有这么好，那时我父亲利用茶树生长的枝杈，前后花了七八年的时间，精心修整出一个枝椅来，每逢教我读书，父亲都把我抱上去坐在上面。六岁那年我爬上去看《说岳全传》，读到岳云锤杀金弹子的精彩处，竟憋不住尿失禁，那时候我还穿着开裆裤呢，也巧了，我二弟在树下玩蝈蝈，我尿了他一脸。哈哈，真是光阴似箭催人老，日月如梭趱少年。"

此时的刘老爷子再也用不着头悬梁、锥刺股，熬红双眼去考科举；再也用不着怀抱冰火，心中煎熬；再也不怕利与义的冲突，灵与肉的相搏。他只想跳出三界外，不在五行中。在懒边园里，他只喜欢一柄剑杖在握，于始勤亭里赏竹，在屋檐下听那一对八哥的轻言细语。或漫步在林下河岸，听飒飒春风，看淙淙波涛，合奏着和谐的交响曲，洁净在空灵之中，演奏着大自然的雄浑，把生命的顽强在天地间蔓延。

突然，一阵婉转的声音传来："老爹呀，郭局长，回家吃饭了。"是莲儿在喊他俩吃饭。

刘老爷子和郭子敬来到宅内东厢房吃饭，两人刚落座，就见二娘端着一盒刚蒸出来的大螃蟹放在了餐桌中央，顿时满屋充盈着诱人的海鲜香气。刘老爷子对郭子敬说："见过你二婶子，家里的菜都是她来做，不知合不合你的口味。"

二娘说："这蟹子是大娘娘家二哥昨天刚从羊角沟海滩上打上来送过来的，是活蒸的，郭局长您一定多吃几只。"

其实，郭子敬最爱吃海鲜，连忙站起身来朝二娘拜谢。二娘搬起一个黑陶酒坛子，把酒倒在一个仰口瓷制酒壶里，又把酒壶放在盛有刚烧开的沸水盆里烫着说："一会儿把酒烫热了再喝，我去厨房里弄几道菜，你们先吃着蟹子。"说罢转身去了厨房。

郭子敬看着这些通身透红、个个体肥爪壮的大螃蟹，早就馋得直流口水。他不等刘老爷子礼让，伸手抓了一只，掀起蟹壳开始吮食那乳白色的蟹膏来。刘老爷子见他吃完这只蟹子便说："麦收时节的渤海湾大螃蟹，味鲜而肥，雄蟹膏白似玉，雌蟹籽黄似金，色香味三者为至极，比秋节的蟹子还要好吃。你刚才吃的是只雄蟹，你再吃一只雌蟹。"说着从盆子里找了一只雌蟹放在了郭子敬用的盘子里，郭子敬拿起那只雌蟹刚要吃，刘老爷子说，"贤侄稍等，螃蟹肉性凉，要喝点烈酒才行。"

刘老爷子拿起烫热的酒壶先给郭子敬满倒了一杯，又给自己倒一杯，然后端起酒杯说："你尝尝这酒，品一品味道如何？"

郭子敬用餐布擦了擦手，把满嘴的蟹肉咽下去，端起酒杯，与刘老爷子碰了一下，仰起脖子一口喝了下去，徐徐回过味来，连连夸道："这酒好喝，真的好喝。"

刘老爷子也喝了一杯，然后慢慢地说："这酒的名字叫'懒郎'，是我三弟锦什酒厂里生产的大曲老白干。"他见郭子敬摇头不解，又说，"这懒郎是酒坊里做酒的伙计们起的名字，当年在制作这种酒时，制酒师傅叫郑大郎，原本是午后未时放酒曲，谁知道这个郑大郎睡了个午觉，到酉时才醒，硬是晚了两个时辰才投曲，谁知蒸出的酒香气更突出，味道更醇厚，成了大曲香型的老白干，从此伙计们把这种香型的酒叫成了懒郎。"

莲儿端着菜上来，分别是凉拌蒜蓉茄子、刀拍黄瓜、茼蒿鸡丝、蒜泥豇豆、弹指豆腐，外加一盆冬瓜排骨汤，摆满了一桌子。

待刘老爷子让他品尝弹指豆腐这道菜时，郭子敬真的吃不下了，面色赤红，已有几分酒意，他摸了一下上衣口袋里装着的刘老爷子书写的对联墨宝，便起身对刘老爷子说："谢谢老叔的款待，我下午还要赶回县里见马县长商量五月二十八日这天的寺院开光大典，只能告辞了。"

刘老爷子见他回县城有事，也不挽留，喊着莲儿一起送行。刚走出垂花门，看见大娘和来富一前一后从宅门外走了进来，刘老爷子先让大娘见过郭子敬，便说："这是你大婶子和女婿孙来富，是刚从南郝麦田里回来。"又对着女婿孙来富说："你娘俩还没吃饭吧？"

二娘接过话来说："饭都在厨房热着呢。"

大娘对着郭局长说："早就听孩子他爹说您郭局长要来，也不知吃好了没有？"

郭子敬说："多谢大婶子呀，懒边园让我大开眼界，酒足饭饱啊。"边说边急着朝外院走去。

等他们走到外院拴马石旁边，郭子敬发现他骑来的那辆脚踏车不见了，便问起了莲儿："我那辆脚踏车呢？"

莲儿说:"我去园子喊你俩吃饭的时候,还在这儿呢,怎么就没了?"说完便喊着家人在四周找了起来。

正当一家子都在找郭子敬那辆脚踏车的时候,沿街的车门那边传来了大民的声:"姥娘啊,俺饿了。"

只见朴子推着那辆脚踏车,大民在后边跟着,两个人满头大汗,一瘸一拐地走了进来。

原来朴子约大民去园子里打鸟,看见杏子熟了,就爬到树上去摘杏,这时发现刘老爷子和郭子敬走了过来,便从杏树上跳下来躲到了葡萄架下面,又见他俩朝着葡萄这边过来,朴子拉着大民猫着腰从丁香树丛里绕到了磨坊边旁的篱笆门口。郭子敬在葡萄架下发现有身影晃动,其实就是他俩。

朴子和大民走出篱笆门来到外院,发现拴马石处有一辆崭新的脚踏车,朴子大喜过望,因为他和二娘去县城,在三叔家的药铺里就放着一辆这种车,大街上也有人骑来骑去,而且他三姐还会骑呢,所以他很是好奇。这次看见有辆脚踏车放在院里,便让大民扶着骑了起来,因外院的路太短,施展不开,两个人就推到大街上去学骑车。也不知道摔了多少个跟头,都过了中午,他俩又饿又渴,才想起回家来。

大家见找到了郭子敬的脚踏车,总算放下心来。大娘因朴子和大民偷骑人家的脚踏车,心里过意不去,就吩咐女婿孙来富去装了一麻袋西瓜,捆绑在脚踏车的后座上,莲儿又去园里摘了一篮子玉杏拴在脚踏车的前把上。

刘老爷子说:"郭局长这样骑车太重了,回头让喜奎用马车拉点去多好?"

郭子敬一心想下午见到马县长让他尝个鲜,便说:"多谢大婶子送的瓜和杏,恭敬不如从命,那我就带走了。"说完跨上脚踏车骑往县城去了。

且不说大娘怎样惩罚朴子偷骑郭局长的脚踏车,却说郭子敬骑着车离开了懒边园,趁着酒意,骑得飞快。等他骑出葫芦湾村口,过了狼水河上的大石桥,往南拐到通往县城的大路时,渐渐骑不动了。他才想起刘老爷子讲的,从县城北门到懒边的葫芦湾,全是下坡路,因此策马驱车懒得打鞭。反之从懒边园去县城,自然是上坡,哪里还骑得动?车上又驮了一袋子西瓜,自然叫苦不迭。他无奈地下了车,擦了一把汗,索性把上衣扣子解开,袒胸露臂,也顾不上斯文,推着脚踏车走了起来。

刚过了响的夏天,天空中没有一丝云朵,烈日中的麦田被炙烤得一片焦黄。路边大树下趴着两只小狗,热得吐出了舌头不停地喘气,那狗看见郭子敬推着车过来，便不停地吠叫起来，郭子敬酒力也上来了，躁热得浑身流汗，他放下了车子，用脚踢起那狗来，那两只小狗哀叫着逃跑了。郭子敬只觉得昏沉乏力，他看树下还有块阴凉地，就把后背靠在树干上睡着了。

  郭子敬一觉醒来，感到口干舌燥，他猛地发现脚踏车上那麻袋西瓜被卸到了地上，一篮子玉杏滚得满地都是，唯独那辆脚踏车不见了。他起身定了一会儿神，便在四周寻找起来，哪里还有脚踏车的踪影。他扫兴地回到那棵树前，见一只飞镖插在树上，镖柄上的红色穗头还在微风中晃动着呢。郭子敬从树干上拔下那只飞镖，只见镖刻印着一"泰"字，他想，难道遇见土匪了？所幸没有丢了脑袋，他摸了下脑袋，才发现他戴的那顶白色礼帽也不见了。此时酒也全醒了，只觉得口渴难忍，便从麻袋里扒出个西瓜，用飞镖把西瓜割成两半，把嘴埋在瓜瓤里，大口啃了起来，那红红的西瓜汁顿时把他一身浅黄色衣裤染了个飞花四溅。吃完了西瓜，他抹了一下嘴巴，摸了一下口袋，见刘老爷子写的那副对联还在，他就紧攥着那支飞镖，踉跄着步子向县城走去。

第三章　丘坡

　　从懒边园临街的车门出来，沿着村路往西行，路的南面是自然形成的泄洪沟。这沟里长着些排列无序的洋槐树，树状或高或矮，或直或歪，密密层层形成了一片幽深的树林子。每逢春天到来，树上一串串洁白如玉的槐花缀满枝丫，远远望去像皑皑白雪覆盖在树冠上，微风掠过，飘散出似有若无的芬芳。这里还是白鹭的天堂，成群结队的白鹭在林中栖息，沉静的槐花，飞翔的白鹭，呈现出花静鸟动的自然景象。

　　村路的北侧是葫芦湾；大葫芦里的水在村外，湾面宽广清澈，与倒影的远天朦胧在一起，透出一道云水相交的天际线。小葫芦里的水依偎在村口处，有几十棵垂柳倒映在湾水中，微风吹过，摇曳的枝条似翩翩起舞，与水面相映成趣，令人赏心悦目。临村口的岸边，一棵粗大的柳树斜躺在葫芦湾里，树干一半在水中，一半露在水面上，村里有胆大的姑娘踏着树干来到湾水深处浆洗衣服。葫芦湾里时而有结对的白鹅，划开清波悠闲地游过，这景观恰似一幅惬意的乡间水墨画。

　　过了那片洋槐林子和葫芦湾，西行半里是狼水河石桥，桥下的河道是流进葫芦湾的狼水支流，河面不宽，所以这座石桥也不长。但从桥面上那残蚀的石板上看，无论是承受着累年的寒风侵袭，还是烈日暴晒，抑或是冰雪的封冻，都衬托出石桥的朴实坚韧，再看它那留在墩柱上的青苔水痕，也显示着这座桥的岁月沧桑。过了桥不远处是一条横贯南北的大道，这就是通往寿光县城的营寿县道。沿县道北行半里，西侧是生长着几十棵柏树的丘坡，地势比平地高了许多，刘家的打麦场就在这里。

　　营丘酒厂的伙计赵春生驾着马车，刚出营丘县城北门，扬起鞭子在空中啪的一声打了一个响鞭，就唱开了：

> 扬起鞭子一甩，
> 出北关喽；
> 一路下坡懒打鞭哟，
> 俺打了一个盹，
> 就到了葫芦湾喽。

坐在车上的素清、素欣、素英三姐妹和三婶秦贞贞都拍手叫起好来，紧跟在后面那辆马车上的车把式也不示弱，只见他对着天空也打了个响鞭，扬起了脖子也唱了起来：

> 麦儿黄，
> 人儿忙，
> 头发长长没顾上，
> 哎呀么没顾上。
> 小燕子，
> 来帮忙，
> 咔嚓咔嚓剪个光，
> 哎呀么剪个光。

他是康然药房的大伙计，叫肖光亮，老家是曹州府的，用河南梆子唱得委婉动听。坐在车上的六个伙计顿时也叫起好来，他们都是被刘锦什大掌柜选来去懒边园帮忙麦收的。

两驾马车一前一后沿着营寿县道飞驰着。

坐在前车上的三婶秦贞贞，平时在药房里忙活，也好些日子没来乡下了，此时见到公路两侧一片金黄色的麦田，在微风中形成了一起一伏的麦浪，仿佛置身于一望无际的金色海洋。她是当地知名老中医秦秋谱的女儿，自幼跟随父亲研习中医药，对中医里的望闻问切、伤寒杂症无一不晓，这次受丈夫刘锦什嘱托，带着伙计来婆家麦收，还特地带了些梅子、人丹、茯苓等清暑药材和治疗刀伤的云南白药。

马车很快到了懒边石桥，素英指着西北丘坡上的那些柏树，对着赶车的春生说:"直着往前走,路西那块有大树的坡上,就是俺家的打麦场。"

两辆马车顷刻到了丘坡,春生驾车在左拐的上坡土道上,给马屁股来了一个响鞭,那拉车的马猛地奔跑,差一点把坐在车上的人给掀了下来。

丘坡上的打麦场里一片繁忙。麦场的北边搭起了两个大凉棚,女婿孙来富招呼着几个民工在凉棚前面垒砌锅灶,大娘吩咐要支两口大锅,用于消暑熬汤。长工喜奎牵着一匹骡子,拉着一个大石碾子在反复地压场子,另两个伙计把从井里汲上来的水不断地泼洒在场地上,大娘要求把场子压得结实还要放亮。麦场的西面,竖起了一片木锨、桑杈、扬叉、竹耙和大扫帚,远远望去,这里好像是一个习武比赛的练兵场。

秦贞贞和她的三个侄女看见孙来富朝她们挥手打招呼,便向着凉棚走来,来富张开满是泥巴的手说:"大娘在棚里呢,你们去吧。"

秦贞贞说:"你家的樱桃真好吃,我给大侄女素绣带了两包梅子粉,一会儿你去车上拿吧。"边说边进了凉棚。

大娘正在凉棚里摆放平时立在内宅侧房里的那尊关公塑像,这尊用枣木雕刻的关公与真人一般高大,一顶戴在头上的风帽雕得惟妙惟肖,左手拈着五绺长须,右手斜执刻有青龙的大刀,身披飘荡的英雄氅,丹眼眯缝,一副威风凛凛的样子。突然听见身后有人喊娘,她回头一看是三个女儿和秦贞贞来了,就说:"明天开镰要拜关公,我刚把关老爷安置好了,正好你们来呢,大家都来拜一拜吧。"说完她在关公雕像前燃了香,每个人分发了一支,带领着大家合手鞠躬拜了起来。

刘家的晚饭吃得有点晚,二娘和莲儿包了三婶秦贞贞最爱吃的茴香茴素馅大蒸包,又熬了一锅绿豆小米粥。大娘见孙来富干活挺卖力,心疼女婿,特地加了两个菜。一家子落座吃饭,刘老爷子看着三女儿素清说:"宜生的医术有进步吧?"

素清说:"秦爷爷来药房坐诊,都是他先把脉,秦爷爷后把脉,宜生开处方,秦爷爷修改,现在宜生开出的方子,秦爷爷只过目不修改了。"

她说的秦爷爷是县城知名的老中医秦秋谱,是秦贞贞的父亲,宜生就是素清的未婚夫林宜生,他是秦秋谱的关门弟子。刘老爷子哈哈一笑说:"这不就出徒了嘛!"

秦贞贞接过话来说:"早就出徒了,上次锦什腿疼,让他扎了几针,很快就好了。"又说,"大哥、大嫂,我想到秋天给素清办婚礼时,在县城东关教堂里办怎么样?既隆重又时尚。"

大娘想了一会儿说:"嫁出的闺女泼出去的水,让教堂的神父主婚,不知林家愿意不愿意。"

秦贞贞说:"林宜生他爹是鄌郚镇上的野郎中,懂个啥呢?要不是看着这个林宜生聪明好学,人又本分稳重,咱还不要这个女婿呢!"

一句话说得大家笑了起来。

刘老爷子见说完了三女儿素清的话题,就看着大娘亲切地问:"这过麦的事忙活得怎么样了,你也上岁数了,千万不要累着啊。"

大娘先是吩咐莲儿去烫一壶酒,然后对麦收的安排如数家珍:"明儿她婶子从城里带来的两挂马车拉着村里帮忙的去北岩割麦子,我估摸着两天能割完。等把南岩和北岩地里的麦子割完,再一起割懒边园周边地里的。懒边的地零散,得割五天才行。"大娘想了一会儿又说,"麻利点四天半能割完,往后就是切穗、梳秸、压场、扬场、晾晒、装囤,要忙活一个月呢。"

刘老爷子问:"这样你估算着今年一亩地能收多少麦子呀?"

大娘说:"今年麦子长得好,一亩地过三担有把握。"

这时莲儿端来了烫好的酒,大娘先给老爷子倒上一杯,又分别给秦贞贞和来富倒了一杯,最后自己倒了一杯,端起来抿了一口,觉得不烫嘴,就对着二娘和四个女儿说:"谁想喝就自个倒着喝,不喝的先吃饭。"

这时,朴子对着二娘说:"俺也想喝口酒。"

刘老爷子对二娘说:"今年麦子大丰收,给朴子也倒上一杯,都快成小大人了。"

朴子接过二娘递过来的酒,一扬脖子喝了个精光,咧着嘴巴说:"好甜啊,好甜。"然后把二娘放在面前的那杯就给了大民,大民不知酒是啥滋味,听朴子说好甜,学着朴子喝酒的样子一口喝了下去,顿时被辣得张大了嘴巴,两眼流泪说不出话来。看着他那痛苦的样子,二娘白了朴子一眼,让大民快喝口粥压一压。大娘见朴子耍小聪明害大民,不由得生起气来,厉声地说:"你偷骑郭局长的洋车,我还没跟你算账,今个又发起坏来,想挨打了是不是!"

大娘的一句话吓得朴子啃着包子不说话了。

大娘沉了一会儿,对着秦贞贞说:"我估摸着今年的麦子要收三千担呢,除了在懒边园里加两个粮囤外,你让三弟把酒厂里的粮仓早腾出来,把往年的旧粮多做些酒曲垛在酒坊里。到立秋,天凉下来开始酿制懒郎酒,这大曲香的酒好卖,到春节能卖个好价钱。"

秦贞贞端起了酒杯站起来说:"大嫂的话我记住了,大哥、二嫂,祝贺今年咱家大丰收，大家都干了这一杯。"

一家子高兴地喝起酒来。

刘老爷子尤其高兴，接连喝了好几杯，他思索了一会儿对秦贞贞说："这几天你和素欣还有英子帮着大娘好好算算，麦收折合市价的总收入是多少，耕种、施肥、浇水、除草、收割到入囤这些出工费折合成市价贴了多少，还得算上税捐这部分，列出个收支明细来。我在泗水当职时，见曲阜孔府和邹县的孟府均是包地收租的办法，这样主家就省去了从种到收的过程，只收成粮即可。我看新梅也上了岁数，身体也经不起多大折腾了。"又对着三女儿素清说，"至于包地收租的契约怎么写，如何分清责任，你这几天考虑一下，理出个草案来和你大娘还有你三婶斟酌斟酌，我想今年秋种就用这个办法。"

大娘说："她爹说的'包地收租，出让土地'这个法子我也听说过，倒也省事，省力还省心。就是租户用的种子得咱家供应才行，比方造酒用的高粱，酒曲是用小粒的，租户种成大粒的，做曲就用不上了。"

刘老爷子说："这好办，咱留下二十亩地培育良种，在城里开个良种店，一方面卖种子，还可以把剩下的杂粮出售，就解决了。"

素英插话说："那样咱家丘坡上的麦场不就废了？"

刘老爷子端起酒杯一饮而尽，说："我想好了，咱懒边园村周围十来个村庄还没有学校，我想在丘坡上建个学校，正好让郭子敬这个局长来聘请老师，素欣和英子上完中学也回来当老师，朴子都十四岁了还没上学呢，先把朴子给我教好，你们看怎么样？"

"好！"一桌子人都喊起好来。

天还没有放亮，薄雾笼罩在田野上，布谷鸟的叫声唤醒了熟睡的人们。懒边园里的几个车把式早早地套上了牲口，五辆马车分别拉着去割麦子的短工和帮工在骡马嗒嗒的蹄声和哐啷啷的铃声中，驰骋在通往麦田的大道上。

大娘、二娘和三婶秦贞贞也起了个大早，带着四个女儿来到了丘坡上的打麦场，叫醒了几个正在酣睡的伙计，用大扫帚把凉棚内外打扫得干干净净。大娘在关公塑像面前点燃了香火，便招呼大家过来行了鞠躬礼，合手拈香，听着大娘轻声祷告："关老爷神灵在上，我家从今天开始麦收，祷告不要下雨，不要失火，不招贼惹祸。伙计们之间互相帮忙，平平安安，打麦晒粮。关老爷大恩大德，新梅虔诚给您敬香。"

大娘祷告完便让二娘和莲儿支起了鏊子，素欣和素清去和面，准备开始烙大饼。三婶秦贞贞带着英子烧起了那两口大锅,开始熬防暑的酸梅汤和绿豆汤。几个伙计被安排去丘坡下面的车道上铺垫路基,等待着运麦车的到来。

朴子一觉醒来,揉了揉眼睛,看见睡在身边的大民还在熟睡,突然想起昨晚二娘叫他今早晨给老爹下面条来,赶紧爬了起来。他推醒了大民,对大民说:"今早大娘和二娘带着人去了麦场,你跑到园子里去找你姥爷,让他回来吃饭。"说罢就到厨房下面条。朴子来到厨房,看见二娘已经把切好的面条放在厨案上了,他用水瓢往锅里舀了些水,把面条放进锅里,然后用火柴擦着了火,把燃烧的柴火填进灶里,拉着风箱烧了起来。待他听到锅里有水滚的声音,再看那面条,整个煮成了面坨子。朴子很奇怪,昨晚上二娘明明就是这么教的呀,怎么面条变成了面坨子?心里正在迟疑着,刘老爷子和大民来到了厨房,见朴子望着锅灶发愣,刘老爷子到了锅前一看,知道朴子没把水烧开就下了面条,又没用筷子把锅里的生面条搅开,结果把面条煮成坨子了,就对着大民说:"来,看姥爷给你和你小舅做顿饭。"

刘老爷子说罢,挽起了袖子,洗净了手。他找来汤盆,在盆里放了些面粉,又打进去三个鸡蛋,加进一勺子盐,便用筷子搅动起来。又让朴子在灶里添柴烧火,不一会儿那锅里的面坨又滚动起来。只见刘老爷子用爪篱把面坨子捞了出来,对大民说:"等吃完了饭,你和你小舅把这些煮熟的面坨子去喂大黄狗,它刚生了狗仔,也让它吃点面。"

刘老爷子看见锅里的汤水又滚动起来,就用匙子一勺一勺地挖着那搅好的面糊丢进了锅里,不一会儿锅里的面片片开始起伏翻滚着。看着那面片熟透了,便切了些葱姜蒜末和小段的芫荽放了进去,分盛了三碗,又滴些香油,端在了餐桌上。

那香喷喷的味道,让朴子和大民食欲大开,刘老爷子见他俩吃得香便说:"当年我一个人在省城当差,那时候你二娘还没去,我就经常做这个面疙瘩汤吃。"

朴子说:"老爹做的这个疙瘩汤真好吃。"

大民也说:"姥爷做的疙瘩汤我还是第一次吃呢。"

正说着呢,秦贞贞急匆匆地走了进来,看见三个人吃得正香呢,吃惊地说:"天哪,是谁给你做的饭呢,吃得这么香?"

大民说:"是俺姥爷做的疙瘩汤,可好吃了。"

刘老爷子说:"她三婶啊,你也来一碗?"

秦贞贞把剩在锅里的疙瘩汤舀了半碗,尝了一口说:"味道不错哎,大娘和二娘怕你们饿着,让我跑回来给你们做饭呢,不想你们吃起来了。大哥呀,你什么时候学会做饭了?"

刘老爷子说:"是朴子做了一半,我做了一半,今个家里锁门吧,我也去丘坡上看看麦场。"

第四章　麦场

太阳衔着丘坡上的柏树，阳光被枝叶切割成碎屑般的光线，洒向染成金色的打麦场。

喜奎驾着一辆满载着成捆麦子的马车驶进了丘坡，其他车辆也陆陆续续拉着麦子进了麦场。顷刻间麦场上的人忙碌了起来，卸车的、搬麦的、存放的，不一会儿麦场里筑起了几座小山似的麦垛来。待卸空了车，大娘让她的几个女儿把放在囤子里的大饼搬到了车上，又分别装了几桶绿豆汤和几盆拌好的老虎菜。四个女儿各乘一辆马车去麦田地里分发早餐。按照刘家割麦雇工的惯例，短工吃两顿饭，帮工吃一顿饭。趁着早晨天气凉爽，先割一阵子麦子，待太阳上来后，开始吃早饭。饭后再割麦，至中午，来帮助割麦的相邻帮工们各领一张大饼回家，也不发工钱。雇来的短工们吃完午饭，稍做休息，再割麦子，直至太阳下山，根据割麦多少，领取工钱后回家。

再说刘老爷子和秦贞贞领着朴子和大民锁了宅门，一起往丘坡走去。刚到了村口北端的葫芦湾岸边，刘老爷子看见湾水中不时有鱼在跳跃，又见柳树上有一队队蚂蚁在往上爬，嘴里喃喃地说："蚂蚁搬家，龙王撒泼，要下雨了？"不由得加快了脚步朝麦场走去。

麦场上大家正忙得热火朝天，大娘正帮着伙计从来富车上卸麦子，这时朴子跑过来说："大娘，俺爹来了。"

大娘抖了抖粘在身上的叶屑子说："你这老爹，不在家里待着跑到这里干什么？"

还没等朴子答话，大娘已到了棚子里，看见刘老爷子正坐在那长条杌子上喝酸梅汤呢，就对着秦贞贞说："她三婶子呀，你去家里做饭没有啊？"

刘老爷子见大娘身上还留着一些麦叶子就说:"饿不死人,看到你们这么辛苦,我少吃一顿也没什么。"

本来是句玩笑话,在一旁蒸馒头的二娘听见了,急得跺起她那两只小脚来:"都怨我,都怨我。"转身又训起朴子来,"我不是让你给你老爹下面条吗,你躲到哪里去了?"

大娘见三婶秦贞贞抿着嘴笑,就问大民:"你和你姥爷吃过饭了没有?"

大民就把朴子煮坨了面条和姥爷亲手做疙瘩汤的过程讲述了一遍,说得在场的人都笑了起来。

刘老爷子对大娘说:"我来的时候,看见葫芦湾里的鱼闷水了,不停地往上跳,岸上的蚂蚁也在往树上爬着搬家呢,不会过两天下大雨吧?"

大娘一听,顿时紧张起来。她转身走出棚子,看见女婿来富那辆车上的麦子刚刚卸完,就找了一把镰刀,喊过二娘来说:"我还没顾上吃饭呢,你去把刚蒸的馒头在来富车上放几个,我去趟南岩,看看收割得怎么样了。"

大娘上了来富的马车,急着往南岩麦田里赶,她边啃着馒头,边跟来富说:"老爷子说过几天会下雨,他的话很准的,这几天必须把地里的麦子割完才行。"

来富说:"不行的话给邻村的帮工也发点工钱,留下来割下午的麦子。明儿个再多招些短工,这样后天就能割个差不多了。"

娘俩正说着话,马车已经到了麦田地上,看见素清在与坐在地上的两个短工说着什么。素清见大娘和来富赶了过来,推开了双手说:"娘啊,你看怎么办呢?"

大娘去到跟前问那两个短工:"你俩怎么不去割麦了?"

其中一个短工说:"俺俩割了一早晨,没有俺的饭,饿得干不动了。"

原来分早餐的时候,素清忙着给大伙舀绿豆汤,放在囤子里的饼是由短工和帮工自己去取,按照大娘和二娘的计算,一般的短工最多能吃一张半大饼,壮一点的也就是能吃两张,谁知短工里有一个光头汉,连吃了五张大饼还嫌没有吃饱,等这二位去取饼时,囤子里光光的已经没有饼了,于是坐在地上跟素清要起饼来。大娘和来富都吃了一惊,还有这么大饭量的汉子?大娘问谁是那个能吃的光头,素清说他在前面割麦子呢,大娘打眼一看,只见远处一个光头汉子,在一起一伏地割麦子,拉下了后面割麦子的短工一大截子。大娘心里掂量着,原来这个人能吃,也能干呀!她让来富从车上拿出吃剩的两个大馒头,又拿了四个咸鸭蛋,分给了这俩没有吃上饭的短工,说:"你俩凑合着吃完了快去割麦子吧,如果不够先忍着点,过午开饭的时候再多吃点。"

这两个短工吃着白面大馒头，就着流了油的咸鸭蛋，也就不说话了。

南岩的刘家麦田紧靠着狼水河西岸，河沿上有十几棵大柳树，拖着长长的柳条沉浮在水面，稠密的树梢遮蔽着太阳的灼晒，留出了一块块阴凉地来。午后过晌，割麦的人们已经是汗流浃背，有的累得直不起腰来。大娘看见喜奎赶着马车送饭来了，就招呼伙计收起镰刀，先到河沟下边洗把脸，来阴凉的柳树下准备吃饭。这时，那光头大汉走到了河边把镰刀挂在了柳树枝上，扬起头来，朝着太阳伸了个懒腰，一个鲤鱼打挺钻进了河水里，过了许久才露出那光亮的大脑袋，翻身游动了几下喊着："好凉的水啊！"

岸上的人都欢呼起来："好水性！好水性呀！"

大娘看得真切，忙喊起来："快上来！小心受凉。"

那大汉用脚打了几下水游上了岸，晃着身上的碎水屑过来拿着馒头。

大娘说："大家都到阴凉地里来，我说句话再吃饭。"

看着大伙都聚了过来，大娘说："这大热天来割麦子大伙都很辛苦，今中午大家吃大馒头和炸咸鱼，还有咸鸭蛋，渴了就喝我家她三婶熬的绿豆汤。咱庄稼人都知道，过麦最害怕的就是下雨，一旦有大风大雨，地里进不去人，麦子会倒伏烂在地里，一年的收成就没了，我想趁着天气还好，咱抓紧把地里的麦子收了。雇来的短工，咱加两个时辰干到天黑，还是按劳记酬外再加三块工钱，来帮忙的相邻，下午不要回去，各领五块工钱。咱们中午多吃点，到天黑领钱回家，不知大伙愿意不？"

一听要加钱，短工和帮工都觉得合算，而且吃得又好，都愿意留下来多割一些麦子。

大娘吩咐完毕，就让女儿素清照应大伙吃饭，又让来富赶去北岩的麦地里，按这边的割麦子条件安排下午割麦的事。

大娘坐上喜奎赶的马车，要去集市上去招短工。集市在靠近县城西门里南侧的崖头下边，临着河沟的一块平地上有几间铁匠铺子，铺子外边的棚子里正生着火红的炉火，几个铁匠挥着锤头在打着农具。对面几株大枣树下是牲畜市场，一群人看着两只驴子配种，喜奎高喊了一声："割麦子雇短工了！"

不一会儿过来几个人围着喜奎问询工钱和吃什么样的伙食。大娘来到一个卖瓜果的凉棚里，那卖瓜的老汉一看是懒边园的大娘来了，慌忙搬来一把凳子让大娘坐了下来，边用袖子擦着凳子边说："哎呀，您老怎么来了，稀客呀！"

说罢，顺手挑选了一个大西瓜，在木板上切好了端了上来说："大娘您尝尝，是沙瓤的，甜着呢。"

大娘也不客气，拿起一块西瓜咬了一口，说："噢！好甜呀。"说罢也不再搭理那卖瓜的老头，她在听着喜奎和那些短工们相互砍价。

这时，突然听见有人在喊她大姑，大娘回过头来，看见一个穿着警官服的人领着两个警察抱着几十把镰刀走了过来，她定眼一看，似乎认识，又不确定。只见那警官来到大娘面前说："大姑！我是海生。"

大娘想起来了，是娘家本村同姓的远房侄子，叫张海生，他父亲是修船的工匠，就忙说："是海生呀！都长成大人了，你怎么到营丘当警官来了？"

海生说："马县长也是咱寿光人，他在寿光当副县长，我是跟班。去年他到营丘来当县长兼警察局局长，上个月他把我调进警察局让我当了稽查队长，管着手下十几个兄弟，大姑你有事尽管吩咐。"

大娘说："你买了这么多镰刀干什么？"

海生说："马县长说要亲民，明天调集了县公署十来个公职人员要去您家割麦子，让我来准备镰刀呢。"

大娘说："要去我家？"

海生说："听县里的人说都愿意去您家，在您家干活吃得好！"

大娘看他说话朴实，面相也端庄，四方大脸一表人才，顿时产生了好感，就起身说："那好呀，我早回去准备一下。"说着往车上走去，看着海生送她过来，就低声地说，"海生啊，你有空来懒边园坐坐，就当成自己家一样，你还没见过你姑父吧？"

海生说："常听马县长和县里的人讲起姑父，听说姑父很了不起。"

这时喜奎已选好了二十个短工，约定明一早分别到南岩和北岩的地里去割麦子。大娘上了喜奎的马车，临走让海生带着县公署的人到丘坡邻近的麦田里去割麦子。见那卖瓜的老汉又抱了大西瓜放在车上，大娘从腰里拿出了一把钱递了过去，那卖瓜老汉千恩万谢拱手作揖，直到大娘的马车走远了才停下来。

太阳爬到一竿子高的时候，海生开着县警察局唯一的一辆大卡车，拉着十几个县政府的职员来到了丘坡。等这些职员下了车，大娘一看，这些穿着长袍马褂的人物，有的戴着眼镜，有的戴着礼帽，还有的不时拿出怀表来看时间，这哪里像是来割麦子的，倒像是来是观光赏景的。就让喜奎领着他们去离丘坡邻近的麦地里去割麦。大娘留下海生到棚里去喝酸梅汤，她问海生："你开的这辆汽车好大呀，不知道能拉多少麦子？"

海生说:"能拉两吨吧!"

他看着大娘不懂什么是两吨,就改口说:"装多少都能拉得动!"

大娘听了心里非常高兴,说:"海生啊,大姑麻烦你辛苦辛苦,我让英子给你带路,去南岩和北岩的地里各拉一趟麦子吧。"

海生听了二话没说走到汽车前面,摇起插在车头的摇把子,使劲转了几圈,车被发动起来。他又把素英扶上了车,一溜烟地开走了。

快过晌午,大娘让素清和莲儿去喊那些割麦子的县职员们来棚里吃饭,素清和莲儿到了麦田里看见这些职员们有的在抽烟,有的在闲聊,还有几个人围在一起打扑克牌。其中有个戴眼镜的职员经常去康然药店里拿药,他认识素清,便搭讪对素清说:"听说你们懒边园刘家有七个仙女,您排行数几?您领的这位是第几个仙女?"

于是有说莲儿是老四的,也有说是老五的,纷纷议论起来。素清看着县职员们一副懒散的样子就说:"你们怎么连一垅麦子还没有割完就玩起来了?快割完这垅麦子到麦场的棚里尝尝我六妹做饭的手艺吧!"县职员们这才懒洋洋地起身,佝偻着腰慢腾腾地割起麦子来。

又过了半个时辰,素清见一垅麦子快割到地边了,就让莲儿回棚里上菜。她招呼着这些县职员们把割完的麦子缚成捆,就带着他们来到了大棚里,这些县职员们看见莲儿把饭菜摆了满满两桌子,便坐下来喝着酒划起了拳来:"一壶酒呀,俩人喝啊,三桃园呀,四季财啊,五魁首呀,六高升啊,七个巧呀,八马跑啊。"

一声高过一声地吆喝起来。

这时,海生已经拉完了地里的麦子,和大娘走进了棚子里,看见这帮子职员们正在对拳猜令,喝在兴头上,几坛子酒也快喝光了。大娘让莲儿抱过来一坛酒,挨个给倒满了杯子,又给自己满上一杯,举起酒杯说:"兄弟们来到懒边园一定要吃好喝好啊,有什么不周到的地方请大家多多包涵。来!我敬大家一杯酒。"

大娘说完一口喝干了杯子里的酒,这些县职员们顿时受宠若惊,也连连喝完了各自杯中的酒。这时,对面桌子上站起来了一个喝得差不多的瘦子,摇晃着脑袋来了一段顺口溜:"哎,哎,咱们来到了懒边园,喝酒划了个拳,大娘心眼好啊,二娘给解了馋,酒肉管了个够,好像过大年。"说完大家又哄叫起来。又过了一会儿,海生见这帮职员喝得差不多了,就起身去发动车,准备回县城。

海生开着那辆大卡车回到了县政府，正好碰见马县长从办公室走出来，马县长看见从车上下来的县职员，一个个喝得东倒西歪，有一个职员还抱着一坛喝剩的酒摇摇晃晃地走了过来，醉眼迷离地说："马……马县长，您……您没去割麦呀？"

马县长看着他那醉醺醺的样子，一把夺过那酒坛子递给海生，对着醉酒的职员斥责道："你们怎么喝成这个样子？是去亲民呢还是去扰民？明年你们再去亲民割麦，必须自己带饭，都给我记住了！"

谁知那位职员见他抱着的那酒坛子被马县长夺了过去，也生了气，趁着酒劲说："明……明年呐，明年营丘县的县长还不知是姓马还是姓牛呢！"

这一句话可把马县长气坏了，他用手指着那位职员的鼻子说："你真是个蠢……蠢……"那个驴字留在了喉头上，始终没有骂出来，最后他只是跺了跺脚，气呼呼地走开了。

就在丘坡收完麦子的傍晚，沉沉的黑云像是要崩塌下来，一阵狂风过后，暴雨就像无数条鞭子，猛地抽打在麦场上，狂风催着暴雨，暴雨簇拥着狂风，让整片大地都处在狂风暴雨之中。

大娘在棚里点燃了一支香，捏在手中敬拜着关公雕像，默默地庆幸，关公有灵，在这场暴风雨前把全部麦子收割运进了丘坡麦场上。懒边园里的人都松了口气，秦贞贞看着棚外的大雨说："多亏大哥料事如神，大嫂支配有方。"

大娘接过话说："其实，这场雨也是场及时雨，明个天晴，就要准备播种高粱，今年全种上小粒高粱，另种些豌豆，以备今冬蒸酒用。"

秦贞贞暗暗地敬佩着大娘，心想这真是一个发家立业的女掌门。

大雨下了整整一夜，邻近过午太阳才从乌云中钻了出来，丘坡地势高，又是黄土质，雨后不结泥水。等到太阳落下丘坡两边的树梢，趁着凉爽，喜奎和几个长工便把麦秆平铺在地面上，牵着骡子拉着石碾绕着圈子碾压地面，把刚下过雨的麦场压得既结实又平整。

丘坡的夜晚，繁星闪耀，月儿闪烁着光辉照在打麦场上，一阵阵凉风吹没了白天的热浪。丘坡上的伙计纷纷掂起桑杈，把被大雨淋过的麦子抖擞开来，匀散着晾在打麦场上。刘老爷子手拿着他那把剑杖也来到了丘坡，夜光下他看见一个光头大汉手扬桑杈，舒展腰身，挑着几捆麦子上下翻飞，如同神力舞起一道叠影的弧线来。刘老爷子看得真切，这哪里是在挑垛晾麦，分明是运用少林武术中颠倒乾坤的挑枪手法，正是"长枪一横花飘零，松风追月伴我行"，让刘老爷子看得津津有味。这时，大娘扇着一把芭蕉扇，在刘老爷子身上扇了几下说:"有蚊子哪,您起身活动活动吧。"

刘老爷子指着那大汉轻声地说:"你说的能吃也能干活的是这个人吧?"

大娘说:"可不是,今晚上连吃了五碗面条又啃了一个凉馒头。"

刘老爷子说:"留下来让他看家护院吧。"

大娘说:"他一个人吃三个人的饭啊。"

刘老爷子笑了笑说:"留下来,等以后你就知道他的本事了。过一会儿你叫他到棚里来,我有话问他。"

大娘对丈夫向来是言听计从,便喊过那大汉到棚里见刘老爷子,棚里横梁上挂着两盏马灯,把棚内照得明亮如昼。刘老爷子让那大汗坐在对面喝茶,那大汉喝了一口说:"这水发苦又烫嘴,来碗井拔凉水吧!"

二娘从水缸里舀了一瓢凉水给他,只见他咕咚咕咚喝了下去,抹了一把嘴巴说:"这水甜!"

刘老爷子问他是哪里人姓什么,那大汉说:"俺叫马释永,寿光县稻田乡马家河子的。"

刘老爷子问:"你那少林武功是从哪里学的?"

那大汉张了张嘴,又咽了回去,盯了一会儿刘老爷子说:"您老是怎么知道俺学的是少林拳法?"

刘老爷子说:"你就别卖关子了,实话实说吧。"

那大汉说:"俺爹原是义和拳寿光总拳练,俺十岁那年俺爹被官府抓住砍了头,俺娘怕受连累就把俺送到平阴县俺大姑家。那里有个翠屏山寺院俺就去寺院当了和尚,法号释永少。俺师父叫法正,原本是嵩山少林寺的武僧,他看俺自小有武术功底就教俺少林功夫,枪棒刀剑俺都学过,后来还自学了弹弓,不瞒您老说,俺在平阴翠屏山有个外号叫神弹子。"

刘老爷子听得很有兴致,就问道:"你怎么回到老家来了?"

那大汉说:"唉,俺师父圆寂后,俺离开翠屏山去了兰陵抱犊崮,认识了郭泉村的刘黑七,那天晚上俺在他家喝醉了酒,就跟他的人去了临城沙沟山劫掠了国际邮车,后来被政府遣散,俺就回到了老家,到处去打短工养着老娘。"

借着灯光,刘老爷子看那大汉,面相端正,气度不凡,只是右眼有些倾斜,便说:"我想让你留下来看护宅院,你可以把你娘接过来,回头让大娘在懒边园村找处小院居住。另外还有一事相求,我有个儿子叫朴子,自小顽皮好玩,我想让你教他武功,工钱一切好说,不知你愿不愿意?"

那大汉一听自是高兴,大娘见他愿意留下来护院便说:"就按俺家老爷子盼咐,你头晌在麦场教朴子练功,后晌睡觉,晚上在丘坡看护麦场,等过完了麦,我派车去把你娘接过来,工钱按三年长工价,吃饭管饱,逢年过节拿双俸。"

马释永连连道谢,满口答应。

昨日的一场暴雨,好像把太阳洗过了。清晨的阳光格外明亮,碧蓝的天空也显得晶莹剔透,丘坡上弥漫着厚重的麦香味,亲切又舒爽。打麦场上又是一片忙活,外围是五六十号以妇女为主的乡邻在帮忙用小铡刀铡麦穗,她们把切掉的麦穗扔在麦场中央,然后分成小把梳理麦秸,先用铁梳子把麦秸上的叶子梳掉,把一条条麦秸束成捆,即可用来编麦囤,又可用作苫盖房顶,用麦秸苫盖的房顶防晒耐用而且冬暖夏凉。

在麦场中央,长工喜奎、康然药房的车把式肖光亮,还有营丘酒厂的大伙计赵春生,他们各自牵着一匹骡子,甩着叭叭的响鞭,拉着大石碾子分开三组在转圈碾压麦穗。另有几个伙计用桑杈把刚碾压过的麦穗不断地挑起来翻身,再把抖落的麦子平摊开反复碾压。这时只见头戴着草帽、脖子上搭条毛巾的肖光亮顺手打了个响鞭,用豫剧梆子腔唱了起来:

> 打麦呀打麦,
> 声在中原震关外,
> 丰收催人夜不眠呀,
> 鸡鸣三遍磨新镰呐,
> 农家以苦乃为乐,
> 晒得焦黑不识面啊。

麦场上的人似懂非懂地叫起了好来。那酒厂的伙计赵春生听了这豫腔梆子却说:"这是唱的啥呀,像黑夜里的猫叫号子一样,大伙听俺的。"

> 呀,呀啊,呀呀啊,
> 打麦场上二把杈,
> 大嫂大姊拿着耍,
> 转了几圈眼昏花,
> 一不留神呀,
> 就摔了个仰八扎!

"好啊！好啊！"麦场上的人都喊了起来。喜奎也按捺不住打麦场上的喜悦，猛地在空中连打了几个响鞭，看着大伙静了下来，扬起脖子也唱了起来：

　　　　黄瓜芫荽葱和姜，
　　　　弹指豆腐虾皮汤，
　　　　皇帝老儿馋得慌。
　　　　白面大饼烙得厚呀，
　　　　炸鱼鸭蛋流油地香，
　　　　老少爷们来尝尝！

在麦场干活的人们，一听喜奎报了今中午要吃的饭菜，齐声吆喝起来，叫好声此起彼伏，打麦场变成了欢乐的剧场。

第五章 习武

朴子的拜师仪式被大娘安排在打麦场的大棚里举行，在关公塑像下摆设了香案，香案右侧放了四把椅子，分别坐着刘老爷子、大娘、二娘和三婶，后面站着朴子的三姐素清、四姐素欣、六姐莲儿和七姐素英，大民被大娘搂在怀里站着。香案的右侧只摆了一把椅子，是给朴子要拜的师父马释永留的。拜师仪式由朴子的姐夫孙来富主持。时值中午歇晌，麦场上干活的长工和乡邻帮工们都凑了过来看热闹。

孙来富高声喊起来："请马释永先生入座。"

再看这马释永，身穿一件白色大褂，扣子系得紧紧的，昂着那光头大脑袋，走到了关公塑像前面深深地鞠了一躬，又转身对着刘老爷子这排人也鞠了一躬，然后才坐在拜师椅子上。

"上香！"来富又喊道。

莲儿走过来点燃了香案上的三支蜡烛和插在香炉里的一束香。孙来富见上香已毕，便从口袋里拿出了拟写好的拜师程序，大声朗读起来："岁次丙子年五月十二日午时一刻，懒边园刘治朴拜马释永为师，须谨记——欲学拳，先明理，要明理，求名师，师教言，多详记，守规矩，莫心急，持之恒，功可及。"他略做停顿，又喊道，"请刘治朴给马释永师父赠送拜师礼。"

朴子在一旁听着姐夫叫他，抱着一双新鞋走到马师父面前，扑通一声跪了下来，他看见师父穿在脚上的鞋子破了几个窟窿，鞋底和鞋帮子也裂开了缝，就说："师父，我把您的鞋给换了吧！"

朴子说着就给马释永换鞋。在这仪式上，马释永拒绝也不是，不拒绝也不是，他那脚又大，朴子给他穿那双新鞋费了好些劲还是穿不上，急得马释永干脆站了起来，蹬上那双拜师鞋，跺了跺脚说："还是双踢死牛呢，正合脚，很得劲。"

朴子说："是俺二娘熬了三晚上赶做的，喜欢不？"

马释永一愣，也不答话，拉着朴子到关公塑像前跪了下来，连磕了三个响头，说："关老爷在上，今日俺收朴子当徒弟了，俺会好好教他。"

朴子也跟着说："关老爷爷，俺跟着马师父学武功，和您一样过五关斩六将，打遍天下无敌手！"

坐在一旁的二娘看着儿子拜师，激动得眼泪在眼眶里直转，忍不住抽噎起来。主持人孙来富被这师徒俩的突然举动给弄蒙了，尴尬地站在那里，张口结舌不知下边的程序怎么进行。倒是康然药店的伙计肖光亮聪明，他一看冷了场子，就对着大伙喊道："咱要不要见识一下马师傅的武功呀？"

酒厂的大伙计赵春生也呼应着："马师傅，耍几拳！"

人群中许多人也拍手叫着好鼓动起来。这时，马释永用手擦了一把脸上的汗，迎面朝肖光亮走来，也不管人家同不同意，摘了肖光亮头上的草帽走出了棚子。只见他把肖光亮戴的那顶草帽使劲往天上一扔，待那草帽下落时，马释永迅速从口袋里拿出一只弹弓，说时迟那时快，拉满皮筋，嗖的一声把弹丸发了出去，正打在草帽的凹处中间，那草帽翻了个滚，还不等下落，马释永又一弹打了个正中，草帽翻滚一下又升了上去。马释永连发几弹，让那草帽翻滚在空中落不下来。

"厉害啊，厉害！"

"好功夫，好手段！"

麦场上的欢呼声不绝于耳。

拜师宴设在打麦场的棚子里，酒席上刘老爷子和马释永谈论着武林趣事，交流着古今剑法，从武当太极说到少林功夫，朴子听得似懂非懂，有些话又让他糊里糊涂。这时他看见大民在棚子门口露出半个脑袋，摆着手暗示他出去玩，朴子趁着莲儿给马释永斟酒的空余，凑在马释永的耳朵边上，说要借他的弹弓出去练一下。马释永便从腰间皮带上取下，递给朴子说："这弹弓啊，看着好玩但不好学，你看师父的眼睛都练斜了，你先去玩着，俺明天就教你。"

朴子拿到了师父的弹弓，一溜烟地跑出去了。

三婶秦贞贞来向刘老爷子道别，她看打麦场上按部就班已经就绪，就准备和素清回城里去。大娘和二娘刚送走了秦贞贞和素清，女婿来富也过来与岳父岳母告别，他精选了五名短工，下午要回家准备从明天开始割他家的麦子，只是大民恋着朴子没玩够，要在姥娘家多待几天。此时刘老爷子和马释永讲武论道，都有了几分醉意，大娘怕老爷子累着了，就让喜奎驾车送他回家休息。马释永则去了西棚子里寻了一块僻静处呼呼大睡起来。

再说朴子拿着师父的弹弓，带着大民去了丘坡东边的柏树林里去打鸟，打了一会儿，除了把鸟吓飞，连一根鸟毛也没打下来。大民也想玩一下弹弓，就跟朴子要了起来，朴子说："你还没拜师呢，怎么能玩俺师父的弹弓呢？等俺出徒了再教你玩。"

大民见朴子不给他玩，就索性到麦场边上去捉蜻蜓。麦场边沿的下坡处，有一垅还没有熟透的麦子，青青的麦秆上挺着沉甸甸的麦穗，在微风下嗦嗦作响，成群的蜻蜓在麦丛里飞来飞去。朴子来到麦丛旁，随手拔了一束麦子，用手捏了一下，饱满成实，软嫩待熟，就问大民："你饿不？"

大民才想起中午还没吃饭来，肚子也开始咕咕叫了起来，就说："小舅，我真的饿了。"

朴子说："我也是光听老爹和师父说话了，也没有吃东西，走，小舅给你烧麦子吃。"说罢，拔了一些麦子，领着朴子走到麦垛北侧的阴凉处，摘了些干透的麦秸，又去棚里的灶上找了一盒火柴，朴子拿出一根火柴，在鞋底上擦着了火，就烧起了麦子来。不一会儿，烧熟的麦子散发出诱人的香味，朴子教着大民用手搓着麦穗，用嘴吹散了那些烧煳的麦壳，把麦仁留在手心里，按在嘴里吃了起来。朴子和大民嚼着那香喷喷的麦仁，浓郁的味道让他俩齿颊留香，吃得直呼过瘾，不一会儿就把烧熟的麦子吃了个精光。

大民说："小舅，俺还想吃。"

朴子说："你就在这里等着，我再去拔些麦子烧给你吃。"说罢，用脚踏灭了冒烟的余火，就到沟坡下面去拔麦子去了。大民等了朴子一会儿，看见了那盒火柴，想起朴子拿着一根在鞋底上划了几下就出火了，也想试一下。他拿出一根火柴在自己的鞋底上划了起来，一直也没划出火来，他想用两根火柴试试，他拿出两根在鞋底上用力一划，突的一声划出了火来，把大民吓了一跳，一抖手把那燃着的火柴扔在了一堆晒着的麦秸上。这下子可不得了，顷刻之间火焰像旋风一样噼噼啪啪地作响，丈余长的火舌随风扑向那挨着的麦垛，火势肆虐着，黑烟腾腾升起，吓得大民哇哇大哭起来。这时朴子抱着刚拔的麦子走过来，看见那麦垛燃起了熊熊大火，惊得喊不出话来。大民发疯似的跑过来抱住朴子的腰颤抖着，朴子这才回过神来，声嘶力竭地大喊着："失火了，麦垛失火了，快来救火啊！"

过午的打麦场上像蒸笼似的，被太阳炙烤得失去了生机，树叶萎蔫着垂下了头，小草枯卷着弯了腰，连跟着朴子跑过来的大黄狗也带着几个小狗仔蜷在棚外的背阴处热得吐着舌头喘着粗气。棚外两只大缸里的水也被晒得烫手，劳累了一个上午的人们都找了个阴凉地眯着眼睡着了，丘坡上一片寂静。

朴子的喊叫，惊醒了正在浓睡的人们，那只大黄狗好像察觉出了危险的来临，狂叫着跑进了棚子里，用爪子扒着地急得直转圈。

"失火了！失火了！"

这涌上心头的叫声唤起了伙计们去灭火的本能。有的拿起木锨，有的拿起了扫帚，有的提起水桶奋不顾身地扑向着火的麦垛。

大娘和二娘也困乏地睡在地铺上，大黄狗的吠叫把她俩弄醒了，当大娘发现棚外麦垛那边滚滚浓烟的时候，她光着那双大脚跑到了棚子外边，看见伙计们正在奋力救火，她果断截住了一部分去救火的人，让他们迅速把周围的麦秸处理干净，以防大火蔓延到其他麦垛上。

二娘吓得两腿像筛糠似的乱颤起来，两只小脚怎么也迈不开步子，愣愣地戳在那儿。

马释永中午喝了不少酒，也正在酣睡中，大黄狗的嚎吠把他惊醒，他听到棚子外面人声鼎沸，吵嚷着要去救火，一个鲤鱼打挺站了起来，拿起了一把扫帚冲到了着火的麦垛前连扑带打地灭起火来。

在大伙的共同努力下，终于把火扑灭了。

大娘在人群中发现了朴子和大民，大民脸上被灰和泪调和得像一个小黑鬼，她把大民揽在了怀里，看见他的头发和眉毛都烧焦了，就问道："你怎么被火烧着了，吓着了没有？"

大民用手指着朴子大哭了起来，大娘看见朴子手里还拿一束青麦子，嘴巴上还沾满了灰屑，立刻明白了是怎么回事。她放开大民，一把拧住了朴子的耳朵，把他拽进棚子按在长条板凳上，抡起她那粗壮的胳膊对着朴子的屁股揍了起来，打得朴子杀猪般叫着。伙计们一看大娘动了真怒，都过来拉开了大娘护住了朴子。朴子刚从凳子上站了起来，二娘踮着小脚，手拿着一支擀饼杖走了过来，照着朴子的头就是一下子，朴子的脑袋上顿时起了个鸽子蛋大的包，疼得朴子捂着头跑出了棚子，边跑边哭叫着："是大民放的火，凭什么打我啊？俺找老爹评理去！"朴子说完，下了丘坡朝着懒边园跑去。

早晨的丘坡上没有一丝风，那柏树上的叶子低垂着一动也不动，偶尔有点风过来，风里也带着一股灼热。蝉儿热得不停地叫着知了知了。

喜奎领着十几个伙计把前两天碾压过的麦穗堆成了几大堆，等待着起风时扬场。喜奎穿着的那件黑色褂子在太阳的灼晒下，湿了又干，干了又被汗水浸湿，结出一道道白碱来。他索性脱了那褂子，光着膀子干起活来，麦糠和麦芒黏在身上痒得难受，他去到大棚前面的水缸处，舀了一勺子水冲了下来，感觉好受多了。莲儿从大棚里拿着一块干布巾过来，扭着头递给他让他擦干身体，喜奎才发现裤裆被水粘在皮肤上实在不雅，羞愧地躲到棚子后面去了。

大概过了一个时辰，喜奎感觉好像脸上有风，就抓了一把麦糠扬了出去，被风一吹飘到了远方。

"来风了，来风了！"喜奎高兴地叫了起来。他和三个伙计分别拿起来木锨，抄起带着麦糠的麦子，迎着风头用力均匀地扬上了天空，麦糠如云烟随风飘去，麦子如雨珠散落下来。

另有几个伙计用扫帚掠出了泾渭分明的麦堆和糠堆，又把分离开的麦子装进麻袋，扛起来喊着号子放进了丘坡西边的凉棚里。那金灿灿的饱满颗粒，凝聚着耕种者的心血，展示出收获者的勤劳，散发着诱人的麦香。

马释永正在丘坡上的柏树林里教朴子习武，他教武术的方法很特别，先是从井里打了半桶凉水，又把一瓶子醋倒在里面，让朴子喝下去，一直喝得肚子鼓了起来。他让朴子双脚分开，两腿屈膝下蹲成马步式，又用手扶着朴子的头，让朴子双目向前平视，用鼻子将气吸入腹部，又让用嘴徐徐呼出，鼻吸嘴呼，吸多呼少，循环往复，还不断吆喝着："顶平则头正，腿平则劲正，心平则气正。"

不到一个时辰，朴子已是大汗如雨，两腿累得直打哆嗦，那滋味确实不好受。坚持了一会儿，那尿也实在憋不住了，就嚷着要去撒尿。马释永让朴子两手环抱胸前，憋住尿，然后喝道："胸要平，步要弓，虚灵顶劲像猫形。"

"师父啊，啥叫虚灵啊？"朴子不解地问道。

马释永对朴子说："师父在平阴翠屏山学艺时，听法正大师说虚灵是聪明，就是学武艺要动脑袋瓜子吧。"

"俺知道了师父，练武要多动脑子。"

朴子说着，感觉肚子里的尿快要尿出来了。这时，大民领着大黄狗和那群小狗仔们来给朴子鼓劲。那只大黄狗看着朴子蹲马步的样子，也在旁边抬起两条前腿模仿了起来，朴子的精力被分散，不知不觉那尿像一股泉水从裤裆里淌了出来。

朴子好像天生就是一块练武的胚子，时到中午，朴子已掌握了蹲马步的动作要领，高兴得马释永夸起朴子来："俺这徒弟真是虚灵，一学就会！等中午睡一觉，咱们接着练。"

歇过来晌午，朴子睡得正浓，马释永把他叫了起来，来到柏树林里，马释永又让他喝了一肚子掺了醋的井拔凉水，面对着一棵弯着脖子的柏树旁又练起了蹲马步。这时，只见马释永从口袋里拿出了一个系着麻线绳的铜钱来，把它拴在歪脖子柏树的枝杈上，那垂下来的铜钱正好和朴子的眼睛在一条平行线上。马释永又拿了一贴膏药贴在了朴子的左眼上，让朴子睁开右眼瞅那悬吊着的铜钱中间的方孔。

朴子用他的右眼开始死盯那铜钱上的方孔，一会儿汗水淌了下来，迷了眼睛，痒得难受，也不敢眨巴眼睛。马释永说一句，朴子重复一句："膝外撑，眼要睁，瞅住钱眼不放松，巧打弹飞看得清。"

"师父，您还没有教俺打弹弓呢！"朴子说着又直了一下腰。

马释永问朴子："铜钱上的孔眼你看清楚没有？"

"师父，俺怎么看得迷迷糊糊的？"朴子回答着。

"再仔细瞅瞅，等会儿什么也看不见了就告诉我。"马释永说完，就在一旁打起了太极拳来。

大约过了一个时辰，朴子瞅的那铜钱开始模糊起来，连那棵歪脖子树也看不清楚了，就大声喊了起来："师父！师父啊！俺什么也看不见了！"

马释永不慌不忙地收了拳式，走到朴子面前，把朴子左眼上的膏药给摘了下来，说："起来歇会儿吧。"

朴子一屁股坐在地上，累得哪里还爬得起来。

朴子连续几天蹲马步瞅那铜钱，从模糊到清楚，直看得那铜钱越来越大，马释永在练武前让朴子喝的凉水也越来越少。这天中午，朴子的肚子没有那么多凉水顶着了，肚子有些饿，就让大民去棚子里找吃的。大民跑到棚子跟二娘说朴子饿了，二娘就煮了两个鸡蛋让莲儿去给朴子送去。莲儿拿着两个鸡蛋去到柏树林里看见朴子正蹲马步瞅那吊着的铜钱呢，就说："别练了，先吃两个鸡蛋垫一下吧。"

朴子一见那两个鸡蛋，吓了一跳，怎么这鸡蛋变得比馒头还大？他又看了一下莲儿说："六姐呀，你的头怎么比庙里的菩萨还大？"

莲儿见他胡言乱语，就说："你真是练武练糊涂了。"说完扭头就走了。

在一旁的马释永听见了，高兴地翻了个跟头，对朴子说："嘿！咱练成了，你先吃个鸡蛋，师父教你打弹弓。"说完把贴在朴子左眼上的膏药撕了下来，扔在了地下说，"再也不用贴这东西了。"他从腰里取出了弹弓，交给了朴子说，"咱把蹲马步练好了，打弹弓就好学了。"

他边做着姿势边说："先要找准要打的目标，右手用弓杈对准，左手拉开皮筋，弓杈与目标形成一条直线，觉得不斜不歪、不高不低后立刻发出去，准能打上。"

树枝上正好有一只麻雀，可能是吃麦场上的麦粒吃得太饱，在枝头上一动也不动。马释永就低声说："你闭上左眼，稳住脚步，右手用弓杈对准那只麻雀，瞅准后再打。"

朴子按照马释永的要求，蹲出一个马步，用右眼迅速瞄上了那只麻雀，他看见弓杈里的麻雀比鸽子还大，更有了信心，一弹打了出去，那麻雀一头栽到了地下。大民高兴得连蹦带跳，喊着："打下来了，打下来了。俺小舅把麻雀打下来了！"

朴子激动地扑向了师父，马释永把朴子抱起来举过了头顶说："俺教会徒弟了。"说罢哈哈大笑起来。

第六章　庙会

朴子打弹弓百发百中的消息传遍了懒边园，刘老爷子有点半信半疑，他叫了朴子到园子里去打弹弓，验证一下是真是假。二娘、大民、素欣和素英也跟着要去看看朴子的功夫到底怎么样。听到园子里一片蝉鸣此起彼伏，老爷子要朴子打个知了看看。

在一棵大楸树的横枝上，有两只蝉叠落在一起正抖动的翅膀知了知了地叫着，朴子掏出了弹弓，夹上块弹石，两只手一晃的瞬间，嗖的一声将那弹石打了出去，只听啪的一下那两只蝉同时被打了下来。刘老爷子看得真切，心想这个马释永真的神了，能教出朴子这样的功夫来，不佩服不行。于是就安排二娘午饭多加几个菜，除了大娘领着长工们在卖场晒麦子回不来，在家的人一起陪着马释永吃了饭，感谢他教导有方，让朴子变成了神弹手。

中午吃饭，一家子围坐在一起，刘老爷子请马释永坐在自己右首，又让莲儿烫了一壶酒，亲自给马释永倒满了一杯。

"马师傅呀，没把你当外人，一家人吃个便饭。"

"您老客气啦，朴子是块学武的好料子，肯吃苦，又聪明，我想着把螳螂拳教给他呢。"马释永边说着边和刘老爷子碰起杯来。他俩喝得正高兴，刘老爷子看见朴子在夹菜时老闭着右眼睛，就问朴子："你吃饭怎么睁着一只眼，闭着一只眼呢？"

朴子说："俺师父说了，吃饭用右眼，打鸟用左眼。"

刘老爷子沉思了一下，心想可能是学痴了吧，也就没有在意。他又端起了酒杯对马释永说："感谢你教朴子学会了这个打弹弓，咱俩干了这杯酒。"两个人碰了一下酒杯，把酒一饮而尽。

这时二娘端着一盆下好的饺子放在了餐桌的中间，对着刘老爷子说："等喝完这壶酒就吃饭吧，明天还得出远门呢。"

刘老爷子说："对了，明个儿是五月二十八方山大庙会，这天又逢方山禅寺开光大典。"转身又对马释永说，"我明天一早带着朴子、素欣和英子去方山，当天回不来，方山离县城近，我要在城里住两天，去药房看望一下老中医秦秋谱先生，五月三十回来。你这些天教朴子习武，晚上又要看护麦场，很是辛苦，也该歇息歇息了。"

还没等到刘老爷子说完，大民沉不住气了，插话说："姥爷呀，俺也跟您去逛庙会。"

刘老爷子哈哈一笑："当然掉不下你这个小外甥。"说着又和马释永碰起杯来。

喜奎一大早就套好了用蓝布打起篷子的马车，两匹拉车的骡子一前一后，棕色的毛肤被刷得齐整光滑，显得膘肥体壮。等刘老爷子和朴子、大民、素欣和素英上了车，喜奎坐在马车的前架上，扬起了马鞭，喊了一声"得儿驾"，那两匹骡子的蹄像不沾地似的拉着篷车驶出了懒边园。

夏至过后的田野，高粱禾苗蹿出地面半尺多高，阡陌交错成一片新绿，随着地形的连绵起伏直达天际，像是给大地铺上了一层层醒目的绿毯。刘老爷子的蓝布篷车迎着扑面而来的晨风，在柔和的阳光下奔驰在乡间的原野上。

方山属白狼山脉最北首的一座山，北距懒边园十五里，约两个时辰的车程。县志载：此山距城约二十里，边下镇之正东。其山横亘，顶平如砥，四望皆方，故名方山。

《金史》曾说："北海县注之，方山是也。山半有神祠，神台座下有古洞，其深莫测；祠前石池深可六七尺，冬夏不溢不竭，内畜金鱼；池畔古槐绕藤，绿竹夹道，紫薇、黄杨罗列左右。……寺外翠柏苍然，称一邑之胜。"

方山禅寺建在方山北麓的半山之间，从寺庙大门外的平台上可瞭望古营丘县城的全貌。每年麦收后的五月二十八这天，乡约俗成有三天大庙会在这山顶上举行。方山的山顶东西长二里，南北宽二里，方方正正，平坦广阔，南有十几棵大槐树偎依成林，北有戏台一处，东西各为出入山顶之道，既可骑马，也可进车，是一块天造地设的集市宝地。今年的庙会，又逢方山禅寺重建开光大典，前来进香的、拜佛的、许愿的，自然是人山人海热闹非凡。

刘老爷子的篷车沿着山里的路径蜿蜒而上，进入了密林深处。入夏的阳光从层层密密的枝叶间映透在地上，照射着各色盛开的野花。成群的蜜蜂在花丛中吮吸着花蜜飞来飞去，山林中充满了活跃甜醉的气息。素欣和素英掀起了蓝布帘子欣赏着山里美丽的景色。刘老爷子看到一股山泉在林壑间淌过，便读出了王维的《终南山》来："太乙近天都，连山接海隅。白云回望合，青霭入看无。分野中峰变，阴晴众壑殊。欲投人处宿，隔水问樵夫。"

大民没有听明白，问道："姥爷，您读的这诗是啥意思呀？俺一句也没听懂。"

刘老爷子捋了一下胡子说："是说这位诗人走到了深山里，想找个人家去投宿歇息，看见河对面有个砍柴的，问他有没有投宿的地方。"

朴子说："他是怕遇见狼吧，我有弹弓，什么也不怕。"

听了这没头没脑的话，素欣和素英掩着嘴直摇头。

喜奎接连打了几个响鞭，那拉车的两匹骡子跃起蹄儿嗒嗒敲击着地面，溅起阵阵尘沙。待翻过一道陡坡，放眼望去，掩映在绿树丛中的寺院，朱红色的墙，青灰色的瓦，崭然一新，十分醒目。

此时的方山禅寺已是人头攒动、喧闹纷杂。刘老爷子在车上坐麻了腿，被素欣和素英搀扶着下了车，他摸出怀表看了一下时间，刚过十点，离午时的开光仪式还差半个时辰，就拄着剑杖摇晃着腿，走到了寺庙东侧的石碑处，看起新立的碑文来。

重修方山禅寺记：

> 晨钟暮鼓，佛恩四方；寺门巍然，宝殿高祥。
>
> 上溯唐宋吉岁，六祖八瑞转世。荷伴仙月湖波，率众僧一苇渡过，选址建寺于斯。方山屹立，狼水源长。佛路通善信，接纳人间缘客，释门构般若，惊醒红尘梦乡。盖因古营胜地，潍昌民风淳朴，四季香火不断。百年沧桑岁月，颓坍毁于拳匪，殿廊墙庑圮损，遗恨世人所憾！值此于今日国盛，集社贤达开明，添珠集贝商榷，重檐雕石镌木，使之巍然秀出，溢彩金碧辉煌。劳苦尽衷募化，兴祇缘于安邦。
>
> 助社稷于和睦，惠民众以图强，点迷津之消灾兮，祈佑子孙永昌。
>
> 阿弥陀佛
>
> 营丘县县长马尚岭撰文
>
> 时民国廿五年五月吉日立碑

刘老爷子读完碑文，摇了一下头，自言自语地说："这个马尚岭，文笔尚可,但把方山禅寺毁坍怪罪于义和拳,有失公允。"

咚咚锵,咚咚锵。一阵阵锣鼓声由远到近,在有节奏的鼓点中,两条巨龙在庙门前舞动起来。只见舞龙人身穿黄色对襟衣、白色的灯笼裤,腰间扎着红色绸带,高举着龙杆,时而蜻蜓点水,时而金龙盘柱,时而双龙祝福,不断地变换着动作,耍的两条巨龙上下翻飞,引来了无数观众观看。朴子和大民正看得过瘾,突然朴子感觉头顶被人拍了一下,他回头一看是营丘县教育局局长郭子敬。郭子敬把朴子扯出了人群,大声问道:"看见你爹没有?"

朴子往东边指了一下说:"俺爹和两个姐姐在那边看石碑呢。"

郭子敬放开朴子,朝东望去,果然看见刘老爷子拿着他那把剑杖指指点点,在给素欣和素英说碑呢。

此时方山禅寺开光大典还没有开始,庙门还没有打开,门前人潮涌动,被堵了个水泄不通。刘老爷子和素欣、素英跟着郭子敬随着簇拥的人流一步一步朝着庙门挤去。几个守门的警察见郭子敬来了,主动把寺门敞开了一道缝,把刘老爷子一行让了进去。等他们进入了庙门,素欣和素英看见门庭左右两侧陈列着十八罗汉塑像,有的龇牙咧嘴,有的怒目圆睁,各个形态各异,栩栩如生,不由得心里紧张起来。两个人紧紧地抓住刘老爷子的衣襟不放,刘老爷子见两个女儿害怕就说:"嗨,都是些泥塑,又不是真人,你们害什么怕呀!"

正说着,只见马尚岭县长和他的随从从院内迎了过来,与刘老爷子相互拱起了手,寒暄起来。马县长握住刘老爷子的手说:"我也是刚到这里,还没见到寺院的方丈呢。"边说边把刘老爷子领到大殿门前,指着两侧柱子上的撰联读道,"方山看柏,清角佛声凝古韵。狼水听涛,梵钟响处振天风。刚才我已经欣赏了半天,您写的联对仗工整,字迹古雅,真是神来之笔,让我大开眼界。"

郭子敬和几个被邀请的宾客也附和着夸起好来。刘老爷子仔细看那柱子上的对联,深褐色的檀木质地上,雕刻细腻,鎏金填字更显得大气磅礴,便说:"是个古风对,让诸位见笑了。人在衣裳马在鞍,这工匠的刻功给这副对联添色不少。刚才我在寺外,看到马县长写的《重修方山禅寺》碑铭,正楷端庄,字句之间才华横溢,一看是费了功夫的。"

马尚岭见刘老爷子夸奖自己,面带羞色摇了摇手说:"让您老见笑了,说来惭愧,我写了个草稿子,让县立中学的秦佩学校长约了几位国语教员,鼓捣了一个通宵,不当之处您老多多包涵。"

刘老爷子见这个马县长说话还算诚恳,便回应说:"我记得辛弃疾的《临江仙》填词,有一句'有心雄泰华,无意巧玲珑',今天很应时呀。"

马尚岭听了刘老爷子说的这句古诗词，方领略了他的学识渊博，更加尊敬起这位前辈来。

随着一声"阿弥陀佛"，大殿门被两名僧徒敲开，方丈释同悟法师合手在胸前，率领众僧从殿内走了出来，他与马县长、刘老爷子等来宾一一见过，便邀请大家来到了大殿。

殿里居中莲花座上的如来佛祖，鎏金塑身，气势辉煌，微笑的目光凝重慈祥。释同悟方丈先是合掌参拜，对着如来塑像深鞠一躬，又转过身来，合掌对着宾客说："佛祖在上，感谢县长光临本寺，多谢众多施主布施，让方山禅寺重现光彩。"他缓了一会儿，把语速放慢，"大殿已设宝匣，本寺从今日起为四方施主开光三日，各位施主，如有需开光之物，请在记簿案上登记，待午时大典启动，贫僧为所邀施主先行开光祈福。"

刘老爷子在两个女儿的陪伴下，先到了记簿案桌前面，他先拿出一个准备好的礼袋，送给了坐在对面的记簿和尚说："这里有二十块现大洋，作为寺庙开典的贺礼，另有小女婚嫁所用的首饰，请放入宝匣开光。"

随后，其他来宾也纷纷拿出了准备开光的物体，由记簿和尚一一系上记牌放入了宝匣。郭子敬见宝匣内开光的物体并不多，就跟刘老爷子要了那支剑杖，让僧徒也放进了宝匣准备一并开光。

四位和尚把那宝匣抬到了大殿外面的石阶下，待释同悟方丈与马县长、刘老爷子等所邀宾客在大殿门廊里一列站定，跟随鼓乐鞭炮齐鸣，方山禅寺的庙门敞开，院外的人流像潮水一般涌了进来，挤了满满一大院子。

方丈释同悟在十几名和尚的簇拥下，合掌来到宝匣前，另一名僧徒举着一顶华丽的圆盔大伞，旋动着站在方丈身后。这时，东厢廊道里的乐队抬起了六支长筒子大喇叭，呜呜吹起长调来。一时间，院子里喧闹的人群顿时安静了下来。

释同悟方丈右手拿起一只柳条，蘸了一下铜盆里的水，慢慢地摇动着将水滴洒在宝匣上，又将左掌竖起，朗诵起了开光咒："唵，阿暮伽，钵头摩，逊那利，驮拉驮拉尼。曼那利，吽……"

临近午时，正是烈日当空，巨伞高张，前来拜佛的人们似乎忘了火日炙人的痛苦，在开光大典气氛的感染下，静静地听着释同悟方丈时高时低的偈咒。

马县长站在大殿的廊台中央，听了一会儿释同悟方丈的开光咒语，那似懂非懂的长腔让他犯着迷糊。郭子敬走在身后附在他耳朵上说："别忘了，中午约定了营丘火车站小泉四郎站长来访。"

郭子敬的提醒，让他回过神来，他侧身对站在身旁的刘老爷子说："您老包涵，我要回县衙见一个日本人，还要郭局长去当翻译，洋务不怠，我得先行一步。今晚我在县城六合祥饭庄为您老全家设宴，恳请一定赏光。"

他也不等刘老爷回答，急着与郭子敬绕道西厢廊道出了庙门，坐上警官张海生开的那辆大卡车一溜烟儿地下山了。

刘老爷耐心地等到开光仪式结束，即与释同悟方丈道别，又取走了僧徒送来的开光首饰和剑杖，素欣和素英陪着他绕过西厢廊道走出了寺庙。

朴子领着大民在寺庙门外等得有些不耐烦，正着急呢，他看见喜奎在篷车边上，就跑过去跟着喜奎学起打响鞭来。大民远远看着素清朝着庙门口走来，就对朴子说："小舅你看，好像三姨来了。"

朴子一看果然是三姐素清，就把鞭子还给了喜奎，领着大民迎了上去。素清和朴子、大民刚到寺庙门口，正巧刘老爷子和素欣、素英也从庙内出来了，素清对着老爷子说："俺三叔和三婶在山会上包了一间凉棚，已经叫好了饭菜，让我来接你们去吃饭哪。"

刘老爷子说："都是为了你这几件嫁妆开光才出来晚了。"

这时喜奎已把篷车套好，赶着车过来说："都上车吧，挤了一点，骡车比人走得快。"

今年的庙会特别热闹，麦收的忙碌过后，人们带着丰收的喜悦聚集在这方山顶上尽情地游逛。一眼望去，整个会场几乎都是人挨人、人挤人、人碰人，真的是人山人海、摩肩接踵。山顶北面的大戏台上正演着吕剧《二郎神劈山救母》，在锣鼓声中，扮演二郎神的武生舞动着利斧唱着："王母开言叫二郎，你娘啊被压在太行，母子若得重相见，山要不崩难见娘。"引起了台下一片叫好声。

山顶的南端是宠物市场，花鸟鱼虫，应有尽有。东西通道两侧是专设的摊位，捏面人、占卜的、拉洋片的、打弹弓的、投飞镖的、卖棉花糖的，各类小吃瓜果铺位令人眼花缭乱、目不暇接。到处是叫卖声、说笑声、讨价还价声，不绝于耳。

刘老爷子和他的儿女在进庙会的山口处下了车，由素清领着徒步走到庙会南端的大槐树下，刘锦什和秦贞贞早早地在这里租了一间大凉棚，中间摆了一桌子饭菜，正等着大哥一家子来吃饭呢。大家刚落座，朴子和大民各拿了两个大馒头，嚷着要去看拉洋片的，刘老爷子见拗不过他，就提醒他俩小心别跑丢了，如果走丢了，顺着太阳方向找这里的大槐树，看见了大槐树就看见大凉棚了。

朴子领着大民到了拉洋片的摊儿上，看到等待看拉洋片的大人和小孩子排了长长的一队人，朴子心想这要等到猴年马月才能看上，就拉着大民挤到了最前面。他看见一个大汉在排队，就凑在他跟前说："大哥，你吃饭了没有？"

那大汉说："吃什么饭，俺排了两个时辰的队才挨到这里。"

朴子说："我兜里有两个大馒头，你先吃着。"说着从衣兜里拿出两个馒头送给了那大汉，那汉子一看是白面大馒头，就回头对排在他后边儿的人说："他俩是俺兄弟。"说着就把朴子和大民让在了前边，自己大口啃起馒头来。

洋片里演的是义和拳大战洋鬼子，每次可以四个人同时看。朴子把头贴在镜筒上，眯起了左眼，用右眼来看。他看到灯片里的洋人用火枪朝着挥舞着大刀的拳民开枪，那义和拳民应声倒在了地上，就喊了起来："这洋枪好厉害呀！"

看完洋片，朴子始终惦记着那洋枪，就对大民说："这洋枪比弹弓厉害多了，我要有条洋枪就好了。"

俩人说着就来到了打弹弓的摊位上，只见摊子的案桌上放了五把弹弓，一字排开，另有一盒用黄泥做的弹丸放在了一旁。离着摊桌往后十几步远，遮挡了一块儿大帆布，帆布前边儿挂着一个不大不小的葫芦，葫芦肚子上描了一个大红圈圈。朴子就问摊主怎么个打法，那摊主说放下一个铜钱打两弹弓，打中了接着打，如果连着十次打中弹弓归你拿走。这时有个刚打完弹弓的小伙子过来说："真不好打，俺放了五个铜钱，也没打中一次。"

朴子说："俺来试试。"

朴子把一枚铜钱放在了摊桌上，拿起了一把弹弓装上弹丸拉试了一下，觉得还顺手，就瞄上了那只葫芦。只听啪的一声，那弹丸正中葫芦上的红心上。接着啪啪连续几声竟把葫芦肚子上的红圈圈击穿成了一个窟窿。周围的观众都喊起好来，连那摊主也拍着手称赞不止。朴子精神一振，连着打出几十弹弓，弹弹命中。在一片叫好声中，朴子取了那五把弹弓正想离开，那摊主一下子回过神来，说把弹弓都拿走了还怎么做生意，让朴子留下弹弓拿着铜钱走人。这朴子哪能放弃，就对那摊主说："你拉出屎还能吃进去吗？"

这句话让摊主恼羞成怒，抄起了一根棍子朝着朴子打来，朴子一个闪步躲开，反身拉起那弹弓对着对方的脸就是一弹弓，这一下可不得了了，那弹弓正击中在摊主的鼻子上，啪的一声被打得满脸开花，只听摊主惨叫一声，双手捂住鼻子蹲了下去，鲜血顺着手指缝流了出来。这时摊主的老婆正好买饭回来，一看自己的男人挨了打，发疯似的拿起木棍朝着朴子打来，朴子拉开弹弓正要打，一看是个女的，就一个鹞子大翻身躲开了这一棍。此刻看热闹的人都知道是摊主出尔反尔，说话不算数，就拉着那婆娘让朴子快走，朴子握着那五把弹弓，转身钻进了人群，不见了踪影。

大民看着朴子和摆弹弓的摊主打了起来，就朝着太阳的方向挤在人群中去找姥爷，好不容易找到了大槐树下的凉棚，跑进来看见一家子人刚吃完饭，正在喝茶呢，他就把朴子打架的事说了一遍，又补充说那摊主的老婆长得高大，面目很凶，怕朴子要吃亏。刘老爷子听了，正想吩咐素清和素欣去找朴子，只见他三弟锦什站了起来说："自古英雄出少年，朴子竟有这样的功夫，我去看看。"他束了一下腰带，只身一人去找朴子。

正是晌午饭时，庙会上的人少了许多，锦什很快来到了那弹弓摊上，看见摊主的老婆正在给他男人擦洗脸上的血迹，就过来问道："兄弟，你的鼻子伤得怎么样？"

那摊主疼得直哎哟，看了一下锦什，觉得眼前这个人气度不凡，不是个一般的人，就囔着鼻子说："那小子打得太狠，把俺鼻子都打塌了，疼得厉害。"

他那老婆说："你不是天天练弹弓吗，怎么让人家打了？"

那摊主说："我哪里来得及，没想到那小子的弹弓功夫比我还好。"

刘锦什从口袋里掏出两块银圆递了过去说："我是那孩子的亲叔父，这钱你们拿着算是我赔礼道歉，一会儿去药摊上买点儿云南白药敷上，好得快。"他停顿了一下又说，"你们看见那孩子往哪儿跑了？"

摊主的老婆想不到他男人受伤能得到两块银圆的赔偿，高兴得不知说什么好，就指着戏台的方向说："那小兄弟往北去了。"

锦什朝着庙会北边走去，看见戏台上的戏已经散了场子，稀稀拉拉没有几个人，正想返回凉棚，突然间他闻到了一阵酒香，职业的习惯让他感觉到这会是一种上好的酒，他顺着酒香往戏台西侧走去，看见在一张桌子上摆了七八只黑碗，桌子上方挂了个条幅，上面写着"五图镇响水崖子好酒"的字样。靠在戏台西墙根堆放着十几个酒缸，散发着酒香，一个老汉和一个像他儿子的青年站在桌子后面喊着卖酒。

刘锦什走了过去问起酒的价钱来，那老汉说五个铜子一碗，一块银圆一缸。锦什拿出一块银圆放在桌子上说："来半碗尝尝，如果好喝就买一缸。"

那卖酒的老汉见来了个大户，便用酒提子从酒缸里提出酒来倒了半碗递给了锦什，说："您尝尝这酒怎么样，不好不要钱。"

锦什接过那半碗酒先闻一下，特有的香气扑面而来，他喝了一大口，徐徐咽下，稍歇后，品出那酒味儿丰满醇厚，满口留香，心想这酒怎么这么好，分明是陈年洞藏。若用这酒勾调厂里的憋郎，绝对是一款名震四方的好酒。他又倒了一滴放在手心里，双手搓了一会儿，捧在鼻子上闻了一会儿，感觉是高粱坤沙酿造，且酱香、焦香、糊香配合得十分协调，回味幽雅，没有个几十年的窖藏不会有如此好的陈酿，于是就问道："请问这酒是从哪里来的？"

看着老汉的儿子刚要回话，那老汉一摆手阻止了他，自己说："是俺家自己造出的酒。"

锦什问："是坤沙发酵还是回沙发的酵？"

那卖酒老汉被锦什问住了，张了张嘴，说不出话来。锦什知道老汉是在撒谎，就说："你这里的酒还剩多少？"

"都是零卖，卖了三缸多，还剩了九缸。"老汉回答道。

锦什说："这九缸我全要了，一会儿你们爷俩把酒送到南边槐树林子里，你会看见有个大凉棚，我在那里等着你。"说完转身往凉棚走去。

锦什回到凉棚里，跟大哥锦戎说了在戏台下遇到卖酒的情形，刘老爷也很惊异，觉得应该去产地一趟，才会知道这酒的来龙去脉。弟兄俩正议论着，卖酒的老汉和他儿子搬着酒进了棚子，刘老爷子让那老汉坐下喝了杯茶，就问那老汉贵姓。那老汉说自己姓刘，是五图响水崖子的。刘老爷子又问起响水崖子距离郭齐店子多远时，那老汉说："不算远，过了邱家河转过马山，进了山沟就快到了，也就八里路吧。"那卖酒老汉说完，盯着刘老爷子反问道，"您在郭齐店子有亲戚？"

刘老爷子捋了一下胡子说："我家的老墓田在那里，我姓刘是郭齐刘，大股五公十九世孙，五行从金字辈。"

"哎呀！老哥咱是一家子，俺也是郭齐刘姓，二股大公十九世，俺叫刘金贵，俺儿子叫刘青山，是水字辈的，今年都二十岁了。"那卖酒老汉激动起来。

"哈哈，我叫刘锦戎，这是我三弟刘锦什。"

那卖酒老汉恍然大悟："我真是有眼不识泰山，原来您就是咱郭齐刘焉崧堂的堂主呀，光听说您的大名，想不到在这庙会上碰见了，三生有幸，三生有幸。"说着站了起来，给刘老爷子作起揖来。

刘老爷子起身扶住他，说："你我都是同辈兄弟，你得告诉我这酒真的是你们家的？"

那老汉哪里还敢撒谎，就坐下来一五一十地讲起了他卖的这些酒来。

第七章　酒香

　　五图乡响水崖子村有百十户人家，村子的东头靠在山崖边上有两户宅院左右排列着，这两户人家与其他村户隔着一条水溪，相对偏僻。东户挨着山崖的是李寡妇家，西户就是刘金贵家。金贵家祖辈都是放羊的，日子过得有些紧巴。李寡妇靠着出租十几亩山地生活，日子过得宽裕一些。李寡妇性情上有些古怪，平时少言寡语，不苟言笑，除了夏秋两季收租时开几次大门，平日里大门紧闭，自己也是大门不出二门不迈。她与邻居金贵家也很少往来，村里的人很少见到她的身影。

　　听村里的老人讲，李寡妇家原本是做酒的。有一年她家掌柜的押车去东北贩卖高粱，半路上遇到兵燹，车毁人亡，她二十来岁就守了寡。刘金贵成婚那年，李寡妇已经七十多岁了，生活难以自理，她叫来村里的保人，立契为据，让刘金贵一家照顾她的后事，将自己的宅院过户给刘金贵，家中的土地除了给自己留出一块墓地，其他一并交给响水崖子的村民共享。

　　李寡妇死后，刘金贵料理完后事，就在李寡妇院儿里养起了羊，去年夏天响水崖子村突发大水，金贵家西面的土墙被水泡倒。这年麦收后，金贵想用打下来的新麦秸屑子掺上泥土做成土墼，晒干后垒墙用。他和儿子在山崖下面取土时，上边土坍塌下来，露出一个用青砖堵住的门道，打开之后发现是个窑洞，里面充满了酒味。刘金贵回家取来油灯点亮后走了进去，发现洞里摆着一缸连着一缸的酒，数来数去也没有数清有多少缸，就让儿子搬回家一缸。打开之后，酒的香气溢了出来，自己先喝了一大碗，觉得没事儿，就想在方山庙会上去卖点儿钱。五月二十八这天一大早他租了辆牛车，拉了十几缸酒去庙会卖酒，不巧碰见了刘锦什要买酒，才相识了刘氏本家的族长刘锦戎老爷子。

刘老爷子和锦什仔细听了那卖酒老汉刘金贵的讲述，自然是惊喜万分，当即决定改日由锦什亲自去趟响水崖子实地考察一下情况，并嘱托刘金贵先把洞口封起来，不要走漏了消息。

刘老爷子和锦什送走了金贵老汉和他儿子刘青山，就打算早点回县城，因还要赶时间参加马县长的晚宴。他们这家子刚到山口，看见朴子正挥舞着喜奎的马鞭子练习打响鞭呢，刘老爷子把喜奎喊过来，要他拉着素欣、素英、朴子和大民回懒边园，自己乘三弟锦什的马车和秦贞贞、素清一起回县城。

营丘县城西门里东侧的石桥边上，有一处僻静的宅院，从沿街大门进去，巷子里东西对门分成了两个院落。西院由刘锦什和秦贞贞居住，东院由素清和素楠居住。

刘老爷子一行在县城西门里宅门前下了车，刚进入大门就听见一声清脆的声音："老爹，老爸，妈妈，三姐，你们都回来了。"

原来是素楠从潍县教会学校回来过礼拜。刘老爷子的五女儿素楠自小聪明伶俐，泼辣可爱，大娘怀她时曾到庙宇烧香，希望生个男孩，谁知生出来还是个女孩，大娘自作主张给她起了个名字叫素男。锦什和秦贞贞婚后一直要不上孩子，素男三岁断奶后就抱给了秦贞贞，养到上学时，锦什把她的名字取谐音改成了素楠。他叫生父刘锦戎为"老爹"，叫养父刘锦什为"老爸"，叫生母张新梅为"大娘"，叫继母苏小玲为"二娘"，唯有叫秦贞贞为"妈妈"。

老爹刘锦戎自春节见过素楠，这还是第一次见她，看着她长高了不少，亲得不得了，跑了过去把素楠搂在怀里说："楠儿呀，都长成大姑娘了，想老爹不？"

"俺想老爹，也想大娘和二娘，还有弟弟小朴子。"素楠回答着。

"哈哈，会说的丫头，嘴比咱家的八哥还巧呢，快去帮你妈拿东西吧。"刘老爷子说着指了一下秦贞贞。

"哎，遵命。"素楠做了个鬼脸，跑到了秦贞贞跟前帮她提着从庙会买来的一大堆东西。

刘老爷子来到锦什住的西宅院，接过秦贞贞递过来的热毛巾，擦了把汗对锦什说："我觉得马尚岭这个人还算实诚，你和贞贞准备一下，再带上素清和楠儿，今晚咱们全家一起去赴宴。"

锦什说："好吧，我多接触马县长，日后也好办事情。我得先去趟厂里把响水崖子的陈酒与咱家的懒郎酒勾兑一下，但不知道这些陈酒的年份，得让郑大郎试着调兑，调出最好的口味来。"

"那九缸酒都拉回来了吗？"

"都拉回来了，在门口春生赶的那辆车上呢。"锦什回答。

"那好，我去车上看看，一般窖藏的酒都会在缸上写上年份的。"刘老爷子边说边起身朝院外走去。

刘老爷子和锦什来到马车旁，锦什让伙计春生先搬下一缸酒，他用手把系在酒缸上的棕绳解开，揭下封在上面的那层黄色油布，果然发现下层盖在缸口上的棉垫子正中有一张方方正正的纸笺。他取下来递给了大哥锦戎，刘老爷子一看上边写着：伏暑储曲，重阳下沙，窖贮十年，童叟无欺。岁次光绪七年白露后三日封。

他给锦什看那纸笺说："那个刘金贵在开酒时，是把上层的油布和下层的棉垫一起揭开的，所以他爷俩没有发现这些笺纸。再说了，就是看见了他俩也不一定认得字。这酒是光绪七年封藏，距今已是五十多年，那李寡妇去年过世，就算她十六岁嫁到响水崖子，这些酒也应该是在她婚嫁前后入窖的。"

锦什说："大哥，事不宜迟，我明天就带着郑大郎去响水崖子。"说完上了春生赶的马车往酒厂去了。

营丘县城里的六合祥饭庄，是清咸丰年间开业的老牌号，后经义和拳动乱曾一度停业，而今已是修缮一新。饭庄大门两侧贴了一对大红楹联，上联是"美味招来云外客"，下联是"清香引出洞中仙"，横批是"六合同祥"。四盏大红宫灯挂在檐下，显得光彩夺目。

马尚岭县长订了二楼雅间宴请刘老爷子。

六合祥饭庄现在的掌柜姓卢，名铁公，曾在上海六国饭店干过帮厨，既能做本地菜，也能做淮扬菜，还下得一手好象棋，在营丘县城颇有名声。今晚他要亲自下厨，在刘老爷子和马县长面前展现一下厨艺。

傍晚，店面临近掌灯时分，刘老爷子和他的三弟刘锦什、弟媳秦贞贞及女儿素清、素楠整装来到了六合祥饭庄门前，早有在外边等候的店伙计把他们请进了饭庄门厅，在楼下等候多时的县教育局局长郭子敬和巡警队队长张海生迎上前来，郭局长拱手说："刘叔呀，马县长和他新娶的夫人在二楼候着呢，另邀请的两位日本客人也已经到了，您老请上楼吧。"说完就搀扶着刘老爷子上了楼梯。

县长马尚岭看见刘老爷子一家子走进了雅间，连忙拱手施礼道："欢迎欢迎啊，锦戎老前辈的光临，让六合祥饭庄蓬荜增辉呀！"

他转身拉过来一位身穿紫花香云纱旗袍的中年女人说："这是我续弦的夫

人文萍萍，文武的文，萍水相逢的萍。"

文萍萍身子略弯作了个揖，用一口浓重的天津卫话说："俺常听尚岭说起您老的大名，今晚有幸见到您，您老吉祥，请先坐吧。"

她做了一个让座的手势后也不等马尚岭说话，回头招呼了一下站在一旁身穿西装、系着领带的日本人，对刘老爷子说："这位是新来营丘县准备开设大和商行的桥本秀幸先生，他刚从青岛赶过来。"

桥本一听是在介绍自己，先是立正，后又弯下腰去深深地鞠了一躬。

文萍萍又介绍另一位嘴巴上留着一撮小胡子的日本人："这位是咱营丘火车站的小泉四郎站长。"

小泉四郎也是深鞠一躬，用半生不熟的中国话说："谢谢，多多关照的有。"

他的话一出，惹得一桌子人都抿起了嘴笑起来。

大家刚落座，六合祥的掌柜带着一个小伙计，端着一盘刚烤好的牛角酥放在了餐桌中央，拱手面对来宾旋转了半个圈说："鄙人姓卢，卢铁公，我是本店的掌柜。承蒙贵客光临，我先烤了一盘面点，诸位吃着垫垫肚子。"说罢，他从小伙计手中拿过一本拟好的菜谱页，交予马县长，"这是今晚的菜谱，请县长过目。"

马县长连看也不看，直接递给了刘老爷子说："您老先过目，如有忌口，请直接告诉卢掌柜。"

刘老爷子看那菜谱是按营丘上大席的习俗，四四到底准备的。四凉菜分别是水晶肴肉、潍北素锅、麻辣萝卜干、白玉芥末鸡。四热菜是葱烧大海参、蒜香干锅梭子蟹、清炖蟹粉狮子头、软兜黄鱼。四奉送分别为薄荷红烧带鱼块、芝泮烧肉、三套鸭和清炒虾皮萝卜丝。四主食是朝天锅、土驴肉火烧、鸡鸭和乐和虾仁烧卖。

"好呀，让老朽大开眼界，这四道凉菜里两道是营丘菜，八道热菜里四道是淮扬菜，清鲜配甜咸，细致加典雅，可谓之和精清新，妙契众口。只是主食四款太多了，吃不下呀，我看减下两种吧。"刘老爷子说着，又把菜谱交给了郭子敬说："子敬呀，你把这六合祥的菜谱读给这两位日本客人听听，征求一下人家的意见。"

营丘火车站的小泉四郎站长，原是日本名古屋郊外新町火车站的副站长。自民国三年第一次世界大战爆发，日本对德国宣战，遂出兵强占胶济铁路，同年十月，日军占领营丘火车站，小泉四郎始任站长。营丘火车站地处胶济线的中心，东距青岛一百六十公里，西距济南也是一百六十公里，也是山东盐业的集运中心，营运位置十分重要。营丘火车站常驻的日本人约二十名，主要负责日常的机务、电工、信号、仓库储备及东西五十公里的轨道维修。另雇中国劳工三十多人，负责搬运杂物。这些日本人平时不出火车站区域，每七天有供应车靠站，提供生活医疗及日常用品。小泉四郎站长性格上也较为和善，能说一些半生不熟的中国话，与当地人的关系也相对融洽。

大和商行的桥本秀幸今年刚从伦敦帝国理工学院毕业，来青岛大和商行谋职。他是机电系的高才生，因营丘火车站有一组原德国产的发电机年久失修，小泉站长从青岛大和商行订购了一套日产新机组，大和商行总部派桥本来营丘开设分行，拟准备在东站和县城里分建两个发电机组，电路联网后即可以分用，也可以合用，以解决城区照明和火车站的机务用电。他初来乍到，对中国话和当地习俗一窍不通。

郭子敬把菜谱用日语详细地讲述了一遍，小泉和桥本听得眉飞色舞，两个人又低声嘀咕了好一阵子。小泉突然站了起来说："统统的要，统统的都要。"

原来他俩很想品尝一下这桌丰盛的中国菜。

卢掌柜看见在座的都认可了这个菜谱，正想告辞去后厨备菜，马县长却对他说："有了好菜得配好酒才行，你店里有好一点的酒吗？"

卢铁公回答道："店里最好的酒是营丘酒厂的古营春。"卢铁公说着看了一下刘锦什说，"咱们守着营丘酒厂的大掌柜，不愁没有好酒喝吧？"

这时，刘锦什站了起来说："鄙人是营丘酒厂的掌柜刘锦什，我今晚从藏窖中拿来了老陈酿叫懒郎，这酒是酱头浓尾的兼香口味，市面上还没出售呢，一会儿请诸位品尝。"

锦什清了清嗓子又说："卢掌柜，咱俩可是老伙计了，今晚务请拿出您的真功夫，让马县长和夫人满意，让我大哥满意，也让二位日本客人满意。"

这时，素楠也接过话来凑热闹："也让俺妈和本姑娘都满意。"

宴席上的气氛顿时活跃了起来。

这时，店里的伙计把四例凉菜摆在餐桌上，又在凉菜之间添加了老醋花生、酸甜莲藕、酱瓜八宝、糖醋蒜薹、糖酱洋葱、五香花色笋片和六碟什锦小咸菜。

素清把坛子里的懒郎酒分倒在两把酒壶里，为每位客人斟满了杯子。

闻到扑鼻而来的酒香，马县长端起了酒杯，先是与刘老爷子对碰了一下，然后站了起来，对着满桌的人说："百川东到海，人生酒一杯，今夜不喝酒，来日徒伤悲。我今个设宴，欢迎老前辈刘锦戎先生和日本朋友，大家共同干杯！"

说完率先一饮而尽。可能是懒郎酒特有的兼香味道，沁入肺腑后，让饮者感受到了韵味的醇香，都不约而同地称赞起这酒好来。

郭子敬觉得这懒郎酒要比上次在懒边园里喝的懒郎酒还要好些，就问起刘老爷子来："刘叔呀，怎么今晚的懒郎比上次在您家喝的懒郎酒还要好喝呢？"

"嗨，你上次在懒边园喝的是去年的，今晚喝的是窖藏了多年的老陈酿。"刘老爷子捋了一下胡子，与马县长和小泉四郎对饮了一杯后说，"人间路窄酒杯宽，其实人和野兽的最大区别就在喝酒上，酒能让人变成野兽，但酒却不能让野兽变成人，所以那武松喝了酒才能打死老虎。"

刘老爷子的一席话，把大家说得笑了起来。

郭子敬把懒郎酒的来历和窖藏陈酿的珍贵，用日语绘声绘色地讲了起来，小泉四郎和桥本秀幸听得津津有味。这时马县长和夫人文萍萍离座过来敬酒，马县长说："小泉先生，下午我们谈的在营丘县城接装电灯，本县用这款懒郎酒来换你们日本的发电机怎么样呀？"

小泉四郎举起酒杯，停顿了一下说："吆西，酒的我的，发电机你的，公平的交易。"

二人对碰了一下，把酒一饮而尽，哈哈大笑起来。

大和商行的桥本秀幸是来华后第一次吃到中国丰盛的菜肴，也是第一次喝中国的白酒。高浓度的老曲原浆在他那白皙的脸颊上染上红晕。他在日本喝过清酒，在欧洲喝过洋酒，唯有这种叫"懒郎"的中国白酒，让他觉得内涵深奥又不可思议。随着酒精的麻痹，他高举着酒杯站了起来，大声地喊了一句英语："这是我最得意的夜晚。"

桥本秀幸的英语把大家说蒙了，正当酒桌上的人都愣在那儿，只见素楠站了起来，她端着酒杯在桥本面前晃了一晃，也说了一句英语："我们全家都欢迎您！"

沟通让桥本和素楠碰起杯来。

原来素楠在教会学校学西医，带她实习的老师是个英国人，课堂上都是用英语交流，素楠又聪明睿智，她的英语在班级中也是最好的。

刘老爷子看见素楠和桥本无节制地大口喝酒，开始担心起来，就问秦贞贞："楠儿怎么这样喝酒，不会喝醉吧？"

这时素清走过来附在他耳朵上说："老爹，你还不知道吧，五妹从小三叔就教她喝酒，她可是海量。"

刘老爷子这才把一颗悬着的心放了下来。

在餐桌上，刘老爷子和锦什正与马县长商议准备秋天举办懒郎酒封坛大典的事宜，郭子敬和小泉四郎用日语交流着两国的风情民俗，文萍萍和秦贞贞正谈着中医的养生，桥本秀幸和素楠则用英语谈着喝红酒和白酒的感受，只有素清端着酒壶转着圈儿地为大家斟酒。随着各道大菜不断地上桌，那说笑声、碰杯声、感叹声和拍掌声此起彼伏。

警官张海生在一楼候着，听着二楼雅间里传出觥筹交错的欢笑声，觉得自己的肚子有点饿了，就叫了一盘牛角酥吃了起来。突然听到门外一阵喧哗，他摸了一下腰间的左轮手枪，朝着门外走去。出门一看，有一辆篷车停在不远处，车旁有一个店伙计抱着肚子疼得在地上打滚儿，另一个伙计被一个光头大汉扭住胳膊疼得直叫唤。借着灯光，海生看那大汉有些面熟，想起好像在丘坡打麦场上见过，就喊了一声："老兄住手，有事到店里来谈。"

光头大汉嚷嚷着"叫你胡说八道"，轻轻一推，那伙计一个踉跄跌坐在地上。

海生把那光头大汉让进了一楼厅里，那大汉说："老弟呀，咱俩在丘坡上见过，俺叫马释永，是懒边园护院的师傅。刚才门口那伙计不让我进来，还说让我滚蛋，我气不过才跟他们吵了起来。"

海生心里想：这哪里是吵架，分明是动手打人嘛，看来是有要紧的事情。于是问道："到底出了什么事？"

马释永摸了额头上的一把汗说："大娘昨夜突然不见，二娘急得要死，让我来找刘老爷子，我费了好大劲才找到这里。"说着从衣兜里掏出来一封信，递给了张海生说，"你自己看看就知道了。"

海生正拆那信，马释永看见盘子里有两块牛角酥，说了声："俺真的饿了。"抓过盘子里的牛角酥，就往嘴里塞。

海生拆开那封信，只见上面写着：

懒边园刘家户主，你家夫人刘张氏已被绑票，现拘押于本寨，衣食无忧，神情无恙，须交两千现大洋赎人。限本月三十日午时在葫芦湾北首，耿家墓田交接，赎金迄验，当即放人。如报官蓄谋，撕票不急！

清水泊大寨主　陆枭雄
时民国廿五年五月二十八日

张海生颤抖着手读完，惊讶得似头顶响了个炸雷，身子像半截木头一般动也不动，立在那儿，一股冷汗顺着脊梁流了下来。

第八章　劫票

入夏的夜晚，凉风习习，繁星点点。丘坡上的蝈蝈高一声低一声地鸣叫着，悦耳动听。月亮悬挂在天空，闪烁着光辉，柔和地洒在麦场上。没有了烈日炙烤下的滚滚热浪，没有了摊麦翻晒的繁杂喧嚣，劳累了一天的伙计们在清风银辉下，辛劳和疲惫已经消失得无影无踪。鼾声四起，丘坡上一片宁静。

大娘看着大棚里堆积成垛的小麦，满打满算二十多天的夏收终于结束了。她带着丰收的喜悦走出了大棚，抬头看了看那明亮皎洁的月光，麦场上的全部身心投入和连日来的劳顿，瞬间抛却得一干二净。

她今晚本打算睡在麦场，也曾告诉二娘明儿一大早要装车运粮去城里的仓库，要二娘在家照料好老爷子去方山庙会的事。又想起莲儿连日咳嗽发起高烧，尽管服了家中的备用药丸，也不知退烧没有，总觉着放心不下。此刻她的右眼皮又跳了起来，于是决定今晚赶回懒边园。

柏树林里的晚风吹拂在大娘的面颊上，让她感到阵阵轻松。大娘走下丘坡，朝着石桥方向走去。这时，身后有人在喊："大娘，您要回懒边园吗？俺送您回去。"

大娘回头一看，是看护麦场的马释永，她回过身对马师傅说："不用，你看这条路被月亮照得清清楚楚的，你回吧，我一会儿就到家了。"大娘走了几步，突然想起件事来，又回过身来喊住了马释永，"马师傅呀，你今晚可得把棚里的麦子看好了，等明天装车把麦子运到城里，我放你五天假，你带着朴子去寿光老家把你娘接过来。明天喜奎从方山回来，就让他把村西头的那处小院收拾干净，你就放心回棚吧。"

"好来，大娘，您这些天也累了，早点回宅里休息吧。"

马释永一直看着大娘的身影消失在夜幕中才回到麦场上。

大娘借着月光走到离桥不远的地方，朦胧中看见个人影牵着一头驴迎面走过来，就在她愣神的时候，从狼水河岸边的草丛里突然蹿出两个人来，不由分说用一个袋子罩在了她的头上。不等大娘反抗，一把尖刀抵在了她腰间。

"不要喊叫，叫出声来扎你个透心凉。"有人压低声音威胁着。

看着大娘失去了反抗能力，劫掠的人就把她横抱在那驴背上，拐过一条朝西的小道迅疾而去。

太阳快落山的时候，喜奎赶着那辆篷车回到了懒边园。二娘看见朴子从车上跳了下来，就对他说："你大娘在麦场待了整三天了，到现在也没回来，也不知道忙活得怎么样了，唉，也不知咋了，你莲姐还在发高烧，你快去丘坡看看，让你大娘早点回来。"

朴子也不答话，转身要去丘坡。喜奎听了二娘的话，一边卸着马鞍子，一边说："二娘别急，我换匹马来拉车，去丘坡把大娘接回来。"说着招呼着朴子去马厩里牵马。

在丘坡守护的马释永看到城里锦什酒厂的马车来拉麦子，就张罗着伙计们装车，忙活到过午才把棚里的麦子拉完。临近黄昏时，还不见大娘回来，心里惦念着是不是她连日操劳身子乏累，还是办其他事情去了，正在琢磨着呢，发现喜奎赶着马车飞驰过来，就迎了上去，朴子不等下车就喊上了："师父，您看见俺大娘了没有？"

马释永先是一愣，回应道："你说什么？你娘昨晚上就回家了呀！"

喜奎和马释永意识到大事不好，很可能大娘在回家的路上出事了。看着朴子急得直蹦高，喜奎转过马头，连打几个响鞭拉着朴子和马释永回懒边园去了。

懒边园车门口来了个讨饭的，嚷着要去内宅见东家，看大门的耿老汉领他进了内院，看见二娘正在朝外张望，就从怀里摸出一封信来，说有人托他来送信，跑了三里路呢。二娘接过信，让大民到厨房拿了个馒头给他，那讨饭的鞠了个躬就离开了。二娘不太识字，就让素欣和素英过来看那封信，素欣打开一看，顿时惊呆了，张着嘴巴说不出话来。素英看着姐姐那副样子，凑过来看那封信，字里行间如同带着霹雳闪电，信还没读完，已是浑身颤抖哭出声来。二娘看见她姊妹俩的样儿，一把攥住素欣的衣襟问道："快告诉我，信上到底写了些什么？"

素英哭着说："俺娘被土匪绑票了。"

二娘一听这话，犹如当头挨了一棒，让她猝不及防，一屁股坐在了地上。

喜奎驾了车回到了懒边园外院，马释永和朴子跳下车直奔内宅，看见二娘和素欣、素英娘三个慌乱成一团。朴子把素欣手中的信拿给马释永，马释永看过那信，脸上一道道青筋顿时暴了起来，连那眉毛也竖了起来，牙齿咬得咯咯直响，他往自己脸上打了一巴掌，气呼呼地说："唉！都怪俺，当时把大娘送回来就好了。"

此时二娘也回过身来，看着马释永那怒不可遏的样子就说："快把这封信给老爷子送去，他今晚住在城里他三叔那里，你先到西门里，看见石桥往北，第一个大门就是。"

马释永朝外喊了一嗓子："喜奎兄弟，咱走啊！"

二人驱马车飞也似的往县城赶去。

大娘被四个绑匪横放在驴背上，在黑暗中疾走。大概过个半个时辰，只听前边牵驴的绑匪喊了起来："要过河了，都小心喽。"

其余的绑匪呼应着："过河了，过河了。"

大娘身高腿长，一只脚滑在地面上，鞋子没有觉出湿来，知道没有水，心里想这帮人想干什么？又走了一程，那牵驴的又喊起来："上山喽，要上山喽。"

同行的三个绑匪也跟着喊："上山喽，上山喽。"

大娘觉得并没有走多远，只是吆喝着迷惑她，她趁着左右两个绑匪不备一个翻身跌落下来，坐在地上大声说："太累了，我要骑着驴走。"

那几个绑匪相互嘀咕了一阵子，就把大娘扶在驴背上，让她骑着驴走了起来。

又走了一阵子，大娘听见有狗吠的声音，就喊了起来："快给俺摘下头上的袋子，俺要上茅房。"

一个绑匪说："已经到家了，稍等一会儿。"

大娘被推到一间漆黑的房子里，绑匪才把罩在她头上的布袋子摘了下来。那绑匪说："今晚让你受委屈了，等事情办利索了，明个晌午就放你回家。"说完出去锁上了门，又转身对着屋内说，"门口有两个弟兄给你站岗呢，你就放心睡吧。"

"五爷，您回吧，俺俩守着呢。"大娘听见门外有人答应着。

屋子里一片黑暗，除了听见门外两个守门的绑匪偶尔有踱步的声音，四周静悄悄的。大娘揉了揉眼睛，慢慢地摸索着起身，发现这是一间烧饭的小房子，中间垒着一个锅台，旁边是一堆柴火，对着门的墙上挂着些蒜头、干辣椒和胡萝卜干子，大娘此时又渴又饿，便摘下一个胡萝卜干子慢慢嚼了起来。

过了不多时，听见门外守护的绑匪打起了鼾声，大娘轻轻地敲起了墙体，在响声中意识到这墙是很薄的土坯墙，不由得暗自惊喜，便从头发上拔出那根插在发髻上的银簪子来，这条银簪子足足有一拃长，是平时防身用的。大娘把它攥在手里，剜起墙体上的土坯来，不多时一块土坯被剥落下来，用手再摸那墙体，原来墙的中间是用高粱秸扎成，里外是坯土做的墙体。大娘大喜过望，她用那支银簪子把高粱秸剔开，捶开了外层的土坯，一缕亮光透了进来。

大娘借着亮光，不多时剜开一个斗大的洞，她伸出头往外一瞧，外面是一条街巷，街的对面有一堵半人高的矮墙，听见房门外面的绑匪还在酣睡，就迅速把墙洞扩大，只身钻了出来。

此时正是子夜，月明星稀，街上一片寂静。大娘到了街上，心想不能顺着这条街走，就果断地来到那面矮墙下，伸手扒住墙头，纵身爬了上去，看见里面是个果园子，轻轻地翻身下来，躬着腰躲着树丛里的枝干走向深处。她的头感觉被什么东西碰了一下，抬头一看，借着月光发现是满枝的大桃子，用手捏了一下，软软的是一个快熟透了的桃子，顺手摘了下来，身子倚靠在桃树干上，用手揭下桃皮，白白的桃肉裸露出来，大娘正是饥渴难忍，一口咬了下去，一股清香的蜜甜在嘴中四溢。

大娘嚼着那桃子，想起来这是肥城蜜桃呀，记得当年丈夫锦戎在泗水县任县知事，曾让马车带回十棵这种桃树苗，在懒边园子里栽种了五棵，送给了大女婿来富家五棵，怎么吃的这桃子和懒边园子的桃子是一样的口味？边吃着，边往四周望去，发现旁边有一条小土路，她沿着土路向前走去，对面是一堵用花椒树排列的篱笆，一个半掩着的柴门也没落锁，大娘推开柴门走出果园子，当看到对面一棵大槐树边上那个土地庙时，顿时惊呆了。

这场景她再熟悉不过了，因为大民多次向她描述过大槐树下的土地庙，转过土地庙，后面的宅门两侧竖立着两只大石头狮子那儿，就是她大女儿素绣家。

大娘顿时精神倍增，她疾步来到宅门前，掂起扶手上的铜环，啪啪地拍起门来。

素绣已怀孕八个月快临产了，繁忙的麦收让她疲劳不堪，肚子里的孩子又在折腾，怎么也睡不着觉。她看了一下正在熟睡的丈夫，正想下床喝点水，突然家里的两只狗在吠叫，她隐约听见了敲门声。她推了推身边的来富，来富翻了个身又睡了过去，想到丈夫连日来的劳作，不忍心再叫醒他，就腆着个大肚子，点起了油灯，朝着大门口走去。她刚到院子里的影壁角上，看见长工二喜子已走到大门口,他在门内问道:"是谁呀,深更半夜敲门?"

"快开门,俺是你东家素绣她娘。"大娘回应着。

素绣听出了是娘的声音,就让二喜子快点开门。大娘走进了院里,看见素绣腆着个大肚子,就说:"把大门关上,咱进屋再说。"

素绣陪着大娘进了屋,灯光下素绣看见大娘头发凌乱,满身都是黄土和叶屑子,惊讶得说不出话来。

大娘说:"别怕,没事了,快去把来富叫出来。"

"哎。"素绣应着,去内房喊她丈夫来富。

不一会儿,来富披着衣服从内房出来,看着大娘衣装不整的样子,吃惊地问:"娘呀,您这是怎么了,出啥事了?"

大娘苦笑一声说:"得让我先喝口水吧。"

大娘喝了几口素绣端来的水,拢了拢头发,就把夜里被绑架的事对着女儿和女婿讲述了一遍,来富一听是他家果园子对面的孙宝柱家,气愤地跺着脚说:"娘,这家人是村里的泼皮无赖,那孙宝柱好赌,经常和一些不三不四的人鬼混。月初咱家麦收开镰,他来找我要去咱家当短工,记得他还带了两个我不认识的人去了,看来是去摸底的。您和素绣在家等着,我去喊大民他二叔和三叔,再带上几个伙计去收拾他。"

大娘缓了缓神说:"来富啊,这事不是那么简单,这次去丘坡绑我的是四个人,我到他家后,听见还有许多人在叽叽咕咕地说话,看来人数不少。再说你们家都是庄稼人,恐怕打不过那些匪徒。"她停顿了一会儿又说,"我看这样,你马上派个伙计去懒边园送信,找到朴子他师父马释永,让他带上几个伙计,坐喜奎赶的马车,估计天亮前就能赶到。你再喊着大民他二叔和三叔,召集十来个伙计,带上家伙,不要喊动,先聚在咱家待着,等马释永来了再说。"

来富见大娘安排周到,就说:"好吧,娘您放心,我这就去张罗。"

营丘县城的六合祥饭庄里,马县长和刘老爷子一桌子人正在推杯换盏喝得尽兴,警官张海生悄悄走到刘老爷子身后,附耳说了几句,刘老爷子脸色顿时一沉,便起身对马县长说要出去方便一下。

刘老爷子离开二楼雅间,看见护院马释永迎面跑了过来,边擦着汗边嘟囔着:"怎么办呢,怎么办呢?"

刘老爷子打开那封绑票信,看到落款是"清水泊大寨主陆枭雄",心想:这怎么可能呢?当年陆枭雄去省城跑门子,我曾接济过他,去年中秋他听说我告老还乡，还专程来看望，再说他也认识新梅，并以老嫂相称，现在为何要绑架她呢？思索许久，便对张海生说："贤侄呀，你去跟马县长说一声，我身感不适，先回府上休息，待宴会结束，你与素清、素楠一块到你三婶家来，咱商量一下。"说完就与马释永回西门里去了。

马县长闻知刘老爷子已回府，知道可能有难言之隐，就问海生刘家出了啥事情，海生扶着马县长走出了雅间，便把大娘被清水泊寨主陆枭雄绑架的事述说了一遍。马县长听罢大吃一惊，他返身回到酒席上，推说县衙那边有点事，又见大家酒已尽兴，让海生代他送别小泉四郎和桥本秀幸。

桥本已喝得酩酊大醉，嚷着要素楠陪他去县城安装电灯，小泉和海生把他扶下楼，早在待命的日本侍卫把他架到挎斗摩托上，一溜烟回火车站去了。

再说刘老爷子乘着喜奎赶的马车回到西门里宅门口，即让喜奎和马释永连夜赶回懒边园，他担心二娘心重不担事，怕再出意外。看着马车刚走，锦什陪着马县长和海生也赶了过来，原来马县长见送走了二位日本人，即让夫人文萍萍先回家，自己带着海生和锦什一家子来看望刘老爷子。大家来到客厅，马县长拿着那封绑票信，逐句逐字读了起来，他把目光停顿在"葫芦湾北首耿家墓田交接"这字句上，便对刘老爷子说："我看这封信似乎是伪造，如果确定是清水泊寨主陆枭雄所为，让你家带上银子去清水泊赎人便是，为何要在懒边园村北的耿家墓田交接呢？而且时间又急，只是隔了一宿，恐怕不像清水泊所为。"

刘老爷子说："贤弟所说极是，我也是这样想的，当年陆枭雄任青州府正黄旗满营守备时，清朝政府倒台，因无粮饷供给，他去省城张帅府要银饷，我曾助他一臂之力。去年中秋节，他听说我告老还乡，曾专程来懒边园做客，见到我家大娘，都以老嫂相称，酒席上他敬酒时还谈及老嫂比母呢，今天怎么会绑架她？这封信八成是花钱让书信先生仿造的。"

马县长说："不管是真的还是假的，我看明天派人拿着这封信，去清水泊寨里要人，听说这个陆枭雄为人还算义气，必然差人查询此事，这叫大匪治小匪，对营救老嫂子也无坏处。"

刘老爷子说："明天一早，让锦什带些好酒亲自去趟清水泊，响水崖子的事先搁置几天，对于晌午去耿家墓田赎人，我想了个方案，马县长你看是否可行。"刘老爷子和马县长如此这般地磋商起来。

喜奎和马释永赶着马车趁着月光出了县城，到懒边园已是半夜三更，二人擦洗把脸，吃了碗二娘下的面条，刚想躺下睡会儿觉，便听见有人在敲内宅门。

喜奎起身开门一看，是在街门边下磨坊里守夜的耿老头，他提着一盏灯笼，后边还跟着一个人，说是孙家寨来富派来的伙计，来找马释永送大娘的口信的。大娘捎来口信让马释永即刻带上几个伙计，去孙家寨打绑匪救她。

二娘急得一夜没合眼，她听到宅门口马释永和喜奎在与耿老头说话，就起身赶了过来，当她见到孙家寨来报信的伙计，听说大娘已脱险在来富家安然无恙时，又惊又喜，催着马释永赶快去把大娘救回来。她又叫醒了朴子和大民，想着顺便把大民送回家。

马释永喊了四个壮实的伙计，带上了几把钢叉，分乘两部马车，在夜幕中朝着孙家寨疾驰而去。

天刚刚露出了鱼肚白，懒边园来的两辆马车在鸡鸣声中驶进了孙家寨，等来到了孙来富家门口，朴子和大民不等马车停住就跳了下来往家里跑去。大娘听见外面有马车声，知道马释永带人来了，就出来迎门，朴子和大民扑到大娘的怀里。

大娘对着马释永说："大民他二叔和三叔召集了十来号人在院子里等着你呢，你和来富领着他们去把那些绑票的给俺收拾了。"

马释永走进了孙来富家，看见十几个汉子有的拿着铁锨，有的扛着铡刀，还有人端着大锤头正等着他呢。马释永手执钢叉，也不与孙家寨的人打招呼，他挥了一下手，呼啦啦一帮人在来富两个兄弟的带领下往绑匪的住处走去。他们来到泼皮孙宝柱家，马释永见他家的院墙有些矮，就吩咐来拿绑匪的伙计们把院墙围了，只带着朴子来到院门口，嘴里喊着："院里的人都给俺听好了，乖乖出来认错，懒边园护院马爷爷来了。"

他听了一会儿没有动静，上前一脚把门踹开，从正房里蹿出来两个绑匪，挥舞着木棍呼叫着打了上来，马释永把那叉一横，拨开那木棍，顺式翻转钢叉，像疾风一般扫了过去，只听见"哎呀"一声惨叫，冲在前面的绑匪大腿上被挑开一个口子，痛得在地上翻滚着。另一个绑匪被马释永的阵势吓破了胆，还在打着愣神，被马释永劈头一叉打翻在地，嘴里吐着白沫不省人事了。在伙房守门的两个绑匪，见势不妙，推开房门，心想拉出大娘作护身人质，谁知往里一瞧，顿时惊呆了，只看见墙上被挖了一个大洞，哪里还有大娘的踪影。那绑匪慌张地喊了起来："不好了，那个富婆子逃跑了。"

这时，从房屋后院跳出一个匪徒，似乎刚睡醒的样子，摇晃着脑袋，手里抓着一把大砍刀，吆喝着："哪里来的不怕死的，敢在老子面前撒野。"

他舞着砍刀奔着马释永过来，只见朴子拉开弹弓，迎着脸面打了过去，"娘呀"一声，那匪徒扔开大砍刀，手捂着右眼睛疼得蹲在了地上，跟在朴子身后的两个伙计正想去拿他，那匪徒就地打了个滚，一个扫堂腿把上来的两个伙计放倒，跳起来朝着后院逃去。原来孙宝柱家后院子有个侧门，那匪徒刚逃出门口，围在院外的村民叫喊着："土匪出来了，打土匪呀。"

谁知那土匪有些功夫，三脚二腿打倒了几个围上来的村民，夺路而逃。这时马释永也从后院的侧门追到了街上，看见匪徒要逃，顺手把钢叉掷了出去，嗖的一声正插在匪徒的屁股上，那匪徒惨叫着趴在了地上，即被赶过来的村民生擒活拿。

此时天已大亮，孙宝柱勾结土匪绑架孙来富丈母娘的消息不胫而走，传遍了孙家寨。孙宝柱家周围站满了围观的村民，不一会儿孙家族长带着几个宗族里的长辈，手拿着绳索赶了过来，他们要把孙宝柱和绑匪缚上送到县里去见官。在缉拿的五个绑匪里不见了孙宝柱，询问其中的一个绑匪说不知道。孙来富在一旁想到这帮歹徒绑架了自己的岳母，又气又恨，朝着那个说不知道的匪徒就是一阵狂揍，打的那个匪徒边求饶边说："俺知道，俺说，俺说……"

马释永也逼过来喝道："快说，快说呀！"

"孙宝柱领着清水泊的五爷，下半夜去了葫芦湾北口的耿家墓田，等着午时候票验钱去了。"那匪徒回应着。

来富昨夜听大娘说贼院里有十来个绑匪，就问道："去了多少人？"

"六个人，都带了家伙。"那绑匪答道。

原来这些绑匪打算中午在耿家墓田候票，查验赎金后再在孙家寨放人。

马释永抬头看了看天，对孙来富说："俺算着现在去耿家墓田，到那里差不多快晌午了，俺和喜奎这就去那里逮人，留下一辆马车接大娘回懒边园，俺先行一步。"说罢就要走。

孙来富说："一辆车拉不了几个人，你还是把懒边园来的伙计都带走，我回头套上俺家的车送娘回家，你们放心去吧。"

孙家寨的族长目送懒边园来的两辆马车驶离了村子，总觉孙家族门出了孙宝柱这个不肖子孙很是丢人，又听说来富的岳母就在孙家寨女儿家里，就与族里的长辈商量，决定押着那五个绑匪去来富家让大娘发落，也算是慰问和道歉。孙来富家在村里也算是数一数二的大户，来富夫妻为人厚道，村里人都知道来富的丈母娘是懒边园的女掌柜，特别是她这次被匪徒绑票，能够机灵地逃脱，也被传得神乎其神，都想看看这位富家名门的女主人长的是啥样子，于是老少爷们浩浩荡荡地押着那五个绑匪沿街朝着孙来富家走来。

第九章　水泊

营丘酒厂的掌柜刘锦什乘着伙计赵春生驾的马车飞驰在去清水泊的路上。

清水泊位于潍北寿光县与潍县临近渤海湾的交界处，由狼水河、丹河和弥河交汇成沼泽湿地和星罗棋布的湖湾，这里苇丛成片，水清似镜，每逢雨季水量增大，水流经羊角沟入渤海，在夏秋季节可通船驶入海中。让人惊奇的是，在这水泊中央有一块方圆十几里的丘台，丘台上树木茂密，地势险要，易守难攻，是扼守羊角沟重镇入出海口的天然屏障。清雍正十年正黄旗满兵进驻青州北城村新建兵营，为山东清兵驻军总部。至宣统二年，从青州驻军中分出两标人马在清水泊设兵寨，以扼守通往渤海湾的羊角沟入口。清亡后，满骑兵营仍存，终因无经费接济，除青州北城兵营勉强维持外，清水泊兵寨被迫废弃。至民国十四年，山东军务督办张宗昌将清旧军队按民国军队统编，青州满骑兵设编为骑兵团，辖兵不得超出一千人，粮饷、服装、武器等均从张宗昌部队待遇，陆枭雄时任青州骑兵团副团长。民国十七年，张宗昌兵败下野，亡命日本，青州满骑兵团也随之遣散。陆枭雄遂带清兵百余人在清水泊安营扎寨，竖起镖行天下大旗，主要在周边地区为富户、商埠运镖。

刘锦什救嫂心切，急着让春生快马加鞭。行至晌午，拉车的那两匹马已是大汗淋漓，马车路经一块界碑上刻有"青丘庙"的街口，看见在一棵大槐树上挂着一面绣着"青丘酒肆"的四字缎白店旗，锦什让春生在那棵槐树旁停下马车，准备歇一下马，也顺便到店里吃点东西。这时一个腰间系着青色围裙的村姑走过来打招呼，她先把锦什请进店里，又带着赵春生到后院去卸鞍喂马。锦什来到店内，看见房间里摆了十几张饭桌子，就在最里面的桌子前坐了下来。店伙计先是沏了一壶茶，又将一份菜单递给刘锦什，锦什点了麻汁凉拌马苋菜、虾皮拌豆腐、双黄咸鸭蛋和驴肉冷盘四个凉菜，又让煮了一锅阳春红汤面，心想要简单一点吃完了早赶路。

不一会儿，那村姑端来刘锦什点的四盘凉菜和一大盆面条，又将面条分盛两碗，分别递给了刘锦什和赵春生。

两人吃得正香，突然门外传来瓮声瓮气的叫喊："桂芹妹子，三哥来也。"

"哎呀，是三哥呀，快请快请。"

刘锦什放下筷子朝门口望去，只见来了一位彪形大汉，斜背着一只自来火鸟铳，身后跟着五个人，也是各个斜背着鸟铳，气宇轩昂地走了进来。

那大汉看见锦什身穿丝织马褂，春生穿着布质长衫，像一主一仆。又看刘锦什气质端庄，举动文雅，并非一般百姓，就上前拱手对着锦什说："嗨，是贵客哪，俺们是清水泊大寨的，走镖惯了，见人都是客，幸会幸会。"说着一招手，与那五个汉子在靠近门口的一张桌子坐了下来。

村姑手里拿着菜单靠了过来说："三哥呀，今个咱吃什么？"

那大汉哈哈一笑："老三样，炖盆鸡，煎碟鱼，炒盘菜，来一壶咱自家的老白干，外加二十个大馒头，酒、菜、饭一齐上桌。"

"哎！"村姑答应一声准备去了。

刘锦什听那人一口东北话，夹杂着青州口音，又听是清水泊的，也就关注了起来。

这时那大汉桌子上的酒菜已上齐，几个人各个斟满了一大碗酒，边吃边喝了起来。锦什闻那酒味儿，知道是村里用杂粮回沙蒸制的老烧酒。这种酒头曲和底曲混在一起，味道浓烈，又容易上头，自然不是什么好酒。他让春生从马车上提了一坛懒郎酒，又喊来那个叫桂芹的村姑，外加几个菜。刘锦什走到那大汉跟前，拱手说："不知贵下尊姓大名，鄙人姓刘，是营丘县城酒厂的刘锦什，请诸位品尝一下营丘酒厂的酒。"说着让春生分别把酒倒进了碗里。这时那五个壮汉都在看着那为首的大汉，意思是这酒咱敢喝吗？谁知那大汉一听是锦什酒厂的刘锦什，就歪着头问道："你认识懒边园里的刘锦戎先生吗？"

锦什抿着嘴笑道："那是我家兄，怎么，您也认识他？"

那大汉把春生倒在碗里的酒一饮而尽，说："好酒啊，果然是好酒，去年中秋节俺去了河北承德府走镖回来后，枭雄大哥给俺留了一坛从营丘懒边园带回来的烧酒，想起来真馋得慌，今个有缘又喝上了这口味的酒了，三生有幸啊。"这酒的魅力让他对锦什亲近如宾，他抹了一下嘴又说，"俺们旗人的名字长，就说短的吧，俺姓查，是枭字辈的，叫查枭勇，在清水泊排行老三。"

说着招呼着刘锦什挨着自己坐了下来。

刘锦什从口袋里拿出一张名帖递了过去说:"有幸认识查寨主,这次去清水泊要拜见陆枭雄寨主,还得依仗您引见呢。"

查枭勇急性子,回应说:"您是来俺清水泊招镖的吧?"

锦什见他为人亲近,性情豁达,便说:"不瞒三寨主,确有要事急见陆寨主,十万火急。"

查枭勇一听,立刻站了起来,对着那五个随从说:"你们几个在这里吃好喝好,我陪刘掌柜乘马车先走一步,天黑之前都得回寨。"

查枭勇说罢与锦什一起走出店门口,看见春生在前台结账,查枭勇对着村姑说:"桂芹妹子,都记在俺清水泊账上,不要收钱了。"边说边招呼着赵春生去套车,他却来到账桌上,拿笔在一张纸上写了些东西,然后放在自己的怀里,喊着刘锦什说,"咱们走吧。"

赵春生赶着马车出了青丘庙村,马车在一路颠簸中疾行,此时查枭勇与刘锦什已成为朋友,锦什问道:"咱这车跑到清水泊还要多久?"

查枭勇回应道:"要过两个吊桥卡子,太阳落西差不多就到了。"

锦什看了一下怀表,已是下午两点一刻,还要走一阵子,就关切地问:"你们在外跑镖很辛苦吧?"

查枭勇把背在肩上的火铳拿在手中,掂了几下,感慨地说:"俺们走镖要有三硬,一是官府靠山硬,二是绿林朋友硬,三是自身功夫硬。以前在军营,有官府拨给粮饷,练兵打仗,不愁吃喝。现如今靠自个谋生,闯荡江湖是很辛苦。"他俩正说着呢,马车已到清水泊的外寨门外吊桥处,只见查枭勇跳下车来,把手指放进嘴里吹了个口哨,那寨门上的守兵见是三寨主回来了,立刻放下吊桥,让春生驾着马车驶进了寨门。

查枭勇跑到马车旁,扶着刘锦什下了车,说:"刘掌柜,这是清水泊的头个吊桥,您活动一下腿脚,我去安排一下。"

这时守桥官带着几个守兵迎了上来,拱手对查枭勇说:"查寨主一路辛苦,喝碗茶再上路吧。"

查枭勇吩咐道:"快去把旗杆上的白旗换成红旗,让下个吊桥放行。"说着又从怀里取出那张在青丘庙村酒肆里写的纸条递给了守桥官说,"马上把这信传给咱们陆寨主。"

刘锦什看得真切,正在纳闷呢,只见那守桥官招呼着一个守兵从吊脚哨楼上抱下一只鸽子来,原来这是只信鸽,它的腿上系着一个小布袋。守桥官把查枭勇写的那张纸信折叠好，放进了小布袋里，双手举着信鸽往上一送，嘴里喊着："去吧！"

那信鸽展开翅膀，向着天空飞去。

刘锦什的马车过了这座寨桥一路北上，进入清水泊地界。但见苇荡深沉，槐荫渐没，绿杨影里，上有鸟雀归林，下有天鹅凫水。过了这片水泊沼泽，显现出一片隆起的绿地，远处还有几处零散的村落，时而看见一些牛羊散漫地吃草。锦什问起查枭勇："这清水泊还有村庄吗？"

查枭勇说："清水泊周边有七处村庄，户数不多，多的几十户人家，少的五六户人家，多是之前寨兵们的家眷。"他拿着火铳指了一下周边的景色说，"俺陆寨主说过，清水泊有鱼有虾，有藕有菱，就是捡天鹅蛋也饿不死弟兄们。"

锦什心里想：听这位三寨主说的话，这清水泊的人不像是杀人越货的土匪，只是些落难的满兵，大嫂的失踪可能与他们没有牵扯。于是应答着说："清水泊是块上天送来的宝地呀，方才在青丘庙村酒肆，您说起枭字是辈分，这辈分你们寨里是怎么分的？"

"嗨！我等四个寨主是枭字辈，大哥陆枭雄在清水泊守寨，老二陆枭巡和老四罗枭恒在羊角沟盐场晒盐和海上捕捞鱼参，我掌管镖务。寨主以下管事的是彪字辈，寨兵士勇按仁、义、礼、智、信分辈职责。枭字辈和彪字辈的都是正黄旗和镶黄旗的满人，所以外面都叫我等是旗兵。"查枭勇想了一下又说，"不过最近陆寨主新认了一个老五，他叫侯金标，是个汉人。"

他俩正聊着，马车已到了第二个桥寨门口，只见吊桥早已放下，寨门大开，旗杆上刚刚升起的红旗在微风中飘扬着，十几个守桥的寨兵在列队送行。三寨主查枭勇也不打呼应，指导赵春生赶着马车进寨门后，绕过右侧的寨楼拐到新整修的石渣路上。随着路面的平整，马车顿时平稳起来，春生在空中连打了几个响鞭，两匹马蹄急踏，前面那匹马鼻中打出一个响啼，发出一声响亮的嘶鸣，在车轮辘辘轱轱声中继续北行。

远处的大寨门楼由远而近，但见旌旗飘动，传来了阵阵鼓乐声，清水泊大寨主陆枭雄亲率百十名寨兵列队迎接刘锦什。

刘锦什的马车来到清水泊大寨门前，在噼里啪啦的鞭炮声中，查枭勇把刘锦什引荐给寨主陆枭雄。陆枭雄挽着锦什的胳膊走进了大寨，在通往议事堂的路上，陆枭雄问道："方才信鸽传信说您有要事见我，请问是要为您跑趟镖吗？"

刘锦什见他是个爽快人，就说："待到深秋十月，可能麻烦寨主为我的康然药房去东北跑趟镖。"

"但不知刘掌柜为啥事亲自跑来清水泊见我？有事尽管吩咐，我当效犬马之劳。"陆枭雄摊开双手说。

"唉！是为我的大嫂而来。"刘锦什边说边从怀里掏出那封绑票信递给了陆枭雄。

陆枭雄用眼睛死死地盯着那封绑票信，当他看到最后是"清水泊大寨主陆枭雄"签名时，那眼睛要射出火花来，只见他额头上一条条青筋膨胀起来，发青的大脸抽搐着，一鼓一张喘着粗气，整个身子也在抖动，突然间他怒不可遏地大吼一声，像沉雷般震动了清水泊。

过了许久，陆枭雄沉静下来，回头对跟在后边的查枭勇说："老三呀，你去放信鸽，让你二哥和四弟火速回寨，今晚有要事商量，为锦什大掌柜的接风酒宴推迟半个时辰吧。"他看着查枭勇离开后，对着刘锦什说，"刘掌柜，您陪我去湖岸上走走。"

夏日的清水泊是荷花争妍斗艳的鼎盛季节，千顷碧波间，成片的荷叶如漂浮在水面上的翠玉盘，水清荷碧，青翠欲滴，夕阳映在水中，叠云铺锦，美不胜收。正逢一群飞鹭掠过湖泊飞过，陆枭雄指着那群飞翔的白鹭说："俺清水泊的人原是朝廷正黄旗官兵，阻击过八国洋兵犯京，援助过扬州守军抗倭，战功赫赫，清朝亡后，曾附庸在民国军队，寄人篱下，受尽刁难屈辱，今日落难于此，以跑镖、制盐、捞参为生计。但我等绝不干那些杀人越货、强盗掠夺的土匪勾当。"他咽了一口唾沫，哽咽着说，"俺六岁亡父，十四岁那年丧母，是朋友知己把俺扶助到今天。我恩义不弃，你家大哥，锦戎前辈待我不薄，你家大娘，俺认嫂为母，今个有人劫持人质，嫁祸于我，真是可恨可恶，等俺找出此人，定斩不恕。"

刘锦什说："看得出陆寨主绝不是不仁不义之人。"

营丘警察局稽查队长张海生与警员田世昌装扮成上坟烧香的兄弟俩，去了葫芦湾北岸的耿家墓田。二人分别提着放着祭物的柳条编成的篮子，因夏天穿衣单薄，身上藏不住体型较大的驳壳枪，就把枪藏在了篮子里盛放的烧纸下面。他俩走进坟堆里，果然发现在坟地南侧几棵松柏树下斜躺着六七个汉子，有三支土炮横放在坟头。海生仔细在周边观察，没有发现大娘的影子，知道这些匪徒要使诈。

张海生和田世昌正想离开，突然一个绑匪站了起来，大声喝道："你俩是干什么的？快给俺过来。"

海生看那人长着一双三角眼，眉毛又粗又短，像个八字，满脸横肉，面相阴险狡诈，就说："俺俩是给老母亲上百日坟的。"

"上什么坟，老子饿了一个头晌，快把篮子里的贡品给俺吃点。"

那绑匪说着伸过手来夺那篮子，海生想着那支枪，死抱着篮子说："那是祭奠俺娘的东西，你怎么能吃？"

那绑匪说："活人饿着，死人不饿，你娘死了还吃什么？"攥住那篮子就不放手。

正当二人争执不下，听见另一个绑匪喊道："五爷，快看前面过来了一辆马车。"

被称是五爷的绑匪回头看见一辆马车正朝着坟地驶来，知道是送赎票的车，便松开了手，朝着海生的肚子就是一脚，海生猝不及防，一屁股跌倒在地上。那个叫五爷的绑匪瞬间从腰里拔出一只左轮手枪，正要转身去接马车交涉赎票，一旁的田世昌看见那绑匪动了手，从篮子里掏出驳壳枪来，对着绑匪就是一枪，叭的一声响，子弹擦着匪徒的耳朵飞过，那个叫五爷的绑匪就地翻了个滚儿，本能地还击一枪，子弹穿过篮子打在了田世昌的臂膀上，疼得他捂住肩膀，躲到了一块墓碑后面，双手费力地举枪射击着。这时海生也就地滚到了坟堆后面，举枪朝着一个拿着土炮的匪徒开了枪，这几个匪徒迅速躲到几棵大松树后边，又有坟头和杂草丛棘遮挡，双方都很难击中对方。

马车上藏着的警察听到坟地里响起枪声，知道海生和田世昌与绑匪接上了火，便端起枪纷纷跳下车来，呼喊着朝墓地奔去。

那个叫五爷的匪徒一看遭到前后夹攻，自己的一把左轮手枪和三支土炮，哪里是警察长短枪的对手，知道赎金无望，就大声喊着："他们耍了咱，快回孙家寨撕票去。"这帮匪徒急匆匆地往西北方向蹿去。

喜奎和马释永分别赶着两辆马车从孙家寨刚赶到耿家墓田附近，听到墓地里响起阵阵枪声，就招呼着伙计们手持钢叉朝着响枪的方向冲了上去。那几个绑匪刚逃出墓地，便看见马释永一伙人像凶神一般迎面杀来，吓得又缩回去往东逃窜。张海生和马释永各率领着警察和懒边园里的伙计逐个坟头进行搜索，除了那个叫五爷的绑匪跑掉外，其余六个匪徒全部抓获。

马释永问其中一个匪徒，谁叫孙宝柱，只见一个满脸沾着黄土的矮胖子颤抖地跪在地上说："俺就是，俺知罪了。"

海生用手枪指着他的脑袋问道："那个跑掉的五爷是什么人？"

孙宝柱磕着响头说:"警官饶命,五爷是清水泊的五寨主,是他让俺去懒边园绑的票。"

张海生心想:这可麻烦了,果真是清水泊的人绑架了大娘。

清水泊大寨的议事堂里,灯火辉煌。陆枭雄为刘锦什摆了一桌接风酒宴,二寨主陆枭巡、三寨主查枭勇、四寨主罗枭恒都来作陪。他们相互传阅着绑票信,既义愤填膺,又一脸无奈。这时守门的寨兵来报说五寨主侯金标回寨了。陆枭雄说:"正缺他来议事呢,快去把他叫来。"

不一会儿,只见那位五寨主灰头土脸地走了进来,他来到陆枭雄面前,哭丧着脸说:"大哥你要为俺报仇呀,俺带来的六个弟兄全让营丘县警察局给逮去了。"

"你是怎么招惹营丘警察局的?"陆枭雄问道。

"孙家寨俺的一个远房表亲要来入伙,他说懒边园刘家是营丘县数一数二的大户,要是把他家的女掌柜绑了票不愁咱清水泊没钱花,也不用去跑镖、晒盐和捞参了,兄弟们吃香的喝辣的,多有面子。俺先让他带了两个兄弟去懒边园当短工卧底,前天夜里俺把刘家那个女掌柜绑了票,说好今日晌午在耿家墓田送钱赎票,谁知那刘家人不是东西,使诈招来警察把等赎票的六个弟兄全逮了,要不是我溜得快,也差一点儿……"

侯金标正说着,突听陆枭雄大吼一声:"闭了你的臭嘴!"又拿起那张绑票信扔给侯金标说,"这封信是你写的吗?"

"大哥,你这是?信是俺花钱让庙子集上代写书信的老先生写的。"

侯金标对陆寨主的愤怒大惑不解,心想这姓陆的怎么发火了?

陆枭雄走到侯金标面前,一把揪住了他的耳朵,疼得侯金标"大哥、大哥"地叫着,陆枭雄问道:"你绑架的人质现在何处?受伤害了没有?你快说呀。"

"大哥,你放手啊,我把她关在孙家寨孙宝柱家的柴房里,人好着呢。"侯金标哀求地说。

陆枭雄一脚把侯金标踢了个狗啃泥,厉声地骂道:"你这个王八蛋,好大胆子,竟敢冒名绑架了俺大嫂,再说清水泊什么时候干过绑票赎钱、拦路抢劫的勾当?来人啊,把这蠢货绑起来,吊到寨门外旗杆上,以示寨规!"

三寨主查枭勇早就看着侯金标不顺眼,他的声音刚落,不容侯金标分辩,亲自把他捆绑结实,吩咐当值的寨兵,把侯金标推出去吊到了旗杆上。

陆寨主见侯金标被押了出去,痛心疾首地说:"我怎么不长眼,收了这么个混账东西，他竟敢在光天化日之下绑票，一旦传播出去，咱这清水泊岂不成了土匪窝子！"他看了一下刘锦什说，"寨门不幸，让刘掌柜见笑了。这个侯金标原是益寿县口埠镇民团团练，去年我和众弟兄落难清水泊途经口埠镇，在他那里休整了两天，也算有恩于我，谁知他在镇上欺男霸女，得罪了广饶县驻军张景月师长的同胞姊妹，被张师长派军剿杀，他走投无路，流落到清水泊，我念其旧情才收留他，谁知竟干出这伤天害理的事儿来。刘掌柜，您今晚在清水泊过夜，我与老三连夜率兵出寨，估算着明天一早能到孙家寨把老嫂救出来，送回懒边园，您由老二和老四陪着，多住两天，一定等我回来再走。"

陆枭雄说着出了议事厅，亲点了二十个骑兵，与三寨主查枭勇一起点起了火把，风驰电掣般出了寨门。

侯金标被吊在寨门外的旗杆上，他看见陆枭雄和查枭勇率领一队骑兵举着火把出了寨门，怎么也想不明白，绑架的那个富婆竟然是陆枭雄的嫂子，都怪这个孙宝柱没说清楚，自是后悔不已。又想到自己也是堂堂老五，被吊在这旗杆上示众，往后还怎么在清水泊混呀？折腾了一天，水米未尽，浑身酸痛难忍，就对着两个守门的寨兵喊道："好兄弟，俺快不行了，把俺放下来给口水喝吧。"

他那凄惨的哀求声终于打动了守门的寨兵，那两个寨兵把他从旗杆上放了下来，找碗凉水端到他嘴边，让他喝下去。侯金标喝了碗凉水，似乎来了精神，对那两个寨兵千恩万谢，其中一个寨兵说："五爷，俺俩还得把你吊上去。"

寨兵说着就要动手，侯金标半跪在地上说："等等，兄弟，我睡觉的床铺下压着一个小黑袋子，麻烦您去俺屋里拿来，俺有重赏。"

那两个寨兵相互对视了一下，一个寨兵进了寨门去找黑袋子，一个寨兵守着侯金标。不一会儿，那个拿着黑袋子的寨兵回来了，对着侯金标说："五爷，俺拿来了。"

侯金标说："这袋子里有四根金条，你们俩各取一根，剩下的拴在我裤腰上。"

侯金标见那两个寨兵收了金条，便说："你俩把绳子拴在旗杆上，俺睡一会儿，等天亮前再把我吊上去行吧？"那两个寨兵点点头答应了。

夜半三更，清水泊大寨门前伸手不见五指，夜风吹得树枝呼呼作响。侯金标把反剪的双手放在旗杆下边的石头台上，慢慢地磨开了绳子的结扣，沿着寨墙像狗一样爬到了寨子北口的码头。在水光映照下，他找到了一条舢板，解开了拴在木桩上的绳子，跳上去，悄悄地朝着羊角沟水道划去。

黎明时分,淡青色的晨雾裹着陆枭雄率领的马队临抵孙家寨村口。陆枭雄把马队带到一片树林子里,他把查枭勇招呼过来,用手指着村子说:"三弟你看,这孙家寨村子不小,你带上一个弟兄进去打听一下孙宝柱的家在哪里,不要骑马,我在这里等消息。"

"好的大哥,您和弟兄在这里先歇着,我去去就来。"查枭勇说完喊来一个寨兵进村去了。

孙家寨是一个千户大村,孙姓居多,孙氏宗祠就建在村子的中央。这里每月的逢一排十是村里的早市,今天是六月初一,天刚放亮,本村的和周边村庄的村民便集会到孙氏祠堂门前的场地上进行交易。查枭勇带着那个寨兵来到集市上,看见沿着宗祠西城墙根下是几个卖小吃的摊子,炸油条的、卖豆腐脑儿的、卖水煎包的,还有在一个布棚下支着一个大锅台,锅里煮的猪下货在滚沸中肉香四溢,一帮人围着锅台坐下吃饼的、喝汤的,还有喊着要咸菜条的,吃得正香。布棚旁边放着一块木牌子,上面写着"朝天锅"。

查枭勇来到布棚里,挨着朝天锅台边上刚坐下来,卖饭的伙计便过来给他舀了一大碗肉汤,又端来里边放着咸菜条和大葱段的小碟子问道:"锅里有猪肝、猪肺、猪头肉、猪大肠、猪耳朵和猪舌头,您吃啥呀?"

查枭勇说:"先来卷猪大肠吧。"

只见那伙计用钩子挑起一块热气腾腾的大肠,放在案板上,切成条状,放在一张刚烙好的薄饼里,撒上一些芝麻盐,加上蒜末青椒,卷好递给了查枭勇说:"你吃着,不够喊俺要。"

查枭勇先喝了一口肉汤,瞬间暖热了肚子,咬了一口卷饼,饼焦肠嫩,顿时味蕾打开,他回头看了一下身后站着的寨兵说:"你也让伙计挑上一卷,很好吃的。"

那寨兵红着脸说:"三寨主,三哥呀,您忘了俺是回民,不吃猪肉的!"

挨着查枭勇正在吃饼的一个老汉听见了他俩的对话,用手指了一下左边的墙根说:"那边有家卖水煎包、豆腐脑的,买四个煎包配送一碗八宝粥,很实惠。"

那寨兵说:"谢谢老伯,三哥俺吃煎包去了。"

寨兵走后,那老汉问起查枭勇:"咱们面生,你是从外地来的吧?"

查枭勇说:"俺从青州府来,是来找孙家寨村的孙宝柱的,您老知道他家吗?"

"噢,你找这小子呀,前天他家出大事了。"老汉看那查枭勇脸面端庄,身形彪悍，又接着问道，"你找那孙宝柱有啥事儿？"

"他欠了俺东家的账，俺来找他问问。"查枭勇说。

"哎，没影了，你东家的钱打水漂了，你还不知道吧？俺村的这个孙宝柱是个泼皮，他伙同清水泊的五爷，大前天夜里把营丘懒边园的女掌柜刘家大娘给绑票了，关在他家的柴房里。谁知惊动了土地庙里的狐仙，半夜一群狐狸在柴房墙上掏了大窟窿，把刘家大娘给救出来了，狐仙又从懒边园搬来救兵，把孙宝柱和清水泊来的绑匪给灭了。"

那吃饼的老汉刚说完，围着朝天锅吃卷饼的几个村民也附和着，把那狐仙说得更神乎。

查枭勇听了村民们这些不着边际的话，心里想：关键是要知道刘家大娘在什么地方。于是问道："那狐仙把懒边园刘家女掌柜弄到啥地方去了呢？"

"嗨，说来也巧，她女婿家也在孙家寨，前天后半夜狐仙把刘家大娘送到了她大女儿家的院里。她女婿和她闺女还在睡觉，一点也不知道呢。"那自称是孙郎中的老汉神乎其神地说着。

"这么玄乎，是真的吗？"查枭勇站了起来自言自语地说。

"当然是真的。"

围在锅台对面的一个村民正好吃饱了，也站起来对着查枭勇说："俺和她女婿孙来富从小一起长大的，昨天早晨俺跟着族长去了来富家，见到他丈母娘了，那女人长得宽眉大眼，脚大腿长，慈祥着呢。"

查枭勇问那村民："她女婿家离这里远吗？真想去土地庙看看。"

那老汉说："孙来富家前面就是狐仙住的土地庙，都在一条街上，看见村南头那棵大槐树就到了，离孙家祠堂这边也就半里地。"

查枭勇走到还在吃着水煎包子的那位寨兵面前吩咐说："你跑步去陆寨主那里，就说一切都弄明白了，然后你带领着队伍到这里来吃饭。"他目送那寨兵走后，又返回朝天锅的布棚里，找到那伙计说，"一会儿有二十来个弟兄来吃朝天锅，这锅肉俺全要了，再烙上四十张大饼，切盆咸菜条和葱段，加两碗芝麻盐，连上我吃的饭，五块银圆够不够？"说罢，从衣兜里摸出了五块银圆递了过去。

那伙计说："够了，足够了，俺这就封锅不卖给别人了。"说着去准备了。

不一会儿，陆枭雄率领着骑兵队伍来到孙氏宗祠西墙前面，这些荷枪实弹的寨兵个个体格强壮，骑在高头大马上耀武扬威，着实让早市上赶集的村民吓了一跳。查枭勇招呼大家把马拴好，到布棚下吃朝天锅。那个刚吃完卷饼的老汉问了一个寨兵是从哪里来的，当知道这支马队是清水泊来的，吓得心惊肉跳，心想大事不好，俺上那小子当了，拔腿往孙家族长家跑去。

那些奔走了一夜的寨兵，此时正是饥饿难忍，见到这朝天锅美食，不等那卖饭的伙计切肉卷饼，如同风卷残云，不多会儿把那锅里的肉和汤泡上新烙的大饼一扫而光。

陆枭雄看见他的战兵吃饱喝足，便招呼大家上了马，由查枭勇在前面领队，一路威风凛凛，往村南头的土地庙走去。他们来到土地庙前，看见有几个村民在烧香叩头。查枭勇把马拴在那棵大槐树下，走了过来轻声问："孙来富家是不是再往前走？"一位正在烧香的妇女说："前面有石狮子的大门就是他家。"

陆枭雄见孙来富家的方位已确定，就赶马走到门前，吩咐全队下马正想前去叫门，突然听到身后传来呐喊声。

"谁敢动素绣她娘一根毫毛，别想活着走出俺孙家寨。"

他回过头来一看，吃惊不小，只见黑压压来了百十号村民，手里拿着各种家伙，把他的马队包围了起来。清水泊的寨兵一看这阵势也纷纷上马，抽出马刀，准备厮杀。

大娘起床有些晚，因今天要回懒边园，昨晚她和女儿素绣说了大半夜的话。她醒后看见女儿正睡着，心里想着临产前让素欣来帮忙一下，就悄悄下床准备去洗漱，看见大民的两个姑姑正在灶房里包饺子呢，就走过去问候："你们这么早就过来了，不用这么麻烦，吃点面条就行了。"

大民的姑姑说："听说您今天要走，俺俩过来给您包顿饺子，是您爱吃的猪肉韭菜馅儿的。"

正说着话呢，就听到大门外人声鼎沸，大娘心想：又怎么了，难道又来了土匪？我去看看是些什么人。她刚走到院里，就听见了很耳熟的声音。

"家里有人吗？老嫂子在家吗？俺是清水泊的陆枭雄，听说嫂子有难，俺带着弟兄们来看望您来了。"

大娘开了门一看，果然是陆枭雄，就说："哎呀，是枭雄兄弟啊，你咋来了？快进院儿里。"

这时孙家寨的孙姓族长也赶了过来，对着大娘深施一礼说："差点闹了误会，早市上有人来家里送信，说清水泊来了一队人马要来抓您，俺一听急了，就召集了百十号人赶了过来。"

大娘笑了笑说："他大伯呀，清水泊的人怎么会是土匪？"她指着陆枭雄说，"你也认识一下，他叫陆枭雄，清朝皇帝在位那会儿，他曾是驻青州兵营的守备五品大员呢。"

那族长听了，又朝着陆枭雄鞠了一躬，连说："误会了，误会呀。"

陆枭雄说："孙家寨的人好，我很敬佩呀，都是那个侯金标惹的祸，坏了俺清水泊的名声。"他又看看大娘说，"大嫂啊，俺见到您就放心了，就不进您女婿家的门了，您家三弟锦什还在寨里等消息呢，咱后会有期。"

陆枭雄说罢招呼骑在马上的寨兵全部下马，跪下来给大娘磕了个响头，然后飞身上马就要离去，大娘怎么也挽留不住，只好挥泪告别。这时那些前来准备打仗的村民沿街分站成两排，自觉地变成了欢送的人群。

第十章　神医

　　大娘目送清水泊大寨主陆枭雄率马队离去，又谢过孙家寨的孙姓族长，转身回到院子里，就听见外甥大民喊她："姥娘，饺子煮好了，咱吃饭吧。"

　　大娘来到厅堂，见大民的两个姑姑、素绣和来富都在等她吃饺子呢，看着桌子上满盆的饺子，玲珑剔透，散发着诱人的韭菜香味，就说："好吃不过饺子，舒服不过晌觉。"边说边坐了下来夸起大民来，"俺这外甥就是灵透，要不是他给我讲你们家前边大槐树下的土地庙，那天夜里我也摸不着大闺女家的门。"她看了看大民又说，"大民呀，你娘不管给你生个弟弟还是妹妹，你都要当哥哥了。听你娘说后天开学了，要好好念书，你要是有你二姨的才气，往后就有出息了。"

　　大民回应说："知道了姥姥，听俺娘说二姨可聪明了，读了一遍书就忘不了，俺还没见过素涵二姨呢。"

　　素绣接过话来说："你记事的时候，你二姨跟着你姥爷在省城念书呢，后来考上了齐鲁大学医科部，听说好几百人里才能考上一个呢。"

　　一家子正吃着饺子拉着呱呢，突然听到院门外有人敲门，大娘说："今个是怎么了，吃个饭也不让消停。"

　　来富说："你们吃着，我去大门口看看。"

　　来富打开院门，惊奇地看见刘老爷子拿着那把剑杖立在门外，身后是警官张海生，一辆汽车停在靠墙处。孙家寨的村民看见汽车觉得很新鲜，不少老少爷们过来围观，叽叽喳喳议论不停。

　　孙来富把岳父刘老爷子和警官张海生请进家门，大民迎着姥爷跑了过来说："姥爷您还没吃饭吧，俺姑姑包了韭菜馅儿的饺子，您和海生叔叔进屋吃饺子吧。"边说边拉着姥爷进了厅堂。

刘老爷子看着大娘、素绣和大民的两个姑姑说："你们怎么才吃饭呀？我和海生在城里吃过了，海生开了汽车过来，接大民姥娘回懒边园。"

大娘说："清水寨的陆枭雄带着马队走了一夜，今早晨才赶到孙家寨来家里看我，我怎么也留不住他，他说三弟锦什还在清水泊等信呢，看见我没啥事，就带着马队走了，这不，吃饭就晚了。"

刘老爷子说："都是这些绑匪闹腾的，怪就怪在绑匪里确实有个清水泊五寨主，他叫侯金标，难道陆枭雄不知道？"

大娘说："他今早提了这个侯金标，好像姓侯的作案，他真的不知道，所以才带着兵马连夜赶来看我。"

刘老爷子说："等见到三弟锦什就知道个大概了，你平安无事就好，快吃完饭收拾一下咱回家吧，一家人都在等你呢。"

屋里说着话，院里来人了，村里的孙姓族长领着几个辈分高的同宗来找孙来富，看到大娘和刘老爷子迎过来，连连拱手说："久仰刘老先生大名，俺叫孙永胥，是本村孙姓宗门的族长，这几位也是同宗的长辈，听说您老大驾光临俺孙家寨，特地赶过来拜见您。"

大娘对着刘老爷子说："这位是孙家族里的族长，今早晨清水泊陆枭雄带着马队来看我，孙家寨的人误以为来抓我，孙族长召集了村里百十号人围了陆寨主的马队，差一点打起来了，这两天有劳这位族长了。"

还没等到刘老爷子致谢，那孙永胥摆了摆手说："要不是素绣她娘被土地庙里的狐仙救出来，兴许您刘老爷还来不了俺孙家寨呢。"

孙永胥的一番话让刘老爷子好生疑惑，心里想怎么会是狐仙把老伴儿救出来的？大娘看着丈夫发呆，就连忙说："素绣呀，快给你爹倒碗水喝，我收拾一下这就走。"

女婿孙来富在一旁说："俺爹难得来一趟，正好族长也来了，要不吃完晌饭再走吧。"

大娘说："这哪能成，你六妹莲儿还病着呢，也不知好了没有。哎，家里还有一摊子事儿呢。"

来富见岳母执意要走，就说："西河滩樱桃园子里的羊角蜜和红宝西瓜都熟了，娘和爹在家稍等会儿，我去摘两袋子瓜再走。"

刘老爷子说："我也去你家樱桃园里去看看，让你娘在家收拾一下，坐海生的车去那里接我，再回懒边园吧。"

刘老爷子在族长孙永胥和女婿孙来富等一帮人的簇拥下，出了家门朝着村外的西河滩走去，他们来到村口，看见土地庙前仍有不少村民在烧香求福，刘老爷子问女婿孙来富说："你娘真的是被这庙里的狐仙救的吗？"

来富答道："村里人都这么说，我也没有问俺娘是不是真的。"

孙永胥凑了过来说："这可是真的，后街的木匠张老汉那夜喝多了酒，在街上瞎逛荡，亲眼看见有十来只狐狸在孙宝柱家的墙上掏洞呢，吓得屁滚尿流地跑回了家，这怎么是假的？"

看着孙永胥那一脸虔诚的模样，刘老爷子说："走，咱们去那个绑匪家看看去。"

大伙儿陪着刘老爷子来到孙宝柱家沿街的柴房墙边，果然看见一个盆口大的窟窿。老爷子走到洞口前，用手里的剑杖戳了戳那墙体，心想：这用高粱秸秆捆扎的泥巴墙，我家新梅用脚也能踹开呀。他突然想起大娘头上的那只银簪子来，便回头说："这狐狸是有灵性的，所以才能成仙。"

大家纷纷附和着，说起狐仙的神通来。

刘老爷子在几个族亲的陪伴下来到村西口的拦河坝下，等爬上河坝的高坡，大家已是大汗淋漓。刘老爷子望着坝前黑压压的一片水，心头觉得沉重起来，就问起孙永胥来："这是狼水河流过来的水吧，我看水面离坝岸不足三尺，如果再要下雨，这坝体撑得住吧？"

孙永胥说："回您老，这是狼水河的水，前几天下了场大雨，水涨了。"他用手指着河坝背后的一片林地又说，"狼水河水原本是主流朝西，绕过吴家庙子转北流入清水泊，支流经过咱孙家寨村西流到黄旗堡村南的大湾里，到夏天有了大雨，河水常常会泛进村里。光绪三十一年，俺父亲当时在寿光县任司吏，以巡检危河道为名，从县里申报了八十块大洋，又从孙家寨筹集了一百三十块大洋，开始筑坝拦住这支流，筑好后坝下开出了一百多亩好地来，以各户酬银最多的先挑地为私有，您女婿来富家当时是出资最多，坝下再走半里那块儿樱桃园子就是当年来富他爹挑选的地段。"

刘老爷子仔细听着，见孙永胥说完了就又问道："你家老父叫什么名字？还健在吗？"

"俺爹叫孙宝典，宣统六年六月与来富他爹同年同月去世的。"孙永胥回答说。

"这筑坝造福一方是件大善事，应该刻碑来纪念，也让后世子孙知道前人的辛苦才是。"刘老爷子边说边迈着步子，量着坝体的宽度是十二步，就对孙永胥说,"我在泗水任上时,对拦坝治水有些经验,你们村这坝宽度不足两丈半,我看拦那水面这个土坝至少要三丈半宽才行,少了一丈呢,就怕连续发水。"

孙永胥说:"五年前因连续大雨,水面差一点漫过了大坝,第二天河水就下落了。"他笑了笑,又说,"没事儿的,村里的狐仙保佑着呢。"

这时天过巳时,坝上的人渐渐感觉出太阳蒸晒的闷热来。刘老爷子说了许多话,感到口干舌燥,他掏出怀表见已过十点一刻。来富想到岳父还要赶回懒边园,就招呼大伙走下河坝,去樱桃园里去吃西瓜解暑。

来富带着众人从拦河坝绕下来,沿着一条绿树成荫的小道走了不足半里地,就来到了他家的樱桃园。

孙来富家的樱桃园沿着斜坡栽植,一层层绿枝自下而上茂密成林,好不壮观。微风吹着树叶,时见有些没有采摘的樱桃点缀在绿丛中,恰似万绿丛中几点红的景致。坡下的平地是来富家的瓜地,中间搭起了两间草棚,草棚前长着两棵翠柳,相依遮蔽出一片阴凉地来。在此种瓜的孙老汉在柳树下支起来一张木板桌子,两边放了几把板凳,来富搀扶着岳父坐了下来,就吩咐孙老汉去切西瓜。孙老汉来到柳树南侧架着辘轳的井台上,用手绞起辘轳来,只见从井里摇上来的渔网里兜着两个大西瓜,孙老汉拎着西瓜放在木板桌子上,拿起刀来,先把西瓜的尾部切下一块儿,用来擦了刀的两面,又见孙老汉把那西瓜竖了起来,横竖便是几刀划过,他用双手捧住西瓜,放在刘老爷子面前,待手松开的一刹那,西瓜就像开花一样,瓜瓣儿八面展开,红红的瓜瓤露了出来,随之阵阵清香扑鼻而来。

孙老汉说:"这瓜是沙瓤的,我用凉井水激过,甜着呢,快吃吧。"说着又去切另一个西瓜。

老爷子此时正是口渴难忍,他拿起一块西瓜咬了一下,那凉丝丝的瓜肉,新鲜红嫩,甜甜的瓜汁滑入冒火的喉咙,顿时全身一阵清凉,就连连夸起这西瓜好吃来。

种瓜的老汉看见大伙儿把两个西瓜吃了个精光,知道都解了渴,又摇起了辘轳绞了两桶水,倒在了浇地的储水池里,喊着大家过来洗手。他从篮子里拿出了几个刚摘的甜瓜,对刘老爷子说:"这甜瓜叫羊角蜜,只有在这拦河坝下的沙土地里长的才甜。"

他递过来一个甜瓜请刘老爷子看,刘老爷子看那甜瓜果实长锥形,一端大一端细而尖,形如羊角状。孙老汉用手轻轻一拍,咔嚓一声,瓜裂两半,瞬时香气袭鼻。刘老爷子接过那瓜,青色的瓜肉,橘黄色的瓜瓤,脆香宜人,他轻轻地咬上一口，味甜如蜜，满嘴清爽。

正当众人品尝着羊角蜜甜瓜，听见拦河坝上传来了几声汽车喇叭的鸣叫，知道是海生开车来接刘老爷子，大家有的提着盛甜瓜的篮子，有的抱着西瓜，送刘老爷子回到坝上去乘车。

警官张海生开车把刘老爷子和大娘送回懒边园，宅院里的气氛顿时热闹起来，护院的马释永找来了两挂鞭炮，让朴子挂在外宅的大槐树上，噼里啪啦地燃爆着。大娘在海生的搀扶下刚下车，女儿素欣和素英跑过来抱着她哭了起来，大娘说："你姐妹俩哭什么？我这不是好着呢。"又问起素英来，"你六姐莲儿怎么样了？病好点没有？"

素英说："都一天没吃饭了，在床上躺着呢。"

大娘说："唉，怎么还没好，我去看看她。"说着往内宅走去。

二娘听见院子外面的鞭炮声，知道是大娘回来了，好个喜欢，踮着那双小脚往院外跑，一出内宅门与刚进门的大娘碰了个满怀，她一把搂住大娘的脖子，姐呀姐呀地哭叫着。大娘看着这一脸憔悴的表妹，人也瘦了许多，也不禁地落下泪来。这时院里的长工伙计都围过来问安，大娘才把二娘推开说："咱俩去看看莲儿吧。"边说着边与前来问安的长工伙计打着招呼，与二娘走进西厢房莲儿的房间里。

莲儿微闭着眼睛躺在床上，眉头紧蹙，面庞苍白，没有一丝血色，失去了往日的红润。大娘来到床前，右手摸着她的额头，轻声说："莲儿呀，娘回来了。"

素莲听到了大娘的声音，眼睛微微地动了一下，嘴里发出了呻吟声，一阵咳嗽却吐不出一句话来。刘老爷子也来到了莲儿的床边，看着素莲那痛苦的样子，就问二娘："这几天莲儿没吃药吗？"

二娘回答说："就按您说的一天分两次吃药了啊，怎么不管用呢？"

大娘接着说："他爹呀，这样不行，吃完午饭让海生的车拉她去城里找秦秋谱老先生好好看看，几天不见，怎么病成这样子了？"

这时朴子跑了进来，喊道："老爹，大娘，城里俺三叔来了。"

他话音刚落，刘锦什走了进来，看见一家人都围着躺在床上的莲儿，便凑到床边，看见素莲那憔悴的脸色说："哎呀，怕是风寒入里了，待会儿让莲儿坐我的马车到城里让她婶子照料，在药房里熬几服药不碍事的。"

大家听了锦什的话，才安下心来。

刘老爷子见三弟锦什这么快就从清水泊赶回懒边园，便对大娘说："三弟从清水泊赶过来，怕连早饭还没顾上吃呢，我陪他先到厅房休息去。"

大娘让素英留下照顾着莲儿，又让二娘和素欣去准备午饭，她陪着丈夫和锦什去了厅房。待三人落座，锦什说："大嫂没事就好，这两天把家里人都急坏了。"

还未等大娘答话，刘老爷子却说："三弟呀，你记住，回到县城后得空帮我做一件要紧的事，你去银匠铺去打制十支长过五寸的银簪子。噢，就是你大嫂插在头上的簪子，今后咱刘家凡是出嫁和入嫁的女人都要送一支银簪子做嫁妆。"

大娘看着锦什一脸茫然的样子，便说："你就听你大哥的话，按他说的去办吧，他啥都明白。你们哥俩聊着，我去看看饭做好了没有。"说罢离开了客厅往厨房去了。

看着大娘出了厅房，刘老爷子问起锦什："清水泊那边是啥情况呀？"

锦什说："今早清水泊乱了套，四寨主罗枭恒去寻寨，发现昨夜被吊在旗杆上的侯金标不见了，吵呼着寨兵去找人，我被吵醒了，看着寨子里乱糟糟的，我心里也挂念着大嫂，就喊起春生把车上的酒卸下来，告别了二寨主陆枭巡后往回走，春生一个劲儿地催马加鞭，所以晌午前就赶回来了。"

刘老爷子说："听你大嫂说，陆枭雄带着马队去了孙家寨，看你大嫂安然无恙就拨马回寨了，我看这个陆枭雄有情有义，这朋友咱值得交呀。"

锦什说："我在路上也这么想，待腊月咱药铺正要跑镖，就是去辽北把今年预订的北沙参取回来，我想放镖给清水泊，一来是答谢，二来这帮人去也放心。"

刘老爷子说："人在遇到苦难时，方知情义恩重如山，所以《朱子家训》说'滴水之恩，涌泉相报'。"

老哥俩话意正浓，素欣来到客厅，喊他俩去东厢房餐厅吃饭。刘老爷子和锦什来到餐厅，看见喜奎、赵春生和马释永也被大娘叫来一起吃饭，唯独不见张海生和朴子，就问起素欣说："海生和朴子怎么没来吃饭？"

素欣说："我找了半天也没找到他俩，不知道去哪里了。"

刘老爷子说："你娘这次出事，海生忙前跑后，他又是你姥娘家的族亲，往后要把他当成咱自家人才是。"

大家都点头称是。

马释永说："朴子自从方山庙会回来迷上了枪，莫不是喜欢海生身上那把匣子枪了，我去园子里找找去。"

朴子果然在园子里缠着张海生教他练枪，听见马师父喊他回家吃饭，才恋恋不舍地把枪还给了海生。锦什见海生和朴子来到餐厅落座，就对海生说："吃完饭后，我坐你的汽车先回县城，我得先去把给莲儿看病的事早安排一下。"他又看了一下大娘说，"让莲儿乘坐春生的马车后走，大嫂，您看行不？"

大娘说："让素欣陪莲儿去城里吧。"她想了一下又对马释永说，"我出事这几天，大家都辛苦了，我想明天你赶一辆马车，带上朴子去寿光把你家老娘接过来，下午你跟喜奎去看看你和你娘住的院落，还缺什么油盐酱醋的，随时从家里拿。"

马释永自是感激不尽，朴子听说要跟师父去接师奶奶，高兴得直蹦高，不小心把自己用的筷子碰到了地下，大娘沉下脸来对着朴子说："你怎么又犯贱了？明天你跟着你师父去接奶奶，要懂礼节，路上要照顾好奶奶，听你师父的话，不要再惹出乱子来，听见了没有？"

朴子最怕大娘发脾气，喃喃地说："俺知道了，大娘。"他接过二娘递过来的一双筷子，低着头吃起饭来。

营丘县城里的康然药房在临近中心大街上，药房西侧是横跨白狼河的石板桥，因桥头两边有石狮子雕像，县城里的人都叫它狮子桥。沿石狮旁的台阶下去是护河的柳堤，每到黄昏时分，老中医秦秋谱便从药房走出来，沿着桥下的柳堤散步。这时候夕阳收敛了炎热的光芒，映照在白狼河里的水波似染了一层层金色的鳞纹，耀眼的光点闪烁着，显得分外绮丽。

秦秋谱老先生缓步徐行在这柳堤上，仰望着满是彩云的天空，俯瞰着倒映着霞光的流水，心情特别愉悦。近半年来，他的爱徒林宜生的医术已经逐渐成熟，无论是诊断还是处方都有大的长进。坐诊时，除了极少的疑难杂症处方需要他过目，大多的方剂林宜生会把握得准确无误，这是让他最欣慰的。此外，他苦心研制的精元沙参膏也即将大功告成，只待进入腊月辽北的沙参进货，这种起死回骸的参膏就会很快面世。届时，潍北平原上常见的肺痨顽症就会被这精元沙参膏所治愈。他曾为这专治肺痨的参膏处方探索过多年，当找到产自辽北的沙参这种能用于肺热燥咳、劳嗽痰血的药材时，才得偿了他多年的夙愿。这时他突然想起桌案上在青花瓷钵里养的蚂蟥该换水了，就返身往药房走去。

秦秋谱老先生走进康然药房，看见徒弟林宜生正在聚精会神地为一个中年妇女诊脉，另有几个患者围着素清在询问着什么，女儿秦贞贞正帮着店伙计肖光亮用铡刀切甘草片。他也不惊动大家，悄悄地径直来到了自己的诊室内。那张行医的大案桌对面墙上，挂着用丝锦装裱的条幅，上书：

问切乾坤万卷收，
悬壶济世辨春秋。
杏林相伴流金月，
倚案营丘系九州。

这是他前年过八十大寿时女儿的大伯哥刘锦戎先生亲书所赠。在医诊的案桌上，除了一叠处方和笔筒旁边的一块砚池，还放着祖传的两个老物件：一件是雕有双狮戏球的楠木脉枕，另一是釉质莹润的青花瓷钵。在祖上留给他的楠木脉枕上，秦老先生不知为多少人号脉诊断过，而在青花瓷钵里却养着几条蜷曲在一起的大蚂蟥。

秦秋谱先生平日里烟不抽、酒不沾，除了热心处方药剂，极少有其他爱好，却独喜欢养这些让人见了发瘆的蚂蟥。

秦老先生来到医案桌前坐下，拿出了青花瓷钵里的一条蚂蟥放在手里仔细看着，这蚂蟥呈扁平纺锤形，背部黑褐色，腹面平坦，后端钝圆，尾巴上有个吸盘。蚂蟥的尾巴吸在手心里让他感到直发痒。秦秋谱捏起一撮盐撒在蚂蟥的背上，蚂蟥挣扎着蹦了起来，翻滚地跳着。

秦老先生见状不由得一阵惊喜，他索性捧着这只蚂蟥走到了窗户前，窗外是白狼河柳堤，垂柳在夕阳下飘动，微风凉爽宜人。秦老先生对着捧在手中的蚂蟥说：“蚂蟥啊蚂蟥，你终于能帮我了。”

"爹，您在跟谁说话呢？"

秦秋谱捧着蚂蟥回过头来一看，是女儿秦贞贞，笑了一声说：“没事儿，没事儿，我在逗蚂蟥玩呢。”

秦贞贞说：“锦什来了，他让您今晚回我家吃饭。”

还没等秦秋谱答话，女婿刘锦什走了进来说：“爹，今晚到家里吃饭，我侄女素莲病了好多天了，正好请您去看看病。”

秦老先生一听是莲儿病了，就问：“是去懒边园吗？”

锦什说：“不是，我把莲儿接到城里来了。”

"噢，马上喊上宜生，带上药箱一块儿去瞧瞧。"秦秋谱把手里的蚂蟥放进青花瓷钵里，边说边朝外走去。

林宜生在给素莲把脉,他用的是秦秋谱传授的双切脉手法,即用左右手同时搭在被诊人的两只手腕上,病情枝枝蔓蔓会辨证得更加清楚。素清在一旁,突然发现林宜生脸色煞白,豆大的汗珠从额头上滴流下来,正想拿毛巾给他擦汗,又怕分散他的切脉精力,只能干着急。林宜生切脉后轻轻地让素莲吐出舌头,他见莲儿的舌边有齿痕,舌苔白腻,似乎肯定自己的判断,于是站了起来,转身来到客厅里对秦秋谱轻声地说:"师父,是白喉。"

声音虽低,却像震耳的炸雷一样,惊得刘锦什和秦贞贞面面相觑,不知如何是好。只有秦秋谱不急不躁,稳如泰山,他伸出手指掐算着日期说:"明儿是六月初五,节历小暑,待太阳偏西申时前,我来给莲儿治病。"他又让宜生取来纸笔,缓慢地背出了一剂中药方,让林宜生记下来,"太子参二钱,玄参二钱,白术二钱,白扁豆二钱,马勃二钱,嫩射干二钱,桔梗二钱,土牛膝二钱,甘草一钱,金银花二钱。"他接过林宜生抄记的药方,仔细看了一遍,交给素清说,"先抓药三服,今晚就服。"

晚饭是从六合祥饭庄订的,掌柜卢铁公带着店员来送菜,又到厨房亲自为秦老先生做了碗他最喜欢吃的豆角葱油焖面才离去。一家人知道素莲得了白喉病,都吃不下饭,只有秦秋谱老先生把一大碗焖面吃了个精光。饭后秦老先生要回自己家睡觉,伙计肖光亮的马车早在外门口候着呢,临上车他对女儿说:"明儿晌午先让宜生过来,我睡过午觉再来,不用太担心。"

刘锦什和秦贞贞挂念着莲儿的病,一夜没睡好觉。第二天一大早,锦什让肖光亮赶着马车去送素欣回懒边园报信。当刘老爷子和大娘、二娘一听莲儿得的是白喉,好不着急,急着坐上肖光亮的马车返回县城去看望莲儿。马车刚出懒边园的沿街车门,刘老爷子喊着要马车停下来,他对大娘说:"我记得在省城时,福建朋友送了一盒秘药叫片仔癀,也叫八宝丹,我放在了书房的八宝格橱上,或许莲儿能用。"

大娘下车跑去书房找药,素英腿快,不一会儿找到了那盒片仔癀,返身回到了马车上说:"药找到了,咱快点走吧。"

肖光亮一个响鞭,那马车飞驰起来。

刘老爷子一家人来到县城西门里宅院,刚进胡同,秦贞贞跑着迎了出来:"大哥、大嫂、二嫂,素莲服了两服药,今早见好了,还喝了一大碗莲子粥呢。"

大家听说莲儿能吃饭了,十分高兴,来到莲儿的床前。大娘看见莲儿脸上有了红晕,精神也好了许多,就问起莲儿:"感觉好些了吧,咱全家都来看你了。"

莲儿说："吃了秦爷爷的药，身上有了劲儿，头也不晕了。"

二娘也过来握着莲儿的手说："都病了快半个月了，也该好了。"

莲儿说："朴子怎么没来呀？我做梦还梦见他了呢。"

二娘说："你大娘让他陪着马释永一大早去寿光接他师奶奶去了。"

正说着话呢，只见林宜生背着药箱走了进来，大家都退到客厅里，只留下素清陪着宜生给莲儿把脉。

素清把莲儿扶起来，露出两只胳膊，林宜生把双手的三指搭在莲儿的脉腕上，用双切诊脉，过了一袋烟的工夫，林宜生让莲儿躺下，不要说话，他也不搭理素清和在客厅等待消息的一家子人。他一个人到了庭院，缩在墙角处，抱着头抽啜哭了起来，他这一举行把秦贞贞和刘锦什吓了一跳。素清走到林宜生身旁，蹲下身来问道："宜生呀，到底是怎么了，你快告诉我呀？"

林宜生擦了一把泪，哽咽地说："莲儿脉象僵玄，恐怕是回光返照。"

素清听了顿时傻了眼，一屁股坐到了地下。二娘也跟在林宜生旁边，她听见了"回光返照"就转身来到客厅里，问刘老爷子什么是"回光返照"，刘老爷子听了顿时张大了嘴巴，惊得说不出话来。

正当大家不知所措时，秦秋谱老先生抱着个瓶子进了庭院，他看见女儿秦贞贞和大娘、二娘，还有素欣、素英都在擦眼抹泪，心里好生奇怪，就问林宜生莲儿的病怎么了，林宜生附在师父的耳边说："莲儿有了气神，脉象却僵玄，恐怕是……"

还没等林宜生说完，秦老先生说："药里有太子参和玄参两味，太子参补气，玄参清热，才使莲儿的脉浮僵玄，怎么会是回光返照？"

正说着呢，只见刘老爷子一个箭步到了秦老先生面前，迅速从口袋里拿出那盒片仔癀来，说："老秦叔，您看这盒药能救莲儿吧？"

秦秋谱接过那盒片仔癀，开盒验证了一下真伪，便哈哈一笑说："怎么这白喉病把你也惊动了？这片仔癀可是大明朝万历皇上的御药啊，可惜它是专治肝炎和跌打损伤的，治不了白喉。"说着把药还给了刘锦戎，自己径直去了莲儿的睡房。

他喊过素清扶起莲儿，又让女儿秦贞贞用烫热的毛巾盖住素莲的眼睛。只见秦秋谱拿出一支银针，在莲儿的喉头处扎了几针，看着流出血，他把瓶子里的蚂蟥一条条拿出来放在了素莲的脖子上，那些蚂蟥发现了鲜血，即刻沿着血孔将嘴巴扎进去大口吞吸起来。

蚂蟥属雌雄同体动物，嘴部吸盘有麻醉作用，一旦钻进皮肉，被吸血的人很难察觉到，且吸血量极大，待吸饱后可以一两年不进食。秦老先生看见蚂蟥的头部已经深深地扎进素莲的肉体里，随之蚂蟥肚子逐渐滚圆，便捏起一撮细盐逐个撒在蚂蟥身上，蚂蟥顿时收缩着把嘴巴退了出来，像遭受到惊吓般从素莲的脖子上跌落下来。

秦老先生见时机成熟，他用双手按正莲儿的头，再让莲儿张开嘴巴，用一块竹板压住她的舌头，这才不慌不忙地拿起一把镊子夹住莲儿生白喉的菌肉使劲一拽，只听刺啦一声，莲儿咽喉里的白喉菌肉被撕了下来，同时莲儿发出"哎哟"的叫声，一股鲜血从莲儿口中流了出来，在一旁的林宜生看得真切，便端了碗放了盐的凉开水，让莲儿漱口。

秦秋谱看着莲儿口中流出了鲜红的血，知道大功告成，再看那跌落在地上的几条蚂蟥，挺着胖圆的肚子扭动着，秦秋谱把蚂蟥一条条捡起来放进瓶子里，对着满屋的人说："这几条蚂蟥我养了两年，今天救了素莲一条命。这蚂蟥吸干净了莲儿喉结上的血，白喉菌就没有了血脉的供给，我把这害死人的菌肉撕下来，白喉病就断了根，再让素莲服两服药，身子就复原了。只是这几条吃饱了的蚂蟥一年内不挨饿，也就不用大口吸血了，再遇见生白喉菌的病人也就无能为力了。唉，养了两年的蚂蟥才能救一个病人，看来还得用精元沙参膏才行。"

听到满屋子人的赞许声，秦秋谱摆了摆手，他拿起盛着蚂蟥的瓶子递给了莲儿："莲儿呀，等你病好了，就把这些救你命的蚂蟥送到懒边葫芦湾里放生吧。"

第十一章　苇丛

马释永驾着马车离开了懒边园，绕过葫芦湾转到村北通往寿光老家的大道上一路狂奔，回家去接母亲让他激动不已，他扬起了马鞭，连打了几个响鞭，那拉车的马扬起脖子，鼻子里也打出一个响啼，马蹄急踏，嘚嘚敲击着地面，溅起了阵阵沙尘。在车身晃动中马释永扯着嗓子唱起了《塞下曲》：

>骏马啊似风飙，
>俺鸣鞭出渭桥。
>弯弓辞汗月啊，
>插羽破天骄……

朴子在飞驰的马车上被颠得东倒西歪，在车震中喊了起来："师父啊，别唱了，都快把俺的骨头震碎了。"

朴子的喊话提醒了马释永，他迅速让车速慢了下来，马车稍平稳些，朴子凑到马释永耳旁问道："您说马家河子老家咱要走几个时辰能到啊？"

马释永说："你师奶奶不住马家河子，住在道口镇的雷家庙子。"

"怎么搬家了，为啥呀？"朴子问道。

马释永说："师父不想说这不情愿的事。"

朴子听了越是想知道，就说："师父啊，求您了，说说呗。"

"那年你师爷爷领着村民闹义和拳，官府失信把他砍了头挂在村口马家祠堂前的旗杆上，老家待不住了，你师奶奶便领着俺和俺姐去了雷家庙子。"马释永不想再回忆苦的往事，转了话题说，"朴子啊，咱懒边园村西有个葫芦湾，雷家庙子村前边也有个湾叫庙前湾，比葫芦湾还大呢。上个月俺从平阴县翠屏山回村，和表弟雷天泰约着去湾里逮鱼，抓了一条二十斤重的大鲤鱼呢。"

说到逮了条大鲤鱼，这引起了朴子的兴趣，于是问道："真的吗？二十来斤呢，是怎么逮住的？师父您快说说。"

马释永又打了个响鞭，那马拉着车又快跑起来："哎，不想说那伤心事还得要说，雷天泰他爹是俺亲姨夫，也是闹义和拳被砍了头，俺娘从此闹了个胸口疼的毛病，经常吃不下饭。那天她又犯了病，为了给她补补身子，你天泰叔拿了把渔叉约俺去湾南头的芦苇荡里去逮鱼。天泰眼尖，看见有条大鱼在苇丛中晃动，他一个飞叉正中鱼的脊背，疼得那条鱼翻了个滚儿，带着渔叉往深处游，被俺赶上，掐住了鱼鳃，费了好大的劲才弄上来。"

朴子听了又问："师父，俺天泰叔会武功吗？"

"当年俺爹是义和拳的总把子，他爹是拳练总教习，表弟很小的时候，姨夫就教他习武，俺的少林棍棒好，他的螳螂拳打得好。"马释永打了个响鞭又说，"你这次到了雷家庙子，俺让你天泰叔教你两招。"

朴子一听，兴奋起来："太好了，太好了，师父，天泰叔会打枪吗？"

马释永说："你就是忘不了打枪，你天泰叔三十步开外，用鸟铳枪打兔子百发百中。"

朴子来了精神，急盼着问："好厉害呀，俺天泰叔今天在家吗？"

马释永沉静了一会儿说："半个月前为了挣点钱，修补一下他家漏雨的房子，俺俩出来扛活儿，他去了营丘火车站干了装卸工，俺去了你家懒边园割麦子，嘿，也是天意，收了你这个徒弟。"

"师父啊，俺问天泰叔叔在不在家呢！"朴子见马释永跑了神，又追问道。

"咳，看师父想他想的，俺琢磨着应该在，俺姨身子骨弱，俺走的时候你师奶奶也崴了脚，说好在外扛活儿不超过半个月俺俩都得回来，他应该在家，准在。"马释永肯定地说。

他扬鞭催马疾驰在回家的路上，此时那匹拉车的枣红马已是大汗淋漓。马释永看了一下太阳已悬在头顶上，像个火球浮在天上，热得让人喘不过气来。朴子也埋怨着太阳太毒，索性脱掉上衣盖在了脑袋上。

马释永驱马车又行了一程，看见了远处高坡上的小树林，便对朴子说："快到黄旗堡村的砖瓦窑场了，那里有眼甜水井，咱到砖瓦窑场去歇歇脚。"

马释永驾车来到路旁的砖瓦窑场，看见烧窑的门洞前几间低矮的房屋已经破烂不堪，矗立在窑场中间的半截烟筒倒塌在草丛中，成堆的土坯瓦砾与杂草在这座砖窑场废墟之中。只有在砖坯场地旁边有几棵大槐树，葱茏繁茂，密密匝匝的枝叶遮阴成片，树底下显得十分阴凉。他牵马把马车拉到大槐树下的阴凉处，朴子从车上跳下来，帮着师父卸马套。马释永让朴子从车上拿了些喂马的豆料撒在草地上，任这匹马散漫地啃着草，自己从车上取了一只水桶，去了砖瓦窑的井台处提水。

朴子坐了大半天马车，觉得小腿有些胀痛，就把一只脚垫在车帮子上压起腿来，又觉得肚子有些饿，想起马车上有二娘给他和师父准备的饭，他去车上把包饭的包袱解开，露出一叠葱油饼，正散发着香气呢。他又打开了放在一旁的木制饭盒子，看见里面分格放了浇了香油的咸菜条、咸鱼干和煮熟的咸鸭蛋，馋得他垂涎欲滴，正想吃呢，突然想起昨夜二娘告诫他跟着师父出门要守规矩，吃饭时先让师父吃，自己后吃的话来。

这时，马释永提着满满的一桶水走了过来，对着朴子说："这井水又凉又甜，你过来喝几口解解渴。"

朴子拿出一张大油饼和两个咸鸭蛋递给了马释永，说："师父您先吃着。"

马释永接了过来，把那两个咸鸭蛋剥了皮，夹在饼里大口嚼了起来。朴子来到水桶边，直接把头埋进桶里，大口地喝着桶里的水，透心儿的凉气让他倍感爽快。马释永见朴子喝得痛快，便说："能解渴就行了，别喝坏了肚子。"说着边吃着大饼边提起那桶被朴子喝剩的水去饮马了。

朴子自己也拿了张大饼，卷上了咸鱼干正往嘴里送，突然从砖瓦窑的东坡上传来叭的一声鞭响，只见一个少年摇着一条丈儿八尺的牧羊鞭子，驱赶着一群羊往槐树林这边走了过来。朴子看那牧羊少年，手中摇晃着牧羊鞭，腰里插着一把弹弓，吆喝着那群羊，或疏散，或聚拢，井然有序地赶到了树荫下歇起了晌来。朴子盯着那少年腰里的弹弓，心想：他也会打弹弓，不知功夫怎么样，俺得给他亮一手。想到这里，他捡起地上的一块瓦片，使劲儿朝空中扔去，不等那瓦片下落，掏出弹弓迎着打了上去，砰的一声弹石打在了瓦片上。谁知那牧羊少年也不示弱，瞬间拉开弹弓叭的一声，竟把下落中的瓦片打了个粉碎。

"好啊，好弹弓，好功夫。"马释永叫起好来。

马释永和朴子同时来到牧羊少年面前，只见那少年皮肤黝黑，瘦矮的个头，脑门上留着巴掌大的头发，扎了个小辫子，眼睛又大又亮，一副憨厚又倔强的模样，让马释永好不喜欢，于是问道："小哥们，你是哪村的？"

"俺是黄旗堡村的。"那少年用鞭子指了一下几棵大槐树又说，"这些树都是俺爷爷栽的。"那口气俨然像是这里的主人。

马释永又问道："你爷爷还在吗？"

"俺爷爷早没了，俺都没见过呢。"少年说。

"那你怎么说这里的槐树是你爷爷栽的呢？"朴子问道。

"是俺姐告诉俺的。"牧羊少年不容置疑地回答。

朴子又问道："小兄弟，你玩的弹弓是跟谁学的？"

"当然是跟俺姐学的。"少年回答道。

马释永听得好奇，便凑到那牧羊少年的跟前问道："小哥们，你姓啥叫啥？你姐姐叫啥名字？"

那少年眨巴着眼睛说："俺姓黄，村里人都叫俺黑弹，俺姐姐叫黄小满。"

马释永一听他姐姐是黄旗堡的黄小满，顿时吃惊得张大了嘴巴。

他踱着步走到了马旁边拾起缰绳，把马牵到了车旁，对朴子说："早点赶路吧，待会儿天黑下来就不好辨路了。"说着把马套进车杆里，系好鞍带，这就要走。朴子和那个叫黑弹的少年刚刚认识，还没说几句话就要离开，有点依依不舍，朴子就从车上拿了两张大饼和几个咸鸭蛋塞到黑弹手里说："你还没吃饭吧？这饼是俺二娘烙的，香着呢，俺和师父天黑到家就有饭了。"说完跳到了车上，与马释永驶离了砖瓦窑场。

时过晌午，潍北大地的乡路上，炽热的尘土凝滞成雾状，笼罩在奔驰的马车周围，到处都是滚烫的热浪。只有天空中飘荡着的白云，时而遮挡一下烈日，才让人感觉到短暂的凉意。

马释永不敢驱车疾行，酷暑下行车须节省马力，毕竟才走了一半的路程。

朴子凑到跟前问了起来："您是不是认识黑弹他姐呀？"

"我不认识她，只是听你天泰叔叔说过她。"马释永回应着。

"是不是她的武功很厉害？"朴子又问道。

"听你天泰叔说，去年三月三，在黄旗堡比武擂台上被她打下了擂台。"马释永深叹了口气又说，"那黄小满狠了点，打得你天泰叔在家躺了半个月才好呢。"

朴子听了惊愕地说："哎呀，黑弹的姐姐好厉害，天泰叔都不是她的对手。"

"听天泰说他俩在擂台上打的都是螳螂拳，只是那黄小满藏了个绝招，你天泰叔又轻敌，所以吃了亏。"马释永深吸一口气又说，"武功真是人外有人，天外有天，什么时候都不能逞能，你说是不是啊？"

停了一会儿，马释永见朴子没有应话，他回过头来一看，原来朴子把头靠在车帮上呼呼地睡着了。

朴子醒的时候,天色已经昏暗了下来,马释永赶着马车已进入雷家庙子的村头。夜幕下的乡村非常宁静,时隐时现的灯光为乡村增添了几分神秘,庙湾里的芦苇在微风下变换出各种各样的姿态,摆动着沙沙作响,空气中弥漫着清凉的雾气。

"师父,咱到雷家庙子了?"朴子打了个哈欠问马释永。

"看你这一觉睡的,转过庙湾上了关帝庙的石台子,再往后过一条街就到家了。"马释永禁不住一阵喜悦,扬起鞭子,啪的一声响鞭,那枣红马好像知道快要到家了,四蹄腾起,拉着马车奔跑起来。

马释永在夜色朦胧中找到了自己的家,他跳下车喊着娘敲起了门,敲了一会儿,也不见院内有动静,抬头一看门框上挂着一把锁,才知道他娘没有在家,于是牵着马朝表弟雷天泰家走去。

雷天泰陪着他娘吃过晚饭,觉得屋里有些闷热,就出了院门,要到关帝庙石台上去纳凉,刚走进胡同,黑影中看见一辆马车在辘辘的碾压声中迎面驶了过来,车到近处,他认出牵着马的车把式的是他表哥马释永,便喊了一声:"表哥。"

马释永见是表弟雷天泰,心里一阵高兴,便着急地问道:"我家门落锁了,俺娘在你家吗?"

雷天泰回答说:"前天你姐和你姐夫来雷家庙子,把俺大姨接到苇子镇去了。这黑灯瞎火的,你这是从哪里来呀?"

"俺从营丘县懒边园过来接老娘。"马释永回头对车上的朴子又说,"这就是你天泰叔,快下车见见。"

朴子喊着:"天泰叔叔,俺叫朴子,陪着师父来接师奶奶。"边说边要下车,雷天泰搂住朴子说:"好孩子,咱回家再说。"

他们来到家中,天泰忙着卸鞍喂马,马释永领着朴子来见姨妈。

天泰娘这些天身体稍好些,她见到外甥回来很高兴,便喊着马释永的乳名说:"猛子回来了,你娘前日让你姐接到苇子镇去了。"又看着朴子说,"这孩子长得这么精神。"

马释永说:"他叫朴子,是懒边园的少东家,拜俺为师,是陪着来接俺娘的。"

"锅里有刚蒸的棒子面饼子,还有熬好的绿豆汤,俺和你表弟刚吃过了,俺这就去炒两个菜。"姨妈说着下了炕去了隔间的灶房。

乡村的夜晚十分宁静，皎洁的月亮爬了上来，把银色的荧光撒在天泰家的院子里，不用点灯也很明亮。马释永和朴子坐在小石桌旁，嚼着玉米饼子，就着他姨妈刚炒的虾酱炒鸡蛋和一碟姜丝焖藕片儿，吃得津津有味。

天泰坐在旁边陪着喝绿豆汤，他娘摇着一把蒲扇坐在一旁听马释永讲懒边园里大娘被绑票的情节，说到惊险处，雷天泰和天泰娘不时地发出感叹声。

马释永饥不择食，边说着边吃，一连吃了四个玉米饼子，把一盘虾酱炒鸡蛋和那碟姜丝焖藕片吃了个精光。朴子见师父还没吃饱，去了车上把食盒里的炸鱼干和咸菜拿了过来，陪着师父又吃了起来。雷天泰知道表哥饭量大，就让他娘再去灶房下面条，马释永摆了摆手说："不用了，吃得差不多了。"他看了一下雷天泰说，"我中午到了黄旗堡砖瓦窑场歇晌，在北面那片槐树林里碰见了个叫黑弹的放羊娃，他是黄小满的弟弟。"

朴子也插话说："黑弹的弹弓打得可准了，他说是他姐姐教的呢。"

马释永接话说："俺看黑弹打弹弓的功夫很扎实，看来他姐姐黄小满是个武功高手。"

雷天泰沉思了一会儿说："那天在黄旗堡擂台上抽到了和黄小满比武的签儿，俺见她是个大姑娘就没在乎，交手后才觉得遇到了对手，擂台下那些看热闹的人都是黄旗堡的，都呼喊着为她擂鼓助威，吵得俺心慌意乱，一招不慎被她踢下台来。不过那黄小满心眼儿好，她见我受了伤拿来几粒跌打损伤丸给俺，还一再道歉。"

马释永说："这叫吃一堑长一智，以武会友，咱不能结怨。"说着从衣兜里拿出来两块银圆递给雷天泰说："明天俺和朴子去苇子镇接俺娘，你去集市上买些肉，等俺下午回来，晚上咱吃顿饺子，后天起早拉着俺娘回懒边园。"

苇子镇以苇乡得名，地处潍北入渤海湾的河口，堤岸线上是一望无垠的芦苇荡，成片的芦苇接连不断。它北邻渤海滩，南依红柳岭，是淡水与海水的汇流湿地，当地有"过岭割芦苇，下滩捕鱼虾"的说法，镇上的村民靠编织苇席和捕捞鱼虾为生。

天刚蒙蒙亮，马释永和朴子驱车行驶在去苇子镇的路上，马车行至芦花渡的木桥上，看见一轮红日跃出水面，闪烁着耀眼的光芒，芦苇荡中亮丽的光时隐时现，衬托出苇乡的特有韵味。天上三五只海鸥掠过苇丛，在行驶的马车上空翻飞盘旋，朴子很惊奇，就问："师傅，这是啥鸽子呀？白白的真好看。"

马释永说："这叫海鸥，和人亲着呢。"

朴子从车上站起来，伸开双臂，呼应着展翅飞翔的海鸥。

从雷家庙子到苇子镇有二十里路程，马释永赶着马车，不到一个时辰就到了镇上，转过一个苇湾就是他姐姐杏花的家。马释永远远看见他娘正帮着他姐姐在苇席上晒鱼干呢，他打了个响鞭催马过去，口里喊着："娘啊！你猛子儿来接您来了。"

杏花听见弟弟马释永的喊声，看见他赶着马车过来好不惊喜，就转身对娘说："娘，您看谁来了！"

马释永的母亲看清赶车的是自己的儿子猛子，就迎了过去。

朴子从车上跳下来，问着师奶奶好。马释永他娘看着虎头虎脑的朴子，把他搂在怀里好一阵儿喜欢。马释永来到娘跟前说："他叫朴子，是俺少东家，俺在懒边园干了护院，收了朴子为徒，东家待俺好，给咱找了一处宅子，这不少东家陪着来接您呢。"

马释永的母亲听了儿子的话，激动地掉下泪来，对着闺女杏花说："俺这辈子跟着猛子也是福气呀。"

杏花听了也是高兴得不得了，就对马释永说："你陪着娘说会儿话，你姐夫去苇荡网鱼去了，俺去把他叫回来。"

朴子看着杏花家门口前挂满了一串串的鱼干，很是好奇，又听见杏花要去芦苇荡，就喊着跟着去看看。马释永说："你跟着姑姑去吧，你那个姑父可是个逮鱼的高手，让他给你抓条鱼回来。"

朴子高兴得蹦着跳着跟着杏花去了苇荡。

不远处传来了汪汪的几声狗叫，马释永抬头望去，只见在一只大黑狗的后边朴子和杏花抬着一只渔叉，渔叉杆上吊着一条大鲈鱼，鱼尾巴拖在地上。旁边是背着一大只箩筐的大汉，浓眉方脸，身材魁梧，黝黑的皮肤，隆起健壮的胸肌，结实得像钢桩铁柱一般。只听他用低沉的嗓音叫道："是猛子老弟来了，中午咱俩喝一杯。"

这人正是杏花的丈夫，牛苇生。

牛苇生自幼失去父母，是苇子镇上的一位姓牛的铁匠把他哺养大，牛苇生心灵手巧，勤劳能干，编筐、织席、捕鱼、逮虾样样在行。牛苇生帮着杏花把那条大鲈鱼抬到案板上，马释永过来量了一下，足足有五尺长，便说："姐夫，这鱼有八十斤吧？"

牛苇生应道："差不多吧，入夏的鲈鱼肥，炖出来好吃。"

说着他操起了一把尖头渔刀把鱼鳞刮净，然后开肚摘肠，用清水冲洗干净，将鱼切成了几大段。这时杏花已把支在院内苇棚里的大铁锅烧热，苇生在锅里倒上麻油，把切好的葱姜蒜放入炒了一会儿，才把案板上的鲈鱼块儿放进锅里。马释永的母亲又把盆里用大豆玉米杂面拍成的饼子，在铁锅壁上贴了一圈，待把囤笼盖在锅上，杏花开始在灶内添加木柴把火烧旺，不一会儿就嗅到了诱人的香味。

苇生看到锅里的鱼炖得差不多了，就对杏花说："这锅里的鱼还得焖上一会儿，你去镇上酒铺里赊坛子老烧酒，记账就行，等秋后卖了苇席再还钱。"

杏花说："俺知道了。"转身要去赊酒。

朴子听到牛苇生让杏花去镇上赊酒，突然想起马车上有酒，就对杏花说："姑姑不要去了，俺离开懒边园的时候，二娘从厨房搬了两坛懒郎放在了车上，让俺师父回家用呢。"说完便从车上搬了一坛酒过来。

马释永扶着老娘，杏花拉着朴子进了苇棚，围着锅台坐了下来。牛苇生掀开囤笼盖子，锅里香喷喷的鱼鲜气萦绕在鼻端，令人垂涎欲滴，大家用筷子抄着鱼肉吃了起来，这鲈鱼肉果然是汁肥味美，新鲜滑嫩，味道简直是妙不可言。一家子吃得正香时，牛苇生把盛在箩筐里的活虾抓了几把放在用苇条编的一只圆笼里，用清水反复冲洗了几遍，放在了锅台上，又倒了三碗酒，一碗端给了马释永，一碗给了朴子，一碗留给自己，懒郎酒香让他把持不住，先抿了一口，说："真的是好酒呀，俺也喝到了懒边园大户人家喝的酒，得谢谢猛子兄弟和朴子少东家，在俺苇子镇，地鲜莫过于蒲菜，水鲜莫过于鲈鱼，猛子兄弟，你和朴子吃鱼，俺吃活虾。"

说着他从苇笼里拿起一只活蹦乱跳的活虾，轻轻往酒里一蘸，那活虾似醉了，一动不动的，这时牛苇生捏住虾头轻轻一拽，那虾肉活生生地从虾壳里剥离出来，他放进嘴里嚼着，随手又把连着头的虾壳扔进刚才洗虾的清水盆里，那虾头竟带着空壳游动起来。牛苇生这生吃活虾的技巧让朴子羡慕不已，也仿效着拿了一只活虾往酒里蘸了一下，但怎么也剥不出虾肉来。朴子的拙笨让牛苇生哈哈大笑起来，连忙说："俺来教你，俺来教你。"说着教起朴子生剥活虾来。

一顿饭大家吃得兴高采烈，马释永打着饱嗝带着醉意，要去套马拉车，朴子跟着牛苇生学会了生剥活虾更是欣喜若狂。杏花搀扶着母亲上了马车，又抱起几卷苇席放在车上，说这是去年苇生织的席子，回家铺在炕上睡觉凉爽。马释永驾车刚要走，姐夫牛苇生一手提着筐鱼干，一手拿着一把渔叉，走到车旁，他把鱼干递给朴子说："朴子少东家，姑父喜欢你，你把这鱼干捎到懒边园，也是俺的一点心意。"他把渔叉交给马释永说,"俺听说芦花渡那边有了劫匪,你带上这把渔叉防身用。"

马释永说:"谢姐夫,不用了,对付劫匪,我这把鞭子就够了。"

朴子喜欢这把渔叉,他想着回到家去葫芦湾逮鱼用,就接了过来,放到了车上。

马释永驱车离开了苇子镇,等到了返程的堤岸上,看着太阳已偏西,想着早点回到雷家庙子,还要帮着娘收拾一下东西,准备明天早点启程回懒边园,就对朴子说:"你和你师奶奶坐稳了,咱得早点赶回雷家庙子。"说着接连打了几鞭,催着那马拉着车奔跑起来。

马车到了芦花渡桥头,一群被惊起的水鸟四散着往空中飞去,马释永把车慢了速度,正准备上桥,突然从木桥两边的苇丛中窜出几个兵痞模样的人。其中一个为首的歪戴着帽子,穿了一件褪了色的军衣,斜背着一支步枪,拦在路中央叫道:"快下车,老子是张大帅的队伍,要征用这辆马车。"

马释永仔细打量这拦路的人,见他长着一双凶神恶煞的眼睛,面孔黑瘦,叼着支烟卷,一看就是个奸诈刁蛮的兵痞,便说:"俺是雷家庙子的,是来接俺娘的,你们征了马车,俺娘怎么回家?"

马释永边说边环顾四周,见还有一个执枪的,另有三人手握大砍刀,他们从左右两侧围了上来,其中那个执枪的兵痞故意把枪栓推得直响,用枪瞄着马释永的胸部说:"少啰唆,车上的人赶快下来,这马车我们征定了。"

马释永知道今天遇到了硬茬,就用商量的口气说:"哎呀,军爷要不先到雷家庙子送下俺娘,你们再征用行不行?"

"他妈的,看来不来硬的,你不知道老子的厉害。"一个执大刀的兵痞跳到车上就要拽朴子。朴子见那劫匪来得凶,拿起了渔叉本能地刺了过去,正中劫匪的手腕,当啷一声,那把大砍刀掉到了车上。同时,马释永见那执刀的劫匪跳到了车上,他怕朴子吃亏,扬起鞭子啪的一声正打在那劫匪的脖子上,那兵痞痛得号叫着滚下车来。在马车旁边端着枪的那个兵痞,见双方动了手,举枪就要射击,朴子见势不妙,朝着正要开枪的兵痞打了一弹弓,正中在脑袋上,随着枪口火光一闪,子弹嗖一声贴着朴子的耳朵飞了过去。前面拦车的那个兵痞,闪身躲开了马释永打来的鞭子,退到马车后边,转过身来举枪瞄上了马释永,马释永的母亲参加过义和拳,知道洋枪的厉害,她一跃而起扑到儿子身上,随着一声枪响,子弹正中她的后心。马释永见娘挡住了射向自己的子弹,推开了倒在血泊中的母亲,拿起车上的渔叉怒吼一声,跳下车来要与劫匪拼命。正所谓双拳难敌四手，恶虎害怕群狼，更何况劫匪的两支枪正在瞄向他，在这危急时刻，只听叭叭两声枪响，两匹战马飞驰过来，骑马的人挥舞着驳壳枪，厉声呵道："谁敢杀人，严惩不贷！"

一个眼尖的劫匪惊呼一声："不好，是渤海纵队的人，快撤。"

几个兵痞跳下堤岸，躲进苇丛逃跑了。

两匹快马来到车前，骑马的人穿着灰色的军装，前面那位长方脸膛，鼻直口阔，一双锐利的眼睛藏锋卧锐，流露出机警、无所畏惧的神采。后面那位英俊的脸上略显幼稚，斜背着一只马枪，气宇轩昂，显出一副英武逼人的气概。只见前面那位翻身下马，把驳壳枪别在腰间走到马释永面前说："老乡别怕，我们是渤海纵队的，是咱老百姓的队伍。"他看了一下车上马释永的母亲，缓了一口气说，"大娘受伤了？这帮劫匪前天傍晚袭击了我们的军备仓库，被我们击毙三人俘虏两人，据俘虏交代，这伙人是在山海关军阀混战中被打散的兵痞，从河北沿渤海湾流窜过来，一路上抢劫杀人，无恶不作。"

这时，马释永的母亲喊了一声什么，她用手指了指，马释永明白，是让他感谢这两位军人，便深鞠一躬说："多谢两位军爷的救命之恩，敢问您的尊姓大名？"

那军人说："免贵姓于，我叫于震邦，是渤海纵队新一团的。这是团部通讯员吕卫，您是哪个村的？"

"俺叫马释永，在营丘县懒边园干护院，车上那孩子叫朴子，是俺少东家，也是俺徒弟，是跟俺来苇子镇俺姐姐家接老娘的，不想遇到了劫匪。"马释永回答道。

"噢，你们是懒边园的人，您可知道刘素涵小姐？"于震邦问道。

"不是小姐，那是俺二姐。"朴子在车上回答着。这时骑在马上的通讯员吕卫催促道："于团长，纵队首长还在等着您去开会呢。"

于震邦上马，对马释永说："我有任务在身，不多说了，大娘受伤了，你尽快去找个郎中医治，咱后会有期。"说完朝着朴子挥了挥手，转过马头驰骋而去。

马释永目送于团长远去，便回身来到车上看看他娘的伤势，他叫了几声娘见没有回应，用手摸了一下娘的鼻子已经没有了气息，心疼地抱着娘的身子号啕大哭。朴子见师父悲痛欲绝，哭得死去活来，在一旁也禁不住大哭起来。

第十二章　悲爱

马释永把娘的尸体用苇席盖好，只身走到木桥上对着西落的太阳跪下来，磕了几个响头，然后伸开双臂迎着西天喊道："佛祖啊，俺今个要开杀戒了，劫匪杀了俺娘，俺要报仇啊。"说完起身下了桥对朴子说，"师父要去杀劫匪，给你师奶奶报仇，你敢跟着师父去吗？"

朴子擦了一把眼泪，拍着胸脯说："俺跟着师父去杀劫匪。"

马释永牵着马，把车拉过芦花渡的木桥，沿着桥头边儿上一个斜坡进了苇丛，他选到了一块隐蔽处，把马套卸下来，又把马拴到一棵柳树上。马释永看了一下他娘的尸体，抄起那把渔叉对朴子说："你拿着劫匪丢下的砍刀，跟着师父去找那几个兵痞算账去。"

他俩折回桥头，朝着刚才劫匪逃跑的方位寻了过去。朴子说："师父，咱能找到他们吗？"

马释永说："他们在苇地里走到哪里，那苇枝就倒伏在哪里，咱沿着倒伏的苇枝找，就能找到。"

果然，他们追到一块平整的草甸子上，马释永发现西北方向有一股黑烟从苇荡里隐隐约约地冒了出来，便指着冒烟的地方向朴子说："那几个兵痞躲藏在那里。"

马释永和朴子迅速赶了过去，二人半卧在苇丛中，发现那五个兵痞正围着一堆篝火烤着几条鱼，边吃边传递着一瓶酒对着嘴巴喝着。在篝火堆后面搭了一个苇棚，苇棚入口的木桩上挂着两条子弹袋子，两支步枪斜竖在木桩上，旁边放着两把大砍刀。这时，正在烤鱼的一个劫匪说："大哥呀，咱从山海关走到这鬼也来不了的苇荡里快一个月了，二十来个弟兄就剩下咱五个人，好惨哪。"

"也不知道再走几天才能回到咱老家掖县,要是今过午抢到那辆马车咱走路就快了,偏偏碰到了渤海纵队的人,俺的手腕子还被那个熊孩子扎伤了,你说倒霉不!"另一个劫匪也在发着牢骚。

那个被叫大哥的劫匪抿了一口酒说:"这个地方叫苇子镇,咱沿着海边朝东再走三天就到了羊角沟,在那里咱们抢一条渔船,再抓一个船老大,逼他送咱到三山岛码头,下了码头往南走十五里就是咱老家掖县平里店了。"

另一个留胡子的劫匪接过递来的酒瓶灌了一大口,醉醺醺地说:"大哥,你别吹牛了,羊角沟的船老大那么好抓吗?"

"怎么不好抓呀?"那个大哥指了一下苇棚说,"两支枪不丢,两袋子弹不少,就没有办不到的事儿。"

"那是,那是。"几个劫匪回应着。

那个大哥从火堆里取了一支燃着火的苇枝,点了支烟,抽了一口,抹了一把嘴巴吩咐道:"从这里往西走三里路就是苇子镇,今晚下半夜咱摸进村抢上几家,积攒点路费再赶路。"他见没有回音,又提高嗓门说,"嗨,嗨,怎么蔫了?咱兄弟一个多月没沾女人了吧,这会儿去抢个黄花大闺女玩够了,杀掉扔到荡里喂鱼。嘿嘿,怎么样?"

"好哇,好哇!"劫匪们狂叫起来。

马释永听着这些兵痞对话,气得牙根儿都疼,悄悄地跟朴子说:"天黑下来了,我去前面把这帮狗杂碎引开,你绕到苇棚后面寻机把木桩上的两支枪弄过来,他们没了枪,凭着师父这把渔叉就能让这五个混蛋上西天。"

马释永看见朴子猫着腰爬到了苇棚后面,自己便卧在苇丛里"咯咯哒,咯咯哒"地模仿起了母鸡下蛋后的叫声,几个劫匪此时已是喝得半醉状态,听见苇丛里传来母鸡下蛋的声音,好生奇怪,黑夜中的芦苇荡里咋有只老母鸡来下蛋呢,于是相互招呼着,循着鸡叫的方向去找,随着这母鸡叫声越来越远,五个劫匪远离了篝火堆。朴子看着来了机会,转到木桩处抓过两条子弹袋子挂在肩上,扛起两支步枪正想离开,突然灵机一动,他从火堆里捡起一只正燃烧着的苇秆,扔进了苇棚里,顿时引着了铺在地上的干草,随着苇棚被着火的铺草点燃,在噼噼啪啪的燃烧声中,熊熊的火焰映红了芦苇荡的夜空。

劫匪们在苇荡里寻找咯咯叫的母鸡,身后的火光让他们大惊失色,吓得酒意全无。那个大哥短促地发出一声嘶哑的惊叫:"苇棚失火了,快去找那两支枪和子弹袋子。"

兵痞们喊叫着冲向着火的苇棚,等他们到了木桩边上,哪里还有枪和子弹袋的影子。

正当劫匪惊慌失措、乱成一团时,火光中看见一个光头大汉手持渔叉飞奔过来高声断喝:"你家马爷爷来了,还俺老娘的命来!"

有两个兵痞见势不好,慌忙捡起丢在地上的大砍刀挥舞着阻挡马释永,却被马释永一个金鸡抖翎横着渔叉扫了过去,只听砰啪两声,劫匪手中的两把砍刀被磕飞在半空。马释永又随即一个青龙出水,噗的一声扎进那兵痞的小肚上,马释永顺势一挑,把兵痞的整个身子抛到被烧塌陷的苇棚火堆里,那个兵痞在火中惨叫着,翻了几个滚便被火吞噬,再也无声息了。另一个兵痞见手中的砍刀被磕飞,转身想逃命,马释永纵身一跃,举起渔叉飞刺过去,扎进他的后背,扑通一声,那兵痞趴在地上,气绝身亡。

马释永用脚踏在劫匪的尸体上拔那渔叉,那渔叉是倒钩叉尖,深扎在兵痞的脊背里一时拔不出来,这时剩下的三个兵痞喊叫着打了上来,马释永丢开渔叉,施展开拳脚与劫匪对打了起来。朴子在苇丛里看得过瘾,想着要帮帮师父,他手挥着大刀窜了上去,就地一滚,到了劫匪的裆下,顺手一刀扎在劫匪的大腿内侧,疼得他"妈呀"一声,跪在地上。朴子迈步到了跟前,手起刀落,那劫匪的脑袋被削去半块。马释永看得真切,喊着:"好个朴子,砍得痛快!把刀给俺,你闪在一旁。"

他接过朴子递过来的砍刀,一个箭步跨出,当胸一刀扎透劫匪的后背,不待那劫匪反应,又被马释永踢出一脚,劫匪的躯体直挺挺地飞了出去。剩下那个为首的劫匪,此时已经乱了方寸,看见马释永挥刀过来,吓得浑身颤抖,半张着嘴惊恐地求饶:"好汉饶命,好汉饶命啊!"

马释永为娘报仇心切,已经杀红了眼,只见那大砍刀寒光一闪,那劫匪脑袋随即滚落到了地上。

苇棚燃起的大火正在渐渐熄灭,芦苇荡里万籁俱寂,马释永已是浑身透汗,他坐在苇地上,长长地吐出一口气,心也随之平静下来。他看见那杆渔叉还插在死去的兵痞背上,就喊来朴子费了好大劲,才把渔叉拔了出来。

马释永拿着渔叉,又背起缴获的步枪和子弹袋子,领着朴子朝着芦花渡木桥方向返回。月亮在阴云中时隐时现,师徒俩借着月光找到了拴马的地方,那匹枣红马似乎认出了自己的主人,发出嘶嘶的轻叫,马释永过来摸了摸马的脖子,然后转身来到马车边上,看着苇席下母亲的尸体,沉思了好大一会儿,突然拿起了渔叉在不远处剜起泥土来,他用手扒了个大坑,朴子好像明白了师父的用意,也帮着扒起泥土来。

马释永从马车上拿了卷苇席铺在坑里面,又喊着朴子说:"你抱着师奶奶的脚,我抱着头,咱俩把她老人家放在这里。"

朴子按照吩咐帮着师父把师奶奶的遗体安放在坑里,马释永又从马车上拿来一张苇席,轻轻地盖在了母亲身上,和朴子抓着泥土一把一把地撒在苇席上面,慢慢地筑起了坟头。

马释永跪在坟头前,已是欲哭无泪,他哽咽着泣诉:"娘啊,您儿猛子不孝呀,自从俺爹被官府砍了头,老家马家河子盖不住了,您把俺送到平阴县大姑家,为给爹报仇,俺去翠屏山跟法正大师习武当了和尚,您带着姐姐杏花躲到了雷家庙子俺姨家。俺爹身首异处埋在哪里都不知道啊,俺本想接您去懒边园享福,谁知道在这芦花渡丢了命,娘啊,俺把你埋在这里了,百日过后俺会来给你烧纸上坟,呜呜……"

凄惨的声音和着风吹苇叶发出的沙沙响动,回荡在芦花渡的苇丛里。

清晨的芦花渡被朦胧的雾气笼罩着,苇丛四周一片模糊,阴沉的天压得人透不过气来。几滴豆大的雨点把马释永打醒了,他揉了揉眼睛,看见朴子趴在坟头上还睡着,心疼地把他抱在了车上,又去把马牵过来,套上了车,头也不回地驾车往雷家庙子驶去。

在马车的颠簸中朴子醒了,他睁开眼睛发现自己躺在行进中的马车上,师父正摇着鞭子在驱车赶路呢。昨夜惊心动魄的杀劫匪场面在脑海中回荡着,他更加佩服师父的武功,转眼看见车上那两支步枪,不由得兴奋起来,他拿起一支枪来拉开枪栓,见枪膛里还有子弹呢,心里想着这长枪的构造和海生的短枪也差不多少,于是举起枪练起了瞄准,嘴里还不知不觉地喊着"啪啪"。

马释永回过头来看着朴子,提醒说:"可别走了火,枪是铁老虎,处处咬人。"马释永停顿了一会儿又说,"你数一下子弹袋子里有多少颗子弹?"

"好来,俺这就数。"

朴子放下枪,拿起两条子弹袋子,一五一十地数起子弹来,他数来数去,一会儿是六十发,一会儿是五十五发,就对师父说:"俺没数全,这两条子弹袋子里五十多点,六十少点,装了不少哇。"

师徒俩正说着话,马车已赶到了雷家庙子村口,马释永心里想着老娘没了,俺见到姨妈和表弟天泰咋说呀,心一横对朴子说:"咱到黄旗堡砖瓦窑场去练打枪去。"说罢连打了几个响鞭,绕过庙前湾往村南驶去。

天阴得厉害,不时飘落下几滴雨点来,沉闷的雷声不时响起,西北上空的乌云黑压压翻滚着卷动起来,似乎要把这辆行进中的马车吞噬。马释永感到一场大雨就要来临，不断地挥鞭催马择路疾行。

马释永驾车刚到砖瓦窑场的坡上，一道刺眼的闪电划破天空，顷刻间响起一声炸雷，震得马车仿佛在发抖，惊得那匹拉车的枣红马前蹄掀起，仰着脖子发出一声长长的嘶叫。马释永害怕马受到惊吓，跳下车来牵住笼在马头上的缰绳，从坡上下来往窑场工房里面去避雨，刚走到工房前，还未等卸下马套，急促的雨点铺天盖地地倾泻下来。朴子担心大雨淋了枪，抱起两条枪和子弹袋跳下了马车，先躲进了工房里，他的出现惊动了工房里一群卧在地上的羊，咩咩地叫着骚动起来。这时屋内墙根处传来了他熟悉的声音："朴子哥，快到这边来。"

朴子定眼一看，是牧羊娃黑弹，原来他赶着羊群也在这里避雨。

"是黑弹呀，你也在这里避雨。"朴子回应着抱着枪和子弹袋子到了墙根处，看见黑弹用砖头垒了块高出屋面的铺台子，上面铺了几块破苇席，朴子小心地把枪放在上面对黑弹说，"你帮俺看着这两支枪和子弹，俺去帮着师父卸马。"说着转身往屋外走去。

马释永在大雨中卸下马套，浑身被雨浇了个透，任凭那辆大车在暴雨中淋着，只牵着枣红马挤进了没有门的工房里。看着满屋的羊群没有下脚的地方，只有南边墙角处还有块空场，他把马牵到了那里。朴子从车上提下来一袋被雨淋湿的饲料过来，马释永把饲料袋子口卷开，放在马的前面，看着马吃了起来，才放心地随着朴子来到黑弹垒的砖铺上。黑弹正爱不释手地玩着枪，他看见马释永被雨淋得像只落汤鸡，便说："您的衣服湿透了，脱下来晾在牧羊鞭杆子上吧。"

马释永看着插在墙缝里的牧羊鞭子，就脱下衣服拧干了水搭在鞭杆上晾着，他看着朴子和黑弹坐在砖铺上玩枪，没有容自己躺下的地方，便赤裸着身子盘起腿来打坐入定，眯上眼睛歇息起来。

砖瓦窑场的上空雷声阵阵，瓢泼大雨一直下着，雨从残破的窗棂里溅了进来，房顶上的漏水一串串地滴下来，屋地上也是一片水渍。朴子从昨夜到早晨水米未进，已是饥肠辘辘，就对黑弹说："俺饿得肚子咕咕叫，你带饭了没有？"

黑弹说："有，有哇，俺姐今早蒸的饼子。"说着从放在墙根下的一个布袋子里拿出两个黄里透红的高粱面大饼子递给了朴子，又拿了块咸菜疙瘩说："你和你师父吃着，等不下雨了到俺家让俺姐给你俩下面条吃。"

朴子递给正在打坐的马释永一个饼子说："师父，您吃个饼垫垫饥，咱俩两顿没吃了。"边说边啃了一口饼子，觉得黑弹家的饼子嚼在嘴里粗涩难咽，皱了一下眉头说，"这饼子怎么不好吃呀。"

马释永打了个喷嚏说："庄户人家能吃上这杂合面饼子就不错了。"

他咬了口咸菜，那饼子几口下去就不见了，又问黑弹："还不够塞牙缝的呢，还有饼子吗？"

"没了，俺就带了两个，等到俺家让俺姐再蒸一锅。"

朴子接过话来："你说俺家的葱花油饼好吃，还是你家的杂合面饼子好吃？"

"当然是大油饼好吃，俺一年也吃不上两次呢。"黑弹说。

"等你到了俺懒边园，俺让二娘天天烙油饼给你吃。"

"真的？"

"当然是真的，谁骗你是小狗。"

这时天上的闷雷逐渐远去，落雨的声音仿佛也小了起来，马释永感到身上一阵发冷，接连打起喷嚏来，心想得再迷糊一会儿，等雨停了还要赶路，于眯上眼睛又打起坐来。

"黑弹，黑弹呀，雨停了，快把羊赶回家吧。"

工房门外传来清脆的喊叫声，工房外的喊声把马释永惊醒了，他睁开眼睛先瞥了一下正在抱着枪熟睡的黑弹和朴子，又朝着喊声的方向望去，顿时让他惊愕得不知所措，只觉得脊梁沟发紧，身上一阵阵地起鸡皮疙瘩，汗毛都竖了起来。只见工房门口进来一个手拿油布雨伞的大姑娘，从咩咩叫的羊群里走了过来。细看这位姑娘，长挑身材，鸭蛋脸面，俊眼修眉，一头乌亮的秀发扎成两只小辫儿搭在肩头，清澈的眸子带动着睫毛一闪一闪地动着，显得炯炯有神，在她那颀长健壮的身姿上透出一股英气。姑娘的英姿让马释永看成了好像是从天上下凡的仙女，转瞬间他突然意识到自己还是赤身裸体，即刻像弹簧一般弹跳起来，本能地去取晒在牧羊鞭杆上的衣服来遮挡私处。

来的这位姑娘正是黑弹的姐姐黄小满，她在家看着雨停了下来，又见天色已晚，便拿了一把雨伞来砖瓦窑场接黑弹，当她喊着黑弹的名字进了窑场的工房，在羊群的尽头突然冒出一个光头大脑袋的光腚大汉，让她始料不及。看那男人宽大又滚圆的肩膀，发达的胸部一起一伏，肌肉暴突，整个身子结实得如座铁塔，这一刻她浑身绵软，眼睛里永远留住了这个裸身壮汉的容颜。

意外的遭遇让黄小满倒退一步，吃惊地用手捂住嘴巴，差一点叫出声来，手里的雨伞也滑落在地上。这时马释永已经穿上半干半湿的衣服，怀着内疚的

第十二章 悲爱

心情走到黄小满面前深施一礼，说："您是黑弹的姐姐吧，俺是朴子的师父，叫马释永，刚才在外边儿淋湿了衣服，对不住了。"

黄小满羞得脸上涨起了一层红晕，两只手好像被烫了似的，不停地搓着，两只大眼睛眨了眨，好一会儿才镇静下来，深深地呼出一口气，缓缓地说："俺叫黄小满，听黑弹说起过你，外面的雨停了，天也快黑下来，你和朴子先去俺家吃晚饭，等明天再赶路吧。"

"添麻烦了，俺去把黑弹和朴子喊起来。"

马释永听到黄小满这个名字更加恭敬有加，心想她真像戏里的穆桂英，怪不得俺表弟雷天泰不是她的对手。

"俺先回去做饭了，待会儿让黑弹领你来家吃饭。"黄小满也不等马释永回话，捡起雨伞扭头出了工房，走下窑坡回家去了。

从砖瓦窑场下过一道土坡，转东三里地就是黄旗堡村，这段村道过去是通往登州的驿道，路面铺的是黄沙土，雨后并不泥泞。清顺治年间在这里设有驿站，曾有镶黄旗的满兵征讨胶东时在此驻扎，始建村落叫黄旗堡。这里的老百姓历来有习武风俗，民风淳厚，勤劳善良，在时代变迁的乱世中，武术是凝聚村民生存的魂灵，每年三月初三在村内开设演武场，四方武术高手云集黄旗堡，以打擂形式比试武艺，切磋拳法。

黄旗堡村四周有土坯垒住的围墙，设东西哨门，以防兵燹和匪乱。光绪年间，潍北地区兴起扶清灭洋运动，黄旗堡村民积极响应，在村内组建拳场传授武功，聚集强壮劳力，结成义和拳，一度声势浩大，义和拳运动失败后，官府前来围剿均被挡在村外。官兵见黄旗堡村民勇猛顽强，武术普及，招惹不得，最终不了了之。

马释永牵着马车随着黑弹进了黄旗堡村的西哨门，绿树掩映之中，高低错落的青砖房舍看上去气势威严，沿街墙上设有箭眼和堵口，宛如进入了一座古堡。随着黑弹叭叭的赶羊鞭声，马车在曲里拐弯的街巷里不停穿梭，到村中央出现了一块开阔地，豁然开朗。只见中间建了一座一丈多高的演武台，两侧有青砖灰瓦的台廊，廊内排列着练舞用的棍棒枪戟、叉拐斧锤等器械。高高的旗杆上挂着一面白色镶黄的大纛旗，上面绣了个"武"字，在空中飘扬着。演武台周边全是用碎石块铺的地面，起起伏伏，依高就低，石头被磨得细腻光滑，马车轮子碾压在上面发出吱呀吱呀的声音，几棵高大的银杏树矗立在街口，树上茂密的扇形小叶片被风刮得簌簌作响，上面的积水散落下来，正滴在树下的马释永身上，他打了一个寒战，又打了几个喷嚏，心想自己大概是受凉了。

黑弹赶着羊群到家的时候，黄小满正在门口等候着呢，她招呼着马释永把马车赶进院里，朴子背着两支枪从马车上跳了下来，四周看了一下说："师父，黑弹家的院子好大呀！"

黄小满家的正房是五间青砖瓦房，房前大院子里东侧三间是马棚子，对面连着大门的是柴房，西厢房前竖了些木杆子扎的架子，分三层摆了十几个大箩筐。两棵粗大的槐树在马棚前交织在一起，树上绽放着大片洁白的槐花，被刚刚下的暴雨打落在地下，满院的落花散发着清香，在暗淡的黄昏下像是飘落了一层厚厚的雪。正房后面是一片桑树林子，这片桑林一直延伸到村子的围墙下，黑弹赶的羊群平时在这里散养着。

黄小满麻利地帮着马释永卸下马套，随即把马拴在马棚里，又从东厢房里抱来一堆刚采撷的新鲜桑叶，放进马槽里喂马。马释永看着黄小满卸马套和喂马的熟练动作，好奇地问道："您家的马去哪里了？"

"俺家的马和马车随着俺爹娘去阴间了。"黄小满说着，伤心地低下了头。

"平时家里就您和黑弹两个人？"

"唉，父母过世后，就俺和黑弹过，俺养蚕，他放羊。"

这时黑弹和朴子从后院桑树林里走了过来，便喊着一起去柴房里吃饭。

黄小满下了一大锅杂合面的面条，又拌了一盆加香油的蒜泥马苋菜。看着朴子和黑弹吃得香，本来饭量大的马释永勉强吃了碗面条，身上又一阵恶寒，便要去睡觉。小满看他萎靡不振的样子，对黑弹说："你和朴子照应着马师傅去蚕房的隔间睡吧，睡铺都收拾好了。"

黑弹和朴子陪着马释永到了西厢房，昏暗中看见四面墙上全是木架子，密集的箩筐分几层摆在架子上，里面发出沙沙的响声，细听好像一阵阵小雨落在树叶上。朴子扬起脸发觉没有雨滴下来，就问黑弹："这屋里啥东西响啊？"

黑弹说："是俺姐养的蚕虫在吃桑叶子呢。"

这西厢房里没有隔间，大部分空间用来养蚕，只是用布帘子隔出来一小间，里面放了一张床铺，是小满平时放蚕茧用的。黑弹点燃了放在窗台上的小油灯，屋里顿时亮了起来，朴子看见床铺收拾得干干净净，就扶着师父躺了下来。

朴子安顿好师父，就和黑弹回到了柴房里又吃起了面条。黄小满问朴子："俺看见你背着两支快枪，这枪是你从家里带来的吗？"

"是俺师父从坏人手里夺来的。"朴子回答。

"是些什么坏人？又是怎么夺过来的？"黄小满又问。

第十二章 悲爱

朴子便把到苇子镇如何去接师奶奶，又在芦花渡怎样遇到劫匪，师父给娘报仇夜杀兵痞的经历原原本本地讲述了一遍，直说得黄小满热泪盈眶，她更加敬重起马释永来。黑弹也听得入了迷，就问朴子："你师父会使枪吗？"

"俺师父武功好，好像不喜欢使枪。"

"俺姐用枪打兔子，三十步开外百发百中。"

黄小满接过话来说："你姐用的是鸟铳，不是朴子背着的快枪，俺想快枪要比鸟铳好用，等有空姐姐试试。"

朴子按捺不住激动的心情说："俺听师父说起过小满姐姐，称赞姐姐的武功好厉害，上次在比武会上一脚把俺师父的表弟踢下了擂台。"

黄小满听了很是惊讶，问道："你师父的表弟是谁呀？"

"就是雷家庙子的雷天泰。"

"噢，原来这么凑巧，一家人不知一家人。"

这时朴子站了起来，朝着黄小满深鞠一躬说："俺拜您为师，您教俺打枪。"

黄小满对黑弹说："今晚你和朴子一块儿睡，明天一早姐姐采完桑叶，咱仨一起去围墙根下试枪，你俩早去睡吧。"

看着朴子和黑弹高高兴兴地去了正房，她收拾完桌上的碗筷，想到后天蚕房里的蚕儿要开始结茧了，今晚要让蚕多吃些桑叶，就到了西厢房前的架子上搬了一箩筐桑叶，摸着黑去屋里给蚕添加桑叶。等填完桑叶，看见隔断里的小油灯还亮着，就掀开布帘子来看马释永，看见他眉头紧锁，时而重重地喘着粗气，嘴里不时"娘啊娘啊"地叫着，知道他在芦花渡失去亲娘的痛苦，又在砖瓦窑场遭受暴雨的浇淋，让这个硬汉子在风寒和悲伤中病倒了。黄小满不忍地望着马释永，忘却男女之间的忌讳和羞怯，伸出手来摸了一下他的额头，滚烫滚烫的，烧得厉害。她想起她爹有一年受了风寒，她娘熬了一碗加红糖的姜汤给爹喝了，又用烧酒在身上搓擦了几遍，让爹睡了一觉，第二天她爹的身体像没事儿似的，又赶着马车跑路了。

她去了自己屋里找了点红糖，到柴房里熬了碗姜汤，突然想起家里好像有坛白酒放在了黑弹的屋里，便来到正房，正想叫醒黑弹，却听见黑弹和朴子还在嘻嘻哈哈地说笑着，就喊着黑弹去找酒。不一会儿，黑弹搬出了一坛子酒来晃了晃，说："姐，坛子里没多少酒了。"

黄小满才想起这坛酒还是黑弹过百天时放的酒呢，时间太久酒都跑光了。正着急，朴子出来说马车上还有坛酒，他跑出去把马车上那坛酒抱过来递给了黄小满，也不问这酒干什么用，回屋和黑弹拉起呱来。

黄小满来到蚕房扶起了还在昏睡中的马释永，一口一口地把姜汤灌进他嘴里，待喝完那碗姜汤，她让马释永平躺下，将那坛酒倒出几滴浇在他的胸窝里，用手轻柔地搓了起来。她从来没有沾过酒，懒郎的酒香把她熏得晕乎乎的，是对马释永的敬佩和怜惜才让她有如此举动，她心里狠狠地颤悠了一下，在昏暗的油灯下掀开了盖在马释永身上的被单，把酒浇在他全裸的身子上使劲搓了起来。

马释永在梦中飘到了一片云丛中，远远看见一个仙女若隐若现地飘移过来，这仙女是那么亲切和熟悉，她的一举一动，一颦一笑，恰似黄小满的模样，她正用披在肩上的绸纱在擦着他身上的汗渍，乌黑而蓬松的秀发撩逗在自己的脸颊上，感觉痒痒的。她那一双灵动的眸子闪动着爱意，有一种说不出又捉不到的丰仪在煽动着他赤热的心扉，让他情不自禁地伸出手来勾住了她的脖子，贴在嘴边迅疾地吻上她的香腮，渐渐地吻着她的双唇，再深入地舔开，让微热的舌头滑入仙女的口中。这一瞬间的悸动，让那仙女条件反射般地回吻着他，痴情地缠绵在一起。

小油灯的光亮见证了这一吻定情的过程，仙女那绵软的身子依从了马释永久违的心愿，他翻身将她压在身下，脱去了衣裙，赤裸相对……

一声惊雷把黄小满震醒了，她挣开了马释永拥抱着她身子的双手，下了床铺刚穿上被脱掉的衣服，便听见窗外哗啦啦地下起雨来。她怕马释永受惊，把被单给他盖严，正想离开，却被一只大手拉住，只见马释永一个鲤鱼打挺坐了起来，把黄小满紧紧地搂在怀里。

第十三章　洪波

窗外的雨淅淅沥沥下个不停，时而伴有沉沉的雷声，此时蚕房窗台上的小油灯里的豆油已渐渐耗尽，灯火熄灭，屋内一片黑暗。马释永和黄小满头对着头躺在床铺上谁也没睡着，马释永问起黄小满来："您长得像天仙，模样又好，又会武功，人也勤快，这些年就没有人给说媒找婆家？"

"有几个说媒的，男方相亲的嫌俺脚大，又带着个小弟弟，都没说成。"

"您小时候你娘咋不给你裹脚？"马释永又问。

"俺爹是满人，姓钮祜禄氏，满族女人不裹脚。"

"哎呀！您还是皇亲格格呢，俺高攀了，你们怎么住在黄旗堡呢？"马释永不解地问。

"唉，给你说说俺的家世吧。"

马释永搂着黄小满的脖子，亲吻了一下说："你说说，俺听着。"

"俺住的这个院子是俺姥爷家的，姥娘过世早，就生了俺娘这么一个闺女，姥爷带着俺娘靠养蚕过日子。"黄小满推开了马释永搂着她的手又接着说，"俺爹原是清兵镶黄旗下驻胶东巡营的侍卫，在操练洋炮时遇到黑弹炸了炮膛，手臂受了伤，还被震聋了耳朵。后来清兵解体，俺爹在黄旗堡落脚入赘，娶了俺娘生下俺，那年俺姥爷去世。自小俺爹教俺习武，俺娘教俺养蚕，有一天俺爹和娘揽了个去羊角沟码头给渔船送补给的生意，认识了几个船老大，还拜了把子成了生死弟兄。记得俺十三岁那年，爹和娘从羊角沟抱回来一个弃儿，俺爹想到当年炸了炮膛的黑弹，便给他取名黑弹。黑弹会说话那年，俺爹去渔港送货，因他耳聋，每次都得俺娘跟着，谁知那一去就再也没有回来，后来俺背着弟弟去了趟羊角沟打听，才知道他俩帮着一个姓耿的船老大出海打鱼，碰见风浪遇难了。"黄小满说完抽泣起来。

马释永听着凄惨，沉默了一会儿说："这些年，你带着黑弹不容易啊。"他突然坐了起来，抚摸了一下黄小满的身子又说，"懒边园的东家待俺好，在村里寻了处院落，让俺来老家接老娘，谁知在芦花渡碰到了兵痞要抢马车，开枪把俺娘杀了，要不你和黑弹去懒边园吧？大户人家家大业大，营丘县城里还有酒厂和药房，黑弹长大了也好安置。"

黄小满沉思了一会儿，也坐了起来说："释永哥，你想想看，再好也是别人的家呀，咱家后院里有三亩桑林地，村外东坡还有七亩六分墒田，你要娶俺，入赘过来，你种地俺养蚕，黑弹长大了给他说房媳妇，那七亩地给他，俺给你生个一男半女，也是一辈子。"

"俺一无家业，二无钱财，单身汉一个入赘过来，黄旗堡的老少爷们儿会看得起俺？"

"嗨，你多想了，黄旗堡的人崇尚武术，就凭俺俩的武功，谁还小瞧咱。"

马释永动情地说："小满呀，俺做梦都想娶你，俺回懒边园求刘老爷子亲笔写婚约，少则半个月，多则二十天，俺交付一下告别东家，早回来刷刷房子补补墙壁，要娶就要明媒正娶，俺请全村老少爷们儿来喝喜酒。"

黄小满一把搂住了马释永的脖子，把脸贴在他耳朵上轻轻地说："俺都听你的，刚才折腾累了吧，也不知道你还害冷不？"

"刚才出透了汗，身上爽快多了，就是肚子饿了。"

"噢，你再躺下，迷糊一会儿，俺去柴房做饭去。"

随着院里大公鸡喔喔的叫声，黄小满推开了蚕房的木门，看见外面已是雨过天晴，柔和的晨光浸润在浅蓝色的天幕，一股新鲜空气扑面而来，雨后的味道让她心旷神怡。

柴房里四个人围着锅台吃起饭来，黑弹直眉愣眼地看着马释永风卷残云般连吃了四个大饼子，黄小满从锅里给他添满了一碗咸面疙瘩汤，马释永也不客气，端起碗来在嘴边转了两圈儿，已喝得干干净净。朴子说："俺师父饭量大，听俺二娘说上次割麦子一连吃了五张大饼，还喊饿呢。"

黄小满听了却反问朴子："你说二娘，你还有大娘吗？"

"有啊，大娘二娘都是俺娘。"

"你是大娘生的，还是二娘生的？"

"俺是大娘和二娘一块儿生的呀。"

这一问一答，逗得黄小满咯咯地笑了起来。

第十三章 洪波

吃完饭，黄小满对黑弹说："昨晚下了一夜雨，地里湿乎乎的，没法去放羊了，姐估摸着咱家的蚕快要结茧了，今天要让蚕儿吃足桑叶，一会儿你帮着姐去桑园里采摘桑叶，等喂了蚕再和朴子玩。"

马释永在一旁说："要采摘多少桑叶呀？"

黄小满说："要摘七八箩筐呢。"

马释永说："嘿，俺和朴子也去采摘，多把手采摘得多。"

早晨的桑叶特别新鲜，夜里留下的雨珠还在叶面上滚动着，迎着太阳闪闪发光，朴子看见桑枝上残留着几串紫红色的桑葚，摘了一串放进了嘴里觉得甜甜的味道十分可口，便大口吞嚼，嘴里溅出的果汁把他的鼻子都染紫了，惹得小满和黑弹笑个不停。

朴子学着黄小满采摘桑叶的动作，边采着边问道："小满姐姐，今早上你说这蚕吃饱了桑叶要结茧，啥叫结茧呀？"

黄小满说："你家盖的丝绸被子，穿的丝绸衣服就是用蚕茧丝织成布做的，一会儿去蚕房就会看见长得大一点的蚕虫开始吐丝了,吐了丝把它自个包起来，像个小鸽子蛋，叫结茧，等到立秋的时候蚕在里面变成了蛹，它会咬茧出来，变成了会飞的蚕蛾，长得像只白蝴蝶。"

朴子听得奇巧，要跟着去蚕房看看。

在蚕房里，黑弹帮着姐姐在给匾筐里的蚕添加新采的桑叶，朴子和马释永在认真地看着那些争食桑叶的蚕虫。朴子发现一只大点的蚕虫正昂着头晃来晃去地吐丝，慢慢地开始织起漂亮的丝房来，他想捏起蚕的躯体放在手里，却发现它脚下牢牢地粘着一片桑叶，朴子怕伤着它，只好摆手又好奇地看起来。

黄小满干完了在蚕房里的营生，感到一阵轻松，她喊过黑弹，让他把放在马棚里的两只逮鸟笼子拿出来挂在桑园后边的大楸树上，要诱捕几只斑鸠来炖汤，给马释永补补身子。

马释永小时候也逮过斑鸠，用鸟笼来诱捕也是轻车熟路。他扛着挑鸟笼子的长杆子，黑弹和朴子各拎着一只鸟笼子，到了桑园尽头的围墙根下。这逮鸟的笼子是用楸树条子插成的，笼子顶上有两组活动平台，黑弹摘了几串红色的桑葚夹在笼顶上，斑鸠来吃时会先落在平台上，平台受重会翻下去，斑鸠落在了鸟笼里，上面又被翻过的平台盖住，再也飞不出来了。马释永用挑笼长杆高高地将逮鸟笼子分别挂在两棵楸树上，等待着斑鸠来吃桑葚。

朴子看着黑弹腰里别着支弹弓，他也从衣袋里摸出一把弹弓要和黑弹比试比试，正好黄小满也走了过来，看见他俩要比试弹弓,就想难为一下朴子和黑弹，她指着旁边的一棵鸭梨树说："你俩看见梨树顶上结着的那个小鸭梨没有？"

朴子和黑弹异口同声地说："俺看见了。"

"你俩绕着梨树跑，边跑边用弹弓打那鸭梨，谁打上谁赢。"

"好来，看俺的。"

朴子先跑在前面，连打了三弹弓，只有一块弹石蹭着了鸭梨。黑弹跟在后面跑，也是打三弹弓，一弹打空，两弹稍微蹭了一下。

黄小满拿过黑弹的弹弓，说："你俩站好了，看姐姐的。"说罢飞身打了个蹦子，接着一个跟斗翻在空中，只见她头朝下，腿朝上，用脚钩住桑树上横长的一枝粗干，右手拿住弹弓木叉向上伸出，左手拉开皮筋，嗖的一声，弹石飞了出去，只听啪的一下，那鸭梨被打了个中心开花。

马释永在一旁看得真切，脱口说了声："好功夫，好功夫呀！"

黄小满翻着跟斗用弹弓打鸭梨，把朴子惊了个目瞪口呆，过了好一会儿才连声叫起好来。

黑弹看着姐姐翻身跳下来，气不喘，腿不颤，心想俺也没看过姐姐翻着跟斗打弹弓，便情不自禁地鼓起了掌，嘴里喊着："好，好哇！"

大楸树上传来了叽叽喳喳的鸟叫声，大家抬头一看，是逮鸟笼里落满了斑鸠，抖动起翅膀相互挣扎着在笼子里跳动。朴子高兴地喊着："逮住了，逮住了不少哇！"

马释永怕把笼子压坏了，连忙用挑杆把两只笼子挑了下来，数了一下，逮住了十多只呢。

这时已临近晌午，桑园里热得像蒸笼一般，黄小满喊着去院子里喝绿豆汤，到了院里看见在大槐树下的遮阴地方摆放了一张小饭桌子，黄小满分盛了几碗绿豆汤，又端来一碟新蒸的贴锅大饼子，中间放了碟咸菜条，招呼着大家吃了起来。马释永吃下一个饼子，对朴子说："吃完饭咱该回懒边园了，迟了两天没回去，大娘和二娘还不知道多着急呢。"

"俺不回去，俺还没跟小满姐姐学打枪呢。"朴子回答着。

黑弹也说："你俩别回去，还没尝尝俺姐炖的斑鸠汤呢。"

正说着，一块儿阴云飘过来，哗啦啦下起了一阵雨来，大家搬桌子的、端锅的、拿饼子的，一个劲儿地往柴房里跑，黄小满笑着说："这叫人不留客天留客。"

她看了一下烟雨朦胧的院子，刚才一阵急雨变成了毛毛细雨，悄无声息地飘着，便对马释永说："马大哥，你看这雨好像是蚕娘在吐细丝。"

第十三章 洪波

马释永说:"好吧,俺再住一夜,明天就是天上下刀子,也要回懒边园。"

朴子按捺不住学打枪的热情,跑到黑弹屋里拿了两支枪回到了柴房,把其中的一支递给了黄小满说:"姐姐,这两支枪您都试试。"

黄小满端起那支步枪,瞅了一会儿说:"这快枪比俺用的鸟铳精致多了。"

朴子之前曾玩过警官张海生的驳壳枪,从劫匪那里得到这两支步枪后,成天琢磨这步枪的构造,就给黄小满介绍拉栓,顶住子弹和击发的步骤。黄小满按着朴子的说法拉开了枪栓,看见弹仓里已经压上了子弹,又退出子弹演练了一会儿,对朴子说:"鸟铳是用机子打着红药引火到枪膛里,燃爆火药才能打出枪弹,这快枪是扣动扳机,直接撞着子弹底下的火药,把弹壳里的炸药引爆,把弹头打出去,鸟铳最远能打五十步开外,俺看这快枪能打一百步开外。"

朴子说:"姐,您先打一枪试试?"

黄小满拿着枪来到马棚里,她朝着北边进桑园的柴门望去,对马释永说:"大哥,你看从这马棚到桑园的柴门有一百步吗?"

马释永目测了一下说:"有一百步。"

黄小满转身对黑弹说:"你去屋里把酒坛拿来,放在拴柴门的木桩子上,姐对着酒坛打一枪。"

黑弹冒着细雨跑回屋里,抱着那酒坛走到桑园的柴门处,把酒坛倒扣在木桩上,又数着步数走回了马棚,对黄小满说:"姐,是一百零七步。"

黄小满推上子弹,端起枪来瞄向那酒坛子,感觉在雨雾中视线有点模糊,她定了一下神,扣动扳机,只听砰的一声,那酒坛应声碎落在地上。

"好枪法!"马释永、黑弹和朴子几乎同时喊起来。

黄小满告诉朴子,当年她爹教她打枪时,先是在枪筒子上拴吊着一块砖头,每天举枪练习平衡和臂力,当拴到三块砖头也能把枪端平时,枪就能打准了。朴子听了又去柴房把另一支枪拿来,马释永分别在两支枪筒上拴吊了一块砖头,陪着朴子和黑弹举枪练了起来。

连绵的阴雨不停地下着,天也黑了下来,黄小满在柴房里点起了油灯,昏暗中四个人又围在锅台边吃着饼子,喝着炖好的斑鸠汤,别提多香了。朴子看着师父掰着饼子掺和着斑鸠肉汤合在碗里呼呼地往嘴里送,吃得满头大汗,就靠在师父的耳边上说:"师父,俺想跟你商量个事儿。"

"你说吧,啥事?"马释永鼓着腮帮子边嚼着饭边回答。

"明天您自己驾车回懒边园,俺想在黑弹家多待几天。"

"啥,那怎么行!咱俩出来四五天了,俺一个人回去,见到大娘和老爷子咋说？"马释永急得差点把饭从嘴里喷出来。

黄小满看着马释永着了急，便对朴子说："朴子呀，你还是跟师父回去吧，等立了秋你再过来，那时候桑园里的鸭梨熟透了，好吃着呢。"

"那俺得要件东西。"朴子说。

"要什么你说，朴子哥。"黑弹说。

"俺想要只诱鸟的笼子，挂在懒边园捕鸟。"

"俺家的两只鸟笼子都送给你，等秋天落了树叶，俺割新的楸树条子插几个笼子，等你来时再送你两只。"黑弹诚恳地说。

"好，俺留给你一支枪和一袋子子弹，你在家练着枪，等立了秋，俺来和你赛枪。"

"真的？"

"真的，两支枪你挑一支留下。"

黑弹高兴得眼泪都流了出来。

黄小满看着朴子和黑弹回正房睡觉去了，边收拾碗筷边对马释永说："今晚你别在蚕房睡了，屋里有蚊子，昨晚咬了俺两口。"

"那俺在哪里睡？"马释永摸着脑袋问。

"去俺房里睡……"

在懒边园里，二娘急得发疯似的去找大娘，朴子和马释永说好的第二天晚饭前能回来，这都第五天了，还没有动静。大娘也琢磨着，兴许这几天下雨阻在路上了，还是在家遇到了意想不到的事，表姊妹俩正合计着，听着大门外有马车过来的声音，二娘一阵高兴，踩着小脚去开门。

从门外进来的是大女婿孙来富，他提着两只用红布盖着的篮子，一只篮子里装着染了红色的鸡蛋，另一只是点了红豆的大馒头，素绣昨夜又生了个大胖小子，他是给岳父岳母报喜来了。二娘迎上去接过篮子说了些吉利的话，便领着见过大娘，大娘问起素绣坐月子谁照顾她，来富说大民的两个姑姑家都在孙家寨，抽空过来帮帮忙。大娘说这怎么行，人家也是有儿有女的，还是让素欣去帮几天，等素绣能下地了再把她送回来，来富自是感激不尽。

素欣听说大姐又生了小子很是高兴，表示愿意去孙家寨伺候姐姐坐月子，大娘让她到二娘那里准备些布料，裁好当尿布用，又嘱咐干活时要心细些，等过几天莲儿身子骨硬朗了，再把她替回来。

吃完午饭，刘老爷子和大娘、二娘、莲儿、英子出了宅门，目送女婿孙来

第十三章 洪波

富驾车拉着素欣出了街门口，还没等转身回宅院，听见一阵马铃响，看见马释永驾车急匆匆进了街门，全家好一阵高兴。马释永把车赶到拴马石处，长工喜奎和看大门的耿老头过来帮着卸马套。刘老爷子看着朴子背了支步枪，手里拎着两只大鸟笼子准备下车，心想：马师傅不是去接他娘吗，他娘怎么不在车上？他看了大娘一眼，大娘也觉得奇怪，就问起马释永来："马师傅，你娘怎么不在车上？"

马释永看着刘老爷子和大娘，张了张嘴巴没说出话来，泪水在眼眶里转了几圈，强忍着没流下来。二娘过来亲切地问："您娘不会是在家病了吧？好些了没有？"

这时马释永再也忍不住了，捂着脸呜呜地哭了起来。大家从没见过一条硬汉子哭泣的场景，先是愣了一会儿，等知道发生了什么都围过来安慰马释永。

刘老爷子让大娘把朴子叫到内院的始勤亭里，大娘问朴子见到马师傅的娘没有，朴子便把师奶奶在芦花渡遇害的事说了一遍，刘老爷子听了叹了一口气对大娘说："难道这世道变了，人心不古，世风日下，前些日子你被绑了票，这不马释永的娘又被兵痞杀了，世态炎凉啊。"边说边摇着头，一副气愤的样子。朴子不想让老爹难过，便说："老爹，您别生气，马师父有悲有喜呀。"

大娘不明白朴子的意思，顿时沉下脸来，瞪了他一眼说："你真是个朴子，说话没个谱，你师父娘都死了，你还说有喜，亏你说得出口。"

朴子平日里最怕大娘变脸，吓得缩了下脖子，忙说："马师父还哭着呢，俺心里难受，俺去劝劝师父去。"说罢转身跳下亭台，跑着去看马释永，正好二娘刚进内门口，和朴子碰了个对面儿，她拉着朴子的手问道："快告诉俺，你师奶奶是怎么死的？"

朴子挣开二娘的手说："让兵痞开枪打死的。"

二娘听了倒吸一口凉气，愣愣地呆在那里。

刘老爷子和大娘走下六角亭台阶，看着二娘愣着发呆，大娘便说："你愣着干啥？马师傅和朴子刚赶回来，还没吃饭呢，去厨房下碗汤面吧。"

刘老爷子说："还下什么汤面，马师傅哭成那个样子，还吃得下吗？等晚上炒几个菜给他压惊吧。"他又对大娘说，"朴子跟着他师父走了五天，马师傅他娘没接来，却带回了两只鸟笼子和一支枪来，还悲中有喜，这话里有话，必有缘故。你也是，我还没等问话呢，你却把他训跑了。"说罢，一个人回书房去了。

晚上莲儿帮着二娘炒了一桌子菜，全家人来给马释永压惊，刘老爷子给马释永斟了一杯酒说:"真是想不到的意外,人这一生都要尝尝酸甜苦辣,事已经过去了,千万不要过分伤心,要节哀啊。"

马释永说:"东家越是待俺好,俺就越想俺老娘,俺今天失态了,老爷和大娘、二娘别见怪。"

大娘说:"马师傅,你放心,老娘不在了,还有俺这个老嫂子呢。"

听着大娘的话,全家人都端起了酒杯给马释永敬酒。

马释永昨晚与黄小满恩爱了半宿,又说话到了天亮,一夜没合眼,又起了个早驾车赶回懒边园,身上感觉乏累。他与刘老爷子喝了几杯酒,对大娘和二娘说了些感恩的话,就起身告辞,回去睡觉了。

刘老爷子见马释永离去,就让朴子说说他跟马师傅去接马母遇到的事,朴子这时也喝了几杯酒,胆子也大了起来,他像个说书先生,绘声绘色地讲起了这五天的经历,当说到马释永在芦花渡苇丛里怒杀劫匪为娘报了仇时,莲儿和英子听得一边叫好,一边拍起手来。这让朴子更来了劲儿,说:"师父的渔叉插在一个兵痞的后背上,渔叉是倒钩尖,插进去拔不出来,剩下的三个兵痞,看见师父没了家伙,围上来要打他,这时俺拿起那把大砍刀,一个滚子到了兵痞的脚下,一刀下去扎在那人的大腿上,那兵痞抱着腿惨叫的时候,被俺手起刀落,劈下了他半个脑袋。"

朴子的这一段话,吓得二娘抱着头,哆嗦着嘴说:"吓死俺了,吓死俺了。"

刘老爷子听得来了兴趣,看着朴子说:"你不是缴获了两支枪吗,怎么不用枪打?"

朴子说:"那时俺还不会使呢。"

"那两只鸟笼子是怎么回事,从哪里弄来的?"

朴子又把回家路上遇到大雨,师父和他在黄旗堡砖瓦窑场避雨,见到黑弹和黄小满,住在她家看蚕和学枪的事说了一遍,讲得津津有味,他看着全家人都听入了迷,又故作神秘地说:"俺告诉你们一个谁都不能说出去的事儿,俺师父和小满姐姐好上了。"

二娘用筷子敲了一下朴子的手说:"净瞎胡说,人家怎么好的,你看见了?"

"是,是,俺说漏了嘴了,不说了,不说了。"朴子后悔起来。

刘老爷子咳嗽了一声,大家都不议论了,他又问朴子:"你这几天跟着师父是不是长了许多见识呀?"

第十三章 洪波

"是老爹，俺跟着师父和小满姐姐学了不少东西。"

刘老爷子又缓缓地说："你以后呀，少去打鸟摸鱼，多跟着你大娘学学管家理财。"

英子听了老爹的话，嘟着嘴说："可别让他管，大娘平时管得够严的，又添了个斜眼狼，还叫人活不。"

大娘听了英子的话，一脸不高兴地说："莲儿、英子，还有你二姐、三姐和四姐，过几年都要找婆家嫁人，俺和二娘都老了，这家朴子不管谁管？"

从此，朴子成了懒边园里响当当的少东家。

孙来富驾着马车刚到孙家寨村头，随着空中一声闷雷，豆大的雨点滴落了下来，素欣坐在车上说："刚才天还好好的，怎么下起雨来了？"

孙来富看了一下天，乌云正在聚集着，就对素欣说："六月天，孩儿面，说变就变，这叫隔云雨，有时村后下雨，村前晴天，还出着太阳呢。"孙来富话音刚落，一阵大雨铺天盖地落了下来，把来富和素欣浇了个透身凉。

素欣来到大姐屋里换了身衣服，才到床上看小宝宝，胖乎乎的脸蛋儿，两只眼睛闭得紧紧的，睡得正香呢。素绣说："四妹，你来得正是时候，俺正愁着呢，这两天老在下雨，一大堆尿布都没法洗。"

素欣说："咱娘让二娘准备了一包袱棉布给二民当尿布用，刚才在马车上被雨淋湿了，待会儿俺晾在厅房里吧。"

素绣说："赶明天晴了，你把这堆尿布拿到河坝下的樱桃园里去洗吧，那里井台子旁也有个池子，让看园的孙老汉汲着水，你洗完了搭晒在树头上，干得快。"

来富换了身干净的衣服，走进房里听到了素绣的话，就对素欣说："尿布太多了，明早俺先送你去樱桃园，再去东坡地里锄草。"

第二天早晨太阳爬得一竿子高，素欣在灶房里煮了一锅挂面，又煎了一盘香椿芽鸡蛋饼，她盛了一碗面条，端到了大姐屋里，看着素绣吃完，拿着碗筷刚到院子里准备洗刷，看见姐夫来富和外甥大民扛着锄头从外边回来，就喊着他爷俩到灶房里吃饭。素欣看着大民说："天不亮就帮着你爹下地干活去了，累不累呀？"

大民说："俺不累，赶早去地里锄草，天凉快。"

来富说："过了麦收，地里的活不多了，俺把家里的两个伙计辞了，让大民知道知道庄稼地里的活是怎么回事。"

"大民长成大人了，快去洗漱一下，和你爹到灶房吃饭吧。"素欣说着去灶房准备饭去了。

三个人匆匆吃完早饭，大民背起书包跟素欣打了招呼，跑着上学去了。来富和素欣各背了个包袱，往拦河坝下的樱桃园走去。等二人来到拦河坝，看见翻滚着的河水快涌到坝面上，哗哗波动的响声煞是吓人，素欣看得心里发怵，就问来富："姐夫，这狼水河里的水快漫过大坝了，怪吓人的。"

来富说："今年雨水多，河水涨得快，过几天就落下去了。"

孙来富领着素欣走下坝坡，来到樱桃园见过孙老汉，说素欣来园里洗尿布，让他汲些井水放在池子里，再找些干柴树枝来，晾晒尿布用。来福安顿好了素欣，心里惦记着还要去东坡地里锄草，告辞了素欣和孙老汉就回村了。

孙老汉从草棚里拖出来一只大箩筐，这箩筐是用芦苇秸秆编的，又轻快又结实，他对素欣说："姑娘，你一会儿把洗好的尿布放在这只大箩筐里，俺拖到棚子那边的树枝上去晾晒。"

素欣答应着开始在水池里洗起尿布来，她洗了一箩筐尿布，还剩下一半儿，想在水池里泡一会儿再洗。孙老汉过来拖着那箩筐，到了棚子边下拿着一块块尿布搭在树枝上晾晒着，素欣正想过去，突然传来一声崩裂的巨响，她顺着响声望去，只见一排汹涌的洪水夹杂着枯草和树木奔泻而来。素欣惊叫着正不知所措，孙老汉搬着那只大箩筐跑了过来，等到了素欣跟前，窜过来的水已没过了他的膝盖，他大声呼喊着："不好了，崩坝了，姑娘快坐到箩筐里，这箩筐大，浮水。"

素欣在惊恐中爬进了箩筐里，这时水流已淹到了孙老汉的胸部，箩筐也随即浮漂了起来，只听孙老汉喊着："孩子，逃命去吧！"

他看着素欣坐的箩筐被水冲走，自己倒在了飞转着的漩涡里，瞬间没有了踪影。

孙来富回到家里，先到马厩里给马喂了草料，又把粪便打扫干净，扛起锄头要去东坡的高粱地里锄草，刚出来家门口，听见村子西边喧杂，有人大声喊着："拦河坝崩了，发大水了。"

来富快步走到街口，土地庙前的溢过来的水已漫过了他脚面，这时族长孙永胥带着几十个村民拿着铁锨跑了过来，对孙来富说："拦河坝崩了，咱村西街进了水，你也跟着去看看。"

孙永胥带着村民来到拦河坝上，只见那狼河水咆哮着，巨大的冲击声震耳欲聋，像一群受惊的狂兽从河中奔腾下来，把那土坝冲得无影无踪。来富看见那翻滚着的水流往坝下倾泻着,突然想起素欣和孙老汉还在下面樱桃园里洗尿布,于是大喊起来:"孙族长,俺家素欣和孙老汉还在园里干活呢。"

孙永胥一听也急了,便招呼着村民沿着村基上坡赶去,远远看见樱桃园变成了一片汪洋,大家的心都悬了起来。孙永胥对来富说:"水把园子灌了,咋找呀?等水下去了再找吧。"

孙来富失望地回到家里,溃坝淹了樱桃园,素欣和孙老汉下落不明的事又不能与坐月子的妻子说,一个人躲到马棚里唉声叹气。大民放学回家去娘的房间看小弟弟,顺便说起溃坝的消息,素绣听了顿时慌了神,让大民喊过他爹来问素欣回来了没有,来富见捂不住了,就把樱桃园被淹,素欣和孙老汉下落不明的事说了一遍,素绣听了两眼一黑,晕了过去。来富掐人中,又敲后背,好歹让素绣缓过气儿来。到了晚上,两口子在床上翻来覆去睡不着觉,好不容易熬到天亮,孙来富喊了大民的两个叔叔,又找来几个村民到樱桃园去寻找素欣和孙老汉的下落。他们来到樱桃园里,洪水已经退去,当看见被水淹过的那凄惨的场景都叹息不已。大家沿着下游退水的方向去找,大约走了半里多路,一个村民突然喊起来:"快来看,这树根下面躺着个人。"

来富和他的两个兄弟闻声跑了过来,果然发现在被水冲起的一棵树根下面孙老汉趴在那里,鼻口中都灌满了泥浆,已经死去多时了。孙来富愣了一会儿,吩咐两个村民把孙老汉的尸首抬到孙家祠堂,待他回去与族长孙永胥商量,再做后事安排。

大伙边呼叫着素欣的名字,边沿着下游找去,一直到傍晚天黑下来,也没有素欣的下落,失望至极的孙来富蹲在地上哭了起来。

在雷家庙子,天泰他娘包了两大盖垫饺子,等着姐姐和外甥来吃,她知道外甥猛子饭量大,想多包点,让他吃个够,等到晚上掌灯时分也不见姐姐和猛子回来,就问起儿子来:"天泰啊,怎么你大姨和猛子还没回来?"

雷天泰说:"兴许俺表姐留他住一宿,明天晌午肯定能回来。"

娘俩等到第二天晌午还是不见马释永回来,偏偏又下起大雨来,雷天泰想:难道表哥在表姐家遇到什么事了?不过又一想,表哥和表姐夫能着呢,应该不会有什么事吧,又等了一天,还是没有表哥的动静,雷天泰在娘的催促下,终于沉不住气了,他决定明日一早去苇子镇杏花表姐家去问问。

天刚蒙蒙亮,雷天泰从柴房里推出那辆落灰的脚踏车来,怀里揣了个饼子,飞身上了车,朝着苇子镇驶去。他出了村口,一只手扶着车把,一只手拿着饼子放在嘴里啃着,双脚交替着蹬着踏板,让那脚踏车飞奔起来。

  他骑的这辆脚踏车正是营丘县教育局局长郭子敬丢失的那辆车,那天中午,他在营丘火车站装卸队干完了活,日本工头来发工钱,说近期没有装卸的活,要休工一个月。雷天泰领了工钱就去了县城,到康然药房给他娘抓了三服治胸口疼的草药,想早点回家给娘熬药,他出了县城北门已过晌午,心想等赶回雷家庙子要走到半夜了,毕竟还有三十里地呢。雷天泰在骄阳下走着,闷热的天气让他喘不过气来,他看见远处的路边上长着两棵大松树,想着一会儿到松树底下歇会儿凉,当他走近树旁,却看见一个当官的喝得醉醺醺的,背靠着树干呼呼大睡,身旁还有一辆崭新的脚踏车停放在路边。天泰平日里最恨当官的,他蹑手蹑脚地把捆在车后座的一袋子西瓜搬到了地下,看着那人还在熟睡,便从衣兜里拿出一把防身用的飞镖,一抖手打在了树干上,推着那辆脚踏车飞也似的向北跑去。

  等到了拐向懒边园的石桥旁,回头已经看不见那两棵松树了,就学着日本人骑脚踏车的样子骑了起来。起初手忙脚乱,连摔了几个跟头,后来慢慢地从单脚蹬车转换为跷腿跨上了车,用双脚上下蹬踏起来,一下子变得轻松多了。雷天泰边骑边摸索骑车的技巧,大约骑行了大半里路,终于游刃有余地骑车飞驰在回家的路上。

第十四章　洞藏

雷天泰骑着脚踏车风驰电掣般到了苇子镇，找到表姐杏花家，杏花告诉他那天午后马释永接着娘，乘马车离开苇子镇说是回懒边园去了。天泰这才放下心来，又一想：这个猛子哥，说好先到雷家庙子吃饺子，怎么就变卦了呢？他告辞了表姐杏花，骑车返回雷家庙子。

这几天的大雨让庙前湾的水迅速上涨，昨天上游的水又倾泻过来，湾里的水快涨到庙台沿上，雷天泰骑车到了关公庙前的台阶上，看见不少村民拿着长杆子在打捞从上游冲下来的牲畜和财物。天泰他娘也站在庙台上看热闹，这时听见有人在喊："快来看呀，飘过来了一个死人。"

天泰把脚踏车放在一边，走到台基前定睛一看，果然一个人披散着头发，在一只大箩筐里一沉一浮地在水里飘荡着。台基上正在捞东西的村民认为是尸体，谁也不去捞，天泰他娘喊着："先捞人哪，捞上来才知道是死是活呀。"

天泰从一个捞浮财的村民手里要过来长杆子，勾住箩筐拉在台岸边，用手抓住箩筐里那人的胳膊，拉到了台基上，天泰娘过来摸了摸那人的胸窝还热着呢，而且还是个姑娘，就喊着天泰说："人还活着呢，快把她抱回家，喝点热水就没事了。"

雷天泰让他娘推着脚踏车，自己背起从水里捞上来的姑娘回到家中，又把姑娘放在他娘睡觉的土炕上。天泰娘让儿子去灶房里烧锅开水，她把那姑娘穿着的湿衣服脱掉，看见姑娘手腕上戴着一只银镯子，心想还是个有钱人家的孩子，把姑娘身上的污泥擦干净，又换上了自己用的干净衣服。这时天泰端了一碗烧好的开水走了过来，天泰娘让儿子把开水放在一边，又让天泰拿两只生鸡蛋和一把汤匙过来，她把两只鸡蛋打在盛着开水的碗里，用汤匙在碗里打成蛋羹，然后一勺一勺地喂在姑娘的嘴里。

被雷天泰搭救的这位姑娘正是素欣，她慢慢睁开眼睛，看见一位面目慈祥的老太太正搂着她呢，不知不觉眼泪流了下来。天泰娘见姑娘醒了，便仔细端详起来，只见这姑娘肌肤白嫩，秀眉纤长，脸蛋细致，一看就是大户人家的姑娘，就问了起来："好俊俏的闺女，你醒啦？"

"俺这是在哪里呀，大娘？"

"你让大水冲到了俺雷家庙子，是俺儿子天泰把你捞了上来。"

"谢谢大娘救了俺的命，那天发大水，拦河坝崩了，俺爬到大箩筐里漂流下来，后来俺的头不知撞在什么上，就啥也不知道了。"

"姑娘，你是哪个村的？"

"俺是孙家寨的。"

"噢，孙家寨呀，俺还去赶过早集呢。可不是嘛，狼水河绕过孙家寨，过青丘桥就流到俺庙前湾了，二十里地呢，怎么把你冲到这里来了？"天泰娘摸着素欣的手又说，"你这细皮嫩肉的，你家爹娘会急坏的，等你养过来，俺让天泰送你回家。"

清晨素欣早早起了床，换上了昨日被大娘洗过的衣服，到院儿里的水缸处舀了一盆水，漱洗了一下，心里想大姐和姐夫还不知道多着急呢，就到灶房里帮着大娘做饭，想顺便告诉她上午要回孙家寨。

天泰娘看着恢复了元气的素欣，脸盆白白净净，眉眼清清亮亮，如同出水芙蓉一般，喜欢得不得了，忙说："俺煮了一锅杂合面条，庄户人家也拿不出好吃的招待你，就将就着吃点吧，外边凉快，咱都去院子里吃饭。"

雷天泰揉着惺忪的眼睛从屋里出来，看见素欣刚从灶房里出来便说："你好歹醒了，俺去洗把脸，吃完饭送你回家。"

素欣看那雷天泰，乌黑凌乱的头发下显出一张端正脸庞，两条剑一般的眉毛挑着，眼眸里泛着锐利的神采，好一个英俊帅气的男子汉。她对天泰先施一礼，柔和地说："多谢大哥昨日救命之恩，辛苦您了。"

天泰莞尔一笑，说："救人一命胜造七级浮屠，客气啥呀！"说完洗脸去了。

三个人坐在院子里吃早饭，天泰端起盛给他的一碗面条，拿起筷子三口两口把碗里的面扒进了肚子里，抹了一把嘴说："你俩慢慢吃着，俺去给车链子上加点油。"

素欣陪着天泰娘吃完面条，便起身要告辞，天泰娘起身说："大娘一辈子就盼着有个闺女，俺知道你是大户人家的姑娘，想留也留不住你，你被大水冲跑了，你爹你娘还不知道多着急呢，走吧，大娘送你出门口。"

天泰娘挽着素欣的手走出院门口，看见天泰正扶着那辆脚踏车等着呢，她松开了素欣的手说："上车吧，孩子，大娘还不知道你叫啥名字呢，等碰巧了再来雷家庙子，别忘了来家坐坐。"

素欣听了大娘的话，感动得掉下眼泪来，她回答说："俺叫素欣，您叫俺欣儿就行。"说着把手腕上的银镯子摘了下来，放在天泰娘手里说，"留下念头吧，您放心，等过一阵子俺会回来看您。"

天泰娘说："俺心领了，怎么能要你的东西？大娘不要。"

素欣说："也不是什么好东西，您就留个念想吧。"说着坐上雷天泰扶着的那辆脚踏车上。

雷天泰蹬着脚踏车往孙家寨驶去，一路上想对素欣说句话，也不知从何说起，只是将脚踏车骑得飞快，素欣坐在车子的后座上，怕掉下车来，两只手不由自主地抱在天泰的腰上，等过了青丘桥是段上坡路，雷天泰累得两腿发酸，只好下车推着步行，素欣见天泰推着吃力，问天泰是否要歇会儿，天泰停下车又把素欣扶下来，两人坐在路边歇息起来。素欣仔细看那辆脚踏车似乎在哪里看过，越看越像朴子偷骑县教育局局长郭子敬的那辆车，就问起了雷天泰来："雷大哥，您这辆脚踏车是从哪里买的？"

"俺哪里买得起，是在路上捡的。"雷天泰红了一下脸说。

素欣想：难道是郭局长把车丢了？就又问起天泰来："这么巧，您在哪里捡的？"

天泰愣了一下说："你认得这辆脚踏车？"

"认得，俺在懒边园见过。"

"啊，懒边园？你不是孙家寨的吗？你家和懒边园有亲戚？"

"孙家寨是俺大姐家，大姐刚生了孩子，俺去伺候她坐月子，去洗尿布时，大水冲垮了拦河坝，才把俺冲走的。"

雷天泰心想：怪不得她长得漂亮，原来是懒边园里的七仙女呀。于是试探着问道："听说懒边园有七个姐妹，只有一个少东家，您排行是？"

素欣扑哧一笑说："俺在姐妹里排行老四，你咋知道有个少东家？"

"少东家是不是叫朴子？"

天泰的话让素欣大吃一惊，他怎么会知道朴子呢？于是问道："你是怎么知道朴子的？"

"咳，朴子的师父马释永，他是俺表哥。"

"真的？"

"真的呀，前几天他俩来接俺大姨回懒边园，应该回去了吧。"

说到马释永是雷天泰的表哥，素欣和天泰相互间的交流更融洽了。信任的力量让雷天泰忘记了疲劳，一路上说说笑笑，像亲兄妹一般。

再说孙来富，因没有找到素欣，他忧心如焚，回到家就病倒了。这可忙坏了素绣，硬是拖着虚弱的身子下床做饭，既伺候男人，又照料两个儿子，苦不堪言。族长孙永胥找来富商量孙老汉的后事，他见来富躺在床上发着高烧，满嘴里嘟嘟囔囔，也听不清楚他在说什么，只好自己做主，买了口薄木棺材，把孙老汉安葬了事。

雷天泰把素欣送到孙家寨土地庙街口上，素欣指着前面的宅门说："这就是俺姐家，快晌午了，你到家吃完午饭再回雷家庙子吧。"

天泰看着那宅门前的两只大石狮子，对素欣说："不了，素欣，等你哪天回懒边园见到俺表哥，问他为啥说话不算数就行了，咱俩后会有期。"说罢，雷天泰调转车头，跷腿骑上脚踏车，头也不回地离开了孙家寨。

素欣看着天泰骑车的背影，直到从视野中消失才转身回到姐姐家里。刚进院里看见素绣拿着擀饼杖子正往灶房里去呢，就叫喊了一声："大姐，你怎么下床了？俺回来了。"

素绣转头一看是素欣，惊喜得擀饼杖子丢落在地下，喊着："来富来富呀，妹妹素欣回来了。"

此时孙来富正躺在床上抱着脑袋喊疼呢，一听妻子喊叫说素欣回来了，一个蹦子从床上跳下来，赤着脚跑到院子里，看见果然是素欣。突如其来的惊喜让他喜极而泣，哽咽着说："素欣你回来了，素欣你可回来了，差点让俺没法活了。"

刘锦什在酒厂里正与酿酒的师傅郑大郎商量来日去响水崖子，到刘金贵家看洞藏老酒，这时县公署来了一位职员，拿着马县长的亲笔手谕来找刘锦什。锦什打开折着的纸笺，上写：锦什大掌柜，近祺。本县即午在六合祥饭庄略备薄酒，特邀日本大和商行桥本秀幸先生面洽电厂大计，祈劳贵下玉足，莅临赐教，万望晤面，幸甚幸甚！愚兄马尚岭。

锦什看毕，心想这次面议筹备电厂，马县长够重视的。当即告诉前来送信的那位县公署职员，转告马县长他会准时赴会。他送走客人，看了一下怀表，已是十一时一刻，就让春生准备两坛洞藏老酒，驾车送他去六合祥饭庄。

刘锦什来到六合祥饭庄，见素楠和桥本正在一楼客座上说话呢，素楠看见老爸进来了，就站了起来说："老爸，我上午陪着桥本秀幸去了县公署见了马县长，合计筹建营丘电厂，马县长让俺俩在这里等您，说他待一会儿才能到。"

刘锦什说："楠儿，你没在学校读书呀？"

素楠努了一下嘴巴说："我不来桥本不就成了哑巴了吗？桥本昨天从青岛回到营丘，今儿上午是他把我接来县城的。"素楠说着，把她翻译好的开建营丘电厂的合同文本递给了老爸，又说，"我刚翻译出来，老爸您看一下，不明白的地方，我让桥本解释。"

锦什跟桥本秀幸相互打了个招呼，便坐在客椅上仔细看着合同文本。合同的大意是由青岛大和商行与营丘酒厂合建大和发电厂，机组设备与管理技术由日方提供，厂房施工、原料供应由中方解决。此外，在架设电线电杆及变压设施同时，顺便把电话通信完善，效益利润大和商行建议为对半分成，锦什看了文本表示满意，便说："桥本先生，我同意这份合同文本，但中方承担的工程预算待我回去合计一下。"

这时桥本从他的皮包里又拿出一份文件，低声附在素楠耳边说了些什么，素楠高兴地说："老爸，这份文件里有建厂的图纸和架设线路每段距离的预算价格，是桥本上次来营丘实地考察后计算出来的，不是大和商会的要求文件，您可做参考。"

锦什刚接过文件还没等看，马县长带领着张海生来到了雅间。

五人落座，素楠把桥本秀幸代表日本大和商行与营丘酒厂合作建电厂，顺便结合铺设电话线的方案与马县长讲了大半天，马县长仔细听着，他面带悦色待素楠说完，便问刘锦什："锦什贤弟，你意下如何？"

"我刚才看了日本大和商行起草的合同文本，觉得可行，我方现场施工承担的资金还得有劳桥本先生协助核算一下。"

素楠把她老爸的话翻译给了桥本，桥本秀幸说："好的，非常好的，很荣幸我代表大和商行和营丘县锦什酒厂合作，是你们的诚意和美味的白酒让我很开心地开展工作。现在营丘火车站小泉君那边用的是德国老旧发电机，依靠进口的美孚汽油发电，这次大和商行总部要求在胶济铁路线上逐步更换日本生产的发电机组。我的方案是在营丘县城建一个大功率发电机组，在火车站用小的发电机组作为备用，两组线路通并，通通用营丘酒厂的酒精作为发电原料，这个方案是我父亲帮我制定的，我的老师大和商行的执事北原苍井先生同意了这个方案,也是日本大和商行第一个在胶济铁路线上的商务试点。"

听着素楠的翻译,马县长听懂了桥本秀幸讲的大概意思,当即表示支持,刘锦什对用酒精为发电原料更是感兴趣,被马县长总结为"一举两得,难逢机遇"。在六合祥饭庄吃的这顿饭,让马尚岭县长心里有了底,刘锦什掌柜心里有了数,最后确定在六月底举行合同签订和营丘大和电厂开建奠基仪式。

桥本秀幸高兴地竖起了大拇指,对素楠用半生不熟的中国话说:"楠桑,你的功劳大大的。"然后与大家逐个碰起杯来。

关于营丘县的响水崖子村的历史记载源于明代景泰年间,因处于白狼河上源的分支,又处在方山和五虎山间的谷壑之中,瀑水从崖上跌下,响声清脆,故取名响水崖子。这里溪流纵横,陡崖矗立,山路崎岖,该村西南坡下有一清泉,常年不涸,形成一塘湾,旁边有百年的皂角树和朴树,两株树的根茎相互缠绕,拥抱而生,亦是奇观。

刘锦什坐在马车上看着响水崖子周边的景色,对身边的郑大郎说:"你看这清清的溪水,顺着山势流下来,碰在石头上哗啦啦地响,激起来的水沫,我闻着都有酒香。"

说起酒来,郑大郎催促着赵春生说:"咱能不能快一点?俺要看藏在山洞里的酒呢。"

春生连打了几鞭,让马拉着车奔跑起来。

马车循着山沟里的乡道,往深处驰去,远远看见响水崖子村建在峰环水抱的山坡上,与村后面的一片翠绿的松林相映成趣,等驶过一条南北水溪,似乎听见有人在说话,却看不见人影,待转过石崖,才发现在小径旁边的草地里,一对老夫老妻拿着镰刀在割韭菜。锦什从马车上下来,走到菜地边对那割韭菜的老汉说:"好鲜嫩的韭菜呀,多少钱一捆?"

那老汉说:"扔下两个铜子,随便拿。"

锦什拿出一块银圆,递过去说:"我先拿两捆中午尝尝,这钱你先收着,等我再来拿菜给记账就行了。"

那老汉捏着那块银圆说:"刚才俺和老伴说夜里梦见了给菩萨烧了三炷香,没想到今个天上掉下菩萨来了。"

刘锦什让郑大郎把两捆韭菜放在车上,又问起那老汉来:"你们村上刘金贵家住哪里?"

"你说刘金贵呀,他挨着李寡妇家。"那老汉用手指着不远处的两棵大树说，"那两棵大树叫相好树，过了树边的水湾子，往东沿着上坡路走不多远，看见有瓦的房子就是他家。"

马车绕过前面的大水湾，果然在东南方向的山崖下面有一座瓦房与茅草房高低搭成的院落，草房屋顶上正冒着浓浓的炊烟，锦什心想：这家人也够懒的，怎么才做饭呢。赵春生驾着马车来到刘金贵家门口，刘金贵的儿子刘青山赶着十来只羊刚出来，见是刘锦什亲自到访，连忙作揖说："是刘叔来了，俺爹一直盼着您来呢。"边说着边转身朝屋里喊着，"爹，营丘县城俺刘叔来了。"

这时刘金贵灰头灰脸地从房里跑了出来，他见到锦什掌柜可把他高兴坏了，边咳嗽边擦着鼻涕说："是本家老弟刘大掌柜呀，这些天可把俺想坏了，做梦都梦着你来呢，快进屋，快进屋。"

锦什和郑大郎进了屋里，里面满是炊烟，呛得锦什连连咳嗽，眼泪都流了出来，只好退回院里，捂着嘴巴对刘金贵说："我说老兄呀，你还没吃饭吧，怎么烧起火来了？"

刘金贵说："哪里呀，早就吃饭了，俺今早摘了些鲜烟叶子，想炉干了做成烟丝抽。"说完他跑到门口外面，附在他儿子的耳边叽叽咕咕不知说了些什么，又回到院子里对锦什说，"走，俺领着你看酒去。"

刘金贵陪着刘锦什、郑大郎和赵春生来到李寡妇家，这是一个二进院落的古宅，从墙垣残瓦中可看出昔日的富裕，进入重檐歇山顶的门楼，过了二门见院落依旧保持着当年的模样。正房雕花门框上的裂痕和挂着蛛网的棂窗已是满目疮痍，破旧不堪。

刘金贵对锦什说："这正房俺平时在里面养羊，屋里堆了些羊粪，太脏了就别进去了。"他又指着东厢房说，"这屋有东西串通的过门，过了串门有个连接悬崖的大院子，朝北有十来间酒坊，过去她家就在这里蒸酒。"

说着他领着锦什等人穿过东厢房进了东院，对面是悬崖，北面有大小十几间高低错落的破旧房子，屋顶塌陷处有几个窟窿。锦什走进工坊，里面阴沉潮湿，墙皮上一块块的苍苔显出衰朽的景象，刘锦什发现北墙上留有模糊不清的字迹，尽管已是残缺不全，但还能辨识出来，上写：石岩封窖，火煴入池。迟缓发酵，促翻蒸煮。八轮摊凉，七段摘酒。分时贮存，陈酿融化。

锦什把墙上的酿酒工序逐字读给郑大郎听，大郎说："刘掌柜俺听明白了，很是受益，放在咱酒厂里的那几坛陈酒，俺和工友们尝过后反复琢磨，不知道这酱香头浓香尾是怎么酿造出来的，原来是这样的工序呀。"

锦什见郑大郎领悟得快，便说："这写在墙上的工序，你多读几遍，记在肚子里，以后咱的懒郎酒也试试这酒九翻蒸煮、八轮摊凉、七段摘酒的办法。"

郑大郎说："我觉得按用小麦制曲高粱做料的坤沙流程在窖池里缓慢发酵，倒入石甑混蒸，将烧出的原酒贮封在崖洞里过一年后出酒，再用洞藏原浆勾兑，咱厂的懒郎酒会更醇厚，入口更和顺。"

刘锦什听了高兴地说："那咱厂的懒郎酒不就得叫大懒郎了。"

刘金贵领着锦什等人到院东侧的悬崖边上，他把盖在洞口上的高粱秸秆抱开，露出一扇破损的木门来。刘金贵推开木门，大家走进洞来，随即一股浓郁的酒香飘荡过来，郑大郎忍不住喊着："好酒，好香呀！"

锦什见洞里昏暗，就吩咐赵春生去车上把马灯拿来。不一会儿，春生提着一只点亮的马灯走进洞里，只见两侧酒坛依次摆开，灯光下只见头不见尾，甚是壮观。锦什安排郑大郎和赵春生清点坛数，转身对刘金贵说："让他俩数着，咱俩到外面走走。"

刘锦什和刘金贵走出李寡妇家，来到北面的山坡上。锦什望着依山势而建的响水崖子村落，绿树掩映中大小房屋与长短街巷交错陈杂，中间有溪水相隔，把村子分成东西两部分，恰似一盘楚河汉界的象棋，在有序的排阵中杀得正酣。他望了许久，对刘金贵说："咱俩都是营丘郭齐刘氏的十九世孙吧。"

"那是，咱俩同是金字辈，三百年前都是一个老祖宗。"

"以后啊我叫你大哥，你称我老弟，不要掌柜长掌柜短的。"

"好，咱俩以后就兄弟相称。"

"怎么没见你家嫂子呀，她去哪里了？"锦什突然问道。

"唉，俺儿子青山十三岁那年，她得了肺痨，躺了半年多就死了，一晃十年了。"

锦什看了刘金贵一眼缓缓地说："我有个想法要和你商量商量，你看行不行？"

"您说老弟，俺听着。"

"我相中了这里的山，这里的水，我想把县城里的酒厂迁移到这里来，把你家和李寡妇家改建成厂房，在咱俩站着的这块地方盖上四处院落，一家送给你住，一家我住，后面两家给酿酒师傅和酒厂伙计们住。"锦什看见刘金贵支棱着耳朵听着，又加重了语气说，"我看青山挺灵透的，我想让他跟着郑师傅当学徒，过几年接班当个酿酒师傅。你呢，给我看好这酒厂的大门，你觉得行吧？"

"那敢情好，您放心，俺会给您把好这酒厂的大门，青山有了出息，也就对得起他死去的娘了。"刘金贵动情地说。

刘锦什接着说："我不亏待你，回头我让春生送两百块现大洋给你当零钱花着，洞里的酒不管多少，都作为你的股头入股，每年按五个点分红，按去年酒厂纯利是两万现大洋，你年底可分一千现大洋的红利，给你找个嫂子，青山娶个媳妇的钱都够用了。"

刘金贵听了锦什的话，自是感激不尽，便说："兄弟呀，有这四面青山作证，俺就给您磕一个响头，不磕第二个，啥也不说了。"

还没等锦什反应过来，刘金贵跪在他面前，嘭的一声果真磕了个响头。

刘金贵的儿子刘青山找到了北山上，喊着他俩回家吃饭，金贵见他儿子来了，就把青山拽过来要他给锦什磕头。锦什说："从今天起，我就认你这个侄子了，吃过午饭，你拜郑师傅为师，好好地学学酿酒。"

青山听了高兴得硬是给锦什连磕了三个响头。

锦什从怀里掏出怀表，看着指针已经过了十二点，便和刘金贵、刘青山走下山来。刚进家门口就闻到一阵膻香又清冽的羊汤味道，到了院里，只见在西墙根下支了口大锅，一个满腮胡须、身着利落的中年汉子手执一把尖刀在切着熟透的羊肉。刘金贵忙介绍说："他叫刘治勇，也是咱郭齐刘本家水字辈儿的，他在青州府开了家羊汤馆，上个月他老婆刚生了胖小子，他回来照应。俺让他和青山宰了只活羊，响水崖子的羊肉好吃，您尝尝。"说着请锦什坐在饭桌的上首。刘治勇随即端上一盆色泽酱红、鲜香油亮的羊肉来，说："家叔，您尝尝俺做的羊肉。"又分别盛了几大碗羊杂汤，撒上香菜、葱花，再滴上几滴用花椒籽榨的红油，闻起来膻而不腻，十分诱人。锦什用勺子舀起羊汤喝了一口，果然是鲜美可口、沁人心脾，他又用筷子夹起一块羊肉放进嘴里吃着，外酥里嫩，嚼得满口留香，不由得连连夸起这羊肉和羊汤做得好吃来，并说如果在营丘县城开一家羊汤馆，肯定会顾客盈门。

这时郑大郎提着马灯，手拿着一册账本，赵春生抱着一坛子陈酒来到院里，刘金贵招呼着坐在锦什旁边吃羊肉，锦什问郑师傅洞里面的酒查点清楚没有，郑大郎说："俺和春生在洞里清点时发现了一个账本，上面有累年窖藏的坛数，二十四年间共藏酒两千四百八十坛，但实查为两千四百零二坛，少了七十八坛。洞里这些酒坛分黄色釉、黑色釉和紫红色釉三种，年份越高的酒坛越稍小些，每坛封布下面都标有存贮日期，春生拿的这坛黄色釉的酒最早，是咸丰十年的存酒。"

说着他把账本递给了锦什，锦什仔细看那已经灰旧了的账本，自咸丰十年中秋节后封坛入洞至光绪七年最后终止，这二十一年封藏的坛数写得清清楚楚，账面上的楷体笔迹一丝不苟，上辈人的用心良苦体现得淋漓尽致。刘锦什不得不佩服前辈的精细与执着，他感慨地对郑大郎说："佛说执着是人生苦海的轮回，到了咱们这代人要勤奋莫偷懒，下苦功夫酿造出好酒来，就要用一生的精力去奋斗呀。"看着郑大郎和赵春生那倾耳细听的样子，锦什又说，"治勇师傅做的这羊肉好吃，大伙儿来尝尝。"又让刘金贵喊着青山和厨师刘治勇一起入座吃起羊肉来。自己则倒上一碗咸丰十年的藏酒品尝了起来。他饮着这陈年佳酿，回味着古酒浓浓的醇香，似乎每一口、每一滴，都让他对响水崖子这块风水宝地无比迷恋。

第十五章 大计

这天是立秋,暑去风爽,白露晨起,天气渐渐凉了下来。刘老爷子拿着剑杖来到宅外始勤亭里,听着时断时续的蝉鸣,吟起唐诗来:

> 始惊三伏尽,又遇立秋时。
> 露彩朝还冷,云峰晚更奇。
> 垄香禾半熟,原迥草微衰。
> 幸好清光里,安仁谩起悲。

吟罢,他又自言自语地说:"这个齐己和尚写的诗,读着清润平淡,体会诗意高远,他又拜郑谷为'一字之师',亦通'三人行,必有我师焉'。"

他突然听见院门外拴马石处有马嘶叫,抬头一看见三弟锦什和弟媳秦贞贞走了进来,他下了亭阶迎上去问道:"三弟怎么一大早来了,不会有要紧事吧?"

"大哥,我和贞贞过来,有几件事找您和大嫂商量,咱回厅房里说吧。"

三人来到厅房,大娘也赶了过来。她让莲儿去泡茶,便问起素清和林宜生的婚事在哪里置办才好。秦贞贞说:"大嫂,宜生现在跟着楠儿在她姥爷家住,老爹一个人住在县城东关大院里也冷清,我想把院里的西厢房粉刷一下,置办些家具给他俩做新房,老爹看着也高兴,宜生和素清学医也方便。"

锦什接过话来,对大娘说:"素清的婚事恐怕要拖些日子,现在有两件要紧的事要和大哥大嫂商量,一是马县长前天请我吃饭,要咱家与日本大和商行共建营丘发电厂,顺便并联电话线;二是响水崖子崖洞里清点了两千多坛陈年酒，需要及早定下来购置做账。"

锦什的话刚说完，朴子进来给三叔和三婶问安，刘老爷子看着朴子懂事了，便让朴子也坐下来听听家里要商量的事情。

朴子过来的本意是想借三叔家的脚踏车骑几天玩玩，一听老爹让他坐下来，只好不情愿地坐在了大娘旁边。刘锦什把日本大和商行起草的那份合同和桥本秀幸的建厂施工预算书交给了大哥锦戎说："这次大和商行要在营丘县城安装大小两套日产牌子的发电机组，发电的原料是咱家酒厂的酒精，咱酒厂酿酒蒸出来的头酒和尾酒都不装坛调兑，全用来刷了窖池浪费掉了，这些废酒再蒸馏就是发电用的酒精，如果用电量大不够用，咱再上台蒸馏锅炉，用地瓜、土豆、玉米等薯类杂粮蒸出酒精也能发电。"

大娘听了问："那敢情好，这发电后去哪里收钱？"

"我昨夜和楠儿数算了一下，咱县城主要有三大块用电，一是有三十多家店铺用电，二是县公署用电，三是全县城七千多户居民用电，另有十几部电话的需求。按桥本先生提供的电价要比点煤油灯省一半儿的价钱，这样算下来月收入毛算为一万六千块大洋，一年下来一个电厂就是咱家七个酒厂的收入。"

秦贞贞在一旁说："今早听楠儿说安装发电机，还要日本工程师过来调试，又要埋好多电线杆子才能各户通电呢。"

刘老爷子看完了桥本秀幸的预算书，沉思了一会儿，说："咱营丘县城通了电，有了电灯、电话就和省城一个样了，可谓机遇难得。即便赔本三年也要建个电厂，我看了这份预算，机组部件的费用是日本大和商行的，建厂工程和施工是咱们的，承担的费用是十六万现大洋。"

大娘听了张大了嘴巴，对锦什说："咱家账目上只有八万现大洋，还缺一半呢。"

刘老爷苦笑一下，说："怕个啥？八万大洋建个电厂，运转三年就回本了，你想想三年咱家净赚个发电厂，这本利比兑大概三弟更清楚。"他又转问锦什，"响水崖子你去了吗？那洞里有多少酒？"

"昨天我带着郑大郎去了，真是个适合酿酒的好地方。在崖洞里清点了半天，自咸丰十年起至光绪七年止，二十一年里封存了两千四百八十坛，被刘老汉卖了七十八坛，还剩两千四百零二坛。我和大郎合计了一下，用这些陈酒勾兑新酒能用二十年，从今年秋后把咱家新酿的懒郎也开始封坛入洞，二十年后新酒变旧酒，周而复始循环下去，不怕咱家酒厂不兴隆。"锦什说完，把那本从洞里找到的账簿递给大哥锦戎说，"大哥您看，这账目写得清清楚楚。"

刘老爷子翻看着账本说："这酒历经咸丰、同治、光绪三朝，是无价之宝啊，三弟打算出个啥价钱来买这些酒呀？"

锦什说："我已经与刘金贵达成合约，把这些酒按五个点做成股头归属刘金贵，在他的空地和李寡妇大院上建新酒厂，将城里的酒厂工坊改建成发电车间，这样合算起来能节省五万大洋。"

刘老爷子听了锦什的话，似乎来了精神，他说："三弟这个办法好，我看解决缺款有两个办法，可联系清水泊陆枭雄，估计他现在走镖的生意不好做，让他入电厂的股份，再就是潍县盐商徐家文，他是我的挚友，这人嗜酒如命，可入咱酒厂的股份。但我觉得把咱家地卖一部分是最好的办法，咱家有良田一千多亩，每年秋种夏收、晾晒还仓，又要养畜雇工，还要交纳税粮，你大嫂忙不过来，不如卖上八百亩，留下两百亩，耕种自给也足够了，咱家还是营丘县最多的土地大户，何乐而不为呢？"

朴子挨在大娘身边，一直念着挂在园子里的捕鸟笼子，也不知逮住了几只斑鸠，急得抓耳挠腮，如坐针毡，来回晃动着。大娘这时听着老爷子提出要卖地，心里如同刀割一般，她看见朴子魂不守舍的样子，气不打一处来，对着朴子说："你身长虱子了？不好好听你老爹和三叔说话，坐没个坐样，站没个站样，给俺坐老实了！"

朴子吓得一缩身子，嘭的一声放出了屁来，这一下子大娘勃然大怒，抬手要打朴子，朴子往地下一蹲，咻溜一下跑出了门外。

大娘没打着朴子，便气呼呼地对老爷子说："你看看他二娘怎么生了这么个孬种，哪像个持家守业的样子。"

看着刘老爷子不搭理大娘，三弟锦什说："大嫂别生气，他还是个孩子，天性贪玩，别和他计较。"

谁知锦什的话音刚落，朴子提了个大皮箱又回来了，喊叫着："大娘老爹，你看谁来了。"

大娘往门外望去，心里一阵惊喜，看见二娘、莲儿和英子陪着二闺女素涵走了进来。她平日里最心疼素涵，刚才对朴子的那一脸怨气随即烟消云散，便说："老爷子，是咱家老二素涵回来了。"

素涵进了厅房，见过三叔和三婶，又见老爹红光满面，就说老爷子比在省城任上精神还好呢，同时也称赞起大娘身体还是那么硬朗。三婶秦贞贞三年多没见素涵了，她见素涵一头短发，显得恬淡简朴，双目犹似一泓清水，成熟的神态透出坚韧的气度，便说："素涵小时候就长得俊，长大了更漂亮了。"于是拉着素涵的手让她坐在了自己身边。刘老爷子见一家子都落了座，他看着大娘那和颜悦目的表情，便说："看看你们大娘，见了素涵像只绵羊，看见朴子就变成了老虎。"大家都笑了起来。

朴子放下二姐的行李箱，怕大娘再对他发火，在众人面前没有面子，趁着大家围着素涵说话，转身跑到园子里看诱捕斑鸠的鸟笼去了。刘老爷子问起素涵来："你咋回来了，是不是已经毕业了？"

"是，老爹，毕业了。本来齐鲁大学医学部让我留校给安德逊教授当助手，可是我接到老同学徐维俊从日本寄来的书信，说他家父在潍县开设了仁爱医院，推荐我去干院长助理。仁爱医院聘请了英国著名医学专家斯蒂文教授当院长，这个斯蒂文和我老师安德逊同是英国伦敦医科大学的同学，医术高明，约我后天去潍县见面。"

"噢，你说的是潍县盐行徐家文的公子徐维俊，他不是也在齐鲁大学医学部就读吗？"刘老爷问道。

"徐维俊比我高一级，他入齐鲁大学的第二年，学校才开始招女生，他是我师兄，去年他因毕业成绩有两门学业分数不够，只好肄业去了日本东京医科医院专攻眼科。"

"那你是在济南留校当助手，还是去潍县干助理呀？"刘老爷子关切地问。

"学校有一个月的假期，我先到潍县见见斯蒂文校长，看看仁爱医院的情形再做决定。"素涵回答着。

刘老爷子这才放下心来，对素涵说："刚才还对你三叔三婶说起潍县徐家文来，想不到他眼光长远，办起医院了，咱家也要在营丘县城建个电厂，你三叔正在操办着百年大计呀。"

大娘这时好像悟开了什么，对锦什说："俺看这电厂要建就立马去办，咱家账上的大洋该怎么用就怎么用，不要去麻烦清水泊陆寨主入股掺和进来，日子长了会生变数。先把南郝乡那三百亩地出让贷款，上个月北洋银行良田借贷是每亩八百块现大洋，这样咱可入账二十四万大洋，用在建电厂和迁移酒厂上足够了。"

锦什听了大娘的话，更是信心十足，说："大嫂，这个主意更好，贷款二十四万大洋咱家两年就能还贷，外户入股总会有纠纷，只要资金足，最好自己干，免些日后麻烦。"

刘老爷哈哈一笑，对大娘说："人心齐泰山移，你只要悟开事，百事可为。电厂与酒厂同时施工，力争今年春节咱营丘县城电灯亮、电话通。"

一席话说得全家都振奋起来。

朴子从园子里拿着十几只斑鸠进了宅院，他喊着师父帮他宰杀收拾，想中午让二娘给素涵炖汤喝。马释永边收拾着斑鸠边说："看见这些斑鸠，就想起咱师徒俩在黄旗堡来。"

朴子朝着师父做了个鬼脸说："师父是想俺小满姐姐了吧？"

马释永也不避讳，叹了一口气说："真想她了，朴子呀，师父想让你帮俺办件事，行不？"

朴子拱起双拳抱在胸前说："为师父效劳，朴子在所不辞！"

"这个月初七是乞巧节，牛郎织女来相会，师父要去黄旗堡见你小满姐姐，你去老爷子那里，让他给俺俩写张婚约。"

朴子摸了摸脑袋说："师父，你和俺小满姐好，让俺老爹掺和啥呀？"

马释永沉下脸来，郑重地说："俺要明媒正娶。"

中午饭一家子吃得高高兴兴的，要建发电厂和素涵大学毕业的事让大家感到开心快乐。莲儿端上来一盆炖好的斑鸠汤，味道鲜美，刘老爷子吃得尽兴，频频与三弟锦什碰起杯来。

席间，素涵问起怎么没见到四妹素欣，二娘告诉她，素绣又生了个大胖小子，素欣去孙家寨伺候大姐坐月子去了。素涵很想念大姐，就说待空去她家看看。立秋过后，素欣和英子的学校要开学了，大娘想到素欣去孙家寨好多天了，便与莲儿商量，让她去孙家寨把素欣换回来。她见莲儿满口答应，就安排吃完午饭后让喜奎驾车，朴子也跟着，陪素涵和莲儿去孙家寨。

马车行驶在去孙家寨的路上，素涵问朴子："刚才吃饭我看见你夹菜，一会儿闭上右眼，一会儿又闭上左眼，什么时候变成斜眼了？"

莲儿插话说："二姐，英子喊他'斜眼狼'呢。"

朴子说："别听莲儿姐胡说，俺练武功练得左眼看得远，右眼看得近，看着麻雀像鸽子那么大，一弹弓就打下来了。"

素涵用手翻了朴子的右眼皮，才恍然大悟，原来他的右眼瞳孔放大了，所以变成了斜眼，于是说："等二姐安顿下来，我领你去眼科做个矫正手术，眼睛会正过来。"

朴子问道："啥叫矫正手术呀？"

莲儿说："这你还不懂，就是用刀子割你的眼睛。"

素莲这句话把朴子吓坏了，捂着眼睛说："二姐呀，饶了俺吧，俺不做手术，不做手术。"

孙家寨小学因大雨教室漏了水，要修缮房顶，学校放假三天。大民在家读课本，"独学而无友，则孤陋寡闻。故人不可无友。孔子曰'益者三友'……"。因不懂"益者三友"，便问起四姨素欣来，素欣想了半天也回答不出来，大民正着急呢，突然听见大门外有车马声，刚要站起来去瞧瞧，却见朴子拎着一篮子鸡蛋走了进来。朴子看见大民和四姐在院里，就说二姐和莲儿也来看大姐了。大民迈出门口，看着素涵长得像他娘的模样，就试着喊起二姨来，莲儿对素涵说他就是大姐的儿子叫大民，素涵见大民手里拿着一本书就说："你叫大民吧，还看着书呢。"

大民在家多次听他娘讲起过二姨素涵，说她是百里挑一考上了齐鲁大学医学部的大学生，很了不起，就很敬重地对二姨说："俺的课本上有一句叫'益者三友'，不明白是啥意思，你能给讲讲是啥意思吗？"

素涵拿过课本，看是小学二年级语文第二课《交友》这篇课文，就说："孔夫子说的益者三友，指友直、友谅、友多闻。直是正直，谅是诚实，多闻是见多识广。是说交这样的朋友才有益。"

素涵说完，从兜里拿出一支钢笔给了大民说："大民上二年级了吧，长得这么大了，二姨还是第一次见你呢，送你一支钢笔当个见面礼吧，要好好读书，日后才有出息。"

大民拿着二姨给的钢笔，如获至宝，爱不释手地攥着，闷红了脸说："俺要像二姨一样学好功课，长大有出息。"

素绣见到二妹素涵格外亲切，听说她大学毕业要当职了，更是高兴不已，姐妹俩有说不完的话，道不尽的情。莲儿问姐夫去了哪里，素绣说他去孙家宗祠商量修拦河坝的事儿了。素涵想着天黑前要赶回懒边园，就抱起二民亲了几下递给莲儿，告辞大姐，说等她的职业安顿下来再来看二民。素绣把素涵和素欣送出家门口，唯独不见了朴子，莲儿边喊边找也未见踪影，这时大民跑过来说小舅害怕回家割眼睛不回懒边园了。素绣说大民放了三天假，就让朴子玩两天吧，素涵和素欣也没办法，只好二人坐上马车让喜奎驱车离开了孙家寨。

第二天清晨，来富早早起床挑了几担水，把院里的两只大缸灌满，又拿起了扫帚到大门外扫起街来，当扫到土地庙边上，看见朴子领着大民练武呢，原来朴子自从拜马释永为师学了武功，每天都要起早练拳脚，大民想跟朴子舅舅学几招，天不亮二人就在这里练起拳来。

来富把扫帚放在土地庙墙边，把大民和朴子喊了过来说："今天是孙家寨早市,咱仁去集市上吃饭吧。"

于是三人来到集市上,这里已是人头攒动,摊铺上吆五喝六的声音此起彼伏,孙来富领着朴子和大民来到了卖豆腐脑的摊子前,卖豆腐脑的大婶认得孙来富,笑脸相迎说:"哎呀,是孙掌柜,带着孩子来吃豆腐脑呢。"

说着拿起一把锃光瓦亮的铜勺子伸到桶里,转动着勺柄,轻轻提起一勺鲜润嫩滑的豆花来,把它盛入一旁的瓷碗里。待盛满碗,又撒上香菜、虾米和紫菜,浇上半勺自制的酱汤,滴上辣椒油,端到了摊子前面的小桌子上。等他三人坐了下来,大婶又端来一垫子刚炸出锅的馃子,炸馃子分成甜、咸两种,招呼着:"趁热快吃吧,不够喊俺再要。"

孙来富对朴子说:"这家豆腐脑做了几十年了,在这集市上很有名,你尝一下。"

朴子嚼着酥香焦脆的炸馃子,喝着吹弹可破的豆腐花,吃得十分尽兴。来富看着朴子和大民吃饱喝足,起身到了摊子上又称了两斤炸馃子,对大民说:"你陪着你小舅在集市上逛逛,爹先回家,你娘和你莲儿姨还没吃饭呢。"说着拎着油炸馃子离开了集市。

朴子和大民在集市上逛荡,听见祠堂牌坊那边响起了一阵阵敲锣声,他二人走了过去,看见祠堂大门前摆放了一张桌子,一个戴眼镜的老先生拿着毛笔在写东西,旁边一个村民提着大铜锣边敲边喊着:"募捐修坝,有钱出钱,无钱出工,人头分摊。"

村民们有来捐钱的,有来记工的,拿着毛笔的老先生开始忙活起来。

朴子问起大民来:"这是要修哪里的坝呢?"

大民说:"小舅,你还不知道呢,前几天下大雨发了洪水把俺村的拦河坝冲垮了,那天四姨正巧在坝下面樱桃园里给小弟弟洗尿布,大水冲了下来,把俺四姨冲跑了,看园子的孙老汉给淹死了。"

朴子心想:昨天四姐不是还好好的吗?就又问:"后来呢?"

"俺爹和俺两个叔找了一整天也没找到四姨,回来后俺爹急病了,你说怪不,俺四姨命大,过了三天她自己回来了。"

朴子庆幸地说:"等俺回懒边园,问问四姐她怎么回事。"朴子边说着边和大民往东边走去。

当他俩来到祠堂的东墙根旁,见围着一堆人在看热闹,朴子领着大民凑到前面,只见有两个身穿单袍、满脸胡须的人在喊着卖骆驼,那骆驼就在墙根下站着,足足有一人多高,棕色的毛发,粗大的脖子弯曲着如鹅颈,背上凸起的双峰抖动着，四只碗口大驼蹄稳立在地上，显得威风凛凛，朴子和大民都是第一次见到骆驼，不由得感到好奇。

这时围观的人群里有位老汉问道："你们这只骆驼卖什么价？"

卖骆驼的汉子回答："二十块大洋，便宜卖。"

那老汉又问："骆驼会耕地吗？"

卖骆驼的汉子回答道："骆驼不会耕地，只会驮东西。"

"会不会拉车呀？"老汉又问。

"它没有拉过车，只会驮东西。"卖骆驼的另一个汉子说。

"那俺要它有啥用啊，看这个头一天还不知吃多少草料呢。"老汉摇了摇头，转身走开了。

人群中一位中年汉子也问了起来："听你俩口音是外地人吧，怎么来到俺孙家寨来卖骆驼？"

"啊呀，我们是蒙古人，是来山东的莱州府贩皮货的，回来的路上，我们住的客栈夜里着了大火，换来的布匹都烧光了，三只骆驼跑丢了两只，只找到了这只母骆驼，想把它卖了当路费回蒙古。"

听着那蒙古人沙哑的声音，大家知道他们确实遇到了麻烦。

那围观的本地汉子接着又问："你们走到啥地方遇上了大火？"

"是在都昌那个地方，半夜起火把客栈烧着了，我们好不容易逃了出来，没有钱了，除了这只骆驼什么都没有了。"那个蒙古汉子摊开双手无奈地说。

那问话的中年汉子摆了摆手说："唉，可惜这骆驼在俺这地方没啥用啊。"说完便离开了。围观的人群也开始慢慢散去，那两位蒙古人开始失望起来，突然一个蒙古人喊了起来："你们这里有会摔跤的没有？我们比赛，赢了我给你们钱，输了你们给我钱，有来比赛的吗？"

喊了几遍也没有人来搭理，于是这两个蒙古人自己练起摔跤来。

朴子看着两个蒙古人在练摔跤，他曾跟着马释永学过摔跟斗，会个三拳两腿，心想自己可以用黑狗钻裆来赢他，于是叫了起来："俺来和你比试比试。"说着挽起袖子要和蒙古人摔跤。

那蒙古人依着摔跤的规则，伸出双臂等候着朴子来抓他的胳膊，朴子哪知道这些，只见他身形下移，迅速蹲步下潜，双手要抱对方的大腿，欲将其摔倒，谁知那蒙古汉子见对方来得疾速，情急之下顶出膝盖，抵住朴子的肩膀，借力抱住了朴子的腰，像背口袋一样，把朴子翻过头顶，顺势把他摔了出去。朴子猝不及防地被摔了个仰面朝天。朴子急了，一个鲤鱼打挺蹦了起来，施展开少林拳脚与那蒙古人对打起来，那个蒙古人也毫不含糊，看着朴子急了眼，故意卖个破绽，留出左侧肋部，让对方来攻，朴子见来了机会挥拳过去，却被那蒙古人拽住手腕，闪身扯过，左手抓住朴子的脖颈，右手抓住腰带借力抛了出去，这一招可不得了，朴子被摔了个狗啃泥，趴在地上没有起来。

在旁边的另一个蒙古人一看下手重了，急忙跑到朴子身边轻轻地拍了几下说："小兄弟，对不起，您没事吧？"

见朴子没有了反应，那个摔朴子的蒙古人顿时也慌了，跪在朴子的身边也喊着："哎呀，对不起，俺下手重了。"

大民一看小舅吃了亏，掉头跑回家告诉他爹去了。

正当两个蒙古人不知所措时，朴子却翻身坐了起来，笑着说："俺要买你们的骆驼。"

摔他的那个蒙古人听见朴子要买骆驼，高兴坏了，连忙说："小兄弟，你真的要买我们的骆驼？"

"真的，你教俺学会了蒙古摔跤，俺就买了这只骆驼。"

"好呀小兄弟，我们教，我教你学摔跤。"

朴子听说要教他，立马站了起来说："走，咱们找个僻静地方，俺跟你学摔跤去。"

这时那两个蒙古人相互看了一下，摔倒朴子的那个汉子说："哎呀小兄弟，我们从昨晚走到这里水米未进，肚子饿得发慌，能让我们吃点东西吧？"

"好呀，俺请你们吃饭。"朴子说着，让他俩牵着那只骆驼来到卖羊汤摊子的布棚前，把骆驼拴在对面的柳树上，三个人到布棚里坐了下来。朴子喊过来售羊汤的伙计要了两碗大份羊汤，外加两张千层烙饼。两位蒙古人饿得正慌，鼓动腮颊，狼吞虎咽地大吃一顿，与朴子摔跤的那位汉子打着饱嗝，抹了一把嘴巴说："你们的羊杂汤和大面饼子太好吃了，小兄弟，谢谢你了，请问你叫什么名字？"

"俺叫刘治朴，你们叫俺朴子就行了。"朴子回答道。

"噢，朴子，这名字好听，我叫巴特尔，他叫朝鲁，我们的家乡在蒙古大草原，你什么时候到了我们那儿请你吃烤全羊。"那个叫巴特尔的蒙古汉子诚恳地说。

"你们家乡远吗？要走多少天？"朴子问道。

"从这儿走十天就到了察哈尔，过张家口往西北方向起码要五天就是我们的家乡敕勒川，那里蓝天白云，草青羊肥，有奔腾的骏马、洁白的羊群，是个美丽的地方。"朝鲁动情地介绍着。

朴子说:"你俩把蒙古摔跤的窍门交给俺,咱们才是好朋友。"

巴特尔和朝鲁不约而同地前后答应着:"朴子,好朋友,我们教给你,摔跤技法通通教给你。"

大民领着他爹孙来富急匆匆地来到早市上找朴子,等到了孙家祠堂东墙根却不见了那只骆驼和两个蒙古人。来富正纳闷,听到背后有人在喊:"来富啊,你来集市上捐款吗?"

来富回身一看,是族长孙永胥,便回答说:"修大坝的捐款,俺下午来交,集市上有两个蒙古人欺负俺内弟,俺过来看看。"

孙永胥说:"有这事?这里是咱孙家的地盘,还反了吗!"说着招呼过来几个准备捐款的村民,一并跟着孙来富去寻找那两个蒙古人。

大民发现了卧在羊汤摊子前的那只骆驼,便喊着他爹说:"骆驼在那里呢。"

孙来富和孙永胥带领着几个村民来到布棚里,看见朴子与那两个蒙古人坐在摊桌旁,又说又笑,很是诧异,来富便喊了一声:"朴子,你没事吧?"

朴子看见姐夫来了,便站起身来迎了过去,来富把孙永胥介绍给朴子说:"这是咱孙家寨的孙族长,你还记得吗?上次咱大娘出事,多亏孙族长帮忙,你见过的。"

姐夫来富的提醒,让朴子记起孙族长来,忙说:"见过见过,有劳孙族长,俺正陪着两个蒙古朋友吃饭呢。"

孙永胥拉着朴子的手说:"原来是懒边园的少东家,一定代俺问你爹娘好呀。"

坐在餐桌旁边的巴特尔和朝鲁,听见孙族长叫朴子少东家都吃了一惊,连忙站起来与孙族长和孙来富打招呼,朴子把孙来富扯到一边,附在他耳边说:"俺要借你二十块大洋。"

来富说:"你用钱干啥?要买东西姐夫去替你买就是了。"

朴子说:"甭问了,俺急用呢!"

来富说:"那好,一会儿让大民回家去取。"

朴子心里一阵高兴,便说:"好姐夫,您和大民牵着那只骆驼回家,然后让大民给俺送二十块大洋来,俺在祠堂后边的空场上跟两个蒙古朋友学摔跤。"

来富总算明白了朴子为啥要借钱,即喊着大民来牵骆驼,巴特尔把缰绳交给大民说:"这是只母骆驼,肚子里有驼仔了,过几天要生下小骆驼,喂草料

第十五章 大计　　139

的时候多加些粮食，放点盐，让它多喝水。"

朴子喊着巴特尔和朝鲁来到孙氏祠堂后面一块空场上要讨教蒙古摔跤的招数，巴特尔说："我们蒙古摔跤叫搏克，有三招要学，我先教你叉臂背摔，等你学会了再教你抠后带入，最后是夹脖项架，就是我摔你的那招。"

朴子也不答话，依着巴特尔教的要领，一招一式地练了起来，朴子习武悟性极高，不多时蒙古摔跤的三大招数已掌握得烂熟，巴特尔见朴子天性聪明，便让朝鲁与他摔起跤来。一番实战后，朴子已驾轻就熟，又结合少林擒拿的功法，闪转腾挪，游刃有余，并不输朝鲁半分。

巴特尔见朴子与朝鲁摔跤，渐入佳境，赞叹不已，竟在旁边唱起了蒙古歌来：

> 从七勃里处挥舞而来，
> 震得山岳动荡不已。
> 从八勃里处跳跃而来，
> 踏得大地震撼颠簸。
> 从前面猛一看去，
> 犹如一只斑虎。
> 从后面乍一看去，
> 犹如一只猛虎……

那歌声唱得激情澎湃，婉转动听的蒙古声调似天籁之音回荡在孙家寨的早市上，引来了不少赶集市的村民跑过来围观。此时朴子和朝鲁的摔跤像是歌声伴奏下的舞蹈，当抱摔到精彩之处，引发阵阵掌声和不绝于耳的叫好。

巴特尔唱完了歌曲，朴子和朝鲁的摔跤表演也停了下来，大民从围观的人群中走过来，把那二十块现大洋交给朴子，朴子转手递给了巴特尔说："咱们都是好朋友，这孙家寨是俺大姐夫家，俺家住在营丘县的懒边园，县城里也有俺家的酒厂和药房，说俺名字都知道。"

巴特尔说："明年这个时候我们还来贩皮货，会来看看你养的小骆驼怎么样了，再见了朴子，再见了少东家。"说完他和朝鲁挥手向朴子和围观的村民告别，踏上了回蒙古大草原的路程。

第十六章　疫疾

朴子骑着骆驼一路风光地回到了懒边园，家里的长工们听说少东家牵来一只大骆驼，都来看骆驼长得啥样子。朴子招呼着喜奎和看大门的耿老汉帮他在磨坊西边靠着北墙根搭建了一间草棚，打算让骆驼住在这里。

刘老爷子在书房看书，读到白居易的诗句"水能性淡为吾友，竹解心虚即我师"，想到古人用竹叶煎水可代茶饮，滋味清纯中和，既能清热利尿，又能清凉解暑，就喊来二娘，让她去始勤亭边上的竹林里采些嫩竹叶，晒干后煮茶喝。二娘刚出内宅，看见喜奎和两个伙计肩扛着木头往外院去，便问扛着木头干啥去。喜奎说朴子牵来了一只大骆驼，要给骆驼盖棚子，二娘从来没见过骆驼，就跟着过去看。只见这骆驼毛茸茸的，比骡子个头还大，小脑袋粗脖子，背上还驮着两个大疙瘩，长得怪怪的，问朴子这骆驼是从哪里弄来的。朴子伸出食指压在嘴上，对着二娘"嘘"了一声，随即转移了话题，问起二娘来："怎么没看见俺师父，他去哪里了？"

"你师父陪着大娘去了城里你三叔家，在酒厂忙活呢，后天才能回来。"

二娘心想：朴子咋不让俺问骆驼的事呢，莫不是他偷来的？俺得告诉老爷子去。

二娘来到内宅书房里，对老爷子说起朴子牵回家一只大骆驼，刘老爷子听了却来了兴趣，拿起剑杖去看骆驼。他在济南省政府任职时，曾在洛口码头见过几只骆驼，都很瘦小。这次看见朴子牵来的骆驼高大威武，很是喜欢，便问朴子这只骆驼是从哪里弄来的。朴子对老爹哪里敢隐瞒，便把在孙家寨早市上碰见两个蒙古人卖骆驼，跟巴特尔、朝鲁学摔跤的事说了一遍。刘老爷子听后哈哈大笑说："二十块大洋交了学费，又买了只骆驼，倒是值得。"

朴子又说："老爹，您知道不，俺买了两只骆驼。"

刘老爷往四周一看说："另一只骆驼呢？"

朴子说："这是只母骆驼，蒙古人说他肚子里有驼仔了，快生小骆驼了。"

刘老爷听了更是喜欢，吩咐喜奎和耿老汉好生饲养。

这天上午朴子刚想睡会儿午觉，看街门的耿老汉到内宅来找他，说那只骆驼不知为什么唉唉直叫。朴子翻身下了床，跑到驼棚里看骆驼，只见那只大骆驼卧在铺草上，身边多了只小骆驼。嘿，白白的茸毛，两只耳朵支棱着，一双圆溜溜的大眼睛，一眨一眨地透出一股伶俐。看着这只出生的小骆驼一副憨厚可爱的样子，可把朴子高兴坏了，转身跑回内宅去向老爷子报喜说那只大骆驼生了只小骆驼。

这对骆驼母子似乎成了刘老爷子难以舍离的挚友，特别是那只小骆驼，惹得刘老爷子十分喜欢，一会儿送几棵青菜，一会儿又送几根胡萝卜，一天也不知过来多少趟看望，驼棚成了刘老爷子时常来的地方。

马释永驾车拉着大娘从城里回到了懒边园，大娘刚进宅院，二娘过来说朴子借了他姐夫二十块大洋，买回来一只大骆驼，那大骆驼又生下一只小骆驼，惹得老爷子十分喜欢。大娘也不知道这骆驼长得啥模样，就去骆棚里看骆驼，她看见这毛茸茸的大家伙头长得像绵羊，便喊来朴子问起这骆驼有啥用。朴子说骆驼能驼起很重的货物，大娘反反复复看了半天，对朴子说："这骆驼驮着货走得快吗？"

朴子说："不如马和骡子走得快，但比马和骡子驮的东西多。"

大娘想了一下说："等这只小骆驼断了奶，你把这只大骆驼送到你锦什三叔的酒厂里去驮运粮食，能省些人手，这只小骆驼先放在咱家养着，等长大了也送它去酒厂驮粮食。"朴子咧着嘴不情愿地答应下来。

刘老爷子一家子在吃晚饭的时候，大家饶有兴趣地谈起了骆驼来。英子问老爹骆驼背上那两个大疙瘩是干啥用的，刘老爷子说："那叫驼峰，是储存养分的。骆驼在沙漠或酷热干旱的地方生活需要有耐饥渴的能力，它可以几天几夜不吃不喝，是沙漠里运输的畜力，所以称它为沙漠之舟。"他看了一下素欣说，"欣儿，你还记得宋代文天祥《小青口》诗里有句'北来鸿雁密，南去骆驼轻'的下句吗？"

素欣说："是'芳草中原路，斜阳故国情'吧。"

二娘看见朴子坐在那不吃不喝，也不动筷子，一副魂不守舍的样子，就推了他一把轻声地说："你怎么了？像丢了魂儿似的，快吃饭吧。"

朴子却说:"二娘,俺心里难受。"

大娘接过话来:"是不是让你把大骆驼送到酒厂去驮粮食,你不愿意呀?"

朴子看了一下大娘说:"不是,俺是舍不得师父走。"

大娘一听,愣了一下说:"娘说的是骆驼,你怎么说成马师傅了,真的掉魂了?"

朴子哭丧着脸说:"俺真的舍不得师父走,他催着俺找老爹给他和小满姐姐写婚约呢。"

刘老爷子这才明白过来,就问朴子:"你师父啥时候走?"

朴子回答:"他说明天是乞巧节,牛郎织女要相会。"

朴子这一番话,让大家都沉默起来。

第二天一大早,刘老爷散步来到始勤亭,看见马释永斜背着一个包袱正在亭子里等他呢,便说:"马师傅,到我书房里,有话说。"

马释永陪着刘老爷子来到书房,刘老爷子从书案上拿起一张信笺问起马释永:"黄小满的名字是不是二十四节气里的小满?"

"是,老爷子,她是小满那天生的,所以叫小满。"马释永说。

"听说她武功极高,人又聪慧,你好福气,贤妻难得呀。"

"是,她的武功不在俺之下。"

"你俩的婚约我今早写好了,你读一下看行不行。"刘老爷子说着把那张信笺交给了马释永。

马释永展开信笺一看:

夫马释永,妻黄小满,喜今日嘉礼初成,良缘遂缔。诗咏关雎,雅歌麟趾,书向鸿笺,载明鸳谱。同心同德,相敬如宾,欣燕尔之,白首永偕。将泳海枯石烂,祥接红叶之盟。

谨订此约。

营丘懒边园寓公 刘锦戎 撰约
岁次民国廿五年七月七日

马释永连读两遍,自是鞠躬感谢。

这时大娘拿着包裹走了进来,对马释永说:"今个是七月初七,听说马师傅要去黄旗堡会织女。"大娘少有的幽默让马释永的脸顿时红了起来,大娘笑了笑又说,"这包裹里有二娘做的一件绸缎子夹袄,原本是给素清做嫁妆的,先给黄小姐穿吧,另包了二十块大洋,你也知道家里建电厂正用钱,也拿不出更多的大洋来,这点钱当个心意吧。"大娘把包裹递给马释永,还没等马释永致谢,接着又说,"听朴子说你有个表弟叫雷天泰,他这次救了俺欣儿一条命,咱懒边园不能忘了人家。"

马释永说:"素欣回来跟俺说了,俺姨和俺表弟为人诚实,这都是应该的。"

"咱这懒边园里,无论老的还是少的,都不愿意你走,男大当婚,女大当嫁,知道也拦不住你。只是托付你一件事情,见到你姨和雷天泰,就说素欣不会忘了他娘俩,你住的那个宅院俺暂时留着,如果天泰愿意来懒边园干护院,和你同样工钱,俺会派车把他娘俩接过来。"

马释永听了大娘的话,暗自感叹懒边园这家子人的厚道,一再替表弟天泰表达感谢。

刘老爷子对马释永说:"人生路漫漫,相遇难离别,我和老伴送送你吧。"说着一起陪马释永走出内宅,只见院外从家人到长工伙计都在等候着为马释永送行,唯独不见了朴子。

马释永告别众人,过了葫芦湾刚到石桥上,朴子从桥下跳了上来,喊道:"师父,徒儿朴子在此等候多时了。"

马释永见是朴子,便说:"师父要回黄旗堡了,你啥时候过来看师父呀?"

朴子说:"俺有两样东西要送给师父。"他把一个小布袋儿递过去说,"这是俺二娘送的一副银镯子,是给小满师娘的。"说着他又递给了马释永一封信说:"这是俺老爹给您的信,他说回到家再看,在路上看就不灵了。"

朴子看着马释永把信和银镯慎重地揣进怀里,又说:"大娘让俺记着,在中秋节的前一天陪俺四姐去雷家庙子去看看天泰叔和奶奶,返程时顺便去黄旗堡看师父师娘。"

朴子对师父依然恋恋不舍,又送了一程,方才洒泪而别。

立秋季节,营丘县城里患咳嗽、嗓子肿痛的人群突然增多起来,康然药房门前求医的市民排起了长队,县公署几个职员也在咯血,秦秋谱老先生初断是肺痨病流传,他和林宜生使出浑身解数,也未遏制住疫病蔓延的势头。

马县长的夫人文萍萍这几天也在不停地咳嗽,嗓子疼得吃不下饭,一会儿怀疑自己传染上了肺痨,一会儿又怀疑自己得的是白喉,缠着马尚岭陪他去找秦秋谱老先生看病。马县长正考虑着如何给省公署写营丘县流行疫情的报函,也想去咨询秦老先生病源和医治办法，于是喊着警官张海生一起陪着夫人要去康然药房。三人来到狮子石桥上，远远看见药房门前诊病的人群扎堆排列着，急得马县长直皱眉头。张海生知道康然药房后院邻东巷处有个侧门，便领着马尚岭和文萍萍绕到东巷口，从侧门来到药房后院。

素清正在药房后院熬煎汤药，见是马县长一行进来，招呼着在院里海棠树下的石凳上坐下，便去沏茶。马县长问秦老先生是不是在坐诊，素清说："这几天不知怎么了，来看病的人特别多，症状都是咳嗽、肿嗓子和身上发热。"她看着文萍萍一脸痛苦的样子，又说，"您稍等会儿，我去把秦爷爷喊来。"

秦秋谱老先生正在为病人诊脉，听素清说马县长到访，便为病号开出处方后与素清来到院里，他见到马县长和文萍萍也不客气，直接说起这次肺痨传染的状况，马县长听了感到事态严重，便问可有解救灵药。秦老先生说："若是表邪不解而入里，肺失清肃，方可有药医治，这次疫情均为风邪袭表，而热伤肺络，唯用辽北空沙参入药，方可对症。"

马县长问道："这辽北沙参咱药房还有多少？"

秦秋谱说："药房里库存已告竭，新的沙参要待中秋过后才有货，有了这沙参，我探究多年的精元沙参膏制成，流传肺痨会药到病除。"

马县长跟站在身边的张海生说："你即刻去酒厂把刘掌柜叫来说，我有要事相商。"

看着张海生离去，马尚岭对秦老先生说："夫人近日咳嗽不止，嗓子肿痛，还得麻烦您老诊脉看看。"

秦秋谱让素清取来脉枕，放在石桌上，让文萍萍的腕背贴在脉枕上，用三指在她腕内一搭，带静心入定，按寸关尺，号起脉象来。文萍萍宛如接受长者的爱抚，心灵欣然感应，觉得身上舒服了很多。秦老先生让她张大嘴巴，仔细看了她红肿的咽部和舌苔，便对马尚岭说："贵夫人病症仍火动风生成炽，痉挛脉急，外窜风寒染痉，索性未伤肺里，我先开三服汤药煎服，三日后再来调理，待辽北沙参到货，服用配置的精元沙参膏，方可痊愈。"

秦老先生为文萍萍开出处方，交给素清去抓药，马尚岭见夫人文萍萍病况无大碍，就放下心来。这时锦什和张海生走进院里，马先生招呼刘锦什坐在他旁边的石凳上，便问道："电厂进展如何？"

刘锦什回答说："这几天所需资金已备齐，电厂进程还算顺利，日本大和商行提供的发电机组将在五日内到厂，随发电机组过来安装调试的日本工程师同日到达，线路施工从明天开始，从埋设电线杆架线到并网发电须计划半个月完工，力争在中秋之夜电灯亮、电话通，让营丘县城一片光明。"

马县长听得欢欣鼓舞，笑着对秦秋谱老先生说："您这个大女婿给咱营丘县立了一大功。"他沉静了一会儿又说，"刚才与秦老先生谈及县内肺痨流行，配药急需辽北沙参，我正着手写疫情电告山东省公署申请营丘县今年免税赋免征秋粮，这救命的沙参不得耽误，恳请刘掌柜及早安排进货。"

刘锦什说："新沙参要到中秋节后才有，现在的麻烦是东三省成立了满洲国，辽北的供货方，两年没联系了，暂不知那边是啥情形，我想这几天去趟清水泊，寨主陆枭雄原本是满人，兴许他有办法。上次我为大娘的事去清水泊找过他，谈及过秋后跑趟镖，只要药房派人跟随去挑参，非林宜生去不可，宜生和素清又定在秋后结婚，此事还待与家人商量。"

马县长听了说："救人于危难之间，助人于情急之中，营丘县疫情严重，从辽北购进沙参刻不容缓，还得让林宜生跟镖去挑沙参，等回来再举行婚礼，大婚之日我要亲自证婚。"

秦秋谱老先生说："马县长说得极是，县内瘟疫传播，人心惶惶，此时举办婚礼心里也不安稳，待疫情消尽，心平气和，再给清儿和徒儿宜生置办婚礼，于家于国天经地义。"

日本大和商行派来安装发电机的工程师叫高桥四太郎，这人三十多岁，瘦长的个头，两只深陷的眼睛里流露出智慧的神采。他不只是技术精湛，而且能根据锦什酒厂的现有条件，利用他会说中国话的优势，因地制宜，采取最合适的安装方案，凭着酒厂生产的优质酒精，发电机一次性试车成功，这让刘锦什大掌柜大喜过望，当晚在六合祥饭庄设宴款待高桥四太郎。

刘锦什约来营丘火车站小泉四郎站长，又让素楠和桥本秀幸作陪，带着发电机组试车成功的喜悦，宴席上大家推杯换盏，喝得兴致勃勃。高桥四太郎谈及下一步要把发电机调试到最佳状态，还要求挑选几名工人进行系统培训，小泉站长也对并网供电提出了一些建议，桥本秀幸也对主线路与分线路的架设方案做了细化说明，这让锦什心里更有了底，于是说："这次发电厂进展迅速，有劳诸位，我也感受到了日本大和商行的诚意。"他看了一下素楠又说，"实不相瞒，我家用了三百亩良田抵贷，建厂资金才充足，我想中秋节之夜营丘县城里电灯亮起来，也得让懒边园老家亮起来。明儿是礼拜日，楠儿陪着桥本先生去趟懒边园，把从县城到老家的线路考察一下，以便尽快施工。"他又看着小泉站长和高桥工程师说，"也欢迎你们两位到我老家懒边园做客，我明天一早要去清水泊，让素楠陪你们去。"

这时素楠端着酒杯站起来说："怎么把招待高桥先生的酒席变成工作餐了，为了电厂的试车成功，大家干杯！"

"干杯，干杯！"

大家都站了起来相互碰杯，宴会尽欢而散。

第二天上午，营丘火车站小泉站长从机务段找来四辆脚踏车，他和桥本、高桥及素楠各骑一辆，先折返到县城北门，一边测量距离，一边标定架设电线杆的位置，一路走走停停，等来到懒边园已近中午。素楠见院门关闭着，便敲起门来，随着院里大黄狗一阵急吠，耿老汉才慢腾腾地把门打开，他见门外是素楠，还领了三位客人，连忙说："哎呀，是五姑娘啊，好久不见了，快进来，快进来。"

素楠和小泉、桥本、高桥推着脚踏车进了外院，耿老汉说："家里人都出门了，只有二娘在家，我去喊她。"说完一阵小跑去内宅叫二娘。

二娘从内宅迎了出来，好久没见到素楠了，看着她丰满的身材更是喜欢，又见她领了三个日本人来，就招呼着到始勤亭里坐下，对素楠说："咱园子里的李子熟透了，今早刚摘了一筐，你们稍等，我去拿来尝尝。"说着踮着那双小脚去了内宅拿李子。

不一会儿，二娘端着一盆紫红鲜艳的大李子过来，她放在亭子中间的石桌上说："楠儿，你和这几位客人尝尝，立秋后的李子甜着呢。"

素楠问道："家里怎么您一个人在家，俺老爹和大娘去哪儿了？"

二娘说："你大娘领着伙计们去南郝菜园里整地去了，素欣和英子回了学校，莲儿去了孙家寨照顾你大姐坐月子，朴子陪着你爹去了葫芦湾北口看荷花，我估摸着他爷俩也快回来了，你陪着客人先坐会儿，我去张罗饭去。"说完回内宅去了。

小泉四郎看着盆里红艳艳的李子，也顾不上礼让，不由分说拿起一颗猛地咬了下去，听到清脆的声音，蜜甜的果汁即刻从嘴角流了出来，醇香萦绕在他唇齿间又散开，便用日语连连夸起好吃来。素楠见小泉四郎吃得高兴，就问起桥本："这李子你们日本国也很多吧？"

"有的，在日本叫它秋姬，不过自从去了英国留学，我还没有吃过呢。"

高桥四太郎也说好久没见到李子了，快忘记是什么味道了。

这时家里的大黄狗摇着尾巴跑到亭子下面，对着内院门叫了几声，素楠看见朴子扛着渔叉，叉杆上挂着两条肥大的鲤鱼，后面老爹抱着一捆刚采的莲蓬从外院走了进来。素楠走下亭阶，迎上去喊着："老爹，您可真洒脱，下湾抓鱼去了，您看谁来了？"

刘老爷子见过小泉和桥本，只是第一次见到高桥四太郎，素楠便介绍说："这位是大和商行派来安装发电机的高桥工程师，昨天安装的发电机已经试车成功，老爸今早去了清水泊，让我带他们来咱懒边园看一下安电灯的线路。"

刘老爷子把莲蓬交给素楠，见三个日本客人过来给他鞠躬，便说："欢迎你们来我家做客，这是新采的莲蓬，鲜嫩可口，能补益脾胃，大家尝一下。"他又把朴子喊过来说，"让你二娘把两条鲤鱼炖上，日本客人爱吃凉菜，也让你二娘整上几个，中午你和你五姐一起陪着吃饭。"

二娘按照老爷子的吩咐，红烧了一锅鱼，又拌了六个凉菜，其中马苋菜和野蕨菜是从园子里采摘的，刘老爷子见吃饭的人不多，让二娘把饭菜安排在始勤亭里，又想起书房里还存放着两瓶法国的威士忌洋酒，便对素楠说："老爹的书案上有两瓶洋酒，平日里大家不习惯喝，今天日本朋友来了，你去拿来招待客人吧。"

待大家在亭子里坐定，刘老爷子看了一下周边的绿竹，又看着杯中金黄色的洋酒，端起了酒杯说："你们现在是金色年华，正逢奋发图强的好年纪，我现在是流金岁月，只有回忆和寄望，欢迎来我家做客，为了美好的人生，大家干一杯。"

小泉四郎先是把杯中的酒一饮而尽说："我像是一个学生，在听老师上课。"

桥本和高桥也呼应着干起杯来。

刘老爷子问道："您是姓高桥吗？"

"是，老先生，高桥是姓，我前面有三个姐姐，后面一个弟弟，在家排行老四，所以爸爸喊我四太郎。"高桥工程师回答说。

"噢，日本人的名字是这样，太也是大的意思，也就说您是排行第四的大弟弟。"

小泉四郎插话说："是，是这样的。"

刘老爷子捋了一下胡子说："其实呀，你们日本的高桥姓和中国的刘姓历史上是血源同宗的一家人。东汉末年中国进入了三国时代，皇帝汉献帝刘协的玄孙叫刘阿知，在西历公元二百八十九年，为避战乱，率刘姓家族两千零四十人东渡日本国，这些人被当时的日本倭王赐姓'汉直'，后因这些人被分封到日本各地，遂衍生出江上、秋月、原田的姓氏，移居到日本高桥城的这部分刘姓汉人即以高桥为姓，所以刘姓和高桥姓氏的人是同门同宗一个老祖宗。"

刘老爷子一席话像是讲故事，大家听得津津有味，便端起酒杯轮番给他敬起酒来。

刘老爷子喝了几杯酒，觉得这洋酒劲大，有点上头，就告辞说："老夫不胜酒力，我先回房歇息，你们几位多喝点，千万不要客气。"说完起身回内宅去了。

老爷子离开，大家不再拘束，连连碰起杯来，一会儿工夫把两瓶洋酒喝了个精光。小泉四郎喝得有些过量，态度变得粗鲁起来，喊着大家一起去摘李子。

朴子和素楠陪着小泉、桥本、高桥来到懒边园子篱笆门外，朴子看见拴马石旁边四辆脚踏车依次排列，心里一动，想着要是有辆脚踏车去黄旗堡看师父就方便了。一行进了园子，朴子领着来到了李子树下，只见一串串饱满玲珑的大李子挂满枝头，把树枝压得低低的，大家时不时地把水灵灵的李子送到嘴里，吃得痛快。

这时驼棚里那只小骆驼看见朴子跑了过来，素楠看着这只毛茸茸的小骆驼甚是惊喜，抚摸它身上的茸毛，问朴子家里什么时候有了这只小骆驼。朴子说是它驼娘刚生的，一会儿领她去看大骆驼。小泉四郎看着这园林风光，让他心旷神怡，竟晃动起肩膀跳着舞，唱起了日本民歌来：

樱花啊，
樱花啊，
暮春三月，天空万里无云，
明净的花束如同彩霞，
芬芳扑鼻多美丽。

这时小泉挥了挥手，示意桥本和高桥一起唱起来："快来呀，快来呀，我们一起去看樱花。"

朴子听小泉四郎唱的歌，与巴特尔唱的蒙古歌音调很相似，又见他晃着肩膀跳舞，有些像摔跤，便问起小泉来："小泉站长，您唱的歌和跳的舞怎么和蒙古人一样？"

小泉四郎听了来了兴趣，指着高桥四太郎说："他的老家在中国，我的老家在蒙古。"

朴子说："听说蒙古男人都会摔跤，您会摔跤吗？"

"摔跤，你知道吗？我在日本御宿町读中学的时候，是高中部的摔跤冠军。"小泉四郎说完，看了一下朴子说，"你也会摔跤？"

"俺跟着卖骆驼的蒙古人学了几招，还没学好呢。"

"我们比赛怎么样？"小泉四郎伸了伸胳膊说。

"咱俩打个赌，俺输了把小骆驼给你，你输了把脚踏车给我怎么样？"朴子晃了晃肩膀做出要挑战的样子。

小泉四郎听了哈哈大笑："我赢了不要小骆驼，什么也不要，你赢我一次给你一辆脚踏车。"说罢伸出双臂要和朴子比赛摔跤。

朴子和小泉四郎交上手，像拔桩似的扭在了一起。小泉看着比自己矮半头的对手，根本没把他放在眼里，借着酒力拽住朴子的衣领侧身翻转，欲将对方顶在肩上摔出去。朴子见对方来得凶猛，随即变招成骑马式，不管小泉四郎怎么摔，他凭着练的少林弓步功夫，两只脚像生了根似的立在地上，不移半步。经过一番较量，小泉才知道遇到了对手，喘息声开始加粗，豆粒大的汗珠从脸上淌下来。朴子见小泉除了力气比他大并无多少高招，便用左腿蹬出，小泉见势不妙，侧身闪过，让朴子得了个空档，迅速抓住小泉四郎的右臂，用巧劲扯到腰侧，形成了飞速穿裆，小泉猝不及防，只听咕咚一声，被摔了个四脚朝天。

"这小孩子厉害，我轻敌了，再来一次。"

小泉四郎喊叫着爬了起来，又和朴子交上手。这次小泉不敢大意，使尽浑身解数与朴子摔将起来，两人把踢、挑、钩、抱的功夫施展得淋漓尽致，你用计谋，我攻破绽，推、拉、顶、拽纠缠在一起。

素楠喊着给朴子加油，高桥叫着给小泉鼓劲，桥本则一会儿声援朴子，一会儿又为小泉叫好。慢慢地朴子的功力占了上风，他那机智灵巧的动作让小泉疲于应付。说时迟那时快，朴子用右脚钩住小泉的左腿，侧身拽拉，使对方重心不稳，朴子起势来了个深蹲踹踢，小泉急闪之时留下破绽，被朴子抓住机会，一个扫堂腿过去，小泉躲避不及，重重地摔倒在地上。

"朴子大大的厉害，我的输了。"

小泉四郎从地上爬了起来，拍了拍身上的灰尘，对高桥四太郎说："两辆脚踏车留给朴子，你的骑一辆送我回火车站，桥本君骑一辆带着他的女朋友楠儿回县城，我们统统的走。"说完扭头走出懒边园街门。

素楠瞪了朴子一眼，转身对桥本秀幸说："你和高桥君去送小泉站长，我还没见到母亲，明天才能回县城。"

桥本和高桥各推了一辆脚踏车要去追小泉四郎，到了街门处，高桥四太郎回过头来，伸出大拇指对朴子说："朴子，你真棒，我的很喜欢你。"

刘老爷子一觉醒来已是日暮黄昏，起身去厨房拿了几根胡萝卜，要去驼棚喂小骆驼，出门看见素楠和朴子在比画着说什么，就故意咳嗽了一声，素楠和朴子见老爹走出宅门，就迎过来问安。老爷子问素楠那三位日本人去了哪里，素楠做了个鬼脸，对老爹说："让朴子给摔跑了。"

看着老爹迷惑的神态，素楠把朴子与小泉四郎摔跤的事叙述了一遍，刘老爷子听了顿时沉下脸来，训斥朴子不懂事，为了一辆脚踏车竟用此下策，朴子见老爹动了怒，连声说："俺知错了，俺知错了。"

见朴子认了错，刘老爷子这才消了气，便让素楠明天陪着朴子到火车站去还人家的脚踏车。

大娘和长工伙计们分乘着两辆马车，在天黑的时候才回到了懒边园。二娘早已准备好了晚饭，全家正等着大娘回家吃饭呢，大娘洗净了手来到东厢房餐桌前，见素楠回家了，就问起建电厂的事儿来。当听说发电机安装后能发电了，到中秋节从县城到家里能用上电灯，就对老爷子说："这段时间，够三弟锦什忙活的，楠儿要好好照顾你老爸。"

刘老爷子说："有喜有悲呢，营丘县城又流行起肺痨来。"

素楠接过话来说："马县长的夫人也得了这种病，县公署里几个职员也被传染上了，每天到咱药房来看病的人都排起长队，因缺少沙参，姥爷都急了，老爸说他今天去清水泊商量去辽北跑镖，听说还得让林宜生跟着去验参。"

大娘听了素楠的话，深叹一口气说："说好的中秋节过后给宜生和素清办婚礼，宜生去辽北看参，往返怎么也得两个月，这婚礼咋办？"

刘老爷子说："人算不如天算，等着肺痨疫情过去再商议办婚事吧。"

朴子和素楠骑着脚踏车来到火车站见小泉四郎，小泉正在办公室处理站务，看见素楠和朴子来了，很客气地把他俩让进屋里。素楠把早晨刚摘的一篮李子放在办公桌上说："昨天在懒边园没有招待好小泉君，请千万不要在意，我和弟弟是来送还脚踏车的。"

小泉四郎哈哈大笑起来，说："我们日本有句俚语，男人不喝酒，交不上好朋友，我昨天喝多了，认识了朴子这个小朋友，他是个武功天才，我的非常高兴。"

他看见朴子和素楠也在微笑着，又说："这两辆脚踏是机务段的，有资产编号，确实不能留给你们，不过我会让朋友从青岛给朴子买一辆新的脚踏车。"

第十六章　疫疾

朴子正盯着挂在墙上的一支双筒猎枪，没有在意小泉说什么，只听见素楠说："我家有脚踏车，您不用客气。"

小泉四郎见朴子一直盯着墙上猎枪，就问朴子："朴子，你的会打枪？"

朴子先是点了点头，突然想起什么，又摇了摇头，反问小泉四郎："小泉站长，您的枪法怎么样？"

小泉四郎怔了一下说："摔跤的我不行，打枪的你不行，我的枪法可是百发百中。"

素楠接过话来说："朴子的枪法也是百发百中。"

"噢，朴子厉害大大的，我可不敢再跟他打赌了。"

这时挂在墙上的电话叮当叮当地响了起来。

小泉走到墙边，拿起电话"哈依哈依"地应答着，一会儿他朝着素楠笑了笑，把电话递过去说："你的男朋友桥本君要跟您通话。"

素楠惊愕地接过电话，心想：他怎么知道我在营丘火车站？便与桥本通起话来。原来是日本青岛大和商行的北原苍介会长到了坊子火车站，他要筹划在坊子建一座火力发电厂，以供应胶济铁路线区域内的动力和民宅用电，他让桥本秀幸赶到坊子车站与他会面，顺便通知临近的几个站点负责人来开会面议。当桥本在坊子火车站通知小泉四郎时，才知道素楠在他办公室，即让小泉陪素楠一起赶到坊子火车站见北原苍介会长。

素楠放下电话问小泉站长："去坊子火车站要走六十里路呢，今天客车又没有来，怎么去呀？"

"我们乘机电车去，中国的劳工叫它电驴子，四十分钟可以到达。"

小泉回答完素楠，从抽屉里拿出一沓子供应券来，对朴子说："对不起，我要陪着你姐姐去坊子站开会，今天有辆供应车停在岔道上，你拿着这些供应券去车上选一点喜欢的东西，我中午不能请你吃饭了。"

三个人出了办公室，小泉四郎和素楠上了机电车，司机鸣了一声长笛，风驰电掣般开走了。

朴子看着瞬间消失在轨道上的机电车自言自语地说了句："这电驴子跑得够快的。"于是攥着小泉四郎给他的供应券来到了供应车上，这是一辆由车厢改造的移动商店，每七天到站点供应一次，以方便在火车站工作的日本人，后因招聘了部分中国员工，只要凭供应券即可来车上购物。朴子在车厢里环顾四周，见车上烟酒糖茶、油盐酱醋、衣物布料应有尽有，只是这些琳琅满目的货物，没有一件东西让他感兴趣。

此时正是上班时间，车厢里除了一个日本女售货员，并没有其他人来购物，那位女售货员见朴子来到车上，很和善地问他需要什么，朴子听不懂日本话，看见货架上摆着些铁皮筒子，就顺手指了一下，日本女售货员把一个铁皮筒子拿下来递给朴子，用日语说这里面是饼干，很好吃的。朴子哪里听得懂，又不认识铁皮筒子上的日本文字，便装着听懂的样子点了点头。日本女售货员收了他两张供应券，见朴子要走，她双手含在胸前弯下腰来说了句："撒由那拉。（再见）"鞠躬送朴子出了车厢。

朴子抱着那筒饼干走下车，刚走到候车室对面的站台前，迎面过来两个浓妆艳抹的女人。只见她两个都穿着低胸的花布旗袍，翘挺着屁股，走起路来扭腰摆臀地晃着，看见朴子从供应车那边过来，点头哈腰说了句日语："扣你七哇（你好）。"

朴子瞅了两个女人一眼，见她俩一脸骚样，也不理睬，想闪身躲开，谁知走在前面的女人说："小三子，你看这小兔崽子怎么长了个斜眼，我还把他当成日本人呢，哪里冒出来的野种。"

那女人粗略的脏话让朴子火冒三丈，他怒斥道："滚开，别挡着俺的道。"

"哎哟，你小子敢在老娘面前撒野，火车站上的日本人可都是老娘的相好，俺让你长长记性。"说着那女人扬起巴掌朝着朴子打去。朴子怒不可遏，侧身躲开，顺手抓住了打来的手腕，往外一扯，那女人一个趔趄收脚不及，扑通一声掉在了站台下面的铁轨上，这站台离铁轨半人多高，只听那女人号叫着："救人啊，疼死俺了。"

另一个女人见朴子动了手，扑了过来，要撕扯朴子，朴子哪能让她得手，来了一个魁星踢斗，抬脚过去，正踹在那女人的小腹上，随着一声惨叫，也跌落在了站台下面。两个女人被摔了个鼻青脸肿，疼得在铁轨旁边翻滚着，这时传来呜呜的汽笛声，只见一辆火车由远而近吐着黑烟突突地开了过来，那两个女人惊叫着顾不上疼痛爬了起来，身子紧贴在站台下的墙体上，那火车轰隆隆地驶过，火车头上放出来一股蒸汽，顷刻间把那两个女人淹没在烟雾中。

随着火车驶去，朴子看见那两个女人呆呆地贴在一起，正在瑟瑟发抖。朴子摸了一下脑袋，心想：好悬呀，好歹她俩没让火车碾死。男不跟女斗，俺得赶紧离开，他抱着那罐饼干飞也似的跑出了火车站。

第十七章 村婚

　　西落的太阳倾吐着火红的余晖，慢慢消失在原野的深处，晚霞在天幕中形成了一幅幅变幻着的美丽画卷。傍晚时分，马释永大步流星，疾行到黄旗堡地界的乡路上，当他走到砖瓦窑场的高坡上，看见弯弯的月亮像只小船漂浮在黯湛的天空，朦胧的月光给起伏的古驿道铺上了一层微茫的薄雾。马释永拽了拽背着的包袱，看着前面时隐时现的黄旗堡村落，心头为之一振，恨不得一步迈过去。

　　黄小满听着弟弟黑弹熟睡的鼾声来到了院子里，坐在板凳上仰望着高高的夜空，满天的星星就像一盏盏小灯笼，不停地闪烁着神奇的光芒，乳白色的银河横贯中天，组成了奇丽的夜景。她开始寻找银河边上的牛郎和织女，看着两个人相会了没有，突然一颗流星拖着长长的尾巴划空而过，小满闭上了眼睛，想着都说看到了流星会交上好运，难道他回来了？

　　她听到了敲门声，黄小满一阵激动，喜出望外，她走到院门口，稳了稳神问道："谁呀？"

　　"是俺，小满。"

　　黄小满打开院门，马释永轻步走了进来，两人对视了一会儿，情不自禁地抱在了一起，好一会儿才松开。

　　"走累了吧，身上都是汗，快到院里冲洗一下。"小满边说着，边给马释永解下背着的包袱。

　　"俺走了一整天的路，水米未进呢，真是又饿又渴。"马释永到了水缸前舀了一瓢水咕咚咕咚喝了起来。

　　黄小满把热好的饭端到院子里的石桌上，看着马释永擦洗完身子，便说：

"俺估摸着你今晚能到家，准备的饭都热过三回了，快吃饭吧。"

马释永坐在石桌旁，借着月光看见摆着一碟炸蚕蛹、一碗丝瓜鸡蛋汤和一笼杂合面锅贴大饼子。他喝了一口丝瓜汤，觉得好香，就着炸蚕蛹吃起大饼来。随着两个大饼子下肚，觉得精力似乎恢复了，想起朴子交给他回家才能看的信，便从口袋里拿出了一封信和二娘给的银镯子对小满说："这副银镯子是二娘送你的，包袱里是大娘送给你的嫁妆和刘老爷子给咱俩写的婚约，只是他还写了封信，要俺回到家见到你后才能打开看，你帮俺打开看看写了啥。"

黄小满拆开那封信，打开一看，顿时愣住了，那是一张一百块大洋的银票，她把银票递给了马释永说："天哪，东家的礼也太重了。"

马释永看着银票，眼睛湿润了起来。

夜深沉静，凉风吹拂在黄小满的脸颊上，让她打了个寒战，看着马释永疲倦的神态，便拉起他的手说："咱俩去睡觉吧。"

马释永和黄小满来到房里脱衣上床，此刻二人再也没有初次在一起的羞怯和紧张，赤裸着身子紧贴在一起，小满附在他耳边说："想俺了没有？"

马释永抚摸着她的胴体说："想啊，俺天天都想。"

"俺也想你呀，这回让你想个够。"

黄小满钻进了马释永的怀里。

天刚刚放亮，院子里的公鸡叫起鸣来，黄小满睁开眼睛看着马释永还在熟睡着，便听见黑弹喊："姐，俺去放羊了，俺到柴房拿两个饼子，晌午就不回来了。"

"知道了，天黑前早回来。"黄小满回答着。

黄小满和黑弹的对话惊醒了马释永，他听着黑弹把羊群赶出了大门外，院子里恢复了平静，对躺在身边的黄小满说："俺想去趟雷家庙子去找表弟雷天泰，俺来时大娘有话给他，想让他去懒边园替俺当护院，东家送给俺的小宅院，留着给他和俺姨住。"他见小满没有应话，又说，"你不知道吧，上次下大雨，朴子的四姐素欣在孙家寨伺候她大姐坐月子，不想发了大水崩了拦河坝，把素欣冲到了雷家庙子庙前湾里，多亏被天泰发现救了她的命。大娘为报救命之恩，安排中秋节前的八月十三，让素欣和朴子去雷家庙子看俺姨，当晚来咱家住，俺想早点去告诉天泰。"

黄小满想了想说："离八月十三不到半个月，俺想不如把天泰和咱姨先接到咱家里，俺把蚕房腾出两间来，让他娘俩先住着，你和天泰把咱家院墙和房子收拾一下，等朴子赶着马车来时，再把他娘俩接到懒边园多好？"她搂住了马释永的脖子又说,"俺告诉你个事儿,按说这两天俺该来例假,怎么没来呢?怕是怀上仔了。"

马释永听了一跃而起,惊喜地说:"这么巧啊,真是天意呀,让俺马家有了后。"

马释永想了想对黄小满说:"咱八月十三这天办婚礼吧,拖下来让你挺着个大肚子再办婚礼,弄得俺没脸面。只是不知道八月十三是不是良辰吉日。"

黄小满也怕婚前马释永住在家里,时间长了会惹上闲话,巴不得早点把婚礼办了,就说:"俺去问问黄姓族长,商量一下怎么办好。"

"是啊,早定下来,最好是八月十三这天办,咱请全村人吃饭,朴子和素欣也来参加,还有天泰、俺姨,再叫上俺姐杏花和姐夫牛苇生,一家子皆大欢喜,咱要办得热闹闹的,不怕花钱,别让村里人瞧不起俺。"

二人把婚事商定,马释永下了床去柴房里拿了两个饼子揣在衣兜里,又到水缸前喝了几口水,出家门去了雷家庙子。

黄小满去柴房啃了两口饼子,又去桑园北墙边上的鸭梨树上摘了一篮子金黄色的大鸭梨,拿着婚约去了黄姓族长黄乃清家。黄族长原是个私塾先生,古铜色的脸上架着一副近视眼镜,头顶上稀疏的头发已经灰白,蓄着一撮白白的胡须,瘦瘦巴巴的身子佝偻着,由于嘴里没有了门牙,嘴唇瘪缩,笑起来下巴颤抖着。他见黄小满提了一篮子鲜亮的鸭梨来到家里,便招呼道:"白露节气快到了,下来鸭梨了,快屋里坐。"

"俺今早刚摘的鸭梨,还不太熟,放几天才好吃呢,您老尝个鲜。"黄小满把盛着鸭梨的篮子放在八仙桌上。

"小满啊,咋这么客气,你找俺有事啊?"

黄小满从衣兜里掏出那张婚约,递给了黄乃清。

黄乃清抖颤着双手接过婚约,打开看了起来,说:"好熟悉的字迹啊,一晃二十多年没见他了。"黄乃清放下婚约,问起黄小满来,"你家姑爷在哪里高就呀?怎么能请出刘锦戎先生撰写婚约?"

"他在营丘懒边园里干护院,您老也认识给俺写婚约的刘老先生?"

"岂止认识,当年俺俩同在济南府学文庙会试,他榜上有名,俺名落孙山,后来他青云直上在省公署任职,俺在广饶县城做个了私塾先生。唉,时过境迁,谁知在你婚约里又看到了他。"黄乃清停顿了一下又说,"小满啊,你出嫁后桑园和黑弹咋办?"

"俺不是出嫁,是给您招了个人赘女婿,想着八月十三这天在咱黄旗堡办婚礼，请您老看看合不合时辰。"黄小满说完涨红了脸。

"是这样啊，那咱得像模像样地办办这婚礼，你爹娘出事后，俺对族人说过，啥时候小满成婚，咱族人鼎力相助。"黄乃清说着拿起八仙桌上的一本皇历查了起来。

"八月十三，宜嫁娶、祭祀、作灶，正午三刻大吉。"黄乃清读着。

他放下皇历，从篮子里拿出一个鸭梨啃了一口，半熟的味道有些酸涩，梨汁顺着口角流了出来，黄乃清用衣袖擦着嘴巴，拿过一块砚台，加了点水后拿起墨块研磨了一会儿，取来纸笔写了一封信，又粘糊了一个信封，上写：仁兄刘锦戎先生台鉴。黄乃清写完，把信件交给黄小满说："俺有一事相求，把这信交给你家姑爷，让他在方便之日转交给懒边园刘锦戎老先生，拜托了。"

黄小满接过黄乃清写的信，又收起婚约说："那婚期定在八月十三，俺想请全村人吃顿饭，您看行不？"

"一会儿俺去祠堂召集族人开会，商量八月十三日给你办婚礼的事，这是村里的大事，容不得马虎。"

黄乃清和黄小满同时出了门，一个去了祠堂，一个回了家。

马释永沿着去雷家庙子的乡间小路走着，两边是一片高粱地，快熟了的高粱穗子像羞红了脸，远远望去一片火红，高粱穗子在微风下频频点头，像是在给行路的人打招呼。想着跟黄小满今早商定八月十三这天的婚事，怀着心中的喜悦不由得加快了脚步。当他来到狼水河下游的河岸上，隐约中看到了雷家庙子村落，估算着再走一个时辰就到了，这时觉得肚子饿了起来，还没吃早饭呢，便从怀里掏出那两个饼子，边啃着边赶路。等把饼子吃完，已经到了庙前湾的叉沟滩上，他来到河沟里用手捧起水喝了几口，又洗了把脸，感到一阵松快，他站起来拍了拍身上的尘土，正想赶路，却看见一个人头上系着一条白布条子，手里拿着把铁锨，摇摇晃晃地在河滩上走着，从这人走路的样式上判断是雷天泰，于是喊了一嗓子："喂，天泰表弟，你这是去哪里？"

雷天泰正低着头走着，听到有人喊他，抬头一看是表哥马释永，立刻三步并作两步跑了过来，扔下铁锨抱住马释永大哭起来。

马释永见他头上系着白布条子，似乎明白了什么，忙问道："俺姨咋了？你快说呀。"

"俺娘没了，今天是第七天，俺来圆坟了。"雷天泰边哭边说着。

马释永听了一阵眩晕，过了好一会儿才问道："上次见她还好好的，是咋回事？"

"头天晚上她说胸口疼，没吃饭就躺下了，第二天一早俺去看她，她睡在炕上就没气了。"

马释永听着表弟的哭诉悲痛不已，便对天泰说："俺得去二姨的坟上添些土，看看她老人家去。"

于是二人来到天泰母亲的坟前，马释永拿着铁锨在坟周边添了些土，跪在坟前忍不住掉下泪来，抽泣着说："二姨呀，外甥猛子来看您了，没想到俺娘死了没两个月，你已过世了，你姐妹俩在黄泉路上走好啊。"

雷天泰在一旁听着纳闷：怎么俺大姨也没了？

两个人躺在坟头的旁边，愣愣地望着蓝天，心绪也逐渐平静下来，天泰问马释永他大姨是咋没的，马释永便把在芦花渡的遭遇述说了一遍，雷天泰这才明白那天晚上表哥为什么没有回到雷家庙子。

马释永长长地吐了一口气，对雷天泰说："俺寻了门婚事，想八月十三这天办婚礼。"

"表哥，你娶的是哪村的姑娘？准备在哪里结婚？"

"俺娶的人你认识，就是黄旗堡村的黄小满。"

看着雷天泰吃惊的样子，马释永便把那天在黄旗堡砖瓦窑场避雨偶遇黄小满，晚上在她家订下终身大事告诉了雷天泰。

雷天泰听得目瞪口呆，还没等回过神来，又听马释永说："俺离开懒边园时，东家让俺捎话给你，想让你去懒边园替换俺的营生，本来留处宅院给你和俺姨去住，想不到二姨没了，东家待人诚实，你又救过四姑娘的命，不会亏待你的。"

天泰想起他娘在世的时候常说的做好事有善报，做坏事有恶报，想不到懒边园的东家请他去干护院，便说："表哥你放心，俺到了懒边园会真心实意地为东家干事，但不知啥时候去见东家。"

马释永说："俺想你先帮俺到黄旗堡小满家补补墙，刷刷房，俺去入赘。俺要把婚礼办得热热闹闹的，不能让村里老少爷们儿笑话。"

"洞房花烛夜，金榜题名时，人生两大快事，俺得把表哥的新家新房拾掇得漂漂亮亮，等帮你完婚后俺再去懒边园。"雷天泰痛快地回答着。

见表弟满口答应，马释永又说："俺娘和二姨过世，俺去黄旗堡与小满成婚，杏花姐还不知道呢，一会儿咱俩去苇子镇找咱姐去说说，再去芦花渡给俺娘的坟上添下土。今晚在你家住夜，明天回黄旗堡。"

雷天泰和马释永先到雷家庙子家吃了点东西，天泰推出那辆脚踏车来，对表哥说："咱骑车去苇子镇，俺带着你跑得快。"

　　马释永个大体重，坐在脚踏车后座上让雷天泰骑起来摇摇晃晃，十分吃力，等骑到芦花渡已是浑身透汗，二人只得下车推行。马释永看着芦花渡木桥，脑子浮现出娘替他挡枪的那一幕，便对天泰说："俺去娘的坟上去添土，你骑车去苇子镇找杏花姐，让她也过来上个坟，俺在桥上等着你们。"

　　雷天泰骑着脚踏车来到苇子镇表姐家里，见表姐杏花和表姐夫牛苇生都在家，便按照表哥的吩咐，让表姐和姐夫去娘坟上去见马释永。杏花听说她娘没了，急得让牛苇生推着独轮车送她去芦花渡上坟。三人一路疾行，下了芦花渡木桥来到苇丛坡上，看见马释永正在用双手一把把地在给坟头上添土，杏花忍不住悲痛，一头扎在坟边号啕大哭起来。马释永见姐姐悲痛欲绝地哭娘，担心她悲伤过度，边陪着哭边劝着节哀，雷天泰和牛苇生也过来安慰，杏花方才止住了哭声，过了一会儿，她想起娘来又放声哭起来，大家又来劝杏花，反复几次，杏花才平静下来。

　　看着天色已晚，马释永劝姐姐和姐夫回去。一行人离开坟墓，来到木桥上，马释永才告诉姐姐他将在八月十三这天在黄旗堡与黄小满成婚的事，杏花听了由悲转喜，沙哑着嗓子对弟弟说："咱娘没了，弟弟成了家，当姐姐的也就放心了，八月十三俺和你姐夫赶到黄旗堡去贺喜去。"

　　马释永说："从苇子镇到黄旗堡二十多里地呢，姐姐和姐夫可得早点过去。"

　　杏花说："弟弟放心，晌午前准到，姐姐还得给弟媳妇戴花呢。"

　　黄小满在家等一夜未见马释永回来，不免有些着急，心里正琢磨着，突然听见了敲门声，她兴冲冲地跑过去开门，见马释永提着一篮子泥瓦匠用的工具，雷天泰推着一辆脚踏车走了进来，她便以表弟相称把雷天泰让进了院子里，舀了盆洗脸水招呼他俩洗漱，自己去了柴房把热好的饭端到院里的石桌上。三人坐定，边吃着饭边商量起八月十三办婚礼的事情来。

　　这时，黄乃清和两个族内宗亲来找黄小满，黄小满把马释永介绍给黄族长，黄乃清见马释永身材魁梧，体格健壮，连夸黄小满找了个好姑爷，便对黄小满说："你们俩的婚礼，咱黄姓宗亲商量着要大办一场，黄旗堡村崇武尚和，八月十三那天要在咱村演武台上举行大婚仪式，礼仪结束后还要来场武术表演，将邀请本村的武术高手上台献艺。中午摆宴二百零九桌，村里不分姓氏，老少爷们都来入席，晚上在演武台放烟火，婚礼的置办费用，黄姓各户平摊出资。"

第十七章　村婚

黄小满听了，看了一眼马释永说："俺家姑爷要请全村人吃顿饭，婚礼、婚宴让他出资，就不劳全村各户了。"

"姑爷入赘成亲是咱黄旗堡全村的荣光，你就留着姑爷的钱养个胖小子吧。"黄乃清说完，捋着那撮稀疏的胡子哈哈大笑起来。

马释永和雷天泰这几天当起了泥瓦匠，黄小满和黑弹给他俩干下手，砌补墙头，粉刷房子，把院落打扮得锃明瓦亮。

随着黄小满八月十三娶女婿的消息传出，相邻的大婶大嫂有的来剪贴窗花，有的来添缝被褥，黄乃清也把写好的婚庆楹联让老伴送了过来。村子还有来送鸡蛋的，送大枣的，送香油的，弄得黄小满应接不暇，忙得不亦乐乎。

雷天泰见黄小满家的院落已收拾停当，掰着指头数算了一下，离着八月十三还有六天呢，就与马释永商量，想早点去懒边园见东家。马释永想起东家忙着建电厂，正缺少人手呢，就同意天泰及早去懒边园。雷天泰是个急性子，决定即刻动身，他推出那辆脚踏车来对黄小满说："俺这就去懒边园，脚踏车跑得快，过了晌午就到了，你和俺表哥好好过日子，婚礼那天如果东家那边没有急事，俺会再过来。"

黄小满见他去意已决，也不好挽留，便叮嘱他路上骑车要小心，婚礼那天最好和朴子一起过来。他又拿出黄乃清写给刘老爷子的那封信交给天泰，让他一定转交到刘老爷子手上。

雷天泰告别了黄小满和马释永，飞身跨上脚踏车离开了黄旗堡。天泰曾在营丘火车站干过装卸工，往返路途对他来说是轻车熟路。晌午天刚过，他骑的脚踏车已拐过去懒边园的石桥，行至葫芦湾口，见有几个村姑在湾沿上浆洗衣服，便下车问起去朴子家怎么走。一个村姑告诉他，前面不远处的沿街大门就是朴子家。雷天泰谢过村姑，推车来到大门口，见大门开着，透过门看见外院拴马石旁边停着一辆布篷辕车，一个伙计正在卸下马套。天泰刚进大门，看门的耿老头出来问他找谁，这时朴子抱着一捆青菜从内院圆门内走了出来，他看见了雷天泰，喊着天泰叔，疾步走了车门前，不等天泰答话便说："昨天俺大娘还念叨着您啥时候来呢，您稍等，俺去喂了骆驼，回来领您去见俺老爹和大娘。"

片刻工夫，朴子从驼棚回来，他替天泰推着那辆脚踏车，二人往内院走去。天泰看着布篷辕车问朴子："你家来客人了？"

"俺三叔来了，正和老爹大娘在亭子里谈事呢。"

朴子接连按了几下脚踏车上的铃铛，对天泰说："天泰叔，这辆脚踏车好眼熟呀，好像俺骑过它，你是从哪里弄来的？"

雷天泰怔了一下，忙岔开话题问道："你素欣姐在家吗？"

"俺四姐和英子去县中学读书去了，半个月才回家一趟。"朴子回答着。

刘老爷子和大娘正与三弟锦什在始勤亭谈着营丘县城肺痨流行的事，准备让清水泊陆枭雄及早派人去辽北购参。听见传来脚踏车的铃铛声，大娘站起身来一看是朴子推着脚踏车，领着一个年轻汉子走进内院。朴子看见大娘望着他俩，便说："大娘，是俺天泰叔来了。"

大娘闻听是雷天泰，一边打量着一边说："快到亭子里坐，你老爹子和朴子的三叔都在这里呢。"

她见雷天泰瘦高的个头，白皙的脸庞棱角分明，透着青年的英俊，一双机灵的眼睛炯炯有神，一看便知是个能干的人，就招呼着过来一起喝茶。

天泰来到始勤亭里，分别向刘老爷子和锦什掌柜施礼问安，大娘示意他坐下来，问："你这是从家里来吗？俺让马师傅捎话，来时把你娘也接过来，你娘咋没来？"

雷天泰觉得此时不便说出他娘刚过时的消息，沉思了一下回答说："俺娘在家好着呢，她不想给东家添麻烦，让俺一个人过来。"

大娘说："多好的老人家，听俺闺女素欣说你娘心眼好，待人实诚，上次发大水，多亏你娘俩救了素欣一命，等过几天还得把你娘接过来，娘俩住在一起也有人照应。"

刘老爷子见雷天泰应答得体，人又谦和机灵，甚是喜欢，于是问道："马释永那边怎么样？听说他找的媳妇武功了得，婚娶日期定下来没有？"

天泰从怀里掏出黄旗堡族长黄乃清写给刘老爷子的那封信，递了过去说："俺表哥的婚期定在本月十三日，这是黄旗堡族长黄乃清给您写的信。"

"黄乃清，好熟的名字。"

刘老爷子拆开信封，拿出信函看了起来：

锦戎仁兄大鉴：

  执笔之时，思及此窗非彼窗，然吾心必同汝心矣。

  奉承本族乡女黄小满与贵宅护院马释永喜结连理，悉闻仁兄已返故居懒边园，落叶归根乃常理也。自省城会考一别三十年矣，驰光如腰裹，一去不可追。当年仁兄应榜中举，出仕省公署为官。愚弟名落孙山，回乡做了私塾教员，同在黄土蓝天，兄若鸿鹄翔云，弟若小雀跳枝，命理注定也。

第十七章　村婚

当年会考之时，为弟囊中羞涩，盘缠用尽，仁兄以银两救济，如同雪中送炭，念兹在兹，没齿难忘。

　　昨日之日不可追，今日之日须臾期，今秋八月十三日，黄旗堡全村将为新郎马释永入赘举办盛大婚礼，届时演武庆贺，烟火迎宾，兄若身体得当，期盼前来赏光。

　　顺颂祺安！

愚弟：黄乃清
民国廿五年八月二日

　　刘老爷子看完书信说："当年山东秀才在济南府学文庙会考，这个黄乃清背着一袋子干粮，因无钱住店，在曲水亭门口楼里过夜，大明湖蚊子又多，咬得他一宿没睡好，次月会考时打不起精神，把考卷答了个乱七八糟，以致张榜无名。回程又没有路费，总不能看着他乞讨返乡，我给了他五两银子接济，这都是三十年前的事了，想不到马释永入赘到了他村里。"

　　大娘说："八月十二，让朴子和素欣去一趟，先到雷家庙子看望天泰他娘，再返黄旗堡看看这位黄先生，八月十三参加婚礼后回来。"

　　雷天泰欲言又止，刘锦什见天泰举止稳重，人又谦和，很是满意，便对大娘说："电厂那边正在埋杆架线，出料进料需要一个精明的人去管，马释永走后，一时无人接替，我看让天泰在电厂待几天，那里正缺人手看护呢。"

　　朴子在一旁听着三叔要让雷天泰去电厂，嚷着要陪着一起去县城，大娘瞪了他一眼，看着刘老爷子似乎同意，便说："你跟着天泰叔要听话，一会儿你俩赶着那只大骆驼去城里，小骆驼给你爹留下，到了县城可别给俺惹出事来。"

　　朴子见大娘应许，高兴地拉着天泰准备去了。

　　雷天泰到了县城电厂里，尽心尽力，把货场经办得井井有条，深得锦什掌柜赞许。这天清晨，刘锦什一大早来到电厂，正琢磨着中秋节过后安排清水泊的人和林宜生一起去辽北购办空沙参的事，他抬头看见雷天泰正在教朴子练习拳脚，心想这个雷天泰办事谨密，又会武功，由他陪伴林宜生去辽北跑镖再合适不过了，于是喊着朴子和雷天泰一起到街上去吃早点。

　　三人来到石桥处朝天锅铺子里，开店伙计见是刘锦什大掌柜来了，忙招呼着围在朝天锅台上坐了下来，先从锅里舀了三碗肉汤，上了四碟子什锦咸菜，又分别切碎了猪肠、猪舌和猪脸肉，撒上芝麻盐，加上了大葱段，然后卷了六张烙饼，分三盘端了上来，笑着说："刘掌柜，这是您喜欢吃的三种饼卷，你们先吃着，不够喊俺再要。"

听朴子直说着朝天锅好吃，锦什看着他俩各吃完了两张卷饼，劝着多喝些肉汤，又对朴子说："你吃饱后去厂里喂那只大骆驼，我和你天泰叔有话说。"

看着朴子打着饱嗝离去，锦什沉思了一下，对雷天泰说："眼下营丘县城肺痨病流行得厉害，有件很重要的事要让你去办。"

天泰见掌柜一脸严肃，便站了起来回答说："东家有事尽管吩咐，天泰在所不辞。"

"是这样，这个能治疗肺痨的药材，须用辽北产的空沙参。咱康然药房的医师林宜生要去那里验参，我已与清水泊陆枭雄寨主谈妥，由三寨主查枭勇率寨兵去辽北跑镖，我想派你去跟镖，一是保护好林医师，二是管好路途的食宿费用并带好购参银票，购参费用届时你和宜生商量定夺。"

雷天泰听了满口答应，问何时动身。锦什说："过了中秋节，你与林宜生先到清水泊会合，和三寨主查枭勇率寨兵车辆一起去辽北彰武县购参。"

清秋的潍北大地白蒙蒙一片，似薄纱的雾气笼罩着田野，红红的高粱穗子上布满的水珠在阳光照耀下发出耀眼的光亮，好似无数颗珍珠在闪光中跳动着，让人感觉满目酡红如醉。朴子赶着马车大清早奔驰在去黄旗堡的乡间，车上拉着二娘和素欣。雷天泰要准备去辽东跑镖，没有跟车前来，但他告诉了朴子母亲已经过世的消息，素欣听说后执意要去雷家庙子给大娘上坟。刘老爷子特意让二娘跟车过来为马释永的婚礼贺喜。

马车很快从砖瓦窑场转向去黄旗堡的古驿道上，在临近村子围墙大门时，听见村里正是锣鼓喧天、鞭炮齐鸣。朴子驾车来到村门口，早有迎客的婚庆执事赶了过来，待问清楚是营丘县懒边园来的，先是把马车安顿在一间马厩里，又领着二娘、朴子和素欣来到村子中央的演武场，演武台下的乐队见贵客来临，便吹吹打打演奏起来。

演武场上摆放了一排排饭桌，足足有百十来桌，村民们正纷纷聚集过来，各自找自己的桌牌座位，村里在演武场北侧那几棵粗大的银杏树下支起了十几座炊棚，棚子里杀鸡的、宰羊的、洗菜的、烧锅炖肉的，特别是掌勺的大厨拿着菜铲不停地在锅里翻炒着，忙得不亦乐乎。

二娘、朴子和素欣被安排在靠近演武台中央的首席，娘仨刚坐下，便有人送来茶水、瓜子和糖果。不一会儿又见婚庆执事领着杏花和牛苇生走了过来，朴子正把他俩引荐给二娘，突然一阵响亮的唢呐声响起，演武场上的人群沸腾起来，村民们翘首踮足，相互喊着："新郎来了，新娘也来了。"只见六个吹唢呐的正晃着脑袋使劲吹奏着。

前面是新郎马释永，骑着一匹棕色高头大马，身穿盘扣黑布面马褂，头戴插花礼帽，胸前背了大红丝绸扎花，显得神采奕奕。后面有四个强壮汉子抬着雕龙饰凤的大花轿，在行进中故意摇晃着，另有两个牵羊的和两个抱着酒坛的少年分别在花轿两边，顿时噼里啪啦的鞭炮声响彻云霄，正是"新娘未见，鞭炮先行"，这阵势也够大的。

主婚人黄乃清率领黄姓族人中的十几位长辈站在演武台上，准备迎候一对新人上台。马释永下了马，走到后边的花轿旁，搀扶着盖着红头巾的黄小满下轿，黄小满身穿懒边园大娘送的红绸缎夹袄，头上盘着凤冠，因红头巾遮面看不见前面的道路，只能由马释永挽着手领她来到演武台上。执婚司仪把两人安排在演武台中间站定，黄乃清见婚礼程序已妥当，正想要宣布婚礼开始，马释永却喊了声："黄族长且慢，俺要下台去拜见二娘。"

正当黄乃清惊愕之时，他一把扯下遮在黄小满脸上的红头巾说："小满，懒边园二娘来了，还有朴子和四姑娘素欣，咱得先到台下去拜见。"

这时台下的村民见新郎拽下了新娘的遮面红头巾，便呼喊了起来："亲一个，亲一个呀！"

马释永也不顾台下的人喊什么，牵着黄小满的手走下了演武台，径直来到首席桌前来见二娘，朴子高兴地迎上去，直喊师父和师娘好。马释永和黄小满来到二娘面前，深深地鞠起躬来。二娘赶紧站起身，拉着小满的手说："好俊的新娘子呀，真是释永的福气，等哪天得闲了，你们去趟懒边园，朴子他爹和家里人都盼着你俩来呢。"

还没等黄小满答话，黄乃清赶了过来，双手抱拳躬身说："俺是锦戎先生的老朋友叫黄乃清，想不到您能来参加婚礼，给俺黄旗堡村添了光彩。"

二娘说："俺家老爷子惦记着您呢，他看了您写给他的信，心里很高兴。"她看了一下马释永和黄小满又说，"可别耽误了时辰，你们快上台去吧。"

黄乃清一再邀请二娘去台子上一起为新人证婚，二娘说："俺就在台下祝福了，你们快上台吧，时辰耽搁不得。"

黄乃清见执拗不过，只得与马释永和黄小满回到演武台上，他见台上的长辈主宾已站立整肃，便高声宣布："新郎马释永，新娘黄小满，今日喜结良缘，有请二位新人台前站立。"

婚礼司仪把马释永和黄小满引到前台中央，只听主婚人黄乃清叫道："一拜天地。"

在婚礼司仪的引导，二位新人对天对地行了第一轮跪礼。

"二拜乡亲。"

因马释永和黄小满都没了爹娘，婚礼上视乡亲为衣食父母，两人对台下前来贺婚的村民们跪地三叩拜。

"夫妻交拜。"

这次两人没有跪拜，半躬者身子，对面相觑，表示彼此敬重。

"礼成大吉。"

随着黄乃清的声音落下，台下乐队里喇叭、唢呐、铜钹、皮鼓吹奏和敲打起来，一声比一声响亮，随即阵阵鞭炮响声四起，台上台下一片欢腾。

接着，丰盛的婚宴开始，各桌陆续上菜，有四凉、四干、四鲜、四炸，鸡鸭鱼肉，丸子大虾，各种佳肴应有尽有，大家频频举杯为新人祝贺。正当大家吃得津津有味时，突然听到擂鼓声，远远看见有两支舞龙队伍从两边穿插过来，这是外村的舞龙队前来庆贺婚礼的，只见两条巨龙分青红二色，硕大的龙头目光如炬，飘扬的龙须有五尺多长，威风凛凛。那舞龙的壮汉身穿白色短衣，腰扎红色绸带，头裹黄布，舞动者用龙杆让两条巨龙上下翻飞，让人看得眼花缭乱。这两支舞龙队来到演武台上，在有节奏的鼓点下，一会儿舞起"金龙盘柱"，一会儿舞起"双龙赐福"，如同翻江倒海，活灵活现，片刻工夫，两只龙头交织在一起，为新婚庆典贺喜。

待舞龙表演结束，婚庆执事上台邀请舞龙的壮汉们卸装，领他们来到早已准备好的酒桌上喝酒，这时演武台上来了一位吹唢呐的老汉，他仰起头来吹出一曲《龙凤呈祥》，那声调时而如鸟鸣般清脆，时而又如回壁环绕般深沉，跌宕起伏，让人听得如醉如痴。在鼓掌叫好中，台上又上来两个壮汉，一个耍起双节棍，一个挥起鬼头刀，黄旗堡村习武成风，每逢佳日都有在演武台上展示武术功夫的习俗，朴子在台下看得兴奋不已，不停地拍手叫好。这时只见黑弹在前面抱着个酒坛子，马释永和黄小满跟在后面过来敬酒，朴子和牛苇生对饮了一碗，抹下嘴对黑弹说："咱俩也上去凑个热闹，给俺师父和师娘的婚礼助兴，咋样？"

黑弹欣然应允："好啊，俺用螳螂拳，你用少林拳，咱俩打个痛快。"

牛苇生和杏花也鼓动他俩去台上施展一下功夫，旁边的司仪听到了黑弹和朴子的对话，便走到台上报幕："下面请新郎的徒弟朴子和新娘的弟弟黑弹为大家表演少林功夫大战螳螂武功，大家欢迎。"

台下掌声四起，朴子和黑弹走上演武台，亮开架式对打起来。只听朴子大喝一声，气沉丹田，转马步为弓步，顺势一个迎面直踢，黑弹闪身躲过，朴子双脚却腾空再踢，落地时又做了个乌龙盘打，动作似行云流水，引爆了台下观众，拍手叫好声不绝于耳。黑弹也不示弱，先是手引身形接掌对攻，接着一个旋子扑步着地，挥动双臂成分水之势，推掌出拳，虎虎生威，二人的对打颇见功底，台下的掌声如雷鸣般响了起来。

黄小满看着朴子和黑弹的武术表演，轻声对马释永说："朴子天性聪明，动作收缩有余，是块练武的胚子；黑弹略显不足，比朴子差些。得空让朴子来咱家住几天，俺教他几招螳螂拳形意招数，让朴子的功夫再充实些。"

马释永说："黑弹也是块武术料子，等忙过这阵子，俺教他几招少林达摩功法，让他武功加些变化，定会大有长进。"

朴子和黑弹的对打表演刚结束，两名手执宝剑的村姑上台接替，只见她俩同时出剑，随着手腕转动，剑也由慢到快旋动起来，剑锋到处嘶嘶破风，寒光四起，骤如闪电迸发，明眼人一看便知其剑术十分了得，台下发出阵阵掌声。

演武台上的武术表演一直延续到入夜时分，随着主婚人黄乃清一声令下，在轰鸣声中五颜六色的烟花在空中绽放，把夜幕衬托得绚丽多彩，正是火树银花婚庆夜，烟花飞舞贺新人。

第十八章　走镖

　　八月十五这天，天气阴沉着。厚厚的浊云布满天空，到了傍晚，天空中又飘起了细细的雨丝，哪里还有月亮的影子。看着秋雨絮然零落，阴郁的气氛让刘老爷子感到了秋的凄凉。他在房里看了一下墙上的挂钟，差一刻到六点，按照电厂的计划，今晚六点半营丘县城和懒边园同时通电，中秋之夜家里的电灯会亮起。他吩咐二娘和莲儿把准备好赏月的饭菜端到内院的始勤亭里，自己起身要去驼棚里逗逗那只小骆驼，还没走出书房门口，新安装在书案上的电话丁零零丁零零地响了起来。刘老爷子惊愕了一下，自言自语地说："怎么电灯还没亮，电话先通了？"

　　他拿起了话筒，传来了三弟刘锦什的声音，他告知大哥发电机组运行顺利，一会儿就能通电。刚放下电话，便听到了素欣和素英的欢呼声。随着宅院里一片光明，他试着拉了一下墙边上的开关绳子，书屋里的电灯顿时亮了起来。

　　莲儿跑进书屋，搀扶着刘老爷子的胳膊说："爹，亭里的电灯点着了，亮着呢，快去喝酒吧，大娘和二娘还有素欣和英子都等着您呢。"

　　"好啊，好啊，今晚赏不成月，咱就赏电灯吧。"说着和莲儿一起来到始勤亭里。

　　始勤亭里光亮如昼，放在石桌上的饭菜被照得清清楚楚，刘老爷子环顾了一下，见一家子都面带喜悦，便说："朴子今晚在他三婶家吃饭，他不来好像家里缺了什么似的。"

　　英子嘟囔着嘴说："老爹就想着朴子，朴子说话没个谱，有什么好想的！"

　　大娘瞪了素英一眼说："今晚过中秋，一家子团团圆圆的，少说些不着调的话。"

正说着呢，突然听见外面传来脚踏车的铃铛声，只见朴子骑着脚踏车来到内院，嘴里喊着："英子姐，快来帮忙，三叔和三婶让俺带来了青州隆盛大月饼。"

素欣扑哧一声笑了出来，抿着嘴说："说曹操，曹操到。英子快去帮你老弟拿月饼去。"

英子不情愿地离开亭子去帮朴子拿月饼。朴子来到始勤亭里，看着明亮的电灯说："俺是摸着黑从县城骑车过来的，衣服都被雨淋湿了，俺得去换件衣服去。"说着就要走，却被大娘拦住问道："娘问你，雷天泰今天去了清水泊没有？"

"去了呀，一大早他驾车拉着俺宜生姐夫就上路了，说是明天从那里跟着三寨主查枭勇去辽北跑镖。"

刘老爷子叹了口气说："东北那边过了中秋就下雪，这趟镖不好跑啊。"

辽北的秋天正在由凉转寒，清晨的疾风带着寒彻的凉意，不时地吹落树枝上枯黄的树叶，落在地上的叶子又被风卷起，零散在四处乱窜，很有一种悲伤离别的感觉。清水泊的三寨主查枭勇骑着一匹枣红马头前领路，雷天泰驾着一辆马车随后跟进，林宜生不会骑马，一个人坐在马车上，随着一阵冷风吹过，他不禁打了个哆嗦，本能地把头往衣领中缩去，另有六个寨兵各骑快马紧追不舍，一行人疾驰在带去辽北彰武镇的路上。

查枭勇这次来辽北跑镖，按寨主陆枭雄的嘱托，还要去奉天拜见满洲国警备军奉天司令部的穆阿泰将军。清末时期陆枭雄在青州任满营守备时，穆阿泰也在山海关任满营守备，二人既是同僚，又是姨表兄弟。后来日本人扶持溥仪登基满洲国皇帝，出于东北治安和边境警备需要筹建了满洲国军，四处招兵买马，收拢清军旧部。陆枭雄离开青州北城兵营迁至寿光清水泊，曾几次收到信使送来的穆阿泰亲笔信函，邀请陆枭雄率清水泊的人马去奉天，为满洲国效力。这次趁着去彰武镇跑镖的机会，特地嘱托三寨主查枭勇务必抽空去奉天见穆阿泰，以便了解满洲国军的真实情况。

雷天泰按东家刘锦什大掌柜的嘱托，跟着清水泊查枭勇到辽北彰武镇跑镖，一路上既要协同查枭勇，又要照顾林宜生，自是勤恳尽力，心里想着一定要为东家办好这趟差事。

林宜生在行进的马车里，一会儿躺下，一会儿坐起，显得心躁不安，想到营丘县肺痨流行，师父秦秋谱的殷切嘱托，恨不得飞到彰武镇去选购沙参，他坐到马车的车帮上，一个劲儿地催促着雷天泰快点赶路。

彰武镇地处大兴安岭与太行山隆起地带，又是松辽平原沉降带的交接处，是盛产沙参的地方，这里西隔绕阳河，北依蒙古库伦旗，是内蒙古南行的要冲，东北入关的咽喉，地理位置十分重要，素有"全辽管钥"之称。

查枭勇领队到达彰武地界，远望章古岭上高矗着的烽火台时，已经离开清水泊九天了，一路上风餐露宿，幕天席地的旅途让这一镖人马更是疲劳不堪。这天又逢寒流来袭，朔风夹杂着冰霰扑面而来，枯草落叶满天飞扬，让人睁不开眼睛。查枭勇招呼着大伙用围巾裹住鼻子和嘴巴，继续在山林中穿行。等走到一块山坳处，觉得风小了些，那打的脸生疼的冰霰也停了下来。查枭勇下了马，让寨兵去林子里捡了些枯柴，燃起了一堆篝火，大伙围坐在一起，一边烤着干粮充饥，一边喝着酒驱寒。

查枭勇坐在篝火旁烤了一会儿火，从怀里掏出一块布来，布上画着去彰武镇的跑镖图，他仔细地看了一会儿，对雷天泰说："雷老弟，现在咱走的这个山叫敖龙皋，穿过这片山坳往上行，半山腰里有座喇嘛庙，咱们今晚借宿在那里，多给大喇叭点施舍，饱餐些热饭，明天一早下山，傍晚就能到达彰武镇了。"

"一切听查寨主定夺，等到了彰武镇，让兄弟们好好撮上一顿饱饭。"雷天泰回答着。

寨兵们听到明晚即可到达目的地，显得十分兴奋，手舞足蹈地叫起好来。

林宜生在篝火旁边，不停地捶打着自己的双腿，凑到了雷天泰跟前说："这几天腿都坐麻了，待会儿启程，我想骑会儿马行不？"

查枭勇在一旁听林宜生要骑马，挥了一下手说："林医师要骑马吗？好啊，一会儿出发，您跟小茂子换一下，让他坐车您骑马。"

"俺还没骑过马呢，看那马很凶的，能骑吗？"

"怕个球，路上俺教你。"那个叫小茂子的寨兵说。

大伙围着篝火啃了些干粮，就着烤熟的咸鱼干，喝了些酒，身子暖和多了。此时山林上空的乌云散去，一片晴朗。随着阳光照散下来，人也有了精神，查枭勇一声吆喝，这彪人马开始行动，纷纷上马赶路。

林宜生被小茂子扶上马，边前行边教着骑术，看着林宜生逐渐掌握了骑马的要领，一个寨兵使劲在马屁股上拍了一巴掌，那马嘶叫一声，驮着林宜生一阵狂跑，吓得林宜生惊叫着直喊"救命"，惹得寨兵们哈哈大笑起来。

坐落在九头山半山腰上的喇嘛寺庙，顺应自然地利，依山势而建，整个建筑用蓝褐色的松花石垒砌，彰显出华丽巍峨，体现着当年政教合一的权利象征。由康熙皇帝亲赐"象教大寺庙"的匾额悬挂在庙门上方，在落日余晖的映照下显得金碧辉煌。

查枭勇带领马队来到象教寺门前，见庙门紧闭，便伸手拿住门上铜饰法轮辅首，用力敲击起来，待了一会儿，只听吱呀一声响，庙门开启，走出来一个头戴黄色僧帽、身穿绛红色朗袈的中年僧人。只见他合手拱迎，用蒙语问道："客家从哪里来？天色已晚，本寺不留宿。"

查枭勇常年在外跑镖，通满蒙语言，即用蒙语回答道："我等是去彰武镇跑镖的，从山东寿光的清水泊过来，请贵庙行个方便，今晚借住一宿，明天一早离开。"说着拿出几块银圆递了过去，又说，"久闻贵寺大名，今日略表寸心，不成敬意，请笑纳。"

那僧人收了银圆，满脸堆笑，人也变得和善起来，嘴里喊着："是贵客，有请有请。"便躬身引领着众人进了寺庙，一行人牵马的、赶车的，跟随着红衣僧转过大殿，沿着后墙夹道走了好长一段路，看到对面是个大车门，一对石狮分列在车门两侧，大家在石狮旁边左右停了下来，那僧人用脚蹬了几下布满锚钉的大木门，引起院内一阵狗吠。这时大木门开了一道缝，钻出一个头戴红色僧帽的脑袋，左顾右盼后，用蒙语问道："你们是从哪里来的？今晚住在这里吗？"

那红衣僧人凑了过去，附在他耳边嘀咕了一会儿，又转身对查枭勇说："说好了就住一夜，这位是客院的执事喇嘛，你们的食宿他安排，要付钱的，大喇嘛那里还有事，我得过去。"说罢，一溜烟地走了。

查枭勇看着门缝外边执事喇嘛的脑袋，从腰里拿出一个银圆袋子，晃动着递过去说："我等是彰武镇的镖队，共九人、马八匹、车一辆，麻烦您安顿一下，再弄些热汤热饭，自是感激不尽。"

那执事喇嘛打开了门，伸手接过那袋银圆，掂了几下，用蒙语说："白亿日啦，白亿日啦。"然后把查枭勇一行人马让了进来。原来这个寺庙曾养过寺兵，东北建满洲国后，士兵被遣散，院落内马厩、客房、水井、灶房一应俱全，正当寨兵们忙活着卸下马鞍，把马牵进马厩喂草料时，查枭勇发现马厩墙外柱子上拴着一头毛驴，一辆没有顶盖的辕车停靠在旁边，有两个斜背着砍刀的汉子，手里各拿着一支大长烟袋正叼在嘴里在喷云吐雾。再细瞧那辆辕车上面铺着大红缎面的被褥，一看便知是女眷的用车。查枭勇觉得好奇，便问起了执事喇嘛来："这寺庙里今晚住了女眷？"

那喇嘛瞪了查枭勇一眼，双手合掌回答道："阿弥陀佛，是大清沟的大当家麻姑来了,莫要多问。"

一听是麻姑,查枭勇吃惊不小,他这几天在进入辽北的镖道上,沿途听说过大清沟里有股土匪,匪首是个满脸长着大麻子的女人,此人武艺高强,率领着匪徒杀人越货,独霸一方,跑镖的人最忌在镖道上遇到悍匪,这次和匪首麻姑同住一个院子,让他不由得打了个寒战。

执事喇嘛见关内来的这帮跑镖人把马匹安排停当,便指着对面的几幢木屋说:"那里有十间客房,膳房在最东头那间,来本寺施舍的客家吃饭可以不忌牛羊肉,但不得饮酒,不能大声喧哗,你等先去客房放行李,待会儿来膳房用膳。"

"白亿日啦。"查枭勇用蒙语回应。

查枭勇让寨兵们每两人住一间客房,又选了单间给林宜生住,自己和雷天泰合住一间,十几天的朝夕共处,让他俩结下了兄弟般的情谊,更是无话不谈。这木屋里临窗是一面大铺炕,铺炕下有烟道通着房里的烧锅台,雷天泰坐在热乎乎的铺炕上,感觉很舒服,便问起了查枭勇:"白亿日啦,是啥意思呀?"

"就是汉话里的谢谢。"查枭勇回答着,又指着窗外的马厩说,"大清沟里的大当家麻姑也住在这院里,她带了多少人还不清楚,今晚要格外小心。"

雷天泰又问道:"这个麻姑是不是咱在路上听说的那个长着一脸麻子的女匪首?"

"我看见辕车边上站着两个带刀侍卫,刚才那个执事喇嘛也说是大清沟大当家的麻姑住在院里,今晚要派人执哨,不能马虎。"查枭勇回答着,摸了一下腰上的配刀,又对雷天泰说,"兄弟,咱去伙房吃饭去。"

雷天泰跟着查枭勇走出客房,又喊着林宜生一起来到膳房里,见六个寨兵都在那里等候,餐桌上放了两大盘新蒸的大馒头,锅里煮着热气腾腾的炝锅面旗子汤。寨兵们见查寨主及雷天泰、林医师到来,便在碗里盛起面旗子汤来,大家正想吃,查枭勇做了个止住的手势,只见他从衣兜里抽出两根银筷子,在锅里戳了几次,仔细查看筷子并无异常,才招呼大伙吃了起来。寨兵们多日未见到香喷喷的热汤,喝着碗里的面旗子,嚼着大馒头,都吃得津津有味,查枭勇却提醒大家今晚要和衣而睡,枪不离身,并安排了值班布哨。

午夜时分,轮到小茂子替班执勤,他执枪来到马厩巡查,发现马厩里有几个人影晃动,定眼一看是有人在解开缰绳盗马,小茂子大喝一声:"是什么人敢来偷马?"

谁知几个盗马贼不但不逃走,反而挥舞起大刀来砍小茂子,情急之下,小茂子举枪鸣示，砰的一声枪响，打破了寺庙上空的寂静。

枪声惊醒了查枭勇和雷天泰，正在睡觉的五个寨兵也被惊动起来，纷纷执枪出了客房。查枭勇带领他们赶到马厩前，看见四个盗匪正围着小茂子打斗，查枭勇吩咐寨兵不要开枪，以防伤了小茂子，他纵身过去三拳两脚打翻了两个盗匪，另两个盗匪见对方来了救兵，打了声口哨分左右逃去。寨兵过来把两个被查枭勇打翻的盗匪擒住，这时从马厩棚檐上飘下一个黑衣人来，这人身形敏捷，动作极快，瞬间施展拳脚，把正在擒拿的寨兵打倒，救出两个盗匪，喊了一声匪道上的黑话："紧滑！"

两个盗匪散腿便逃。查枭勇一个箭步过去，与那黑衣人交上手，只见一道寒光闪过，查枭勇叫了一声不好，来了一个鸢形翻身，毕竟距离太近，没有躲过对方打来的飞镖，噗的一声正扎在他左腿肚上，"哎呀"一声半跪在地上。他跑镖半生经历无数次打斗，也没有吃过这个亏，他怒吼着抓过寨兵一支快枪推上子弹，瞄上黑衣人，正巧雷天泰赶了过来，拦住那黑衣人对打起来。朦胧的月光下，两条身影交织在一起，这让查枭勇辨不出谁是谁的身影，因而举枪不定。寨兵们护围在受伤的查寨主身旁，也没上去助阵。黑衣人用的是蛇拳，取其意用暗劲来袭击，雷天泰使的螳螂拳，取其形用功力去攻防，一来一往两人打斗至三个回合，都感觉遇到了强劲的对手。

黑衣人见难以取胜，急于脱身，便故技重演，暗自从腰里取出一支镖，虚晃一拳蹲步变招，欲将隐藏的飞镖打出。雷天泰自幼练镖，见黑衣人要玩阴招，便将计就计，在黑衣人即将出镖刹那，使出螳螂拳中的金丝缠腕，先控其手后擒其腕，猛地抓住黑衣人的手腕，顺势借力，镖尖倒顺着黑衣人的脖梗扎去，那黑衣人见势不妙，急忙后仰闪过，躲开要扎在咽喉的一镖，但围住脸上黑布却被镖尖划落下来。

那是一张极为俏美的倩女脸庞，一双明澈的大眼睛如同掩映在浮云中的月亮，眸底闪烁出一道凌厉的光芒，像两点亮星，让雷天泰怦然一震，就在雷天泰打个愣神的倏忽之间，那黑衣女子已消失在夜幕之中。

雷天泰捡起滑落在地上的飞镖和那块黑布发愣，心想世上竟有如此美貌的女人。

查枭勇和雷天泰击退了盗马贼，又让寨兵去马厩查看见车马完好无缺，便各自回到客房休息。

雷天泰喊来林宜生帮着查看查枭勇的伤势，索性这只镖打得并不深，也未伤筋动骨，便上了些创伤白药，包扎后并不碍走动。待林宜生回自己住的客房休息，查枭勇和雷天泰在油灯下查看这两只飞镖，镖尾上都有"麻姑"二字，又看那块包脸的黑布，上面也绣了"麻姑"二字。查枭勇认定那黑衣人是麻姑本人无疑，雷天泰却心存疑惑，那匪首麻姑不是长了一脸大麻子吗？可这个黑衣人却如此美貌。

雷天泰问："明天镖队出山到彰武镇，这伙盗匪会不会在半路劫杀咱们？"

查枭勇听了哈哈一笑说："绝无可能，你想她半夜逃窜，驴和辕车丢在寺院里，等回到大清沟已是天亮，哪里还有精力再来劫道？再说，就是来了咱也不怕，你看这帮土匪手里拿的还是大刀飞镖，有杆土炮就不错了，这次陆寨主从天津新进了十条来复快枪，这次跑镖我等带来了七条，每条枪配发二十发子弹，打这伙土匪绰绰有余。"

说完二人熄灯睡下，一夜无话。

随着象教大寺庙的晨钟响起，那个头戴黄色僧帽的客房执事喇嘛来找查枭勇，他一改昨日傲慢贪吝的态度，显得十分虔诚和客气，躬下腰来告知查枭勇，是本寺主僧扎西才仁大喇嘛要请众施主到大殿斋堂用膳。查枭勇听罢不敢怠慢，便招呼大家穿戴整齐，跟着执事喇嘛去大殿斋堂。

一行人走进大殿，这大殿面阔九间，中心四根圆木大柱顶立其中，殿内墙壁上描绘着佛家东渡的故事，图画惟妙惟肖。殿堂居中主位供奉着佛祖释迦牟尼，莲花坐台上，燃灯长明，佛香缭绕。绕过莲台宝座，从后门过连廊即是斋房，斋房上方挂着一块镂空雕边大匾额，底下楷书"诵莲初地"四个饰金大字，显得庄严气派。斋堂内在铺地红毯过道两侧，各摆列着两排长条餐桌，桌面盖有黄缎餐布，桌下是圆形黄色棉垫，煞是整洁。过道右侧的长条餐桌是为本寺僧人所用，身穿红色袈裟的喇嘛们双手合十，席地端坐在桌前，过道左侧的长条餐桌为施主客人所用，查枭勇的镖队一行被安排在各自桌前，学着对面僧人的坐姿，盘腿坐在棉垫上。

早上准备的是份饭，每人面前摆了一碟酱瓜、一碟腌萝卜、一钵口蘑熬粥，外加一碗香粳米饭。斋堂执事喇嘛见众人坐毕，用蒙语喊了一声"肃静"，这时端坐在右侧餐桌中间的扎西才仁大喇嘛双手摊开，做了个迎宾的动作，出于对关内客人的尊重，他用东北口音的汉话诵起一段供养偈经文："供养佛，供养法，供养僧，供养十方三世众生。"他停顿了一下又读道，"愿佛力加持，以食施百，百施千千万，供养一切众生。"

扎西才仁大喇嘛诵罢，又双手于胸前连呼三声"阿弥陀佛"。

执事喇嘛见扎西才仁大喇嘛诵经已毕，也用汉话说了"用膳"，于是大家开始吃起饭来。

斋饭用毕，查枭勇和雷天泰与寨兵们到马厩里牵马套车装上行李，一行人马走出夹道，转向大殿前院时，见大喇嘛扎西才仁率众僧在庙门处列队送行。查枭勇来到跟前施礼告别，扎西才仁大喇嘛却用满语说："施主暂且留步，本寺有话相告。"

查枭勇见扎西才仁通藏、蒙、满、汉四种语言，很是尊敬，拱手作揖，说："请大喇嘛赐教。"

扎西才仁大喇嘛压低声调缓缓地说："昨夜枪声惊醒梦中人，那位大清沟来的麻姑乃是本寺居士，佛缘无边，归正有期，但愿施主恩怨无忌，随缘即了，切莫杀生，本寺祈愿佛祖保施主一路平安。"

查枭勇听了扎西才仁的话，心想这麻姑信佛，打我这一镖，看来是手下留情了。于是深施一礼说："谢谢大喇嘛明示，我等记下了。"说罢，率领马队离开了象教大寺庙。

第十九章　参乡

　　夜幕下的彰武镇灯火稀疏，深街长巷两边偎依着高低参差的木桩房舍，栅墙连接商铺在暮霭中交融在一起。此时一轮新月刚刚升起，古镇在朦胧的月光笼罩下，显得分外沉寂肃穆。

　　查枭勇率领镖队连夜赶到了彰武镇。本着跑镖夜不宿道边，昼不歇宅户的习惯，一行人马趁着月色朝着镇子街里走来。走了一段路看见有一座矗立着尖顶的房子，屋顶上的十字架在月光下隐约可见，查枭勇看见这镇子里竟有座洋人的教堂，顿生好奇；待走到教堂旁边，发现斜对面的木屋门前挂着一盏方形白色纸灯，上面一个剪贴的大红"店"字分外醒目，便对走在身边的雷天泰说："老弟你等在这里稍等，我去店里瞧瞧去。"说罢，下马来到店铺门前敲起门来。

　　开门的是位中年大婶，只见她上身穿着斜襟的短衣夹袄，下穿长及脚跟的灰色棉布缠裙，对着查枭勇躬身施礼，轻声说了一句："安宁哈赛呦，满啦所，盼噶斯密达（您好，欢迎来住店）。"

　　查枭勇见她是朝鲜族大婶，忙鞠躬回礼说："大婶好，俺们是从山东过来住店的，共九个人、一辆车、八匹马，不知能不能给安顿住下？"

　　那朝鲜大婶马上改口说出东北口音的汉话："好呀，住得下，客房大着呢。"边说着边走到墙根，取下挂在墙上的一串钥匙，蹬上一双船形硬帮的鞋子，领着查枭勇走到街上打开了挨着客栈房子的木栅栏门，把一行人让进了院子。这院子坐北朝南的是客房，客房对面建有两排草棚当作马厩，寨兵们有的拴马，有的去井边汲水，有的去取草料。等把车马安置停当，那位朝鲜大婶把他们领到了客房门的木搭架梯平台上，招呼着大家脱去鞋子，只穿布袜进入屋内。

　　朝鲜族的客房通屋为炕，进屋可直接上炕，并有布帘隔断遮挡，查枭勇摸着炕铺被烧得暖和和的，甚是喜欢，便对雷天泰和林宜生说："这炕是热的，可以驱寒，今晚能睡个舒服觉了。"他转身又对那位朝鲜大婶说，"您家客栈有什么好吃的尽管上来，兄弟们正饿着呢。"

一会儿来了一位朝鲜汉子，在炕铺上合摆了四张小炕桌，在桌子中央放了一大盆掺了玉米碴子的高粱米蒸饭，周边摆了几碟辣白菜、拌桔梗、腌制的白萝卜块和用粟子叶制作的泡菜。待饭菜放齐，那位朝鲜汉子用朝鲜语说了几句大家听不懂的话，鞠了个躬就离开了。正当大伙盘腿围在炕桌周边，准备往各自碗里盛高粱米饭，只见朝鲜大婶端着一盆用大酱煮的豆腐汤放在了桌子上，微笑着说："你们先慢慢地吃着，我在厨房炖了一只参锅鸡，一会儿送过来。"说完刚想离开，却被林宜生叫住了。

"大婶别走，俺有话问您呢。"

原来林宜生尝了一根拌着红辣椒的鲜桔梗泡菜，凭着中医对药材的敏感，让他感觉这是能治疗咳嗽的卢茹，又名桔梗，只是效果要比空沙参差一些，在药房都是用晒干的配药。这里用新鲜的桔梗做成食用咸菜，他还是第一次吃到。于是便问起朝鲜大婶，这种泡菜在当地叫什么名字。朝鲜大婶对林宜生说："俺们叫它道拉吉，你们汉族叫桔梗，今年是桔梗和沙参的旺年，店里用它腌制了好几坛子泡菜，你们多吃点，吃了能清嗓子和祛痰。"

林宜生听说"沙参"二字，像打了鸡血似的站了起来，对朝鲜大婶说："您是说沙参，这鲜沙参也能做咸菜？"

"沙参能做泡菜，也能煎着吃，熬汤喝了一个冬天不会咳嗽。"

朝鲜大婶刚回答完，查枭勇插话说："这位林先生是我们当地有名的中医，这次就是来看沙参的，请大婶儿给我们煎上一盘沙参尝尝。"

朝鲜大婶回应道："店里有昨天刚挖的沙参，俺们家的老朴就是种沙参的，他煎得好吃，各位稍等。"说着转身要走，林宜生说："我跟大婶去看看。"

朝鲜大婶领着林宜生来到厨房，一股热气腾腾的鸡汤香味充满屋子，只见一个中年汉子正在把煮好的参鸡汤从锅里往盆里盛着，朝鲜大婶用朝鲜族话跟那汉子说了些什么，那汉子从灶台边儿上拎过袋子沙参抓起几个放在一个木盆里，倒上水洗干净，顺手递给了林宜生一个让他看。林宜生见那只沙参长得像胡萝卜一般粗大，浓烈的参味溢出，爱不释手。这时那位朝鲜大婶对林宜生说："俺家老朴从小种沙参，咱们家有十几亩地全种了桔梗和沙参，镇子上多半人家都是种沙参的。"

林宜生说："我这次来选购沙参，要的是干货，不知你家里有没有晒干的？"

"多着呢，前年关东变成了满洲国，买沙参要去镇上的税务所交税，卖五斤得交一斤的税，来买沙参的外地客主少了许多，去年晒干的还有不少呢。"

林宜生又问道："敢问大婶，咱这里的沙参是什么价钱？"

朝鲜大婶回答说："桔梗是论斤卖，一块银圆一百二十斤，干沙参论个头卖，一块银圆，大个头的卖一百个，小个头的卖一百二十个。"朝鲜大婶又摇着头说，"这些沙参卖十块大洋要交两块大洋的税，卖的大洋还得换成满洲国的纸币，这税也太高了。"

林宜生听了觉得这彰武镇上沙参卖得好便宜，要是运回营丘县城一块现大洋还买不到五支沙参呢，忙问道："你们家的干沙参在店里吗？能不能让我瞧一下？"

"都在参场里放着呢，参场离这镇子五里多地，明天一早俺家老朴要去刨沙参，让他领你去看看吧。"

林宜生满口答应，这时老朴正用木棒子把几只鲜沙参砸扁，撒上些盐放在盘子里，又切了些肥猪肉膘子，放入烧热的铁锅内不停地翻炒着，待炒出热油来才把放在盘子里的沙参放进锅煎起来。一会儿工夫，煎出了一盘焦黄透红的沙参来。老朴用筷子夹了一块沙参，放到林宜生的嘴边比画着让林医生咬着尝尝，林宜生嚼着那煎透的沙参，油香掺杂着参甜，外酥里嫩，油而不腻，十分可口，不由得伸出大拇指称赞起老朴的厨艺来。

大清早，客栈的老朴牵着一头毛驴，喊着林宜生出了彰武古镇，沿着一条蜿蜒西去的清水河岸边，朝着沙参场走去。那清澈见底的小河滩上点缀着一层层沙柳，红黄的叶子在微风中飘散着，荧荧的朝阳透过淡淡的晨雾尽染着这片河川。老朴常年患风湿腿疾，走起路来一瘸一拐，他用半生不熟的汉话对林宜生介绍着他家的沙参。

辽北的沙参春季播种，三年后才开始采收，挖出的沙参要除掉茎叶和须根，洗净泥土，趁鲜使用木制刀片刮去外皮，整体晒干，方可成为药材。

老朴家的参场就在这清水河的溪边上，在一片柳林前面建了一块用篱栅圈起来的围场，里面建有十几间草棚房子，连着房子搭了几排木架子，有几个身穿朝鲜族服装的妇女在木架旁边翻晒着沙参，她们看见老朴领着客人来到参场，便喊着："安宁哈赛哟（您好）。"挥手打着招呼。

老朴领着林宜生来到贮藏沙参的草房里，看着沿墙摆放在沙柳条编的箩筐里，堆积着满满的干沙参，宜生随便拿了几棵仔细地看了起来，这些沙参个头大分量足，辽北沙参果然名不虚传。林宜生看到旁边有几个白布袋子，又去看袋子里的沙参，发现袋子里的沙参个头细长，皮色呈浅褐，便问老朴："这袋子里的怎么和筐里的沙参不一样？"

老朴解释说："林医生，袋子里的是晒干的桔梗，不是沙参。"他边说着又从墙根处找来一个布袋，翻开布袋口抓出一把干瘪瘦小的茎根递给林宜生说："这是空沙参，就是荠菜的根，也是治咳嗽的中药。"

林宜生恍然大悟，想起秦秋谱老师让他读《本草从新》中如何分辨沙参、桔梗、洋参和空沙参的那段话："荠寒而利肺，甘而解毒，乃良品也，而世不知用，惜哉。人参、党参、土人参、洋参、荠、沙参、桔梗相似，不可不辨。沙参体虚无心而味淡；荠体虚无心而味甘；桔梗体坚有心而味苦；党参体实有心而味甘；土人参体实有心而味甘淡；人参体实有心而味甘，微带苦，自有余味；洋参虽似糙参，但气不香尔。"

想到这里，他取来一只空沙参，用手掰了一截，放在嘴里咀嚼起来。这时查枭勇和雷天泰骑着快马，按照客栈朝鲜大婶指定的地点也来到了参场。二人下马后进了草房，雷天泰见林宜生满脸笑容，嘴里嚼着东西，一副称心如意的神态，便问道："这里的沙参怎么样？"

"噢，货真价实，我方才合计了一下，这屋里的沙参加上桔梗和空沙参差不多正好装一车。"林宜生看了一下老朴又接着说，"过了晌就装车，午后去镇公所交税开凭据，这样明天一早我们即可返程。"

查枭勇想不到这趟镖差如此顺利，即说："真是关公保佑，我立刻回客栈，让兄弟们把马车赶过来装货。"说罢，出了草房飞身上马，回彰武镇喊人去了。

林宜生订购了老朴家所有的干沙参，老朴自是感激，他合手对着天用朝语嘟囔着："七星高照交贵友，八方进宝堆成山。真是幸运神来了。"他吩咐帮着干活的两个朝鲜妇女各装了两袋子刚刚刨出来的鲜沙参和鲜桔梗，送给林宜生算是一点心意。

过了一会儿院里马车铃响，老朴见六个寨兵和马车都来了，便张罗着几个朝鲜妇女将箩筐里的沙参放进袋子里，再由寨兵们扛着袋子去装车。人多干活快，刚过晌午，看着装妥封好满满的一马车沙参，大伙才觉得肚子饿了起来。

辽北采挖沙参的季节，也是土豆收获的季节。老朴领着几个寨兵到参场外边的地里挖了两大箩筐新鲜土豆，抬进了参场里。老朴用铁锹在地上掏了个大坑，又在坑里做了个洞灶，几个朝鲜族妇女又把新挖的土豆一个个糊上泥巴，将裹上泥巴的土豆放进坑洞里，抱了几捆柴火点燃在洞灶里烧了起来。不多时，洞灶里散发出诱人的香气。辽北的土豆个头比拳头还大，老朴教着大伙剥下包在土豆外面被烧焦的泥巴，待揭下土豆表皮，灿亮亮的黄瓤冒着热气呈现在面前，令人垂涎三尺。待吃进嘴里，热乎甜软的口感让大家食欲大增，直吃得撑肠拄肚、大汗淋漓。

一顿土豆大餐虽然简单，倒也吃得津津有味，等大家填饱肚子，老朴赶着驮了鲜沙参和桔梗的毛驴头前带路。雷天泰架着装满沙参的马车，在旁边坐着的林宜生还在拿着一根大沙参欣赏呢。查枭勇和六个寨兵骑马断后，一路兴高采烈地沿着清水河滩返回彰武镇。

彰武镇上的镇公所在十字教堂附近，离老朴家的客栈不远，老朴觉得带着荷枪实弹的寨兵去镇公所不方便，即与查枭勇商量，由他率寨兵们回客栈，自己与雷天泰和林医生到镇公所交税开票据。老朴平时与镇公所的差官多有往来，他率领马车赶进镇公所大院，几个税官见是朝鲜客栈的老朴，便走到马车旁查获验证，随即开出了票据，老朴卖参款是满洲国币二十七万五千圆，须交税五万五千圆满洲国币。雷天泰接过税官开的票据看了看，交给林宜生审核，林宜生看了准确无误，递交老朴过目，老朴连看也不看，笑容满面拱手还给雷天泰说："马西尼达，马西尼达。"当他意识到说的是朝语，忙用汉话更正，"很对，很对。"

雷天泰跟随着验货的税官来到财务室去付款，他见到收款的主管便从衣兜里掏出来两张银票，边递过去边说："这是两张各是一千现大洋的银票，麻烦税官兑换成满洲国圆，剩下的最好折成银圆，以便我们在返程的路上用。"

纳税官近六旬年纪，干瘦的脸上架着一副玳瑁眼镜，双目炯炯却不逼视，一看是位历练多年的老税官。他接过雷天泰递来的银票，仔细地看了起来，这是两张各印有一千银圆的汇票，票面上的"唯天下至诚，唯元成至信"体现着银票的承诺和保证，再看银票下方"武人蓬堂，陵醉菜开"的密押，是说汇兑期限至当年的腊月十八日，老税官核验完毕，干咳了一声说："这票面上共是两千大洋准确无误，但是本镇接满洲国财政部指令，只收满洲国圆和实银的现大洋，你这两张汇票税所不能兑汇。"老税官边说着边把那两张银票还给了雷天泰。

老税官拒收银票，让雷天泰大失所望，老朴听了顿时紧张起来，忙堆起笑脸对老税官说："老哥，去年俺家来交税，不是收的察哈尔客户的银票吗？"

"去年是去年，今年是今年，这时局一时一变，这不是上月才接到新京满洲国的指令吗？"

老朴被老税官一席话呛得说不出话来,眼巴巴地望着雷天泰一筹莫展,这时林宜生凑了过来,恳求地对老税官说:"现在俺山东老家闹肺痨,急等着这车沙参回去医治呢,您老能不能想个法子,看看怎么能把这两张银票兑出现钞来。"

老税官摘下眼镜,擦了擦镜片又戴上,缓缓地说:"这山东的汇票,只能在奉天的满洲中央银行兑现,你们只能去奉天才能兑汇。唉,趁着天还没下大雪,来回也就四五天时间,看来也只能这样了。"

听了老税官的话,雷天泰、老朴和林宜生赶着马车回到客栈来找查枭勇商量,查枭勇听了在彰武镇不能兑汇的情况沉思了一下说:"人总不能让尿憋死,我正想着尽快去奉天见穆阿泰司令,明天一早天泰老弟跟我一起去奉天,其他弟兄们留下陪林医生在客栈看护沙参,等着我和天泰取钱回来再去交税。"

雷天泰和林宜生觉得事已至此,也只能这样。查枭勇便让老朴弄些酒菜,想着晚上喝上几杯,好好睡一觉,准备明早与雷天泰去奉天。

夜幕降临,老朴和老伴做了一桌朝鲜族常有的八珍菜,配高粱碴子饭。这些用绿豆芽、黄豆芽、水豆腐、粉条、桔梗、蕨菜、蘑菇八种菜料,经炒、炖、拌、煎做的菜肴让查枭勇带领的这帮镖队吃得直呼过瘾,查枭勇端起酒杯逐个碰杯,待喝完一圈对着六个寨兵发起话来:"明日一早我和天泰兄弟去趟奉天,大概五到六天返回彰武镇,这期间你几个要帮着看护好马车上的参货,小茂子安排昼夜执勤,凡事要与林医生商量,千万不要马虎懈怠。"

寨兵们异口同声应诺着:"三寨主吉祥,您和雷掌柜放心去奉天,我等会尽心尽力看护沙参。"

这时老朴端着一盆大酱汤走了进来,待把汤盆放在炕桌中央说:"会做大酱汤的女人才是好女人,大伙尝尝俺老伴做的大酱汤。"

清晨的彰武镇,零散飞舞的雪花把地面染成白色,在凛冽的寒风中,查枭勇和雷天泰从马厩里各牵出一匹马去奉天。林宜生和寨兵们一直把他俩送出街口,直到消失在丘陵雪原中才回到客栈。

林宜生带着小茂子来到草棚里查看马车上的沙参,又去马厩给马添了饲料,回到客房时,见老朴不断地敲打着自己的双腿,林宜生想起他走路时一瘸一拐的样子,便问道:"朴大叔腿疼得厉害吗?"

"唉,每逢下雪下雨俺的腿疼病就犯,这不又疼起来了。"

旁边的朝鲜大婶又补充说:"他这是老寒腿,这两年越犯越勤,越到冬天越厉害。"

林宜生让他露出腿，仔细查看了一会儿说："朴大叔稍等，我去屋里取针，先针灸止痛，再开个药方服用。"

林宜生从房间里拿了一盒银针，又让朝鲜大婶找来一瓶老烧酒，他把银针在酒里泡了一会儿，然后取出银针在老朴腿上的足三里、下巨虚及两侧的阴阳陵泉穴位上各扎了两针。过了半个时辰，老朴刚才还疼得龇牙咧嘴，这会儿脸上的表情开始舒展开来，随着林宜生又醒过两次针，老朴对老伴说："神了，一点也不疼了。"

老两口被林宜生的医术所折服，直夸他是神医。林宜生问道："不知这镇子上有没有中药铺，朴叔的腿需要内服中药，外须药酒擦洗，方可除根。"

老朴听说能根治自己的老寒腿，激动得一蹦高跳了起来，说："镇上有家药铺叫柳家药铺，在教堂后边的十字街口，离咱客栈不远，铺子里能抓中药。"

"好呀，我跟您一起看看，不知药铺里的中草药全不全，到那里看着药再开方吧。"

老朴和林宜生出了客栈，门外面依然飘散着雪花，路面上积了厚厚的一层雪，朝鲜大婶怕林宜生冻着，找了一件老朴穿过的棉袄给他披上。

二人踏着积雪走在街上，老朴告诉林宜生，这柳家药铺原来的刘掌柜是镇上的老郎中，四方邻里都来找他看病，那时药铺生意红火，还雇着两个伙计。前年刘掌柜过世，他的独生女儿柳参花接管了药铺，她只能按着父亲遗留的处方熬制能治疗疮疖的药膏出售，外面郎中开的药方也能在她药铺里抓药。

二人说着话，转过教堂就到了十字街口，老朴指着前面一棵满是冰挂的大柳树说："这柳树下有眼水井，镇上都叫柳家井，井对面就是柳家药铺。这柳家井冬暖夏凉，从不结冰，听药铺的老掌柜生前说用这井里的水煎药，见效快呢。"林宜生走到井台边上，见这药铺是四间沿街的瓦房，门前三阶台基进门，门两侧各有石鼓对应，门顶的瓦当悬檐下挂着一块上书"柳家药铺"的木匾，已显陈旧。老朴也不敲门，推开屋门，把林宜生领了进来，室内左边摆着三排中药柜，右边儿是一张大医案，案桌旁边放着四把圈椅，只见一位四旬年纪的妇女正和一位身穿长袍，头戴貂皮帽子的老者在交谈，那女人见客栈老朴领着一位书生模样的年轻人进来，忙从椅子上站了起来说："哎哟，是客栈老朴，多日没见了，生意可好吗？"

老朴抖了抖身上的雪，躬身作了个揖说："参花妹妹好，霍爷也在这里啊，您老身子骨好壮实呀！"

那位称为霍爷的老者也站了起来，说："老朴呀，看你走路不瘸了，腿病好了吗？"

"谢过霍爷，先介绍一下，这位是从山东来的名医林大师，刚才俺腿痛病又犯了，林大师给扎了几针，神了，俺这腿立马不疼了，俺领他过来是想开几服药，吃了林大师的药能除根呢。"

参花听说是从山东来的名医，便让出上座，又去沏茶，招待得好不热情。

林宜生见柳参花和颜悦色，一脸慈祥，也不客气，便坐在医案中间的椅子上，又见案桌上的脉枕、处方、纸、笔砚一应俱全，就让老朴把左右胳膊同时放在医案上，自己伸出双手中的三指分别按住老朴的两只手腕，寸关尺部位的脉象把老朴的病情的枝枝蔓蔓感应得一清二楚。此是秦秋谱老先生传授的双切号脉法，诊断极为准确。经切脉诊断，林宜生知道老朴不只是腿上的伤寒风湿，还有严重的胃病，皆因先天禀赋不足，导致胃气上逆，气血亏乏，时而犯有胃闷、胃痛和便秘，系常年饮食不规律所至。林宜生把脉完毕，边搓着双手边说着老朴的病况，这让老朴佩服得五体投地，连连说："是神医，真的是神医。"

林宜生的双切断脉，让柳参花看得如痴如醉，她曾听父亲说过这双切脉法，却从未见过，今天是大开眼界。尽管她不谙诊脉，但凭着跟随父亲行医多年，还是知道郎中医术的深浅高低，她把沏好的一杯茶放在林宜生面前，又在许久未用的砚台里滴了滴水，拿起墨块研起墨来，要看看林宜生开啥样的处方。

林宜生取笔饱蘸浓墨，为老朴开出一张药方：吴荣萸一钱，川黄连一钱，太子参六钱，当归三钱，白术三钱，威灵仙三钱，甘草六钱，紫地丁三钱，枳壳一钱，取五服，水煎服。

林宜生开完处方，交给旁边的柳参花说："柳大姐，方子上这九味药您铺子全吗？"

"有的，都有，我这就去抓药，一会儿回来。"柳参花说着拿着处方要去抓药。

"大姐且慢，还有个外敷的方子，待开出一并取药吧。"林宜生又开出处方：生半夏、南星、草乌、川乌各六钱，密封泡酒，每晚睡前取酒涂擦患处。

柳参花拿了林宜生开的两份药方去取药，那位被叫霍爷的老者凑了过来对他说："小老弟医术果然高明，方才诊脉开方，老夫都看在眼里，我自去年告老还乡，从新京回到老家彰武镇，今年入秋后时而腰痛不止。恳请林医师给把个脉，看看腰上有啥毛病。"

林宜生看那老者年纪过七旬，古铜色的脸上布满了皱纹，嘴上蓄着一撮花白的八字胡须，一双深褐色的眼睛，浑浊却温润，说起话来，声似洪钟，底气十足，他后脑勺上扎着一只小辫子，让人感觉是个清朝遗老。

这时，老朴过来用手附在林宜生的耳边说："这位是霍爷，是从皇上身边回来的，去年从皇宫荣归故里，还刚娶了个御赐小夫人呢。"

林宜生把左右手的三指搭在这位霍爷的两只手腕上，双切号脉后，又看了霍爷的舌苔，缓慢地说："您老肾虚，加之劳累太过，久而伤肾，纵欲过度以致肾精亏虚，阴阳失衡，筋脉失于温养濡润，导致气血不畅而腰痛腿酸。"说罢，又轻声问道，"您老七旬年纪，为何还房事频繁呢？"

"哎哟，真的是神医，句句说得翔实，不瞒小老弟，老夫在帝陵守墓三十六年，被御封三品带刀侍卫，官职等同奉天府尹，四年前又陪伴皇上回归满洲国，皇上见我年事已高，恩准告老还乡，并赐宫女桂凤为妻室，老夫少妻倒也恩爱，只是自入秋起腰部疼痛，腿酸无力，原来是肾亏所致呀。"他左右看了一下，又说，"有喜有悲呀，我家桂凤已怀孕三个月，不好意思啦。"说完竟嘿嘿地笑了起来。

这时柳参花拎着包好的中药走了过来，她对林宜生说："您开给老朴的草药已按五服抓齐，这位霍爷是俺药铺的常客，他时常腰痛难忍，还请林医师给开个良方。"

林宜生回答道："治愈霍老的腰疼腿酸，先要补肾固精，养阳补气，食疗比药疗要好，我开个食疗的方子，让霍爷吃吃看。"

林宜生又拿起笔，为霍爷写了治疗腰痛腿酸的食疗处方：取鸽子四只，大枣十枚，龙眼肉三钱，当归四钱，枸杞子十钱，雄黄酒二盅，放入锅中炖煮半个时辰，鸽子熟烂后即可食用。

霍爷看了这食疗处方大喜过望，拍了一下脑袋说："俺自幼最怕喝中药汤，这食疗让老夫有了口福，幸甚幸甚。"

林宜生趁着霍爷高兴，说："霍爷，请脱下棉袍，解开裤腰带，我给您下针止痛。"

说着取出银针，分别在他的腰宫、痞根、腰阳关、命门、肾俞五处穴位扎针捻动，随着霍爷大呼舒坦，林宜生停下针来。不等林宜生拔出银针，霍爷从怀里掏出一叠满洲国币，交给柳参花说："烦劳你去置办一桌上等酒席，俺老霍要请林医师吃饭。"

第二十章　出诊

林宜生在彰武镇被传为神医，前来客栈找他看病的络绎不绝。他在客栈把脉开方很不方便，干脆来到柳家药铺坐诊，柳家药铺开始红火起来。

柳参花自幼丧母，她一生未出嫁，前年她父亲去世时，她已经四十多岁了，不知怎么了，这几天她时常手足出汗，心悸胸闷，还伴有耳鸣眼花、头晕头痛，林宜生给她把脉后说是更年综合征，吃了两服药，感觉好多了，她愈发对林宜生敬佩有加，对他像亲弟弟一般爱戴。

这天，霍爷拎着两盒糕点来到柳家药铺来看望林宜生，他见一屋子人围在医案前等候林医师切脉诊病，就到侧房找柳参花。见她正提着一杆小秤按方取药，便打了个招呼。柳参花见是霍爷来了，即放下药称，搬来一把椅子让他坐下，问道："看霍爷的气色比前日好多了，您老用了林医师的药方没有？"

"老夫让下人按着林医师的方子炖了四只鸽子，被俺吃了个一干二净，身体强壮多了，这不俺过来看看他。"霍爷说着把那两盒糕点放在药案上，对柳参花说，"参花呀，老夫另有一事相求。"

"看霍爷说得，有啥事您老吩咐。"

"昨夜贱内小腹疼痛，她身孕三个月又不便来药铺问诊，老夫想麻烦林医师到家里给桂凤瞧瞧身子。"

看着霍爷似乎有点恳求，柳参花做了个鬼脸，说："霍爷，俺还想托您办件大事呢。"

"啥事呀，还是大事？"霍爷疑惑地问。

"俺想和林宜生结拜为姐弟，请您老做个证人，只要他认俺这个姐，俺这辈子就心满意足了。"

"哈哈，这有何难，老夫做东，只是要选个良辰吉日才好。"

"哪里还顾上选好日子，最多过个三五天，他就回山东了。"

霍爷关切地问道："怎么走得这么急呀？"

"唉，听说他老家营丘县当下流行肺痨，急着拉老朴家的沙参回去制膏方呢，等镖主从奉天兑钱回来就走。"

霍爷听了参花的话，也有些舍不得林宜生离开彰武镇，便说："那就及早办，最好今天就办，你看林医师正忙着呢，咋去说？"

"待会儿，俺写一张林医师下午不坐诊的笺条贴在门上，午后俺领着他去您府上给夫人把脉。"

霍爷听了满脸高兴，即对柳参花说："太好了，俺这就回家备下酒菜，待林医师看完这些病号，你带他到家里来吃饭，一是给桂凤看诊，二是老夫做东，为你俩结为姐弟庆贺。"霍爷说完一溜烟回家去了。

林宜生直到晌午才把病号看完，顿觉口干舌燥，喝了几口柳参花沏好的茶水，伸了个懒腰，觉得肚子好饿。参花端过来一盆热水，拧干毛巾，让他擦了把脸，洗净了手，才说："方才霍爷来看你，还捎来了糕点，让咱俩中午到他家去吃饭。"

林宜生听说是霍爷邀请，觉得这位霍爷有些来头，便答应下来。柳参花说着拿起棉袄给林宜生披上，二人一起出了药铺。

霍爷的家在彰武镇西首，是座青砖灰瓦的四合院，门楼前的五阶台基彰显出主人的地位。柳参花抓起大门上的铜兽辅首扣了几下，随着一声"来了"的声音，管家婆子迎了出来，她满脸堆笑，做了个折腰，说："快进来吧，霍爷在客厅等着呢。"

管家婆子领着柳参花和林宜生来到宅院，绕过影墙进了正房客厅，客厅里空无一人，更未见霍爷的踪影，只听见客厅东侧的卧房里传来两个女人咯咯的笑声。管家婆子对着卧房叫了起来："霍爷您在吗，您请的客人到了。"

传来重重的一声咳嗽，霍爷满头大汗地领着一个丫头从卧房里走出来，那丫头手里牵着两条红线绳子，抿着嘴巴跟在他屁股后边。

管家婆子见霍爷从卧房出来便说："酒菜已备好，您看是先给夫人看诊，还是先让客人吃饭？"

霍爷想了一下说："先麻烦林医师给贱内看病，看完病再吃饭吧。"他边说着，边亲自搬了一把交椅放在了卧房门口，让林宜生坐下，这时那丫头将手中的两根红丝绳交给林宜生，自己站在一旁候着，不等林宜生反应过来，霍爷说："不好意思，贱内拘束，羞见外人，老夫在宫里听说太医给嫔妃医病都是用丝线诊脉，俺也学着用绳线系在桂凤的手腕上，请您给把把脉。"

林宜生这才明白丫头递来红丝绳的用意，感到好气又好笑，便对霍爷说："索绳断脉，我只是听师傅说过，不过是江湖把戏而已，用它来医病断不可行，即便皇宫通行，可我是乡医不是御医，只能按住夫人手腕处的寸关尺部位方能凭脉辨证，况且中医讲究望闻问切呢。"

柳参花对霍爷匪夷所思的举动更是大感不解，禁不住责备起来："霍爷您也是，金屋藏娇也就罢了，还扯出两根红线绳来，你让林医师来看病，是方便人家还是为难人家？"

霍爷也觉得这事做得有些荒唐，只好赔笑说："抱歉抱歉呀，林医师稍等，我再去与贱内商量商量。"说着去卧房去了。

过了好一会儿，霍爷才从卧房出来，对林宜生说："慢待林医师了，多有不周，请您入内室给贱内把脉吧。"

林宜生跟随霍爷进了卧房，只见一张雕花紫檀拔步床内，垂下厚厚的布幔，中间缝隙外露两只藕瓜似的白嫩胳膊，正在瑟瑟发抖呢。

霍爷又把交椅搬到紫檀拔布床前，轻声轻语地说："贱内拘束惧生，切脉时请轻点。"

林宜生从容地坐在交椅上，又跟丫头要了一个枕头，横放在自己双腿上，然后按住桂凤的两只腕脖子开始双切辨脉，霍爷看见林宜生脸冒出汗珠，开始紧张起来，俯身低声问道："俺家桂凤的身子有何不适？"

林宜生没搭理他，却问了桂凤一句话："夫人，您别在意，敢问您这个月的经期见红没有？"

幔帐内停顿了一会儿，传出了细声细气的娇柔声调："本宫前天落红了，今个还没干净呢。"

林宜生叹了一口气，轻轻地把桂凤的胳膊送回幔帐，回头对霍爷说："夫人身子好着呢。"说完起身回到客厅里。柳参花迎了过来，说："俺听到了，霍爷的夫人没事就好，你净一下手，咱去餐房吃饭吧，霍爷还有事要告诉你呢。"

三人走到影墙跟前，林宜生看了一眼霍爷，问道："您这两天有没有与夫人在一起睡觉？"

"俺怕压了胎气，这三天没睡在一起，林医师问这闺帏之事干啥？"

"我方才切脉，您夫人脉行平稳，经稳宫暖，并无胎动，哪有怀孕的迹象？"

霍爷一听顿时怔住了，缓了好大一会儿才辩解说："管家婆子说是桂凤亲口告诉她已怀上三个月了呀，怎么今天没有了胎气？"

林宜生苦笑一声说："夫人前天还来了月经，难道您不知道怀了孕不能来月经？"

霍爷张口结舌，正不知怎样回答，突然听到房内传来桂凤的叫喊声："夫君呀，本宫要小恭。"

霍爷闻声跑回房里，吩咐那个小丫头说："桂凤要溺尿，快去拿尿盆。"

谁知桂凤又在床上喊："是虚恭，不是小恭，不用拿尿盆。"

霍爷得知她并没有怀孕，本来就生气，见桂凤又要胡搅蛮缠，竟然骂了起来："混账东西，虚恭不就是放个屁吗？撅起腚来放就是，你喊个述！"

霍爷的粗话惹得桂凤哇哇大哭起来。

霍爷也不理睬桂凤怎么哭怎么叫，只身返回院子里招呼着林宜生和柳参花去餐房吃饭，三人在餐桌前刚坐下，管家婆子端着一壶烫好的热酒过来为大家斟酒，她问霍爷喝半碗还是喝一碗，霍爷刚才让桂凤闹得心烦意乱，一股怒气撒在她身上："你这个混蛋，咋告诉老夫桂凤怀孕三个月了？今天要不是林医师来我还蒙在鼓里呢，你们这些没生过孩子的女人没个好东西。"

霍爷一顿训斥，吓得那婆子不敢吭声，却惹恼了柳参花，她生气地质问霍爷："你骂谁呢？女人没生孩子就不是好东西吗？满洲国的皇后不是也没生孩子吗？亏你还是从皇宫出来的。"

霍爷这才想起柳参花还是黄花闺女呢，顿时慌了神，连忙解释道："俺们这些当过军爷的口无遮拦，参花你别生气，俺自罚一碗酒。"说罢他让管家婆子斟满一碗酒，端起来一饮而尽。

霍爷放下酒碗，对管家婆子说："你说这桂凤，为啥说自个怀孕了呢？"看着那婆子不敢说话，自己眯上眼睛，沉思了一会儿，突然睁大眼睛对林宜生说，"嘿，俺琢磨出来了。"

他一边喝着酒，一边慢慢地说出事由的大概：原来霍爷的名字叫霍二狗，曾是清永陵的守陵兵士，清永陵是大清王朝的祖陵，位于辽宁抚顺永陵镇的启运山脚下，面对苏子河。时年辽东大雨，苏子河水暴涨，又逢山洪迸发，洪水如脱缰的野马冲进永陵墓地，守军大营被淹，八旗兵总管满录巡哨时被卷入激流，霍二狗凭着水性好，救了满录一命并捞起看守永陵山河关防大印。洪水过后，总兵满录上报朝廷表彰霍二狗捞印有功，从兵勇什迁为协参领，遂成为总兵满录大人的心腹。

次年总兵满录进京去兵部述职，他带了霍二狗等随从做警备同行。有一天晚上满录带霍二狗去八大胡同青楼妓院寻乐，这是二狗第一次尝试男女交欢，日后他陪满录在奉天府也有过几次寻妓取乐。后来总兵满录染病，清永陵守备事务皆交霍二狗管制，自此被称为霍爷。

清亡后，日本人占领中国东三省，扶植逊帝爱新觉罗·溥仪为满洲国执政，建年号为"大同"，两年后改国号为"满洲帝国"，执政改称"皇帝"，改年号为"康德"。随即霍二狗被召集入宫作御前侍卫。满洲国皇宫的事务实际由日本人掌控，几年后日本人以削减财政为名，对宫内侍从进行裁员，时年，霍爷年龄已近七旬，溥仪念其办事勤恳，还未有婚配，便敕封为"三品带刀御前侍卫"官职，又将要被裁员的宫女桂凤指定为妻室，回辽北彰武镇老家退休颐养。

桂凤十六岁被选入皇宫，是伺候皇后婉容的使唤丫头，皇帝溥仪少年时受太监唆使，未成年即与宫女交媾，身心受到摧残，他与婉容大婚后一直没有夫妻之实。时间长了，皇后婉容得了喜怒无常的怪脾气，这也或多或少影响了桂凤。关于男女之间的性爱那些事，每当听老宫女谈起，桂凤都是羞得面红耳赤，不懂的事又不好去问，只是似懂非懂地琢磨。她与霍爷成婚后，每当交欢不是因她紧张不配合，就是因霍爷年纪过大，或举而不坚，或肾虚早泄，大半年过去都未能如愿。这天是端午节，东北的天气转暖，正是春暖花开的季节，霍爷和桂凤各喝了一碗雄黄酒，午休解衣睡下，酒力的作用让二人起了交欢之意，在性爱的水乳交融中，彼此成其美事。桂凤认为与霍爷交媾就受孕了，过了一段时间还告诉了管家婆子，谁知这管家婆子也是单身，她哪里知道这生理常识，就实话实说告诉了霍爷。

霍爷趁着酒意谈及自己的以往，也不害臊，说起与桂凤的婚后情节也不避讳，臊得柳参花捂住眼睛不敢直视，在一旁伺候的管家婆子，最终也受不了性爱语言的刺激，红着脸躲到厨房里了。

一顿饭吃了两个时辰，霍爷醉话连篇自己觉得也累了，柳参花和林宜生会意地点了下头，起身要告辞，霍爷在管家婆子的搀扶下一起送到大门口，霍爷突然想起什么，对林宜生说："老夫还要给你们俩办姐弟相认礼仪呢。"

柳参花说："不用您操劳了，林医师本来就是俺兄弟。"

这时卧房里又传来桂凤的喊叫声，那丫头匆匆跑了过来对霍爷说："夫人说她要出恭，让您去陪她。"

"怎么拉个屎也让老夫陪着，成何体统！"

霍爷嘴上硬，心却软，他朝着柳参花和林宜生挥了挥手，身子回转去了卧房，给桂凤擦屁股去了。

夜幕下的彰武镇又开始下雪，林宜生躺在客栈里的大炕上，翻来覆去怎么也睡不着，他盘算着查寨主和雷天泰明天就能回来，在这大雪天气的路上返程不知有多么艰难。听着熟睡中的几个寨兵打起呼噜，他感到屋内有些闷浊，索性起来推开了纸糊的窗户，一阵凉风吹来让他打了个寒战，突然发现在门灯的映射下有七八个人影，好像手中还端着枪，陆续从木栅门进到了院里。他心头为之一震，难道这帮人是来盗马或者是来抢沙参的？林宜生连忙叫醒了正在睡梦中的小茂子，小茂子听说有情况，一个鲤鱼打挺蹦了起来，伸手抓过快枪，随着林宜生往窗外观看，过了一会儿，小茂子说："林医师，没事，他们一共八个人，是从院内后门进客房的。"

果然客厅里传来"东吉，东吉"相互问候的朝鲜话，似乎老朴夫妇对这帮人很热情，林宜生心想：这是一帮子什么人呢？正寻思着，听见有轻扣房门的声音，便问了一句："是谁呀？"

"是我，老朴，林医师您能出来一下吗？有急事商量。"

"好吧，我披上衣服，您在客厅等我。"

林宜生穿好棉袄来到客厅，灯光下见七八位执枪的军人站在那里都在朝他微笑，一位军官模样的人过来握住他的手，殷切地说："林医师好，久闻您的大名。我姓姜，是东北抗日联军朝鲜独立营特务连连长，我们东北抗日联军是老百姓的队伍，知道您是神医，有件事与您商量。"

老朴这时过来介绍姜连长还是他老伴的姨表兄弟，林宜生见这位连长英俊的脸上显露着和蔼的笑容，便说："长官好，有事尽管说。"

"是这样，我们部队的首长病了，需要你马上去诊治，我与表姐夫商量过了，如果您能去给首长看病，那车沙参的费用全部免掉，并派战士送你们出敖龙皋关口，您看怎么样？"

林宜生想到营丘县的肺痨正在传播，刘锦什掌柜临行前的嘱托和恩师秦秋谱师傅的期盼，急须这些沙参运回去，素清还等着他回去办婚礼呢，天泰去奉天兑汇还不知啥情况，于是答应了下来，又问道："姜连长，你知道这位首长得的是什么病吗？"

"不知道具体情况，我只是接到请您进山去医诊的命令。"姜连长回答道。

这时朴大姊过来说："表弟，饭做好了，同志们先吃饭，让林医师回客房准备一下吧。"

林宜生回到客房整理了一下药箱子，又叫醒了小茂子说要连夜出诊，小茂子不放心，要亲自护行。林宜生说："大可不必，来的都是队伍上的，带队的是姜连长，他和朴大婶还是亲戚，不会有事，我明天就能回来，你们一定要看好那车上的沙参。"说罢，提着药箱到了客厅。这时抗日联军的战士们也匆匆吃完饭，都在客厅等着他呢。朴大婶解下自己戴的毛绒围巾，系在了林宜生的脖子上说："老天保佑你，早去早回来。"

外面的雪越下越大，院子里的积雪有一尺多厚，老朴把自己家的爬犁拖了出来，正要套上那头毛驴，小茂子跟了出来说："雪下得太大了，这毛驴不行，套上俺们的马吧。"

老朴为了林宜生的安全，帮着小茂子把马套上，朴大婶抱来两床棉被，一床垫在爬犁上，一床盖在林宜生身上。姜连长命令两个战士点起火把，在大雪纷飞中悄然离开了客栈。

林宜生在寒风嗖嗖的雪夜里，半躺在行进中的爬犁上，爬犁滑在雪面上发出扎扎的声响，雪花不时地散落在棉被上，铺落了一层雪。他把身子裹进棉被里还是觉得冷，看着举着火把奔跑的士兵在火光映照下，嘴里呼出的雾气与雪花混淆在一起，视线开始模糊起来，渐渐地进入了梦乡。他梦见不时地揉搓着冻僵的双手，在抄写师父留下的药方，素清端来一碗红枣莲子汤走过来，让他趁热喝下去，他喝了这碗汤，似乎身子热了起来，他拽住了素清的手把她拉进怀里，紧紧地抱在了一起……

"东吉，东吉。"有人在他耳边喊着。

林宜生揉了揉眼睛，睁开时看见一个士兵正在喊他，就问道："东吉是谁呀？"

姜连长来到爬犁旁边说："东吉是朝语，汉话叫同志，我们对自己人都这样称呼。刚才这位战士发现您睡着了，才把您喊起来。在东北高寒地带夜里行军不能睡觉，睡着会被冻坏的。"

此时，马拉着爬犁在抗日联军战士们的簇拥下已进入山林之中，呼啸的冷风吹得树干叭叭作响，残雪碎块不时地落下来，在黑夜中发出断魂似的声音，吓得拉爬犁的那匹马嘶叫起来，好不瘆人。姜连长见队伍进了森林，心里踏实了许多，为鼓舞士气，他高声喊道："同志们，咱们唱一首我们东北抗日联军的《露营之歌》怎么样？"

"好啊！"

战士们呼应着唱了起来：

铁岭绝岩，

林木丛生，

暴雨狂风，

荒原水畔战马鸣。

围火齐团结，

普照满天红。

同志们！

锐志哪怕松江晚浪生。

起来呀！

果敢冲锋，

逐日寇，

复东北，

天破晓，

光华万丈涌。

姜连长喊道："同志们唱得好，大家冷不冷呀？"

"不冷。"战士们齐声喊着。

"我们唱《露营之歌》第二段。"姜连长挥着手，领头唱了起来：

浓荫蔽天，

野花弥漫，

湿云低暗，

足溃汗滴气喘难。

烟火冲空起，

蚊吮血透衫。

兄弟们！

镜泊瀑泉唤起午梦酣。

携手吧！

共赴国难，

振长缨，

缚强奴，

山河变，

　　　　　　　万里息烽烟。

　　姜连长又喊道:"同志们,饿不饿呀?"
　　"不饿。"战士们呼应着。
　　"好,我们唱《露营之歌》的第三段,预备唱。"

　　　　　　　荒田遍野,
　　　　　　　白露横天,
　　　　　　　野火熊熊,
　　　　　　　敌垒频惊马不前。
　　　　　　　草枯金风急,
　　　　　　　霜沾火不燃。
　　　　　　　战士们!
　　　　　　　热忱踏破兴安万重山。
　　　　　　　奋斗啊!
　　　　　　　重任在肩,
　　　　　　　突封锁,
　　　　　　　破重围,
　　　　　　　曙光至,
　　　　　　　黑暗一扫光。

　　姜连长挥舞着双臂高声问道:"同志们呀,困不困?"
　　"不困!"战士们齐声回答。
　　"好!我们唱《露营之歌》最后一段,来呀大家唱起来。"

　　　　　　　朔风怒号,
　　　　　　　大雪飞扬,
　　　　　　　征马踟蹰,
　　　　　　　冷气侵人夜难眠。
　　　　　　　火烤胸前暖,
　　　　　　　风吹背后寒。
　　　　　　　壮士们!

精诚奋发横扫嫩江原。

伟志兮!

何能消减,

全民族,

各阶级,

团结起,

夺回我河山!

那奔放的歌声回荡在雪夜中的山林里。

第二十一章 雪魂

　　雄壮的歌声伴随着纷飞的雪花回响在茫茫的密林深处，两支燃烧的火把引领小分队保护着林宜生在林海雪夜中穿行。林宜生在战士们歌声的鼓舞下，忘却了寒冷，心里想：这是些什么样的军人，竟然如此坚强！不由得佩服起来。他隐约看见前方有几束荧光晃动，随即传来了低沉的声音："你们是朝鲜独立营的人吗？"

　　姜连长跑到前边回答："我们是朝鲜独立营特务连的，是来护送林医师的。"

　　"这里是三师师部，请回答一下口令。"

　　"林蛙。"姜连长随口报出口令，又喊道，"回令。"

　　"猴头菇。"

　　对方几个人跑了过来，其中一个高个头的军人来到跟前，拍了拍姜连长身上的落雪说："同志们辛苦了，哪位是请来的林医师？"

　　有两个战士把林宜生从爬犁上挽扶起来说："这位就是林医师。"

　　那位高个头的军人先是行了个军礼，然后紧紧握住林宜生的手说："林医师好哇，我是东北抗日联军第三师师长许亨植，盼望您来呀，我在这里等您一夜了，司令部有位女同志难产，人快不行了，您快去瞧瞧。"

　　许师长说完，也不等林宜生回话，牵着林宜生的手就往后边一排木桩房疾步走去。林宜生感觉到了抢救病人的急迫性，跟着许师长一路小跑来到木屋门外。这时屋内迎出一个女兵，不等许师长问话，急切地说："程姐又晕过去了。"说着呜呜地哭出声来。

　　许师长对她说："这位是请来的林医师，你快带他进屋看看。"说罢，自己守在木屋门外，点了一支烟抽了起来。

林医师进了木屋,在松子油灯下,看见一位妇女躺在床上,苍白的脸色十分憔悴,眼睛深陷,双目无光,杂乱的头发贴在额头上,棉被下那隆起的大肚子微微颤动着,似乎还有一丝气息。林宜生看着哭红眼的女兵,跟她要过一条湿毛巾,擦干净自己的手,然后双手分别搭在产妇的腕脉上,全神贯注,凭起脉象来。通过双切辨脉,孕妇失血过多造成晕厥,体质并无大碍,他记得秦秋谱师父讲过孕妇难产,多由婴儿在子宫内倒置,因而难过阴道出生,便在孕妇的天枢、中极、横骨、急脉四处穴位下针,又让那位女兵按顺时揉起孕妇的小腹,随着捻动银针,只见这位孕妇苏醒过来,鼻翼开始急速翕张,在喘息的同时,她的双手紧紧抓住林宜生的手臂,突然一声喊叫,婴儿的啼哭划破长空,一个男婴呱呱坠地。

那女兵兴奋地跑到木屋外边,告诉许师长:"生了,俺程姐生了,是个男孩呢。"

东方正是黎明,晨曦中的林海雪原天籁轻响,初升的太阳把白皑皑的雪景渲染得金色灿烂,那琼枝晶莹,皓然一色,如同梦幻一般。整个师部基地沸腾了,无论男女官兵都跑了出来,围在木屋周围,踏着厚厚的积雪,跳着,欢呼着。有几个朝鲜族女战士,边舞蹈边唱起了民歌:

> 道拉基,
> 道拉基,
> 白白的桔梗哟,
> 长满山野。
> 只要挖出一两根,
> 就能装满小菜筐。
> 使劲挖呀,
> 使劲挖呀,
> 我要装满小菜筐。

许亨植师长本人是朝鲜族,他也跟着女兵的舞蹈步调高兴地跳了起来。

这时,一位背着挎包的士兵跑了过来,手里拿着一份电报对许师长说:"报告师长,司令部急电,电报是绝密一级,只有程主任能译出。"

许师长见是机要员小刘,接过电报一看,果然是密钥数码,便说:"程霞同志是咱们师的耳朵和眼睛,没有她,我们就成了聋子和瞎子。"他掂了掂这份电报又说，"总部这么早发来电报，又是绝密，必然是大事。走，去看看程主任身体恢复得怎么样了。"

许师长和机要员小刘来到木屋前，轻轻叩门。屋内那个照顾程霞的女战士开门迎了出来说："程姐喝了碗参鸡汤刚睡下，婴儿也睡着了。"

"噢，太好了，林医师安排休息了没有？还有把早餐准备好了没有？"许师长关切地问。

"林医师太累了，已安排到隔壁暖房里休息，伙房正下着面条，俺一会儿喊他吃点东西。"

正当许亨植师长拿着电报迟疑的时候，屋里传来微弱的声音："有电文吧，快让许师长进来。"

许师长和小刘进了屋子，许师长见躺在床上的程霞眉毛拧成一团，脸上没有一丝血色，知道由于难产承受了极大痛苦，便说："程主任，您还是休息一会儿再译电文吧。"

"快给我电报，怕有急事。"程霞沙哑的声音坚定，不容分说。她接过许师长递过来的电报，仔细看了一下，示意那位女战士离开木屋，挣扎着坐了起来对机要员小刘说："我读着，你记一下译文。三师许亨植师长，接苏军总参谋部密电，今天中午前后伪满军队将在彰武镇集结，准备北上与蒙古国军队交战，命你部火速在要道设伏，阻击伪满军队。切切！司令员赵尚志。"

许师长逐字看了电报译文，额头拧成疙瘩，他在屋里来回踱步，沉思良久才缓慢地对机要员小刘说："马上给牡丹江总部回电。一是即刻组织阻击，保证完成任务；二是转告宋铁岩副政委，今日黎明，程霞生下一男婴，母子平安。三师师长许亨植呈告。"

许师长从程霞住的木屋出来，看见那位女兵站在门外候着，便对她说："快，快去把参谋长和通讯员喊来。"

不一会儿，参谋长张子恒带着通讯员和两个参谋赶了过来，许亨植把程霞译的电文交给他吩咐说："时间紧迫，你们几个速到二团、三团驻地，通知他们马上到师部集结，我先带师部直属营在去彰武镇的丘坡道上设伏，张参谋长率大部队随后支援。"说罢，一挥手让司号员吹起了集结号。

林宜生一觉醒来，已经过了中午，他听到了敲门声，便披上棉袄去开门，一缕阳光照射进来让他睁不开眼睛。那个女兵正在外面雪地喊他去伙房吃饭，林宜生转身回到炕上，拿起客栈朝鲜大婶送给他的那条红色毛线围巾，系在脖子上，跟着女兵往伙房走去。树上的雪扑哧扑哧掉落下来，不时有雪块散落到身上,他边拍着棉袄上的落雪,边对女兵说:"程主任恢复得怎么样了?要不先去看看她再吃饭吧。"

"俺程姐和孩子都好着呢,您还是先去吃饭吧,都饿了大半天了。"女兵努着小嘴说着。

"你们许师长在吗?我吃完饭要回彰武镇,还有两个兄弟今天要从奉天赶回客栈。"

"许师长带着部队去前线了,他走时让您好好休息,等他回来。"

女兵的话音刚落,突然听见远处传来阵阵密集的枪炮声,正当林宜生惊愕之时,从密林中冒出不少士兵来,有抬担架的,有搀扶着瘸腿同伴的,都一副疲乏不堪的样貌。许师长在几个士兵的簇拥下朝着木屋赶来,只见他的棉大衣上破了几个窟窿,戴着的狗皮帽子被烧煳了一块,看他那着急的脸色,知道战况十分不好。许师长三步并作两步来到木屋前,见林宜生和那位女战士站在门口旁边,吩咐女兵快去找机要员小刘过来,又让林宜生进屋里说话。他推开房门进了屋内,看见程霞的脸色似乎好些,便说:"程主任,你和孩子还好吧?"

程霞在床上瞅了许师长一眼回答说:"多谢师长关照,也多谢林医师医术高超,救了我们母子一命。"她停顿了一下,又问许师长,"师长,是不是这次阻击遇到了困难?"

许师长摘下被战火烤煳的狗皮帽子,拍了两下说:"情况有些不妙,师部位置暴露,必须连夜转移。"

这时机要员小刘跑了进来,许师长让他即刻给总部发急电:"赵尚志司令员,我部奉命阻击伪满军队时,被日军反包围,主要是伪满军后续有配制铁甲车和卡车的日本精锐部队,雪地作战我军难以机动抵抗,撤退时师部驻地暴露,敌强我弱已无法立足。为保存力量,拟转移到牡丹江一带与总部会合。许亨植。"

看着机要员小刘拿着电稿跑出木屋,许师长对林宜生说:"日伪军超过一个师团的兵力在彰武镇一带集结,为保证安全,您要随我们师部一起撤退。"

林宜生听了许师长的话,简直无法相信自己的耳朵,双腿不由自主地颤抖起来,他哭丧着脸对许师长说:"客栈里还有一车沙参等着运回山东老家,再说还有两个兄弟今明两天要从奉天回来,见不到他们怎么行?"

许师长深叹一口气说:"情况是这样,我部在阻击伪满军队时,日本军队用铁甲车截了我军后路,部分战士没法撤回山林,往彰武镇去了,估计日满军会对彰武镇进行搜查,你现在回彰武镇十分危险。"

第二十一章 雪魂

许师长见林宜生一脸茫然，便转身吩咐那个女兵，让她速去把朝鲜独立营的姜连长叫过来。

不一会儿，姜连长赶了过来，许师长问他："你和战士们休息好了没有？"

"报告师长，睡了一觉，休息得很好。"

"交给你一个重要任务，你带上一名战士，护送林医师回彰武镇。"不等姜连长回答，他看了一下林宜生问道，"林医师您会骑马吗？"

"我会骑，师长。"林宜生的心情开始放松下来。

"姜连长。"

"有。"姜连长应答着。

"你们三人各骑匹快马，从后山绕道去彰武镇，见到老朴同志，告诉他，为林医师准备的沙参分文不取。如发现情况不妙，你们往牡丹江方向追赶部队。你带的另外六名战士，把爬犁准备好，护送程霞同志和孩子去牡丹江总部，快去准备吧。"

"是，保证完成任务！"

这时，参谋长张子恒来到木屋，他对许亨植师长说："师长，日军的铁甲车在森林里失去了作用，二团正在阻止敌方的进攻，师直属队和三团正在撤回师部的途中，是否通知在那古山的一团和朝鲜独立营过来支援？"

许师长说："师部驻扎的这座马鬃山是大兴安岭的余脉，地势狭长形似马鬃，又不与其他山脉连接，一旦敌人形成南北夹击，后果不堪设想，必须连夜转移。师部转移后，在那古山的一团和朝鲜独立营就失去了犄角之势，如果下一步日满军队进攻，他们会孤立无援，处于被动。速派人通知他们，暂时按兵不动，但要做好随时转移的准备。"

机要员小刘又跑了进来，说总部回电，同意撤退。许师长感慨地说："唉，苏军总参部不知敌我装备悬殊的具体情况，茫然下令阻击，等我见到赵尚志司令员，要提醒一下才行。"他把那烧掉毛的狗皮帽子戴在头上，下令说，"通知各团，分路行动，且战且退，部队在牡丹江虎林岭集结。"

黄昏，夕阳洒在雪林里，一缕缕余晖透过冰枝晶叶向四下蔓延，树上和地上处处闪烁着跳跃的流光。姜连长与战士朴日哲护送林宜生去彰武镇，三人各骑一匹快马穿行在密林中。

天快暗下来的时候，他们到了马鬃山北侧的山口，山坡下多有沟壑，厚厚的积雪封盖了下山的路径，昏暗中无法辨清道路，于是姜连长决定寻个避风处休息一夜，待次日天亮后再寻路下山。姜连长把三匹马拴在一块平坦处，让林宜生倚靠在一棵松树下休息，自己和战士在附近寻找了块斜坡，用手扒起雪窝子来，他们三人准备在雪窝里过夜。小朴在前面扒雪，姜连长用小朴扒出的雪堆垒起一道雪墙。小朴感到深处的雪越来越松软，便对身后的姜连长说："连长呀，怎么这马鬃山上的雪外面冻着，里面暖着呢？"正说着，突然面前的雪塌落下来，露出了黑沉沉的洞穴，朴日哲伸进头去，看见有两颗发着蓝光的宝石，一眨一眨闪动着光亮。小朴好奇地用手去摸，可不得了，一只大嘴巴咬住了他的手套。小朴见势不好，迅速抽出手来，正想转身逃去，就在这一刹那，一只毛茸茸的大巴掌扇在了他的脸上。小朴被打了个趔趄，"妈呀"一声蹦跌在地下，小朴毕竟受过军事训练，他随即缩身滚出了洞口。姜连长听见战士朴日哲惊叫，知道前面遇到了情况，忙问道："小朴，你怎么了？"

"连长，忙躲开，洞里有黑瞎子。"小朴喊着。

姜连长闪身躲在一旁，然后就地翻滚，要去拴马的地方取枪。

小朴的话音刚落，洞里果然窜出一只大黑熊，伸开双掌扑向小朴，小朴没头就跑，扑通一声跌进了对面的雪沟里。这时洞里又出来一只大黑熊，两只黑熊来到沟边，相互对视了一会儿，确认没有了危险，才摇晃着身子一前一后地回到了洞里。

林宜生正靠在树干上眯着眼睛打着盹，听见小朴的喊叫立马站了起来，他看见姜连长连滚带爬跑了过来，便问："出啥事了？姜连长。"

"小朴扒雪扒出两只黑瞎子。"

听姜连长一说，林宜生顿时紧张起来。姜连长和林宜生各执一支枪，来到沟边寻找小朴，只听见小朴在沟里压低了声音喊着："姜连长，我在这里呢，沟里有个窝棚，里边暖和，你和林医师下来吧。"

这雪沟子并不深，姜连长和林宜生顺着沟坡上的积雪滑了下来。

这个窝棚是猎户留下的，东北的山林里，往往大雪封山，狩猎条件艰苦，猎户们相互留下窝棚，以便应急需要。三人钻到了窝棚里，天已经黑了下来，他们依偎在一起，林宜生问起姜连长，在这冰天雪地里，藏在山洞里的黑瞎子吃什么。姜连长告诉他，这黑瞎子要冬眠，不吃东西，昼夜半醒半睡状态，如果遇到危险也会伤人。

这时小朴打趣说："嘿，挨了黑瞎子一巴掌，滚进雪沟里找到了个窝棚。"

林宜生说："这叫因祸得福，否极泰来。"

姜连长说："林医师不愧是个神医，说话都有学问。"他停顿了一下问小朴，"你从伙房里带干粮没有？"

"报告连长，伙房正忙着撤退，哪里还来得及准备干粮。"小朴停顿了一下又说，"咱俩今早晨吃了碗面条，到现在还没吃饭呢，能不饿吗？"

林宜生这时也觉得肚子饿了起来，突然他以嗅辨中药材的特殊嗅觉，闻到窝棚里有一股熟玉米的味道。他推了一下姜连长说："你摸一摸前面的柴草，看看有没有能吃的东西。"

姜连长按着林宜生的话，直起身子去摸，果然摸到一个帆布口袋，他一阵惊喜，伸进手去试探，口袋里竟是十几个玉米面大饼子。三个人欣喜若狂，拿着大饼子就着雪水一口一口地啃了起来。

林宜生缩着身子，背靠在姜连长和朴日哲中间，啃了两个玉米饼子顿觉暖和起来。窝棚外的寒风肆无忌惮地呼啸着，大树在狂风中摇晃发出吱吱呀呀的响声。时而有凛冽的雪粒吹进窝棚，打在脸上如同针扎一般生疼。林宜生把朝鲜大婶送给他的那条红毛线围巾绕住脸颊，昏昏沉沉地睡起觉来。忽听咔嚓一声，窝棚外边一根树枝被大风折断，惊醒中，他看到姜连长和战士朴日哲打着鼾声正在熟睡。林宜生在老家营丘县听到的都是兵痞乱象，今天他看到的却是另一种军人的面貌，他们刚强坚毅，遵守纪律，吃苦耐劳，官兵相处融洽，多好的战士呀。他眯上眼睛想着，等到天亮到了彰武镇见到雷天泰和查枭勇，告诉他俩，不管换没换到钱，这车沙参已经送给了咱们，老家还急等着这车沙参去医治肺痨病呢。他又想起，有一次素清在药库里挑选中药，他见四处无人，偷偷地来到素清身后，趁她不备被他紧紧抱住，把素清臊了个大红脸……

想着想着，林宜生迷迷糊糊地睡着了。

傍晚的彰武镇在雾霭朦胧中显得格外寂静。姜连长和战士朴日哲护送着林宜生经过一天的跋涉进了镇子街口，房舍中稀疏的窗灯黯淡地闪烁着，偶尔听到几声狗吠。当他们来到教堂对面时，突然听到一阵马蹄踏雪的声音由远而近，接着有人在大喊："快，快抓住那两个骑马的抗联分子。"

几声枪响引发了密集的枪声。

姜连长立刻拨马靠在墙边一棵大树下，同时呼喊着朴日哲掩护林宜生靠过来隐蔽。这时，客栈那边也传来了激烈的枪声，伴随着手榴弹爆炸，客栈燃起了大火，叫骂声夹杂着惨叫声不绝于耳。朴日哲把马挡到林宜生的前面，一颗子弹飞过来击中了他的右腿，疼得他大叫一声晃了晃身子差点没从马上摔下来，他本能地举枪还击，引起了更多的枪弹射了过来，整个镇子像炸开了锅，喊声、枪声、爆炸声，接连不断。只听对面喊着："这边也有抗联分子，快来消灭他们。"

一股伪满军人呼喊着冲了过来。姜连长见势不妙,随即让朴日哲带着林宜生往镇外逃去,自己断后掩护。他举枪打倒了两个冲在前面的敌人,见对面的伪满军人卧趴在地上未敢过来,便调转马头,沿着墙根向镇外跑去。

姜连长在夜幕中找到了朴日哲和林宜生,也不容林宜生叫喊着什么,他和朴日哲一左一右,夹护着林宜生朝着天上的北极星方向急驰而去。

第二十二章　奉天

奉天守备军司令穆阿泰这几天心情十分沮丧，原因是日本关东军给他派了二十名军事教官和一名叫小坂正雄的大佐来当军事顾问。这二十名日本教官每天轮番训练他的士兵，士兵在训练时稍有不慎，轻则拳打脚踢，重则反铐关押。尤其那个小坂正雄，司令部大小事宜，均由他监督询问，搞得守备军官兵苦不堪言。昨天，有一个士兵在训练中因动作迟缓，被日军教官连扇几个耳光，勒令脱掉衣服，赤着身子在雪地里挨冻。值班团长郑保余担心人被冻坏，前去交涉，被那日本教官飞起一脚将郑团长踢翻在地，许久没爬起来。更让穆阿泰气愤的是，他今早刚到司令部，满洲国军事部发来一份电文，以郑保余妨碍军事训练为名，下令撤销其团长职务。

穆阿泰拿起电报正想撕掉，参谋长扎拉丰阿低垂着脑袋走了进来，抬头看见穆阿泰双眉头拧在一起，阴沉的脸色像个黑罗刹，便小心翼翼地走到他身旁，低声说："满洲国军事部、经济部、民生部合署下文，满洲国民不得吃大米白面，只有友邦日本人才吃大米白面。小坂正雄下令，即日起军营伙食只能吃棒米碴子和橡子面，兄弟们吃不好饭咋个训练？"

穆阿泰愤气填胸，他把军事部撤销郑保余的电文递给扎拉丰阿，怒气冲冲地说："这哪里是满洲国的守备军，改称日本雇佣军算了！"

这时，桌案上的电话响了起来。参谋长扎拉丰阿拿起电话，是奉天城防北门值班室打来的，说有两位从山东清水泊来的客商要见穆阿泰司令。扎拉丰阿问穆阿泰见还是不见，穆阿泰沉思片刻说："是，有这回事，马上安排卫兵把客人送到司令部来。"

扎拉丰阿刚放下电话，小坂正雄走了进来，他做了个鬼脸对穆阿泰说：

"司令官阁下，听说您的山东朋友要来，这么重要的客人能否让我也认识一下？"

穆阿泰怔了一下，心想：狗东西，窃听我的电话。他点起一支香烟，狠狠地抽了一大口，吐出一个大烟环，不慌不忙地说："是原朝廷驻青州府满兵营的旧属，是我邀请他们来的。"

"噢，是皇帝的亲兵，要好好地招待招待。"小坂正雄满脸堆笑地说。

"小坂先生，本司令总不能用棒米碴子、橡子面招待吧？"

"哪里哪里，这么重要的客人对大日本帝国和满洲国都很重要，要在奉天最好的日本料理清水御座料理店招待，按照你们满人的习惯，你的主席，我的副席，怎么样？"

穆阿泰也不客气，便说："好的，你去安排酒席，我和参谋长在司令部等客人，再去清水御座料理店与你会面。"

小坂正雄走后不久，查枭勇和雷天泰在两名卫兵的带领下来到了奉天守备军司令部。

查枭勇看这穆阿泰，见他近六旬年纪，瘦高的个头，下巴上留着一撮山羊胡子，一张饱经风霜的脸上刻印着皱纹，两只深陷的眼睛却炯炯有神，一身藏青色的将军戎装，显出一种不言而喻的威严。查枭勇鞠躬垂手，用满族的习俗问候一声"吉祥"，随即脱掉了帽子交给身旁的雷天泰，迅速撺下袖头，双手着地连叩了三个响头。穆阿泰半蹲下身来，双手扶起查枭勇说："都改朝换代了，皇上出门都跨东洋刀了，咱满洲人的规矩也得改了。"

他见查枭勇站立起来，看着他那彪悍的身材夸奖起来："好敏捷的身段，武功定是不差。快，看座奉茶。"

查枭勇和雷天泰刚落座，侍卫端过两杯茶水来。查枭勇正是口渴，端起那杯茶，也不试冷热一饮而尽，他左手抹了一把嘴巴，右手从怀里掏出一封信来对穆阿泰说："枭雄大哥给您写了一封信，请您过目。"

穆阿泰接过陆枭雄写的信，拆开看了起来。看罢，动情地用手擦了擦湿润的眼睛，对着查枭勇和雷天泰说："唉，老朽鲁莽啊，你们来得是时候，也不是时候。于今咱满洲国受日本人节制，军民受尽凌辱。依陆枭雄的性格怎么能待得下去，此一时彼一时呀。"

他盯了一下雷天泰问道："你是汉人？"

"是，俺叫雷天泰，山东潍北寿光县人，是陪着查枭勇大哥来东北跑镖的。"

"跑啥镖呀？"

查枭勇说:"山东营丘县流行肺痨,急需咱东北沙参入药。我接镖到彰武镇订购沙参,谁知纳税购参要用满洲国圆,当地又不能兑换银票。我奉陆寨主之命来奉天见您,天泰老弟正好跟来去银行兑汇,还不知这银行在哪里呢。"

穆阿泰听罢,捋了一下胡子,对参谋长扎拉丰阿说:"你即刻派车亲自陪这位雷兄弟去找银行兑汇,兑出钱后,你俩直接到清水御座料理店出席酒会,时间仓促,这就去吧。"

看着扎拉丰阿带着雷天泰出了司令部,室内就剩他和查枭勇,穆阿泰压低声音对查枭勇说:"此地不可久留,日本人派了个叫小坂正雄来我这里当顾问,此人心眼坏手段毒,他要在日本料理店请你吃饭,日本人问起清水泊的家当,你尽可夸大去说,让他们觉得你们有价值,这样才能顺利脱险回到关内。"

穆阿泰边说着,边来到书案前。他拉开抽屉,从里面拿出一沓满洲国圆和两份通行证件,对查枭勇说:"这点钱和证件你们在路上用,现在有股抗日联军活动猖獗,沿路会有盘查。酒会后,你二人便离开奉天,彰武镇那边靠近满蒙边境,这几天会有战事发生,你们要及早回到关内才安全。"

查枭勇看着穆阿泰那凝重的表情,知道事情的严重性,起身站立说:"请司令放心,我都记下了。"

扎拉丰阿带着雷天泰走出司令部,即让侍从去把军需官找来,他问及去兑汇要去哪家银行,军需官看了雷天泰拿的山东元成号的汇票便说:"报告参谋长,可能有些麻烦,咱满洲国财务部下令,关内兑汇要加征二成关税呢。"

雷天泰说:"这汇票兑不出钱,就是废纸一张,再说家里还等着这些钱买回沙参治病呢。"

于是,参谋长扎拉丰阿带上两个卫兵骑马,自己和军需官陪着雷天泰同乘一辆轿车,去银行兑汇。当他们来到满洲中央银行奉天分行,看见银行大楼门前排起长长的人群队伍,扎拉丰阿望着这些排队的市民,心想如果让雷天泰按序排队,排到天黑也挨不到柜台,便决定下车去银行交涉。他带着卫兵让军需官和雷天泰跟随着登上台阶临近大门时,维持秩序的警护员看见一位将官带领着卫兵和侍从过来,便上前来问询。

扎拉丰阿问道:"怎么门前排起这么长的队列,是取钱的还是存钱的?"

"官爷,都不是,于今皇上下令满洲国民不准吃大米白面,又听说满蒙要开战,市民们都怕满洲币不值钱了,都来用满洲国圆兑换日元呢。"

扎拉丰阿心里骂道:这么折腾,早晚这满洲国要变成日本国。他沉下脸来问道:"值班行长在吗?让他出来见我。"

"好的,好的。"那警护员哪敢怠慢,点头哈腰地转身禀报去了。

不一会儿,一个身穿灰色棉袍的秃头大胖子快步走了过来,抱拳作揖说:"有失远迎,有失远迎,鄙人是奉天分行行长吕叔颐,请到办公室入座。"

扎拉丰阿一行五人在吕行长的陪同下来到行长室,早有侍从端上茶点来,吕行长礼让大家落座,便躬下身来问询道:"不知将军阁下亲自来有何吩咐?"

扎拉丰阿用眼睛瞅了一下军需官,那军需官会意地点了一下头,便说:"因军务需要,要用银票汇兑成满洲国圆。"说完示意雷天泰把汇票拿出来。

雷天泰拿出那两张银票交给吕行长,吕行长仔细看那银票,用手挠了几下光秃的脑袋,看了一下雷天泰说:"总行有令在先,对关内汇票要加收二成兑税,我看是否变通一下,把这二千银圆的银票兑换成日元,再用日元换成满洲国圆,这样可以不交兑税。"吕行长说完,端起茶杯让着扎拉丰阿参谋长喝茶,又敬上一支香烟,点燃起火柴,彼此抽起烟来,他抽了一口烟,讨好地说,"唉,这满洲国圆连日贬值,这样下去不见得能撑得住,日元票值坚挺,不要换满洲国圆了。"他环顾一下,见军需官和雷天泰没说话,就喊来一个职员,让他拿着银票去前台汇兑。

不等吸完一支烟的工夫,那个去汇兑银票的职员拿着一叠日元和汇兑明细账单过来交给吕叔颐,经吕行长仔细核对后,便将日元和账单交给雷天泰说:"我核对过了,共是一百二十万日元,与账单上的明细相符,您收好了。"

扎拉丰阿见事情办妥,起身谢过吕行长,便带领着众人离开了银行。

清水御座日本料理店坐落在奉天市中心的承运街上,是满洲最有名的日本料理店,具备本膳料理、怀石料理和会席料理三种做法。店里菜色自然,味道鲜美,形式多样,瓷器精良是清水御座的特点。当扎拉丰阿带领着雷天泰和军需官来到清水御座门前,迎客的一位身穿浅粉色和服、脚蹬浅黄色木屐的女店员笃笃地踏着小碎步迎了出来。只见她弯腰深深地鞠了个躬,轻喊一声:"苦呢凄哇。"

跟在扎拉丰阿身后军需官曾在日本留过学,他熟懂日语,便用日语问小坂正雄顾问在哪个房间,那个日本女店员示意把靴子脱在客厅里,然后领着他们到了二楼,她轻轻地拉开一道门,扎拉丰阿参谋长看见小坂正雄向他挥手打招呼,便带领着雷天泰和军需官一起进了房间。

偌大的房间里,榻榻米上摆放着两排各是五人座席的低矮案桌,临窗一排居中盘腿而坐的是小坂正雄,他的左右两侧是四名日本军官。对面一排居中是穆阿泰，他的左侧是扎拉丰阿和充当翻译的军需官，右侧是查枭勇和雷天泰。在房间里侍候的一名日本女招待见雷天泰身上斜背着一个包袱，想帮他解下来放在衣柜里寄存，却被雷天泰制止，那女子只好对他微笑着站立在一旁。

小坂正雄见赴宴的人聚齐，便拍了两下手掌，几个日本店员双手端着托盘，鱼贯而入，在餐案上排列起菜肴来。餐案上排的是份饭，分别摆着日餐天妇罗、寿喜烧、盐渍章鱼、明太子、关东煮和日式蒸碗六样大菜，外加味噌汤和四钵酱油、辣根、甜姜和纳豆酱。小坂正雄环视了一下餐案上的饭菜，又看了一下穆阿泰，双手拱拳做了个中国式的武术动作，说："今天穆阿泰司令官和本顾问在清水御座设宴欢迎来自山东清水泊的客人，这里的饭菜是很有名的，按照中国的古语，叫食之有料，来之有理。哈哈，请各位用舌尖来感受来自富士山下最精美的菜肴吧。"说罢他端起酒杯，邀请大家喝起酒来。这时房间的拉门被拉开，进来了四位身穿肥大花布和服的日本歌姬，只见她们头戴发髻，个个浓妆艳抹，满脸的白粉一直抹到脖颈，血红色的口唇被涂成樱桃的形状，每人手中拿着一把扇子，整齐地站成一排。先是深鞠一躬，刷的一声把扇子打开，低压着嗓子吐着不熟练的汉字唱起歌来：

> 我皇御统传千代，
> 一直传到八千代。
> 直到小石变巨岩，
> 直到巨岩长青苔。

小坂正雄和身边的四位日本军官肃然起敬，把右手放在胸前哼唱着。穆阿泰听着这哭丧腔的歌曲，表情轻蔑不屑，他转头问军需官这帮日女歌姬唱的是啥玩意，军需官回答说这是日本的国歌，叫《君之代》。

这几个歌姬唱完日本国歌，便挥着扇子跳起东洋舞来，有两个日本军官被舞蹈气氛所感染，也情不自禁地挥起手臂应和着哼起舞曲。

雷天泰与查枭勇相互对视了一眼，心照不宣地准备早点结束这场无聊的酒会，尽快赶回彰武镇。查枭勇低声对穆阿泰说："我们的两匹马还在守备大营呢，能否派人去牵过来，等这饭局一结束，我和天泰骑马就走。"

穆阿泰点了一下头，对军需官嘀咕了几句，军需官便悄悄地溜出了房间。

这时，小坂正雄挥了挥手，让那四名歌姬退了出去，宴席安静下来，小坂正雄突然站了起来，对着穆阿泰深鞠一躬说："司令官阁下，早就闻名关内山东好汉的武功,今天从清水泊来的客人我想他们的武功会十分厉害,我想让大日本的军官见识见识。"说完,也不经穆阿泰同意,他朝身边的一个少佐撇了撇嘴巴。那少佐把准备好的两把训练用的木质军刀拿了出来,摇晃着双臂走到查枭勇面前,深鞠一躬,用半生不熟的中国话说:"您的请,比赛的干活。"

查枭勇看了一下穆阿泰,见穆阿泰朝他点了点头,意思是可以去教训他们一下。查枭勇会意地微笑了下,他绕过餐案来到日本少佐面前,瞅了他一眼,见那军官三十来岁年纪,生得豹头环眼,矮壮的身体十分结实,心想:我得避实就虚,不与他拼蛮力,巧取为上。查枭勇接过日本少佐递过来的木刀,感觉轻飘飘的,索性把它扔在一边,后撤三步,摆了个凤凰单展翅的架势等着对方来进攻。

那少佐大吼一声,举起木刀劈了过来,查枭勇转步闪过,用右脚尖轻挑日本少佐腿后关节处,少佐一个趔趄差点摔倒。等他回过神来,喊了一声"死给,死给",假做了个倒刺动作,转身将木刀翻转,朝着查枭勇的咽喉猛刺过来。查枭勇不慌不忙,待刀过已不能收步时,侧身让过木刀,从容伸出右掌欲击他的后背,那日本少佐惊出一身冷汗,蹲步躲过一掌,双手举刀与查枭勇对打在一起。查枭勇虽然是赤手空拳,但他腾挪闪转,缓若游云,疾若闪电,动作轻巧有度,对付这个日本少佐如同猫捉老鼠一般。穆阿泰看出查枭勇的武功属上乘,暗暗窃喜。雷天泰见查枭勇的武功如此了得,禁不住喊起好来。

查枭勇与那日本少佐对打四五个回合,较量中孰胜孰负已是昭然若揭,查枭勇想着与雷天泰早点离开奉天,不想在这里多占用时间,于是故意卖个破绽,让日本少佐劈杀过来,他却闪身于侧旁,使出二指禅功夫,点在对方右臂后肘的天井穴位上。这点穴招数,让日本少佐执刀的右手臂如同触电,一阵麻痛不能自持,手中的木刀跌落下来,查枭勇用脚背接住木刀,将木刀挑过头顶,顺势用手接住木刀,又拱手把木刀还给了日本少佐。那个日本少佐自知武功差得太远,便半跪在地上,左手捂着麻痛的右臂,用半生不熟的中国话说:"我小小的,您大大的死给,大大的厉害。"

正当小坂正雄看得目瞪口呆,坐在他旁边的另一个少佐却失去了冷静,他拿起餐案上的酒瓶,咕咚咕咚把瓶子里的酒喝了个一干二净,接着他抽出身上的佩刀,离开餐案走到雷天泰面前吼叫着:"我的龟田少佐,木头刀是表演用的,我要用真的军刀与你比比可以吗?"

雷天泰瞄了龟田少佐一眼,见他黑色的脸膛,眼露凶光。见到刚才查枭勇打得那日本军官收刀认输,很想教训一下这个狂妄的家伙,便说:"好的,咱们比试一下。"

谁知还没等雷天泰起身，龟田的军刀已刺了过来，雷天泰感到一束冷光闪烁，心想不好，对方搞突然袭击，情急之下，只得后仰前身，用脚去蹬餐案下的木腿，自己借力滑向墙根。只听咔嚓一声响，餐案被雷天泰踹塌，案上的饭菜飞起溅了龟田少佐一身。这更使龟田勃然大怒，举刀砍杀过来，比武变成了一场你死我活的厮杀。

龟田少佐的刀法凶狠，他借着半醉状态的酒力，刀刀杀在致命之处。只见他就地来了一个转身挂劈，雷天泰疾步闪开，龟田变招为虚步上挑，嗖的一声，刀刃从下往上斜扫过来，雷天泰转身稍慢，被那刀尖切开背在身上的包袱，里面的日元纸币像雪片一般纷纷扬扬飘散在空中。雷天泰怒不可遏，发出一声滚雷般的吼叫。房间里的人都惊呼着站了起来，正不知所措，看见雷天泰一个跟头翻到龟田少佐的侧面，施展出螳螂拳中的硬崩伏底，随手用搏虎擒龙拳术，掐住龟田执刀的手臂，往外一带，只听当啷一声，那军刀脱手而出，直插在窗棂上。就在龟田少佐愣神刹那，他的前裆暴露，被雷天泰飞起一脚踢在阴囊处，疼得龟田"妈呀"一声，连翻了几个滚，哇哇大叫起来。

龟田少佐吃了大亏，恼羞成怒，迅速拔出腰间的手枪，朝着雷天泰砰的就是一枪。雷天泰见势不妙，他曾与表哥马释永交流过鬼影迷踪的步法，借着墙壁的反力，腾起纵身，飞跳到门外。他对准二楼上的木格子纸窗，一脚踹开，纵身从楼上跳到了街上。龟田少佐滚爬起来，追到门外，对着窗户连开两枪。查枭勇随后追了出来，背后一个扫堂腿把龟田放倒在地，又一脚把他手里的枪踢到了走廊尽头。接着查枭勇飞身越过龟田，跳到被雷天泰踹开的窗户上，往下一看雷天泰已经从地面上站立起来，他也从二楼跳到了街上。

军需官按着穆阿泰的吩咐，与一名卫兵各牵一匹马刚到清水御座日本料理店门前，便听见了二楼发出枪声。他警觉地望去，看见雷天泰和查枭勇分别从二楼跳了下来，便喊道："你们的马在这里那，二位快过来。"

雷天泰和查枭勇来到军需官面前，军需官问出现了啥情况，他二人先飞身跃上马，才告诉军需官是日本人开枪追杀他们。军需官指着大街一侧说："那边是奉天城北门，我已按穆司令的吩咐，吃的用的都放在马背上，你们快走。"

看着雷天泰和查枭勇疾驰而去，军需官掏出手枪，喊着楼下站岗的两个卫兵，急匆匆往楼上跑去。

刚才龟田少佐和雷天泰格斗的危险一幕，把小坂正雄惊得呆若木鸡，看着榻榻米上满是散落的纸币和饭菜，房间里一片狼藉，他怒睁着眼睛，牙齿咬得咯咯作响。当他发现龟田少佐还趴在地上,气得在他屁股上狠狠地踹了一脚,接着又揪住他的衣领把他从地上拉了起来,一股怒气集结在手掌上,骂了一句"八格牙路",照着龟田的脸狠狠地扇了一记耳光。龟田被打得蹒跚了几步,他在半醉半醒中做了一个匪夷所思的举动,他踉跄着步子凑到小坂正雄面前,嘴里骂出一句"你的八格牙路",抡起胳膊朝着小坂正雄的脸颊重重地回敬了一巴掌。小坂正雄被打得两眼冒出金星,眼镜也被打落到榻榻米上。这还了得,按日本军人的训规,一个少佐竟敢打一个大佐,岂不犯下大忌。气得小坂正雄鼓起腮帮子,随着喘息的粗气浑身颤抖着,像一只被激怒的熊瞎子。只见他转身抽出身边一个少佐佩戴的军刀,一下扎进了龟田的肚子里,那龟田惨叫一声倒在了血泊中。

　　穆阿泰看到发生的这一切好生解气,他看见军需官带了卫兵进来,朝他眨了眨眼睛,军需官附在他耳边说:"客人已安全离开,司令您尽管放心。"

　　穆阿泰一挥手,对参谋长扎拉丰阿说:"备车,你随我连夜去新京,我要见康德皇帝。"

第二十三章　离别

辽阔无垠的辽北雪原，被夕阳镀上一层金色。灿烂的光辉映射在雪面上，呈现出浮光掠影的迷幻色彩。云霞簇拥着落日，天边酡红如醉，让人心旷神怡。

查枭勇和雷天泰各骑快马奔驰在雪路上，嗒嗒的马蹄声和无言的叹息划过长空。查枭勇吁了一声，拉住马缰，停了下来，他突然想起了什么，转头对雷天泰说："我那只快枪寄存在奉天守备司令部了，走得急，忘了去取了。"

"咱俩是飞出笼子的鸟，再也不想飞回去了。"雷天泰感慨地说。

查枭勇看了一下满是彩霞的天空，翻身从马背上跳下来，脚刚落地，觉得脚心下一阵刺骨的凉，他本能地翘起脚尖低头观看，发现脚上只穿着一双布袜子站在雪地里，方想起他和雷天泰的靴子脱在了奉天清水御座日本料理店里，无奈地摇了摇头，对雷天泰说："嘿！咱们用汇票兑的钱丢在奉天不说，咱俩的靴子也丢给日本人了，在这冰天雪地里不穿靴子咋行？只能赶到前面镇子里去买一双了。"

雷天泰随即也跳下马来，顿觉脚下冽厉难忍。他跺着脚解下系在肩上被军刀挑破的包袱，发现还有十几张日元纸币在里面，就把钱揣进衣兜里，把那残破的包袱撕成四片。送两片给查枭勇让他包扎在脚袜上，自己也把两只脚包住，方觉暖和些。他又摸了一下马鞍后边装满草料的袋子，竟发现马鞍两侧分别挂着一个白布袋子和一只木盒子枪套，雷天泰把手伸进布袋里，里面有十几个白面大馒馍，兴奋地对查枭勇说："这布袋子里有白面大馒馍，俺看看那木盒子里装的是什么。"雷天泰边吃着馒头边打开木盒子，见里面是支崭新的德国造二十响驳壳枪，不由得瞪大了眼睛。说着掰了一块馒头放进马嘴里，剩下的一块自己嚼了起来。

查枭勇也从自己骑的马上取下木盒子，发现是个木匣枪套，他开启扣钮，里面也是一把崭新的德国造二十响驳壳枪，高兴地叫了起来，他把驳壳枪握在手里掂量了掂量，对雷天泰说："去年我陪陆枭雄大哥在天津卫买枪，看到一把二十响的连发驳壳枪，真想给陆大哥买一支，陆寨主嫌贵，每支枪加五百粒子弹要三百现大洋呢。今天你我各得一支二十响连发驳壳枪，爽啊。"

他退下弹夹，看着压着满满的子弹，把枪举过头顶，对着鲜红的落日用满语说："西天吉祥，我查枭勇将永远不忘穆阿泰将军的恩德。"

雷天泰打开匣套，把枪取出来握在手里问查枭勇："查大哥，这枪咋用？"

查枭勇边示范边说："先打开大头击锤，拉开枪栓推子弹上膛，打开保险，即可扣动扳机，朝目标击发。"

雷天泰按着查枭勇使枪的动作，练习了几遍，已是心领神会。

查枭勇见雷天泰对使枪能融会贯通，便说："天色已晚，走吧！"

二人把驳壳枪放进木匣枪套里，又把枪套斜背在肩上，飞身上马，奔驰在雪原大道上。

历经两个昼夜的长途跋涉，查枭勇和雷天泰抵达黑夜蜷缩着的彰武镇。二人驱马翻过镇子南边的沟壑，穿过一片墓地，沿着斜路进入了镇子里。当快到街口时，听见前面传来一阵喧嚣，随即传来密集的枪声和爆炸声。查枭勇判断枪声来自客栈方向，便对雷天泰说："不好，客栈那边出事了，过去看看。"说罢，他从枪匣里拿出驳壳枪，推上子弹催马冲了过去，果然看见客栈栅墙外有黑压压的一群人在往院子里射击，不时院子里也有还击的枪声。查枭勇知道是小茂子领着寨兵在抵抗，毕竟敌方人数太多，要把他们引开才行，于是对雷天泰说："咱俩同时射击，待对方转身，咱们边打边跑，得引开这帮家伙才行。"

说着，二人用枪对准敌方身后，扣动扳机。砰，砰，砰砰，几枪打过，随着几声惨叫，敌人像饿狼似的扑了上来。

围住客栈的是满洲国军，他们在日本关东军的帮助下，击溃了阻击他们的抗日联军，又派了一个连的兵力追剿撤退到彰武镇的部分抗日联军。满洲国军的士兵搜查到客栈，发现院子里有几匹军马，几个士兵进来牵马，被清水泊的寨兵误认为是盗匪，开枪撂倒两个。逃出客栈院外的满洲国兵认为遇到了抗联的人，于是召集起队伍进行围剿。寨兵们六条快枪的火力让满洲国军的士兵也不敢贸然进入院内，只能往院里投掷手榴弹，随着爆炸声四起，马厩草棚引发大火。小茂子一看不好，他爬到马厩里解开了拴马的缰绳，把马驱赶到院南侧的墙根处卧在地下，又招呼着寨兵把装载着沙参的马车推出了着火的草棚，几个人躲在马车后边与满洲国的官兵对抗着。满洲国军人多势众，武器装备精良，又配有手榴弹，渐渐地把小茂子他们打得抬不起头来。就在这危急时刻，查枭勇和雷天泰的背后袭击，让局势缓和下来，当敌方的指挥官判断是抗联的零星部队时，即组织人马去追击。满洲国军的士兵惊魂未定，西边街上又发现抗联的三个骑兵，前去追剿的官兵被打死几个，全卧在雪地里不敢再动。

查枭勇和雷天泰骑在马上，边还击边引着满洲国军往客栈相反的巷子里跑，追兵们吆喝着赶了过来。二人骑马拐过一条胡同，听到后边的追杀声越来越远，即放慢马速，朝身后又打了两枪，追兵们又呼喝着冲了过来。查枭勇在前雷天泰在后催马前进，突然查枭勇骑的坐骑前蹄扬起，嘶叫一声差点没把查枭勇从马上掀下来。查枭勇定眼一看，发现前面街口燃起一堆篝火，火光中有不少人影在游动。查枭勇这才明白，后边的追兵不敢开枪是怕伤了前面的人，他左右环顾，见右侧有一排砖墙，他朝身后的雷天泰示意了一下，纵身跳到马背上，猫腰一跃，跳到墙头上。雷天泰也模仿着查枭勇的动作几乎同时纵身跃到墙头上，那两匹马觉得身上减轻了许多，嘶叫一声朝着篝火急窜过去。

后面的追兵和篝火旁边的守兵眼看着两匹快马风驰电掣地跃过篝火，消失在黑夜中，也未看清楚马上有没有人，只当逃出了镇子，于是合兵一处，又去围攻客栈。

查枭勇和雷天泰从墙头跳到墙内，发现是个大宅院。厅房的窗户透着灯光，查枭勇轻声地对雷天泰说："跳到人家宅院里来了，看样子还是个大户人家。"

雷天泰指了一下亮着灯光的窗户说："屋里有人，我刚看见里面有两个人影在晃动。"话音刚落，屋里传来击碎瓷花瓶的清脆声音，接着传出一阵女人的尖叫声："救人呀，歹人来袭凤了，霍爷啊，来救我……唔。"

好像那女人的嘴巴被捂住，又传来几声淫笑："哈哈，小娘们，好嫩的小肥屁股，乖乖地从了老子，免得受皮肉之苦，哎呀，臭骚娘们，敢咬老子的手。"

又听到扇耳光的声音，屋里的女子一声高过一声尖叫着。这时，西厢房门哐哐响起来，似乎有人在踹门。

查枭勇判断，是坏人把这座宅子的主人反锁在厢房里，去了厅房内糟践宅主人的家室。他轻声对雷天泰说："咱得先把厅房里的坏人控制住，救出那女子，再去厢房救那个踹门的人。"

雷天泰点了点头。二人掏出驳壳枪沿着墙根迅速移到厅房门前，发现房门虚掩着，悄悄推开走进了屋内。卧房垂着门帘，查枭勇用枪头挑开帘子，看见两个兵痞模样的人赤裸着下身,正在猥亵一名披散着头发的女人,灯光下那女人白嫩的身子与两个兵痞黑褐色的皮肤形成了鲜明对比。

当两支冰凉的枪头分别抵住两个兵痞后脖颈时,其中一个兵痞误认为是自己的队伍来找他俩的,忙说:"长官好,长官好,兄弟耐不住寂寞出来找个女人寻个乐子,别当真,千万别当真。"

查枭勇也不跟他答话,与雷天泰把他俩押出屋外,喝令两个兵痞用手抱着脑袋,面对着墙根蹲下来。兵痞被强制蹲在雪地里冻得直打哆嗦,不断地求饶让穿上裤子,雷天泰训斥道:"自作自受,让老天冻下你们的鸡巴来才好,省得再干坏事,再嚎嚷我割了你俩的舌头。"

两个兵痞冻得上牙齿打着下牙齿,发出得得的声音,再也不敢说话了。

查枭勇见两个兵痞被控制住,听见厢房里又在踹门,便对雷天泰说:"我看住这两个家伙,你去把厢房里的人放出来。"

雷天泰来到西厢房门前,里边还在用脚踹门。雷天泰喊道:"别踹了,那两个坏蛋已经被制服,我来救你了。"边说着,边把反挂在门外的铁锁取了下来,把门推开。一个弯着腰的老者走了出来,只见他双手被反剪,嘴巴被塞进一团破布。雷天泰先把塞在他嘴里的破布拽了出来,又把反剪双手的绳子解开,那老者连吐了两口唾沫,晃了一会儿脑袋,问起雷天泰来:"你是什么人,从哪里来?"

"我是从山东来彰武镇买沙参的。"雷天泰回答。

"噢,你可认识从山东来的林医师?"

"当然认识,我们是一起来的,住在朝鲜大婶开的客栈。"

那老者一听,又晃了晃脑袋说:"咱们是一家人,好汉稍待,老夫要去看看贱内。"说着疾步往厅房走去,他瞥了一眼查枭勇和蹲在墙边的两个兵痞,也不搭话,直奔厅房,刚进门,卧房里那个女人赤裸着身子哭喊着扑了上来:"霍爷呀,哀妻被歹人欺负了,你去哪里了,怎么不来救本宫啊?"她依偎在霍爷的怀里痛哭欲绝。

霍爷看到桂凤身上青一块紫一块的伤痕,又见乳头也被咬得渗出血来,心疼地把她抱住,哄劝道:"莫哭,莫哭,老夫给你报仇。"

见桂凤止住了哭声,霍爷把她抱进卧房,又喊道:"小翠,小翠在哪里?快拿衣服给你主子盖上,光着个腚成何体统!"

"在,在呢。"

只见一个丫头哆嗦着从床底下爬出来,原来这小丫头机灵,听见歹人进入厅房,吓得一头钻进了床底下。

霍爷见小翠丫头拿了件棉袄给桂凤披上，自己走到中堂墙边，摘下那把御赐宝刀，嗖的一声抽出刀鞘，看着刀片旋了个头花，大步流星地走出屋外。就在蹲在墙根下的兵痞惊诧瞬间，霍爷挥刀而起，一道银光在院中闪过，那兵痞已是身首分离。另一个兵痞惊慌中想站起来，霍爷的刀如白蛇吐信，直穿兵痞的胸腔扎了个透心凉。霍爷的刀术让站在身后的查枭勇和雷天泰敬佩不已，二人齐声喊道："好刀法，好刀法呀！"

霍爷这把刀系龙泉古镇的锻剑名师为皇宫锻造，龟纹的刀身锋利无比，杀人却不沾血迹，系溥仪皇帝亲手所赐，平日视为珍宝。他把宝刀倒握在手中，看着两具尸体骂道："狗东西，敢在本府撒野，杀无赦！"

一阵叩门声从院门外传来，霍爷为之一怔，查枭勇和雷天泰也紧张起来，各自把驳壳枪握在手中准备厮杀。门外传来一个男人的声音，他嘶哑着嗓子叫着："霍爷呀，开门哪，俺是厨子老徐，俺知错了，快开门吧。"

又过了一会儿，门外传来一个女人的声音："霍爷哎，俺俩知错了，再也不敢了，开门吧。"

霍爷听着门外喊叫，愤愤地说："原来是这两个狗男女，气死老夫也。"

停顿了一会儿，霍爷对着厅房喊道："小翠，小翠呀，去开门吧，把那两个混账东西放进来。"

"哎，知道了霍爷，俺这就去开门。"

小翠丫头一边答应着，一边披了件厚棉袄从厅房里走出来。大门开了，进来了一男一女，见到霍爷跪在面前磕起头来。

这磕头的女人叫栗大脚，男的叫徐良，大脚原是奉天府尹恭寅家的婢女，光绪末年府尹被裁撤，恭寅被调山海关途中病亡，随至家室败落。栗大脚被霍爷收留做了管家婆子，因自幼没有裹脚，被叫栗大脚，四十六岁的年纪也未婚配。那天霍爷请林医师和柳参花在家吃饭，栗大脚在一旁伺候，霍爷说些男女之间的风流韵事，羞得她红着脸去了厨房。栗大脚慌慌张张进厨房时，踏到块白菜叶子，脚底一滑跌了个跟斗，厨子老徐在旁边把她抱住扶了起来。徐良是河北邯郸人，有妻子在老家照顾年岁大的父母一时接不过来，管家婆子的两只大乳房贴在他胸口上，老徐不能自持，紧紧地抱了一会儿才松开。自这一刻，管家栗大脚春情萌动，竟偷偷与厨子徐良相好。

霍爷这天午休后，要去厨子屋里找块生姜做中药引子，走进屋里见徐良正在炕上搂着管家栗大脚亲嘴呢。这还了得，岂不败坏了家风，霍爷勃然大怒，拿起一支擀面杖子就要打。厨子和管家婆子各挨了几杖子，跳下炕来跑出大门。

霍爷举着擀面杖子追到街上，又怕让邻居看笑话，只得悻悻地回到家里。

霍爷回到厅房，正想让丫头小翠泡杯茶喝，院子里进来几个满洲国军的士兵，说是来搜查抗日联军的潜逃人员。领头的伍长贼眉鼠眼地瞅着桂凤抱着一只大花猫在院子里晒太阳，他见桂凤生得细皮嫩肉，又有姿色，便搭讪着对霍爷说："你女儿长得真漂亮啊。"

霍爷说："啥眼神，她是老夫的贱内。"

"你们家几口人？"那伍长问道。霍爷本就让厨子和管家栗大脚气得难受，没好气地说："就剩俺俩了，老夫要歇憩，没事请回吧！"

那伍长点头哈腰地领着几个士兵离开了。

到了晚上，那个去过霍爷家的伍长喝了些酒，想起桂凤的姿色心里直痒痒，骂道："这老家伙找了个小媳妇，老牛吃嫩草，他妈的，老子怎么没这个艳福。"于是叫来一个平日与他同气相投的兵士，以讨杯水为名又到了霍爷家。霍爷为人实在，听说这二人口渴要喝水，便转身喊小翠去烧水。那伍长趁霍爷不备，掏出腰间的手榴弹，照着霍爷的后脑勺就是一击。霍爷被打倒在地，两个兵痞缚住霍爷双手，又怕霍爷醒后喊叫，找了块破布把他的嘴巴堵上，抬到西厢房反锁在里面。这两个兵痞把霍爷打发利落，便去卧房去调戏桂凤。霍爷苏醒后，发现自己双手被反剪，嘴巴也被堵上，又听见桂凤的惨叫声，情急之下用脚踹起门来。多亏查枭勇和雷天泰为躲避追兵进了院子，才把霍爷救出来。

霍爷看着跪在地下的管家和厨子正想发落，突然听见凄惨的笑声，只见桂凤披散着头发跑出了厅房，光着脚在院子里雪地上乱转，嘴里喊着："二郎神下凡了，哪吒三太子也来了，杀妖精啊，杀妖精啊。"

霍爷追上去抱住桂凤，对跪在一旁的管家婆子栗大脚喊："桂凤疯了，你快和小翠把她扶进屋里，成何体统。"他见管家栗大脚和丫头小翠连拉带扯地把桂凤弄进厅房，用脚踹了还跪在地上的厨子老徐一个跟头，骂道："还不是你惹的祸，滚起来，帮着山东来的二位好汉把这两个兵痞的尸首扔进后院的枯井里，给我填埋了。"

霍爷吩咐妥当，气呼呼地回到厅房去看桂凤，桂凤一会儿哭，一会儿笑，弄得他一筹莫展。霍爷心灰意冷地来到庭院里，仰望着寒冷的天空，对着弯钩似的月亮呆呆地看着。

厨子徐良领着查枭勇和雷天泰把两个兵痞的尸体处理掉，回到院里见霍爷望着天空发呆，便轻轻地来到他身边，小心翼翼地说："霍爷，都处理完了。"

霍爷问道："埋了？"

第二十三章　离别

"埋了。"厨子徐良回答。

霍爷伸开双手，对着寒天喊道："是满洲国完了，老夫惨了。"

嘟嘟，嘟滴嘟，嘟滴嘟。镇子里突然传来军号声。一阵人声喧嚣后，街上逐渐宁静下来。查枭勇听出这军号是紧急集合号，判断满洲国军的队伍有紧急军情撤离了彰武镇，便对雷天泰说："满洲国的军队走了，咱去客栈，看看小茂子他们。"

查枭勇和雷天泰告别霍爷，来到客栈。眼前的景象让他俩惊呆了，客房被大火烧得面目全非，房顶的余火还在不断地燃烧着，原本整齐的院子处处是残垣断壁，整个客栈变成一片废墟。查枭勇双手呈弧状，靠在嘴边上，用力喊起来："小茂子，小茂子在吗？"

客栈院子里静悄悄的，一点回音也没有，沮丧之余，他食指扣压在舌下，连连打了几个口哨。

雷天泰发现有几个黑影从倒瘫的马厩边上钻了出来，他警惕地拔出驳壳枪，却听见黑影里喊起话来："查寨主，听见您的口哨了，俺是小茂子，兄弟们都在呢。"

小茂子和寨兵们跑了过来，见到查枭勇和雷天泰喜极而泣，哭诉了起来："查寨主，雷大哥，可把你俩盼来了。"

雷天泰拍了拍小茂子的肩头，说："人都在就好，林医师和那车沙参呢？"

小茂子擦了下眼泪说："大前天夜里，客栈里来了一支队伍，说着和朴大叔一样的朝鲜话，求着让林医师出诊，队伍上说只要林医师跟他们出诊，车上的沙参就不要钱了。林医师担心您在奉天兑汇不顺利，就连夜跟他们走了，说是今天能回来，刚才开枪打得急，也没看见他回来。那车沙参和马匹都藏在了对面墙根下，刚才我从菜窖里钻出来，看着还在呢。"

查枭勇问道："你们几个不是和满洲国军的人干起仗来了吗？怎么脱险了？"

小茂子说："起先发现进来了五六个人，俺们不知道是满洲国军的人，以为是来盗马的，俺喊他们，不但不听，还开了枪。交战中被咱打死了两个，剩下的退了回去，不多会儿他们来了一大堆人，一交手才知道他们是正规的军队，火力很猛，又配有手榴弹，差点顶不住了。后来不知为什么他们突然不打枪了，这时朴大叔过来把俺们藏到客栈的菜窖里，嘱咐千万别出来。刚才隐隐约约听到喊声，没辨出是谁，直到您打口哨才出来见您。"

查枭勇和雷天泰听了放下心来，查枭勇说："感谢人家老朴两口子，咱们走，去看看。"

一行人来到客房前，顿时愣在那里。客房的房顶已经坍塌下来，部分余火还在燃烧着。查枭勇让寨兵们从倒塌的马厩里找来几把铁锨，铲着地上的雪埋灭余火。雷天泰翻着一根着火的木梁时，发现了两具尸体，整个身躯靠在一堆破碎的酒坛上，酒精的燃烧让尸骨无法辨认，其中有个尸体的手中攥着一把剪刀，雷天泰和查枭勇断定是老朴和朝鲜大婶的尸骨，似乎在客房里进行过激烈抗争，老朴夫妇是被满洲国军的人杀害的。

查枭勇安排寨兵把老朴夫妇的尸骨掩埋在前院的南墙根下，大家摘下帽子，朝着坟头深鞠躬，心里无比感谢这对朝鲜族夫妇。

小茂子打了个口哨，卧在墙角边的六匹马站了起来，各自抖着身上的残雪，嘶叫着奔了过来，寨兵们抚摸着马鬃，像是见到了久别的朋友。查枭勇觉得此地不宜久留，便和雷天泰商量，决定即刻驱车驶离彰武镇。

随着几声鸡叫，东方渐渐开始破晓，镇子里万籁俱寂，冷清的天空中垂挂着几颗残星，像是为返乡的镖队送行。雷天泰驾着拉满沙参的马车，在查枭勇和寨兵们的簇拥下驶出了彰武镇。此时的雪原上泛起蒙蒙的晨光，浸润着薄雾缭绕的天幕。雷天泰把马鞭交给了坐在身边的小茂子，自己跳下马车，走到骑着马的查枭勇前面，跪下磕了个头，然后站立起身，拱手对查枭勇说："拜托查寨主带着弟兄们把这车沙参运回营丘县城，俺得返回彰武镇去等候林宜生，请寨主见到刘锦什大掌柜代俺捎句话，俺要和林宜生一起回去。"

查枭勇跳下马来，握住雷天泰的手说："大哥不放心你留下，这满洲国不太平。如果老弟执意留下等林医师，我也无话可说，但你要答应我一个请求。"

雷天泰说："您说寨主大哥，兄弟在所不辞。"

查枭勇从肩上解下一个背袋，又从怀里掏出一个证件，递给雷天泰说："这是穆阿泰将军给我的满洲国币，我出了山海关就没用了，你等林医师用，这个小本是满洲国的通行证件，你留下一个，我带上一个，如遇上盘查用得上。"

雷天泰也不客气，接过背袋和通行证，又摸了一下腰里的驳壳枪，拱手对查枭勇说："就此告别，这支驳壳枪俺先留下防身，祝大哥和弟兄们一路顺风，俺看着你们走。"

查枭勇翻身上马，打了一声口哨，带着寨兵们踏上了返乡的路程。

雷天泰站在雪地里，一直看着查枭勇这队人马消失得无影无踪，才擦了擦眼上的泪水，返身往彰武镇走去。

第二十四章　精元

营丘县县长马尚岭这几天的心情真是糟糕透了，原因是县里流传的肺痨越来越严重，因水灾造成的秋收减产，许多灾民涌进城里来讨饭，让他束手无策。他的夫人文萍萍连日咯血不止，几次让秦秋谱老先生医治，开出的药方无沙参入药，服药后效果不明显，于今躺在床上已是奄奄一息。更让他焦躁不安的是刚接到省政府来电，日本军队已登陆青岛，不期将侵犯山东全境，让他做好将县政府撤至白狼山区的准备。

办公桌上的电话响了起来，马县长拿起电话，是教育局局长郭子敬打来的，说有要事禀报。这几天不知怎么了，这个郭局长几乎天天来找马县长。每次来也不空手，一回送条烟，一回送两罐鱼罐头，全是日本货。这次他带了一块日本产的绒毛围巾，低头哈腰地送给马县长，说是孝敬马县长夫人的。马县长沉下脸来说："郭局长，连日来你是天天送礼，到底找我有啥事，今天你得说清楚。"

郭子敬满脸堆笑，他从皮包里掏出一封信，递给马尚岭说："县长，确有要事回报，这是日本青岛驻军最高长官本田大佐给您的一封信，我翻译好了，您看完有什么盼咐请告诉我。"

马尚岭接过信，打开一看，顿时毛发都竖了起来。

营丘县县长马尚岭阁下：

　　大日本帝国驻青岛辖区司令部，深鉴于世界之大势，致力于大东亚共荣圈，盖图谋帝国臣民之康宁，同享万邦共荣之乐，敬请营丘县马尚岭县长，认清局势，投降于大日本帝国，以免毙于非命及蒙受战争之灾祸。须遵循帝国安邦之秩序，勿妄滋事端，扰乱时局，破坏潍北地区之安定。且实施一切措置，服从于大日本帝国限制之下。

  如若犹豫迁延，迷误皇道，兹必惩之。

大日本帝国驻青岛派遣军先遣司令官
本田俊二　大佐

  马尚岭反复看了几遍郭子敬翻译的信件，沉思许久，眉头一皱，计上心来。他先是哈哈大笑几声，让郭子敬不知所措，又和颜悦色地问道："郭局长，请问你在日本留学时学的是什么课程？"

  郭子敬听了马县长的问话，先是一怔，后回答说："禀告县长，说起来惭愧，泗水老家有百亩良田，老父当年送我去日本学习农技。我在东京农业大学植养系学的是水稻种植，可我家乡泗水从不种植稻米，英雄无用武之地呀。所以我去了省政府谋职，又被派到营丘县任这个教育局局长。"

  马尚岭听了微微一笑说："这稻米种在泗水是水土不服嘛，你想一下，营丘县这片水土怎么能适合东洋人来管？"这时，马尚岭的神情严峻起来，他用手指头拍打着桌子，又对郭子敬说，"郭局长，本县让你及早去青岛见见日军本田大佐。且不谈降与不降，你就把营丘县流行肺痨传染如实地反映给他，日本人不怕传染就进来。"

  马尚岭说完，把郭子敬翻译的那封信撕了个粉碎，又把撕碎的纸片放进信封里，还给郭子敬说："日本人死了叫玉碎，中国死了要撒纸钱，你把这些纸钱交给本田大佐，告诉他不怕染病就来吧！"

  郭子敬见马县长动了怒，再待下去会没有好果子吃，只好接过信封，连连说："县长息怒，县长息怒，我这就去办。"说完悻悻地离去。看着郭子敬离去的身影，马尚岭骂道："狗汉奸，为日本人送信，什么东西！"

  警官张海生手执盒子枪从屏风后面几步跨了进来，他对马县长说："我在后面盯着呢，要不要把这个郭子敬抓起来？"

  "不，留他还有用。唉，时局难料啊，咱得在郭子敬去青岛这两天及早把县政府搬迁到白狼山的白塔镇去。"

  马尚岭面色沉重，叹了一口气说："你婶子得了肺痨，躺在床上，看她那不死不活的样子怎么能去白狼山？马上到立冬了，白塔村那边天寒地冻，去了也活不成呀。"

  看着马县长难过的样子，张海生说："马县长，康然药房去辽北购置的沙参按说也该到货了，刘掌柜雇了清水泊的寨兵保镖呢，我这就去看看。"

马尚岭摊开双手说："你去看看，问问啥时候到货，没有沙参，秦秋谱老先生是巧妇难为无米之炊，你婶子只有等死了。"

张海生走出县衙，在县衙大门外闻到一股酸臭味，灾民们衣不蔽体，乱发遮着脸面，甚至分不出男女，扎堆地聚集在南墙根下晒太阳。站着的，坐着的，躺着的，呻吟声、哀叹声不时传来。有几个灾民看见张海生从衙门口出来，跪在地上不停地向他作揖，被站岗的警察拦了下来。海生一阵心酸，疾步往康然药店走去。

他来到大石桥边上，看见素清站在桥中央扶着石栏扯着脖子向远处张望着，便走向前去招呼。素清眺望县城西门，看着熙熙攘攘的出入人群，盼望着林宜生和雷天泰驾着拉沙参的马车快快回来，想到每天有灾民曝尸街头，以及秦爷爷焦虑的神色，心都快碎了。桥面上的凉风吹落了她流出的眼泪，素清不由地抽泣起来。张海生连着打了两次招呼都未能引起素清的注意，直到走到近前喊了一声："素清妹妹，你在看啥呢？"

素清听到有人喊她，抹了一把泪水，回转过身来见是张海生，便回应说："是海生哥呀，你这是去哪里？"

"我正找你呢，不知跑镖的沙参到了没有，马县长急着让我过来看看。"

"这不在这里等吗？这几天秦爷爷都吃不下饭了，人都瘦得脱了相，俺和三婶都急死了。"

张海生听素清说起秦秋谱老先生的身体状况，吃了一惊，心想：万一这老爷子身体垮了，纵然是沙参来了，还有啥用。便让素清带他去看望秦老先生。

秦秋谱静静地坐在医案旁边的圈椅上，手里拿着精元沙参膏的处方反复摆弄着。他见素清领着张海生走了进来，想从椅子上站起来打招呼，两条腿哆嗦着总是站不稳，只好坐下来问素清："沙参来了没有哇？"

"还没来呢，大概在路上吧。"素清回答着。

秦秋谱又瞄了一下身穿警服的张海生，问道："马县长的老伴怎么样了？唉，你不说我也知道，病又重了吧。"

张海生有半个多月没见到秦秋谱老先生了，他见秦先生佝偻着瘦骨嶙峋的身子，眉毛胡子变得花白，瞪着褐色的眼眸褪去了昔日的神采，连忙蹲在秦老先生腿旁，边给他捶着腿边说："让您老挂念了，您保重身子最要紧。"

这时，秦贞贞端着一碗热气腾腾的面条走了进来，她向张海生点了一下头，把盛着面条的碗放在桌案上说："爹呀，我下了一碗您最爱吃的葱花炝锅面条，放了两个荷包蛋，您趁热吃吧。"

秦秋谱看了一下面条，嘴里喃喃地说："这沙参还不知道啥时候到呢，哪里还有心思吃面条。"秦贞贞看到老父亲又不想吃饭，心痛得落下泪来。

张海生看在眼里，他劝秦秋谱说："秦伯伯，您想想看，咱营丘县多少得了肺痨的人等着您看病呢，您身体垮下来，即便沙参来了又有啥用？再说人是铁，饭是钢，吃了饭才有精气神，您说呢？"

秦秋谱听了张海生的话，哂然一笑，说："这海生长的模样和林宜生有点像，说话也中听。唉，我先去漱漱口，吃饭！"

素清端来一杯淡茶，又取来一只痰盂，让秦秋谱坐在椅子上漱口。秦秋谱漱了口，接过素清递来的毛巾擦了擦嘴巴，拿起筷子吃起面条来。刚吃下碗里的一只荷包蛋，药房伙计肖光亮跑了进来，说有六七个背枪的人簇拥着一辆马车来到药房门口，说是要卸从东北拉来的货物。大家听了一阵兴奋，秦秋谱放下筷子对秦贞贞说："快，快扶我去看看沙参。"

秦秋谱让张海生和素清搀扶着出了药房大门，见查枭勇正在和寨兵们卸马套，那匹拉车的枣红马通身是汗，不停地昂着头喘着粗气。秦秋谱从马车上抓起两支沙参，对刚赶过来的秦贞贞说："好大个的沙参，东北人叫它虎须，这车上拉来的都是上品，宜生这孩子有眼力。"

秦秋谱的话提醒了素清，她环顾四周也没看见林宜生和雷天泰的影子，便问起查枭勇来："查寨主，怎么没看见林宜生和天泰哥，他俩去哪里了？"

查枭勇擦了擦脸上的汗，平静地对素清说："他俩得迟几天回来，林医师被人请去看诊，雷兄弟在镇上等他，然后再一起回家。"

查枭勇似乎觉得没解释清楚，又说："因怕耽误了这边用沙参，天泰和我商量，先把这车沙参运回来。"

"噢，是这样啊，你们路上很辛苦吧？"

"是啊，进了山海关就方便多了。"查枭勇刚回答完素清的话，秦秋谱盼咐秦贞贞给电厂打电话让锦什回来，好好款待查枭勇和跟着跑镖的寨兵们。他自己拿了两支沙参，喊着素清陪着回到了诊室。秦秋谱坐在圈椅上，推开了案桌上的那碗面条，把手里的沙参咬下一块嚼了起来，他嚼了一会儿说："这沙参味道足，药效错不了，这精元沙参膏要抓紧熬制。看样子宜生一时还回不来，咱不等他，我得亲自下手了。"说完，他拿起笔在纸上开了个方子，又对素清说，"唉，爷爷这几天体力不支，你按这个方子去抓药，我得眯一会儿，你煎好后喊我服药。"

看着素清拿着药方去抓药，他看了桌案上瓷钵里刚养的几条大蚂蟥说："蚂蟥呀，爷爷不陪你们了。"

秦秋谱趴在医案上刚想睡一会儿，女婿刘锦什走了进来，他对秦秋谱说："老爹，您看运来的沙参还行吧？"

"都是上等沙参，宜生的眼力不错，只是没有和镖队一起回来让我担心。我养会儿神，等一会儿就让素清帮着熬制精元沙参膏，有了沙参，咱营丘县流行的肺痨就不怕控制不住。"

"是啊爹，我想好了，这精元沙参膏店里半价出售，有钱的买膏，没钱的赊账，先把这肺痨治下去再说。"

秦秋谱沉思了一会儿说："马车上拉来了几袋子鲜桔梗，你招呼贞贞先熬上两锅桔梗汤，让前来看诊的病人先喝一碗，别要钱了。还要款待清水泊的镖兵，人家从东北押车回来是多不容易。我歇憩一会儿，养足了神即去熬膏。"

"好的老爹，您老人家歇会儿，我这就去张罗。"刘锦什闭上房门，来到药房门外。他喊过张海生来，让他即刻去六合祥饭庄，订一桌上好的酒席，要款待清水泊的三寨主查枭勇和跟随的六个寨兵。

张海生来到六合祥饭庄，看见饭店门前聚集了不少看热闹的人群，嬉笑声、叫骂声、起哄声此起彼伏。围观的有人认得张警官，便说南关阎赖子领着两个粉头要讹诈李大厨。海生到了店堂内，果然看到有两个搽脂抹粉的女人依偎在条椅上骂骂咧咧地说脏话，另有一个光头瘦子，手里拿着一把锤子，边敲着柜台，边配合着那两个女人在叫骂。六合祥的掌柜卢铁公带着两个伙计从二楼跑下来斥责这三个男女不要胡闹，只见一个披散着头发的女人，尖声尖气地叫嚷着："你家李大厨调戏老娘，把俺睡了，你说咋办？"

另一个身穿红花夹袄的女子也吵着："嫖了俺姐，也不给钱，还讲不讲理了？"

这时，一个汉子举着一把菜刀从后堂走出来，对卢铁公说："卢掌柜，别听她俩瞎胡说，俺连她屁股上的毛也没见到，谁睡她了？不要脸的婊子，俺今天把她给剁了。"

那两个女人见举刀的人是李大厨，也不害怕，一个抱住他的腿，一个搂住他的腰，那男子却把剃得贼亮的光头顶在刀刃上，喊着："有种你砍，有种你砍呀！"

面对对方的胡搅蛮缠，李大厨颤抖着举刀的手，哆哆嗦嗦却下不了手，干瞪着眼睛呆在那里。在围观的人群中有人喊了起来："剁了这三个无赖，剁了这两个不要脸的破鞋。"

张海生见场面失控，走到客厅中央喊道："今晌午马县长有重要客人来六合祥饭庄，所有闲杂人员即刻离开，否则严惩不贷。"

张海生话音刚落，那光头瘦子反讥道："嘿，马县长？马县长来了正好，让他老人家评评理，嫖了人家姑娘不给钱是啥道理。"

海生打眼看那瘦子，觉得好生面熟。仔细端详，方认出他是营丘县县城出了名的泼皮无赖阎子平。心想：这个外号叫阎赖子的家伙前阵子还留着披肩的长头发，今天怎么剃了个大光头了？就这人，臭名远扬还敢带着两个粉头来闹事，我得给他点颜色看看。想到这里，海生从腰里掏出佩戴的驳壳枪，他横握枪头，抖出枪把上的皮带，朝着阎子平的瘦脸抽了过去，只听啪的一声，阎子平的腮颊上隆起了一道血印，疼得阎赖子抱着脑袋直打滚。那两个婊子吓得松开李大厨，呆坐在地上不敢出声。张海生用手拽住阎子平的脖领，像拖只死狗一样把他拽到石桥边上，打开驳壳枪的快慢机，把枪筒贴在阎子平的头皮上，对准桥头上一块石头，砰砰就是两枪。阎子平像受到电击一般，面色如土，痉挛地张着嘴巴说不出话来。张海生压低声音对他说："快给我滚，再看见你滋事生非，老子要你的脑袋。"说完在他屁股后猛踢一脚，阎子平屁滚尿流地翻下了河沟。

跟过来看热闹的人群被惊得目瞪口呆，看着阎赖子滚下了河沟，都认为是被张警官砰砰两枪给毙了，顿时鸦雀无声。张海生转过身来把驳壳枪装进枪匣里，挥手让围观的人群都散了。自己整了整衣装，走进了六合祥饭庄的厅堂，那两个女人早已逃得无影无踪。卢掌柜正在埋怨李大厨，嫌他招惹是非，李大厨却大呼冤枉，说那天去阎子平店里修怀表，中了人家的套，坑了他两块银圆不说，还闹到了店里。张海生说："咳，吃一堑长一智吧，今中午电厂刘掌柜宴请几个重要客人，要订一桌上等饭菜，你们抓紧准备，我先到马县长那里交差，一会儿就回来。"

素清端来秦秋谱自己开方的汤药，秦老先生闻了一下汤药的味道，吩咐素清按原方再煎一服，说熬制精元沙参膏要打个通宵。秦秋谱端起药碗一饮而尽，接过素清递过来的毛巾擦了擦嘴巴，说："咱走，去药房备料去。"

素清想要搀扶他，秦秋谱却敏捷地站立起来，两腿像生了风似的大步走了起来，这让素清感到意外，秦爷爷这是咋了？喝了一碗药就变成小伙子了？二人来到药房，看见秦贞贞正在往箩筐里放沙参，秦秋谱对女儿说："一会儿煮沙参，要把茎头、根须和参体分开煮制。茎头用中火，根须用小火，参体用大火，一刻钟后合汁备用。"

秦贞贞听老爹说话，声音像洪钟一般，吃惊地看了父亲一眼，让她惊愕的是，此时老爹精神矍铄，之前打满褶皱的脸上变得红光满面，特别是那双失神的眼睛突然放出光彩来，便说："老爹呀，这沙参一来，让您高兴得变了个人似的，返老还童了。"

秦秋谱也不搭理女儿的话，他拿着精元沙参膏的处方对秦贞贞和素清讲了起来："《温病条辨》上说，治上焦如羽，非轻不举。就是说治肺痨用药，不宜太过苦寒，轻药反而治大病。肺痨多出于风寒，闭于肺，是外感久咳不愈的总病机。精元沙参膏处方上的麦冬，入肺经具有滋阴润肺，益上源之水之功能。杏仁亦入肺经，抑肺虚火，具有止咳的功效；五味子入肝肾，具有滋肝肾之阴，收敛肺气，也有止咳的功能；甘草调和诸药共奏，亦有滋阴润肺，敛肺止咳之功效；关键是这辽北沙参，它入肾经，既能助下源之水，又能益上源之水，且两端兼顾，特别是能化气止咳，利水除痰，具有益精填髓之妙。这次熬膏，我选用了咱营丘的方山蜂蜜，待与诸药浓缩后收膏，又增补了滋润和健脾功效，患者多一剂见效，二剂收功，三剂能治痊愈。"

他见秦贞贞点头称是，即问道："你听懂了吗？"

"俺听懂了老爹，至少听懂了大半。"秦贞贞回答。

"素清你听懂了吗？"

"哎呀，俺听得云里雾里，光知道有道理，但还是似懂非懂。"

"唉，要是宜生回来就好了，就不用我陪着守夜熬膏了。"

说到林宜生，素清低下了头。秦贞贞怕老爹累了，就让素清喊着店伙计肖光亮把诊室里老爹坐的那把圈椅搬到药房，又铺上一床棉被，让老爹坐在圈椅上，她和素清按着老爹的吩咐去备料操作。

六合祥饭庄的伙计送来了锦什掌柜订的三鲜馅饺子，秦贞贞和素清连哄带逼好歹让秦秋谱吃了两只水饺。天黑了下来，素清打开电灯，秦秋谱渐感体力不支，又让素清去煎自己开方的汤药。

秦秋谱喝下汤药，精神又起，在灯光下又忙碌着熬制精元沙参膏来。天至四更，锅里的药汤变得稠厚，秦老先生见熬制成糊，拿起汤匙舀了半匙啜在嘴里说："是这味，要收膏了。"

他让秦贞贞加入蒸烊成胶的蜂蜜，又让素清用药铲不断地搅动熬炼。过了半个时辰，秋谱老先生将膏汁滴入清水中，见凝结成珠而不散化，他长舒一口凉气，缓缓地对女儿秦贞贞说："这熬膏的程序你记下了？"

"爹，俺记下了。"

"待这药膏凉透，装上一瓶先给马县长的女人送去，还能救她一命，剩下的你和锦什商量着办吧。"

"知道了爹，您就放心吧。"

秦秋谱已是筋疲力尽，他凄然一笑，语调变得有气无力："这精元沙参膏熬成了，我的精气也熬干了。"

时辰正是五更过后，天刚放亮，偶尔听到南关巷子里的公鸡叫声。秦秋谱老先生一歪头，靠在圈椅上睡着了。

秦贞贞见老爹睡在了圈椅上，不敢再惊动他，找了床褥子盖在他身上，悄声对素清说："你爷爷累了，让他睡吧。"

第二十五章 白塔

营丘县县长马尚岭还没来得及吃午饭，省政府发来一份批复电文，同意将县公署迁移至白狼山区白塔镇，并催促尽快实施。马尚岭沉思了一会儿，喊来文书，让他传达下午二点在县衙会堂召开紧急会议，县公署全体职员准时参加，布置搬迁事宜。

看着文书离开办公室，马县长正想回内宅去吃饭，张海生急步走了进来。马尚岭见海生一脸喜悦，便问道："我正想找你呢，看你喜气洋洋的，有啥好消息呀？"

"县长，去东北跑镖的沙参已运到康然药房，秦秋谱先生要下午选参备料，准备连夜熬制精元沙参膏，俺婶子和咱县的肺痨患者有救了。"张海生一口气说完。

"噢，是个好消息，只是有劳秦老先生了。不过……"马尚岭叹息一声接着说，"营丘县流传的肺痨治住了，日本人也就进来了。昨天夜里日本军队从青岛沿胶济铁路，先占领高密，绕过营丘，直取淄川、益都两县，要不是郭子敬去给青岛驻军本田大佐送信，说营丘县流行肺痨传染，咱营丘县城也就在昨晚失陷了。"

马县长拿起桌案上的山东省政府公署发来的电函，边晃动着边说："我刚接到省政府发来的电文，催促及早将县公署迁移至白狼山里的白塔镇，下午要召开紧急会议，磋商搬迁事宜。"

看着张海生表情紧张的样子，马县长微微一笑说："你别担心，有郭子敬这个双面信差，咱营丘县暂时还能安然无恙，再说日本人的兵力不足，他们昨夜连占三个县城，至少要安顿两天。所以咱营丘县公署在三日内迁至白狼山，以备不测。"

张海生镇定精神，对马尚岭说："县长有事请吩咐，海生唯命是从。"

马尚岭摸出怀表看了一下，对张海生说："时间有些紧，就不回家吃饭了，柜子里有郭子敬送的日本饼干，咱爷俩就着茶水吃点饼干，我还有事交代。"

张海生从水房里提了一暖瓶开水，沏上一壶茶，陪着马尚岭吃起饼干来。马尚岭从抽屉里拿出一份文件，递给海生说："这是我制定的县署迁移计划，此件你知我知，不得外传，你看一下还有什么补充没有？"

张海生仔细看马县长亲拟的迁移计划，他不得不佩服马县长想得处处周到，连连点头赞许。马尚岭指着这份计划文本说："从咱营丘县城到白塔镇是一百二十里，要途经仙月湖进入白狼山。仙月湖距离土匪刘黑子占据的黑旺山不到三十里，如果县公署搬迁计划透露，刘黑子在高崖镇设伏，后果不堪设想。"

张海生问马尚岭："听说刘黑子是个道义之人，他敢与咱县公署作对？"

"这个刘黑子虽然行侠仗义，但他诡计多端，十分狡诈。当年他竟敢率部袭击临朐县城，省公署派了一个加强营征剿，结果被他打了个丢盔卸甲，此人不可不防。"

马尚岭脸色开始严肃起来，他低声对张海生说："我今下午开会布置迁移任务同时，你开汽车带上警员和武器装备傍晚率先进入白塔镇。后天开始我会安排将县公署的所有物资和档案封箱，从县城东门白狼河码头装船，我遂率县公署随员，携电台一并登船逆流去仙月湖。这个季节无雨，河面平静，又多起北风助力，方便逆水行舟。这样须行两天水路，即到仙月湖南岸，届时你率全部警员去湖滩接应。刘黑子那里没有船，奈何不了咱们，只要咱们行动迅速，可保万无一失。"

张海生听了马县长的交代，知道迁移行动刻不容缓，当即起身告辞，去警察局办差去了。

夜幕降临时，营丘县公署布置搬迁白狼山的会议才结束，望着自己的属下个个心情沉重地走出会堂，马尚岭惆怅不已，觉得又饿又冷，他抓起搭在椅子上的风衣披在身上，拖着酸麻的双腿往后院内宅走去。两侧墙上的电灯亮了起来，一阵凉风吹在他脸颊上，让他清醒了许多。他瞅着贼亮的电灯泡，自言自语："等去了白狼山就没有了电灯，也没有电话了。"想到夫人文萍萍还躺在床上，便快步走进院里。

在家照顾文萍萍的是马尚岭的远房表妹桂芹，桂芹三十出头的年纪，前年丈夫出海打鱼，遇到风浪再也没回来，生活所迫，投亲到马县长家帮工做家务。

第二十五章　白塔

她见马县长回到家里，把热好的饭端到餐桌上说："这么晚才回来，快吃饭吧，热着呢。"

"你表嫂怎么样了，我去看看。"马尚岭边问桂芹，边走到卧房。他见文萍萍斜靠在床头上，两只手死死地攥着被子，眉头紧蹙着，苍白的脸上没有一丝血色，便轻声地问："萍萍你好些了吗？"

文萍萍见马尚岭过来，大口喘着粗气，沙哑着嗓子断断续续地说："尚岭，你回家了，我好像快不行了。"说完，面庞痛苦地抽搐起来，又连连咳嗽，桂芹拿来痰盂，见她又咳出些带血的痰来。马尚岭边轻轻地捶着她的背，边说："萍萍，康然药房的东北沙参今中午到货了，今晚秦秋谱老先生亲自熬药，等天亮让桂芹去取，你再忍上一宿。"文萍萍听说沙参到货，又咳嗽几声，眯起眼睛歪躺在床上养起神来，不再说话了。

马尚岭回到餐桌旁坐下，拿起馒头正要吃，突然又放下问桂芹："你表嫂吃东西了没有？"

"只喝了点蜂蜜水，她说什么也吃不下。"

"噢，明天一早你去康然药房去拿药，多带点钱。"马尚岭喝了口粥，又对桂芹说，"桂芹呀，这县城咱待不住了，日本人要打进来，这两天你收拾一下过冬的东西，要搬到白狼山里去住。"

就在桂芹惊讶的同时，墙上的自鸣钟当当响了起来，马尚岭数着次数，是晚上九点。这时电话铃响起，他抓起电话，是郭子敬从淄川火车站转线打过来的。电话里说他现在和日本的本田大佐在一起，需要做几天翻译，一时回不了营丘县城。接着他传达本田大佐的话，要求营丘县公署不必迁移到白狼山，日本皇军近期不会占领营丘县城，并让马尚岭县长做好肺痨防疫和治安事宜，皇军到后会大大优待。

马尚岭放下电话，心想：他在下午的会上反复强调，这次迁移计划要严格保密，日本人怎么知道县公署要迁移白狼山的？说明县公署职员内有通风报信的奸细，会是谁呢？他思索起来……

秦贞贞把熬好的精元沙参膏盛在黑瓷碗里，又用白布把碗包好，正想让素清送到马县长家，突然听到有人敲门，她打开门一看是马县长家的桂芹，便说："正想着让素清送过去呢，这药膏刚熬好，每次两汤匙用热水调开，一天三次服用，可别忘了。"

"哎，俺记下了。"桂芹接过包袱里的药膏，塞下了五块银圆飞也似的跑了。

秦贞贞一夜未合眼，身子困乏疲劳，看着桂芹奔跑的身影也无力去追她，手里捏着桂芹给的银圆回到诊室，趴在桌案上不知不觉地睡着了。

药房门外的喧哗声把秦贞贞惊醒，刚起身便看见素清来找她，说药房门外来了好多人要买精元沙参膏，不知为什么打起架来了。秦贞贞随着素清来到药房门外。门外集结了一堆人群，手里有拿着碗的，也有拿着盆的，还有拿着瓢的，都来买精元沙参膏。其中东关煤店的掌柜韩知恒带来两个伙计来买精元沙参膏，他见大伙排着长队，便挤到最前面说要全部收购秦秋谱先生昨夜熬的药膏，排着队的人群哪里肯让，于是七嘴八舌地吵了起来。药房伙计肖光亮见大家吵得不可开交，过来打抱不平，便质问韩知恒："韩掌柜，你把俺药房的精元沙参膏全收走，莫非要当二道贩子吗？"

韩知恒听肖光亮说他是二道贩，恼羞成怒，张开手掌扇了肖光亮一记耳光，肖光亮也不含糊，撸起袖子与韩知恒打斗在一起。人群中都指责韩知恒不仗义，有几个人要帮着肖光亮打韩知恒，韩知恒带来的两个伙计怕韩掌柜吃亏，也下了手，场面一时大乱。

秦贞贞在素清的陪伴下来到康然药房门外，吵闹的人群看见了秦贞贞立刻消停下来。肖光亮过来告状，说韩知恒不讲理，要买断全部药膏。韩知恒分辩说他家十三口人九口人得了肺痨，不多买点药膏怎么办。人群中发出起哄声。秦贞贞挥了挥手，示意大家安静下来，说："大伙静一静，这次康然药房进的沙参十年八年也用不完，大家不用担心精元沙参膏不够用，药房会天天熬制，直到咱县的肺痨病治好为止。今天每人先拿病人一天的剂量，等明天熬出新药膏再来拿。"

人群又自觉排起队来，韩知恒也觉得失了礼，拿出两块银圆塞到肖光亮口袋里算是赔礼道歉。秦贞贞让肖光亮维持秩序，自己和素清按一块银圆一剂，分售起膏药来。

这天正处寒流来袭，秦贞贞在门外和素清售药，被冻得鼻酸手凉，待把药膏售完，已临近中午，秦贞贞感到又困又饿，喊着素清去给六合祥饭庄打电话，让准备四个人的午餐送到康然大药房来。想到老爹还在圈椅上睡着，她往昨晚熬药的屋子走去，想着叫醒他老人家，以便过一会儿吃午饭。秦贞贞刚走到庭院的天井中央，听到素清的惊叫声，只见素清手里拿着一张信笺，慌慌张张地跑过来，嘴里喊着："婶子，你快看，爷爷留给你的信。"

秦贞贞接过素清递过来的信，展开一看，顿时呆在那里："贞儿，为父身体日渐不支，已服还魂大补汤，精力尚能维持一夜，如同回光返照。托付你和锦什一件事，待我去后，将我葬在老家秦家老庄墓地，那里背靠白狼山，面朝仙月湖，依山傍水我心足矣。切切，老父秦秋谱。"

待缓过神来，秦贞贞喊着老爹跑到药房里，见父亲安详地睡在圈椅上，她抚摸老父亲的身子，已僵硬多时了。秦贞贞悲痛欲绝，跪在地上抱住老爹的遗体号啕大哭起来。

文萍萍服了康然药房熬制的精元沙参膏，不到一个时辰，便感觉呼吸顺畅，胸部不闷，嗓子开始舒服起来，她想故意咳嗽几下，也没咳成，觉得要便溺，于是翻身下床走到洗漱间撒了一泡尿，洗了把脸后，感到身子轻松很多。一阵欢喜，伸了个懒腰，哼起小曲来。

桂芹听到表嫂在哼小曲，好奇地走进卧房，见文萍萍正踱着步跳舞呢，她又惊又喜，跑过去搂住文萍萍的脖子说："真是神膏啊，表嫂您的病好了。"

二人激动地掉下泪来。文萍萍觉得肚子饿了，便推开桂芹说："我饿了，你去给俺煮碗挂面吧。"

"嗨，今早晨看着你吃完药，俺就去包饺子了，先给表哥煮了些，他吃完就忙去了。你先歇会儿，我这就去下饺子。"

客厅里墙上的自鸣钟响了起来，文萍萍数着是响了十下，她见桂芹端着一盘热气腾腾的饺子放在餐桌上，便说："这一晃就十点了，这饺子是啥馅的？闻着好香呀。"

"表姐您尝了就知道，蘸着醋吃更好。"桂芹回答着。

文萍萍拿起筷子夹住一只饺子放在嘴里咬了一口，汁香四溢，便夸起桂芹包的饺子好吃来："莲藕馅的，真好吃。"边说笑着边吃起饺子来。

"人饿了吃什么都好吃，表姐您这次一病三个月，哪有胃口吃饭，病好了也就知道饿了，等吃完这盘饺子，喝了第二服药膏，病就全好了。"

文萍萍听桂芹说要服第二服精元沙参膏，三下五除二把盘子里的饺子吃完，喊着桂芹给她用开水调药膏。

桂芹拿起暖水瓶要去县衙水房打开水，刚出屋门看见马尚岭和刘锦什一前一后走进院子里，马尚岭见桂芹一脸笑容，便问道："你表嫂服了药膏怎么样了？"

"秦老先生的药膏真是神了，表嫂早晨吃了两匙，立马见效了，这不刚吃完一盘饺子，我去打壶开水，给嫂子再调两勺药膏。"桂芹说着走出了院子。

马尚岭和刘锦什走进屋里，见文萍萍正在收拾碗筷，锦什见她已无病态，便问："兄嫂服了精元沙参膏感觉怎么样？"

文萍萍见是康然药房的刘掌柜到家里来了，连忙迎了过来，躬身行了个万福礼，说："您家秦老先生的沙参膏救了俺一命，听说他连夜熬膏，一宿没睡，八十多岁数的人怎么受得了，回头俺去看看他老人家。"正说着呢，桌案上的电话铃响了，文萍萍拿起话筒听了一会儿，告诉马尚岭说："是县衙门卫打来的，说是康然药房一个姓肖的伙计急着要找刘大掌柜，问让不让他进来。"

马县长看了刘锦什一眼，刘锦什听说是药房的伙计肖光亮找到县衙来了，估计会有大事，便说："快让他进来找我，肯定有事。"

不一会儿，肖光亮疾步走了进来，他见到刘锦什和马县长，抑制不住悲哀，失声哭得说不出话来。这可把刘锦什急坏了，便过来捶着肖光亮的后背说："你别哭，慢慢说，你说呀。"

肖光亮哽咽了好一会儿，才说是秦老先生过世了。

秦秋谱老先生夜熬精元沙参膏，不幸去世的消息传遍了营丘县城，前来康然药房门前吊唁的居民络绎不绝，人们怀着悲痛的心情缅怀这位年高德勋、身怀绝技的老中医。

东关煤店的掌柜韩知恒，领着老婆孩子兄弟姊妹十几口，后面跟着几个店伙计，分别抬着两个大奁盒，里面放满了祭奠之物，赶到康然药房门前吊唁。他让伙计把奁盒放在药房大门旁边，招呼着家人随着其他吊唁的人群磕起头来，自己边磕头边哭丧的嗓子说："秦老先生啊，俺韩知恒一家八口人传染上了肺痨，今早晨吃了您老人家熬的药膏都见好了，您是俺家的救命恩人哪，这不，俺领着全家来给您磕头来了。"说完竟呜呜地哭了起来。他的老婆孩子和兄弟姊妹也随着哭了起来，他这一家人哭，引发了前来吊唁的人群都跟着哭了起来。

六合祥饭庄的卢掌柜带着十几个伙计，手里拿着纸扎的童男童女、车马楼阁来到康然药房门前，他指挥着把这些祭物摆在墙根，发现东关煤店的韩知恒带着家口跪在地上哭得厉害，心底一软，哽咽着招呼带来的伙计跪在门前磕起头来。一声撕裂人心的哭声传来，大家抬头望去，见是马县长的夫人文萍萍在桂芹的搀扶下边哭边走到药房大门前，瘫软地跪在地面上痛哭不止。

康然大药房的大门突然开了，只见店伙计肖光亮头上扎着白布条，迈出大门躬腰候着，后边身穿白布丧袍的刘锦什、秦贞贞、素清、素楠陆续从大门出来，一字排开，不停地躬身施礼，对前来吊唁的人群表示感谢。卢铁公见刘锦什大掌柜带着家人不停地鞠躬致谢，便起身挥手示意，让前来祭拜的人群离去，韩知恒领会卢掌柜的意思，便带着家眷先行离开，随即人群在哽咽、哭泣声中自行散去。整个营丘县城笼罩在悲伤之中。

悼念秦秋谱老中医的公祭大会在营丘县府学文庙大殿前举行。大殿内设灵堂，装殓秦秋谱遗体的棺椁用紫红色大漆刷新，棺首中间雕刻着一个"奠"字，用石青涂色，显得典雅凝重。按照习俗，棺椁安放在大殿内堂中央，棺前祭有三牲、酒坛及果品。文庙殿堂门柱上方挂有黑布白字的横幅，上书"沉痛悼念老中医秦秋谱先生公祭大会"，格外醒目。两侧是懒边园刘锦戎先生亲笔书写的隶字巨幅挽联：

秋咏岐黄
救医庶众济世逾甲子
谱吟德尚
斯惠子孙悲痛挽千年

上下联首字读出秋对谱，咏对吟，岐黄对德尚，显得对仗工整而寓意深刻，颇见功力。

棺椁后面墙上悬挂着秦秋谱先生的五尺中堂遗像，画面上小楷书体落款为"前世典范，后人楷模，名留后世，德及乡梓"。系营丘县中学美术教员闫敬愚以工笔画技所绘。

遗像两侧是马尚岭县长手书的正楷大字对联：

先生施妙手
笑熬仙药济民生
存没怀恩义
哭诉晨昏难忘君

字迹浑厚端庄，具有颜体风范。

梓棺的右侧，站着身穿麻衣孝服的刘锦什和秦贞贞，往后依次是素涵、素清、素欣、莲儿、素英和朴子，正在垂手侍立，静静地等待公祭大会开始。梓棺左侧站着刘锦戎和马尚岭，往后依次是身穿孝服的大娘、二娘和文萍萍。大殿西侧廊里，是方山禅寺释同悟方丈领着众僧正在合手诵经。大殿的东侧廊里是营丘县的丧事乐队，分别用大鼓、唢呐、二胡、小班锣交响奏出阵阵哀乐，诵经声、鼓乐声交织在一起，让会场气氛悲壮思痛。大殿台下聚集着前来参加公祭大会的吊唁者，包括县署全体公职人员和秦秋谱先生生前的亲朋好友，以及自愿参加活动的县城居民，大家对秦秋谱老先生为医治肺痨，倾心尽瘁，耗尽一生而悼亡。

悼念秦秋谱先生公祭大会的主执司仪是营丘县中学校长秦佩学，他与秦秋谱是同乡同族同辈分，六十多岁年纪，白净的脸膛上架着一副玳瑁框架眼镜，身穿藏青色棉袍，斜肩戴有黑色绶带，绶带上缝缀着一朵白绸绢花，显得文质彬彬。他不时地掏出怀表看时间，当表盘指针定格在上午十时，他走到大殿台前中央，拿起铁皮话筒对着大殿台下前来公祭的人群高声宣布，悼念老中医秦秋谱先生公祭大会开始。继而奏哀乐，鸣鞭炮，全体参加公祭的人员在众僧的诵经声中垂手低头而立，足足默哀了一刻钟。

礼毕，秦佩学校长让秦秋谱先生的女婿刘锦什到台前宣读祭文。

刘锦什披麻戴孝缓步走到台前，先向岳父秦秋谱梓棺深鞠一躬，又转身面对台下人群深鞠一躬，继而诵读：

岁次中华民国廿六年古历九月二十六日，不孝男刘锦什谨以忠孝之心，致祭于显考秋谱府君灵柩前，吊之以文曰：

呜呼，痛维吾父凌晨仙逝，吾父生于白狼山秦家老庄，亡于营丘县城康然药房，享年八十有二。旷古哀于大地，扶桑休于天堂。仙湖为之长悼，狼水念之断肠。一生酬于辨证，半生曾与国殇。秋风以至痛泣，霜雪存之忧伤。思悲之云缕缕，想往之情常常。犹以金匮医术，伤寒要义平章。奉行俭朴诚信，还效凛然之纲。授以岐黄之术，熬炼精元处方。施治肺痨灾祸，医德千古流芳。

呜呼！而今驾鹤西去，潍北万户哀伤，齐都痛失国医，皆望入云高翔。容颜忽之全失，去之更还相望。

呜呼！冥冥望穿秋水，凄凄思念人旷。焉去天然不语，五行地谙阴阳。愁影漫飞莫及，恸哭百年无疆。谆谆教诲充耳，后辈忘托梦乡。

去哉，远哉，高哉；

魄返九原，术精岐黄埋地下。

医留四海，玄机利剂在人间。

逝哉，哀哉，安哉；

青山芳草仙人药，

幽径临风陌上坟。

天心，地心，人心，吾心更悲切，吾心更彷徨！

永垂青史，尽系忠魂！

呜呼哀哉，尚飨。

愚婿刘锦什泣奠。

随着刘锦什哭读祭文，东厢廊又奏起哀乐，西厢廊里也诵起经文。

秦佩学看着怀表，已是上午十点半，便挥手让乐队和诵经停下来，他清了清嗓子，宣布马尚岭县长讲话。

马尚岭走到台前，对着秦秋谱的灵柩三鞠躬，再转身对台下的人群分左、右、中各鞠一躬，接过秦佩学递过来的话筒，举在嘴边讲起话来："诸位祭友同仁，公元一九三七年古历九月二十四日，本县著名老中医，怀瑾握瑜德高望重的秦秋谱先生，为拯救百姓于肺痨之灾，连夜熬制精元良药，积劳过度，不幸于凌晨溘然长逝。惊闻噩信，痛心难平。我代表营丘县三十六万同胞的诚意，由本县公署召集，在此府学文庙隆重举行公祭大会，深切悼念秦秋谱先生。"此刻他听到了台上台下有人在低声痛哭，夫人文萍萍也是泣不成声，马尚岭更是悲痛万分，哽咽着讲起话来，"星陨落，天地动容，方山哭泣，狼水悲鸣。今天秦老先生已远去，我等再也听不见他那温馨的叮咛，再也看不见他那亲和的身影。但是，他的英灵将永远留存在营丘县民众的心中。"讲到激动之处，他禁不住把手挥动起来，抹了一把泪水又讲起来，"我知道，亲人、朋友、知己此时此刻都在悲痛，因为逝去的不仅是位长者，是位名医，更是营丘县的精神崇拜。伤哀泣号，泪眼怆悲，吾辈只能在心里为他老人家默默祈祷，希望秦秋谱老先生在另一个天堂过得更好。至此，要化悲痛为力量，化哀思为坚强，踏着他老人家的足迹继续前行！"这时他注意到秦佩学校长正在看怀表，他把话锋一转，又讲，"根据秦秋谱老先生的遗愿，要把他的遗体安葬在他的家乡，白狼山下白塔镇的秦家老庄，那里依山傍水，天高地阔，本县衷心祝愿秦老先生在白塔之下安然长眠。"

马尚岭再次鞠躬，全场掌声四起，马尚岭含泪回到棺椁旁边。秦佩学接过马县长手里的铁皮喊话筒，走到大殿台前，对着台下人群高声宣布："悼念秦秋谱先生的公祭大会结束，请殡葬仪仗队上台，将秦老先生的梓棺抬到东关白浪河码头，从那里乘船到仙月湖渡口，登岸到白塔镇秦家老庄安葬。家人跟随送行，县公署公职人员全程陪送。"

按着秦佩学校长的要求，台下上来十几名壮汉将秦秋谱先生的灵柩移出大殿。秦佩学手执喊话筒,在台上指挥排列送葬队伍的先后次序,大约过了一刻钟,秦佩学率先从府学文庙大门走出,他身后是四个各背一个黑色布包的少年,只见这四个少年出来大门,便掏着布包里的白纸钱和黄纸钱,用力撒向天空,纷纷扬扬的纸钱散落在地上,既是为死者引路,也是为祭奠着寄托哀思。跟随撒纸少年后边出来两个壮汉,二人左右提着一面大鼓,后面一位擂鼓者,按着节点边前行边擂鼓。其后的大喇叭、小喇叭、唢呐、小号组成的哀乐队,悲壮的奏乐回荡在大街小巷。

八个大汉抬着秦秋谱的灵柩走出文庙大门,他们按着鼓点步调一致地跟随行进。棺椁后边是方山禅寺释同悟方丈率领的僧徒,他们身穿黄色棉袈,头戴黄色僧帽,合手吟诵着经文跟随其后。刘锦什和秦贞贞夫妇身穿孝衣,头扎白带,手执桑棍随后而行,依次是刘锦戎、大娘、二娘、朴子、素涵、素清、素欣、素楠、素英、莲儿,也是身穿孝服,头扎白带跟随其后。往后是马尚岭和夫人文萍萍以及县公署的随员们,参加公祭大会的民众浩浩荡荡地结对送行。

此刻,城邑肃穆,街柳低垂。哀乐悲壮,佛经阵阵。送葬的队伍里满是哭泣、哽咽,大家簇拥着秦老先生的灵柩,一起走向县城东关的狼水河渡口。

第二十六章 沦陷

日本青岛驻军联队的部长本田俊二大佐带着他的卫队，分乘两辆铁甲车从淄川沿胶济铁路到达营丘火车站时，刚好是正午十二点，在卫队的簇拥下，他和郭子敬先后走下铁甲车，看见小泉四郎站长正在站台迎接他，便问道："小泉君，从青岛来的军列是否正点到达？"

"报告大佐，军列计划是在十二时十五分到达，请您先到候车室休息。"

本田大佐在小泉站长的陪同下来到候车室，落座后小泉端来两杯咖啡递过来，问要不要现在吃饭。

"吃饭的不要，等八木少佐带部队过来，立即去占领营丘县衙，不要给那个马尚岭喘息的机会。"

本田俊二喝了口咖啡，又从口袋里拿出装有被马尚岭撕碎的劝降书的信封，晃了一下对郭子敬说："营丘县悼念死去的老中医的公祭大会应该结束了吧，现在马尚岭或许刚刚回到县衙。一会儿抓捕后让他把这些撕碎的纸片一块一块地贴合起来，跪在你我面前读十遍，以示谢罪。这个不知趣的家伙。"

郭子敬迎合着说："哈依，让他读十遍。"

郭子敬话音刚落，车站响起了长笛声，火车的轰鸣声戛然而止。本田大佐看到窗外的军列已停在站台下，便对郭子敬说："八木少佐和他的士兵过来了。走，去迎接他们。"

站台上的日本士兵纷纷从车厢里跳下来，迅速列队清点人数。领队的八木少佐见本田大佐已先前到达，跑过来行个军礼，回禀道："报告大佐阁下，按照您的命令，大日本青岛联队少佐八木成仁率领六十四名官兵准时到达营丘火车站，请训示。"

"吆西，我的战马运来了没有？"

"报告大佐，共带来战马六匹，其中有您的白色战马。"说着一挥手，让属下从车厢里牵下战马，来到本田俊二跟前。

本田大佐接过马缰绳，用手抚摸了一下战马脖子上的鬃毛，然后飞身上马，把腰间的指挥刀抽了出来，向空中一挥叫道："出发。"

郭子敬和八木少佐及三名日本尉官，也分别跨上战马，率领着日本士兵，荷枪实弹地出了营丘火车站。

从火车站到营丘县城北门不足半里地，日军顷刻即到。本田大佐见城门开着，并无人守卫，便举手示意部队停止前进。他狐疑地问郭子敬："听说潍北地区的县城属营丘县城最坚固，曾有铁打的营丘、纸糊的潍县之说，这个马尚岭为何不设防，莫非有诈？"

郭子敬佩服本田大佐的心细和狡诈，便回答道："大佐阁下您放心，皇军战无不胜，马尚岭只有区区十几个警察，怎么能与大日本军队对抗？"

"吆西，有道理。"

本田俊二大佐一挥手，八木少佐催马率先进入城门。

此时，城内去东关渡口为秦秋谱灵柩送行的人群正在返程，当看到一队杀气腾腾的日本军队时，惊慌躲避。本田大佐也不理会，让郭子敬头前带路，直扑营丘县衙。

日军来到营丘县衙大院，早已是人去楼空。让本田大佐惊奇的是，整个院落被打扫得干干净净，一点灰屑杂物也没有。本田大佐翻身下马，在郭子敬陪同下来到马尚岭县长的办公室，见里面桌椅书柜整洁有序，一尘不染。郭子敬发现桌案上有一张信笺，便拿给本田大佐看，本田俊二让郭子敬读一下。

"阁下，别来无恙。此案桌是前清知县留下的，本县保存得很好，希望继任者也要把它保护好。后会有期，马尚岭嘱笔。民国二十六年九月二十六日。"

本田大佐听罢，沉思了一下，对郭子敬说："你的，也要把这张桌子保护好。"

"哈依，我一定会保护好。"郭子敬回答。

本田俊二和郭子敬离开马尚岭的办公室，当他俩转到开水房看见锅炉里火还没有熄灭时，本田把口袋里的那封被马尚岭撕碎的劝降书信掏出来，随手丢进炉膛里。看着燃烧的火苗，冷笑一声说："马尚岭，好吧！你给我留下了深刻的印象，我们后会有期。"

这时县衙门口传来喧嚣声："什么的干活！"

伴随着拉枪栓的声音，本田和郭子敬朝县衙大门方向望去，看见一个光头瘦子领着七八个男女，手里举着日本太阳小旗子，喊着"欢迎大日本皇军"的口号，在县衙门口外鼓噪着。郭子敬识得那光头瘦子是泼赖阎子平，还有两个涂脂抹粉的女人，正是县城里的粉头李娟子和王丽丽。郭子敬只好对本田大佐说这群人是营丘县城里的居民。

本田大佐在士兵的护卫下走出县衙大门，见阎子平等人正舞动着日本旗子欢迎他，那两个粉头也靠过来"太君您好，太君您好"地叫着，本田俊二一阵高兴，便说："你们是大大的良民，皇军的朋友。"他又问阎子平，"你的知道马尚岭跑到哪里去了？"

阎子平一边鞠躬一边回答："马县长，不，不，马尚岭带着县公署的随员从东关渡口乘船去仙月湖了。"

"吆西，这家伙溜得好快！"

本田大佐看了一下郭子敬，对着那几个欢迎他的人说："这是你们的新县长，郭子敬县长。"

"拥护郭县长，拥护郭县长。"阎子平带头呼喊，这群人挥动着小旗子也跟随着喧叫起来。

马尚岭将县公署迁移到了白塔镇，几天忙碌下来已是疲劳不堪，多年的老胃病伴随着痔疮发作，更让他苦不堪言。这几天白狼山区下起了雪，马尚岭和几个县公署职员正围着火塘烤火取暖，机要员送来一份省党部发来的机要电文，要求各县在敌占区发展抗日武装为全民抗战，无论土匪、共产党的游击队，只要抗日，都要给予认可。马尚岭看着电文，暗暗庆幸自己在安葬秦秋谱老先生的同时，又将营丘县公署安全撤至白狼山。如果延迟一个时辰，即被本田的日本联队瓮中捉鳖，本田大佐的阴险狡诈让他不由得倒吸一口凉气。他把机要电文投进了火塘里，看着瞬间烧成灰的纸屑，对一起烤火的随员说："这里条件艰苦些，但总比当阶下囚好吧。"

"是啊，是啊，马县长英明，那天真悬呀，若晚走两小时，后果不堪设想啊。"烤火的随员们挑着大拇指，夸赞着马尚岭县长。

张海生拿着一封信走了进来，说是黑旺山寨的大当家刘黑子差人送来的，送信的人在院外等待回复。马尚岭拆开这封信仔细阅读：

马尚岭县长近祺：

　　悉闻营丘县公署迁至白狼山，拟在后日正午去白塔镇拜见，洽商共同抗日之大计，当否请明示。

　　黑旺山寨当家人刘墨林敬呈。

纸面上秀丽的行楷字迹，让马尚岭颇为赞赏，是刘黑子亲笔还是托人代写不得而知。但从信中所知，刘黑子原名叫刘墨林，马尚岭似乎对黑旺寨这帮土匪有了好感。他来到桌案前，看见砚台里的陈墨已冻住，便让海生用热水化开，又掺着陈墨研成墨汁，蘸笔写了封简函：

墨林兄大鉴：

　　知悉；期盼准时来白塔镇叙觐。马尚岭搁笔。

马尚岭写毕，把信笺折好交给张海生说："后天我在县公署大院准备一桌酒菜，你午前带警员去镇北街口迎接，须见机行事。"

昨夜的一场雪让白狼山变成白茫茫的一片，张海生带领着一队警员往白塔镇北街口走去。雪花如鹅毛从空中飘飘洒洒落下来。张海生抹了一把脸上的雪，招呼着身后的警员："兄弟们，打起精神来，看见黑旺山刘黑子的人过来，听我号令，这刘黑子鬼得很，咱可别吃了他的亏。"

"好来，听您的，咱别吃了亏。"警员们哆嗦着嘴巴呼应着。

张海生一行来到白塔镇北街口，在镇门外两侧布置岗哨。海生打眼远远望去，见白皑皑的雪路上一片寂静，连个人影也没有，远处的山峦都笼罩在白蒙蒙的大雪之中。他点起一支烟抽了起来，看着吐出的烟雾和哈气混合在一起，心想：这大雪天，刘黑子能来吗？

"局长，前面好像来了一队人马。"一位警员喊起来。

张海生让警员们子弹上膛，隐蔽在镇门口两侧不要动，观察这群队伍慢慢走近。最前面一位身披黑色翻羊皮坎肩，头戴一顶黑色貂皮筒帽，脚蹬黑色皮靴，威风凛凛地骑在一匹白色大马上。晃眼在白皑皑的雪地里，白马近雪色，骑者全身着黑，恰似一个黑影在飘动。后边是两辆套着骡子的大车，装着满满的煤炭。另有十几名斜跨长枪的汉子，各牵着驮筐的毛驴跟后随行。

待骑马的领队走近镇子门口，张海生见这些人并无敌意，便拦住问道：

"请问您是黑旺山寨的刘寨主吗？"

那骑马的汉子哈哈一笑，双臂一扬，昂首看着飘洒的雪花吟出一首诗来：

苍苔夜冷雪纷纷，
忽报狼来欲断魂。
公自横刀肝胆在，
天呼地叫刘墨林。

那汉子吟完诗翻身下马，双手拱拳说："鄙人黑旺山寨当家人刘墨林是也。"

张海生看这个刘墨林，二十六七岁的年纪，清瘦的脸颊，鼻上架着一副金丝眼镜，笑容中噙着一抹放荡不羁的神态，乍看像个文质彬彬的书生，哪像江湖上传说的那个杀人不眨眼的刘黑子。张海生客气地拱手说："刘大当家的，马县长在镇府大院等候，特派我来接应。"

"好啊，烦请老弟头前带路。"

刘墨林飞身上马，招呼着带来的队伍在张海生和警员们的拥护下，结队走进白塔镇。

马尚岭闻知黑旺山寨刘黑子已到镇政府门外，举着一根木棍做拐杖，佝偻着身子踏着积雪去迎接。当他看到已经走进院里的刘墨林时，甚觉诧异。看着这位身材颀长纤细、流露着温和表情的年轻人，与印象中的匪首形象全然不同，于是双手拱拳说："久闻刘寨主大名，请到寒舍一叙。"

刘墨林见马尚岭举根木棍支撑着身体来迎接他，便向前用双手扶住他的胳膊说："马县长久违了，墨林雪天来访，实乃不得已而为之，还请县长见谅。"

马尚岭见他说话直率，便说："咱们进屋详谈。"

刘墨林跟随马尚岭来到堂厅，见厅房中央放了个火塘，正燃烧着木块，满屋熏烟，呛得他直咳嗽。马尚岭招呼着围在火塘旁边坐下，边咳嗽边对刘墨林说："白狼山区条件艰苦，砍了些没晒干的木柴烧火取暖，让刘寨主见笑了。"

张海生拿着一张红色纸笺走了进来，附在马尚岭耳旁边低声说："这是寨主送的礼单。"

马尚岭看那礼单上写："黑旺无烟煤炭两车，黑旺小米四筐，黑旺山羊肉四筐，黑旺活山鸡四筐，大白菜四筐，青萝卜四筐。"

马县长心中大喜，这正是过冬所缺的东西，便站起来对刘墨林说："刘寨主这是雪中送炭呀。锦上添花易，雪中送炭难，你送的这些东西正应当下所需，敝人代表营丘县公署深表感谢。"

刘墨林摆了摆手说："马县长千万别客气，这都是寨子里过冬备下的，区区薄礼，不足挂齿。"

刘墨林看着火塘里又冒出些熏烟，捂着嘴巴转身对张海生说："麻烦老弟让我的寨兵抬两筐炭块过来，那些炭块火头大，又无烟，当年还是朝廷的专供呢。"

不一会儿，两个寨兵搬进来两筐煤块，刘墨林亲自把煤块放进火塘里，燃着的炭块冒出蓝色火苗，果然一点烟也没有，顿时把房间烘得暖和起来。

马尚岭热得脱去披在身上的大氅，胃部也开始舒服起来。他问刘墨林这些专供清宫的无烟煤炭是怎么弄来的，刘墨林淡然一笑，说："这些官供煤窑就在黑旺山上，过去属驻青州的满营管辖。"

看着马尚岭县长疑惑的表情，他叹了口气又说："我就是为这黑旺山的煤窑，来找您马县长议事的。"

"此话怎讲？"马尚岭关切地问。

刘墨林一声叹息，讲出了前来的缘由。刘墨林的父亲叫刘绍儒，是青州府何官乡的一名秀才，几次考举不中，投军去了清兵驻青州北城的满营任掌印文书。刘绍儒秉性耿直，又颇工心计，在兵营中无论交往信札，行文布告，都能办得利利索索、头头是道。军中有了秀才，让总兵喜爱有加，日后便把军营中的出入账目、军饷发放及军备物资均交付刘绍儒掌管。

当时，驻青州的清军营中有许多满兵遗孀，大多是八国联军入侵，在杭州阻击战中阵亡将士们的妻室。其中有个叫叶赫那拉姬兰的，叶赫那拉是姓，姬兰是满语中的美丽和漂亮，她的祖辈属镶黄旗。姬兰的丈夫是清军中的前锋，在守卫杭州城时遭联军炮击身亡，这年姬兰的儿子还不满周岁。刘绍儒投军满营时年岁已近五旬，他在老家先后娶过两房妻室，都无留下子嗣，而且父母妻子都已亡去，是个单身汉。他与旗兵二营陆枭巡营总是无话不谈的酒友，又是拜把子兄弟，后由陆枭巡做媒娶了叶赫那拉姬兰。姬兰与刘绍儒同属牛，只是年岁相差一旬。姬兰的儿子叫乌雅福菘，随母改嫁刘绍儒时正好是十二岁。刘绍儒得了个儿子很是喜欢，只是嫌这名字拗口，便与妻子姬兰商量，更名为刘墨林。

墨林天资聪明，智力过人，被刘绍儒视为掌上明珠，倍加用心辅教，几年下来，他熟读《三国演义》和《水浒传》，大多词诗歌赋也能倒背如流，又打得一手好算盘，加减乘除运筹自如。兵营中的进出账目，刘绍儒时常让墨林用算盘做头算，自己做复算，皆无一差错。母亲姬兰找来她前夫的同事，轮番教刘墨林武技，墨林勤奋好学，练就了一身短打功夫，刀棍剑戟无一不通。施放火铳快枪，百米之处也能十枪九中。刘绍儒逢人就夸他的养子"自古英雄出少年"。

民国十七年，清兵驻青州的满旗兵被山东总督张宗昌改为省辖旗兵团，后因张宗昌流亡日本，山东省公署不再为驻青州满兵提供粮饷，次年被迫就地遣散。掌握兵权的陆枭雄召集陆枭巡、查枭勇、罗枭恒三队分营头目，收集一百余名无家可归的满人士兵，迁移到濒临渤海湾的清水泊建寨，以跑镖、晒盐、捕鱼维持生计。

被遣散的青州满兵营中，也有许多汉民，主要从事打铁、建筑、衣甲制办和伙食供给等后勤杂项。黑旺山里有一座煤窑，平时有六十多个汉民窑工从事挖煤和运输，这些都受刘绍儒节制。

清兵驻青州满营被遣散时，刘绍儒已过六旬，养子刘墨林已是二十多岁。这年他刚从青州师范学堂毕业，正值血气方刚。父子见满营旗兵大势已去，难以在青州城立足，便召集了百余号旧属去了黑旺山扩寨建营，以挖煤售炭为业，谋求生存。这黑旺煤窑的炭块，因火旺无烟，曾是清宫的官定炭窑，历来由驻青州满旗兵营掌控。除了供奉朝廷和兵营自用，一律不对外销售，民间知之甚少。清营被遣散后，临朐县公署和青州公署都想收回归公，并多次派人来交涉，皆被刘绍儒拒绝。

这年九月初十，黑旺山炭窑场上突然驶来了四挂马车，马车上各坐着四五名大汉，说是来买炭的。这几辆马车刚停下，乘车的十几名汉子抽出藏在马车上的大刀，见人就砍，逢人必杀，窑厂上一度大乱。刘绍儒正在外屋对账，听见屋外喧哗，刚想起身查看，一个执刀的歹徒踹门而入，举刀杀来，刘绍儒躲闪不及，被一刀扎入胸腔，当场毙命。颐兰正在里屋裁剪衣服，她听到了丈夫的惨叫，拿着手中的剪刀走到外屋，那歹徒见从内屋走出一个女人，舞动着砍刀杀了过来，情急之下将剪刀抛了过去，正扎在歹徒的额头上，那歹徒怪叫一声蹲在了地下，颐兰顾不上丈夫的尸体，夺门而出，大呼救命。

此时，刘墨林正在二层寨楼上看书，他听到了炭场上的喊杀和母亲救命的呼喊，知道情况不妙。他从墙上摘下一支快枪，临窗看见一个歹徒举着大刀追赶他的母亲，举枪将那歹徒击毙，随即跑下楼来，招呼起窑工们抄起家伙与那些杀人歹徒拼命。这些窑工在青州兵营时大多受过格杀训练，打斗起来一点也不输那十几个歹徒,况且人数又多,很快那些歹徒招架不住,有几个被打翻在地,剩余的歹徒见势不妙,只得丢下马车落荒而逃。窑工们在追赶中,又擒获两人,被扭送到了刘墨林面前。刘墨林问他俩是什么人,为何来窑厂杀人,见这个歹徒不作回答,刘墨林怫然大怒,挥手一刀切下歹徒的脑袋,又将刀贴近另一个歹徒的脖子,逼他说出实情。那歹徒吓得魂飞魄散,哆嗦着身子边磕响头边喊饶命,哪里还敢隐瞒。

原来这次杀人夺窑的行动是临朐县长常凤举所为,他久慕黑旺山的无烟煤,企图将煤窑收回县管,几次派人与刘绍儒交涉均被拒绝,便出此下策,买通淄川青帮来炭场杀人强夺。

刘墨林自此对常凤举恨之入骨,发誓要血洗临朐县公署,为养父刘绍儒报仇。

九月二十这天是临朐县的农贸大集,临近中午的时候从县城南门进来了四辆马车,车上的人都是黑脸刀马旦、白面老生、红脸文丑、花脸武净的戏剧打扮,他们各执刀枪直往县府衙门奔去。这四辆马车到了县衙大门口,门卫喊他们停下来,问是干什么的。这时从马车上跳一个戴着眼镜的青衣花旦,扭着妩媚的身姿,扬着手中的大刀唱了一曲改动的窦尔敦《盗御马》:

> 乔装改扮下山岗,
> 临朐城里扎营房。
> 蹑足潜踪朝前闯,
> 施展本领入县堂,
> 衙门口外四下观望,
> 寻不着御马圈今在哪厢?
> ……

门卫伸着个长脖子,看着那青衣花旦怎么脸上架了个眼镜唱起了花脸窦爷的腔?正在好奇呢,只听那青衣花旦拖着长腔京调喊了一声:"你去吧!"

刀光一闪,门卫的脑袋伴随着四溅的血花滚落在地下。周边看热闹的市民还在纳闷,怎么这唱戏的刀把人头给切下来了?等反应过来,惊呼大喊着:"杀人了,唱戏的杀人了!"

众人四散逃去。

那扮演青衣花旦的举起大刀喊道:"杀进县衙,宰了常凤举。"

这帮戏班子各自挥舞着手里的长枪大刀呼喊着:"杀啊,杀啊,杀了常凤举,为老掌柜报仇啊。"

那个扮青衣花旦的正是刘墨林。他精选了二十名会武功的窑工,扮作戏班子来杀常凤举。他们杀进县衙,几个值班职员还没弄明白怎么回事,就做了刀下鬼。但是搜遍整个县衙,也没找到常凤举。刘墨林怒气未消,在县衙里放了一把火,看着燃烧起来的熊熊大火,他带领这帮人马乘着马车扬长而去。

临朐县长常凤举那天确实不在县衙,他带着老婆孩子回淄川老家给老父亲过八十大寿去了。当闻知县衙被焚,急急回城调查。当听说是一个戴着金丝眼镜的青年扮作青衣花旦,领头杀进县衙,联想到淄川青帮逃回来的人描述,认定是黑旺山的刘墨林所为。常凤举怕上司怪罪自己疏于防范,连夜写出诉状,次日到济南省公署哭诉匪徒刘墨林之暴行。省公署对刘墨林焚毁临朐县衙极为震惊,当即开出征剿令,指派国民革命军驻博山保安团在常凤举的协助下前去清剿。

国民革命军驻博山保安团的团长叫张竞约,毕业于保定陆军军官学校。他听说黑旺山的无烟煤炭曾是朝廷的专供,很感兴趣,便对常凤举提出要求,待拿下黑旺山后,无烟煤炭的开采由保安团掌控。常凤举报仇心切,只得同意,不时催促张竞约抓紧派兵去黑旺山征剿。张竞约问明黑旺山的情况,亲率一个加强营五百余人气势汹汹地往黑旺山进发。

消息传到黑旺山,刘墨林急得寝食不安。他到山上散步,看着满山的枯枝荒草,忽然想起《三国演义》中的火烧连营来,仰天大笑道:"古有夷陵陆逊,今有黑旺墨林。"

于是他组织窑工在进山的要道之处,填满炭块,下灌麻油,上铺枯草。然后兵分二部,一部分拼死守寨,另一部分随他下山埋伏,伺机放火。

张竞约和常凤举带兵来到黑旺山下的蒋峪口时已近中午,张竞约下令埋锅造饭,准备午后进攻,天黑前拿下黑旺山。常凤举找来蒋峪口附近两个村的村长,宰杀了十几只山羊,让官兵们饱餐了一顿临朐全羊汤。待大家酒足饭饱,随着冲锋号响起,张竞约指挥独立营倾巢出动,攻上山来。

这天正是立冬,树木枝枯叶落,满山都是厚厚的干草。张竞约自逞人多势众,攻山心切,却忽视了对方的火攻,犯下了兵家大忌。待队伍攻到离窑场大门不远时,对面打来一排枪弹,张竞约挥手示意卧倒,他调来两挺重机枪,正想填弹扫射,突然闻得一股火烟味。他转身望去,只见身后黑烟滚滚,越来越浓,很快遮天蔽日。火焰随着风势,发出噼噼啪啪的响声,无休无止地在周围蔓延开来，熊熊大火开始逼近他们。又听见山上山下在呐喊："活捉张竞约，杀了常凤举。"

进攻的队伍开始乱作一团，随着脚底下火苗出现，官兵们惊慌地四散逃命。顷刻之间，山林的通道被大火包围。惨叫声、爆炸声，此起彼伏，不绝于耳。

在山下放火的刘墨林见大功告成，不再理睬山上被火包围的官兵，大手一挥带领着跟随他的窑工直扑蒋峪口，他要去攻击张竞约的辎重。在蒋峪口留守看护辎重的只有十几名老兵，见一队人马杀来，还未来得及反抗便被刀砍枪扎，无一幸存。加强营携带的军械、粮草及车马物资均被刘墨林缴获。

时值傍晚，张竞约和常凤举带着残兵败将好不容易从黑旺山逃了出来，个个被烧得惨不忍睹，查点人数，伤亡过半。待来到蒋峪口，除了看到十几具老兵的尸体，所留辎重均被刘墨林带走和烧毁，张竞约和常凤举的坐骑也不见了踪影。此时队伍如惊弓之鸟，张竞约惧怕刘墨林乘势来攻，只好连夜逃回博山。

刘墨林赢得干脆利落，自此官府也不再招惹他。刘墨林感觉到要生存，必须有自己的武装。他索性在黑旺山扩寨招募，当起了山大王，刘黑子的威名在方圆百里广为传颂。

刘墨林正讲得神采飞扬，马尚岭听得津津有味，张海生走了进来，说饭菜已备好，请马县长和刘寨主去隔壁用餐。这时，刘墨林提出一件匪夷所思的事情来，让马尚岭为之一振。

第二十七章　强梁

张海生来喊马县长和刘墨林去隔壁房间用餐，马尚岭看了一下怀表，指针已过十二点，便起身对刘墨林说："咱俩去隔壁吃个便饭，边吃边聊。"

刘墨林却不起身，他拽住马尚岭的衣袖说："墨林下雪天来访，绝不是为了吃顿饭，我想提个建议，马县长若是答应，我即去吃饭，这样吃得也香；马县长若不答应，我即刻回黑旺山寨。"

马尚岭先是吃了一惊，又哈哈大笑说："本县知道，刘寨主是无事不登三宝殿，您我同为性情中人，请讲便是，愚兄洗耳恭听。"

刘墨林看了张海生一眼，海生自是知趣，推说去陪陪黑旺山来的弟兄，退了出去。

刘墨林见屋内只剩下他和马尚岭二人，便压低声音说："我想把黑旺山上的弟兄改为抗日武装，归建在营丘县公署，不知马县长是否应允？"

马尚岭听了为之一振，他拉起刘墨林的手说："这符合省公署和省国民党党部的抗日精神。战端一开，就是地无分南北，年无分老幼，无论何人，皆有守土抗战之责任，皆应抱定牺牲一切之决心。蒋委员长都同意，我咋能不同意？走，吃饭去。"

隔壁的餐厅，海生早让下属用黑旺山上的无烟煤炭把房间烘得热气腾腾。餐桌上放着一盆炖野兔、一盆清炖花鲢，外加一盘炸山蝎、一盘炸蝉蛹和两碟小咸菜。马尚岭为刘墨林倒上一碗懒郎酒，又指着这桌菜说："不成敬意，这野兔是在白狼山上打的，花鲢鱼是上仙月湖里捞的，山蝎子是石头缝里找的，蝉蛹是树上逮的，酒是营丘酒厂的懒郎。白狼山比不上黑旺山，你们黑旺山上到处都是黑金子。"

刘墨林听了，苦笑一声说："那些黑金子，日本人要来抢，黑旺山我恐怕待不住了。"

"此话怎讲？"马尚岭问道。

"马县长应该知道常凤举吧，日本人占领青州后，他将临朐县拱手让给了日本人，投降后任伪县长。他与黑旺山寨有不共戴天之仇，这黑金子他不来抢才怪呢。"

马尚岭给自己倒了一碗白开水，端起来对刘墨林说："我身体不便，正犯着病呢，你喝酒，我喝水，咱俩干一碗。"

刘墨林把碗里的酒一饮而尽，抹了一把嘴巴说："果然好酒，这懒郎名不虚传。"他把碗放在桌子上，郑重地说，"马县长，我把黑旺山寨的兄弟们拉下山后，组建的抗日队伍叫啥，麻烦您给起个名头，地盘在哪里，还须马县长明示。"

马尚岭思考了一会儿，问道："但不知贵寨有多少人马，武器装备怎样？"

"实话实说，现有寨兵二百零四人，步枪五十六支，轻机枪两挺，重机枪两挺，骡马二十七匹，马车九辆，大多是我击溃张竞约的加强营缴获的。"

马尚岭说："黑旺山寨的力量不可小觑，我想这名字可叫营丘县抗日救国独立营，营部设在高崖镇。此镇背靠仙月湖，过湖即是白狼山，独立营退可入湖，进可过鄌郚乡到营丘县城，是块战略要地。"

马尚岭见刘墨林点头称是，挠了挠头又说："只是你上次打了省属国民革命军博山保安团，我须电告国民党省党部，将归建呈报，请示批复。"

说罢喊来机要员口述电文："国民党山东省党部，临朐县辖区（已陷落为敌区）黑旺山寨主刘墨林今日与本县洽谈，拟成立营丘县抗日救国独立营，归建于营丘县公署。当否，请批复。营丘县公署马尚岭。"

看着机要员去发报，刘墨林自己倒满一碗酒，端起来对马尚岭说："难得马县长承爱，墨林受宠若惊，为抗战计，即使肝脑涂地也在所不惜，我敬您一碗。"

马尚岭推开刘墨林敬酒的碗，问道："你带人进驻高崖镇，黑旺山上的煤窑咋办？"

刘墨林放下端起的酒碗，斩钉截铁地说："炸掉煤窑，绝不留给日本人。"

马县长似乎被刘墨林刚毅果决的话所感染，他倒满了一碗懒郎酒，端起来与刘墨林对碰，说："为了打日本鬼子，我这胃不要了，来吧，我陪你干一碗。"

　　二人喝完碗里的酒，马尚岭来到墙边拉开了墙上挂的布帘子，露出一张手绘的地图来。他指着地图说："这是白狼山，过仙月湖即是高崖镇，从高崖镇进湖，须经这条狐仙沟才能进白塔镇，只有一条水路可通。我在白塔镇成立抗日县大队，你在高崖镇成立抗日救国独立营，两镇呈掎角之势，进可攻，退可守，形成局部上的战略态势。"

　　这时，张海生端着一盘香菜炒肉丝走了进来，看见马县长和刘墨林站在地图边交谈，一桌子菜一动未动，便说："咋不吃菜呀，菜都凉了。"

　　马尚岭转过身见是海生过来了便说："是啊，菜都凉了，咱营丘县抗日的热情不能凉。"

　　他向张海生问起县大队的筹备情况来。张海生告诉马县长，来参加抗日县大队的有六十多人，但是县大队的长枪、火铳和土炮加起来也不到三十支，捉襟见肘，没有战斗力。刘墨林看着张海生一脸窘态，便答应从黑旺山寨调一挺重机枪和二十支步枪交县大队。海生听了欣喜若狂，正要给刘墨林敬酒，机要员送来省党部的回电。马尚岭看了一下随手递给了刘墨林，电文上译出八个字：积极抗战，因地制宜。

　　马尚岭伸出左手握住刘墨林的右手，又伸出右手握住张海生的左手，三人把握住的手举过头顶，齐声喊道："积极抗战，因地制宜。"

　　懒边园刘老爷子的怀表跑不准了，叫来朴子让他到县城修表铺里去修表。大娘见养的那只小骆驼已经长大，在家里也派不上用场，催着朴子把它送到响水崖子酒厂去驮粮包。朴子拿着老爹的怀表，骑着骆驼晃晃悠悠地来到县城，他先赶到发电厂，把骆驼交给伙计赵春生，让他得空把骆驼送到响水崖子去，自己拿着老爷子的怀表来到南关街上。

　　营丘县城的南关街商铺比较集中，除了钟表铺，还有百货杂品铺子、照相馆、铁木业作坊和一家羊肉汤馆。朴子在南关街上走着，肚子饿得慌，抬头看太阳，已过正午，便一头扎进羊肉汤馆，要了两个烧饼、一碗羊肉汤，就着一碟咸菜吃了起来。朴子吃得正香，门口进来一个身穿绿裤红棉袄的女人，尖声尖气地嚷着："掌柜的，烧饼是刚烙的吗？快饿死老娘了。"

　　正在照顾生意的店伙计见那女人进来，满脸堆笑地迎了过去，说："哎呀，是娟子大姐，怎么阎队长没来呢？快请坐，快请坐。"

　　那女人扭着蛇腰，一摇一晃地寻了个座位，坐下来说："他一大早去乔官镇监工了，帮着皇军修碉堡呢，谁知道啥时候回来。来碗羊杂汤，加一个烧饼，睡到现在还没吃饭呢，真的饿了。"

"好来，李姐稍等，这就端上来。"店伙计回答着。

朴子咬着烧饼看那女人，觉得好生面熟，抬头正与那女人打了个对眼，突然想起了什么，心想：不好，我得走。便往桌子上放下几个铜钱，起身离去。朴子来到修表铺，他把那块怀表交给修表师傅。修表师傅接过怀表，起开后盖壳，在眼上夹了个圆筒放大镜，仔细检查了半天，说是表弦松了，一会儿就能修好，让朴子稍等一会儿。朴子在修表铺里正看着几款自鸣闹钟，门内进来两个日本宪兵，过来抓住朴子的胳膊往外就走。门外站着那个叫李娟子的女人，过来左右开弓打了朴子几个耳刮子，边打边骂道："扇死你这个小兔崽子，上次你把俺姐俩推到火车站的站台下面，差点没让火车给碾死，丽丽妹妹吓得天天尿裤子，到现在还没治好呢，这会儿让你尝尝老娘的厉害。"

朴子被押到营丘火车站北侧围墙内的日军兵营，八木少佐见押解来了一个少年模样的小伙子，便问朴子："你的，什么的干活？"

朴子张了张嘴说："俺没有下地干活，是去修表铺修表来着。"

跟过来的李娟子指着朴子说："太君，他是个抗日分子，良心坏坏的。"

八木成仁挥了挥手，命令两个日本士兵："吆西，去审讯室老虎凳的干活。"

朴子被两个日本士兵押到旁边的审讯室，把他按在一条木凳上，两条胳膊绑在木桩上方的横木上，胸部和腰间用铁锁紧紧地锁住，膝盖靠大腿处被两条皮带勒得结结实实。日本士兵把一块砖头垫在朴子的脚后跟下面，朴子觉得两条腿开始酸麻起来，逐渐他的大腿也开始胀痛。朴子痛苦地喊着："小日本，俺是懒边园的刘治朴，大大的良民，快把俺放下来。"

那两个日本士兵也不搭理他，奸笑一声，又在朴子脚下垫上一块砖头。朴子的手脚被绳子和皮带牢牢捆绑，膝盖关节部位被完全锁紧固定，根本动弹不得，随之一阵阵钻心的疼痛，让他难以忍受，不一会儿开始大汗淋漓。等日本士兵使劲撬着朴子的脚后跟，塞上第三块砖头时，朴子终于忍受不住，疼得失声大喊大叫起来。

日本兵营门口驶进来一辆三轮挎斗摩托车，小泉四郎站长从挎斗里下来，他身穿日军中佐制服大步向院内走着。日本全面侵华后，沿路火车站实行军管制，小泉四郎以中佐军阶仍任营丘火车站站长。当他听到侧房的审讯室里传来凄厉的惨叫声，十分不悦，他对八木成仁少佐随意抓些中国人来用刑非常轻蔑和憎恶。小泉走近审讯室，听见受刑的喊叫似乎有点耳熟，这时八木少佐正过来迎接他，小泉便问八木受刑的是什么人，八木说是抓了一个抗日的不良分子。小泉越听传来的喊叫越耳熟，他走近审讯室的窗户往里望去，顿时怔住了——他看到朴子被绑在老虎凳上，痛苦地晃动着脑袋，龇牙咧嘴地喊叫。小泉转身质问八木是谁告诉他这个人是抗日分子，八木少佐愣了一下，指了一下旁边的李娟子，还未等李娟子回话，小泉贴近八木耳边嘀咕了几句。八木少佐急步来到审讯室门前，一脚把门踹开，对着那两个行刑的日本士兵喊道："快快地停刑，马上把他扶下来。"

两个日本士兵给朴子松了绑，朴子从老虎凳上下来后两腿已是站立不住，被两个日本士兵扶住，八木少佐立刻来了个立正动作，弯下腰去说："不好意思，我的不知道您是营丘电厂的少掌柜，也不知道您是小泉站长的朋友，失礼了。"

朴子瞪了他一眼，挣扎着往门外走去，小泉四郎在门外一把扶住朴子说："朴子，你的受苦了，对不起，我来晚了一些。"

朴子两眼直勾勾地望着兵营大门，像魔怔了似的，也不理会小泉四郎，一瘸一拐地走出日本兵营。李娟子凑过来问八木少佐："太君，您怎么把他给放了呀？"

八木狠狠地瞪了她一眼，骂道："八格牙路。"说完一挥手吩咐那两个日本士兵，"把她关起来，晚上的让她慰安慰安的干活。"

那两个日本士兵不容李娟子分辩，连拖带拉地把她弄进审讯室隔壁的房间里了。

小泉站长从衣兜里掏出一张指令，交给八木少佐，告诉他下午三点四十分，有一趟军列停靠在火车站内，让他全员警戒。八木看了一下手表，已是三点半，他拿起挂在胸前的警哨吹起集合哨来。

朴子从日本兵营里走出来，穿过一条铁路涵洞，走到挨着城墙根下的玉皇庙院落门前。这座明代的庙宇由于年久失修，已为残垣断壁，只剩下几棵古柏树倾诉着对灾难的记忆。从破损的庙门进来，便看到一段营丘城墙的坍塌处，抄近道去火车站的居民长年累月把这里踏成一条翻越城墙的上下坡道。从这里爬坡进县城，要比走北城门省些路程，又少些盘查。朴子爬到墙坡高处，觉得两条腿又疼痛起来。他仰望着天上飘落的雪花，发狠地骂道："狗娘养的李娟子，还有那个日本鬼子八木，老子非宰了你们不可。"

朴子带着一肚子怒火，十分懊丧地来到南街上，看见修表铺的门开着，便走了进去。铺子里坐着几个人在谈论着什么，修表师傅见朴子走了进来，吃了一惊，说："说着曹操，曹操就到。你刚才不是被日本宪兵抓走了吗？怎么放出来了？听说被日本人抓进兵营的人，出来非残即伤，大家都为你担着心呢。"

朴子也不应答修表师傅的问话，从口袋里掏出一块银圆递过去说："俺来取表。"

那修表师傅说："表修好了，用不了这么多钱。哎，小兄弟，你说咱这营丘城里，什么时候出了两个粉头一个无赖，这个阎子平还当上了特务队的大队长，挎着盒子枪横行霸道，祸害人呢。"

朴子取了怀表，漫无目的地在县城里走着，不知不觉来到了六合祥饭庄，见一个伙计拿着扫帚在扫门前的残雪，便问李大厨在不在店里。那伙计认得朴子，便把朴子让进店里，带他到了后边厨房喊道："李师傅，懒边园的少掌柜来找您。"

"哎，来了，来了。"

李大厨边擦着手，边从后厨房走出来。他见朴子蜡黄的脸色，走路像个跛子，便问道："哎呀，朴子兄弟，你走路咋一瘸一拐的？快到雅间里等。"说着把朴子带到二楼的小雅间里，他给朴子倒了一碗白开水，说，"哎，六合祥饭庄这阵子被那保安队长阎无赖搅和得快不能营业了，这个浑种三日两头带着他那帮特务队来捣乱。刚才卢掌柜让俺做了十几道菜，他亲自带着伙计去县衙给郭子敬送菜去了，啥世道啊！"

朴子苦笑一声，说："你去炒几个菜，俺要喝酒。"

"好来，您稍等，俺去整几个菜，咱俩喝一壶，解解闷。"

不一会儿，店伙计端来一盘猪头冻、一盘切开的虾卤腌生蟹、一盒锅塌豆腐和一碟油炸咸鱼干。随后李大厨搬着一坛子酒给朴子倒上一大碗，自己倒上一碗，两人端起酒碗对碰了一下喝了起来。朴子也不说话，一直喝着闷酒。

李大厨问道："朴子兄弟，你今天咋了，谁惹你生气了？"

朴子端起酒，咕咚咕咚喝了个一干二净，放下酒碗瞅着李大厨说："厨房里有杀猪的刀没有？俺想借一把。"

李大厨愣了一下，问："朴子兄弟，你借刀干啥？"

"俺在南关街上被一条母狗咬了，俺想去杀了那只狗。"

"哎，俺去找一把。"

喝得已是半醉的李大厨去了厨房，拿来一把明晃晃的尖刀，对朴子说：

"这刀钢好,是北岩街上的王锤子打制的,别说是杀狗,宰头牛也不在话下。"

朴子接过刀来,看那刀有尺把长,如镜般的刀身寒光流动,锋芒逼人,试了一下刀刃极其锋利,便把刀别在后腰带上,又端起碗和李大厨碰起酒来。

朴子和李大厨喝完一坛子酒,看着李大厨趴在餐桌上睡着了,他摸了一下别在腰间的那把杀猪尖刀,踉踉跄跄地来到大街上。此时已过夜里二更,一阵凉风吹来,朴子打了个寒战,他发现前面电灯杆下,有个女人扭别着身子,佝偻着腰往前走着。越看越觉得这身影好像在哪里见过。当他看清这人是个身穿红色棉袄绿色裤子的女人时,便断定她就是李娟子。

朴子蹑手蹑脚地尾随在李娟子身后,看见她一会儿用手捶着腰,一会儿用手按着腹部,边走边呻吟着。李娟子沿着墙根走进闫家巷子,走到一座门楼外,伸手在墙头上摸出压在砖下的一串钥匙,打开门楼的大门,进到院子。没顾上关院门,双手扶在影墙上干呕了一会儿,又脱下裤子露出个白屁股蹲在墙根尿了泡尿,然后提着裤子,晃荡着身子走进自己睡觉的屋里。进屋拉开电灯,边脱着衣服边嘟囔着:"这些该死的日本人,轮着干老娘,快把俺折腾死了。"

李娟子刚钻进被窝,突然听到屋门被一阵凉风吹开,只见朴子手执一把贼亮的尖刀跨进屋内,反手关上门向她逼来。惊慌之余,她本能地喊起"救命",余音未落,一道亮光闪过,朴子手中的尖刀已划过李娟子的哽嗓咽喉,李娟子张大嘴巴,再也喊不出声来,仰面倒在床上。朴子看着她张着大嘴,瞪着眼睛死去的样子,拖过被子盖住李娟子的脸部,把尖刀上的血迹擦在被子上,回身拽下电灯开关的拉绳,屋里的电灯顿时熄灭。朴子正想离去,院子里传来几声脚踏车的铃铛响,听到门外一个男人在喊:"娟子呀,咋关灯了?俺回来了。"

咣当一声,门被推开,一个人影伴随着酒气冲进屋内。朴子急闪在临近房门的拐角处,那人似乎对这间屋子很熟悉,见他顺手拉开电灯,看了一下床上让被子盖着的李娟子,摘下斜挎在棉袄上的匣子枪,把枪放在桌子上,又摘下戴在头上的日本军人的棉帽,露出个光头脑袋来。一边脱着靴子一边说:"娟子你别生气,知道你没睡在等我呢。哎,给日本人办差不容易,我去了趟高崖镇表弟家,让你久等了。被窝暖热了吧,俺这就搂着你睡觉。"说着拉灭了电灯去床上掀被窝。

朴子轻步移到桌子旁边,取了那光头放在上面的匣子枪,悄然无声地出了屋门,看见院里放着一辆脚踏车,心中大喜。他把匣子枪挎在肩上,双手握住车把正要骑行,听到屋里传来鬼哭狼嚎般的喊叫:"杀人了,杀人了,娟子被人杀了,快来人啊。"

朴子骑车离开闫家巷子,来到有路灯照明的北关街上,隐约发现一支巡逻队迎面过来,对方似乎也发现了他,喊道:"什么的干活?"

朴子听是日本人的口音,迅速蹬车拐进一条胡同,心想:城门肯定有人看守,出不去了,俺得从玉皇庙的城墙塌口出城。于是不再走大街,穿行在胡同小巷,摸着黑来到城墙塌口,推车上了墙头,终于松了一口气。朴子在墙头上回望营丘县城,听到警哨声和喊叫声喧嚣一片。

朴子煞着车闸走下塌墙,刚要出玉皇庙大门,对面火车轨道上轰轰隆隆开过来一辆巡查的铁甲车,对着玉皇庙戛然停住。探照灯照射在玉皇庙大门口,随之嗒嗒几阵机枪扫射过来,朴子一缩脖子躲在了庙门内侧,那铁甲车见无动静,又用探照灯照晃着,轰隆轰隆向西开走了。

朴子推着脚踏车从玉皇庙出来,借着火车站台基上的亮着的电灯过了铁道涵洞,一路下坡往懒边园骑行。等来到葫芦湾前的石桥上,天已放亮,四周的景物开始清晰起来。朴子跳下脚踏车,望着不远处从懒边园阁楼上飞出来的鸽子,喃喃地自言自语:"俺杀人了,别连累了老爹和二娘。要是大娘知道了还不揍死俺!懒边园不能回去了。"

他仰望着回旋在天空中的飞鸽心想:好汉四海为家,俺去找师父去。

朴子回转车身,朝着黄旗堡方向飞速骑去。

第二十八章　入伍

渤海纵队新一团团长于震邦带着通讯员吕卫从潍北军区总部开会回来，要沿着古驿道经黄旗堡过苇子镇再回广北驻地。于团长去纵队总部时，是乘船进入渤海湾再到潍北昌邑县的，返程时因海上刮起台风，不得已扮成平民模样从陆地回广北。他和通讯员小吕来到黄旗堡已是傍晚时分。二人走到村里，于震邦发现这个村落多为屯堡式建筑，处处都为军事需要设计成多层次防卫体系，沿街都用厚重的条石作为房屋的墙壁，巷道狭窄且曲折多变，类似八卦阵布置，外人进来就像进入了迷魂阵让你目眩神迷，不知出入路径。

于震邦指着一处深邃的石巷对吕卫说："小吕你看，这村子里的房子和街巷全是青砖和石块垒砌的，窗户小，地基高，具备碉堡性质，到处都是防卫的战场。在这次会议上，纵队许司令传达的抗战方针很对，要发动群众，让日本军队陷入人民战争的汪洋大海之中。"于震邦又环视了一下周围的环境说，"我很看重黄旗堡这个村子，要找机会发展成抗日根据地，扩大我们的抗日力量。今晚找个老乡家住一宿，多了解一下情况。明天起早赶路，争取中午赶到苇子镇一营驻地，这样晚饭前就能回到咱们广北团部了。"

小吕答应着，二人沿着石街来到村子中心的演武场上，看见在演舞台上一个光头大汉在教一个少年棍棒。小吕看那大汉舞动着棍棒，一招一式地示范，便对于震邦说："团长，您看那光头汉子的棍法，怎么和咱纵队许司令员练棍的动作一模一样？"

"是，我也看出来了，他教的是少林棍法，而且这个师傅是个武术高手。"

二人说着来到演武台近前，当看到使棍的光头汉子来了一个盘龙棍招式，小吕禁不住喊了一声："好个少林功夫。"

那教习棍棒的大汉听见台下有人叫好，便收了招式。当看到台下是于震邦和小吕时，他用手摸了一把眼睛，把棍棒交给那个学艺的少年，一个鸢步翻下演武台，喊道："恩人，是于长官呀，俺是马释永，咱们在芦花渡桥口见过，你俩怎么来到黄旗堡了？"

此时，于震邦也认出了马释永，两只大手握在了一起。马释永回头喊着台上的少年："黑弹，救你姐夫的恩人来了，快下台，咱们领着客人回家去。"

黑弹双手各执一条棍棒，也学着姐夫的动作一个鸢子翻身跳下演武台，分别向于震邦和吕卫各鞠一躬，头前带路朝他家走去。

在路上，马释永问于震邦怎么有空来到黄旗堡。于震邦回答说："是去纵队开会，去的时候是从渤海湾乘船过去的，回来时因海上刮起台风，只好从这条驿道返程，不想在这黄旗堡见到你。记得你不是在营丘县懒边园做护院吗，怎么在这里当起教头来了？"

马释永摸了一下光头脑袋，说："那天俺娘去世后，俺和徒弟朴子在黄旗堡村西的砖窑场避雨，认识了这村里的姑娘黄小满，见她为人实诚，武功又好，俺俩情投意合，便入赘成了黄家的女婿。这个村子有家家习武的习俗，俺家娘子是打螳螂拳的，远近有些名声。俺年轻时在平阴翠屏山当和尚，跟俺师父学过几年少林武功，这不，内弟黑弹让俺教他几招少林棍法。"

"恭喜你呀马师傅，您贵庚呀？"

"噢，俺姓马也属马，腊月二十生日，今年三十有一。"

于震邦说："我属鸡，十月初五生日，今年二十八岁。"

"哎，巧了，俺家小满也属鸡，四月廿一生日。"

"我得叫嫂子了，你们孩子多大了？"

"奇了怪了，就是要不上，不知咋了。"马释永有点羞愧。

于震邦笑了笑说："我有个校友叫刘素涵，在齐鲁医科大学学过妇科，她就是懒边园的二小姐，有机会让她给嫂子看看。"

"俺在懒边园听说过，在济南府读书呢，想不到您也认识她。"

说着说着来到家门口，黑弹敲着门叫着："姐，开门呀，有客人来了。"

黄小满在家熬了一大锅腊八粥，蒸了一锅杂合面窝头，正等着丈夫和黑弹回家吃饭，听见黑弹回来便去开门。她看见马释永领着两位陌生人进来，就说："快让客人进院吧，饭做好了，俺再去整几个菜。"

马释永给黄小满介绍说："这二位是上次在芦花渡救俺的恩人于长官和小吕。"

于震邦给黄小满行了个军礼，说："您是小满嫂子吧，我们是渤海纵队新一团的，我叫于震邦，他叫吕卫。我们路过这里碰见了马师傅，家里做什么就吃什么，都是自家人，千万不要客气。"

黄小满把于震邦和吕卫让到了灶房，几个人围坐在灶台周围，小满把新蒸的窝头和熬好的腊八粥端在台面上，又摆上两碟子腌蒜薹和揉了盐的香椿芽子说："也不知道庄户人家的饭合不合于长官的口味，将就着吃点吧。"

于震邦也不客气，吃着香喷喷的窝头，喝着热乎乎的八宝粥，就着那两碟咸菜，直说嫂子做的饭好吃。

一家人吃得正香，院门外传来敲击声，有人在叫门："马大哥在家吗？俺是二愣子。"

黑弹听是二愣叔，跑去开门，不一会儿领进七八个青壮汉来，坐了满满一灶房。那个叫二愣子的说话粗声大嗓："马哥家来客人了。俺哥几个从族长家来，想找你和小满商量点事呢。"

马释永说："这是咱渤海纵队的于长官和他的跟班小吕，他俩是俺的救命恩人。"

这时，黄小满舀了几碗腊八粥分给众人，说着："明个是腊八节，俺熬了一锅腊八粥，喝碗腊八粥一冬天身上都暖和，都来一碗。"

有的说在家喝过了，有的说没喝过相互推让着，马释永看着大伙喝粥，便问二愣子："黄族长那里有啥事呀？"

二愣子回答说："黄族长说，头晌寿光县保安队的肖斜子队长领着几个伪军来找他，说要咱村出五十人去砖窑场给日本人修碉堡，如果不去，须按人头交一斗麦粮来顶差，还说明日中午前去砖窑场找肖队长当面答复，不去的话日本皇军要问罪。黄族长让俺们找你和小满拿主意，该咋办。"

马释永摸了一下脑袋，看着黄小满说："凭啥去给日本人修碉堡？这碉堡还不是为了对付咱老百姓的！不能去。"

黄小满说："于长官是队伍上的人，咱让于长官拿主意。"

吕卫站起来解释说："我们队伍里不称'长官'，他是我们团长，大家都叫于团长吧。"

大家一听于震邦是个团长，都惊讶地站了起来，于震邦也跟着站了起来，挥了挥手让大伙都坐下说："我叫于震邦，是渤海纵队新一团的团长，我和通讯员小吕从纵队开会回来，路过咱黄旗堡。日本人为什么要在砖窑场建据点修碉堡呢？乡亲们想过没有，因为这个地方能控制营丘至寿光的南北通道，又是扼守胶莱驿道的要隘。一旦日寇在砖窑场修建据点，咱黄旗堡的村民出入都会受到盘查和敲诈，会威胁到黄旗堡村的安全。所以无论如何也不能让日本鬼子在那里修建据点。"

大家听了于团长的话，觉得很有道理，便纷纷议论起来："对，是这样，咱村绝不能让日本人把碉堡建在咱们的眼皮子底下。"

于震邦问二愣子："咱黄旗堡有多少人口？"

二愣子回答道："俺村有六百多户人家，三千口子人吧。"

"假如有一百多名日伪军进村，依你们村的力量，能打过他们吗？"

"听俺爷爷说黄旗堡建村时，是按八卦兵阵建的，家家有火铳土炮，长枪短刀更不用说。莫说一百人进村，就是二百人来了，对付他们也不在话下。"二愣自信地说。

黄小满拢了一下头发也说："俺爹在世那阵子，村里兴起义和拳，官府来了一个标营。三百多兵勇，仗着有快枪铁炮，来进犯黄旗堡，结果被俺村打了个片甲不留。"

二愣子附和着说："对，对，那年俺七岁，多少还记得这事呢。"

于震邦又问："在砖窑场修据点的日本人和伪军各有多少人，大伙知道吗？"

他见大家都摇头，便说："明天上午村里先去几个装作到据点干活的人，主要摸清那里的具体情况，下午彻底解决这些日伪军，捣毁砖窑场这个待建的据点，今晚大家分头准备一下。"

于震邦看了小吕一眼说："明天参加行动，我们推迟一天回广北。"

大伙听于团长要解决修据点的这些日伪军，一时群情激奋，摩拳擦掌要跟于团长大干一场。

腊八的早晨，伴随着公鸡的打鸣，于震邦醒了。他看见窗外放出了光亮，身旁的吕卫和黑弹蜷缩在被窝里还在熟睡着，便悄悄地穿好衣服下来火炕，来到院子里。闻着柴火烧起的炊烟，发现黄小满正在灶房里做饭。马释永在蚕房前面正打着一套少林拳法，但见他双臂如分水之势，动作潇洒如行云流水，忽而动若闪电，忽而缓若游云，攻守转换运用自如，让于震邦大开眼界。于震邦边看着马释永的拳法，心里边盘算着，一定要把黄旗堡的村民动员起来，组织成一支抗日的民兵队伍，使之成为积极抗日的战斗堡垒。

马释永看见震邦在关注着自己打拳，便收了拳式与于团长打招呼。于震邦连夸马释永的少林拳法打得好，马释永问道："于团长您平日练什么拳法？"

"我在部队学的是擒拿格斗。"

于震邦说着脱下棉袄摆开架势打给马释永看。马释永等他把招数打完，评论说："您的擒拿格斗整合了多种拳法，实用性较强，只是在技巧上还要借劲打力，组合用巧会更好。"说着辅导于震邦打起组合拳来。他俩正练得兴起，黑弹和吕卫来到院子里，看着马释永和于震邦相互交流拳术，也禁不住比画着打起拳来。

黄小满喊他们到灶房吃早饭，四人这才停下手来。这时突然传来清脆的枪声，于震邦警觉起来，因为他听出这是日军使用三八大盖步枪的声音，只有日伪军才配有这种枪。马释永判断这枪声是从他家桑园的北墙外传过来的，他招呼黑弹迅速往北墙跑去，想一探究竟。于震邦让小吕去屋里取枪，自己跟在马释永后边进了桑园。

黑弹家桑园的北墙，也是黄旗堡村的围墙。从地面到墙头有两人多高，墙外是一片开阔地。墙内的桑园里有几棵粗大的鸭梨树紧挨在内墙旁边，黑弹小时候经常爬上树，把着树枝跳到墙头上玩耍。顺着枪响的方向，黑弹来到鸭梨树下，他驾轻就熟地一个抱跳附在了树干上，两脚蹬住树身，几个蛙跃动作攀到树杈上，立起身来跨步落到了墙头上。

黄旗堡村的围墙，全是青砖砌成，墙头有六尺多宽。黑弹伏在墙垛口上朝北望去，只见一个日本军官，牵着一只狼狗，手中挥舞着军刀，指挥着五六个执枪的伪军追击一个逃跑的人。那逃跑者手里也拿着一支步枪，猫着腰左躲右闪地跑着，几个伪军边呼喊着边不时地开枪。前面被追的人跑到一块隆起的土坡上，突然卧倒转身伸出枪来，在这同时，日本军官也把牵着的狼狗放了出去，那只狼狗狂吠着追到离土坡十几步时，卧倒在土坡上的人一枪射了个正着，狼狗嚎叫一声翻了个滚，再也动弹不得。在后面追击的日本军官气得哇哇大叫，抓过伪军的一支步枪正要瞄准射击，卧在土坡上的人又射出一枪，随即那个日本军官应声倒在地上。跟随的几个伪军见日本军官被击倒，吓得不敢再追赶，搀扶着受伤的日本军官仓皇退去。

黑弹在墙头上看得一清二楚，等那执枪的人从土坡上站起来，黑弹眼前一亮，高喊着："朴子，朴子哥哥，俺是黑弹，朝这边跑。"

马释永在墙下听到黑弹喊着朴子，心头一震，方才又是连续枪响，急得他脱下棉袍往桑树上一抛，跳到鸭梨树下，纵身跃起，伸手抓住鸭梨树上的树枝，悬荡起身子，借着脚蹬树干的反力翻到墙头上。于震邦在旁边看得真切，惊呼好身手。

黄小满手里拿着朴子上次留在家里的步枪赶了过来，抬手把枪抛给了已经站在墙头上的马释永。马释永接过步枪，随手递给黑弹说："快，豁出命来也要搭救朴子。"

黑弹接过枪，嘿嘿一笑，说："没事了姐夫，朴子哥能耐真大，一枪把追他的狼狗毙了，又一枪把日本军官打翻了，几个二鬼子架着那个日本军官跑了。"

朴子听见有人喊他，看见师父和黑弹站在墙头上，高兴地挥舞着枪喊叫起来："师父，黑弹，俺来了。"

马释永和黑弹把朴子接回家，见过了团长和通讯员吕卫，大家围坐在灶房的锅台，吃着黄小满做的炝锅面条。黄小满边给大家盛面条，边问朴子是咋惹得修据点的日伪军追他，朴子真的饿了，狼吞虎咽地把一大碗面条吃得干干净净，打着饱嗝讲起了他的遭遇。原来朴子在营丘城里杀了李娟子，逃出县城后怕连累家人，骑着抢来的脚踏车来黄旗堡找师父。当他快到砖窑场时，看见砖窑场上插着日本太阳旗，日伪军呵斥着民工在修建工事，在砖窑场旁边的驿道上还设了哨卡。朴子身上斜挎着匣子枪，怕进不了黄旗堡，便把脚踏车和匣子枪藏在路边的沟里，又盖上枯草，才壮着胆子来到驿道上。等他过哨卡时，被一个叫肖队长的伪军拦住，问朴子去哪里。朴子说到黄旗堡姐姐家串亲。肖队长长着一双吊斜眼，他瞅着朴子也是个斜眼，便说："他妈的，老子眼斜，你怎么也斜了？哪天让你姐陪老子吃饭，走吧。"

朴子假意给他鞠了个躬，正想过哨卡，却被迎面过来的一个日本军官拦住，对肖队长说："工地上劳工的缺乏，让他干活的有。"

伪军肖队长哪敢惹日本人，低头哈腰说："是，让他工地上干活的有。"

不容朴子分辩，叫过一个伪军押着朴子去砖窑场上搬砖头。朴子在营丘县城折腾了一夜，赶早又骑车来到砖窑场，又饿又渴，哪里还有力气搬砖头。直到天黑，他和其他劳工被押到一间工棚里，每人发了两个窝头、一块萝卜咸菜，夜里又无被子取暖，冻得直打哆嗦。好不容易熬到天亮，肖队长过来让每人喝了一碗疙瘩汤，又逼着去干活。

朴子哪里遭过这种罪，他装着去拉屎，被一个伪军看护着去了砖窑场北侧的槐树林里。朴子瞄了一下那支上了刺刀的步枪，身形一闪，双手抓住那个伪军的手臂，用力一拧，发出咔嚓一声，伪军的臂肩一阵麻疼，手握着的步枪落地，朴子捡起枪来，一枪扎在那个伪军的腰上，那伪军惨叫着躺在地上翻滚，朴子抱着枪穿过槐树林子，朝着黄旗堡方向跑去。正在砖窑场监督民工干活的日本军官，听见了槐树林里的惨叫，一挥手招呼过来几个伪军，牵着狼狗追了过去。

朴子讲到这里，见黄小满又在碗里给他添满了面条，便端起碗又吃了起来。黑弹接上话茬，说朴子一枪毙了日本人的大狼狗，又一枪打倒了那个日本军官，直夸朴子哥的枪法好。朴子边吃着面条边说："都是师娘教得好。"于团长这才明白，黄小满也是个百发百中的好枪手。

于震邦问朴子："砖窑场里有多少日本人和伪军，你看清楚了没有？"

朴子回答说："俺看见摩托车旁边有两个日本人，一个挎着军刀，一个拿着枪。那个伪军头子叫肖队长，挎着匣子枪。其他伪军也就二十来个人，劳工们关了一屋子，没看清楚。"

于团长分析说："初步断定，砖窑场里是伪军的一个小分队，二十五人左右，两个日本官兵负责监督。那个日本军官挨了朴子一枪，估计被摩托车送到了寿光县城去医治，那里只剩下些伪军，现在是消灭他们最好的时机。"他看了一下马释永又说，"等到过午，趁伪军疲惫，你挑选五十个村民扮作劳工，以两人包一名伪军的办法拿下砖窑场。"

于震邦话音刚落，院外有人敲门："马大哥，黄族长来看于团长了。"

黑弹去开门，黄旗堡的族长黄乃清带领着百余号村民，前面的手拿铁锹镐头，后边的举着长枪火铳，站了整整一院子。

于震邦从灶房走出来，看见黄乃清老先生精神矍铄，向前握住他的手说："黄老先生身体可好？大冷的天有劳您来见我，让我倍感愧疚。"

黄乃清却表情严肃，郑重地说："于团长，您亲自来到黄旗堡，全村老少极为鼓舞，抗战驱倭人人有责。日伪在砖窑场建立据点，如芒在背。为打鬼子拔除据点，全村三千人口听您调遣。"

于震邦给黄乃清行了个军礼，说："黄老先生，我正有事与您商量，请借步到灶房说话。"

于震邦把黄乃清让进灶房，黄小满把门闭上，然后走到院里。于震邦和黄乃清促膝而谈。于震邦开门见山、直述主题："黄先生，贵村一直保留着户户尚武、人人练拳的习俗，这无疑是难得的战备储存。当前日伪在砖窑场修建碉堡，设立据点，将会给黄旗堡及周边村户带来威胁，我想过午之时，带上五十名村民扮作劳工，捣毁这个待建据点，您看如何？"

"捣毁砖窑场这个日伪据点，形同拔了卡在喉咙里的鱼刺，所谓骨鲠在喉，不吐不快，及早清除当然好。"黄乃清表示赞同。

于震邦见黄乃清同意捣毁砖窑场，又谈了自己的想法："目前形势，倭强我弱，待砖窑场据点被捣毁，日倭绝不会善罢甘休。从长远计，应在黄旗堡建立民兵组织，选定一名大队长和一名副大队长。我对贵村了解甚少，请您老举荐为盼。"

黄乃清沉思了一会儿，说："民兵大队长之职非马释永莫属。他武功高强，办事沉稳，在村里颇有威信。副队长可让黄二愣接任，此人热心办事，又有武功，于团长您看是否可行？"

"就依黄先生建议。此外，我想从贵村选十名民兵跟我回部队，对他们进行半个月的战术训练，以提高其军事素养，待回村后带动其他民兵执行护村舍、防敌奸之任务。"

"好啊，一言为定。"黄乃清和于震邦击掌定夺。

黄乃清与于震邦走出灶房，黄乃清在吕卫的搀扶下站到院里的石桌上，院子里的村民顿时安静下来。黄乃清清了清嗓子讲起话来："黄旗堡黄氏宗亲各位，今日寇侵略咱潍北，又在咱黄旗堡眼皮子底下修建据点，企图扼制驿道，堵我出入，让我等做亡国之奴。我们能答应吗？"

"不答应，不答应！"村民们回应着，喊了起来。

黄乃清挥了挥手又讲起来："方才我与渤海纵队于震邦团长达成共识，军民合作，坚决抗战！在民族生死存亡之际，我黄姓儿郎须壮士断臂、义无反顾，横刀肝胆在，歌起浩气扬。我等要用鲜血和生命保卫黄旗堡，为宗业家族赢得尊严，为国战死，事极光荣！"

黄乃清哽咽着说："我黄姓宗亲，无论男女老少，宁可牺牲一切，绝不做日本人的奴隶。自即日起，在黄旗堡成立抗日民兵大队，由马释永为大队长，黄二愣为副大队长，同心合力，有枪者拿起枪，有刀者拿起刀，没有刀枪的就用锨镢锄镐，人人奋进，力杀倭寇！"

这时站在黄族长身旁的黄二愣振臂高呼："杀了日本鬼子和汉奸！"

满院子的村民也跟随着黄二愣喊起来，口号声高亢嘹亮，响彻长空。

马释永带领着五十余名村民，扛着铁锨镐头出了黄旗堡西门。于震邦和吕卫夹杂在队伍当中，黄二愣垫后沿着驿道往砖窑场走去。按照于震邦的布置，朴子和黑弹各执步枪，绕道在砖窑场北侧的槐树林里埋伏，以应不测。当马释永领着队伍来到哨卡，伪军肖队长吆喝着让队伍停下来，问道："你们是黄旗堡村的吗？"

马释永向前回答："俺们是黄旗堡的，敢问您可是肖队长吗？俺村来了五十人，安排干啥活？"

伪军肖队长用他的斜眼上下瞅着马释永，又看了看长长的民工队伍，说："皇军今天不在工地，你们先回去吧，等我通知再来干活。"

马释永一听要让大家回去，立刻沉下脸来说："你这不是耍俺们吗？那好，黄旗堡的老少爷们再也不来了，你替皇军干活吧。"说罢装着要走。

"哎，你站住，今早晨有个斜眼小子抢了枪逃跑，还把黑田队长给伤了，我这不害怕嘛。好吧，你们村去挖壕沟吧，我领你们去。"

肖队长安排了两个伪军守着哨卡，自己带领马释永及村民们进了砖窑场。于震邦在队伍里观察，没有发现站岗的伪军和干活的民工，却发现在砖窑场烧砖窑的边上有两排砖坯房，房顶的烟筒里冒出黑烟。抬头看见天上的太阳，刚过中午，估计伪军和民工正在砖坯房里吃饭。他心想：这正是解决这些伪军的最好时机，于是示意吕卫去解决走在前面的肖队长，然后挥手带着村民直奔砖坯房。

吕卫从怀里掏出驳壳枪跑向前去，伪军肖队长还来不及反应，吕卫的枪头已指向他的脖颈处，肖队长惊叫着要反抗，却被马释永反剪住双臂，又伸出一脚蹬在他的小腿上，扑通一声跪倒在地。此时，于震邦带领着村民冲进砖坯房，伪军的枪支都架在墙根下，尽数被村民们收缴。正在吃饭的伪军顿时惊慌失措，见村民们手执铁锨镐头逼了上来，知道反抗于事无补，只好纷纷举手投降。驿道哨卡的两个伪军也被黄二愣和几个村民押解过来。于震邦见局面已经控制住，即来到隔壁民工们住的砖坯房里，看见房内中间支了口熬汤的大锅，民工们围着大锅取暖，啃着窝头充饥。马释永赶了过来询问这些民工，大多是周边村子被逼迫来的，也有部分是被强行抓来的。

于震邦让这些民工即刻回家，民工们千恩万谢地离开了砖窑场。这时，突然听到一声枪响，原来肖队长见吕卫和马释永去了砖坯房，便挣脱了看押他的两个村民，扭头就跑。刚逃到槐树林边上，被朴子认出是斜眼肖队长，喊着让他停住，肖队长折回又往坡下大路上逃跑，被黑弹一枪击中后胸，当场毙命。

吕卫过来报告，这次行动俘获伪军二十三名，扎伤一人，击毙一人，收缴步枪二十四支，匣子枪一支，砖窑场战斗大获全胜。

吕卫指挥村民把被俘的伪军收拢在砖坯房外面，让他们分别列成两排，喊了声："立正，报数！"伪军们"一、二、三、四、五……"一声接一声地报完。

吕卫又喊声:"稍息,请渤海纵队新一团于震邦团长训话。"

于震邦走到队列前面开始讲话:"你们这些人来自本乡本土,吃着父老乡亲的饭,却不为老百姓着想,只打个人的小算盘,不惜投靠日倭,充当汉奸,为人所不齿。汉奸本是爹生娘养,却翻脸不认爹和娘,你们还有脸在世上苟活吗?"

吕卫发现伪军人群中,有的羞红了脸,有的不停地搓着手,便喊一声:"立正,把头抬起来好好听于团长训话。"

于震邦用目光扫了一下伪军们又说:"中国人不打中国人,我们共产党的军队,是老百姓的队伍,一向宽大为怀。只要你们不再为日本人卖命,为虎作伥,不当汉奸卖国贼,一律释放。如发现再当汉奸者,将严惩不贷。"

伪军队伍里都喊着再也不当伪军了,再也不给日本人卖命了。吕卫安排几个伪军把那个被朴子扎伤的伪军抬回家去,二十四名伪军均被释放返乡。

望着陆续离开砖窑场的伪军,于震邦叫过马释永来说:"我带上黄二愣等十名村民,各拿十支步枪,随我回广北团部进行训练,所剩十四支步枪由你带回村里,一支驳壳枪归你使用。希望尽快把民兵大队成立起来,根据黄旗堡的情况,制定自卫护村方案,形成一支抗日武装力量。"

正说着,朴子斜背着他藏好的匣子枪,推着脚踏车和扛着两支步枪的黑弹走了过来。他俩缠着于震邦要参加渤海纵队,于震邦觉得团里添了两个神枪手,当然乐于其成,只是要征求马释永的意见。

马释永对朴子和黑弹说:"你兄弟俩去部队后要跟着于团长好好干,多杀日本鬼子,多立战功。"

朴子和黑弹高兴地直蹦高。朴子想了一下,走到马释永面前,从口袋里拿出他老爹的那块怀表,交给师父说:"麻烦师父和师娘有空去趟懒边园,把这块怀表交给俺老爹。见到俺大娘和二娘,就说俺参军了。"

这时,吕卫和黄二愣已集合好队伍,于震邦团长大手一挥,在马释永和其他村民的目送下,离开了砖窑场,迎着西落的斜阳,沿小路往苇子镇方向进发。

第二十九章　高崖

高崖镇地处安丘、临朐、营丘三县交界的中心地带，前有狼水河与荆山滩通渡，后有仙月湖与白狼山对峙，西沿鼠岭过逶迤起伏的齐长城，直达沂蒙山区，东临红沙沟，与鼋泉相依，形同抱玉衔珠。这是个雄踞一方的地方重镇。

刘墨林离开白塔镇，揣着马尚岭县长亲笔签发的营丘县抗日救国独立营进驻高崖镇的手令，只身一人来到了高崖镇，一是想了解镇上的近况，二是想看望他的红颜知己秦丹婷。

刘墨林骑马从高崖镇南门走到镇子里，迎面就是观音阁。这天正是腊月初十，观音阁内的钟声一声接一声地响起来。进进出出的善男信女手执香火，显得虔诚至极，都在为这乱世祈福。刘墨林下马来到观音阁门前，把牵马缰绳系在墙上的拴马孔上，进门在香火摊上请了三炷香，他随着敬香的人流进殿来到观音菩萨塑像面前，把三炷香点燃，高高举过头顶，默默地祷告："观音菩萨保佑，墨林这次率队迁移高崖镇，期盼能一帆风顺、万事大吉，来年春天我为您重塑金身。"又磕了三个响头，方转身走出大殿。当他走下台阶，听见敬香的人群中有人喊他："你是墨林吧，哎哟，几年不见变成大小伙了。听说你是个大英雄了，你还能认出大婶不？"

刘墨林摘下墨镜，凝目看那个跟他讲话的女人，当他认出是秦丹婷的妈妈时，心头一颤，快步过去深鞠一躬，说："是大婶啊，您也来敬香了，表叔和婷婷还好吧？"

"好着呢，婷婷在学校里教书呢，估摸着快放学了。你先去找婷婷，出了这观音阁，往前走到街中央，看见红墙就是学校。大婶敬完香就回家包饺子，今晚你和你表叔喝几盅，快去吧。"

刘墨林辞别了秦丹婷的妈妈，纵马来到高崖大街十字口，在几株古柏掩映的红墙边上，看到一群学生排着整齐的队形在唱歌：

民国二十二年，
时当三月天，
春光正明媚，
吾校新纪元。
校址高崖镇，
假借当店真威严。
三面仙月湖，
倒影白狼山，
地灵人亦巧，
同学负笈来翩翩。
起舞闻鸡鸣，
笃学书万卷，
恰我同窗少年郎，
努力聆课看教鞭。
学成文武艺，
同舟共济挽时艰！

歌声余音环绕，嗓音干净明亮，如同潺潺流动的清泉，静静地淌着，一直沁入心灵深处。刘墨林跳下马来，手牵着马缰绳，闻着歌声走了过去。他看见指挥唱歌的是一位青年女教师，身穿浅素色棉袍。站在石台上，在红墙背景的衬托下显得格外醒目。只见她双手打着拍子，一绺如丝缎般的黑色长发随风飘舞，美得让人陶醉。

待歌声唱完毕，这位女老师对学生们说："同学们，放学了，别忘了回到家里做作业，明天见。"

"秦老师，再见！"学生们呼应着向她招手，陆续散去。

刘墨林认出这位女老师就是秦丹婷，两年没见竟出落得如此漂亮。一双美目含情脉脉，如花般的笑脸圣洁高雅，传达着一种说不出的魅力，一股爱慕之情蓦然在刘墨林心中升起。

刘墨林和秦丹婷自幼相处，可谓是青梅竹马。秦丹婷的父亲叫秦立业，原在青州满兵营当木匠。他心灵手巧，做工精湛，为人也厚道，深受营管刘绍儒器重。秦丹婷与刘墨林都是跟随父母在满兵营长大，同年一起入学青州培真书院。满兵营解体后，刘墨林与父母去了黑旺山，秦丹婷与父母迁回老家高崖镇，秦立业在镇上开启了三间木业作坊以维持生计。时逢高崖镇成立营丘县立第八小学，秦丹婷在学校当了语文教员。

同居长千里，两小无嫌猜，刘墨林的到来让秦丹婷欣喜若狂。刘墨林望着昔日的发小，禁不住把她搂在怀里。秦丹婷伸出双臂勾住刘墨林的脖颈，一双黑眸闪动着，许久才说出话来："墨林哥，你咋来了？"

刘墨林双手捂住秦丹婷的脸蛋，亲吻了一下她的额头，说："我要入赘高崖镇，做个镇主驸马爷，贤妹意下如何？"

秦丹婷羞红了脸，说："只愿君心似我心，定不负相思意。"

"死生契阔，与子成说。执子之手，与子偕老。"刘墨林背诵了一段诗句，把秦丹婷抱紧。

秦丹婷轻声轻语："愿得一人心，白首莫相离，俺许给你了。"

刘墨林心头一热，抱紧了秦丹婷，又把她扶上马鞍，牵起马缰绳往前走去。

行至小学门口，刘墨林看到门楼上雕着"当铺"两个大字，便问秦丹婷："你们学校为何是个当铺？"

秦丹婷伏在马上说："这里原本是潍县盐商田掌柜家的当铺，去年因难以维系生计撤回潍县，镇公所接收后改为学校。"

"噢，你们校歌里有句'假借当店真威严'的歌词，原来如此。刚才我在观音阁见到你娘了，她说在家里包饺子等咱俩呢，去你家咋走？"

秦丹婷莞尔一笑，说："向前过了明楼，就是魁星楼，往北到老槐树底，转左进胡同，两棵石榴树中间的红松宅门便是俺家。"

刘墨林说："你家藏得好深呀，啥是明楼？"

秦丹婷指着不远处一座高高的塔楼说："明楼是高崖镇上最高的建筑，现在是镇公所大院。曾是明代万历年间在京城鸿胪寺任职的秦登龙私邸，因门楼是仿明世宗永陵中的券门建成，所以镇上从古到今都叫它明楼。"

刘墨林听秦丹婷介绍，顿时来了兴趣。他让秦丹婷在马上坐稳，牵马来到明楼门前，果然看到大门旁边挂着"营丘县高崖镇公所"的牌子。台基之上两根雕龙石柱矗立左右，大门两侧墩座上有一对石狮分列，墙体垒砖砌石异常坚固。上层作雉堞斗拱，飞檐之下悬挂着一块木雕匾额，镂刻的"安如磐石"四个楷书大字凛凛大观。刘墨林顺着敞开的大门往里望去，见院内有假山庭树，十分阔绰，有意进去浏览一番。

刘墨林把马牵到外墙旁边一棵槐树下，将牵马缰绳在树干上系紧，边搀扶着秦丹婷下马边说："你陪我到院里看看，我喜欢这明楼大院，咱把它盘下来怎么样？"

秦丹婷闻听过刘墨林不少事迹，既替他高兴又为他担心，便说："好呀，江湖上不叫刘黑子了，该尊称刘镇长了。但是你知道吗，日本人进了营丘城，高崖镇却出了个恶霸，仗着日本人的势力，硬是把老镇长钟名皋逼回了安丘老家，这大院空闲着呢。"

"这恶霸姓甚名谁何许人也，能把一镇之长赶跑？"

"他叫邢万成，外号邢麻子，倒是本镇人，原在周村一家大户当护院保镖，后因喝醉酒猥亵主人的小老婆吃了官司。"

秦丹婷还未说完，却被刘墨林打断，他"哈哈"一笑，说："原来是个痞子流氓呀。"

"对，听说他蹲了三年牢狱才回的家。可是现在不一样了，他借靠他表哥在营丘县城当汉奸队长，纠集了十几个地痞在镇上成立了治安队，欺行霸市、无恶不作，镇上的人都恨死他了。"

两个人正说着话，突然看见对面有七八个人簇拥着一辆驴车过来，这帮人直奔明楼大门，前边一个戴着黑色貂皮帽子的汉子，跑上台阶，用力把挂在墙上的镇公所牌子拽了下来，随手抛弃在地上，又招呼着随从把放在驴车里的一块新牌子抬上台基，准备往墙上挂。刘墨林看着蹊跷，便与秦丹婷来到台基下看个究竟，只见新牌子上写的是"营丘县高崖镇亲日维持会"。待这帮人把牌子挂好，又有人从驴车里拿出一块红绸布，把牌子遮盖得严严实实。那戴黑色貂皮帽子的汉子喊着几个随从说："你们几个把驴车上的鞭炮和锣鼓仪仗搬进院里，等明天上午九时，吉时吉日揭牌庆贺。"

跟随的人答应着，开始从驴车上搬运东西。

秦丹婷压低了声音对刘墨林说："那个戴黑貂皮帽子的就是邢万成，这个邢麻子要当替日本人办事的维持会长了，这个狗汉奸。"

这时，站在台基上的邢万成看见秦丹婷在台基下面陪着一个戴墨镜的人在说话，便拱手抱拳说："哎呀，今个儿天女下凡了，是秦老师大驾光临，正好有事找您呢。明天上午高崖镇亲日维持会成立，县里来人祝贺，举行揭牌仪式的时候你带着学生来唱歌捧场，千万不能误事啊。"

秦丹婷正想以学生考试为名拒绝，刘墨林却低声说答应他。秦丹婷笑着说："邢队长要先通知秦佩琳校长，我才能带学生过来。"

"当然，当然。等会儿我去找秦校长。待俺当上维持会长，绝不会亏待你们学校。"邢万成说着，瞅了一下戴着墨镜的刘墨林说，"请问这位先生贵姓？"

秦丹婷答道："他姓刘，是俺表哥，是从青州府过来看望俺父母的。"

"来的都是客，明天中午本队长在明楼设宴，请刘先生赏光，来喝杯酒。"

"好的，你忙着，我和表哥先告辞。"

秦丹婷和刘墨林返回墙边槐树下，解下马缰绳，牵马离开明楼，刘墨林预感到事情的严重性。若是邢麻子先行成立亲日维持会，占据明楼，将对抗日独立营进驻高崖镇十分不利。一山岂容二虎，刘墨林决定及早清除邢麻子这个祸害。

刘墨林停住脚步，从衣兜里掏出一封信交给秦丹婷说："这是营丘县马尚岭县长的手谕，你按着信中称谓，让老爹连夜刻制一块牌子。我要赶至黑旺山，明日午前准时杀到，你依据手谕相机行事为盼。"说罢，他拥抱了一下秦丹婷，然后飞身上马疾驰而去。

秦丹婷望着刘墨林骑马飞奔的背影，一汪热泪夺眶而出，敬佩的心情油然而生。她捏着马尚岭县长的手谕回到家里。母亲见她一个人回来，便问："墨林来咱高崖镇了，他没去找你吗？"

秦丹婷看着娘正在包饺子，老爷换了件新棉袍在洗茶具泡茶，知道是在准备款待刘墨林，便把她和刘墨林在明楼前遇见邢麻子挂了"高崖镇亲日维持会"牌子的经过述说了一遍，又把刘墨林留下来的马尚岭县长的手谕交给了老爹，说："墨林让您按手谕中的称谓，连夜刻制一块牌子。"

秦立业接过女儿递过来的手谕，拆开信封，见里面有两张纸函，一张是盖有营丘县公署大红印章，任命刘墨林为营丘县抗日救国独立营营长的委任状，另一张是马尚岭县长的亲笔手谕：

高崖镇公所钟名皋镇长并同仁：

倭寇侵华尽踏我河山，举国悲愤不置，凡我营丘民众，无分男女，无问老少，皆听命于政府，厉同仇敌忾。高崖镇地处三县交界，战略之要隘，为绥靖地方，行抗日之大计，营丘县抗日救国独立营即日起进驻高崖镇。全镇同胞当以尽其所能，竭其所助，共纾国难，共勉前程，为进驻官兵提供必要之条件。

岁次民国廿七年腊月初一　营丘县县长马尚岭手谕

秦立业读完这封县长手谕，寻思了好一会儿才对秦丹婷说："你去你二叔家，把宪文和宪武兄弟俩叫来吃饺子，我有事商量。"

看着女儿出去，又和老伴说："你去煮饺子吧，吃完饭我还要带着宪文和宪武去作坊干活呢。"

秦丹婷的娘刚把饺子煮好，秦宪文和秦宪武兄弟俩走了进来，说他丹婷姐去了秦佩琳校长家，让他俩先过来。秦立业说："你哥俩等吃了饺子，要赶个夜活，跟着我去作坊做块招牌，要上半夜干完，下半夜还要去挂上。"

宪文听得似明白又不明白，他与宪武相互对视了一眼，说："大伯让俺干啥俺就干啥。"

三人吃了饺子，来到高崖街上的木业作坊，秦立业找了块好板材，在油灯下带着宪文和宪武两个侄子干了起来。等把"营丘县抗日救国独立营"的牌子刻好，又在字上漆上黑色油漆，找了块麻布把木牌包好。秦立业走出作坊，看了看天上的北斗星，已过夜里二更天，回到屋里对宪文和宪武如此如此这般这般地交代了一番，看着宪文和宪武抱着牌子出了作坊，才感觉到腰疼腿酸，伸了个懒腰回家睡觉去了。

邢万成一大早带着保安队的一帮喽啰忙活起来，先是雇了个锣鼓乐队，在明楼门外的台基上吹吹打打，为维持会揭牌仪式造势，又派人挨个店铺去喊人，要多凑些人数来明楼前捧场。高崖镇上的人对邢万成平日里的所作所为深恶痛绝，当听说他要成立亲日维持会代替镇公所，都愤愤不平，来参加亲日维持会揭牌仪式的人寥寥无几。邢万成安排人去学校催促秦丹婷早点带学生来明楼唱歌，又派人去高崖镇北门口迎接他表哥，营丘县治安大队的阎子平大队长。看着临近中午，台基下稀稀落落没几个人，他急得如热锅上的蚂蚁，在台基上团团转。去学校喊人的喽啰跑了回来，说学校大门关着，门上贴了一张告示，说因学校维修今天停课一天。邢万成听了大骂起校长秦佩琳来，又吼叫着让喽啰们敲着锣走街串巷去喊人，谁若不来参加庆典仪式，以抗日分子论处。也有惧怕邢万成淫威的镇民，只好不情愿地来明楼应付差事。

听到几声脚踏车的响铃声，一个小喽啰跑上台基向邢万成报告，说从营丘县城赶来参加亲日维持会庆典仪式的保安队的人到了。邢万成在台基上看见一队身穿黑棉袄，头戴清一色日本军队棉帽，斜挎着匣子枪的治安大队人员，骑着脚踏车驶了过来。邢万成大喜过望，连忙跑下台阶拱手迎接。县保安大队领头的一只手扶着脚踏车，一只手打了敬礼对邢万成说："您是高崖镇的邢会长吧，鄙人是营丘县保安大队副大队长赵立升，阎大队长因皇军那边有事，去了郎部乡一时过不来，他从郭子敬县长那里请了一封贺信，让兄弟我带过来。"

那个自称是赵立升的副队长从怀里掏出一封信交给邢万成。邢万成自是受宠若惊，点头哈腰地引领着赵立升一行来到明楼大院里。停放好脚踏车后，又邀请他们来到明楼大门前的台基上。邢万成正了正戴着的日本棉军帽，挥手让锣鼓乐队停下来，邀请赵立升过来准备揭牌。他俩各执红绸布一角，把红绸扯了下来。邢万成拿出伪县长郭子敬亲笔写的贺信正准备宣读，却看见台下有几个老者用手指着挂在墙上的牌子，嗤笑着议论什么。站在邢万成身边的赵立升感觉有些蹊跷，便转身看那块牌子，只见牌子上刻有"营丘县抗日救国独立营"八个黑色大字，顿时吓得魂不附体，颤抖着嘴巴读不出声来。邢万成发现情况有些异样，又见身边的赵立升搐动着身子盯着那牌子打哆嗦，自己转身去看，当他认出牌子上的字来时，就像受到电击一般，半痴半呆地张大嘴巴，愣在那里。

震耳欲聋的喊杀声传来，一支队伍如同神兵从天而降，兵士们手里端着上了刺刀的长枪，在阳光反射下发出耀眼的寒光，威风凛凛地将明楼包围起来。就在人们惊诧之时，一位戴着墨镜的汉子，从高头大马上跳了下来。只见他带着一队士兵走到明楼门外的台基上，还未等县保安大队的伪兵反应过来，明晃晃的刺刀已顶在他们的后胸膛，那些伪兵瘫痪着身子跪在了台基上。戴着墨镜的汉子见局面已经掌控，走到还在发呆的邢万成跟前问道："你可是要投靠日本人的汉奸邢万成？你睁开狗眼看看老子是谁。"

邢万成打了个寒战，如梦初醒，左看右看这个戴着墨镜的人，才想起他是昨天在秦丹婷旁边的那位"表哥"，便说："您不是从青州府来的秦老师的表哥吗？误会了，咱们都是自己人，有事好商量，好商量。"

刘墨林哈哈大笑，说："老子行不更名，坐不改姓，乃黑旺山的刘墨林是也。"

邢万成这才知道站在他面前的这位就是大名鼎鼎的刘黑子，吓得跪倒在地上，一边磕头，一边哀求请刘寨主饶命。

刘墨林让随从把台基上的邢万成和从营丘县城来的伪保安大队的人押到

明楼院内等待发落，自己摘下墨镜往台下挥了挥手让大家安静下来，讲起话来："高崖镇的乡亲们，鄙人是营丘县抗日救国独立营营长刘墨林，奉营丘县马尚岭县长之命即日起进驻高崖镇。当下日本人并吞了全山东，霸占了营丘县城，抗日战争已经开始了。面对敌人的疯狂，我等宁愿死，也不退让；宁愿亡，也不投降。只要我等团结起来，消除一切私仇，一致对外抗战，有力的出力，有钱的出钱，用我等血肉和武器抵抗到底，拿起刀枪跟倭寇干一场，中国就不会亡。"

刘墨林的话音刚落，街上由远而近传来阵阵口号声：

    团结起来一致抗日！
    清除汉奸卖国贼！
    拥护抗日救国独立营进驻高崖镇！
    誓死不做亡国奴。
    万众一心，誓灭倭寇！
    收复失地，还我河山！

只见秦丹婷和其他几个老师引领着学生队伍，手里摇着写着抗日标语的小旗子，校长秦佩琳振臂引领着高呼抗战口号，师生们相应呼喊着，浩浩荡荡地走了过来。

高崖街上的镇民听到抗日独立营进了镇子，擒获了邢麻子和从营丘县城赶来的伪军，都纷纷来到明楼前庆贺。秦宪文和秦宪武堂哥俩找来些烟花爆竹，约着几个街坊邻居，挑起大长杆子，燃放起鞭炮来。台基上的锣鼓乐队也不约而同地敲打起来。一时间，口号声、锣鼓声、鞭炮声、欢呼声交织着此起彼伏，一浪高过一浪。

第三十章　祭灶

　　腊月二十三是祭灶日，人们称为"过小年"。传说这一天灶爷要上天给玉帝回禀人间凡事，为了不让这位灶王神在玉帝面前说些坏话，须用年糕黏住灶王爷的嘴巴，这样玉帝才能让凡间一年风调雨顺。营丘县流传着"腊月二十三，灶君爷爷要上天，嘴里吃着黏糕饭，玉帝面前免开言，回到咱家过大年，有米有面有衣穿"的民谣。

　　大清早，懒边园里开始忙活起来，一家子都在准备小年夜的祀灶。

　　二娘抱起一袋子黍米放在小黑驴背上，让莲儿牵着驴，她拿着一把扫碾盘的笤帚跟在后边往磨坊走去。按着大娘的吩咐，中午要蒸一锅年糕，用来祭祀灶王爷。娘俩来到磨坊门口，看街门的耿老头迎了过来，帮着卸下小黑驴背上的黍米，搬到石碾台上，均匀地撒在碾盘中间摊匀，又把小黑驴套在碾子的拉杆上。莲儿配合着取下挂在墙上的黑布罩，遮盖住驴子的眼睛，催促着小黑驴拉着碾砣子碾轧起黍米来。二娘用笤帚扫着碾轧碎了的黍米，看着转动着的石碾，想起出走多天的儿子朴子来，眼泪忍不住簌簌地掉下来。在一旁准备用箩筛筛面的莲儿看着二娘泪流满面，便安慰道："二娘您咋了，是不是想俺朴子兄弟了？"

　　"你说自从那天朴子去了县城给他爹修表，咋就不见人了呢？都过小年了，也不知道回家。"

　　正在帮着在碾盘上摊黍米的耿老头说："二娘别担心，朴子自小贪玩，他在县城三叔公那里还没耍够呢，说不准一会儿就回来了。"

　　这时听到有人在敲打街门，耿老头告辞了二娘和莲儿要去开门。

　　看着耿老头出了磨坊，莲儿问二娘："那天老爹让喜奎去城里找朴子，喜奎回来不是说朴子在三叔公厂里帮忙吗？"

二娘抹了一把眼泪说："喜奎那天从县城回来，先去了你爹的书房，他从书房出来碰见俺，慌里慌张的，好像有事瞒着俺。"

街门内传来车马的走动声，在耿老头的寒暄中，莲儿听见是三叔刘锦什回来了，便对二娘说："俺三叔回来了，俺看着小黑驴，您去瞅瞅朴子回来了没有。"

二娘抖了抖粘在身上的面尘，拢了拢头发出了磨坊。

随着耿老头把懒边园车门打开，从门口外驶进来两辆辕车，伙计赵春生和肖光亮各牵着马缰绳，把前后两辆辕车停稳。刘锦什挑开辕车上的棉布帘子从车上下来，又转身搀扶着秦贞贞走下辕车。后边的辕车上素楠先跳下车来，随手接过素清在车上递下来的两支手提箱子。素涵最后从车上走下来。大家看见二娘从磨坊里走过来，都迎着去打招呼。

二娘踮着小脚走到辕车边上，左盼右顾也没有看见朴子，便问秦贞贞："他三婶子，你们都回来了，朴子咋没回来？"

秦贞贞看着刘锦什没说话，刘锦什走近二娘，搓着双手说："二嫂您千万别着急，朴子他没事……"后面的话没有说出来。

二娘失望地看着她，嘴唇哆哆嗦嗦，欲言又止。

素涵走到二娘跟前，握住她的手说："二娘，朴子灵透着呢，他不会不回来的，您老放心吧。"

二娘摇了摇头，眼睛里又涌出泪水来。

这时，大黄狗叫了几声，领着一群小狗崽跑了过来，可把素楠高兴坏了，俯下身来逗狗玩。素欣和素英从内院跑了出来，欢呼着来迎接。二娘看着姐妹们相互搂抱着又蹦又跳，她用围在腰上的围布，擦了擦脸上的泪水，对刘锦什和秦贞贞说："你俩带着孩子们先回家吧，嫂子一会儿给你们蒸年糕吃。"说完扭头回磨坊碾黍米去了。

在懒边园灶房里，大娘头上扎了条毛巾，腰上围着布裙，手里拿着一块抹布正在擦洗灶台。她喊着喜奎提了一桶水过来，边冲洗着抹布边说着："你去看看老爷子把灶王爷两边的对子写好没有，一会儿拿来把它贴上，让灶王爷今晚上天，在玉皇那里多给咱家说些好话。"

喜奎答应着去了刘老爷子书房。

刘老爷子一大早在书房里研磨了一砚池墨汁，他算着要写几十副春联，准备到除夕这天贴用。懒边园街门和宅门上要贴大副的门对，内院园门两侧要贴小副对联，还有县城里两处宅子用的，药房、电厂和酒厂的大门上也要贴春联。今天要先给灶王爷写，他裁好大红纸张，蘸足墨汁，挥毫写了"上天多言好事，下界广降吉祥"，端详了一会儿，觉得还满意，只是看这联辞有些俗气，便又拿起笔写了副"朴香祷祝"的横批。他盯着横批上的"朴"字，却想起了朴子来，心想这孩子到底去了哪里呢？

喜奎来到书房，看见刘老爷子面对着书案上的红纸发呆，便轻声轻语地说："老爷子，大娘让俺来拿要贴在灶君像两边的红对子呢。"

刘老爷子听见有人说话，才回过神来，一看是喜奎，便说："写好了，正晾着，等墨干透了，就去贴吧。"

喜奎用手摸了一下，说："已经晾干了，不妨碍贴了。"

"好呀，晾干了就好，拿去贴吧。"

看着喜奎拿走了他刚写好的对联，朴子的形象映在眼前，再也没心思将春联写下去，搁下笔随手取了那把剑杖走出书房，朝着院门走去。

刘老爷子走出宅门，便看见锦什和秦贞贞带领着素涵、素清、素欣、素楠、素英姊妹们走进了内院，素楠先是跑过来喊着："老爹，老爹小年好！"

其他姊妹们也跟着喊："老爹，老爹小年好！"

听到女儿们的问候，笑意写在刘老爷子脸上，他将了一把下巴上的胡子，拍着素楠的肩膀说："都回家了就好，老爹还要与你们三叔和三婶商量事，你们去帮着你大娘、二娘干活去，要听话呀。"

"放心吧，老爹。大娘二娘的话俺都要听。"素楠做了个鬼脸。

刘老爷子看见素涵和素英各拎着一只大箱子，便问素涵："涵儿呀，日本人占了潍县，医院那边怎么样了？"

"回老爹，日本人把医院征用了，改为军人专用医院，我不能留在那里，也不想再回去了。"

"那好，到我书房与你三叔公和三婶一块商量商量。"

刘老爷子与三弟刘锦什、弟媳秦贞贞及二女儿素涵，来到内宅书房各自落座，刘老爷子问锦什："三弟，你说朴子他能去哪里呢？"

"大哥，那天我派人按着朴子在城里的去向去找，情况是这样，朴子先去了南关街羊汤馆吃东西，碰见了破鞋李娟子，朴子啃了半个烧饼去了修表铺，李娟子喊了日本宪兵把朴子抓走，大约过了两个时辰，朴子回到修表铺取走了怀表。晚上他在六合祥饭庄与李厨子喝酒，李厨子喝醉后睡着，朴子出了六合祥饭庄，半夜时分街上响起枪声，李娟子在她的睡床上被杀，全城乱成了一锅粥。之后玉皇庙城墙豁口那边又传来枪声，说明杀李娟子的人是从玉皇庙越墙逃走的。"

刘锦什摇了摇头又说："奇了怪了，李娟子为什么让日本宪兵抓朴子？朴子一个小孩子怎么会认识李娟子？"

刘老爷子捋了捋胡子说："假如说杀李娟子的就是朴子，他往北逃只有三处藏身之地，一是懒边园咱家，二是孙家寨他大姐家，三是黄旗堡他师父马释永家。对，极有可能是在马师傅家。"

秦贞贞在一旁说："那打发人分别去孙家寨和黄旗堡去找找吧。"

刘老爷子回答说："我觉得朴子不会去孙家寨，朴子不回懒边园是怕连累家里人，孙家寨离咱懒边园五里地，如果他去了，素绣早让来富过来报信了。黄旗堡离这里三十多里地，路程较远，这兵荒马乱的，马师傅一时不便来，我看让喜奎扮作走亲戚，去黄旗堡看看吧。"

看着大家都同意，刘老爷子看了一下素涵问道："涵儿回来有啥打算呀？你说说看。"

素涵端起茶壶，分别给她老爹、三叔公和三婶添了水，说："潍县仁爱医院被日本人征用前，我和几个同事早有察觉，便去与徐家文老先生商量，他儿子徐维俊在上海一时回不来，徐老先生又染病在身，于是决定将现有的医疗设备和库存的药品连夜运至他老家廿里堡，并让我与管家铁民勤见了面，徐老先生亲口告诉铁管家由我决定这批医疗物资的去留。"

刘老爷子听了素涵的话，着急地问："涵儿，徐家文先生的身体究竟如何？"

"回老爷，徐先生患了肺气肿，病情较重，现住潍县县城调养。"

刘老爷子又问："你们转移到廿里堡的这批货有多少？日本人发现没有？"

"老爹尽管放心，日本需要的是战备医院，以枪伤骨伤治疗为主，对仁爱医院的设备不会感兴趣。这批医疗物资运到廿里堡，日本人毫无察觉，这些货物需要三辆马车才能拉回来。"

刘老爷子看了一下刘锦什，说："三弟，你说说看。"

刘锦什看着素涵说："潍县廿里堡离咱懒边园也就二十里路，一个时辰便到，只是这些货拉回来不知素涵做啥打算。"

"三叔您有所不知，之前我与徐家文先生商谈过，他认为咱刘家要比他徐家更有条件，尤其在与日本人交涉方面，在日本人征用潍县仁爱医院后，潍北缺少西技医院，如在营丘县城开建医院，应潍北民众之需，其效益会利市三倍。

再者，还有五位西技医师因不愿意为日本人留用，现在家待业。营丘医院若成立，可以一招即来。只是康然药房房子太少，住院医疗不好施展，需要扩建一座两层楼房，至少形成三十个病床，方可营业。我做了个建院计划书，请三叔过目。"素涵说完，从包里拿出一沓书笺，递交给刘锦什。

刘锦什细看素涵列出的计划书，字迹娟秀不说，文内数据梳理透彻，从心里佩服素涵心思缜密、通计熟筹来。

刘老爷子看着三弟锦什频频点头，表情愉悦的样子，说："咱家建个医院也好，自秦秋谱老先生过世，林宜生流落辽北，情况不明，现在康然药房是徒有虚名，素涵回来就有了用武之地。"

刘锦什接着大哥锦戎的话说："刚看完了素涵的计划书，想不到这西技医院有如此大的利润，比电厂还要高上几倍呢，当然咱家建医院还是为了治病救人，行善积德。在康然药房后院对着河堤那三亩林地可建两层排楼，按着素涵画的图纸盖成西式病房，再将前院整合成六个诊室，大门改砌成洋门楼，春节过后就动工兴建，等到明年秋天就能开业了。"看着大哥锦戎、妻子秦贞贞和侄女素涵都在拍手称是，他又说，"还有廿里堡那三车医疗物资，要及早拉回来。白天去拉太扎眼，要夜里去拉，正好咱电厂有个伙计叫朱小贵，是潍县廿里堡的，可让他带路。只是春生、光亮、喜奎这几个人都不会武功，要是马师傅和雷天泰在就好办了。"

刘老爷子想了一下说："不妨这样去办，让喜奎过晌就去黄旗堡，一是打听朴子的下落，二是把马释永请回来，再细议去廿里堡拉那些货物。"

这时听见素英在门外喊着："老爹、三叔、三婶、二姐呀，大娘让你们到灶房吃年糕去。"

这天中午，喜奎听了刘老爷子的嘱咐，背着装着两个大饼的包袱，手里拿着一块刚蒸熟的年糕，边吃着边走出了懒边园。他想在天黑前赶到黄旗堡，不由得加快了步伐。当喜奎过了丘坡，远远看见对面两个人影赶着一头毛驴迎面走来，只见一个身穿青布新棉袄、头戴黑毡帽的汉子，牵着一头驴子，身旁是身穿花布棉袄、头上扎着红围巾的女子随步走着。只听那汉子说："小满，前面过了丘坡就快到懒边园了，你得骑上驴子，我牵着走才像新媳妇走亲戚。"

那女子咯咯笑了起来，说："这叫骑驴看唱本，咱走着瞧。俺从小还没骑过驴呢。"

"这还不是给俺长面子，让懒边园的人看俺娶了媳妇吗？来，俺扶你骑上去。"那汉子说着把他媳妇扶到了毛驴背上。

看着骑驴的媳妇，他扬起头唱起小曲来：

孩啊孩啊你别馋，
过了腊八就是年。
腊八粥呀你喝几碗，
哩哩啦啦二十三。
二十三呀糖瓜粘，
咱把灶爷送上天。
送呀么送了上天。

喜奎听那汉子的声音好生耳熟，打眼一看竟是马释永，真是喜从天降，不由得喊了起来："马师傅，您咋来了？"

马释永见是喜奎，身上斜背着个包袱急匆匆地走过来，便回答："哎呀，是喜奎兄弟，你这是去哪里？"

"嗨，老爷子让俺去黄旗堡找你，不想刚出村就碰上了。今天是小年，灶王爷显灵啊。"喜奎兴奋地说。

"噢，快见过你嫂子，俺俩天不亮就赶路，好歹抽出空来看看刘老爷子和大娘二娘，真想你们哪。"

喜奎朝着骑在驴身上的黄小满拱了下手，说："是小满嫂子呀，俺听朴子经常念叨，朴子没在你们家？"

黄小满从驴背上跳下来，朝喜奎行了个弯腰揖礼，说："喜奎兄弟好，朴子好着呢，俺常听朴子说起您教他打马鞭来着。"

马释永在一旁催促说："俺估摸着全家都为朴子的事着急呢，走，咱们回家说去。"三人边说着边往懒边园走去。

懒边园里一大家子都聚在东厢房准备吃午饭，二娘把蒸出来的年糕切了几盘，炸得喷喷香，又撒了些白糖。大娘端过一盘炸好的年糕供奉在灶王爷像前，喊着素欣和素英陪她磕了几个头，又合手祷告了一会儿，才回到餐桌上，坐在了老爷子身边。莲儿端几盘二娘炒的素菜摆在餐桌上，又烫了一壶懒郎酒分别给老爹和三叔斟满杯子。这时二娘端上一大盆白菜炖豆腐放在餐桌中央，嘴里嘟囔着："今个是小年，都得吃素，一年素素静静，平平安安。"她挨在大娘旁边坐了下来。

刘老爷子见一家人都坐齐了，捋了一下胡子说："过了腊月二十三，就得忙年了，能喝酒的都喝点。莲儿你给大家都斟满吧。"

莲儿答应着，挨个给大家斟酒，在给素英斟酒时，素英说："俺不喝，朴子没来，喝着也不热闹。"

一句话惹得二娘掉下泪来。大娘瞪了素英一眼，嫌她又多嘴多舌，吓得素英伸了下舌头，又缩了回去，不再说话了。

刘老爷子打圆场，故意问大娘："喜奎要去黄旗堡找朴子，走了没有？"

"走了，走了，拿了块年糕吃着走了。"

大娘话音刚落，听见喜奎在院子里喊着："大娘，二娘，马师傅带着他媳妇来了。"

喜奎不是去了黄旗堡吗，怎么这么快就回来了？大娘好奇地起身走出东厢房，果然看见马释永领着媳妇在院子里站着呢，便回头对全家说："哎呀，马师傅和他媳妇真的来了。"

二娘听说是马释永来了，一阵欢喜，跑着去见马释永。马释永见大娘和二娘相继从东厢房出来，领着黄小满向前去施礼。二娘急切地问马释永："你看见朴子了没有？快一个月了也没个音讯，急死俺了。"

"二娘，朴子好着呢，您就放心吧。"马释永回答着。

大娘过来拉着黄小满的手说："好俊的媳妇，让大娘好好看看。释永有福气啊，快进屋吃饭去，一大家子都还没吃呢。"边说边拉着黄小满进了东厢房。

莲儿在餐桌前加了两把椅子，添了两副碗筷，又给马释永和黄小满斟上满满的两杯酒，大家都站起来迎着马释永和黄小满。刘老爷子招呼大家都坐下来，说："今个是小年，咱家又添了一对夫妻。咱先解个心里头的疑虑再吃饭，马师傅你说说，朴子到底在哪里？"

马释永从衣兜里掏出那块怀表，递给了刘老爷子说："朴子没事，他那天从营丘县城逃了出来，怕连累家里人，骑脚踏车到了黄旗堡，正巧渤海纵队新一团团长于震邦在俺家，于团长很喜欢朴子，便收朴子和俺内弟黑弹一起入伍参军，现在苇子镇团部呢。"

大家听朴子有了着落，心情也就放松下来。刘老爷子说："朴子有了归宿，也是皆大欢喜，好男儿志在四方，总不能一辈子留在懒边园吧。大家宽心吃饭，涵儿和你三叔公，加上释永咱爷们四个去书房商量事，二娘陪着小满转转，以后不要再为朴子的事擦眼抹泪了。其余的人跟着大娘和三婶忙年吧。"

一顿饭自是说说笑笑，推杯换盏，尽兴而散。

刘锦什从书房里出来，喊过赵春生来，让他驾着辕车速去接电厂伙计朱小贵，再顺便到药房拿四罐精元沙参膏过来。赵春生答应着，赶车往县城去了。

天渐渐黑了下来，懒边园里电灯已经亮了。二娘在天井中央摆了供桌，祭物有糖瓜、柿饼、红枣、绿豆和花生。大娘带领着全家人焚香叩拜，以求"灶王爷上天多言好事，下界广降吉祥"。

待祭拜结束，赵春生和朱小贵同驾一辆马车头前带路，马释永驾着辕车拉着素涵和黄小满随行，喜奎驾车跟进，肖光亮驾车垫后。四辆马车在这千家万户祭拜灶王爷的小年之夜，悄然驶离了懒边园，朝着潍县廿里堡出发。

冬天的夜晚漆黑又寒冷，马车上挂着的马灯发着暗淡的火光，在行进中不断地摇晃着。驾车人用棉袄紧裹住身躯，收缩着脖子，不时地挥动着马鞭，让拉车的马走得再快些。马车在黑暗中行驶着，远远看见前面的树影中透着灯亮，在朦胧中闪烁着。朱小贵指着前面的灯光说："前面就是虞河大桥，昼夜都有看桥的人，过了桥就是潍县地界，咱沿河堤拐向南的岔路，再走十里地就是廿里堡。"

赵春生听朱小贵说还要走十里路才到廿里堡，嘴里骂了一声："他妈的，咱才走了一半的路程呢，这黑灯瞎火的，马走不快呀。"

赵春生说着，把挂在车杆上的马灯摘下来，拧长了灯芯，让罩子里的火焰再大些，随手又在马屁股连打几鞭，那拉车的马开始小跑了起来。马车来到虞河桥头，桥口上横放着一根木桩拦住上桥的路径，从守桥草房里走出一个老汉，手里摇晃着一盏灯笼喊起来："哪里来的车？快停下。"

赵春生"吁"了一声，勒住了马缰绳，让马车停了下来。那提着灯笼的老汉走向前来，数了数要上桥的马车说："是四辆马车，要收过桥费，一辆车一块银圆，共是四块大洋，你们谁交钱呀？"

朱小贵跳下车来说："凭啥要收过桥费，都是本乡本土的，俺是从营丘县过来的，快放行吧。"

朱小贵刚说完，从桥头边草房里又走出来一个披着棉被子的人，嘴里嚷着："这桥是俺村凑钱修的，外乡人过桥都要交钱，拿钱办事，天经地义。"

"你说啥呢，俺是廿里堡的，修这桥时俺村也是凑了钱的。再说你们虞河庄上的人去俺廿里堡赶大集是不是也要交过路费？"

朱小贵一席话呛得那人张口结舌，说不出话来。这时提着灯笼的老汉走过来打圆场，说："你们是廿里堡的，乡里乡亲嘛，都怨俺村保长在桥头上设卡，俺也没办法，今个是小年，咱都图个吉利，四辆车共交两块银圆该行了吧。"

喜奎拿出两块银圆交给那老汉说："辛苦辛苦，就依您老说的，图个吉利，

第三十章　祭灶

请启杆放行吧。"

那老汉打着灯笼,一边让披着被子的汉子把栏杆移开一边说:"桥头那边也有个栏杆,说已交钱了就放行了,去廿里堡还有十里地呢,夜里赶车要小心。"

"谢了老爹,俺走了。"

喜奎甩了个响鞭,领着后边的马车过了虞河桥,拐过南岔路口,继续在黑夜中行驶着。

已是半夜时分,马车来到廿里堡村里。朱小贵引路转过两条街巷,在一座高台子门楼前停下车来,朱小贵走到辕车旁边,对马释永说:"好像就是这家,您让二小姐下车看看,是也不是。"

马释永分别搀扶着素涵和黄小满下来辕车,素涵隐约看见台基上分列在大门两边的石头狮子,肯定了这就是徐家文先生的老宅。

朱小贵提着马灯上了台阶,拿起大门上辅首上的铜环使劲扣起门来。过了好大一会儿,门里边透出一丝光亮,院内传来喘息着的声音:"谁呀,半夜三更的敲啥门啊?"

"俺是营丘县懒边园的,是来您家拉货的。"

"什么地方的?"

"懒边园的。"

"噢,借年的,俺可不伺候要饭的。"

"不是借年的,是找您家铁民勤的,铁管家在吗?"

"找谁呀?"

"铁民勤。"

"贴门神啊,还不到时候啊,除夕才贴呢。"

朱小贵心想:这人耳朵怎么了?于是大声喊着:"哎呀,是找铁管家的,快开门吧。"

"噢,铁管家去铁家庄过小年去了,明个再来找他吧。"

门里的人说完提着灯笼回去了,不管门外怎么喊叫,院里没人再理会。

大家正在束手无策,朱小贵突然想起什么,便对赵春生说:"刚才那人说铁管家去了铁家庄过小年,这铁家庄就在廿里堡旁边,还不到三里地,你们在这里看守车辆,俺抄小路去铁家庄找铁民勤去。"

赵春生说:"不知铁家庄有多少户人家,这黑灯瞎火的,挨门挨户怎么找?"

朱小贵笑了笑说："铁家庄很小，还不足二十户人家，听老辈人讲，过去都是随军过来的铁匠，不知为什么村里人都姓铁，所以叫铁家庄。"

"那好，俺陪你去找铁管家。"赵春生说着，提了盏马灯陪着朱小贵往村外走去。

也就过了两个时辰，天色刚刚开始放亮，赵春生和朱小贵伙陪同一位瘦细高个、佝偻着身子的汉子走了过来。素涵认出这人正是徐府的管家铁民勤，便迎了过去问候。铁民勤见是素涵医师大夜里亲自来了，急忙摘下戴在头上的毡帽，弯腰鞠了个躬说："刘医师，对不住了，今晚回铁家庄陪老母亲过小年，不知您等大驾光临，得罪，得罪。"

素涵对铁民勤说："我与家父商量，要在营丘县城把仁爱医院开起来，急须运回在贵宅的这批医用物资，白天不方便来取，所以夜里来了，给您添麻烦了。"

"刘医师客气了，天快放亮了，事不宜迟，咱这就装车。"

铁民勤说着，从腰里取出开大门的钥匙，打开大门把大家让进院里，又喊醒了两个正在睡觉的伙计，招呼着往车上搬东西。不一会儿工夫，已将全部医用物品装在三辆马车上。素涵让喜奎帮着从辕车上搬下两坛子酒和四罐精元沙参膏来，对铁管家说："这两坛懒郎酒是送给您喝的，另有四罐精元沙参膏麻烦尽快给徐老先生送去，兴许对他老人家的病有用。时辰不早了，我等还要赶路，后会有期。"素涵说完上了辕车，让喜奎和朱小贵驱车在前，其余马车跟随在后，一起驶离了廿里堡。

第三十一章　闯桥

刘老爷子一觉醒来，窗外依然是阳光明媚；看着透进来的光线，觉得屋里舒适又暖和。窗台上两盆兰花蓓蕾初绽，散发着阵阵清新淡雅的幽香，他似乎闻到了春天的气息。他穿好衣服，起身到了厅堂，却听到了两只八哥突然说话了："黎明即起，黎明即起。"

刘老爷子惊讶地抬头看着挂在房梁上的鸟笼子，心想：这八哥怕冷，一个冬天都没有说话，怎么今早晨开始说话了？于是他朝着那两只八哥摆了摆手说："嗨，我昨夜多贪了几杯酒，今早起晚了，你俩玩吧，一会儿给你们俩好吃的。"

谁知，两只八哥学着叫了起来："好吃的，好吃的。"

八哥的叫声逗得刘老爷子笑逐颜开。他伸手取过那支剑杖，推开房门往院子里走去，他看到三弟刘锦什在天井中央的八卦石上来回踱步，便打起招呼："三弟起得早啊，昨夜睡得怎么样？"

刘锦什见大哥从厅堂里走过来，连忙迎上去说："大哥早安，按说去廿里堡的马车应该天不亮就到了呀，怎么还没有回来呢？"

刘老爷子见三弟忐忑不安的样子，便安慰道："三弟别急，车马在外，事由难料，再等等看看。"

话音刚落，厅堂里的电话丁零零响了起来。

刘老爷子进屋去接电话，他拿起电话放在耳边，还没等问及姓甚名谁，一个熟悉的声音从话筒里传了出来："哎呀刘叔您好，我是郭子敬啊，给您拜早年了。"

"是子敬呀，叔侄之间别客气，有啥说啥。"刘老爷子应答着。

郭子敬急切地说："请问锦什掌柜在不在懒边园啊？皇军委托我与他商量

筹建营丘县商会的事,我觉得结合大东亚繁荣是件好事,准备推举锦什掌柜做商会会长呢,不知刘叔您意下如何?"

刘老爷子沉思了一会儿说:"锦什去了清水泊,后天才能回来,待他回来我会转告他。"

"好的,好的,您老多保重,得空去懒边园拜访您,再见。"

刘老爷子放下电话,返回院里对锦什说:"电话是郭子敬打来的,他说日本人筹备在营丘县成立商会,让你当会长。我说你去了清水泊,后天才回来。会长的事你还须细酬一下。"

"小泉四郎站长曾告诉过我,我会考虑一下。因咱家要建医院,还须郭子敬协助,等沉寂几天我再去找他面洽。"

锦什刚说完,莲儿走了过来,说二娘蒸了冰糖银耳荷包蛋,在东厢房等着老爹和三叔去吃呢。

朱小贵引领着这支装满医疗物资的马车队离开廿里堡时,天刚破晓。大地在朦胧中苏醒,田野上弥漫着清冷的寒气。喜奎不停地挥动着马鞭催马疾驰,马释永、赵春生和肖光亮紧随其后,他们赶到虞河大桥时,天已大亮。

这天是腊月二十四,虞河大桥上往返着忙年的人们,牛车、驴车、马车络绎不绝。由于虞河大桥口设卡收费,使往通流速缓减下来,十几辆准备过桥的车子拥挤在桥头,讨价还价声、吵架怒骂声不时传来。喜奎一行的马车排在过桥车辆的后面,许久未见前边的车辆移动,便让朱小贵陪着马释永去桥头看看是咋回事。马释永和朱小贵越过七八辆等候排队的车辆来到桥口,见一个老汉带着儿子拉着一辆装满了大白菜的地排车,停在桥口的栏杆前边,栏杆旁边有两个汉子手里各端着一支土炮,一个歪戴着毡帽的人贼眉鼠眼地跟那老汉讨要过桥费,那老汉哀求着说:"俺这车白菜还没卖呢,哪里有钱交过桥费?等卖了白菜返回时再交钱也不迟。"

要钱的汉子说:"那就先留下二十棵白菜算作过桥费,去是去的钱,回是回的钱,别耍赖。"

说完也不经老汉同意,招呼着守桥的另两个人过来搬白菜,不想把捆绑白菜的绳子扯断了,车上的白菜滑落了一地,引起几个看热闹的村民过来哄抢,赶车的老汉和他儿子急忙去夺被村民抢在手里的白菜,桥头上秩序一时大乱。

守卡口的汉子见桥头上乱作一团,本能地举起土炮朝天放了一枪,正在混乱的人群惊诧之时,一头从对面拉车下桥的驴子被这枪响惊躁,昂头吼叫着沿

第三十一章 闯桥

桥上的坡道狂奔下来，赶驴车的人见势不妙大声喊着："闪开，快闪开，俺的驴受惊了。"

随即一个跟头跳下车来。

此时，马释永在桥头发现下桥的驴子受惊，情急之下一个箭步到了地排车旁，伸手抓住正在捡白菜的老汉，两脚蹬地闪身把老汉扯到路边。失控的驴车瞬间冲撞下来，随着轰隆一声响，顷刻驴车撞在拉白菜的地排车上，那驴子四蹄朝天，伸着长脖子嗷嗷地惨叫着。旁边的人顿时惊出一身冷汗，所幸没有人伤亡，马释永便招呼着围观的人群帮着掀车，也有人帮着卸驴，大伙忙活起来。

那个讨要过桥费的汉子见桥头上混乱不堪，正急得搓手顿脚，抓耳挠腮，突然听到身边的一个村民喊着："保长带着人赶过来了。"

虞河村的保长姓赵，按着村里"世"字辈分取名叫赵世小，倚仗着他哥赵世大在潍县盐局子里当帮办，认识几个酒肉朋友，擅自在虞河大桥两头设卡，对路过车辆索钱讨物。村里人分别给他兄弟俩起个绰号，赵世大叫大扒皮，赵世小叫小扒皮。日本人占领潍县后，大扒皮赵世大干上了盐务警队的副大队长，小扒皮赵世小当上了虞河村的保长。赵世小喜欢舞枪弄棒，这天他正耍着三节棍，他老婆风风火火跑来说虞河桥上乱了套，大车小辆挤成块动弹不得。他听后便召集了十几个村民要到虞河桥头看看是咋回事。

保长赵世小在村民的簇拥下往虞河桥头走着，看到拥挤的车辆在等待过桥，他得意地嘲笑道："真是毛驴拉车炕蹶子乱了套。"

赵世小发现有辆挂着紫色布幔的辕车分外抢眼，便说："瞧这辆幔布辕车垂着黄穗头，拉车的红鬃马也威风，肯定是有钱人家的辕车，咱要多敲他点过桥费，回头给大伙买酒喝。"

听到村民们的呼应声，他来到辕车前。见驾车的马夫不在，便伸手去掀幔布帘子。当看清楚坐在辕车里的是两位美貌的女子时，他不由得倒吸一口凉气。两个女人容色娇艳且眼波盈盈，顿时让他神魂颠倒不敢直视，目光下移中看到对方穿在脚上的绣花棉鞋，忍不住用手摸起那绣花鞋来。

坐在辕车里的黄小满和刘素涵正在说着悄悄话，谈起黄小满要不上孩子的事来。黄小满听着素涵谈到受孕的生理过程，臊得满脸通红，双手捂在眼睛上。小满的动作引得素涵"咯咯"地笑起来，黄小满刚把手移开，却发现辕车上的布幔被掀开，一个戴着鼠毛护耳套子、满脸胡须、长着个酒糟鼻子的大脑袋钻了进来，她警觉地用身子护住素涵，谁知那人竟用手抚摸起她脚上的绣花鞋来。更可恶的是那人嘴里流出的哈喇子滴到了她的绣鞋上，这让黄小满怒不可遏，她迅速收回被抚摸的左脚，将右脚朝着那汉子的下巴踢了过去。赵世小猝不及防仰面跌倒在辕车下，他恼羞成怒，起身捡起掉落在地下的三节棍，挥舞着朝辕车砸去。黄小满刚从辕车幔篷里出来，见那人手执三节棍打过来，便纵身跳跃，那三节棍啪的一声打在辕车的拉杆上，惊得拉车的红鬃马扬起蹄子嘶叫起来。黄小满怕吓着素涵，闪身跳到赵世小面前，厉声喝道："你是什么人，敢在光天化日之下耍横！"

站在赵世小身边的一个村民说："他是俺虞河村的保长。"

赵世小把戴在耳朵上的鼠皮耳套扯下来扔在地上，说："嘿，你这小娘们还敢踢俺，你也不打听打听，这三乡四里都叫俺'小扒皮'，今天不扒你们这帮过桥的车辆几层皮，就不知道本保长的厉害。"

赵世小自恃会个三拳两脚，把三节棍交给身边的村民，撸了撸袖子说："今个老子陪你过几招，输了给俺磕三个响头喊爷爷。"

一边说着，一边挥着拳头朝黄小满面部打来。黄小满闪身躲过，借着对方的冲劲，借力还力反手击在赵世小的后背上，赵世小收脚不住，一头撞在辕车的轮毂上，红红的酒糟鼻子被撞出血来。赵世小气急败坏，一把夺过村民手里的三节棍吼叫着朝黄小满打来。

坐在车里的刘素涵见对方人多势众，怕黄小满吃亏，便从辕车侧面跳下车，去桥头找马释永。马释永和朱小贵正在桥口帮着把受惊的驴车挪到路边，突然听见有人嚷着说后面打起仗来了，马释永抬起头看见素涵跑了过来，听素涵喊着："马大哥，快去救小满嫂子，虞河村的保长带着一帮人欺负她呢。"

马释永一听急了起来，他到桥边抓住拦在卡口的横杆使劲一拧，只听咔嚓一声，那横杆从竖在桥边的木桩上断了下来。看卡口的村民见马释永毁了拦桥横杆，举起土炮就要打，却被马释永挥杆扫了过去，顿时那汉子手里的土炮飞了出去，马释永就势一个顺手点凤，横杆正戳在那人的肚子上，那人惨叫着倒在了地上抱着肚子翻滚起来。朱小贵见马释永拧断了桥卡上的横杆，又打倒了执枪守桥的村民，便招呼着大家迅速过桥，一时间桥头上的车辆呼呼隆隆通桥而过。

赵世小哪里是黄小满的对手，几招下来已是气喘吁吁败下阵来。围观的村民有懂武术的，见黄小满的武功远在赵世小之上，只是手下留情罢了，于是朝着赵世小喊了起来："保长啊，别打了，排队的车辆都快跑光了。"

赵世小见车队果真在纷纷过桥，急得哇哇大叫，只得撇开黄小满，领着村民们朝桥头赶去，他要阻挡过桥的车辆。

马释永见一个满脸是血的汉子手执三节棍率领着十几个村民来到桥头，心想这个脸上有血的人就是虞河村的保长了，也不知道小满怎么样了，性急中也不问话，扬起手里的横杆来了个铺地棍翻打了过去，赵世小闪身躲开，只是跟随在他身边的几个村民闪挪不及被放倒。赵世小暴跳如雷，扬起三节棍与马释永打斗在一起。

此时，黄小满已驾着辕车到了桥头，她先把素涵拽上车，见马释永正在和赵世小打斗，便喊了声："释永，别让他们缠住，咱得赶快走。"

马释永听见了小满的喊话，又见她驾车到了桥头，一颗悬着的心终于落地。灵机一动计上心来，只见他搅动横杆来个了拨草寻蛇的招数，待赵世小越过杆头，马释永一个梨花翻袖把木杆插在赵世小的裤裆里，耍了个"一截二进蛇弄风"的棍术，瞬间把赵世小挑了起来。马释永抖动手臂，只听扑通一声响，赵世小被甩落在虞河桥下，此时虞河水面结了一层薄冰，赵世小重重地砸破冰面落进河水里。赵世小费力挣扎露出半个脑袋来，使劲喊叫着"救命"。马释永把横杆抛给了跟随着赵世小过来的村民，这些村民看着威风凛凛的马释永，哪敢与他交锋，捡起横杆去河边去打捞赵世小了。

看着离去的村民，马释永抖了抖身上的尘土，叹了口气说："不教训这小子，就不知道马王爷有三只眼。"

马释永转身来到辕车前，接过黄小满递过来的马鞭，让小满进了车厢去陪素涵，自己跳上辕车，挥起鞭子对空打了几个脆响，催动红鬃马大摇大摆驶过了虞河大桥。

懒边园里，二娘和莲儿包完了两大盆豆腐韭菜馅和猪肉白菜馅的饺子，素英和素楠帮着把包好的饺子摆满了盖垫，准备给从潍县廿里堡回来的人吃。大娘看着响午已过，还不见个人影回来，心里着急起来，便拿了扫帚出了内宅。

锦什陪着大哥锦戎在书房写春联，总是放心不下去廿里堡拉货的人马车辆，便与大哥告辞，出了宅门来到内院，看见大娘拿着扫帚在清扫始勤亭里的灰屑，他走进亭子说："大嫂，让我来打扫吧，以后这些杂活就让孩子们干吧，快过年了千万不要累着。"

大娘见是锦什过来，说："他三叔呀，时辰都过午了，去廿里堡拉货的车怎么还没回来？"

看着锦什眉头紧蹙的表情，大娘缓了下口气说："你岳父秋后去世，今年过年你和贞贞待在城里就不要出门拜年了，除夕这天你家门上还不能贴红对子和花色过门笺呢。"

"知道了大嫂，我和贞贞商量了，腊月二十九带着楠儿去趟白狼山秦家老庄，给她爹上个坟，再到白塔镇看望马尚岭县长，除夕到响水崖子过年。"刘锦什低声说着。

大娘拢了拢头发说："你去看马县长可千万不要让日本人知道了，这年月兵荒马乱的，出门要格外小心。去白塔镇要路过鄁部街，听说日本人在那里修了工事，你又带着家眷，大嫂实在不放心。要不就在县城石桥头上烧个纸就算给秋谱老爹祭奠吧，咱不去白狼山了。"

"没事的，大嫂，沿路我上下都打通了，再说是郭子敬写了封信让我去见马尚岭的，明着去，明着回，不妨事。"

叔嫂二人正在始勤亭里说着话呢，突然大黄狗在外院吠叫起来，听见看守街门的耿老头喊着："哎呀喜奎兄弟，你们可回来了，家里人都等急了。"

听着喜奎"驾驾"的唤马声，大娘和锦什来到外院，看见喜奎在前，马释永跟随，赵春光和肖光亮各驾车垫后从车门口鱼贯而入。

喜奎跳下马车对大娘和锦什说："没想到在虞河大桥遇到了麻烦，要不是有马师傅和小满嫂子，这几车货还不知道啥时候才运回来呢。"

大娘让喜奎安排把货卸到库房里，又和锦什来到辕车前接迎马释永和黄小满。这时素清、素欣、素楠和素英姐妹四个也从内宅出来帮着搬东西，大娘让素涵回内宅催着二娘和莲儿快去下饺子，再加几个菜，让马释永夫妇多喝几盅。待把马匹牵到马厩喂草料，货物入库收拾妥当，已是午后三点多，锦什招呼着大伙都到东厢房去吃饺子。

东厢房里摆了两桌饭菜，男的坐了一桌，女的坐了一桌，大家分别给马释永和黄小满敬酒。喜奎几杯酒下肚，兴奋地诉说着过虞河大桥的经过，朱小贵在一旁附和着，肖光亮和赵春生也在不停地插话，说到精彩处大家都叫起好来。女桌这边听着喜奎和朱小贵讲得绘声绘色，也纷纷给黄小满敬起酒来。素涵端起一杯酒与黄小满对碰一下说："感谢嫂子护驾，百闻不如一见，这次亲眼见识了嫂子的武功，果然十分了得，我在辕车里看见那恶汉舞弄着三节棍，还真的捏了把冷汗呢。谁知嫂子的拳术运作自如，直打得那汉子只有招架之功，毫无还手之力，要不是故意让他，还不知被您打翻多少回了。"

素楠听了很是兴奋，自恃酒量大，她给黄小满斟满了酒杯，又给自己斟满酒杯，端起来说："嫂子，听俺老爹说过，这叫巾帼不让须眉，楠儿敬您一杯。"说罢，也不等黄小满喝完，自己先一干而尽。

刘老爷子端着酒杯站起来说："楠儿你知道吗，明朝末年四川出了个女英雄叫秦良玉，这个女孩子了不起，你们姐妹的名字里都有个素字，她的字叫贞素，是立过赫赫战功被朝廷封侯的女将军，当年崇祯皇帝曾写诗夸她'由来巾帼甘心受，何必将军是丈夫'，就是说妇女也可以上战场杀敌，谁说将军一定就得是男儿身。你们小满嫂子就是当年的秦良玉。"

刘老爷子的话引得大家都在夸黄小满，弄得黄小满很不好意思，她羞红着脸站了起来说："俺就是一粗人，平日里养蚕，干些杂七杂八的农家活，空闲时练练武术。还是素涵妹子，是个大医师，人家多有学问。"

一顿饭，大家有说有笑，尽欢而散。

马释永和黄小满向大伙告别，要急着回黄旗堡。刘老爷子苦留不住，就让大娘和二娘去送客。喜奎从马厩里牵出小满家的小毛驴，按着大娘的吩咐，二娘准备了两袋子年货搭在了驴背上。大家恋恋不舍把马释永夫妇送到车门口，大娘把黄小满叫到跟前，从衣兜拿出一支银簪子说："今年夏收时俺被土匪绑了票，多亏俺用头上插着的这银簪子挑开了墙皮才逃了出来，还是你家马师傅带人剿了孙家寨那几个绑票的。家里老爷子让你锦什三叔在营丘县城里找银匠打制了些簪子，懒边园里的女人都备一支，以防不测。今个大娘也送你一支。"

黄小满接过大娘递过来的银簪子，自己插在了头髻上，垂着泪说："大娘，俺受用了，日后懒边园就是俺娘家了。"

二娘仰面看了看天气，对黄小满说："小满啊，这天好像要起风了，天寒地冻的，你俩得走到半夜才能回家呢，要不住一晚上再走吧。"

"不了二娘，都出门两天了，桑园里那些散养的羊还要等着俺回家喂草料呢，您保重二娘。"

黄小满拉着马释永的衣袖说："快过年了，俺两口给大娘、二娘和姊妹们拜个早年吧。"说罢，二人跪在地上磕起头来。

大娘把他俩扶了起来，说："都有个家，留也留不住，你们就早回吧，还要忙年呢。等见到朴子告诉他家里都好，让他不要挂心，在队伍上好好干，干出个男人样来，日后有出息。"

二娘听大娘说到朴子，又掉下泪来，边擦着泪边说："俺就是想朴子，你两口子要是见到他，就照着大娘说的话告诉他，在队伍上干出个人模人样来。"

马释永和黄小满答应着起身，挥手向送行的人告别，牵起驮着年货的小毛驴离开了懒边园。

第三十二章　杀戮

马释永牵着小毛驴，黄小满跟随其后走在回家的路上。临近黄昏时刮起了北风，偶尔伴有小雪花，像跳舞一样在空中飘荡。马释永在懒边园喝了不少酒，酒劲涌上来感到胸膛一阵燥热，他索性敞开衣怀，想大声吼几嗓子，无奈被迎面吹过来的风刮进嘴里，让他齿寒喉凉，只好用手捂住了嘴巴。走了大半个时辰，觉得身上的暖气正在渐渐消失，此时寒风刮得更大起来，让马释永的胸口感受到前所未有的冷痛，只好裹紧了棉袄，缩着脑袋迎风走着。

天色已经完全黑了下来，在行路中除了听见嗖嗖的风声，就是驴蹄嗒嗒的踏地声。黄小满跟在小毛驴后边，觉得头上有件东西沉甸甸的，摸了一下是大娘送给她的那支银簪子，便从发髻上拔了下来攥在手里。这时小毛驴的行进速度开始慢了下来，任凭马释永怎么拽它总是不想走。黄小满用银簪子的尖戳了一下小毛驴的后屁股，谁知那毛驴干脆卧在地上耍起赖来，马释永踢了它两脚，小毛驴伸着脖子喘着粗气动也不动。黄小满见这小毛驴是杠上了，知道驴脾气犟起来谁也没办法，便对马释永说："小毛驴走累了，咱俩陪它歇会儿吧。"

马释永把驮在小毛驴背上的两袋子年货卸了下来，与黄小满相互依偎着靠在卧驴的肚子旁边。风似乎小了些，黑暗中马释永见黄小满手里拿着件发亮的东西，便问道："你手里攥着个啥呢？"

"是大娘给俺的那支银簪子。"

"噢，大娘就是用它来逃生的，你得把这支簪子当成咱家的传家宝贝，能防身又值钱，随身带着才好。"

"俺知道，日后咱有了女儿，俺传给她。"

黄小满把银簪子插在自己的发髻上,身子紧靠在马释永的怀里,喃喃地说:"早晨俺和素涵妹子在辕车里,偷着说起女人生孩子的事来,听素涵说俺才知道,女人例假来潮前的半个月是排卵的日子,排卵的前五天和后四天男女来好事才能要上孩子,还说隔一天同房更好。不像你要么一宿连着来三四回,要么十来天也不找俺,俺这肚子里咋能要上孩子?"

马释永搂着黄小满,嘿嘿一笑说:"素涵可是读过大学的医生,咱得听她的。女人的闺中房事咋不问问你娘呢?"

黄小满捶了马释永一拳,气呼呼地说:"娘死的那年俺才十三岁,你叫俺咋问娘?你真浑,俺不理你了。"

马释永知道自己说错了话,他用手拍着黄小满的后背连连道歉赔不是。

突然一种异样的声音惊动了黄小满,她顺着声音朝路北望去,远远地发现有灯光在闪烁,登时站了起来对马释永说:"释永你看,那里是咋了,怎么冒出些灯火来?"

马释永随即站了起来,看了一会儿说:"是砖窑场那边,好像是有几辆汽车开了过去,难道日本人夜里要修工事?不对呀,咱得去看看。"

马释永说罢,要牵那小毛驴起身,小毛驴似乎明白了主人的心思,突地站立起身,待马释永把两袋子年货搭在它的背上,顺从地跟随马释永走了起来。

二人赶着毛驴走到砖窑场附近,果然看见燃起了几堆篝火,火光中看到有不少人围坐在篝火旁边烤火,几辆汽车停靠在一起,夹杂着日本话和当地话不时传来,还伴随着几声狼狗的吠叫声,这让马释永顿时紧张起来。他牵着毛驴与妻子在夜幕中绕过砖窑场来到北侧的槐树林里,林子东侧有条沟壑,沟里有条坡道可以到达黄旗堡的村西哨门。马释永在前刚爬上坡道,却发现村口哨门前面也燃烧着两堆篝火,一些荷枪实弹的日伪军在哨门前晃来晃去,马释永这才明白日伪军趁着夜色把黄旗堡村给封锁了。

马释永缩回身子,压低声音对黄小满说:"日伪军封了村口,怕是等到天亮要进村杀人,先把这头驴留在沟里,咱俩绕到咱家桑园的村墙外,翻墙回家,俺得赶紧去演武场拉响那口大钟,让全村里的人准备迎敌。"

黄小满感觉到了事情的严重性,她把小毛驴拴在沟壑里的一棵树上,与马释永各背上一袋年货,悄悄地到了自家桑园外的村墙根。黄小满蹲在墙下,示意马释永踩在她的肩头上,要送丈夫跃上墙头。待马释永双脚踏在妻子的肩上,随着黄小满喊了声"起",竟把马释永托了起来。马释永抬头一看,他离着墙头还有半人多高呢,只听马释永说了声:"小满,你可挺住了。"

说罢，马释永双脚着力纵身跃上，一个鱼跳冲顶，双脚稳稳地落在了墙上。马释永收住身式，长呼出一口气，随即解下系扎在腰上的裤腰带子，探下身去把裤腰带子送下墙头。黄小满先把两袋子年货让马释永提上墙头，自己抓住马释永再次送下来的裤腰带子，两脚蹬住墙体，借着上方的拉力几个飞步便蹿上墙头。接着二人分别跳到那棵挨着墙的鸭梨树上，顺着树干滑落下来。

夫妻二人平安回到家里，马释永对黄小满说："你在家收拾收拾，俺得去演武场拉钟，看日本人这势头来者不善，咱得早做准备。"

"快去吧，俺把家里的两支枪擦好，等着你回来。"

黄小满说着，从年货袋子里摸出来一个蒸花大馒头，递给马释永。

"知道你饿了，啃着懒边园里的大花馍走吧。"

"一个不够，俺得吃两个。"

马释永接过黄小满递过来的馒头，自己又从袋子拿出一块冰硬的年糕来，一口馍一口年糕，边吃着边出了家门。

沉重的钟声回响在黄旗堡村的夜空。村民们在睡梦中被惊醒，村里的人都知道，这钟声是警报，这钟声是临敌，大伙纷纷拿起各种武器往演武场奔去。

黄旗堡村的族长黄乃清半夜要溺尿，他摸着炕边上的尿壶刚放进被窝，听到了演武场上的钟声，心情一阵紧张，颤抖的手把尿壶里的尿液洒在了被褥上，他苦笑一下，把尿壶扔在了地上。在身边睡觉的老伴被他的举动弄醒，她也听见了阵阵钟声，哆哆嗦嗦地爬了起来，帮着黄乃清穿好衣裤，看着丈夫下了床，嘟囔着让他戴好毡帽，拿着手杖再出门。

黄乃清掬着手杖一瘸一拐地来到演武场。黑压压的一片人群簇拥在场地上，演武台上吊挂着几盏马灯已经点亮，晃晃悠悠闪烁着光晕烘托着激奋的人群。台上站着马释永、二愣子等几个民兵骨干在议论着什么。黄乃清走到演武台下砖阶的时候才被村民们认出来，几个小伙子过来架着他的胳膊来到台上。马释永和二愣子看见黄老先生在这寒冷的夜里亲自到来，毕恭毕敬地躬身施礼。

黄乃清问道："这深更半夜拉钟鸣号是咋了，莫非日本鬼子要来进犯咱黄旗堡？"

马释永把他和黄小满在村外所见叙述了一遍，又说："黄族长，看来等到天亮，日本要进村寻事，一场血战在所难免。"

黄乃清听罢，用手杖在地下戳了几下说："怕个啥，兵来将挡，水来土掩，俺看还是按当年义和拳对付官府的老办法，户户为营，家家抗击，待日寇弹尽粮绝，会自行退去。"

马释永说:"黄族长说的,也是俺几个商量的,咱村手里的十条步枪怕抵挡不住,只能壁垒抗击。日本人枪炮精良,来攻村的人又多,为防万一,还是让愣子兄弟去渤海纵队找于团长,这样坚守到明天傍晚就来救兵了。"

黄乃清点头应许,问二愣子:"日伪军封了村口,你咋出去?"

二愣子说:"俺与马大哥商量好了,从他家桑园里翻墙出去,您老没意见俺这就走了,还要跑五十里呢。"

二愣子说完,转身跳下演武台,消失在夜幕中。

黄乃清见二愣子离去,他来到台前,用颤抖的声音对台下的村民喊起话来:"日倭要犯咱黄旗堡,这帮畜生不让咱过个安稳年了,咱也不让他们好受,还是用老祖宗留下来的办法,各户自保,壁垒抗战,关好自家的大门,打开墙上的枪眼,磨快杀敌的大刀,等到渤海纵队救兵来到,一起合力杀敌驱寇。大伙回去早做准备吧。"

听着族长黄乃清的号召,村民们纷纷离开演武场,回家准备御敌去了。

前来进犯黄旗堡的是驻寿光县的一个日军小队和从潍县赶过来的两个混成班合计八十余人的日本军人及高丽士兵,另有二百余名皇协军的汉奸队伍参与,由吉冈邦彦少佐指挥,企图清剿黄旗堡的抗日力量,以便在砖窑场重建据点。他们于夜晚十时前在砖窑场集结,并分兵堵住黄旗堡东西村门,断其村民出入,并计划在黎明时分突入村内,现场杀人施以恫吓,威逼黄旗堡村民使之成为"王道乐土"的顺民。

这天是农历腊月二十五,随着晨光破晓,吉冈少佐站在砖窑场高坡上用望远镜看着黄旗堡村内升起了一缕缕又黑又浓的炊烟,他喊过皇协军大队长侯金标来到跟前,指着黄旗堡村问道:"那些黑黑的烟是什么的干活,你的知道吗?"

"报告吉冈少佐,村里的老百姓在做饭,米西米西的干活。"

"早餐的准备?"

"是,是早饭,生火做早饭。"侯金标点头哈腰地回答着吉冈的问话。

吉冈看了一下手腕上的手表是七点钟,他叫来身背步话发信机的通信兵,命令道:"你的发报,让羽田中尉于七点二十分从黄旗堡东村口进攻。"

吉冈少佐抽出了挂在腰上的军刀,朝着黄旗堡席村口一指,喊道:"进攻……"

当吉冈少佐率领着队伍与从黄旗堡东村口进入的羽田少尉的混成班在演武场会合时,没有遇到任何抵抗,除了传来几声狗吠,整个村落静悄悄的,一片寂静。

吉冈站在演武场上感到惊讶，他拿着望远镜四处观察，所看到的是参差错落的石墙房舍，几条街巷黑黝黝的望不到尽头，让他不由地倒吸一口凉气。他看了看正在列队待命的士兵，狡黠的小眼珠滴溜溜地转着，招手示意皇协军大队长侯金标过来，命令道："你的带领皇协军的人去巷子里喊话，让村里的人统统地到这里接受皇军的训话，不肯来的人一律抓过来，抵抗者死了死了的。"

"哈依，遵命。"

侯金标走下演武台，将他带来的皇协军以排为分队，沿街各户去抓人。

正当吉冈少佐又拿起望远镜在观察，突然听到街巷里传来激烈的枪声和土炮声，皇协军惨叫着退了回来。侯金标从败退的人群中跑上演武台，气喘吁吁地说着："报，报告吉冈少佐，巷子里的墙上到处是枪眼，他们家家户户都有枪，这一会儿工夫弟兄们死伤了十多个。"

吉冈听了侯金标的话，骂了一句"八格牙路"，挥舞军刀带领着羽田中尉和一队日本士兵来到响枪最激烈的石巷里，日本士兵开始与院墙内的村民对射起来。

吉冈是个作战经验丰富的军官，他很快发现抵抗者的弱点，对方所用的枪械大多是火铳和土炮，每击发一枪要等几分钟甚至十几分钟装填火药才能复发第二枪，而且射程不远。只要用机枪封锁石墙上的枪眼，士兵迅速临近门楼就基本没有了危险，砸开大门就能进到院里抓人。吉冈调来两挺机枪对准墙上的枪孔进行定点扫射，枪孔里的枪手顿时被打哑，两个日本士兵乘隙冲到门楼，在大门辅首上挂上手榴弹，拉弦后迅速避开，只听轰的一声巨响，门板倒塌下来，几个日伪军士兵举着上了刺刀的步枪冲到院子里。

听着院子里枪械碰撞声和喊杀声，吉冈带着羽田和侯金标进了院子，立刻被激烈的厮杀场面震惊了。只见一个老汉手执大铡刀，挥动着向进院的日本士兵砍去，屋檐下一个老太太舞着一把切菜刀正劈在一个伪军的脖子上，厢房里冲出两个小伙子，手中各握着红缨长枪奔杀过来。一时间寒光刀影，子弹穿梭，惊天动地；怒骂声、惨叫声此起彼伏，其血腥程度让人胆战心惊。吉冈和羽田也抽出军刀与日伪军围住抵抗的人对打起来，侯金标抽出匣子枪对准老太太的后心就是一枪，那老太太向前踉跄几步，一头栽到了墙根下。手拿大铡刀的老汉见状，怒吼一声挥动铡刀朝着侯金标砍来，却被身后的两个日本士兵用刺刀扎进腰部，老汉回手一刀劈在日本士兵的肩胛骨上，看着日本士兵躺在了地上，那老汉张开嘴巴吐出一口血，讪笑着跌倒在血泊中。手执红缨枪的两个小伙子，见自己的亲爹娘被杀，嘴里呼喊着发了疯似的对着日伪军们连挑带扎，终因寡不敌众，倒在了敌方的刺刀下，悲壮而死。

吉冈看着满院子横七竖八的尸体，不由得用手摸了一下自己阵阵发凉的脖颈。他把手下几个军官召集起来，吩咐用机枪封锁住枪眼、工兵破门而入的办法去宅院抓人，并命令对所有抵抗者的宅院统统予以烧毁。说罢看着几个士兵点燃了火把在烧房子，浓浓的黑烟从窗户里冒了出来，他咳嗽了几声，捂着鼻子退了出来。

吉冈回到演武台上着急地等待战况的进展，黄旗堡村民的强烈抵抗让他始料不及。他看了一下手表，指针已过下午两点，肚子饿得咕咕直响，他命令报务员通知在砖窑场的守备队抓紧把午饭送来。这时羽田和他指挥的日军分队押解着十几名村民来到演武台下，羽田走到台上报告说，数小时的清剿只攻破了五户民宅，士兵们已是疲惫不堪，需要吃点东西稍做休整再行攻击。还未等吉冈答话，侯金标带着的皇协军抬着十几具士兵的尸体也退了回来，侯金标走上演武台回禀，说石巷里的宅院高低错落，墙上的射孔也不成规则，易守难攻实在不好接近，官兵们已是饥肠辘辘，不得不退回来休息。吉冈铁青着脸听着羽田和侯金标的诉苦，边在演武台上踱着步，边狠狠地说："黄旗堡的厉害，皇军三百人的队伍一个上午只攻破了五户宅院，六名日军玉碎，十几名皇协军阵亡，这样的速度打下去，把全部的官兵打光，三个月也占领不了这个村子。"

报务员拿着一份电报跑了过来，吉冈接过电文一看，顿时惊出一身冷汗。电文的内容是：一支正规军队在攻击寿光县城，西门和北门已经接上火，请求速回支援。

吉冈少佐按着本田大佐指令来清剿黄旗堡时，他在寿光县城只留下一个班的日军守备，加上守县城的特务队和皇协军也不足五十人，怎么能经得起一支正规军队的攻击！一旦县城失守，如何向本田大佐交代？他越想越怕，恨恨地骂了句"八格牙路"，立刻命令羽田中尉率领从潍县带来的混成班分乘两辆卡车火速回县城支援，自己随后跟进。

吉冈邦彦看着羽田率队离去，又看到演武场上摆着十几具日伪军的尸体，他瞅了一下蹲在演武台下被抓来的村民，一股无名火涌上心头，便提着军刀走下演武台。他命令这些村民站起来排队，数了一下妇女五人，孩子二人，四个老汉和一个受伤的青年汉子，他把军刀架在受伤汉子的脖子上，吼道："你的，为什么抵抗皇军？"

谁知那受伤的汉子把脖颈一挺，怒目圆睁没搭理他。吉冈气急败坏，挥起军刀砍去,当一颗脑袋滚落地下,吉冈见那脑袋龇牙咧嘴似乎是在诅咒他,顿时让他胆战心惊。听到两个孩子被吓哭的声音,一个老汉扑过来一口咬住了吉冈的耳朵,等旁边的日本士兵用枪托把老汉砸晕时,吉冈的半截耳朵已被老汉咬在嘴里,吉冈用手摸着流出鲜血的耳朵,发疯似的嚎叫:"刁民,统统的刁民,死了死了的,抽肠肛刑的有。"

他喊过几个日本士兵,连比画带说,士兵们"哈依哈依"地答应着。

这些村民受尽折磨挣扎几下后,全部气绝身亡。

台下的皇协军被吓得毛骨悚然,大队长侯金标惊恐地张着大嘴巴说不出话来。吉冈少佐看着侯金标窘迫的样子,蔑视地问道:"侯队长,大日本的这种刑罚你的见过?"

侯金标已是面如土色,颤抖着嘴巴说:"啊,哈依。不,卑人不知,卑人不知。"

吉冈把军刀一挥,朝着台下喊道:"对抗大日本皇军的人,统统死了死了的。"

吉冈话音刚落,传来几声枪响,台下几个皇协军应声倒地,队伍开始混乱一团。吉冈用望远镜顺着枪响的方向望去,见巷口上有人正举枪向演武场方向射击,他命令机枪手迅速还击,高喊着:"机枪掩护,撤退,统统的撤退。"

日伪无心恋战,仓皇地逃出了黄旗堡。

马释永在院子里不停地磨着大砍刀,黄小满也在擦拭着朴子留下来的那支步枪。当听到几阵激烈的枪声过后,村子里有几股浓烟冒出,马释永坐不住了,拿起砍刀就要出去,黄小满却把他拦下来说:"急个啥,黄族长让咱各户自保,鬼子来了俺一枪一个,朴子留下了三十发子弹呢,若是俺挡不住让鬼子进了院子,你再一刀一个杀个痛快。"

马释永舞起大刀耍了套灭绝十字刀的功法,青光闪烁中犹如出水芙蓉,旋转腾挪中体现出厚实的少林功法。小满看着丈夫舞动的刀法,告诉他再忍一会儿。这时演武场方向传来一阵失声的惨叫,马释永听着心里像刀割一般难受,他再也忍耐不住,执着大砍刀奔了出去。黄小满不放心丈夫一个人出去,随手拿起步枪推上子弹跟了过去。二人来到石巷里,正碰上几位执枪的民兵,他们也是被演武场上的惨叫声惊动,准备过去拼命。几个人出了石巷街口,见演武场上尽是日伪军,举枪就打,一排子弹过去撂倒了几个伪军。他们的举动引来了日军的机枪扫射,打得他们抬不起头来,只好躲在石巷拐角处。双方僵持了好一阵子,等听不见机枪响时,民兵们从巷子口出来,才发现日伪军已经撤退。

马释永等人来到演武场，看到演武台上的情景顿时惊呆了，好似晴天霹雳当头炸响，愣愣地戳在那儿半天说不出话来。黄小满看着台子上大人和孩子被赤身裸体地倒挂着，茫然不知所措，一阵惊悸跌倒在地上。马释永在半痴半呆中回过神来，他上前搀扶起自己的妻子，在悲愤交加中走到演武台旁边的钟台上，用力拉响了大钟。

随着钟声响起，黄旗堡的村民聚集到了演武场上。当看到演武台上那惨不忍睹的场面，村民们呼天抢地，悲痛欲绝。黄乃清在两个村民的搀扶下来到演武台上，他在极度悲痛中哽咽着嗓子说："他们是畜生啊，这是古代野蛮人用的抽肠酷刑呀，这帮倭寇丧尽天良啊。"

他用手指了指被害的村民，晕了过去。

黄旗堡的村民愤怒了，他们手举着各种枪械呼喊着要杀鬼子。敌人的暴戾恣睢没有吓倒黄旗堡人，村民们擦干了眼泪，掩埋了遇害亲邻的尸体，发誓与日伪军不共戴天。

二愣子赶到苇子镇找到渤海纵队新一团团部时已近晌午，于震邦团长知悉日伪要在黄旗堡挑衅，当即做出决定，让二营和三营去佯攻寿光县城，并特地让神枪手朴子和黑弹各随二营、三营参加战斗，他亲率一营去黄旗堡支援。

于团长率领一营急行军来到黄旗堡时已接近傍晚，见日伪军已经退去，便安排战士们帮着村民收拾被日伪军烧毁的房子，又召集马释永、二愣子等民兵骨干开会，总结战斗经验和下步的抗日对策。民兵们哭诉了日伪军在黄旗堡的所作所为，这次清剿共烧毁宅院五处，杀害妇幼老少村民十二人，手段极其残忍恶劣。于震邦听完汇报，便提出了自己的看法，他拿起一颗从演武场捡的日军机枪子弹，在地下边画着地图边说："日伪军集合了三百余人来清剿黄旗堡几乎是倾巢出动，说明这次清剿的目的还是为了在砖窑场建立据点，以扼守东通潍县、莱烟之驿道及营丘至寿光的南北交通要道。从战略态势上看，砖窑场的位置十分重要，因此黄旗堡是敌人的眼中钉、肉中刺，所以要做好阻击来犯之敌的长期准备。"

于震邦放缓了语速又说："这次阻击日伪军的战斗，把敌人放进来打是对的，但是也暴露出我们协调不够的问题，敌人采取逐户清除让五户宅院被毁、十二人被抓惨遭杀害。为避免被敌人逐户清除，各个击破，解决的办法就是要户户能通，家家能帮。按照每户院落的实际情况，各个宅院采取墙通、房通、地道通，在对方集中进攻一个宅院时，相邻宅院同时支援。敌人进了院子也不可怕，打得赢就打，打不赢就走，待敌人分散兵力，我们再分而合歼。"

于团长的一席话，让大家豁然开朗，连连点头称是。

马释永领悟最快，他想了一下说："咱可分为五户一组，十户一队，组长指挥进退。再就是俺想挖一条地道，从俺家桑园穿过村墙直到槐树沟，日伪军建据点时，咱们从沟里攻击他们。"

二愣子补充说："地道挖到演武台下面，在台基上隐蔽四个枪孔，这样日伪军在演武场上就待不住了。"

民兵们七嘴八舌议论着，最后于震邦团长总结说："人心齐，泰山移，只要咱黄旗堡人上下一条心，集思广益，就没有克服不了的困难。团部决定把吕卫同志留在黄旗堡，担任你们民兵大队的指导员，今后要组织民兵日夜巡逻，准备打鬼子保家园。"

自此，黄旗堡的村民同仇敌忾，挖洞通墙，巡逻练兵，掀起了轰轰烈烈的抗战热潮。

第三十三章　过年

　　大年夜，潍北平原上出奇地平静。天上散漫着点点星光惨淡地洒满大地，结冰的苇塘里清冷地生出诡秘的光影。夜半时分，一弯月牙爬上来点缀在夜空，好似一只小船在幽幽茫茫的大海中摸索着航行。这时从苇子镇门楼内跑出两匹快马，前面骑马人扮作商贩模样，肩上斜挎着个钱褡子，头戴黑色绸帽，在昏暗的月光下像个活灵活现的生意人，后面跟着一个小伙计，身上背着一个白布包袱，在黑夜中显得格外扎眼。二人刚出镇子，前边的骑马人说："你注意夜里骑马一前一后要保持两个马位的距离，防止马蹄剐蹭造成意外。"

　　"是，团长，俺知道了。"跟在后面骑马的小伙计回答着。

　　"嘿，刘治朴同志，这次去营丘县城你的任务是什么，请说一遍。"

　　"是，于团长，这次去营丘县城，您我在丘坡前分头行动。我回懒边园找俺二姐，您在县城府学文庙与二姐见面，我要暗中保护。"朴子回答。

　　"那你在这次任务中怎么称呼我？"

　　"叫您姐夫。"

　　于震邦拉住马缰绳，对着夜空中那钩弯月吟诵：

　　　　　　塞北胡霜下，
　　　　　　营州索兵救。
　　　　　　夜里偷道行，
　　　　　　将军马亦瘦。
　　　　　　刀光照塞月，
　　　　　　阵色明如昼。

>传闻贼满山，
>
>已共前锋斗。

吟罢，他摸了一下放在钱褡子里的驳壳枪说："走，向营丘县进发！"两匹快马消失在夜幕中。

正月初一是新年。天刚破晓，懒边村里传来阵阵鞭炮声，空气中弥漫着过年的气味。懒边园里已是红灯高挂，楹联迎新。大娘和二娘五更天就起床了，大娘张罗着在宅院天井里摆供祭桌，又烧了纸钱祈祷阖家平安。二娘先是到了刘老爷子睡觉的房里拿出过年穿的新衣服，整整齐齐地放在床边，轻轻推醒了酣睡中的老爷子，示意他早点起床，然后来到东厢房烧起了锅灶，准备煮饺子。除夕夜里她和女儿们包了五种馅的饺子，摆满了几大垫子，饺子还在灶台上晾着呢。过了一阵子，素涵、素欣、素莲和素英也都装扮整齐，一起来到厅房喊着给老爹磕头拜年。刘老爷拿出一沓准备好的红包，边分发着边说："素清和素楠跟着你们三叔和三婶回城里了，朴子又不在，今年初一咱家人口少了一半呢。过一会儿村里人都来拜年，你们姐妹四个也要去村里串串门，给年长的乡亲拜个年。"

姊妹们答应着正想离开，大娘风风火火地走进来说："咋忘了放鞭炮呢？吃饺子前要先放鞭炮，朴子又不在，莲儿和英子去放吧，去年杂事多，多放几挂鞭镇镇邪气。"

素莲和素英拿着两盘鞭炮走出内宅，商量着把鞭炮挂在了拴马石旁边的大槐树上。莲儿拿着火柴划出火来，手哆嗦着去点鞭炮信子，咋也点不着，素英捂着耳朵躲得远远的，莲儿嚷叫着："英子你来点吧，回头俺给你做好吃的。"

"莲姐，还是你点吧，俺怕被鞭炸着。"

姐妹俩推让不下，这时传来一声粗壮的男人声音把她俩吓了一跳："哈哈，朴子来也，俺来点鞭炮。"

只见朴子牵了匹马走到拴马石前，他把马缰绳系在石孔里，回手摘下挂在槐树上的鞭炮，嘴里嘟囔着："在这里放鞭炮会惊了俺的马。"

他提着鞭炮走进内院，把鞭炮挂在了始勤亭边上的樱桃树上，又随手接过莲儿递过来的火柴，划着火点在了鞭炮信子上，顿时火花四射，噼里啪啦响了起来。

素莲和素英捂着耳朵看着鞭炮焰放结束，待硝烟过后，姊妹俩才端详起朴子来。朴子黑黝黝的脸庞透着棱角分明的英俊，浓密的眉下眼眸炯炯有神，仔细看仍然是个斜眼，却显得一种冷傲的杀气之威。莲儿吃惊地说："这才几个月，朴子弟弟比走时长高了半头，说话也瓮声瓮气变了嗓音，长成男子汉了。"

素英做了个鬼脸说："嗨，嗨，大年初一懒边园里从天上掉下来一个太岁神来，老爹和大娘、二娘还不知道有多高兴呢。"

朴子嘿嘿一笑着说："俺叫刘治朴，不是太岁神。"

三个人说着笑着进了内宅。

二娘煮出第一锅饺子，分盛了三碗端到了天井中央的祭桌上，陪着大娘祭祀起太岁神来。大娘执着三支香，合手举过额头，嘴里喊着："太岁星君，大年初一您当值，盼给俺懒边园这一家子消灾免祸，避凶化吉，平平安安过大年。"

祭礼毕，大娘把燃着的三支香插在香炉里，正要和二娘跪地磕头，身后传来熟悉又久违了的声音："大娘、二娘，俺给你俩拜年了。"

是朴子？大娘有点不相信自己的耳朵，她回过头来，果然是朴子斜背着个白布包袱站在身后。大娘惊喜地望着朴子，这孩子几个月没见，个头长高了，人也强壮了，变成了结结实实的大小伙子。

"哎哟，朴子你回家了？"

大娘的话音刚落，二娘听是朴子回家了，转过身来双手搂住朴子的腰"儿呀，儿呀"地哭泣起来。大娘看着素英和素莲也在一旁陪着落泪，便没好气地说："这大过年的，你们几个哭天抹泪的，就不怕冲了太岁！英子帮着莲儿去煮饺子去。"

大娘把素英和素莲支排走了，又对二娘说："你快去给朴子换身过年穿的衣服，你看看朴子穿得像个跑帮贩子，一会儿村里人来拜年不笑话咱才怪，还没见他老爹呢，换好衣服先去给你老爹拜个年。"

二娘擦着眼泪，拉着朴子来到她住的偏房里找衣服，试穿了几件都因朴子长高了不合身，急得又来问大娘。大娘白了她一眼说："你没看朴子的个头和他三叔公差不多吗，带他去阁楼穿锦什的衣服吧。"

朴子换上他三叔锦什的绸缎衣服，气宇轩昂，活脱脱变成了大少爷。他下了阁楼要去给老爹拜年，谁知刘老爷子已经站在院子里等着他呢。朴子见到老爹正要磕头拜年，刘老爷子扶住他说："怎么回家过年了，不会是瞒着长官跑回来的吧？"

"不是老爹，是俺和团长一起来的。"

"你的团长呢？快把他请回家，咱一起过年吃饺子呀。"

"团长去了县城，约着下午去见他。"

"噢，是公务呀，咱先吃饺子去，一会儿乡邻们还要来拜年呢。"

刘老爷子说着，领着朴子去了东厢房。

东厢房餐厅里，电灯明亮，大娘和几个女儿坐在餐桌前，等候着老爷子和朴子过来吃饺子，见刘老爷子和朴子来到餐厅，二娘和莲儿端上来热气腾腾的五盆饺子，二娘嘴里嘟囔着："这盆是豆腐虾仁的，这盆是白菜猪肉的，这盆是萝卜羊肉的，这盆是素三鲜，这盆是参发粉丝的。"

看着二娘在餐桌上摆放好饺子，大娘发话了："今年初一咱家喜庆，没想到朴子回家来过年，看把你老爹乐呵的。你们二娘包了五种馅的饺子，这叫五福临门。有两只是包了铜钱的，谁吃着谁有福气。"

听着大娘说完，二娘从盆里各取两只饺子先给老爷子放在盘子里，又给朴子放满了盘子，招呼着大家趁热吃饺子。

朴子跑了一夜的路，又饥又饿，吃着盘子里饺子如风卷残云，一口一个吃得满口留香。老爷子看着朴子的吃相，问道："朴子，你们队伍里也经常吃饺子吗？"

朴子吞咽下满嘴的饺子，摇了摇头回答："还没吃过呢，只吃过两回蒸包。"

朴子回答着老爹的问话，又把一只饺子放进嘴里咀嚼着，只见他眉头一皱，咧着嘴吐出一枚铜钱来，用手捏起那铜钱对二娘说："饺子里放个钱干啥，差点把俺的牙硌下来。"

大娘见朴子吃出了铜钱，顿时高兴起来，说这是转运钱，福气临门。正当大家争相夸着朴子有好运时，素涵也吃出了一枚铜钱来，大家又是一阵兴奋。刘老爷子看着素涵和朴子说："姐弟俩大年初一吃饺子吃出铜钱来，看则是幸运，实则是提醒你们要小心，时逢乱世，出门做事要处处留心，少惹祸灾。"

一席话，说得大家沉闷起来。

随着村子里一阵接一阵的鞭炮声，刘老爷子和大娘、二娘穿着停当，矜坐在厅房里准备迎接村里的乡邻来拜年。最早来拜年的是看街门的耿老汉，他除夕夜回家，五更天就吃了饺子早早赶来给刘老爷子和大娘、二娘拜年。接着是本村乡邻，前来拜年的人络绎不绝。大娘见到来拜年磕头的孩子们都给压岁钱，二娘见到上了岁数的分些糖果招待，刘老爷子精神矍铄，不时地对拜年的宗亲们说些过年的客套话。一时间，懒边园的内宅外院挤满了前来拜年的人。

朴子拿着个白布包袱来到西厢房找二姐素涵，见素涵坐在梳妆台前正在梳头打扮，便问道："二姐，您上午得闲吗？"

素涵见是朴子过来，便说："咱爹吩咐，我和你几个姐姐要去给村里年龄大的长辈去拜年，你也去吗？"

"二姐呀，你别去了，我得陪您去县城文庙那边去见个人。"

"是啥人，还得去县城见？"素涵疑惑地问。

"是姐夫啊。"朴子回答。

"什么？是谁的姐夫？你这个浑小子，说话咋不着谱呢。"

朴子见二姐生气，急得更是语无伦次，结巴着解释道："不是，是俺团长，团长命令俺叫他姐夫。唉！是于团长要见你。"

素涵听着朴子没头没脑的话，索性不再理他。

朴子急了，随手把那个白布包袱递给素涵说："这是俺团长给你捎的东西，他说只能你一个人看，不准任何人看，俺也不知道包袱里是啥东西。"

素涵迟疑地接过包袱，正想打开又停下手问朴子："你们团长叫什么，为什么给我捎东西？"

"他叫于震邦，渤海纵队新一团团长。"

"于震邦，我不认识他呀。"

"二姐，于团长说他和你是济南府什么大学的同学呢。"

素涵边摇头边打开包袱，见里面是条折叠着的红色毛线围巾，围巾被洗得干干净净，围巾里还夹着一封信，当素涵拿出围巾细看时，眼前浮现出一段往事来。这条围巾是素涵在济南齐鲁大学医学院读书时，送给文学院毕业班肖健同学的。素涵考入齐鲁大学那年，时值九·一八事变爆发，日本驻中国东北地区的关东军突然袭击沈阳，进而以武力侵占东北三省，日本军人的侵略行径引发关内民众的极大愤慨，一时间全国抗日热潮空前高涨。齐鲁大学的师生们顺应抗日形势，纷纷走向街头举行以讲演、游行等形式的示威活动。后来省政府以某些讲演内容涉及共产党的主张为名，将齐鲁大学的抗日演讲仅限制在校园内举行，学校又要求每周五下午是师生们组织讲演时间。这天周末，天上飘起细雨，素涵拿了把雨伞要去找安德逊教授补习医用英语，当她走近图书馆时，传来了清脆响亮的讲演声："同胞们，同学们，九·一八事变日寇侵占我东北三省，所到之处烧杀抢掠无恶不作，乃至许多国民家破人亡，流离颠沛。日本侵略军所犯下的累累罪行，将是一段永远忘不掉的耻辱。值此国难当头，吾辈当素具天下兴亡匹夫有责的民族责任感，同仇敌忾而不畏牺牲，英勇不屈而慷慨赴死，以精忠报国的抗战信念，彰显其中流砥柱，这是中华民族之魂魄所在。天行健，君子以自强不息。当今平津危急，中华民族危急，只有实行全民族抗战，才是唯一出路。同胞们，吾等要团结起来，汇成浩浩荡荡的抗战洪流。同学们，吾等要团结起来，用自己的血肉筑成我们新的长城！"

清朗的演讲声把素涵吸引住了，她情不自禁地走到图书馆门前，看到一群同学拥挤在门厅里，还有不少人在雨中淋着。演讲人是一位清瘦的青年学生，他那慷慨激昂的演讲激发起阵阵掌声。素涵靠近人群时演讲已经结束，演讲人在同学们的簇拥下走下图书馆门前的台基，他抬头看了一下天上正散落着小雨，正在犹豫时，来到跟前的素涵想把雨伞送给他，那青年做了个拒绝的手势，一溜小跑消失在雨雾中。

这天中午，素涵下课后来到学校食堂，她打了份饭菜，找了个座位刚坐下准备吃饭，一位学长模样的男同学一手拿着两个馒头，一手端着碗白开水坐到了素涵对面。素涵见那人身穿一件褪了色的旧夹袍，清瘦的脸庞白白净净，浓密的眉毛翘上扬起，一双眼睛炯炯有神，透着冷漠的机灵，只是神态上略显疲惫。素涵觉得这人十分面熟，似乎在哪里见过，陡然想起他就是在图书馆门厅里做抗日演讲的那位同学，便礼貌地朝他点了点头。那人见对面的女同学在注视他，一边点头回礼一边说："您好，卑人是文学院的毕业生肖健，刚被留校聘用，请问您是哪个学院的？"

素涵朝他莞尔一笑，说了一声："学兄，您稍等。"

素涵离开座位来到售菜窗口打了一份把子肉，回身端到了肖健面前说："我叫刘素涵，医学院刚入校的一年级学生，上个周末来听学兄您的演讲，受益匪浅。今见学兄甚为幸会，送上一碟小菜以表敬意，请笑纳。"

肖健听了哈哈一笑，说："多谢小学妹，说实话我已半个月未沾荤了，正馋着呢。这可不是小菜，它可是济南名菜把子肉，本人受用了。"

他夹起一块肥瘦相间的把子肉咬了一口，大嚼起来，边吃边说着："好香呀，我的伙食费用来购买抗日宣传品了，不过我留校下个月就有薪水了，到时候请您到芙蓉街品尝正宗鲁菜黄河鲤鱼。"

"好啊，我期待着。"

素涵接受了肖健的邀请，自此俩人成了知心的好朋友。

时年，齐鲁大学文学院举办时事读书会，听会的同学都是各院系的进步学生，在肖健的引荐下素涵也到文学院去参加时事读书会活动。在读书会上，素涵认识了主讲"布尔什维克与国际共运"的青年女教师许明珍老师，许老师祖籍是寿光县人，曾留学俄国列宁格勒大学。潍北老乡的关系让她与素涵相处融洽。在一个深秋之夜，肖健约素涵到杆石桥散步，肖健告诉素涵他明天一早要离开学校，投笔从戎到抗日的战场去。看着天气渐趋寒凉，素涵把围在脖子上的红线围巾送给肖健留作纪念。

时光一晃已过去六年，难道肖健就是于震邦团长？素涵拆开夹在围巾里的那封信，信函上熟悉的文字让她激动不已。

素涵：

你好，我是许明珍，在你毕业离济不久，经组织安排，我已到中共渤海纵队任敌工部部长，现有重要任务交给你，特派渤海纵队新一团团长于震邦与你接头，具体任务将由于团长面告。于震邦即是你的学长肖健，大姐想介绍你俩为革命伴侣，抗战任务又有不确定性，如若结成伉俪，明珍幸甚。

祝你们相互帮助，圆满完成这次重要任务。此函烧掉，又嘱！

素涵把这封信揣在怀里，久久不能平静，她是许明珍发展的中共党员，而且单线联系。记得她毕业离开济南时，许明珍让她回潍北蛰伏下来，等待指示，想不到今天联系上了。她抑制住兴奋，把信放进衣兜里问朴子："你确定于团长是在县城府学文庙里等我吗？"

"是二姐，约定今上午十一点前在文庙与你见面。"

素涵看了一下手表，已是上午八时，又问朴子："你们团长是什么时候去的县城？"

"俺俩昨夜开始从团部出发，今早赶到丘坡分的手，他现在已经到达县城多时了。"朴子掰着手指算着时间。

"哎，知道了，你快去备车，姐去厨房找些饺子，一起接于团长到三叔家，大过年总是要吃顿饺子吧。不过喜奎去了他大姑家过年去了，明天才能回来，朴子你会驾车不？"

"当然会，去年陪咱老爹赶庙会喜奎教俺的，俺这就去套车，十分钟后你去外院等俺。"

朴子说完去了马厩，素涵把那条红色围巾系在自己脖子上，她来到东厢房，先在灶台上找到火柴，把许明珍写的那封信烧掉，又找来一个瓷盆，把早晨吃剩的饺子放满，用笼布包扎好，提着出了内宅。

朴子赶着辕车一路狂奔，把坐在车里的素涵颠得前仰后合，素涵连喊着让朴子放慢车速。不足半个时辰，辕车已到县城北门，几个守门当值的伪军摆手示意马车停下来，过来盘问道："哪里来的辕车，进城找谁去？"

"是懒边园的车，去城里给俺三叔拜年去。"朴子从容地回答。

那门卫听是懒边园的车，连忙躬身说："过年好，一大早俺刚开城门，一个骑马的汉子也说是懒边园的，想必都是给电厂刘大掌柜拜年的，快请，快请。"

"噢，那是俺姐夫，谢了。"

朴子说着，也不下车，对天打了一记响鞭驾车进了县城。

营丘县城里的府学文庙当地又称孔子庙，这座始建于明代万历年间的庙宇位于县衙的西邻。它占地九亩，布局采用中轴对称的宫殿式，仿曲阜孔庙格局，由殿堂、祠坊、庑廊组成。

于震邦骑马听着营丘城里千家万户的鞭炮声，来到府学文庙时天已大亮，一夜的奔驰，鞍马劳顿让他感到身上有些疲乏。他在马背上伸了个懒腰，看着文庙门前有三三两两的居民进出敬香，便下马来到文庙门口，见有个卖香火的老汉蜷着身子蹲坐在那里，即上前搭话："老人家过年好啊，俺买三束香多少钱？"

那老汉听见有人来买香，从衣领里伸长了脖子，打量了一下牵着马的于震邦说："过年好，大年初一给孔圣人敬香图个吉利，三束香十个铜板，十全十美。"

于震邦也不还价，从衣袋里摸出一把铜钱，撒在老汉放香火的筐子里说："图个吉利，恭喜发财。只是这马不能跟俺进文庙，得麻烦您老伯给看一会儿。"

老汉一边捡着筐子里的铜钱，一边说："好说，好说，墙上嵌着拴马的石孔，那是专门拴马的，你进庙就是。"

于震邦把马拴好，只身进了文庙大门，绕过影墙来到院内，迎面就通往大殿的木架门坊，它位于上大殿台基的中央，四柱一门，丹甍青瓦，飞檐翘角，正中悬山式坊顶高出两侧歇山，主次分明。木坊门楣横书"德侔天地"，系明代县令于子仁所书，字迹浑然大气。步入门坊就是府学文庙大殿，此殿面宽五间，进深三间，坐北朝南。朱红墙壁，琉璃黄瓦，富丽堂皇，极为壮观。于震邦沿着石阶走向大殿基台，见殿檐下由六柱支撑，檐柱浮雕巨龙盘绕，称为"盘龙抱柱"，檐坊是孔明锁工艺的斗拱结构，看上去结实又灵巧，精雕细工，整座宫殿飞阁流丹，气势雄伟。环顾四周，见苍绿的松柏参天，古槐紫藤相依，整个院落显得幽静肃穆，沉寂在晨雾的怀抱中。

于震邦在院内游荡了大半天，见几个香客步上台基进了文庙大殿，自己也跟随着到了大殿门口，他往里瞅了一眼，殿内的漆金宝座上，端坐着睥睨视下的孔子塑像，孔圣人手捧竹简卷册，一副彬彬有礼的模样。于震邦在齐鲁大学文学院读书时，受新文化运动影响，他认为孔子的儒家思想是中国农耕文化的系统性代表，孔孟之道主要是维护封建君王制度，中国长期保持封建制度，国体会日渐衰落，何谈国富民强。想到这里，于震邦把手中的三束香放在大殿的石门槛上，自己转到后殿，见北墙上开设了一个随墙门，时有香客出入。在庙门边上一块石碑前，摆着张摊桌，一个汉子手拿把折扇左右摇晃着。这让于震邦好生奇怪，这大冷天那人拿把扇子干什么？他好奇地走下后殿台基，见那人身穿宽大的斜领青色棉袍，头上挽了个发髻，打扮得像个道士。又见摊桌放着个木筒，筒里插满了爻签，旁边是一本皇历和一个占卦罗盘，这才明白此人是个算命先生。那算命先生手摇折扇，嘴里振振有词，自言自语嘟囔个不停。他见有人过来，停下嘴巴，瞄了来人几眼说："大哥过年好，今个大年初一，俺给您占上一卦，保你一年逢凶化吉，顺顺当当，平平安安。"

于震邦走到他面前笑了笑说："你身后这块石碑上的字好漂亮，像是刻了一首诗吧。"

"那是当然，想不到大哥是个懂文的人，俺说怎么大年初一来这里给孔圣人敬香呢。这碑上的字俺多半不认识，听看庙的人说是明朝营丘县令于子仁写的。"

算卦人挪开身子，用手摸着石碑又说："大哥，您过来看看写了些啥。"

于震邦走到石碑下，见是用行草书体镌刻着：

    入夜淋漓雨未休，可怜孤枕卧营丘。
    当年茅土全归汉，今日山河不是周。
    鸡唱五更乡梦断，鸟啼三月故人愁。
    今来古往都相似，霸楚强秦枉自谋。

岁次洪武二十四年，营丘夜雨。景安居士县令于子仁。

　　读毕，于震邦心想这个县令看破红尘，寄怀古今，必然是个清官。
　　"哎呀，大哥能读出这碑上的字来，您肯定是咱营丘中学的国文老师吧。你认识俺村刘锦戎老先生吗？他可是咱县有名的举人。"算卦人拱手搭讪着。
　　于震邦听他说起刘锦戎先生来，便问道："你是懒边园村的？贵姓呀？"
　　"懒边村一半姓刘，一半姓赵，俺叫赵世道，绰号懒边神算，不信给您占一卦，不灵不要钱。"这个叫赵世道的算卦人一本正经地说着。
　　"好吧，请你给算一卦，日本强盗什么时候滚出中国？"
　　"这，这咋算？大哥说话可要小心，营丘城里的汉奸阎队长坏着哪，咱不谈这事，大年初一俺占个头卦，大哥您抽个签，看看灵不灵。"
　　于震邦执拗不过，从签筒里抽出一签交给赵世道，赵世道接过卜签一看，立刻喜笑颜开说："大哥天庭饱满，果然艳福不浅，今日有美人相遇，能成天作之合，恭喜恭喜。"
　　于震邦听了为之一怔，想不到这懒边神算名不虚传，正想拿几个铜钱给他，身后传来朴子的喊声："姐夫，姐夫你怎么在这里，俺二姐在前院等你呢。"
　　懒边神算赵世道看见朴子喊着"姐夫"赶了过来，顿时慌了神，连忙说："俺又失算了，恕小的有眼不识泰山，俺不知道您是朴子的姐夫，让你见笑了，罪过，罪过。"
　　朴子瞪了他一眼说："上次你给俺二娘算卦，说俺二娘属相是毛驴，满嘴胡说八道，还没找你算账呢，你又在文庙骗人，看俺怎么收拾你。"
　　说着要砸他摊子，吓得赵世道连连求饶。
　　于震邦拦住朴子说："逗着玩的，咱还有事呢，去找你二姐去。"说着，拉着朴子去了文庙前院。

第三十四章 任务

素涵在文庙门坊前东张西望，看见朴子领着一个穿着像个商贩的人走过来，定眼一看果然是肖健，高兴地迎了上去。于震邦见素涵来迎他，疾步向前做了个拱手礼，素涵见这里人多杂乱，让于震邦跟她回西门家里休息。

三人刚出学府文庙前门，随着一阵马达声，四辆日本人的挎斗摩托车迎面驶来。当看到前边的摩托车上还架着一挺机枪时，朴子紧张地瞪大眼睛，心都提到了嗓子眼上。摩托车在文庙门前戛然而止，只见伪县长郭子敬伙同营丘火车站站长小泉四郎和营丘日本驻军八木成仁少佐在几名日本士兵的护卫下走下摩托车的挎斗。与此同时，保安队队长闫子平带领着一队身穿黑色棉袄的保安队员气喘吁吁地跑了过来，见到郭子敬和小泉四郎深鞠一躬，上气不接下气地说："报，报告县长、太君，保安队赶到，请发话。"

八木少佐没好气地对他说："你们动作太慢，快快维持秩序，我们庙里的参拜。"

"哈依。"

闫子平一挥手，让跟随而来的保安队吆喝着进了庙门。

朴子身着华丽，被小泉四郎一眼认了出来，走向前拍了拍朴子的肩头说："哈哈，朴子的有，几天不见长得壮壮的，我的摔跤肯定不是你的对手了，幸会在这里见到你，过得好吗？"

朴子见八木少佐两只眼死盯着二姐素涵，便点头对小泉四郎说："小泉站长过年好，俺是陪着二姐来给孔圣人敬香的。"

小泉转眼看着素涵，学着中国的拜年礼，向素涵拱手说："幸会，幸会，听说过朴子的姐姐是有名的医师，请代我对贵父刘老先生致以新年的问候。"

还未等素涵答话，郭子敬拱手拜年说："久仰，久仰，真不知道你就是刘素涵医师，听刘叔多次谈过你在齐鲁大学医学院就读，久闻其名未见其人。锦什大掌柜建医院的计划书我看过了，非常好，听说是你做的预算方案，要建起来就是潍北最大的西科医院，对大东亚共荣是大大的贡献。"

郭子敬知道小泉四郎熟悉中国话，似乎在故意说给他听，小泉四郎赞同地频频点头。

八木少佐过来用拳头在朴子的前胸捶了一下，本意是示好，朴子却本能地闪身用手抓住了八木的手腕，当八木成仁感到小臂酸麻时，知道遇到了强劲对手，此时又不好发作，只好尴尬着笑道："你的中国武功大大的，我的日本武术大大的，找时间我们比试比试的有。"

朴子把手松开，瞪他一眼也不答话。郭子敬一脸窘态，用日语对八木少佐说："朋友之间以和为贵，我们去庙里参拜孔子吧。"

阎子平凑过来左一眼右一眼地瞅着朴子，愣愣地站在那里不知所措，郭子敬见阎子平有些不正常，挥了一下手说："阎队长，你前头带路。"

"哈依。"阎子平走在前面一会儿点头，一会儿摇头，奇怪的举动让郭子敬十分不快，便嘲讽道："阎子平，你摇头晃脑像只狗，不会走路呀。"

这时，小泉四郎附在朴子的耳朵边上说："我会安排个机会，让你来教训教训八木这个狂妄的家伙。"说着，与素涵告别，走进了学府文庙。

场面平静下来，素涵才想起于震邦来，她环顾四周哪里还有他的身影，忙问朴子："你姐夫去哪里了？"

"啥，噢，刚才还在呢，俺去找找。"

素涵意识到自己不得已说出"姐夫"这个称呼，顿时脸红了起来，她跟着朴子去找于震邦，没走几步看见于震邦蹲在墙根下正与卖香火的老汉拉家常呢。

于震邦骑马跟在朴子驾的辕车后面，不到一刻钟便到了西门里家门口，素涵知道三叔和三婶带着素清、素楠去了响水崖子过年，留下药店伙计肖光亮在家看门，便让朴子去喊门。肖光亮听见街外有人敲门，他走到门楼开门见是朴子和素涵带着一位客人进来，拱手拜年后把三人让进东宅院，又忙活着把辕车和于震邦骑的战马分别赶到侧院的马厩里。

素涵烧了些开水让于震邦洗漱，又让他跟着朴子去卧室休息，自己去厨房找了件围裙，在锅里煎着从懒边园带来的饺子。刚把饺子煎好，肖光亮回来说刘掌柜走时留好了馍馍和菜肴，都放在厨房后面的耳房里。肖光亮带领素涵来到放食物的耳房，这耳房建在菜窖上面，靠墙的桌台上排列着几大盆已经蒸煮好的菜肴，有蘑菇炖鸡、猪手冻、四喜丸子、炸松肉、炸刀鱼、白菜素锅和一盆发制好的海参。素涵想到于震邦奔波了一夜，至今还没吃上饭，便把现成的菜肴各取一碟让肖光亮帮着端到餐桌上，又烫了一壶酒，喊起朴子和于震邦到餐桌来吃饭。

酒足饭饱后，肖光亮知趣地约朴子去隔巷的西宅院喝茶，东宅院里只留下素涵和于震邦。素涵问于震邦两人分别后的境遇与此行的目的。于震邦说："那年深秋，我听从组织安排离开齐鲁大学去了陕北瓦窑堡学习军事，后转入延安抗日军政大学，毕业后我被派到胶东根据地任作战参谋，去年我到渤海纵队组建新一团并任团长。根据抗战需要，组织决定整合共产党领导下的抗日力量，成立山东军分区，延安总部派出一名首长来山东任职，上级指令我团不惜任何代价，把这位首长安全护送到胶东昆嵛山根据地，这是一项光荣又艰巨的任务。"

于震邦看了看素涵，见她聚精会神地听着，加重语气说："许明珍大姐让我与你取得联系，因这位首长从沂蒙山区过仙月湖进入营丘县界，请您务必利用你家在营丘境内的影响，提供方便条件，安全地把首长护送出营丘地界。"

刘素涵听了于震邦的讲述，明白了自己所承担的任务，便说："我会尽最大努力配合学兄完成组织交给的任务，但不知你有具体行动计划没有？"

"有的，我曾做了一个具体方案，经纵队审查后报请延安总部，看来这位首长对潍北地区十分熟悉，特别是对营丘、寿光地域了如指掌，他亲自修改了行动计划。这份高度机密计划纵队已转发给我，具体方案是……"

于震邦确定周围环境很安全，拿起餐桌上的酒壶摆在素涵的对面说："这个位置是仙月湖，正月十五元宵节这天我们在高崖镇会合，你和朴子以探亲为名，去找高崖镇小学校长秦佩琳，秦校长是中共党员，也是我们在高崖镇的联络人。正月十六、十七两天是在仙月湖渡口接首长的时间。"

看着素涵领会的表情，于震邦拿了一只酒杯放在餐桌中间说："这里是营丘县最高的山叫车罗顶，正月十七夜里，我团二营会派出一支精干小分队埋伏在这里准备接应。"

于震邦说着又拿起了餐桌上的一个小碟子，放在了酒杯后面说："这里是你家懒边园的祖坟茔地，按照首长的指示，正月十九日我们绕过营丘县城穿过胶济铁路到达这里，我团三营在此接应，届时朴子随我保护首长归队，你的任务到此结束。当然这一路须夜行昼伏，还要野外宿营会很辛苦，不知你身体是否吃得消。"

"学兄哪里话，为了接应首长，再苦再累也要完成任务。"

"还有这位首长在战争中受过枪伤，身体需要悉心照顾，你还要准备些应急药品。"于震邦补充说。

"知道了学兄，我会做些准备。"

素涵看着对面于震邦一脸坚毅的神色，拿起酒壶给他斟满了一杯酒，又给自己斟满了一杯，端起酒杯与于震邦对碰一下说："感谢学兄把这次任务转达给我，想不到在营丘县城见到你，为了完成这次接应首长的计划，学妹敬你一杯。"

二人酒杯对碰一饮而尽。

于震邦深情地看着素涵，趁着酒意问道："许大姐介绍咱俩结为金兰之合，您意下如何？"

素涵腼腆地回答："俺弟弟都喊你姐夫了，当然是伉俪之约。"

于震邦动情又问："你真的同意咱俩结为革命伴侣？"

"一言既出，驷马难追。"素涵肯定地回答。

二人的双手紧紧握在了一起。

沉静了好大一会儿，听到自鸣钟的报时声，彼此松开了紧握的手。

于震邦看了一下表说："时间过得好快，已经下午四点了，估计二营长高天保已赶到西门外等我了，我得赶紧走。"

"怎么说走就走？要不让朴子去西门外把接应你的人接到城里，住一宿再走吧。"

素涵想到他又要奔波一夜才能回部队，怕他劳累不忍他离去。

"我和高营长黄昏前要赶到车罗顶去踩点，明天返回部队，朴子给你留下，元宵节咱在高崖镇见。"说着起身要走。

素涵把那条红色围巾给于震邦系在脖子上，说："知道也留不住你，我送你去马厩牵马，这里是日伪地盘，路上务必小心。"

二人刚出院门，朴子迎面走了过来，于震邦告诉朴子这几天留在懒边园，正月十五保护好二姐素涵到高崖镇会合，素涵又补充道："送你姐夫到西门，确定见到接应的人再回来。"

"是二姐，于团长真的是俺姐夫啊。"

朴子做了个鬼脸跑着去了马厩。

第三十四章　任务

懒边园里大娘和二娘正忙活着摆供敬神，正月初五是破五节，相传五路财神要显灵，按着习俗供桌上摆上了羊头与鲤鱼，供羊头有"吉祥"寓意，供鲤鱼是"礼余"的谐音。大娘跪在地上磕了个头喊着"祭户神受拜"，二娘也学着大娘跪在地上磕了个头喊着"灶神受拜"，大娘又磕头喊着"土神受拜"，二娘跟着也磕头喊着"门神和行神受拜"。在一旁站着的素欣和素英看着大娘和二娘虔诚拜神的动作禁不住笑出了声来，大娘转身狠狠地瞪了她俩一眼，吓得素欣和素英捂住嘴巴不敢吭气。二娘打圆场说："拜了五路财神要放鞭炮，你们俩快去找朴子放鞭炮去。"

姐妹俩飞也似的离开天井去找朴子。她俩院里院外找了个遍也没看见朴子的踪影，这时喜奎过来说朴子教他二姐学骑马去了，大娘听了喜奎的话，气呼呼地说："素涵是咋了，读了几年洋书愈发没有女孩子样了，大姑娘家骑马干啥，真是新鲜事。"

刘老爷子正好走到天井里，听着大娘在唠叨，便问道："啥新鲜事啊？"

"二闺女跟着朴子学骑马了，她想干啥呢。"

大娘刚说完，素英凑过来插嘴说："朴子和二姐还在咱家老墓田里练打枪呢，俺都听见了。"

"知道了，知道了，有什么大惊小怪的。"

刘老爷子摇了摇头，一副不以为意的样子，夹起剑杖朝宅门外走去。

他刚出内院园门，看见朴子和素涵正在拴马石上拴马，便问道："涵儿，你的骑术大有长进吧？"

素涵和朴子见老爹过来，忙打招呼问安。

"你们姐弟这几天又骑马又打枪，莫不是有事瞒着我？"

朴子向来对老爹不说假话，梗着脖子说："没瞒老爹，是为俺二姐夫的事才教二姐学骑马的。"

嘿，咋冒出个二姐夫来？刘老爷子听得有些蹊跷，沉思了一会儿便对朴子说："你大娘和二娘在天井里摆供敬财神，正急着找你去放鞭炮呢，你快走吧。"

"是，老爹，俺这就过去。"朴子答应着疾步跑进了内院。

刘老爷子支派朴子离开，即对素涵说："涵儿，你陪爹到园里走走。"

素涵搀扶着老爹的胳膊走进园子里，老爹看着萧疏的景色边走边问素涵："涵儿呀，刚才朴子说姐夫是咋回事啊？"

"老爹，您还记得我说过在齐鲁大学认识一个学兄叫肖健，他现在就是朴子所在部队的于团长，年初一与我在县城见了面，他有个要紧的亲戚要从营丘县路过，委托我和朴子去高崖镇接应一下。"

素涵说得似乎漫不经意，刘老爷子却听得专心致志，心想朴子所在部队是共产党的抗日武装，堂堂一个团长大年初一竟到日伪占领下的营丘县城约见素涵，必然事出有因，于是又问："于团长的亲戚从何处来，往哪里去？你和朴子啥时候去高崖镇迎接？"

"说是从沂蒙山过来，路经营丘县去渤海湾，约定正月十六或正月十七在高崖镇会合。"素涵如实回答着。

"我看这不是个一般的亲戚，此事容不得半点马虎。你和朴子近日去响水崖子找你三叔商量，必要时多带些人手去接应，从响水崖子到仙月湖也就半天路程，须早做准备。"

"谢老爹，我知道了。"

"涵儿呀，你和这位于团长不只是学兄关系吧，朴子咋叫姐夫呢？"

素涵见老爹追问她和于震邦的事，顿时羞红了脸，沉默了许久才说："老爹，这个于团长就是您未来的女婿。"

高崖镇沉浸在元宵节的欢乐之中，每年正月十五镇上都有在中心街上挂花灯猜灯谜的习俗，家家户户扎制花灯，争相斗艳十分热闹。自从刘墨林带领他的窑工队伍以抗日独立营的名义入住高崖镇，惩处了恶霸邢万成，镇子里居民的生活开始安定下来。刘墨林通过未婚妻秦月婷的引见认识了秦佩琳校长，亦师亦友让他方见恨晚。他在秦校长的推荐下读了《共产主义宣言》一书，德国人马克思的学说让他眼界大开，又受俄国革命成功的启发，开始信奉共产党的主张，认为共产主义运动将成为不可抗拒的历史潮流。结合高崖镇的实际情况，他觉得"耕者有其田"才能让老百姓衣食无忧，养得起父母妻儿，遇到灾荒不至于挨饿，这就是千百年来农民的基本要求和追求的愿望。对此，刘墨林把查没邢万成的土地和山林无偿地分配给镇上的佃户，既不收租也不收税，把查收的店铺由驻军自营，力求自给自足。他自诩昔日皇帝朱元璋养兵百万不费百姓一粒米，而今刘墨林拥兵百余不纳高崖一粒粮。高崖镇上的老百姓没有了地痞恶霸的欺凌，也无纳税征粮之忧，日子过得舒服，大家兴高采烈办灯会，场面盛况空前。

刘墨林在明楼营部布置高崖镇元宵节赏灯会的卫戍，以防范日伪来袭，他决定关闭高崖镇东西二门，留有南门、北门作为进出通道，并派重兵把守。

他完成兵力部署，看时间已过下午四点，肚子饿得咕咕直叫，才想起还没吃午饭呢。正想去厨房弄点吃的，卫兵过来报告说秦小姐已在门外等候，刘墨林听说是秦丹婷来到明楼，心中一阵兴奋，顿时饥饿全无。他三步并作两步来到大门外，见秦丹婷拿着书本正站在台基上等他，忙迎了上去说："婷婷，刚下课吗？我正想去找您呢。"

秦丹婷见墨林疾步过来，嫣然一笑说："是秦校长让我来请你，他家来了亲戚要看花灯，约着你我一齐吃饭，再一起去赏灯猜谜呢。"

"哪能让秦校长破费，这顿饭我来请。不过元宵夜镇上的人都去赏灯，饭店要打烊的，要不就在兵营伙房吃吧，俺让伙夫去准备。"说着就要喊人。

"别了，又非公务，让人家客人到兵营来吃饭多不合适。我父母都到秦校长家帮厨去了，再说他家也宽敞。"

"好来，恭敬不如从命，咱这就去秦校长家，早点吃饭早赏灯。"

二人手牵着手离开明楼来到中心大街，见街口上扎了一座饰灯彩门，几个伙计正在悬挂彩门两侧的红绸谜联，左侧的谜联是"鲁肃遣子问路"，右侧谜联是"阳明笑启东窗"。刘墨林看了几遍竟没识出谜底，急得抓耳挠腮问了一下干活的伙计，方知是秦佩琳校长亲笔拟的谜联。秦丹婷见刘墨林在彩门前摇头晃脑，便催促说："等见到秦校长问一下不就知道了吗？"

"嘿嘿，想不到秦校长拟的这联对把俺难住了。"

他俩穿行在中心街上，看见许多居民正在两侧忙活着吊挂彩灯，待二人来到秦家巷子，见巷外阙门檐下悬垂着两盏大红灯笼，一盏灯笼上贴着黄色剪纸大字是"敬请"，另一盏灯笼上贴的是"光临"二字。刘墨林先是一愣，然后用手指着这对灯笼仰天大笑起来。秦丹婷见刘墨林大笑不止，诧异地问："墨林，有啥好笑的呀？"

"哈哈，秦佩琳校长高人也，街口彩门两边的谜联，上联'鲁肃遣子问路'就是左首这盏灯上的'敬请'二字，三国人鲁肃，字子敬，路人皆知也。下联'阳明笑启东窗'就是右首这盏灯上的'光临'二字，阳明光也，启东窗临也，原来谜底在这里出现呢。"

渤海纵队的新一团团长于震邦率领从二营挑选出的二十人小分队经过一夜的行军，于正月十四拂晓登上营丘大鼓山的车罗顶潜伏下来。正月十五下午于震邦与二营营长高天保、狙击手黑弹扮成村民模样来到高崖镇。在与秦佩琳校长接上头不久，朴子和素涵也赶到了高崖镇。秦校长把他们安排到家中休息，即约于团长和素涵来到客厅介绍高崖镇的情况。当谈及镇上的驻军刘墨林营长已经信奉共产主义时，于震邦考虑到刘墨林的这支队伍多是由挖煤的窑工组成，便与秦佩琳商量，决定见见刘墨林。

院子里传来秦丹婷清脆的声音："秦校长，墨林到了。"

秦佩琳应声出门迎接，见刘墨林满脸春风，乐不可支地走进院子，秦校长做了个迎客的手势说："敬请光临。"

"嘿，您自拟的这幅谜联已挂在街口彩门上，让俺猜得好难，到您家巷子口看见阙门上的灯笼，方才茅塞顿开。"

"刘营长客厅请坐，我表妹和表妹夫前来赏灯，也是刚刚进门，您也认识认识。"说着把刘墨林和秦丹婷让进屋里。

于震邦和刘素涵见秦佩琳校长领进一男一女，知道这就是刘墨林和秦丹婷，即起身相迎。

刘墨林见于震邦器宇轩昂、气度非凡，又见素涵眉目温润、气质优雅，觉得这对夫妻绝非寻常人物，便以拱手礼说："卑人刘墨林，现任营丘县抗日救国独立营营长，欢迎校长的贵客来到高崖镇，有用着兄弟的地方尽管盼咐，本人鼎力相助。"

于震邦见刘墨林谦卑和逊，即抱拳答话："久闻刘营长大名，本人于震邦，陪夫人来高崖镇观灯，也顺便看望表哥秦校长。"

刘墨林又朝素涵施礼，介绍起秦丹婷来："这是俺未过门的媳妇秦丹婷，她是秦校长学校的老师，夫人有事尽管支配。"

素涵见到秦丹婷吃了一惊，因为她的长相极像三妹素清，于是微微一笑，朝着秦丹婷点头示好。

正在彼此寒暄，营部的卫兵匆匆找了过来，他把一封信交给刘墨林说："报告营长，白塔镇来了县公署的人，说是来送马县长的亲笔信，您请过目。"

刘墨林接过信封，见有"机密"两个朱红大字，他拆开封口取出信笺，果然是马尚岭的亲笔手谕："墨林贤弟，今晨接省党部发来密电，现将原文奉送，请按上方指示执行，不可延误。电文阅后焚烧，尚领又嘱。"

刘墨林眉头一皱，又看起国民党省党部的密电来：

营丘县马尚岭县长：

接线报，近日有一名共产党要员从沂蒙山区途径高崖镇由仙月湖渡口入营丘县，此人姓史名秦，是共党延安总部派遣渤海区域的高层长官，瘦高身材，戴眼镜，留有青皮胡须，请依据特征在湖岸渡口设卡稽查，一经抓获，立即派人押解莱芜县省党部。切忌疏忽。

刘墨林反复揣摩这一纸电文，看了一会儿，他把这份密电递给身旁的秦佩琳校长，又指着电文说："这国民党一方面要国共合作共同抗日，一方面又要抓捕过路的共产党，真是让人费解。"

秦佩琳看完电文，惊出一身冷汗，脸色陡然一变，颤抖着双手把电文还给刘墨林说："抓不得，抓不得呀，破坏抗日理所不容。"

刘墨林划了一支火柴把电文点燃，看着燃烧起来的笺纸，突然哈哈大笑起来，说："马尚岭县长也不想想，仙月湖岸边仍然封冻三尺，只有湖心留有水面，渡口上的船只冻在冰中，咋能摆渡？这份电文荒唐可笑，猜是马县长怕我高崖镇元宵节警备懈怠，略施小计而已。"

秦佩琳见刘墨林未把密电放在心上，便招呼着大家说："饭菜已备齐，咱们早点吃饭，等天黑下来去街上赏灯。"

第三十五章　接应

　　高崖镇中心街上灯火辉煌，人声鼎沸，各式各样的灯饰争奇斗艳，五彩缤纷。龙灯、金鱼灯、荷花灯、跑马灯、孔雀开屏灯古朴典雅，造型优美，让人眼花缭乱。

　　秦佩琳校长和刘墨林陪同于震邦走在前面赏灯，秦丹婷与素涵随后，渤海纵队新一团二营营长高天保、朴子、黑弹距离团长于震邦身后十几步远跟随保护。迎面横排着十盏宫灯，当灯上的分别贴有"一夜花灯醉，只缘春意浓"的斗大红字映入眼帘时，于震邦感受到了高崖花灯的规模盛大。刘墨林已有几分醉意，他拉着于震邦的手走到一盏九顶宝塔饰灯前，指着宝塔灯上的灯谜，有意试探于震邦的文化功底说："请教仁兄，这灯谜你可猜得？"

　　于震邦见这宝塔上的谜面是"抵御炎官伞"，便说："墨林兄，还不如写晴天为何打伞来得痛快。"

　　刘墨林先是一怔，然后伸出双手与于震邦合击双掌，二人脱口而出"抗日"，对面大笑起来。刘墨林见于震邦文采不凡，心里暗暗称赞。

　　一行人游逛到大街中央，在一处现场征集写谜面的书案前，有人认出了秦佩琳，拱手喊道："秦校长，俺这里还差两串花灯没写字谜，劳您大驾给写一下吧。"

　　秦佩琳见这灯各是七盏上下组成一串，需要写七言联对谜面，他沉思片刻，拿起毛笔饱蘸浓墨直接在罩面上书写，上联谜面是"携手肩担几相许"，下联谜面是"而今撇去白发休"。等那两组串灯高高挂起，引来了许多看热闹的人，大家读着谜面相互猜问，一时也猜不出个所以然来，秦校长笑而不答。刘素涵自幼跟父亲识文断字，当然知道这联对的谜底，又不想在当众宣布，便在秦丹婷耳边说出答案。秦小姐茅塞顿开，她附在刘墨林耳旁透露谜底，这让刘墨林目瞪口呆，不禁顿时对素涵肃然起敬。此时于震邦也猜出谜底，他与刘墨林对视一下，二人振臂喊出谜底"抗日"。周边猜谜的人恍然大悟，也跟着喊"抗日，抗日，把日本人赶出中国去"。

出了灯市，不远处即是明楼兵营，刘墨林余兴未尽，邀请大家去他的营部再喝一场酒。秦佩琳被缠不过，便让秦丹婷陪素涵回家休息，自己和于震邦、高天保、朴子、黑弹随刘墨林进了明楼。刘墨林让伙房备了一桌酒菜，又喊来两个连长作陪，七八个人推杯换盏，吆五喝六又碰起杯来。看着刘墨林兴奋异常，于震邦示意秦佩琳和高天保让他多喝些酒，喝醉更好，以利于明天的行动。于是几个人顺着刘墨林的思绪频频劝起酒来，刘墨林时而与于震邦探讨排兵布阵，时而与高天保谈及刀枪武技，时而与秦佩琳讨论共产主义理想，特别是与朴子切磋少林拳术时，他手舞足蹈连连干杯，一会儿工夫失去自制，喝得酩酊大醉，趴在餐桌上动弹不得。

秦佩琳让陪酒的两个连长把刘墨林搀扶到卧房睡下，自己与于震邦等人回到家中，商定次日一早去渡口迎接首长。

仙月湖渡口毗连高崖镇南首，是一处千年古渡，对岸是沂山脚下的蒋峪镇。古时候，潍县盐商从寿光县羊角沟海滩取盐，沿狼水河逆流而上，直达高崖镇囤积设店。鲁南的客商从蒋峪过湖，经渡口登岸。进高崖镇购盐，装船后返运至蒋峪，再将盐销售到沂蒙山区域。因仙月湖是沂南通往潍北的重要水道，久而久之在渡口岸上形成了一个买卖湖产的小集市。

清早的仙月湖像是一面蒙尘的镜子微茫而迷离，码头岸边的几棵大柳树笼罩在烟雾里，树下隐隐约约有几条篷顶木船被冻在冰面上。于震邦带领着高天保营长、朴子和黑弹早早地来到码头，转悠了半天也没见到个人影。

随着太阳出来，四周的浓雾渐渐散去，这时远处的沟壑里过来了一帮人，他们肩扛冰锛，手拿笊篱来到冰面上围在一起开始凿冰捕鱼，那铁锛凿冰的声音回响在冰面上。于震邦决定过去看看，当他们快到跟前时，听到有人喊着："上鱼了，上鱼了，快拿笊篱来捞鱼。"

果然有几条鲜活的大鲤鱼从冰窟窿里被捞了上来。看着在冰面上活蹦乱跳的大鲤鱼，朴子感到好奇，禁不住用手去捉鱼。一个中年汉子走过来问朴子："小兄弟，你们是来买鱼的吗？"

不等朴子回话，于震邦过来说："俺家老丈人八十大寿，要用八条鲤鱼作寿礼，请开个价。"

"噢，老爷子八十大寿图个吉利，每条鱼十个铜钱咋样？"那中年汉子用手比画着回答。

于震邦微微一笑，说："八十个铜子买十条，十全十美。"

"正月十六过完年，年年有余，成交了。"

捕鱼的中年汉子见暗号对上了，握住于震邦的手说："您是来接应首长的于团长吧，俺叫邢山虎，是柳山乡的武工队队长，首长昨天夜里从沂山下来到了俺石犋牛村，现在正睡觉呢，俺这就带你们去见首长。"

那中年汉子转身又对捕鱼的几个伙计说："接人的于团长来了，咱收拾家伙回村。"

于震邦见接上头，心中大喜，便问邢队长："石犋牛村离这仙月湖多远？从这里怎么走？"

邢山虎队长指着西北方向的一条沟壑说："顺着这水沟往前走三里，爬上大崖头转朝北沿小路走二里地，看见一个大水湾，水湾后头就是俺石犋牛村。"

于震邦朝着沟壑望去，看见沟里的水已结冰，觉得应该好走，便喊过高天保营长吩咐道："高营长，你去镇里通知秦佩琳，让秦校长送素涵到石犋牛村会合，他是当地人应该知道去往石犋牛村的路。你再骑留在镇上的快马尽快赶到车罗顶，带领隐蔽在那里的战士们黄昏之前务必到达石犋牛村外围，以接应掩护首长。"

"是，团长，保证完成任务！"高天保说完，转身飞也似的返回渡口。

于震邦看着高天保离去，随即让朴子和黑弹帮着老乡收拾渔具，大家一起往沟壑方向走去。

一行人踏着冰面快到沟壑入口，湖堤上来了十几个身穿黑色警服的警察，他们大老远喊着："你们是什么人，马上到渡口接受检查，否则格杀勿论。"

顿时大家紧张起来，朴子和黑弹各自掏出驳壳枪，打开大机头看着于团长等待命令。于震邦定眼一看，见湖堤上等待的警员个个荷枪实弹，像是有备而来，一场战斗在所难免。他告诉朴子和黑弹要求在最远处击毙敌人，拒敌越远，越有时间撤退。朴子执枪瞄了瞄对于震邦说："团长，这帮黑狗子距离稍远些，这短枪够不着，要是有支长枪就好了。"

黑弹也说距离远点，驳壳枪难打中。

邢山虎队长凑过来说他们带来两支长枪，说着让武工队员从装鱼的麻袋里取出两支长枪来，分别交给了朴子和黑弹。朴子接过枪，打开枪栓看了一下对黑弹说："嘿，汉阳造，这枪打得远，不过弹仓里只有三粒子弹，咱得省着点用。"

黑弹点了点头，会心一笑，顺势把枪瞄向了湖堤上的警察。

砰！砰！两声清脆的枪声响起，湖堤上两个警察应声倒地，其余的警察全趴在了地上，哪里还敢动。

"好枪法，好枪法呀。"

邢山虎和他的武工队员们齐声叫好。于震邦让朴子和黑弹继续在原地阻击，他挥手示意邢山虎带领其他武工队员往沟壑深处撤去。

过了好大一会儿，趴在湖堤上的警察认为对方已撤走没什么事了，一个警员刚想起身，枪声再次响起，那警员身中两枪被打翻在地动弹不得。其余的警员不敢久留，纷纷倒爬着后退，一直退到渡口，才爬起来哭爹叫娘地跑进了镇子里。

原来这些警员是张海生带领来的营丘县抗日大队的人。昨夜马尚岭县长收到省党部发来的机要电报，确定从沂蒙山区过来的共产党要员正月十六这天要入境高崖镇，要求营丘县署即刻派人缉拿，不得有误。马尚岭顾虑刘墨林懈怠，遂派张海生从县大队带上他的警员，五更起床及早赶至仙月湖码头，并督促刘墨林沿路口要道设卡，对过往行人予以盘查，图谋将共产党要员抓获。

张海生带着十几个警员在晨雾中走了三个多钟头才赶到仙月湖渡口，此时大雾散去，阳光下的湖面让人一目了然。远远望去，看见一群人正从冰上往湖边的沟壑里移动，他感到情况异常，即率领警员跑上湖堤去追赶，没料到受到阻击还死伤了三个弟兄。他和警员们狼狈不堪地逃回镇子里，急匆匆地要来找刘墨林。

张海生来到明楼，站岗的卫兵领他到了刘墨林住的房间，他见刘墨林还在呼呼大睡，满嘴的酒气熏人。卫兵拍了拍他的身子，也没唤醒，翻了个身又睡了过去。张海生心急火燎，用拳头使劲捶了一下床头，刘墨林迷瞪着醉眼，疲惫地喘着粗气来了一句"英雄立马起沙陀，鼓角灯前，前……"，说完倒头又睡。张海生无可奈何，只好走到院子里，他想召集刘墨林的部下去湖堤追击，兵营里的士兵昨夜都在元宵灯会上巡查布哨，折腾了一宿已是疲劳不堪，再说又无营长刘墨林的命令，谁还听从张海生的调遣，大多置之不理。这让张海生束手无策，只好蹲在门楼前的台基上抽起烟来。

时过中午，刘墨林才醒来，听说张海生前来找他，急忙洗漱换装来接见张海生。当张海生诉说清晨在湖堤上遇到阻击，判断共产党的要员就在其中时，刘墨林带上随从与张海生骑马来到渡口，他们登上湖堤，刘墨林用望远镜观看那条沟壑，观察了许久，突然仰天大笑起来。他这一笑让身旁的张海生丈二和尚摸不着头脑，便问刘墨林："刘营长，您笑个啥呀？"

"回去，咱到明楼说话。"

刘墨林与张海生返回明楼兵营，刘墨林吩咐部下笔墨伺候，他见案上的笔墨纸砚已备齐，拿起笔来写了一封信，交给张海生说："张大队长，您拿这封信回禀马县长如何？"

张海生接过信函读了起来：

马县长大鉴：

　　正应省党部电文谕示，今晨八点时分，从柳山方向过境一队人马，均作便衣装束，藏有枪械，疑是共党要员及护送本县境域，随从多达十四人，企图沿仙月湖冰面入我高崖镇。因见渡口戒备盘查，欲强行登岸发生交火，战斗一度激烈。幸有县抗日大队张海生队长携警员赶到，并登上湖堤作火力支援，英勇奋战将对方击溃。在乘胜追击时，有三名警员不幸中弹遇难，甚为可惜。目前这股共党队伍已沿湖区沟壑逃至临朐县境域。特此禀报。
刘墨林敬呈。

张海生读完刘墨林写给马尚岭县长的信函，满脸窘态，拱手说："墨林兄，你把责任推得干干净净，却甩锅给了临朐县，真是个高手，海生领教了。"

刘墨林拍了拍张海生的肩膀说："卑人这是不得已而为之，马县长还等着给省党部回电呢，共党要员流窜到临朐县是上方通盘考虑的大事，您得即刻返程，愚兄就不留贤弟做客明楼了，恕不奉陪。"

说罢，摆了摆手一副送客的样子。

张海生无奈，只好收起信函，让警员们抬着三具尸体回白塔镇去了。

石犋牛村坐落在沂山余脉上，村前有一水湾，远远望去，其地势很像一头耕牛伸着脖子在饮水。绕过水湾，从牛头斜坡上行至牛脖子处，便是进村的石头门，门墙下立着一块巨石，斑驳陆离的石面上雕刻有四个魏碑大字"石犋牛村"。进入村门沿牛脖子上行，踏着石头坡道走百余步方进入村内。村里的房子清一色的石头建筑，连房顶都是用石板铺成。村子对街巷布局按风水规范，南北为街，东西为巷，房屋院落依山随势，高低错落曲折有向，位置得天独厚。奇特的是村子中央有一座穿心楼，它建在通街石道上，台基下是石盖板涵洞,车马行人均可通过。此楼是全村最高建筑,楼顶上石垛耸立,登上去整个村落尽收眼底。

于震邦在邢山虎和武工队员们的带领下来到石犋牛村,绕过塘湾看见秦佩琳和素涵牵着马正朝他们挥手打招呼,村门两边站岗的民兵也举起手中的梭镖喊着:"邢队长,你们回来了。"

于震邦问邢山虎,石犋牛村有几个村口能进到村子里。邢队长告诉说,进石犋牛村只有两个门,牛头是大门,能进车辆,牛尾是小门,只能走行人。于震邦看着这易守难攻的地势,心里不得不佩服这位首长选择的过境路线。

朴子和黑弹赶了过来,告诉于团长那些警察已经退回了高崖镇,没敢追上来。听到这个消息大家一阵高兴,说说笑笑进了村子。一行人走过了穿心楼台基下的涵洞,拐过一道巷子,来到一处僻静的院落。房东大娘出门迎接,邢队长问大娘首长睡醒了没有,大娘说首长早就起床了,吃了碗面条正在后院林子里打拳呢。于震邦觉得不必打扰,就让大伙在院子里等候。过了一会儿,两个民兵陪着一位长者从后院走了过来,只见这位长者五旬上下的年纪,瘦削的脸膛已是两鬓斑白,淡淡的眉毛下一双睿智的眼睛却炯炯有神。他健步走在前头,显得神采奕奕。当他见到迎上去的于震邦时,先是迟疑了一下,才脱口喊道:"肖健,是你呀!啥时候改成于震邦了?"

于震邦先是一愣,才认出这位首长就是六年前他在陕北瓦窑堡学习军事时给学员们讲课的教官史秦老师。那时史秦教官刚从苏联回延安不久,他主讲的《军事运筹学》理论结合实际,用自己亲身参战的战例分条析理,讲得深入浅出、头头是道,学员们受益匪浅。于震邦见到自己的老师喜出望外,立正行军礼说:"报告史教官,我从陕北回到渤海纵队,因在敌工部工作,改名于震邦,现任新一团团长,按照纵队命令前来接应,请指示。"

史秦回了个军礼说:"我临时更改行动路线,避开高崖镇来到石犋牛村,是不是给你们添麻烦了?"

"不,史教官,您改得对,高崖镇情况复杂,而且您的行踪已被国民党山东党部所掌握,营丘县长马尚岭已下令封锁沿途要道,这里隶属临朐县境域,相对安全些。"于震邦抹了一把脸上的汗回答。

"哈,鬼谷子绝学,敌变我变,敌不变我还要变。我想的是国民党会把我入境营丘的事透露给日本人,借刀杀人的伎俩蒋总统经常用。"

史秦说着又抬头往穿心楼方向看了看问邢山虎:"邢队长,房东说登上这穿心楼顶,能看到周边全貌,能上去吗?"

"报告首长，能上去。我给您带路。"

"走，我们上去看看。"

史秦在邢山虎和于震邦的陪同下来到穿心楼上，从楼顶俯瞰四野，山丘平畴尽收眼底。史秦从警卫员手里接过望远镜，观察远处一处山峦，边看边对于震邦说："于团长，东北方向那座山头距离这里不足十五里，应该是营丘县境内的车罗顶，从这里过去沿着丘陵丛林穿行，极好隐蔽，一个时辰便能到达。"

于震邦拿出随身携带的地图，目视东北方向的所标地貌，确定位置后回答说："是的史教官，车罗顶距离石锒牛村七公里半，两小时可以到达，我团二营营长高天保已率小分队前来接应，估计太阳落山前即可到石锒牛村外围。"

史秦仰目看着天色，天上层层积云弥漫，太阳有些暗淡。突然他感到一阵眩晕，背部的疼痛让他靠在了石垛上。于震邦见状疾步过去把史秦扶住，着急地问道："老师，您没事吧？"

"唉，无大碍，还是以前的枪伤惹的祸，离开沂蒙山区后五天没打针，药还在警卫员挎包里，一会儿下去让医护打上一针就止痛了。"

于震邦和邢山虎把史秦搀扶下穿心楼，喊刘素涵过来诊断。史秦被护送到住处，他让警卫员把挎包里的针药交给刘素涵准备打针。素涵让史秦躺在房东的炕上，先用听诊器贴在史秦的胸膛检查了一下心肺功能，感觉一切正常，便放下心来，当素涵移开听诊器时，却发现首长的胸部有一块鸡蛋大小的红色胎记。这时，警卫员把史秦首长要用到的针药递了过来，素涵接过药瓶看了一下说："首长，这是止疼药，注射一针只是缓解，注意休息很重要。"

看着史秦点头，便在他臀部推上一针。

史秦眯了会儿，似乎疼痛减轻了许多，他看着素涵问道："刘医师，你讲话略带济南口音，你是哪里人？"

"报告首长，我十四岁跟随父亲在济南生活，读完中学后又在齐鲁大学医学院读书五年，不知不觉夹杂些济南话，其实我是营丘县生人。"

"你籍上是营丘哪个乡里的？"

"我家是营丘城北懒边园的。"

当听到素涵说自己家是懒边园时，史秦的身躯陡然一震，脸上掠过一丝讶然之色，但瞬间又平静下来。他盯了素涵一眼便转移了话题："那年我在上海被黑帮暗算，后背上中了六枪，算我命大，阎王爷没收留我，但从此落下病根，每到阴天下雨之前后背就疼。嗨，我这后背是最准确的天气预报。"

秦佩琳校长要回高崖镇，于震邦陪他过来与史秦告别，打断了史秦与素涵的交谈。史秦问及高崖镇的情况，当秦佩琳告诉史秦说驻镇的刘墨林政治倾向上已接受共产党时，史秦对秦佩琳的工作十分赞许，告诉他对刘墨林的工作要抓紧进行，争取让这支武装早日归顺到革命队伍中来。

这时邢山虎队长走了进来，说在村口站岗的民兵来报告，高营长带领的小分队已在村口待命。于震邦让邢山虎准备一副担架，又让素涵帮助史秦首长准备一下行军行李，自己送秦佩琳走出院外，又嘱托秦佩琳回到高崖镇后，准备协助实施掩护史秦首长过境营丘县的行动方案。

于震邦率领队伍在半暮夕阳下，穿行在去车罗顶的路上。落日渐渐被乌云遮住，天色阴暗下来，偶尔还飘下几滴雨水。队伍走到平缓地带，史秦几次要求从担架上下来与队伍一起步行，均被素涵阻止。于震邦走到担架旁边劝说："史教官，部队行动我听您的，你的身体要听医师刘素涵的。"

史秦不再说什么，闭上眼睛似乎睡着了。

素涵给史秦裹了裹被子，她望着这位首长，怎么越看越像她的父亲，更像她三叔，尽管他说话是用标准的国语，但语气底音里总是带有家乡的地方声调。曾听父亲说她有个了不起的二叔，多年联系不上了，难道是他？素涵疑惑地摇了摇头。

天完全黑了下来，小雨淅淅沥沥地散落着，把天地迷漾成一片。于震邦命令点起火把，他告诉高天保营长，由于下起了雨，中途就不休息了，再坚持半个小时就能到达车罗顶脚下。高营长高举着火把跑到前边带路，队伍又快速行进起来。

史秦在担架上听到了素涵的喘息声，他心里明白眼前这位姑娘就是他大哥刘锦戎的女儿，自己的亲侄女，但目前的情况他们还不能相认。他隐约地察觉到她与于震邦已经不是一般的关系，由衷地为这一对年轻人结为连理感到高兴。他欠了欠身子对旁边的素涵说："刘医师，这样的行进速度你吃得消吗？"

"没事首长，我还行。"

"我哼一支叫《小路》的苏联歌曲给你听。"

"好呀首长，您轻轻地唱吧。"素涵愉快地应许着。

史秦清了一下嗓子，哼唱起来：

> 一条小路曲曲弯弯细又长，
> 一直通向迷雾的远方；
> 我要沿着这条细长的小路，
> 跟着我的爱人上战场。
> 我要沿着这条细长的小路，
> 跟着我的爱人上战场。
> ……

素涵在齐鲁大学上学时，曾在文学院的读书会上学唱过这首歌，她不知不觉地跟着史秦首长唱了起来，随着情感的融入，二人的声音越唱越高，变成了高歌吟唱：

> 我要变成一只伶俐的小鸟，
> 立刻飞到爱人身旁。
> 战斗还在残酷地进行，
> 我要勇敢地为他包扎伤口，
> 从那炮火中救他出来。
> 一条小路曲曲弯弯细又长，
> 我的小路伸向远方。
> 请你带领我吧我的小路啊，
> 跟着爱人到遥远的边疆。
> 请你带领我吧我的小路啊，
> 跟着爱人到遥远的边疆，
> 跟着爱人到遥远的边疆。

史秦和素涵的歌声激昂豪迈，在山林中回荡，战士们被歌声激发起了昂扬斗志，大家相互鼓励，忘记了疲惫，不顾湿滑的山坡，奋力向车罗顶爬去。

夜幕下的车罗顶上依然是细雨霏霏，留守的两位战士在崮峰上看到了行进中的火把，二人跑下半山腰来见团长和高营长，并告诉战士们，说山顶道庙里的牛道姑和张道士已把庙堂收拾干净，正在煮面旗让大家吃，战士们听说有热饭更来了精神，呼喊着："到丘爷庙里吃面旗去。"

队伍群情振奋一鼓作气登上了车罗顶崮峰。

第三十六章 穿插

　　车罗顶是营丘县境内的最高山,其山势独特,岗面平展开阔,四延坦荡,峰巅壁峭如削。它南依沂蒙山脉,东濒白狼河流,且有密林掩蔽,是一处易守难攻的天然屏障。上古时期,尧帝的儿子丹朱因治理狼河流域有功,被封侯于距此山东南二十里处的朱虚。时年共工与三苗联合造反,朱丹率兵马西征,临行之日,他登山顶擂鼓祭祀,祷告天地。营丘百姓见朱丹的战车上披着黄罗锦帐,从此有了"车罗顶"的山名。

　　车罗顶上建有丘爷庙,供奉的是全真教教主丘处机。光绪末年丘爷庙曾一度红火,原因是到这里来求子很灵验。四方邻里有婚后不育的妇女都来山上焚香守夜,以求丘神仙恩赐生下子女。来山上求子的妇女有守夜一宿的,也有守两宿或三宿的,凡守夜日期长的,不足半年准会受孕。此事一传十,十传百,一时来山上守夜求子的妇女甚多,丘爷庙的香火日渐兴旺。

　　车罗顶山下有个村子叫孟家峪,村里孟员外老伴过世,年近五旬还没有子嗣,托人说媒,以一百块现大洋的聘礼娶了乔官街上屠户牛老敦的女儿为继室,这孟牛氏与他婚后三年也未见身孕,听人传说便将妻子送到车罗顶丘爷庙里来焚香守夜。次日孟员外到山上接妻子,他见妻子满脸红晕,一副轻佻的举动,便问起昨晚守夜的情形,那孟牛氏含羞答道:"昨夜焚香有道童来服侍,俺闻着香跟着道长念经时睡着了,梦见丘神仙下凡来传授男女房事。"

　　孟员外听后很是诧异,又问道:"梦里的神仙长得啥样,咋教的男女房事?"

　　"那神仙风度翩翩,生得眉清目秀,把俺弄得浑身舒服,好生快活。等到了夜里,俺教你那些房事巧妙。"

当天夜里，孟牛氏按着在丘爷庙里与丘神仙交欢的动作与孟员外同房，孟员外已过五旬，比续妻孟牛氏大出一半的年纪，哪能经起这番折腾，半套动作未完已是气喘吁吁，瘫软在床上动弹不得。孟牛氏得不到满足，第二天一早便骑上毛驴去了车罗顶，又到丘爷庙求子守夜了。

孟员外寻思了半天，慢慢梳理出丘爷庙里焚香守夜的玄机，他愤气填胸，当即请来捉刀书爷写出一纸诉状，告发丘爷庙里道士假借助人求子为名，诱骗良家妇女做出为人所不齿的龌龊之事。孟员外将诉状送到营丘县衙，知县老爷闻后大惊，亲自率领捕快连夜潜入车罗顶，果然发现丘爷庙里道士诱奸妇女，多行不轨。知县将丘爷庙里的道士一并缉拿归案，押回县衙大牢。经审讯，方知求子的妇女在守夜时，先由道童施迷魂香，在守夜妇女失去意识后，任其由道士们猥琐奸污。闻之详情，知县大怒，着将丘爷庙道长枭首示众，其余道士按罪恶轻重，分别被流放和遣散。所得庙产悉数充公，余留的庙院房舍均由孟员外打理维护。孟员外回家写了休书，遂将孟牛氏逐出家门，孟牛氏无脸再回乔官街娘家，便披上道袍去了车罗顶做起道姑来，孟员外心善，也逢五排十送些米粮接济。

孟家峪孟员外过世第二年，正逢辛亥革命风起云涌。一位姓张的革命志士来此避难，牛道姑在庙里正缺人手，就收留了他，这位张先生似乎看破红尘，又有牛道姑照应，索性蓄起发髻在车罗顶当起道士来。张道士识文断字，通些历法，又自学了堪舆风水，周边乡邻有婚丧嫁娶都来求他看日期定时辰。张道士还有一项独门绝技，就是熬制治疗跌打损伤的膏药，四方百姓有腰疼腿痛者，时有人来山上索求。自此，庙里有了施舍，香火也就渐渐兴旺起来。

昨夜的细雨涤净了群山，雨霁天晴让车罗顶在初升的太阳下显得格外清新。史秦早早起床，感觉背上的伤痛减轻了许多，他走出丘爷庙看见张道士正在门外空地上打拳，那舒展连贯的拳法静中藏动，史秦感觉到这是个太极高手，便在他身后一招一式地跟着练了起来。张道士知道有人在学他的拳法，他把拳式放缓，又不失节奏地按套路运拳，一套拳法如行云流水，让史秦大开眼界。待拳路打完，看到张道士收起拳式，史秦向前问候："张大师拳法出神入化，让我见识大长，受教，受教。"

张道士回过身来，见史秦略有气喘，便抱拳成礼，和言说："长官的拳法能跟上节奏已是游刃有余了，只是您背部似乎受过伤，腰背灵动不及，以致伸缩开合稍欠，吞吐含化不足，故而有点喘息。"

史秦见那张道士五旬年纪，头戴道冠，穿一件蓝灰色棉袍，面目慈祥，一缕长髯飘洒，仙风道气十足，也拱手施礼说："道长的太极拳出神入化，而且所言极是，我背上挨过六枪，每逢天气阴沉就隐隐作痛。"

张道士看了史秦一眼说："长官的背伤不碍事，本庙有专制跌打损伤的膏药，现在临近春分，正是治疗老伤的季节，我按祖方又添加了蜈蚣、地龙和五灵脂熬制，效果更佳，长官若信得过本道，请随我来。"

史秦治疗背上的枪伤心切，跟随着张道士来到他住的寝室，张道士帮着史秦脱下棉衣，仔细看了他背上的伤疤，抚摸着说："长官福大命大造化大，六处枪眼未及要害，历劫脱难必有后福。"

史秦笑了笑说："打跑了日本侵略者，把咱中国的老百姓从水深火热中拯救出来，过上好生活，就是我想要的福。"

张道士用酒给史秦擦拭了后背，又点上菜油灯把膏药化开，按着伤疤的位置逐一贴上。史秦穿上棉衣，站起来活动了一下身子，觉得背上伤处有清凉感，不多时隐痛全无，连夸着膏药神奇。正想在问张道士些话，寝室外传来牛道姑的喊声："张道兄，有人一大早来敬香了，你得去道堂一趟。"

张道士对史秦说："长官您在这里休憩，我得去道堂应酬一下香客。"说罢走出来寝室。

史秦随后走到院里，见于震邦正站在院等候，便说："于团长，我们去崮岭看看。"

二人走到庙门处，听张道士在与前来敬香的香客说话："施主怎么一大早就上山了，从何处来呀？"

"哎呀张道长，俄是天不亮摸黑来的。不知咋了，从昨天过晌日伪军在乔官街口设岗，盘查过往行人，凶得很不说，那些伪军还索要钱财，真不像话。"

"啊，施主平安就好，但不知施主所愿，敬的是哪路香火？"张道士询问。

"俄给俄家二闺女招了个倒插门女婿，想出了正月办婚事，来求个良辰吉日。"

"好说，好说。你先去给丘神仙敬香，本道这就摇个卦签。"

史秦和于震邦听着庙堂里传来的对话，走出了庙门。

二人来到崮岭上，于震邦看着朝霞里冉冉升起的太阳，对史秦说："老师，不出您所料，日伪军知道了您过境营丘县的消息，现在沿路设卡盘查，估计会给我们的穿插行动造成一定麻烦。我想了个应变方案，不知是否可行？"

史秦指着崮峰下的乔官镇方向说："你是说先攻击一下乔官镇，掩护我沿狼水河滩穿过胶济铁路线？"

"是的老师，今天上午秦佩琳校长会扮成您的模样经过乔官镇去县城，以麻痹敌人，我于黄昏率小分队去袭击防守较弱的乔官镇，以吸引营丘县城的鬼子来增援。日军兵力有限，各个路口设卡的地方没有了日本士兵，在我分队面前等同虚设。待天黑时，让高营长带上十名战士陪您下山过胶济铁路，直到懒边园墓地与三营的分队会合，我随后跟上，您看如何？"

听着于震邦说完，史秦沉思了片刻即说："你袭击乔官据点要稳、准、狠，只有打疼它，日伪军才会支援。待你们得手后，要往西南方向的大鼓山撤退，给对方造成他们是受到了国民党马尚岭部攻击的假象。希望你们于明日凌晨赶到懒边园墓地会合。"

看着于震邦点头赞许，史秦的表情突然严肃起来，他与于震邦走到崮崖边上，神情凝重地说："不过让高崖镇那个秦校长做我替身，无疑是将自己的同志送入虎口，这丢车保帅的棋不是一盘好棋。"

于震邦解释道："这是渤海纵队之前决定的，老师您放心，秦佩琳实名、实姓、实职，再说他与营丘伪县长郭子敬熟悉，应该不会有大问题。"

史秦摇了摇头说："你们轻看了敌人的凶残，事已至此，秦校长的安危只能听天由命了。"

乔官镇南门口驶来了一辆马车，赶车的人是个英俊小伙子，身穿一件新做的青布棉袄，手摇着马鞭，吆喝着让拉车的两匹马停下来。车上坐着一位五旬上下年纪的人，这人头戴绅士礼帽，脸上架着一副墨镜，留着剪短了的胡须，披着一件黑呢子大衣，道貌岸然，像个做官的。陪他坐在马车上的还有个年轻人，也是穿着一件新做的青布棉袄，长的样子与赶车人几乎是一模一样，他抱着一篮子鸭蛋，生怕马车颠簸，把鸭蛋碰破，紧紧地将盛满鸭蛋的篮子偎傍在怀里。当马车停稳当，车上的年轻人把那篮子鸭蛋小心翼翼地靠放在车的帮板上，随即跳下车来，跑到马的前面牵住笼头上的缰绳，移步朝着镇门走去。

营丘县保安大队长阎子平可是忙坏了，他得到日本驻军八木成仁少佐的命令，率领他的保安队四处设卡布哨。乔官镇是通往营丘县城的门户，这里北距县城不足十里地，位置十分重要。随着日本侵略的战线拉长，驻扎在营丘县城的日本军人多半去支援前线，八木少佐所管辖的士兵只有一个分队。这次按照本田大佐的指令，务必要把途径营丘境内的共产党要员抓获。八木少佐特地派了一组十人的高丽籍士兵由日本兵俊冈进二率领，跟随阎子平来乔官镇协助布防。

一大早，阎子平陪着俊冈伍长来到乔官镇南门对布岗进行检查，看到两名高丽籍士兵端着上了刺刀的步枪在大门两边站立，几个保安队员正在对过路的百姓搜身识别，他得意地看着贴在门墙上的悬赏抓捕共产党要员的布告，对俊冈伍长比画着说："留着短胡须的，瘦高个子的，五十岁年纪的，共产党的长官史秦的有。"

俊冈伍长蔑视了他一眼，朝着镇门岗哨指了指，意思是让阎子平亲自盘查过路的行人。

阎子平大呼小叫地来到镇门处，对过路的老百姓搜身盘查，折腾了大半天也没有发现与布告上有相同特征的人。已过响午，阎子平肚子开始咕咕直叫，饿得前胸贴后背，浑身冒出虚汗，再也无力咋呼，便佝偻着腰来到俊冈伍长跟前说："俊冈太君，我请您米西米西的有。"

俊冈却骂道："八格，米西的粗野人的叫法，吃饭的要说榻白马斯。"

"噢，噢，榻白马斯，吃饭的有。"

阎子平要约日本兵俊冈伍长去吃饭，听见镇门口一个保安队员喊着："阎队长，有情况，你快过来看看。"

阎子平有气无力地走到镇门口，看见一辆马车驶了进来，前面牵马的穿着一件新做的青布棉袄，与坐在后面赶车的人穿得一模一样，而且二人的面孔也相差无几，心想这算啥情况，又不是共产党的官员，等再往车上瞅时，顿时情绪亢奋，嘿，踏破铁鞋无觅处，得来全不费工夫，该着老子要升官发财，这位坐在马车上的人，越看越像要抓捕的共产党要员。阎子平大喜过望，转身对日本兵俊冈伍长说："共产党的，八路的军官，马车上的有，你的把他看住，我要回县城向八木少佐报告。"

他见俊冈带领士兵把马车围住，知道共产党史秦这条大鱼已落网，自己带着两名保安队员，骑上脚踏车发疯似地往县城驶去。

阎子平急火火骑着脚踏车来到驻扎在营丘火车站的日军兵营，当他来到站岗的日本士兵面前时，一头栽在地上干张着嘴巴说不出话来。哨兵见状慌忙向八木少佐报告。八木来到兵营门口，见阎子平横躺在地上，喘着粗气张口结舌吐字不清，即问跟随来的两个保安队员是怎么回事，两个保安队员摇头晃脑说不出个所以然来。八木指挥士兵把阎子平抬到营房里，喊来军医来检查，日本军医在他身上翻来覆去也没有诊断出个结果，认为与疲劳和饥饿有关，便捏住阎子平的嘴巴给他灌了一碗白糖水。过了一会儿，阎子平苏醒过来，朝着八木"嗯嗯"了两声，八木着急地问道："阎大队长，是什么情况？"

"报，报告太君，抓，抓到了。"阎子平双手做了个掐拿动作回答。

八木听得不耐烦，骂道："八格，你的告诉我，抓到了什么？"

"噢，噢，是共产党的那个大官被俺保安队抓到了。"

八木听说过境的共产党要员被抓到了，有点不相信自己的耳朵，又问阎子平："什么时间，在什么地方抓到的？"

"报告太君，是今天中午在乔官镇南门口抓到的，现在已被俊冈伍长看押。"

"吆西，功劳大大的，你的休息，我的要给本田大佐报告。"

八木少佐来到作训室，抓起电话向青岛驻军的本田大佐通报了抓获共产党要员史秦的消息。

本田大佐闻听共产党要员在乔官镇落网，大喜过望，当即指示八木少佐，让他即刻去乔官镇把史秦押解回营丘县城，自己将尽快乘火车赶至营丘火车站，要会一会这位共产党的高官。

在乔官镇南门，俊冈伍长吩咐士兵把马车控制住，让守门的伪军继续对过往行人进行盘查，驻军带着两名高丽籍士兵押着马车和三名嫌疑人来到乔官镇据点。赶车的小伙子无论怎么分辩，俊冈也不理睬，直至把他三人关进位于据点中央的碉堡楼里。

俊冈安置妥当，觉得肚子好饿，他招呼着那两个高丽籍士兵来到伙房里找吃的。据点伙房里的伙夫正在切菜准备晚饭，看见三个日本兵进来要吃的，便比画着说："晚饭的等一等，过一会儿给太君炖鸡吃。"

跟着俊冈伍长进来的一个高丽籍士兵，走向前去朝着伙夫就是一巴掌，用半通不通的汉话骂道："混蛋支那，皇军的饿了，马上的开饭。"

那伙夫脸上挨了一巴掌，气愤不过，拿起菜刀就想拼命，见对方已举枪逼住了他的胸膛，知道反抗起不了作用，索性把菜刀往菜案上一扔，说了句"老子不干了"，跑出伙房找司务长评理去了。

俊冈见伙夫跑了，这咋还能吃饭，便埋怨起高丽籍士兵鲁莽来。那打人的士兵垂下脑袋立正站着不敢说话，另一名高丽籍士兵像发现了什么喊叫着："活鸡的有，米西，米西。"

他用手指着地上被捆绑住腿的活公鸡,喊着"米西米西"去抓鸡,只见他抓起一只公鸡,不顾公鸡扑棱着翅膀,一把一把薅起鸡毛来。一会儿工夫,他把公鸡身上的羽毛全部拔干净,找了瓶酱油倒进碗里,用刺刀剥开鸡皮,片着活鸡肉蘸着酱油放进嘴里,边咀嚼边说:"好吃,马西塞药。"

俊冈馋得直流口水,他一把夺过高丽籍士兵手里的鸡,索性将整只鸡蘸上酱油,撕咬着大吃起来。

据点里的司务长怕得罪日本人,拿着两瓶酒领着被打的伙夫来找俊冈赔礼道歉,他俩一进伙房,看见三人在生吞活鸡,恶心得差点没吐出来,俊冈见有人进来,嘴里嚷嚷着:"你的手里酒的有?"

"噢,是酒,是酒。"

伪军司务长答应着把两瓶酒递了过来,俊冈接过一瓶酒,用牙齿撬开瓶盖,对着嘴巴咕咚咕咚喝了几大口,"吆西吆西"地叫着把酒瓶递给了高丽籍士兵。三个人把伙房准备炖鸡汤的五只活鸡全部剥皮吃掉,两瓶酒也喝了个一干二净,腆着肚子醉醺醺地朝着碉堡楼走去。

俊冈被两个高丽籍士兵搀扶着刚到碉堡楼台基上,一阵枪声伴随着喊杀声传来,俊冈吃惊地顺着声音望去,只见据点大门处几个保安队员跌跌撞撞地跑了进来,呼喊着:"抗日的队伍杀进来了。"

话音未落,据点门口响起来机枪声,几个跑进院内的保安队员顷刻被打倒在地。俊冈身边的两名高丽籍士兵正欲举枪还击,砰砰两发子弹像长了眼睛似的击中了他俩的脑壳。二人像死猪一样滚下台基。俊冈见势不妙,一个驴打滚翻进碉堡,声嘶力竭地叫着:"机枪的有,机枪的有。"

碉堡里的日伪军开始从射击孔里朝外开枪抵抗。

俊冈连蹦带跳蹿到碉堡楼顶层,指挥着机枪手朝外射击,刚打完一梭子子弹还没来得及更换弹匣,一颗子弹沿着射窗飞了进来,正中机枪手的面门,机枪手仰面摔倒在地上。俊冈勃然大怒,吼叫着捡起机枪发疯似的扫射,正当他换弹匣的一刹那,又一颗子弹擦着他的脸颊飞过,左耳朵被撕去一块肉,鲜血顺着腮帮子流了下来,俊冈跌坐在已经死去的机枪手身边,他摸了一把脸上的血,这才明白,对方至少有两挺机枪对射,而且他的狙击手更可怕。一时间他绝望了,突然间碉堡外面枪声大作,过了一会儿又稀疏下来,俊冈小心翼翼地从射窗口朝外观看,只见八木少佐的车队驶进了据点院子。俊冈喜出望外,连滚带爬下来楼梯,跑出碉堡来见八木少佐。

八木少佐见他满脸是血,着急地问道:"抓获的共产党官员在哪里?"

俊冈一个立正打了个军礼，回答说："报告少佐，三个人都关在碉堡里。"

"吆西，是什么人来攻击乔官镇？"八木少佐又问。

"报告少佐，我的不清楚，他们机枪的有，狙击手的有，枪法大大的厉害。"

俊冈刚说完，从据点的大门处和二侧的屋顶上又射来密集的子弹，一名日本士兵躲闪不及当即毙命。八木少佐指挥士兵全部退到碉堡，在各层射窗架起机枪，玩命地射击。

天完全黑了下来，除了枪口发出的火光，已经看不见任何目标，双方依然对峙着。

本田大佐率领他的卫队从青岛乘火车抵达营丘火车站时，已是晚上十点钟。他来到军营见八木少佐还没有回来，知道八木在乔官镇可能遇到了麻烦，急令报务员用电台联系八木少佐，询问出现了什么情况。

八木回电告知，在乔官遇到一支正规武装袭击，已造成多名士兵伤亡。因夜里看不清楚目标，暂时还不能确定这是一支什么样的部队。被抓获的共产党要员已安全控制在碉堡内，计划明早天亮时押解回营丘县城。

本田大佐来到八木少佐的作训室，看着墙上的军事地图顿然所悟，判定攻击乔官镇的武装人员系驻守高崖镇的刘墨林独立营所为。因为除了这支武装，临近地区没有一支有能力攻击乔官据点的军事组织，极可能是国民党对共产党要员史秦落网实施抢劫的一次行动。本田冷笑一声，自言自语讥诮道："马尚岭虎口夺食的有，这个不自量力的家伙。"

本田又在地图上看了一下高崖镇的位置，着实让他倒吸一口凉气。高崖镇背靠仙月湖，是保护白塔镇的天然屏障。它进可攻击鄌郚、乔官二镇，威胁营丘县城和胶济铁路，退可进湖隐蔽在白狼山脉，战略位置十分重要。无怪乎刘墨林在这里镇守，此人花招大大的。

本田俊二的目光沿着地图往上移视，北面的黄旗堡位置十分抢眼，它揽营丘与寿光二县要道，扼潍北与胶东两地往来，位置亦十分突出，毋庸置疑在这里设定据点势在必行。这位曾是日本帝国大学毕业的高才生，摸了一下自己的秃头脑袋考虑到，南击高崖镇面对的是国民党的武装，北占黄旗堡面对的是共产党的武装，依据潍北地区日本军队的数量，两线作战皆不可能。唯一办法是先放弃在黄旗堡建立据点的计划，应该集中兵力迅速消灭刘墨林的独立营，及早占领高崖镇，当属上上之策。

　　本田在作训室来回踱步，他突然意识到明早八木的车队回营丘途中，会遭到刘墨林部设伏劫夺。他叫来报务员给八木少佐发报，要求他延误到明日午后三时押解史秦归队，并通知在营丘交通要道上设哨卡的所有人员撤回，明日上午悉数在乔官至营丘沿线布控，以便接应八木少佐押解共产党要员史秦安全回到县城。

第三十七章 真相

高天保营长与医师刘素涵带领十名战士掩护史秦首长到达懒边园墓地时，天刚刚放亮。一夜的穿插行军大家都有些疲惫了，当见到三营营长李子滨和他的小分队已在墓地等候他们时，高兴地跳了起来。战友们相逢的喜悦溢于言表，相互拥抱着，问候着，一颗悬着的心终于放松下来。二营营长高天保把三营长李子滨介绍给史秦首长，史秦问道："你们从苇子镇到懒边园墓地需要多长时间？"

李营长给史秦行了个军礼回答道："报告首长，按照于团长指示，我率三营小分队三十六人于昨夜十点到达这里，从苇子镇到懒边园大约九十里地，急行军需要十二小时。按照这次接应您的计划，一营营长崔海航已在中途青丘庙村待命。"

"噢，青丘庙有村无庙，村西北有块成片的槐树林子，又叫槐树坡，是去清水泊的必经之地，也是很好的隐蔽地点，明天我们在槐树坡宿营吗？"

高天保和李子滨见史秦首长对潍北的地形方位相当熟悉，二人几乎同时回答："是首长，明天在青丘庙槐树坡宿营。"

史秦环顾墓地四周，望着弥漫在松柏坟头之间的晨雾，便对李子滨营长说："高营长和二营战士们刚到先休息一下，你去安排埋锅造饭，要多做些饭，于团长预计两个时辰后到达。"

"是首长，我这就去安排。"

看着李营长离去，史秦对高天保说："高营长你知道吗？这个时段埋锅造饭，晨雾与炊烟混淆在一起，很难让人发现这里有伏兵。当年我带先遣营也是在这里设伏，卯时埋锅造饭，辰时攻击了晋军设在尧沟的统帅部，晋军猝不及防，齐鲁大军拔晋旗立齐帜，摧枯拉朽，阎锡山的官兵失去指挥，兵败如山倒，屁滚尿流地退回晋中老巢。"

高天保这才明白，史秦首长在这里战斗过，怪不得他对潍北的地形了如指掌，部队有这样的首长统帅，何愁不打胜仗。

"高营长，我见你一路在抽烟，还有烟卷吗？"史秦问道。

"有，首长，有啊。是哈德门牌子的，都是从敌伪军那里缴获的。"

高天保回答着，从口袋里掏出一盒香烟，抽出一支递给史秦，取出火柴要划火，史秦却说："我要三支烟，都要点上火。"

高天保迟疑了一下，又从烟盒里抽出两支烟递给史秦说："首长累了，要连抽三支烟啊？"说着划起火来。

史秦拿着点燃的三支烟对高天保说："高营长，你歇着，我去祭拜一下先人，不要让人打扰。"

史秦似乎对这块墓地十分熟悉，他穿过几棵大柏树，径直来到一块墓碑处，他用手抚摸着刻有"显考妣刘公讳境宽暨夫人高氏之墓"的碑额，看着坟头上有新压的黄色纸笺，知道大哥锦戎和三弟锦什不久前来祭祀过，不禁潸然泪下。他把三支点燃的香烟插在祭台中央的石雕香炉里，然后垂手三鞠躬，又合手祷告："父母大人在上，锦武来看你们了。父亲啊，母亲早年过世，您始终未娶，带俺兄弟三人实属不易呀。孩儿不孝，戎马半生在外闯荡，整整十七年没来祭扫行孝。感恩父母在天之灵，慎终追远，保佑孩儿大难不死。而今锦武投身共产党的革命队伍，尽职尽责不忘祖训。时值日寇侵略，国难当头，儿子责无旁贷，要把日本侵略者逐出中国，让战乱永息，国泰民安。"

素涵陪伴史秦首长经过一夜的行军，凌晨来到懒边园墓地有了回家的感觉。她如释重负，眼皮像是被灌了铅似的，不由自主地下沉，当看见史秦首长正与高天保和李子滨两个营长在交谈，她便倚靠在坟头边的一棵柏树下慢慢地进入了梦乡。梦境里，她与于震邦乘一只小船行驶在狼水河里，两人各摇一支橹桨顺流而下，淌过懒边石桥，看到两岸桃花盛开，染红了两岸。小船迎着晨雾的温柔，坠入暮云的浪漫，在一片火红的晚霞中行至繁星万千的银河里，二人放弃船桨，紧紧拥抱在一起，任小船在五光十色的银河中漂流……

一阵滚雷响起惊醒了素涵的甜梦，她揉了揉惺忪的睡眼，顺着雷声方向望去，看见高天保营长躺在侧面的坟头上，张着大嘴巴鼾声响动，如雷声轰鸣震耳欲聋。素涵知道高营长累了，也不去惊动他，自己站起身来，向四周望去，几个战士正在熟睡，首长的担架放在一旁，独不见史秦首长，她四处寻找起来。

素涵来到墓地深处，闻到了一股香烟的味道。她嗅着烟味寻觅过去，看见立在爷爷和奶奶坟茔前面的石雕香炉里插了三支香烟已快燃尽，袅袅的烟云缭绕着散开。素涵好奇地走了过来，听见坟头后面似乎有人在喘息，素涵悄声息语转到坟后，眼前的一幕让她愣住了，只见史秦首长佝偻着身子，用双手挖着周边的土，一把一把往坟上添土呢。

"首长，您咋在这里？背部还疼吗？"素涵关切地询问。

史秦见是素涵过来，起身拍了拍沾在手上的土屑，伸了个懒腰说："是素涵啊，昨晚行军累了吧。我呀睡不着觉，到这里来溜达溜达。"

"首长，您知道吗？这是我爷爷和奶奶的坟墓。"

"噢，这么巧。我正想找你，一会儿于团长到这里会合，我随小分队去渤海湾，再从那里乘船过渡到胶东的昆嵛山。延安总部决定，山东军区要尽快组建，根据抗战形势需要，部队编制也要调整。一大堆事等着我过去处理呢，时不我待呀。"

史秦把眼镜摘下来，用衣服擦了擦镜片上的雾水，又戴在眼睛上，他瞅着素涵说："于震邦在延安学习时我教过他，这人有勇有谋，也有情有义，是个好小伙子，你的眼力不错。我们走后你还要继续留在营丘县潜伏，千万不要暴露身份。"

"是首长，我明白。"素涵回答着。

"还有，帮着你三叔在营丘县城建个医院很有必要，日后可作为我党活动的一个联络地点。山东军区建立后也要筹建一个医院，你有建院的经验，到时候就有用武之地了。"

史秦看着素涵点头默许，他从腰间掏出一把带皮套的小手枪，交给素涵说："这是一把比利时生产的勃朗宁牌手枪，国人又叫它马牌撸子，弹匣里有七发子弹，皮套上插着五发子弹，送给你防身用，也算是个见面礼吧。"

"首长，您留着防身吧，我咋能收首长的东西。"

"素涵，听话，你把手枪收起来。记住，敌后工作处处危险，为了革命成功，一定要注意安全。"

"是，首长。"

素涵接过手枪，望着史秦那慈祥的目光，感觉到这不是上下级的领导与部下对话，而是至亲长辈对小辈的关怀和体贴。于是素涵叮嘱史秦说："您背上的旧伤还疼吧，其实止痛针打多了也不好。"

"嘿，车罗顶上张道士的膏药还真灵，贴上后就一点也不痛了，他给我备了几贴，听张道士说半月换贴，三次痊愈呢。"

这时三营长李子滨找了过来，他行军礼报告："首长，警戒的战士发现从西南方向来了一支队伍，像是于团长他们。"

"噢，来得好快，早饭准备好了吗？"

"报告首长，早饭准备完毕，吃的是烩大饼加咸菜，条件艰苦点，等明日赶到青丘庙请首长吃馆子。"

"嗨！能吃上烩饼就不错了，比延安的小米南瓜汤强多了。走，我们去迎接于团长。"

史秦和李子滨来到墓地边缘，看见于震邦带领二十多名战士风尘仆仆地赶了过来，史秦迎上去对于震邦说："你们提前两个小时抵达会合点，兵贵神速，同志们辛苦了。"

于震邦见到史秦，行军礼答道："报告老师，昨夜按计划攻击乔官镇，吸引营丘县城的鬼子去增援，战斗一度激烈。至晚上九点半，我部从乔官镇南门撤出战斗，撤出时将抓获的几名伪军俘虏放掉，战士们声张要返回高崖镇以便给敌人造成假象。因敌人将沿路哨卡全部撤掉，力保乔官镇不失，我们回撤时没有遇到任何麻烦，所以我决定不去大鼓山，在出乔官镇南门一公里后直接折返营丘县城西北方向，从狼水河铁路大桥下面的结冰河滩穿过，顺利到达这里，小分队无一伤亡。"

"好的，随机应变。战场上不是遵循规则，而是应该突破规则，这才是真正的制胜之道。"史秦赞许地表扬于团长指挥有方。

李子滨营长朝跟随于团长参加战斗的二营战士们招呼道："你们辛苦了，我营分队为大家准备好早餐，一夜的战斗行军都饿了吧，快进墓地吃饭。"

"谢谢李营长。"大家呼应着进入了懒边园墓地。

史秦、于震邦、高天保、李子滨在墓地的松柏树林里，边吃饭边商量着入境寿光的行动计划。史秦对于震邦说："于团长，按原计划我先到苇子镇休整几天，再乘船入渤海湾，从海上去胶东的昆嵛山根据地，前后需要七天时间。延安总部要求尽快到达，如果从清水泊乘船经羊角沟入海，在牟平登岸进昆嵛山，三天即可到达，但不知道清水泊目前的情况怎样？"

于震邦介绍说："自从日本人占领寿光县羊角沟镇，时常封海禁捕，对镇上大小晒盐场进行控制，清水泊又断了跑镖的生计，一百多号人马生存日益危艰，春节前为生意曾与羊角沟镇伪稽查队发生过械斗，现在只是靠吃老本度日。"

史秦认为应该把这支队伍及早争取过来，结为统一战线的抗日力量，便对于震邦说:"这次路经青丘庙村,你陪我去清水泊,拜见一下查枭雄寨主,以便把这支队伍及早争取过来。"

于震邦点头称是,却问道:"老师,您认识清水泊的寨主查枭雄吗?"

"当然,当年驱逐晋军入鲁,他当时任青州满营守备,与我部互有支援,而且与我长兄更是交情甚笃,我见他无妨。"

看到于震邦惊诧的眼神,史秦淡然一笑,随即转换了话题:"这次秦佩琳校长不顾个人安危自投虎穴,舍生忘死掩护我过境营丘县,勇气可嘉。估计今日被押解营丘县城,随即真相大白,日本人会恼羞成怒,他们很可能调兵遣将进犯高崖镇。寿光的日伪军要去增援营丘,区内无兵可留,让我们这次穿越寿光县域如入无人之境。"

史秦看了一下高天保和李子滨二位营长又说:"也就是说我们完全可以白天行军。我想分成前后两队穿越寿光县域,我随李营长和三营小分队马上出发,于团长和高营长并二营小分队在此休息半日,再随后跟进,力争次日凌晨全部赶到青丘庙村北的槐树林。"

看着于团长和两位营长点头同意,史秦把刚吃完烩饼的碗筷放在身边的祭台上,对于震邦说:"你去喊一下刘医师,让她过来一下。"

于震邦刚起身,见素涵正走了过来,于是说:"素涵,首长找你呢。"

史秦见素涵已走到跟前,便说:"刘医师,我和李营长先动身,你的任务完成了,感谢这一路你对我的照顾,让我的身体得到了恢复。一会儿让于团长送你回家,记住我说的话,敌后工作要谨慎细致,注意安全有备无患。"

"是首长,我记住了,您一定要保重身体。"素涵回答着。

随着李子滨营长的一声号令,三营小分队集合完毕。于震邦来到史秦面前说:"老师由于夜间行军不方便,我们从部队带来的几匹马分别留在了石犋牛村和车罗顶了,您只能在担架上行军了。您上担架吧,一路顺风。"

史秦一摆手说:"我与战士们一起步行,等走累了再躺在担架上。"

在于震邦、高天保、刘素涵及二营小分队的目送下,史秦与李子滨带领三营小分队走出了懒边园墓地。

八木少佐把高崖镇小学校长秦佩琳和赶马车的秦宪文、秦宪武两兄弟当作过境的共产党要员,押解到了营丘火车站内的日本兵营里,随即到作训室去见本田大佐,详细说了昨夜攻击乔官镇的是驻守高崖镇的刘墨林部所为,而且这支部队战术素养极高,并配有可怕的狙击手。

第三十七章 真相

本田大佐听了八木少佐的讲述，点了点头，吩咐八木少佐要对抓获的这位共产党要员给予大大的优待，先送些饼干和咖啡过去。今晚安排在六合祥饭庄，他要宴请这位叫史秦的共产党高官。

天色刚黑下来，日本兵营里亮起了电灯。八木少佐安排秦佩琳和秦宪文、秦宪武分乘挎斗摩托车，由他亲自押送至营丘县城六合祥饭庄。秦宪武坐在飞驰中的摩托车上，看着火车站站台上贼亮的路灯一闪闪往后掠过，感到头晕目眩，胸口一阵恶心，终于控制不住，一张大嘴把吃进肚子里的咖啡和饼干哇哇地吐了出来，秦宪武吐出的污物飞溅在后面驾驶摩托车的日本士兵脸上，日本士兵闭眼的一刹那，摩托车一个跟斗翻倒在路边上。坐在摩托车挎斗里的正是八木少佐，他猝不及防被重重地压翻在挎斗底下。身后驶来的另一辆摩托车见八木少佐的摩托车出了事故，急忙刹车停下来看究竟，坐在这辆摩托车后座上的是保安队长阎子平，他从车上跳下来"太君，太君"地叫着跑到翻倒的摩托车跟前，只见八木挣扎着从压在他身上的挎斗里爬了出来，一瘸一拐地走了几步，吼叫着让日本士兵把摔翻的摩托车摆正，气呼呼地骂着"八格"打了驾车的日本士兵一巴掌，又坐到了挎斗里命令快快开车。

本田大佐身披一件毛呢军大衣，在一名译员的陪同下先行一步在六合祥饭庄等候。他看见几辆摩托车行驶过来，便出门去迎接。在日本士兵的护卫下，从摩托车挎斗里走下一位长者和两个年轻人，那长者中等偏高身材，举止持重大方，从容不迫的样子很像一个温文儒雅的教书先生。

本田俊二迎上前去深施一礼，哇啦哇啦说了一通日本话。译员说："这位是大日本青岛驻军的本田大佐，特地从青岛赶过来迎接阁下，刚才本田大佐说承蒙史秦先生光临营丘县，本人代表大日本皇军表示诚挚的欢迎，在这六合祥饭店略备薄宴为您接风，请您到二楼入席。"

秦佩琳想不到此事惊动了本田大佐，他抬头看着天上已是群星闪烁，觉得史秦首长在于震邦团长和小分队的掩护下已经抵达安全地域，这个谜底也该揭晓了，于是他坦然一笑对本田大佐说："大佐阁下，您的部下抓错人了，本人姓秦名佩琳，是高崖镇县属小学的校长，这二位是我的侄儿，是送我到营丘县城找郭子敬县长的。"

本田有点不相信自己的耳朵，许久才回过神来，质疑地发问："你的认识营丘县的县长郭子敬？"

秦佩琳从容淡定地回答："当然认识，他之前是我们的教育局局长。"

秦佩琳的回答让本田俊二如同雷轰电掣一般，在一边呆若木鸡。正当本田不知所措时，八木乘坐的摩托车和阎子平乘坐的摩托车急匆匆地赶了过来。八木少佐跳下挎斗，跑到本田大佐面前行军礼道："大佐阁下，八木……"

还没等八木说完，本田做了个手势阻止他讲话，他瞅着八木衣冠不整，鼻青脸肿的样子问道："你的什么情况，如此狼狈不堪？"

"报告大佐，摩托车出事故的有。"

本田用手指了一下秦佩琳问八木："这就是你们从乔官镇抓获的共产党的官员？"

阎子平凑了过来抢话说："是太君，他就是俺们保安队抓到的共产党大官。"

本田愤怒地"哼"了一声，吩咐八木少佐："你的，马上把郭子敬接过来，快快的。"

本田说完朝秦佩琳一摆手说："通通地去里边说话。"

大家随着本田大佐刚进门厅，本田突然对站在秦佩琳身边的秦宪文问道："你的什么名字，从哪里来的？"

"俺叫秦宪文，从高崖镇过来。"

本田指了一下秦佩琳问秦宪文："你实话的说，他是你的什么人，干什么的工作？"

"他是俺家还没出五服的大伯，在镇上学校当校长。"

"什么是五服？中国话五服是什么意思？"本田大佐转过身来询问身边的译员。

翻译告诉他五服大概的意思是男系家族中没有过五代的直系后裔。

本田大佐似懂非懂地点了点头，他铁青着脸，一双眼睛凶巴巴地盯着保安队长阎子平，吓得阎子平缩着脖子低垂着脑袋，自惭形秽地躲在墙角处，大气不敢出一声。

门外一阵摩托车响动的噪音戛然而止，郭子敬在八木少佐陪同下来到六合祥饭庄。郭子敬走进门厅，见本田大佐双手按着军刀，一脸怒气站在堂台中央，连忙满脸堆笑向前施礼："不知大佐阁下大驾光临，郭某有失远迎，恕罪，恕罪。"

本田不与他客套，一手按着军刀，一手指着秦佩琳问道："郭君，这个人你的认识？"

郭子敬打眼一看这人好生面熟，仔细观瞧认出这是高崖镇县属小学的校长秦佩琳。心想这个秦佩琳平时老实巴交，并不是个招惹是非的人，怎么会来到这里？便问道："秦校长，你为何来到这里，还惊动了本田大佐？"

秦佩琳带着满脸的委屈说："郭局长，不，不，郭县长，您有所不知，高崖小学春季开学无课本可用，听说县里有新编日汉课本，我是来找您商谈订购课本的事情，谁知走到乔官镇，保安队误认我是共产党的大官史秦，把我抓了过来。我姓秦不假，可不叫史秦。给您捎了一筐子仙月湖的大鸭蛋也不知了去向，冤枉啊。"

郭子敬明白了大概的情形，又追问道："你是说高崖小学今年要用日汉合编的课本？"

秦佩琳双手一摊说："对呀，我就是为这事来找您的嘛。"

郭子敬转身来到本田大佐面前，小声用日语与本田交流了大半天，只见本田的脸色逐渐舒展开来，他转嗔为喜，"吆西吆西"地答应着。

本田俊二把军刀挂在腰上，整了整军帽走到秦佩琳跟前，用半生不熟的中国话说："秦校长，你的受惊了。听郭县长说你的拥护大东亚共荣圈，选用日本语与中国语共同的课本，这个大大的好。"

他看了一下腕上的手表，对郭子敬说："二楼雅间酒菜的有，你陪这位秦校长多喝几杯。我和八木少佐还有军务，先告辞，失陪了。"

本田说完一挥手，招呼八木和译员走出六合祥饭庄。

阎子平跟着走出来，出门时两腿发抖，踉跄几步跌撞在八木的身上，八木正是一肚子怨气没处发泄，他恼羞成怒一把抓住阎子平的衣领，几记重拳揍在阎子平脸上，阎子平"妈呀，妈呀"地哀叫着，脸蛋顿时肿成了猪头。

第三十八章 乞丐

清水泊寨主陆枭雄有大清早巡营的习惯，无论是刮风下雨还是霜雪雾瘴，一年四季坚持不懈。这天拂晓陆枭雄起个大早，来到寨门外坝堤上巡哨，待转到北渡口时天已大亮。他见两只船刚靠在码头，四寨主罗枭恒正招呼着十几个寨兵从船上卸货物，便走向前去问候。罗枭恒迎着陆枭雄回禀道："我带两只船昨晚乘着夜色去了趟羊角沟，从镇上搞了些米面和大豆油，五更返程这才刚运回来。这个侯金标太坏，靠着日本人专和咱清水泊过不去，害得只能半夜三更去购货，真后悔当初没把这个姓侯的给剁了。"

"唉，此一时，彼一时，你们先卸货，我去东寨门溜达溜达。"

陆枭雄辞别了罗枭恒，一个人沿着堤岸往东走去。

自从日本人侵占潍北，清水泊的生存日见艰辛，跑镖这条路已经行不通，盐场被查封，寨里的五只渔船还要缴费报备。可恨的是曾在清水泊干过五寨主的侯金标，他投靠日本人当上了羊角沟镇的稽查队队长，处处与清水泊为难，时常寻事挑衅，欲把清水泊扼杀而后快。前不久日本寿光驻军吉冈邦彦少佐，派翻译官汪少伦送来一封本田大佐的亲笔信，敦促清水泊及早归顺日本皇军，二寨主陆枭雄表示同意，几次找他商量要投靠日本人。对此二人在言语间时有冲撞，意识上的冲突一时很难融洽。陆枭雄想着这些闹心的烦事，踱着步走在堤岸上。几枝柳条划在他脸上，他抓住柳条见枝干上已长出嫩嫩的苞芽，春天即将来临，想到寨子里的存粮告罄，一百多号人要吃要喝呢，陆枭雄的心情沉重起来。

陆枭雄从东寨门进了寨子，径直来到伙房，见老二陆枭巡、老三查枭勇、老四罗枭恒都坐在餐桌周围等他吃饭。早饭是杂合面的饼子，一锅掺杂着小鱼干的胡辣汤和两碟青萝卜咸菜条。清水泊寨里都是每日两餐饭，陆寨主看了一眼餐桌上的饭说："咋没个炸货呀？"

四寨主罗枭恒解释说："咱寨子里的存油不多了，寨兵们大半个月都没沾油星了，俺想等二月二龙抬头这天给您过生日时做顿好吃的。"

陆枭雄无奈地笑了笑说："我刚才在岸堤上看到柳树枝条上冒新芽了，等几天水泊里的冰解冻，开凌后梭鱼会游过来，到时候就能喝上鲜鱼汤了。"

二寨主陆枭巡听得有点不耐烦，他清了一下嗓子说："大哥，我说过多少遍了，咱满兵有奶便是娘，清水泊只有归顺日本皇军才能把盐场恢复起来，不就是换身黄皮吗！"

三寨主查枭勇听老二又谈及归降日本人，猛的一下站了起来，把手里的碗筷往桌案上一扔，说："俺心里闷得慌，不吃饭了，出去走走。"说罢，扭头出了伙房。

查枭勇赌气走出伙房，来到寨兵营里，喊出两个亲兵，让他们备马带上火铳随自己出寨兜风。

三人骑马出了寨门，跟随的寨兵问查枭勇要去哪里，查枭勇说好几天没吃荤了，要去打几只野兔打打牙祭。那寨兵说："查寨主，这还没出正月呢，天寒地冻的，哪来的野兔？"

查枭勇用马鞭指了指东南方向说："今早陆寨主在堤岸上巡哨，他说岸上的柳树条开始冒芽了，青丘庙村北的槐树坡上比咱清水泊暖和，草芽子肯定冒青了。一个冬天草木枯萎，野兔在洞里饿得难受，会出来啃草的，咱们去看看能不能打几只。"

两个寨兵听查寨主说得有道理，便策马加鞭，跟随着查枭勇往槐树坡奔去。

青丘庙村北的这片槐树林子，生长在连绵起伏的丘坡上。从青丘庙村的北端到黄河入海口岸，方圆几十里均被这密密匝匝的槐林所覆盖，每逢春末夏初槐花盛开，各地的养蜂人蜂拥而上，聚集到这里放蜂采蜜。传说这成片槐树林子最早也是养蜂人种植的，经过累年栽培扩延才形成了这一望无际的千顷树林。

查枭勇率领他的两个亲兵来到槐树林里，落在枯枝上的老鹳见有人来了，哇哇地叫着惊飞起来。一个寨兵把马拴在树下，对着那些老鹳骂道："再叫，俺戳了你的老鹳窝。"

另一个寨兵说："槐树林老鹳窝，老鹳不如兔子多，你跟黑老鹳置什么气，快取了火铳跟寨主打兔子去。"

于是三人各取火铳寻到一块宽敞的丘坡上，果然看见向阳的坡面上已经绿草茵茵，几只大野兔有的在啃草，有的支棱着耳朵四处观望。查枭勇凝住呼吸，做了个手势示意两个寨兵左右迂回过去，待野兔相互聚堆时，三条火铳同时枪响，几只野兔瞬间被击中，两个寨兵兴奋地叫着："打中了，打中了。"

跑过去捡起躺着草地上的野兔，一个寨兵用手掂起一只野兔说："嘿，三枪打死了五只野兔，过瘾啊！"

查枭勇兴致未消，也捡起一只野兔掂量着说："这只兔子三四斤重吧，才打了五只野兔，太少了，你俩快往火铳里填装弹药，咱换个地方打，打不到二十只今个不罢休。"

等查枭勇和他的亲兵打到三十只野兔时，天已过晌午，查枭勇本来早上就没有吃饭，肚子饿得叫起来，他对两个寨兵说："今个打得过瘾，咱收拾一下去青丘酒肆，让桂芹妹子给咱们炖上一锅野兔肉，喝上两盅，天黑前回寨。"

一个寨兵说："俺认识桂芹姑娘，啥时候把她娶回寨里，给您三寨主做个压寨夫人，兄弟们也讨杯酒喝。"

"瞎说啥呢，待见到桂芹都给俺客气点。"

"哎，哎，寨主爷，小的知道了。"

查枭勇与两个寨兵骑马进了青丘庙村，等来到青丘酒肆，眼前的情景让三人大吃一惊。只见酒肆门前擀面杖、菜刀、面板、炒菜铲扔得满地都是，一片狼藉。查枭勇先下马，他把马缰绳交给一个寨兵，只见来到门口大声喊道："桂芹妹子，桂芹妹子在吗？"

"在哪，这声这么耳熟呀，是谁呀？"屋里传来女人的声音。

"俺是查枭勇，你这酒肆这是咋了？"

桂芹从屋里跑出来，见是查枭勇，便哽咽着嗓子说："三哥呀，您可来了，俺这酒肆让人给砸了。"

查枭勇听了桂芹的话先是一愣，又问道："是谁砸的？咋回事？"

"哎，别提了，今过晌来了个穿着破破烂烂的汉子，要了两盘牛羊肉、四个馒头和两壶烧酒，吃完喝完拍拍屁股要走人，俺让他结账再走，那汉子说是清水泊的，明儿会有人替他付钱。俺看他蓬头垢面的样子哪里像是清水泊的寨爷，我揭发他是个要饭的赖账，谁知那汉子仗着几分酒意推了俺个趔趄，厨上的几个伙计看着不忿都过来说理，推推搡搡就打起来了。那汉子好凶，酒肆里四五个伙计不是他的对手。这不，不光把厨子们打跑了，酒肆里的家伙什也弄得乱七八糟的。"

两个寨兵一听有人欺负桂芹，还敢砸酒肆，这还了得，也顾不上去拴马，撸起袖子，问桂芹那砸酒肆的汉子去哪里了。桂芹指着前面水井旁的那棵大槐树说："那汉子喝得醉醺醺的，在槐树那边睡觉呢。"

两个寨兵来到大槐树下，果然看见那汉子倚靠在树干上，满嘴冒着酒气，打着呼噜在睡觉。细看那汉子，蓬乱的长发沾满了草屑，披散在脸上，让人看不到他的相貌，脏污的棉衣裤上几处破洞露出棉絮，身上散发着一股刺鼻的臭味，是个活脱脱的乞丐。

寨兵一看好生来气，这副穷酸相竟敢冒充清水泊的人，还要为他垫付酒钱，揍这小子！一个寨兵伸出脚来朝那乞丐踢去，就在寨兵的脚快踢到乞丐的胸部时，乞丐一个侧翻闪出空当，随之寨兵的脚正踢在槐树的树干上，痛得那寨兵抱着脚直叫唤。另一个寨兵见同伴吃了亏，也不甘示弱，挥动双拳与乞丐打斗在一起。

查枭勇在不远处看着那乞丐与自己的两个亲兵打斗，乞丐的一招一式长短兼备，躲闪腾挪，刚柔并济，好个螳螂拳功法，而且这拳法那么眼熟，似乎在哪里见过。查枭勇正想近前观瞧，只见乞丐施了个牧童指路的招数，两个寨兵不知是计，刚想近身拦截，那乞丐将拳法变换为七星崩步，两个寨兵"妈呀"惨叫着跌倒在地上。

被揍的两个寨兵顿时大怒，摘下斜背在肩上的火铳瞄准乞丐，查枭勇连声喊着："不要开枪，不要开枪。"

两个寨兵已是怒不可遏，哪里还听见查寨主的呼叫，气急败坏地扣动扳机，所幸火铳笼头上未装填引火，寨兵们几次扣动均是空击。这时，传来了一阵呼喊声，原来挨打的后厨伙计从村里喊来了十几个青壮年，一群人手里拿着家伙要过来揍乞丐，那乞丐见势不妙，来了一个白猿偷桃的招式跳出圈外，跨步来到三匹马前，牵过一匹飞身上马，喊了一声："雷爷走也。"

查枭勇听见那乞丐的叫声，觉得声音十分熟悉，忽地辨出这人就是雷天泰，他不由分说，迅速跨上坐骑喊着："天泰兄弟，我是查枭勇，您快回来。"

他急催战马去追雷天泰。

两个寨兵见查枭勇喊着"雷天泰"的名字去追赶乞丐，才知道那乞丐就是与查枭勇去辽北跑镖的雷大侠。想起刚才的打斗又有些后怕，要不是火铳里没装引燃火药，这雷天泰岂不毙命在这大槐树下，于是两人相互对视一下，收起手中的火铳来到酒肆找桂芹。

前来助战的村民见那乞丐已逃走，也就自行散去。桂芹和后厨上的几个伙计在收拾杂乱的家伙什，见两个寨兵各拎着几只大野兔走了进来，桂芹便问道：

"三哥去追的那个要饭的是什么人？"

走在前面的寨兵回答说："那个乞丐可不是一般人，他是俺查寨主拜把子的兄弟叫雷天泰，不知咋回事他扮成了乞丐来到青丘庙。"

另一个寨兵掂着手里的野兔对桂芹说："桂芹姑娘，俺查寨主从早晨到这还没有吃饭呢，您挑选十只野兔给炖上，再备些酒菜，一会儿查寨主和雷大侠回来还得喝几盅呢。"

桂芹答应着，喊来伙计，于是剥兔皮的、整菜肴的、开炉生火的开始忙活起来。

酒肆里弥漫着炖兔肉的味香。查枭勇拉着雷天泰的手走进屋里，查枭勇喊着："俺雷兄弟来了，快准备上酒菜。"

桂芹和后厨的伙计听说那乞丐是查寨主的把兄弟，都出来问安。雷天泰拱手对众人施礼，说："俺让大伙受惊，还望多多包涵。"

桂芹迎上来说："哪里，哪里，俺哪里知道您是雷大侠。俺在后院堂屋里烧了锅热水，屋里有洗澡的木盆，您先去洗个澡，俺回家找些衣服给您换上，大伙就不会把您当成要饭的了。"

"俺从辽北要着饭回来，成天露宿街头，哪里还有个人样，多谢妹子了。"雷天泰再次致谢。

看着桂芹走出了酒肆，查枭勇让两个寨兵服侍雷天泰去堂屋洗澡。他闻着炖兔肉的香味，来到锅灶前，掀开炖着兔肉的锅盖垫，一阵肉香扑鼻而来，让他馋涎欲滴。他禁不住诱惑，拔出腰间的佩刀，叉起一块兔肉，鼓动腮颊大口嚼了起来。

桂芹拎了一个包袱进了酒肆，她看见查枭勇吃得满口流油，笑着说："三哥你真的饿了？俺看雷大侠的身材和俺哥差不多，便从家里找了俺哥的棉袄棉裤，都是俺嫂子年前做的，九成新呢，布袜是俺做的，还有一双踢死牛的纳帮棉鞋是俺娘做的。你先去洗净手，去堂屋给雷大哥换上，俺去烫壶酒，你俩好好喝几盅。"

一桌子酒菜摆齐后，雷天泰穿着整齐走了进来，正与端着酒具盘子的桂芹碰了个对面，桂芹看那雷天泰惊讶得不敢相信自己的眼睛。这是一张俊俏的脸孔，浓密的剑眉下一双大眼，连鬓带腮的胡须在嘴唇上卷起，黑亮的长发披散在肩膀上，一身新装让他换了个人，哪里还有半点乞丐的影子，分明是个闯荡江湖的侠客。

查枭勇招呼雷天泰落座，端起酒杯说："今个给贤弟压惊，雷老弟从辽北到潍北一路千辛万苦，只是不知找到林宜生了没有？"

雷天泰把手中的酒一饮而尽，他抹了一把胡须说："唉，一言难尽。"

两个寨兵伸着脖子凑过来想一听究竟，却听见门外有人在喊："老板在吗？"

"在哪。"桂芹答应着迎了过去。

进来的人身穿灰色棉布军装，在腰间扎紧的皮带上插着一支驳壳枪，后边跟随着四名背长枪的士兵。桂芹招呼着："是几位军爷啊，请问你们是来酒肆吃饭的吗？"

那前边的军官环顾了一下房间说："两个排的兵力来吃饭，这房间装不下呀。"

"军爷，两排子兵是多少人啊？里面还有一间，院子里还有三间堂屋，您随俺进来看看。"

那军官跟随在桂芹后面说："两个时辰后，有七十多人来吃饭，炒几盆家常菜，蒸几锅大馒头，再烧些咸汤。可以先付钱，不赊账。"

"哎，两个时辰后天就黑了，俺这就准备，军爷屋里请。"

军官来到屋里，见几个人围着一桌子菜在喝酒，正想离去，不想那酒桌上的人已认出他："李营长，您咋来了？多日不见，快过来喝一杯。"

这军官定眼一看，原来是清水泊的三寨主查枭勇，日本人占领潍北后，部队的一些战备物资时常通过清水泊输送，他多次与查枭勇打交道，彼此也相互信任。他心想：史秦首长有意要见大寨主陆枭雄，不想与三寨主查枭勇在此相遇，正好了解一下情况。于是他让身后的四个士兵去外屋等候，自己来到餐桌前。查枭勇对雷天泰介绍说："这位是渤海纵队新一团的李子滨营长，是俺清水泊的老朋友。"

他又对李子滨营长介绍说："这位是俺兄弟雷天泰，刚从辽北回来，俺今个给他接风洗尘呢。"

李营长点了点头问雷天泰："您这名字好熟呀，是当地人吧？"

雷天泰点头回答道："俺是寿光本地雷家庙子人。"

李营长瞅着雷天泰说："我们新一团有名枪手叫刘治朴，他说有个师叔叫雷天泰，螳螂拳打得好，莫不是您老兄？"

雷天泰为之一怔，反问道："请问李营长，俺徒弟朴子现在你们队伍里？"

"是，我们都亲切地喊他朴子，他是名很优秀的战士。"

雷天泰对查枭勇说："说的这个叫朴子的，其实是懒边园的大少爷，想不到他参加了共产党的队伍，俺真的很想他。"

李营长对雷天泰说："雷先生莫急，刘治朴陪着我们于团长天黑后回到这里，一会儿您就见到他了。"

雷天泰心里一阵高兴，端酒杯连连与李营长和查寨主对碰，几杯酒下肚，三人更加亲密。查枭勇问李营长为何带卫兵来到青丘庙，李营长说是前来护送首长的。查枭勇又问这首长莫非是新一团的于团长，李子滨说这首长要比团长还要大两级。雷天泰掐指算着，团长的上司是师长，师长的上司是军长。哇，是个大将军呀。

李营长笑了笑说："听说这位首长与陆枭雄寨主还是朋友呢，不知陆寨主近况可好？"

查枭勇摇了摇头说："陆寨主这几天心情不好，元宵节那天日本人送来本田大佐亲笔写的劝降书，俺家老二劝陆寨主归顺日本人，俺死不同意，今早晨还生了一肚子气呢。"

李子滨感到了事情的严重性，他起身看了一下院外，见天已黑下来，便告辞说要去迎接于团长，并告诉查枭勇和雷天泰，一定等他回来，见到朴子再走。

李营长返回青丘庙村北的槐树林里，战士们已燃起了几堆篝火，火光下看见于震邦团长、高天保营长正与史秦首长在篝火旁说话，李子滨来到他们跟前行了军礼说："报告首长，我已从青丘庙村回来，两个分队的晚饭已安排妥当，另外见到了清水泊的三寨主查枭勇，有重要情况汇报。"

史秦朝他招了一下手说："于团长和高营长带着二营的小分队也是刚刚到达。来，你坐在于团长旁边慢慢说，不着急。"

李子滨挨着于震邦身边坐下来，边烤着火边说："团长，清水泊有情况，听查枭勇说日本人前几天把本田大佐的一封劝降信送到了大寨主陆枭雄手上，关键是二寨主陆枭巡已决意归顺日本人。"

于震邦听了李子滨的报告，脸色凝重起来，转头对史秦说："糟糕，最担心的事情终于要发生了。"

史秦却问李营长："你见的这个三寨主查枭勇对本田的劝降书是什么态度？"

"报告首长，三寨主查枭勇态度明确，坚决反对归顺日本人。"

"也就是清水泊并没有归降日本人，或者说大寨主陆枭雄还没有表态，是这样吗，李营长？"

还没等李子滨回话，于震邦对史秦说："所以，明天无论如何要见见陆枭雄。"

史秦问李子滨："还有多长时间能去青丘庙村吃饭？"

"报告首长，大约还需要大半个小时才能做好七十人的晚饭。"

史秦在篝火堆里扔进一根枯树枝，看着燃起的火苗对于震邦说："我看你和李营长现在就去青丘酒肆见那个三寨主，进一步摸清清水泊的情况，为明天见陆枭雄做准备，我和高营长带着战士们随后赶到。"

"是，我和李营长马上去。"

于震邦起身要走，李营长却说："还有情况，我团战士刘治朴的师叔雷天泰正和查枭勇在青丘酒肆喝酒，雷天泰要见朴子。"

史秦听了对一旁的高营长说："对，对呀，是这个朴子，我还想见他呢。"

朴子应声来到史秦面前，行军礼道："报告首长，俺是新一团团部侦察员刘治朴。"

"嘿！神枪手，你们新一团有两支神枪，还有个叫黑弹的，我给你俩起个代号，黑弹叫黑狼，你叫白狼如何？"

"是，俺眼斜，家里姐妹叫俺斜眼狼，首长叫俺白狼，俺记下了。"

史秦接着问道："还有，去车罗顶行军的时候你叫刘医师二姐，你们是表亲吗？"

"不是，她是俺亲姐。"

"那你父亲是？"

"报告首长，俺父亲是懒边园的刘锦戎。"

史秦听了大吃一惊，突然想起还有个二嫂子姓苏，是带着个小男孩来到懒边园的，于是又问："你母亲姓苏吗？"

"报告首长，俺大娘姓张，俺二娘姓苏。"

高天保营长听得好奇，便问道："刘治朴，你是哪个娘生的？"

"俺是大娘、二娘一块生的。"

朴子的话惹得围着篝火堆烤火的战士们捧腹仰头，哈哈大笑起来。

在青丘酒肆里，雷天泰与查枭勇谈起为寻找林宜生的下落，自己误入大清沟麻姑匪巢，被麻姑看中强留做了二寨主，后来他以巡山为名趁夜色逃出那惊心动魄的经过。那两个寨兵吧唧着嘴巴正听得津津有味，李营长带着于震邦团长和朴子走了进来。

查枭勇以往带寨兵给新一团送货时，曾见过于团长，他离开餐桌，躬身邀请于团长、李营长和朴子落座，并喊来桂芹让她再加几个菜端上来。雷天泰盯着朴子张了张嘴没有说出话来,让他想不到的是朴子变成了身强力壮的部队战士。朴子也盯着雷天泰,他的胡须和长发连成一片,几乎认不出这就是雷叔。

当雷天泰叫出朴子名字的同时,朴子也喊起了雷叔,二人情不自禁地拥抱在一起,雷天泰啜泣着说:"朴子啊,你雷叔无能,没有找回林宜生,怕你三姐素清跟俺要人,俺无脸再去营丘县城……"

雷天泰的嗓子突然像是被什么东西堵住,身子难过地颤抖着,其中的委屈难以言表,最终再也忍耐不住,哇的一声大哭起来。那凄凉的哭声让屋里的人无不为之动容,过了许久朴子拍了拍雷天泰的肩膀说:"雷叔,俺参加革命队伍了,你也参加吧,咱师徒在一起打鬼子。"

雷天泰推开朴子,抹了抹眼泪说:"俺等有时间剃了这头长发,刮净胡子,干干净净地参加于团长的革命队伍。"

查枭勇也走到于震邦跟前说:"于团长,俺在清水泊憋屈死了,俺也参加革命队伍。"

于震邦大呼一声:"好!"

他左手攥着查枭勇的手,右手攥住雷天泰的手高高地举过了头顶。

第三十九章　谋事

大清早陆枭雄在床上辗转反侧，昨夜老三查枭勇来他住处传达消息，说史秦将军要来拜访，让他欣喜不已。他知道史秦就是懒边园刘锦戎老先生的二弟刘锦武，当年自己率领青州满营的两哨人马，与刘锦武率领的山东国民第二师先遣营合兵一处，痛击前来侵犯山东境域的山西晋军。那摧枯拉朽的阵势让他记忆犹新，齐鲁大军势如破竹，晋军大败退至河北。他与刘锦武在东昌府获胜返程时，刘锦武手戴一副白色手套，骑在一匹大白马上拱手告别："陆守备，咱们后会有期。"

刘锦武率队拨马而去。一别十六年，弹指一瞬间，这让陆枭雄感慨不已。

史秦前来清水泊拜访，陆枭雄觉得就像在艰辛中迎来了救星。他记起昨夜查枭勇告诫他的话，此事最好不要让老二陆枭巡知道，他思来想去不明白，陆枭巡为何铁了心要归顺日本人。于是决定无论如何要支派陆枭巡离开清水泊，不能让他知道史秦来清水泊的消息，以免惹出不必要的麻烦。想到这里他习惯性地把一支左轮手枪掖在腰间，翻身下床要去找陆枭巡。

陆枭巡分管海上捕鱼和经营盐场，大多时间在羊角沟镇上居住，因日本人强行收回盐场和冬季渔船暂不能出海捕鱼，入冬之前他把外围的寨兵全部迁回了清水泊。陆枭巡的住所在东寨门南侧，前不久在羊角沟镇上认识了一个小寡妇叫张小妮，昨天夜里他让亲兵用小船把张小妮接来清水泊，现正在被窝里搂着张小妮睡觉呢。

陆枭巡听到有人敲门，起身披上棉袄要下床，却被张小妮勾住了脖子，叫嚷着再陪她睡一会儿。这时门外有人喊道："老二，找你有事，快开门。"

陆枭巡听出这是大哥陆枭雄的声音，他推开张小妮，穿好衣服去开门。陆枭巡看到陆枭雄一副着急的样子，忙解释说："昨夜与兄弟们推牌九睡得晚，不好意思让大哥久等了，屋里憋屈，俺陪您去寨外巡营吧。"

"不必，老二呀，你今个要去寿光县城一趟，越快越好。"

"啥事呀，大哥？"

"你尽快去见寿光日本驻军的吉冈邦彦少佐，与他谈谈咱清水泊归顺皇军的条件，大致上是恢复盐场开工，出海捕鱼不受限制，保证寨兵们的安全。白纸黑字签立下契约，你看如何？"

"哎呀！大哥开明，咱兄弟俩想到一处了，上次日本翻译官汪少伦来咱清水泊送信，俺受您委托接待他，汪翻译官说的大差不差也是这个条件，我这就准备去寿光县城。"

"你带上几个亲兵，与吉冈谈妥后直接去羊角沟镇，找那个侯金标交涉，争取把咱的盐场要回来。来回五天为限咋样？"

"遵命大哥，俺即刻动身去县城见吉冈少佐。"

按着于震邦团长和查枭勇的商定，上午九时由查枭勇备马来槐树林迎接史秦，陆枭雄将在外寨吊桥口等候面晤。就在太阳爬上槐树林树梢时，放哨的警卫战士来报告，说清水泊的查寨主和一个披着长头发的汉子率领一队骑兵已到槐树林东坡的岔路口。于震邦吩咐高天保营长与两个小分队的战士继续在槐树林潜伏待命，自己和李子滨营长陪史秦首长，由朴子和黑弹警卫，随查枭勇去清水泊。

一行人出了槐树林，见查枭勇和雷天泰率五名骑兵，各自牵着一匹备马，正在林外路口处等候。于团长把查枭勇和雷天泰引见给史秦，史秦见查枭勇和雷天泰身量魁梧，又闻知二人身怀绝技，都有一身好武功，心生喜欢，转身对于震邦说："你们新一团战将云集，白狼、黑狼是小将，又添枭勇、天泰二员大将，何愁打不赢日本倭寇。"

于震邦让查枭勇和雷天泰前头带路，自己和李子滨营长跟随，史秦居中，依次是朴子和黑弹，清水泊来的五名寨兵殿后，大家挥手与高天保营长告别，纵马往清水泊进发。

陆枭雄率马队早早在外寨吊桥处等候，他看见对面马队奔驰而来，便命令放下吊桥，自己下马把马缰绳交给身后的亲兵，只身一人步行过吊桥去迎接。史秦见状，催马赶到最前面，见陆枭雄正朝他挥手致意，便跳下马赶了过去，当两只大手握在一起时，陆枭雄说："锦武贤弟，别来无恙，记得十六年前你我在东昌府辞别时,您说了句'后会有期',这次相会,陆某无上荣光啊。"

史秦见陆枭雄依然健壮,便说:"是啊,时不我待,十六年光阴一晃而过。今见仁兄体格硬朗甚是欣慰。"

"多谢关心,我身子骨还算结实,贤弟您面色略显疲惫,要注意休息才是。"

"仁兄有所不知,我在上海办报业时,遭黑帮暗算,背上挨了六枪,大难不死,勉强留住性命,后来中共组织安排去了俄国治疗才得以康复。但每逢阴雨天气会隐隐作痛。这次我从沂蒙根据地穿越营丘县,在车罗顶结识张道士,他用祖传秘方熬制的膏药贴在伤疤处,背部才止住疼痛。"

二人聊着家常,手牵着手走过吊桥,等进入寨门,陆枭雄指着门楼说:"进了这寨门,就是咱清水泊的地盘,按着满营过去迎贵宾的礼仪,俺要牵马坠镫,请贤弟上马。"

陆枭雄与史秦各骑战马并列前行,陆枭雄用马鞭指着跟前一望无际的沃野说:"这里曾是青州满营的养马场,专供驻山东半岛的清军调用。"

史秦很感兴趣地问道:"这里最多养过多少马匹?"

陆寨主回答道:"俺任青州满营守备时,在这里养过六百匹良驹、三百头黄牛和九百只绵羊,那时兵营迷信,三六为九取个上数图吉利。"

史秦哈哈一笑说:"这迷信,信则有,不信则无。"

他仰头见寨楼上飞出一只飞鸽,便对陆寨主说:"你的寨兵好雅兴,寨楼上还养了鸽子。"

陆枭雄说:"这是信鸽,它飞到寨里送信,告知我等众人过了第二寨门的吊桥,周边是一片沼泽地,只有一条堤路可行。这里因是淡水与海水汇聚,除非严寒天气,冬季一般不结冰,待到阳春三月天气转暖,苇草茂密,时有天鹅到此栖息。"

史秦问道:"从南往北只有这一条堤路通往寨营吗?"

"是的,清道光年间,满营召集四方民工来此筑堤修路,整整用了一年半时间才完工。"陆枭雄回答。

史秦又问:"从你们清水泊营寨去羊角沟镇是水路还是旱路?"

陆枭雄回答道:"我等沿着路堤北行三里即是本寨大营,然后再无旱路,水泊中通往东北有一条宽的水道可去羊角沟镇,快船须半个时辰即到,分往西北还有一条窄的水道能通苇子镇,但行不得大船,约需三个时辰才能过去。"

史秦再问:"敌方若从旱地来攻,寨南可有二道吊桥可防,若敌人从水路来攻,寨北如何防御?"

陆枭雄诡秘一笑说："锦武贤弟，此是机密但不瞒您，两条水道中各藏两截铁锁沉在水底，若敌来犯，拉起铁索，任何船筏都无法通过，况有浮墩掩蔽，外敌从水路很难进入。"

史秦听了，方知这清水泊营寨重关击柝，不失为储备库贮的宝地，难怪过去清军在这里设立营寨。

陆枭雄陪着史秦骑马来到清水泊大寨门前，四寨主罗枭恒接到飞鸽传信，召集寨兵在门外一字排开，敲锣打鼓迎接客人。史秦见清水泊尽地主之谊，拱手向陆枭雄致谢："你我皆是兄弟关系，大可不必客气。"

陆枭雄也拱手还礼："清水泊乃一隅之地，贤弟千里迢迢到此倍感蓬闾生辉，咱们进寨说话。"

陆枭雄引路来到议事堂，陆寨主屏退左右，只对查枭勇说："我与史秦贤弟有要事相磋，你去把于团长等人照应妥当，午宴尽心准备，我屋里还有几坛懒郎酒，也拿到餐厅。"

查枭勇应诺去了。

议事堂只有陆枭雄和史秦二人，陆枭雄问史秦："贤弟对清水泊印象如何？"

"清水泊前接陆地，后通渤湾，位置得天独厚，且壁垒森严。当年清军在这里设立营寨颇有眼力。"

"哎，今非昔比，当年是何等辉煌，如今只有这百把号人随我在此苟延残喘了。"

史秦握起拳头砸了一下台案说："一切皆于日本人侵占潍北后，即对清水泊实行封锁，企图逼其就范。"

"所言极是，他们先是霸占盐场断我财路，镖局亦是名存实亡，渡海捕鱼又要报备，实则扼杀也。"陆枭雄愤愤不平地倾诉。

史秦沉思了一会儿，喝了几口台案上的茶水说："我见清水泊二寨门之外的土地肥沃，其条件要比陕北的南泥湾强多了，但我们的延安军民在艰难困苦的时候，开展了自己动手丰衣足食的大生产运动，硬是把南泥湾改变成了生产自救的供粮基地。"

"这样甚好，可本寨兵平日里习武打拳，若是驯马放牧还可，何能种粮收获？"陆枭雄摊开双手摇着头回答。

史秦看了他一眼说："一切要因地制宜，因人施用。现在对日作战机动性非常重要，我想把驻扎在苇子镇的渤海纵队新一团改变成为骑兵团，这就需要至少六百匹战马的规模。当然，养马驯马的费用由军区总部用招远根据地的黄金兑现支付。"

看着陆枭雄赞许的眼神，史秦又说："我想由贵寨派出六十名寨兵去新一团做教习，把步兵改变成骑兵。由新一团也派出六十名战士来清水泊学习养马驯马，并协助发展种粮生产，以一年为限，您看如何？"

"好呀，一是清水泊有贵军做依傍，二是解决了经费供养。天上掉下菩萨来，贤弟就是前来解困的菩萨。"

史秦见陆枭雄同意这个想法，又用坚定的口气说："说到底，清水泊应该是抗日战争的供给基地。"

陆枭雄想起日本人的劝降信来，心有余悸地问道："前几天日本人送来劝降书信，不知如何应对才好？"

"陆兄不是天天打太极拳吗？要给日本人来套太极功法。"

陆枭雄听了史秦的话猛然顿悟，转忧为喜又问："贤弟是说清水泊是曹不降曹，身穿曹服心在汉？"

史秦点了点头默许，做了个打太极的架势。

"锦武老弟与老夫推心置腹，一席话让陆某茅塞顿开，受益匪浅。中午请您喝懒边园的懒郎酒，贤弟还不知道吧，你们家的酒可是远近有名，三弟刘锦什无愧是个实业家。"

史秦感慨地说："当年父亲刘境宽盼望大哥锦戎从官，老二我从武，三弟锦什从商，如今老人家的夙愿得偿也。"

史秦似乎觉得此时不该谈论家事，他把话锋一转说："陆兄，清水泊的困惑已解，我的困惑还须你来帮忙。"

陆枭雄听了为之一怔，急忙问道："贤弟，有啥事尽管吩咐，陆某肝脑涂地在所不惜。"

"此乃机密大事，无关人员不得相告，我须明晨从羊角沟镇乘船渡海去崑嵛山省军区司令部，以尽快掌握在鲁抗日武装的军事整合和战略部署，抗战时局急不可待，国共合作促进全民抗战，中共军队担负着神圣之责任。今受延安总部委托，深感责任重大，所以如何渡海要制订个方案。我看即刻召集查枭勇、罗枭恒二位寨主和于振邦团长、李子滨营长加你我六人共同议事。"

史秦刚说完，三寨主查枭勇走了进来，说午宴已经备好，请他二人前去用餐。

在餐桌上，史秦、陆枭雄、于振邦、李子滨及查枭勇和罗枭恒六个人磋商起送史秦首长渡海去崑嵛山的方案来。查枭勇说，清水泊的五艘渔船都停泊在羊角沟码头，船老大均在清水泊本寨，随时可以过去启航。于振邦问起羊角沟镇上日伪军的兵力状况，罗枭恒介绍说，镇上的日伪军据点里平时只有一个班的日本兵和一个排的伪军，总计不足四十人，另有侯金标的稽查队不足三十人。麻烦在于码头附近驻扎着一支日本的海上警备队，有四艘警务机器船，船上配有重机枪和掷弹筒。

于震邦又详问罗枭恒："罗寨主，这支日本海运警备队有多少人？码头距离羊角沟镇多远？"

"回于团长，日本海运警备队有多少人不得而知，码头距离羊角沟镇的北门大概半里地。"

查枭勇插话说："这支日本海运警备队住在一座三层的方形碉堡里，周边没有房子。从每层有四个窗户看也就十二间房的样子，估计人数在二十人左右。碉堡顶层是灯塔，晚上不时有探照灯照明。"

于震邦与史秦对视了一眼，见史秦点了点头，便说："我提出个方案，大家议一下是否可行。考虑到天亮渡海比较安全，明日拂晓从我团二营小分队中抽出二十人，由高天保营长率队赶到羊角沟镇北设伏，准备阻击支援码头的日伪军。我与李子滨营长带领三营小分队和二营小分队的部分战士掩护史秦首长抵达码头，将采取正面迂回的战术乘敌不备对日本海上警备队发起攻击，一举捣毁碉堡和炸沉四艘警务船。得手后用两条渔船送史秦首长东去莱州湾，二营、三营小分队乘另外三条渔船西返苇子镇。如果同意这个战斗方案，大家集思广益完善后执行。"

高天保营长和李子滨营长表示同意这个作战方案，查枭勇觉得设伏兵力不够，要求添派二十名寨兵配合伏击。罗枭恒更干脆，提出倾清水泊全部寨兵，直接荡平羊角沟，省得日后麻烦。

陆枭雄摆了下手说："史秦长官身经百战，识得透看得远，不妨听听他的看法。"

史秦说："于团长这个方案是趁其不备发动突袭，这就要行动迅速步调一致，不在于兵力多或少。我和陆寨主已达成共识，清水泊目前要行中立策略，抗日企图暂不暴露。这次行动清水泊按兵不动，五名行船的舵老大明日要换上渤海纵队的棉军服，给敌人造成是渤海纵队窃船的假象，另外要把战斗的细节考虑成熟，比方说准备炸碉堡和警务船的炸药等。"

陆枭雄握起拳头砸了一下饭桌发话说："一切听于团长调遣，来，大家干上一杯，预祝史秦长官明日一帆风顺。"

一顿饭匆匆吃完，陆枭雄要陪史秦去寨子里走走。看着二人出去，于震邦喊过黑弹，让他带上一名战士骑快马速回苇子镇，通知一营营长崔云飞，让他准备两艘快船，务于明日拂晓前航行到羊角沟码头，以防不测。又让朴子骑快马去槐树林，让高天保率两支小分队的战士晚饭前赶到清水泊大寨，自己召集李子滨、查枭勇、罗枭恒到议事堂筹划明天的行动。

第四十章　突袭

羊角沟镇稽查队长侯金标一夜没睡好觉，不知咋了，右眼皮一直跳个不停。他念叨着"左眼跳是福，右眼跳是祸"，掀开被窝从炕上跳了下来。昨天据点里一整排的皇协军被迁派到外地，只剩下不到一个班的皇军留守在镇上，驻扎在码头上的日本海运警备队又被抽走两条警务船，在这当口上可别出什么差错，这日本人可是翻脸不认人。想到这里，他披上棉衣走出屋外，吆喝着几个值夜班的稽查队员，随他去码头巡哨。

侯金标带着六个稽查队员出了羊角沟镇北门，听到了一阵阵浪涛拍击海岸的声音。天气阴沉着，从东北方向刮来的海风呼呼作响。几个人蜷缩着身子走到岸基上，除了看到旁边碉堡顶的航标灯忽闪忽闪地发着光亮，周边没有一个人影。一个稽查队员咧着嘴巴叫嚷着："这大清早的来巡哨，都快把人冻死了，咱回去吧。"

侯金标也有点受不住，一挥手说："走吧，回镇上喝碗甜沫去。"

他刚要下堤岸，回头望了一眼大海，顿时愣住了，远远望见有两艘帆船一前一后正往岸边驶来。

"大伙别急着走，海上来了两艘大帆船，等船靠岸要登船检查，怎么着也要索取几块大洋中午喝一顿。"侯金标咋呼着，和稽查队员又回到了岸基上。

海上的帆船正是渤海纵队新一团的船只，一营营长崔云飞听到黑弹的传令，知道计划有变，按着于震邦团长的指示，亲自率船从苇子镇出发，连夜赶至羊角沟码头。崔云飞营长的老家就在羊角沟附近，自小在这里捕鱼逮虾，对这片海域再熟悉不过了。他用望远镜看着羊角沟码头上的航标灯准备让船靠岸，却发现岸基上站着几个执枪的人，从歪歪斜斜的姿势看，不像是有战斗素养的日本士兵。他喊着黑弹过来，把望远镜递到黑弹手里说："你看一看站在码头岸基的那几个人是不是清水泊的寨兵。"

黑弹用望远镜观察了一会儿回答说："崔营长，这帮人穿着黑制服，不像是清水泊的人，像是些汉奸二鬼子。"

崔云飞心里合计，难道情况有变？又一想，船不靠岸怎么知道码头上的情况，况且两条船上的十六名战士对付这几个毛贼绰绰有余。于是他大手一挥，大声喊道："落帆，船靠岸，准备战斗。"

两只帆船靠在码头的岸基上，侯金标掏出匣子枪喊着："我是羊角沟镇稽查队的，你们所有船工上岸排队，我们要例行检查。"

其余六个稽查队员也举起枪跟着咋呼。

当看到从船舱里出来的人都身穿灰色棉布军服，也举起枪对准他们时，侯金标顿时吓傻了，还未及反应过来，另一条船上跳上岸的几个军人已从侧面包抄过来。侯金标见势不妙，一个侧滚溜下岸基呼喊着："渤海纵队的人打过来了。"然后没命地朝着日本海运警备队的驻地方向跑去。

码头上的战士举枪便打，砰砰的枪声惊动了不远处碉堡里的日本警备队，一梭子子弹朝着岸边扫射过来。崔云飞指挥战士把已控制的六名稽查队员押进船舱里，随即命令起锚，想把帆船退回海面上，突然听见有人在喊："崔营长，于团长来了。"只见于震邦团长和李子滨营长带领着一队战士冲到码头上，李子滨指挥战士在几个倒扣的舢板后面隐蔽，崔云飞躲闪着射来的子弹来到舢板后面见于团长。于震邦问道："怎么与碉堡里的日本人交起火来了？"

"报告团长，我们的船靠岸时，遇到巡哨的七人稽查队，六人被战士们抓获，一人逃跑中开枪，被碉堡里的敌人发现，双方便交起火来。"

于震邦又问崔云飞："崔营长，你带来了多少战士，准备渡海的给养了吗？"

"团长，每船八名战士，包括我在内共十六人，每船配一挺机枪，准备了五天的干粮和淡水。"

崔云飞看着于震邦团长点头，便问道："接应的首长来了吗？是否安排战士去接他？"

"清水泊三寨主查枭勇和朴子在后面掩护，一会儿就到。"

于震邦说着又转身盼咐李子滨营长："李营长，你带战士们从碉堡的南面、西面迂回过去，先分散敌人的火力，伺机爆破。"

"是，团长，我这就去。"

史秦在查枭勇、雷天泰和朴子的保护下与清水泊的五名舵工一起来到羊角沟码头，在阵阵枪声中史秦发现前面有几堆高隆着的盐垛子，他指了一下说："我们到盐垛子那边躲避。"

朴子看着碉堡里的机枪吐着长长的火舌，对史秦说："首长，这边是碉堡的斜面，俺的枪打不进去，您稍等，俺去碉堡正面迎着射击孔去打。"

朴子说着把子弹推上膛就要动身，史秦把他拦住说："你在乔官镇打碉堡是不是击毙过射击孔里的日本机枪手呀？"

"是，首长，俺打哑了两挺机枪。"朴子回答着。

"那是晚上敌方无法观察，白天的情况就不一样了。在战斗条例里，狙击手是不能正面对准敌方射击孔的，因为碉堡里的敌人熟悉周边环境，且掌握了制高点，如果你到人家的射击范围内会很难隐蔽。所以狙击手只能隐蔽而不是正面迎敌，朴子你记住了吗？"

"首长，朴子记住了。"

"还有，仗越打越顺的时候，越要保护自己，傲卒多败懂吗？"

"俺懂了，首长。"

看着朴子聪明勇敢，史秦很是高兴，慈祥地笑了笑说："你去把于团长找来，我在这等他。"

朴子起身要走，雷天泰要保护徒弟，他摸了一下背上的大砍刀说："俺陪你去找于团长。"

雷天泰和朴子在倒扣着的舢板旁边找到于团长，朴子指着不远处的几堆盐垛子说："报告团长，史秦首长、查寨主还有五名舵工都在盐垛子那边，首长让您过去。"

于震邦摆手示意朴子和雷天泰蹲下身来，他转身问旁边的崔云飞营长："黑弹跟过来了没有？"

"跟来了，那个伪稽查队长逃到了碉堡前的一个凹坑里，黑弹正用枪瞄着呢，只要那人一露头，即可被打爆。"崔云飞回答着。

于震邦说："稽查队那人不重要，炸毁碉堡安全送走史秦首长最重要，等摸清敌人的火力后，要尽快组织爆破手去炸碉堡，需要这黑狼和白狼配合掩护。"

雷天泰在一旁说："于团长请放心，我和朴子、黑弹一起掩护爆破。"

"好的，老雷，有你在我更放心。你和朴子现在去找黑弹，大约一刻钟开始阻击碉堡里的机枪射击，掩护爆破手行动。"

于震邦目送雷天泰和朴子离去,他吩咐崔云飞营长说:"你带上你的人,去看一下停泊在码头下面的船只,清水泊的五艘渔船要运载二营和三营的分队战士回苇子镇,你带来的两只帆船准备送史秦首长去莱州湾。日本人的警务船一律炸掉。"

"是团长,我去安排。"

于震邦来到盐垛子堆下见到史秦,告诉他准备一刻钟后发动攻击炸碉堡。史秦告诉他日本海上警备队的这座碉堡相对孤立,周边无策应支援,初步看火力并不强,说明碉堡里的人员不太多,可以尽快拿下来。这时,羊角沟镇北门方向传来密集的枪声,史秦对于震邦说:"应该是羊角沟镇上的日伪军要来码头增援,被高营长截住了。"

于震邦说:"老师放心,高营长带的二十名战士封锁北门不成问题。"在一旁的查枭勇说:"俺去镇北门看看,一会儿就回来。"

"好吧,查寨主注意安全。"于团长点头同意。

在前沿指挥战斗的李子滨营长,经过几次试探性攻击,基本掌握了碉堡里的火力情况。碉堡的二层和三层各有两挺机枪作为交叉射点,其他窗眼里是零星发射的步枪。面对战士们的三面包抄,敌方需要三面应付,火力显得左支右绌,顾此失彼。

正当李子滨营长下令发动进攻时,情况发生变化。日军把两挺机枪架在了碉堡的三层楼顶上,这样日本机枪手居高临下,视野开阔,让攻击中的战士暴露无遗。在前面行进中的两个爆破手被打翻在地,负责掩护的黑弹见状,几个翻滚到了碉堡正面,他举枪射击,在楼顶上的日军机枪手被击中的同时,机枪里射出的子弹也击中了黑弹。

看着黑弹仰面倒在地上,朴子大呼一声赶到黑弹跟前,趁日军一挺机枪被打哑的瞬间,他背起黑弹往侧面跑去。雷天泰掏出驳壳枪对着楼顶上的日军连开数枪,掩护朴子撤了下来。

碉堡顶层上的两挺机枪又响了起来,攻击中又有战士被打倒,雷天泰怒吼一声,接连几个滚翻到了碉堡的墙角下,他利用碉堡下宽上窄的建筑结构,腾空起跳让两脚踏住墙的棱角两面,伸出双手扒住石阶,纵身一跃已到碉堡一层的砖檐上。这座方形碉堡下层是石头砌墙,往上是青砖垒砌,砖缝之间又未嵌泥抹平,这让雷天泰登攀方便,几个蛙式跃进已到碉堡顶层。

史秦和于震邦正卧在盐垛上用望远镜观察战士们攻击日军碉堡的战况,当看到日军将机枪架在碉堡顶上,疯狂射击造成地面攻击人员伤亡时,他们知道了事情的严重性。史秦对于震邦说:"日本军人战术素养较高,看来这块骨头不是太好啃呀。"就在这时,望远镜镜头里出现了一个飘散着长发的汉子,像魔影般伏贴在碉堡的墙体上,于震邦叫了起来:"好功夫,是雷天泰。"

只见雷天泰纵身跃起,像只跳蛙,霎时间到了碉堡顶上,他手中大刀挥起,寒光闪过,两颗日本士兵的人头被砍落下来,再也听不见机枪的叫嚣声。

随着轰隆一声巨响,碉堡门被炸开,战士们喊杀着冲了进去。

码头上的枪声渐渐消停下来,迎来的是战士们的欢笑声。史秦和于震邦来到碉堡前面,看见一营营长崔云飞正指挥着战士们搬运从碉堡里缴获的物资,枪械、弹药、食品、衣物堆成了小山。崔云飞见到史秦和于震邦,报告说李营长正在碉堡里清剿,里面的物资大部分已搬运出来,等清扫完毕,再详细查点登记,然后分船装运。崔云飞话音刚落,三营营长李子滨和几个战士押着两个俘虏从碉堡里走出来,他见史秦首长、于震邦团长正在和崔云飞说话,边走过来行军礼说:"首长,我们大收获呀,经清查,碉堡里共十一名日本海上警备队员,击毙九人,击伤一人,俘虏两人。这两名俘虏一个是日本的报务员,另一个是翻译官,这个翻译官是曾在东京留学的烟台人,已经投降。"

史秦打量着这名日本俘虏,只见他戴着副眼镜,瘦弱的体型,双手抱着个大铁盒子,颤抖着身子显得惊恐又无奈,咋看也不像是个训练有素的日本军人,倒像是个正在读书的学生。于是问翻译:"这个日本报务员叫什么名字?多大年龄?"

翻译见是个长官问话,毕恭毕敬地回答:"他叫渡边太郎,今年十七岁,是上个月刚出日本本土被征入伍的在校学生。"

"他抱着的这个铁盒子是什么东西?"史秦又问。

"噢,长官,是个发报机,这个渡边嗜发报机如命,贵军俘虏他时,他还死抱着这个发报机不放,是我告诉你们长官是个发报机才允许他抱出来的。"

史秦点了点头,低声对于震邦说:"这个翻译和日本报务员由你带回团部,尽快与总部把通讯联系起来,注意培养自己的报务员。"

"是,老师,我明白。"

砰砰传来两声枪声,于震邦敏捷地顺着枪响的方向望去,看见远处有两个人影在打斗,他用望远镜观察,认出其中一个是查枭勇,另一个人是个矮胖子。于震邦把望远镜交给崔云飞说:"一营长,你看一下那个矮胖子是不是逃走的稽查队的头目。"

崔云飞接过望远镜，看了一会儿说："是，团长，正是逃走的那个人，他身上有支驳壳枪。"

"这个人应该就是侯金标，他是个惯匪，曾在清水泊干过五寨主，千万不要让他跑掉，否则会对清水泊造成损失。快，你带几个人去把他搞掉，格杀勿论。"于震邦命令道。

"是！"崔云飞边答应着，边挥手带上几个战士奔了过去。

原来侯金标逃到碉堡前面的一块洼坑里，他怕被打冷枪，卧在那里不敢动弹。碉堡里的机枪和地面上的长短枪械射击交织在一起，子弹嗖嗖地从他头顶掠过，他索性躺在坑里装死。剧大的爆炸声和喊杀声四起时，侯金标看见渤海纵队的战士们争先恐后地冲向碉堡，他摸了一下丢了帽子的脑袋，又摸了一下腰间的驳壳枪，猫着腰朝羊角沟镇方向逃去。

侯金标慌不择路一阵狂奔，等跑到一块结冰的滩沟时，脚底打滑重重地摔了一跤，他大口喘着粗气爬了起来，恍惚间发现对面走过来一个大汉，细看那走路的姿态似乎很熟悉，当他认出这位汉子是查枭勇时，不由得打了个寒战，知道自己不是人家的对手，他心一横自言自语说了声"先下手为强，后下手遭殃"，掏出插在腰间的驳壳枪，趁着对方还没有反应，往前赶了几步，用枪瞄向查枭勇砰砰连发两枪。他见查枭勇应声倒地，得意地用嘴巴吹了吹枪口上的余烟，摇晃着脑袋要过来看个究竟。

侯金标认为查枭勇被击毙，端着驳壳枪哼着小曲来到查枭勇身旁，正想伸出脚来踹一下，眼前的情形却让他惊呆了。只见查枭勇一只眼睛闭着，另一只眼睛睁开，眼珠漆黑微发金黄，泛光射出令人可畏。原来那两发子弹一前一后擦着他的耳边飞了过去。还不等侯金标反应过来，查枭勇鹞旋起跃，猿臂一伸抓住了侯金标的手腕，随即将执枪的手拗住，掐住关节顺势发力，侯金标手臂立刻麻胀疼得直叫，那支驳壳枪跌落在了地上。查枭勇见消除了驳壳枪的威胁，再行跨步切入对方的裆下，右手猛拉侯金标的臂腕，左手勾住侯金标的右腿，随着一声大吼，一个过肩摔把侯金标扔出一丈多远。

侯金标毕竟是个惯匪，也练过几年武功，他见自己被查枭勇扔出，便就地翻滚，又施马步支撑住身子，晃了晃脑袋，舞动了几下拳脚，呼喊着像疯狗一样朝查枭勇扑来。查枭勇见对方来得凶，也不退让，迅速旋转侧身，将右腿提膝抬高，待侯金标靠近施出他的绝招撩阴脚，只听咔嚓一声正中侯金标的右腿膝盖，侯金标惨叫一声，右腿被踹折，蹲坐在地上动弹不得。

这时，崔营长带着几个战士赶了过来，高声喊着："于团长交代，此人留不得。"

查枭勇听到崔营长的呼喊，他用脚尖挑踢起丢在地上的那支驳壳枪，用手稳稳地接住，抬手举枪对准侯金标的脑袋砰的打出一枪，侯金标顿时脑浆崩裂，像条死狗躺在了海滩沟里。

时近中午，海面上的东北风转成西北风，风力依然强劲，崔云飞营长看着风向转变心中大喜，他告诉于震邦团长和史秦首长，此时行船正是顺风，天黑之前就能到达莱州湾。史秦看着波涛汹涌的大海说："天助我也，如无意外我今晚就能到达昆嵛山前沿。"

他又看了看碉堡上面的航标灯，对于震邦说："碉堡不要炸毁，留下这个航标给渔民引航。"

"好的老师，您尽快登船吧，我已交代雷天泰和朴子一直把您送到根据地。"于团长看着雷天泰和朴子已全副武装站立在史秦身旁，又补充说，"本想黑弹也去，可惜受伤了。"

史秦问道："黑弹同志伤势咋样？这是条黑狼，一定要给我养护好。"

在一旁的李子滨营长说："首长放心，黑弹同志只是肩头和胳膊上各中一弹，还是皮外伤，没有伤筋动骨，并无大碍。"

史秦点了点头，对于震邦说："于团长，有事与你交代，你随我来。"

二人走到码头边上的僻静处，史秦叹了一口气说："按照延安总部的指示，要成立山东省军区，统辖四个分区。渤海纵队改为潍北军分区，你们团主要任务是在一年期限内改变成为骑兵团。马匹由清水泊提供，我昨日与陆枭雄寨主达成共识，你团选派六十名战士去清水泊学习养马驯马，清水泊派六十名寨兵去苇子镇教练骑术战技。"

史秦看着于震邦频频点头，他清了下嗓子又说："清水泊原本就是清朝驻青州满营的养马场，地理条件最适合养马，况且潍北地势平缓，又无山峦障碍，极适合骑兵机动作战。为把清水泊改变成人民军队的养马场，陆枭雄要在表面上依附日本人，目的是生存下去，当然这和国民党的曲线救国策略不尽相同，一旦抗日时机成熟，即可规建成为人民武装部队。此事要和你团相关的干部、战士们讲清楚，抗战需要智慧。"

于震邦行军礼回答道："老师您放心，学生记下了，我会尽快做出安排，及早实施这个计划。"

"还有，电台联络十分重要，山东省军区要求团级单位都要有电台联络，达到这个目标任重道远，所以你团还要利用俘虏的日本报务员，多培养些我们

第四十章 突袭

自己的报务员。"

"是，学生明白。"

史秦和于震邦两只大手紧紧握在一起，于震邦提醒史秦说："崔云飞营长和他的一营小分队已在船上等您，您先行一步，待我炸掉停在码头里的日本警务船，即与二营、三营小分队撤离。"

于震邦和李子滨目送史秦首长登上帆船，随着崔云飞营长一声号令，船上的战士们迅速起锚扬帆。西风正劲，两只帆船一前一后，乘风破浪往东方驶去。

第四十一章　怆愤

本田大佐正在营丘火车站的日本兵营里调兵遣将，布置攻击高崖镇的行动计划。八木少佐来到作战室报告说寿光驻军的吉冈少佐已率部赶到，本田大佐抬起头看了一眼墙上的挂钟问道："羽田中尉率领的机炮小队从潍县赶到了没有？"

本田话音刚落，吉冈少佐和羽田中尉一前一后走了进来。两人行军礼分别报告说已按大佐的命令，准时来到营丘火车站集结。本田满意地点点头，招手让大家来到墙上的军用地图旁边，他拿起教鞭指向高崖镇的位置侃侃而谈："就目前我部调集的兵力，攻击一个小小的高崖镇易如反掌，听说这个守镇的营长叫刘墨林很会打仗，我倒要看看这个干过土匪的人有多大的本领与大日本皇军对抗。"

本田环顾了一下吉冈、八木和羽田，扬起教鞭讲述自己的部署："这次攻击高崖镇，主攻要按两个方向。八木少佐带领的两个小分队及保安队以部分兵力在镇北门实施佯攻，主力则攻击镇东门；吉冈少佐率两个小分队及皇协军全部攻击镇西门。高崖镇南北狭长，从东西两个方向进攻容易得手。镇子的南门外边是仙月湖区，现在冰面已经融化，地势不适应攻击。"

八木少佐不解地问道："大佐阁下，如果刘墨林的部队从南门乘船入湖逃走怎么办？"

本田大佐笑了笑，得意地说："这正是我所期盼的，由羽田中尉率领他的机炮小队，在仙月湖西侧的堤岸上布置，以十五门迫击炮和六挺重机枪的火力，对付逃入湖中的船只和筏排，这会让仙月湖变成血液湖。"看着自己部下赞许的眼神，本田大佐又补充说，"安丘县驻军的一支分队联同皇协军一百二十人由武藤少佐率领，他们将在白狼山通往高崖镇的道路上设伏，以阻击马尚岭可能派出的援兵。"讲到这里，本田把手里的教鞭横过来放在桌案上问道，"对这个作战方案，你们有什么意见？请提出来。"

他见三人都在摇头表示没有意见，本田长呼一口气说："当然，衡量战争取胜的一般原则，是迫使敌国完整无损地归降，当为上上之策，而攻破敌国使其片瓦无存，为之稍逊一筹。本人在帝国大学读书时，记得课程里曾用了《孙子兵法》中的一段话：是故百战百胜，非善之善者也；不战而屈人之兵，善之善者也。"

看着八木成仁似懂非懂的样子，本田大佐问道："那个高崖镇小学的校长还在营丘县城吗？"

"这个，我问一下郭子敬县长，他们的在一起。"八木少佐边回答本田大佐的问话，边拨通了郭子敬的电话。

"报告大佐，郭子敬说秦佩琳准备明天回高崖镇。"

"吆西，你安排那个冒功领赏的阎子平，让他与秦佩琳明天一起去高崖镇，劝降刘墨林的有。"

"是，大佐阁下，同秦佩琳一起来的两个青年人也放回高崖镇吗？"

"噢，与押送关东挖煤的劳工一起苦力的有。"

"是，属下明白。"

日本人兴师动众要攻打高崖镇的消息传到了刘墨林的耳朵里，他召集手下的两个连队长商量。营丘县抗日救国独立营这两个连队长，一个叫孙广仁，一个叫傅有德，二人都是窑工出身，也是跟随刘墨林出生入死的铁血兄弟。当他俩听说日伪军来犯时，孙队长大手一挥叫嚷着要与日本人拼个鱼死网破，傅队长喊着要同归于尽，刘墨林摆了摆手让他俩安静下来，说："日本军队有枪有炮，装备精良，咱这高崖镇南北两面是砖墙，所以东西二门最难守卫。如果日本人动用重炮，恐怕咱独立营支撑不了半天。不过守要有个守法，撤也得有个撤法，我想咱们这样打，今天夜里孙队长率领你的连队悄悄出西门进入河滩沟埋伏，此日半夜时分看见镇上有烟火升空，即可从西门攻入。傅队长布置你的人马分四个城门把手，若敌攻得急，便节节阻击实行街战巷战，逐次撤入明楼与我带领的营部直属队藏入伙房下面的屯兵洞里，让日伪军白天在镇上折腾个够，待他们占领明楼，其指挥部必然设在这里。下半夜敌方困乏，咱们从屯兵洞涌出来，来个中心开花，内外反击，端掉敌方指挥机构，让其群龙无首，把日伪军逐出高崖镇。"

孙广仁和傅有德听了连声叫好，分别按着刘墨林的谋划安排去了。

刘墨林从桌案上拿起笔，匆匆写了一封信，折好信封后喊过两名卫兵来，吩咐道："你们骑快马去趟白塔镇，把这封信交给马尚岭县长，让县大队来帮帮场子。"

刘墨林目送二人出去，心里嘀咕着：这个秦佩琳校长几天不见个人影，也不知去了哪里，于是吹灭了点在案桌上的煤油灯，倒头便睡。

刘墨林在呼呼大睡中做起梦来，梦中他在戏台上唱起了京剧《潞安州》。他扮演宋朝节度使陆登镇守潞安州，日本人扮演金国元帅金兀术率兵来攻城。陆登一面死守，一面写信给宋将韩世忠请求救兵，不巧送信人被金兀术部下擒获，搜出陆与韩的蜡丸传书。金兀术令军师哈迷蚩冒充差官来到潞安城诈骗，却被陆登识破，即令部下将哈迷蚩鼻子割下，然后放归，金兀术大怒，只见这金兀术青面獠牙，手执大斧登台唱道：

　　　　　　本帅拥兵来压境，
　　　　　　小小潞安快投诚。
　　　　　　陆登斗胆敢反抗，
　　　　　　定杀个片甲不留……
　　　　　　嘿！血染红。

唱罢，他大斧一挥杀进城来。

刘墨林扮宋将陆登接唱：

　　　　　　倭寇来犯气汹汹，
　　　　　　烧杀抢掠不安宁。
　　　　　　吾设巧计来应对，
　　　　　　拼死一战决雌雄。

伴随着咚锵锵、咚锵锵的锣鼓声，梦中的金国兵将转换成了日本兵，呼喊着攻陷了高崖镇，到处杀人放火无恶不作。那个扮演金兀术的日本军官挥舞军刀朝他砍来，刘墨林大叫一声从梦中惊醒，浑身冒出冷汗。他起身喘息未定，卫兵前来报告，说秦佩琳校长领着营丘伪保安队队长阎子平前来求见。

刘墨林大梦初醒，他问卫兵现在是什么时辰，卫兵说已近晌午。刘墨林揉了揉眼睛说："刚才做了个割下哈迷虫鼻子的梦，这个阎子平就来了，难道也来施诈？此人是高崖镇被枪毙的地痞邢万成的表哥，听说他在营丘县城仗着日本人的势力为非作歹，今天老子要会会他，看看他的鼻子长的多大。"

刘墨林起身舀了一碗清水漱了口，吩咐卫兵看住阎子平，只把秦校长请来。

不多会儿秦佩琳走了进来，讲述了他在营丘县城的经过和日本驻军的本田大佐已发出进攻高崖镇的命令，沿途到处可见行进中的日伪军队，并说这个阎子平是奉本田大佐的指示前来劝降的。刘墨林听了点了点头说："秦校长，战事迫在眉睫，一场攻防大战在所难免，麻烦您把镇上的百姓老小尽快从湖上撤至白塔镇，这个阎子平我来对付。"

秦佩琳感觉到了事情的严重性，他答应着走出了明楼。

刘墨林喊来卫队长，如此如此，这般这般，布置了一番，然后通知阎子平进明楼。

阎子平一直在明楼门外的台基上等候，他见秦佩琳走出门来，哈着腰去打招呼，此时秦佩琳心急如焚，哪有工夫理睬他，秦佩琳铁青着脸快步走下台阶，一溜烟消失在街巷里。阎子平感觉不像是好兆头，想转身溜走，又被卫兵用枪逼住，只好佝偻着身子失神地站在原地等候召唤。

过了好大一会儿，一个卫兵从门内出来喊阎子平，阎子平跟随着卫兵来到院子里，一看那阵势吓得两条腿像弹棉花似的不住颤，只见左右排列着各执大砍刀的兵士形成了一条狭道。这些兵士大冷天光着膀子，明晃晃的刀片在太阳光照射下闪闪发亮，阎子平张大的瞳孔充满恐惧，他壮着胆子走进去，看见尽头一个戴着墨镜的人坐在太师椅上，手里玩弄着一把匕首，似乎不以为然地笑着。大刀在阎子平头顶上架起，阎子平战战兢兢地往里走，刚走几步被列队的兵士伸出腿绊了一下，一个趔趄趴在了地上，引发起一阵哂笑。阎子平刚爬起来，跌跌撞撞还没走几步，又被列队的兵士伸腿绊倒，他正想站起来，却听见队列中喊着："爬着走，爬着走。"阎子平只好像狗一样爬着来到刘墨林的脚下。

刘墨林用脚尖挑起阎子平的下巴颏，让他仰起脸来，见阎子平生得尖嘴猴腮，一脸狡诈，便没好气地问道："来者何许人也？"

"报，报告刘营长，俺是营丘县保安大队大队长阎子平。"

"你来我抗日救国独立营营部有何贵干？"

"俺奉日本驻军本田大佐之命，前来与您磋商归顺日本皇军的事。"

刘墨林听了仰天大笑，然后缓缓地说："狗东西，你用鼻子闻闻本营部是什么味道。"

阎子平用鼻子使劲闻了几下说:"报告刘营长,这院子里没有什么特别的味道呀。"

"狗东西,这剮刑的味道都没闻出来,看来你这狗鼻子没啥用了。来人,把这家伙的鼻子给我割下来。"

"遵命。"

过来两名壮汉,一个揪住阎子平的脑袋按在自己的膝盖上,另一个接过刘墨林手里的匕首抵住阎子平的鼻根,阎子平挣扎不得,只能张着嘴巴喊叫着:"刘爷爷饶命,两国交兵不斩来使啊。"

随着刘墨林把手一挥,那执刀壮汉嗖的一刀把阎子平的鼻子切了下来。

听着阎子平哭爹喊娘地叫唤,刘墨林骂道:"狗汉奸,竟敢来我营部劝降,瞎了你的狗眼。今个留你一条性命,回去转告小鬼子本田,我刘墨林在明楼等他过来比比刀法,再不滚蛋砍了你的脑袋喂狗。"

阎子平吓得屁滚尿流,捂着鼻子跑出明楼,踉踉跄跄出了镇北门,见到正在准备进攻的日伪军,方知本田大佐在镇子的东门外指挥,他忍着疼痛转到东门外,见到本田大佐哭诉刘墨林无礼,割掉了他的鼻子。

本田大佐看着阎子平的惨状勃然大怒,下令进攻北门。听着北门方向传来密集的枪声,本田叫嚷着:"刘墨林,土匪的干活,我要割下你的两只耳朵。"

他看了一下手表已是下午三点半,便抽出军刀朝着镇东门一挥喊道:"东门的、西门的,统统进攻的有。"

顿时镇内镇外枪炮声响成一片。

明楼院里建有一座五层的塔楼,登上楼顶可以鸟瞰整个镇子。刘墨林在阵阵枪炮声中,带领几个随从来到楼顶,他用望远镜瞭望着战况。他见北门方向枪声稀疏,东、西门却是枪炮激烈,意识到北门只是佯攻而已,二连队长傅有德的主力却在北门。他喊过身边的卫兵,让他速去北门找到傅队长,告诉他敌方对北门只是佯攻,让放弃对北门的防守,把兵力撤回明楼待命。

不一会儿,二连队长傅有德来到塔楼向刘墨林报告,说他的队伍已经撤到明楼门外,刘墨林告诉他让队伍分别到魁星楼和观音阁两处准备阻击,以掩护在东西门御敌的人安全撤回明楼。傅有德领命离去,刘墨林拿起望远镜朝南门方向观看。仙月湖水面广阔,岸边的冰层已经融化,一些冰凌在漂浮着。此时高崖镇南门口处人如潮涌,镇民们拎着大包小包,有的搀扶着老人,有的背着孩子,男女老少纷纷走下渡口准备乘船逃离。刘墨林从镜头里看见秦佩琳校长

第四十一章 怆愤

站在渡口台基上挥手维持秩序，人潮中秦丹婷正搀扶着墨林的母亲走向踏板上船，刘墨林觉得一股暖流涌上心头，嘴里喃喃自语："婷婷，我的心肝，有劳您了。"

一时间大船小船，也有临时扎的筏子都坐满了避难的镇民，船公们举起棹，奋力往湖心撑去，刘墨林一颗悬着的心终于放了下来。

刘墨林正想离开塔楼，窗外传来一种不祥的声音，破空的刺耳尖啸让人惊怵，气浪声随着飞溅起的水花在湖面上爆开。随之有几只船体被炸翻，崩落的碎屑和残片四处横飞，惊慌失措的人们被掀在水里，西岸上的重机枪对着落在水里的人群无情地扫射过来，断肢残躯抛散在水中，鲜血染红了湖面，情景惨不忍睹。

刘墨林惊叫一声，失手把望远镜丢掉在地板上，他脖子往上一梗，嘴里喊着："娘啊，丹婷……"

一口鲜血喷了出来，身子晃了几晃倒在地上，紧闭牙关，不省人事。

高崖镇外围战况激烈，本田大佐催促八木少佐指挥日伪军从东门发起攻击，八木少佐让保安队充当头阵，刚接近墙根时被一阵排枪打了回来。看着前沿留下了十几具尸体，八木让机枪掩护，调来四名手执掷弹筒的日本士兵近前发射，一时间烟火滚滚压制住了独立营的火力。八木抽出军刀高喊一声："突击给给。"

日伪军们呼应着冲了上去。他们到了东墙根，几个日本士兵用手雷炸开镇门，日伪军一窝蜂冲进了镇子里。

本田大佐见东门攻击得手，便让报务员联系在西门进行进攻的吉冈少佐，询问战况如何。当他得知吉冈率领的队伍已突入西门时，高兴地大手一挥说："独立营的一群乌合之众，我们街中心的会合，占领明楼的有。"

八木少佐带领他指挥的日伪军在街里搜索前进，当行至镇中央十字街口，这里距离明楼已不足五百步，却遇到了四面的火力阻击，几个士兵被打得血肉模糊，日伪军呻吟惨号，抱头鼠窜。八木急得哇哇大叫，下令进行还击，一时间各种火器交织在一起，整个高崖镇中心枪声萦绕耳畔，攻守双方形成对峙之势。

天色昏暗下来，本田大佐听见对面已经没有了枪声，他让八木少佐通知自己的士兵停止射击，战斗沉静下来。八木见独立营的人已撤退，他呼叫着队伍往明楼进发，朦胧中发现对面出现了一些人影，护卫在八木少佐左右的机枪手果断打出一梭子子弹，随着几声惨叫，对方的枪弹呼啸着扫射过来，八木的队伍顿时倒下一片。八木一个翻滚躲到路边一棵大树身后，抽出军刀恶狠狠地命令还击，一刹那炮火轰鸣，硝烟弥漫，双方展开了惊心动魄的对攻战。

本田大佐听见对方发射过来的炮弹在爆炸，马上分辨出这是用口径五十毫米的日式掷弹筒发射的榴弹，刘墨林的独立营怎么会有这种装备？又听见对方机枪的发射声，判断是昭和十一年定型的九六式轻机枪，本田恍然大悟，对面应该是吉冈少佐带领的寿光驻军。他连连喊叫停止射击，又让报务员呼叫吉冈，让他马上停火。一场误会，双方伤亡惨重。

吉冈的队伍和八木的队伍在明楼前会合，吉冈和八木铁青着脸相互埋怨着来见本田大佐。本田训斥八木少佐鲁莽，他见八木低下头，便指着明楼门旁挂着的"营丘县抗日救国独立营"的牌匾说："独立营已经没有了抵抗，难道刘墨林躲藏在这明楼里面？"

他看着八木和吉冈呆呆地站在一边也不说话，即下达命令："必须即刻进去清剿，抵抗者格杀勿论，决不姑息。"

"哈依。"八木和吉冈同时答应着。

明楼的大门紧闭，八木少佐瞅了一下，他只身跑上台基，对着大门就是一脚，吱呀一声，门被踹开，八木一挥手，他的部下冲了进去。大院里静悄悄的，一点动静也没有。八木下令搜索，偏房正堂、楼上楼下皆空空如也。

八木少佐返回明楼门外向本田大佐报告院子里的情况，本田摇了摇头表示不解，刘墨林的独立营消失到哪里去了呢？带着好奇，本田大佐在八木和吉冈的陪同下来到明楼大院，几个卫兵亮起了手电筒，本田看了看高高矗立的塔楼，对八木说："你的头前带路，我的上去看看。"

一行人来到塔楼顶层，本田环顾着夜幕下的高崖镇，黑压压的一片，连束灯光也没有，镇子里不时传来阵阵凄惨的泣哭声。这时卫兵在地板上发现了一架丢弃的望远镜，捡起来交给了本田，本田拿着望远镜倒吸了一口凉气，说："这是个诡异的镇子，通知羽田中尉和他的机炮分队回镇子里休息，你们辛苦大大的，今晚好好休整，明天对各家各户统统搜查，务必把刘墨林抓获。"

刘墨林终于苏醒过来，他睁开眼睛发现一盏油灯燃着火苗，在微弱的光线下他看到连队长傅有德坐在他身旁打瞌睡。刘墨林接连咳嗽了两声，傅有德惊喜地看见营长正睁着眼睛瞅着自己，便兴奋地把手伸到刘墨林的脖颈下，缓缓地把他扶了起来。刘墨林身子靠在墙上，他眨了眨眼问道："这里是屯兵洞吗？"

"是，营长，您可醒了，按着您的吩咐，兄弟们全部撤到了屯兵洞里。"

"噢，有水吗？俺渴了。"

"有，有哇。"

傅有德答应着，取了个军用水壶递过来。

刘墨林接过水壶，"咕咚咕咚"把水壶里的水喝了个一干二净，抹了抹嘴巴又问道："有德，你看看现在几点了。"

傅有德从衣袋里掏出怀表看了看说："刚过午夜十二点，正是子时。"

"噢，俺娘和丹婷死得惨呀，要报仇啊。"刘墨林说完眼睛里又涌出泪来。

这时一群营兵围了过来，纷纷叫嚷着："要报仇，要报仇！"

刘墨林抱拳拱手，似乎是表示感谢，又告诉大家："再等一个时辰，派两个兄弟从这屯兵洞外口到后街的戏台上去放钻天猴，埋伏在西门外滩沟里的孙队长看见这升空的烟火就会从西门打进来，在这屯兵洞里的人要做好准备，一会儿出去杀他个人仰马翻。"

"营长放心，弟兄们都把枪擦了好几遍了，大刀长矛也磨得犀利，就等您下命令了。"

傅有德吩咐道："兄弟们先沉住气养养神，也让咱营长再歇会儿。过一个时辰后杀出去，给咱死去的乡亲们报仇！"

第四十二章 反击

高崖镇今夜出奇地黑暗，天上没有星星也没有月亮，整个明楼大院阴沉沉地蜷缩着，如同被一只大铁锅扣在底下。刘墨林双手各执一支驳壳枪，率领着他的营兵从伙房的地窖里钻了出来。他们悄悄地来到院子里，刘墨林看见塔楼顶上有灯光晃动，知道日伪军在上面布置了岗哨，他朝跟在身边的傅有德耳语几句，傅有德带着他的连队直奔塔楼。刘墨林轻轻打了个口哨，召集营部直属队朝着他们曾住过的营房扑了过去。

傅有德率队摸到塔楼前，见楼门掩闭，他拔出佩戴在腰间的匕首插进门缝，悄无声息地把门闩拨开，轻轻地推开半边门隙，率先侧身闪进屋内，里面横七竖八躺着一屋子人。原来睡觉的都是从寿光县城过来的皇协军，整整百把号人的一个连队，躺满了上下三层塔楼。傅有德与他的营兵常在塔楼里爬上爬下，进塔楼是轻车熟路，很快摸到了楼梯处，一行人蹑手蹑脚登上三楼塔顶。

本田俊二不愧是个久经沙场的指挥官，他在塔楼顶上布置了哨兵，要求每两个小时轮换一次岗。傅有德带着营兵登上楼顶时，黑暗中守岗的士兵认为是来人换岗，行了军礼刚想离开，却被傅有德和他的部下用匕首割断了脖子。

嗖嗖几束耀眼的曳光划过夜空，随之几声巨响后，天上绽开了五颜六色的烟花，在漆黑的夜里显得格外明亮。傅有德和他的营兵在塔顶上看得过瘾，只呼"好个钻天猴"。傅有德趁着烟火映照的余光，捡起了日本哨兵尸体边上的手电筒，他推上开关照着光束要解决那些还在熟睡中的皇协军。刚才烟花在沉寂的夜空中炸开，也惊醒了不少皇协军的士兵，他们在惊慌中看见几束手电筒的光线照射过来，都认为是日本人来查夜，于是又闭上眼睛装起睡来。当发现有人正在收缴他们竖在墙根下的枪械时，想起身反抗为时已晚，毕竟贼亮的大砍刀在他们头顶上晃着呢，哪还有人敢动弹。就这样塔楼里一个连队的皇协军，均被抗日救国独立营傅有德的二连队全部控制住。

刘墨林的营部是一幢四开间的大瓦房，建在明楼大门西首，今晚本田大佐住在这里。内间由本田一个人居住，八木少佐和报务员睡在侧间，外二间住着本田大佐的卫队。最让本田不能忍受的是八木少佐如雷的鼾声，时断时续的呼噜毫无规律可言，震得满屋簌簌作响。本田无可奈何，只得披上大衣拿起一只手电筒照着光束要去院子里溜达。他刚跨出门槛，发现漆黑的夜里出现了几颗亮点，尖叫着划破天空，随之嘭的一声巨响，爆开的烟花照亮了院子。本田惊魂未定，隐约看到前方有一群人影在移动。本田大叫一声不好，回身晃着手电喊叫起来："统统起床，战斗的有。"

正在熟睡中的卫兵们被本田的吼叫惊醒，穿衣服的、找鞋子的、摸索着取枪的，顿时乱作一团。本田大佐嫌他们动作太慢，掏出手枪朝着房顶砰砰连放两枪，八木少佐翻滚下床，未来得及穿上衣便来到本田身旁："大佐阁下，什么的情况？"

"我们被独立营包围了，突围的有。"

听到本田大佐的命令，八木声嘶力竭地大叫着："快快保护大佐突围的有。"

八木随手抄起一挺歪把子机枪，对着门外突突突就是一梭子子弹。屋里的卫队摇晃着手电筒，冒着对面射过来的枪弹，掩护着本田大佐和报务员朝着明楼大门跑去。明楼门内躺着从营丘县城过来的保安队员，因房子少安排不开，这十几个人只好在门楼里睡起觉来。当听到院子里枪声大作，慌忙起身敞开大门就往外跑。八木和本田的卫队大呼小叫地簇拥着本田大佐，随着保安队员逃到了大街上。

刘墨林带领着营部直属队猛扑过来，当他发现日军已被惊动，便命令开枪射击。营兵们报仇心切，边射击边呼喊："杀鬼子呀，给乡亲们报仇啊……"声音响彻明楼大院。突如其来的夜间攻击给入侵高崖镇的日伪军以极大的精神震撼，住在营房里的两个日军分队处于恐慌之中，士兵大多衣冠不整，丢下武器仓皇出逃，吉冈少佐也在黑暗中跳出后窗逃到街上。几个未来得及逃走的日本士兵，均被冲上来的独立营官兵枪击刀砍，死于混战之中。

本田大佐和他的随员在深更半夜里分不清楚东西南北，像一群没头苍蝇在漆黑的高崖街上到处乱撞。惶恐之余，对面一阵"杀鬼子"的呐喊由远而近，他们吓得慌作一团，赶紧关掉手电筒，折返又逃。本田俊二已是方寸大乱，正在无可奈何之时，却发现对面不远处有几支手电筒的光束在晃动，八木少佐打开手里的手电筒，摇着光束问道："你们是什么人的干活？"

一个熟悉的日本语传来："我的，羽田中尉的机炮分队。"

八木欣喜若狂，告诉本田大佐说："是羽田中尉的有。"

"吆西，我们的过去会合。"

两支队伍合兵一处，羽田说，他和他的机炮分队住在离镇南门还远的观音阁里，当听到镇内激烈的枪战声和喊杀声，知道情况有变，即集合队伍利用炮兵射击用的测距罗盘，找到了在东门守备的车队。听说本田大佐没有回来，便将携带的炮弹辎重留在汽车里，带上轻武器返回镇子接应本田大佐。本田听了羽田的叙述，连声夸奖羽田年轻有为，是帝国军队的人才。

本田大佐在羽田中尉的引导下来到镇子东门外，本田命令将停靠在墙根下的五辆卡车开出距离镇门一千米开外，然后调转车头对着大门开启车灯照射，又命令羽田把重机枪对准镇东门，做好射击准备。听着镇子里喊杀声和枪声持续不断，想到吉冈少佐和两个小分队的士兵还没撤出来，本田焦虑地看了一下手腕上的夜光表，时间是五点半。他稳了一下神，喊过报务员来，即刻通知在白塔镇外围设伏的安丘驻军武藤上尉，让他停止设伏，上午八点之前务必赶到高崖镇东门增援。

天色渐渐破晓，东方兀地从层云中染出了一片红色的血光，笼罩着整个镇子。公鸡开始啼叫，长长的声调此起彼伏，像是在为惨死在仙月湖里的镇民们哀鸣。

刘墨林站在塔楼顶层上，用望远镜注视着东门方向，孙广仁和傅有德两个连队长找他。刘墨林端着望远镜问道："你俩说说，这次夜袭咱是赢了还是输了？"

孙广仁说："营长这是咋说呢，咱当然是赢了，俘虏一百多人的皇协军不说，杀死日本士兵七人，收缴歪把子机枪五挺，三八大盖步枪百余支，还有六箱手榴弹和十几箱子弹，咱抗日独立营发大财了。"

傅有德却遗憾地说："营长，您说咱放这钻天猴，孙队长看到了，日本人也惊动了，要不然咱把明楼里的日本鬼子全都包了饺子，他娘的一个也跑不了。"

"唉，日本人跑出了镇子又在东门外集结，你来看看，五辆大卡车一字排开，亮着贼亮的灯还架起了重机枪，这是要准备进攻呀。"

刘墨林说着把望远镜递给傅有德，傅有德拿起望远镜朝东门看了一会儿说："营长，您放宽心，从布阵上看是防守。"

刘墨林听了却眉头一皱，说："他们是在等待援兵。大伙饿了吧，我们先下楼吃点东西，再去街上察看防线。"

三人从塔顶走到楼底，在皇协军的俘虏堆里站起一个披着黄呢大衣的中年汉子，他躬身行礼后说："麻烦三位长官，兄弟是寿光县皇协军步战连的连长，俺叫张纪台，有事禀告。"

走在前面的傅有德不耐烦地说："啥事，快说。老子可没工夫听你胡说八道。"

"哎，本连兄弟们被关了大半天，先不说没吃上饭，大小便要解决吧，有几个兄弟快憋不住了。"

刘墨林对傅有德说："吃饭睡觉，拉屎撒尿，人之常情，不足为怪。安排几个营兵执枪看押，一次一个俘虏排队去厕所，让他们解开裤腰带，提着裤子出门，耍滑头者格杀勿论。"

刘墨林吩咐完毕，看了一下这个自称皇协军连长的张纪台问道："怎么，你真的饿了？"

"是，长官。俺们昨天在营丘日本兵营吃了顿早餐，队伍开拔到高崖镇，到现在水米未进，真是饿得慌。"

"那好，你跟我走。"刘墨林说着一挥手，头前走出了塔楼。

四人来到伙房，厨兵端上来三碗热气腾腾的面条放在餐桌上说："俺用葱油爆的锅，香着呢。趁热快吃吧。"

看着张纪台一脸窘态，刘墨林吩咐厨兵说："给他也盛一碗面来。"

厨兵答应着，去后厨端来一碗面条放在了张纪台面前。大家吃着面，孙广仁问道："看你年纪也不小了，好好一条汉子，为啥去给日本人当皇协军？"

张纪台羞涩地回答："唉，俺原是国民革命军驻博山保安团张竞约团长的下属排长，去年立冬奉命去攻打临朐县大土匪刘墨林的黑旺山寨，我排在山下守护辎重。谁知这刘黑子善于用兵，火攻张竞约致其溃不成军，守护的辎重被烧了个一干二净。张竞约军纪严明，俺怕被杀头，就跑回了寿光纪台乡老家，后来听说投靠日本人的汪兆铭主席在天津办起了华北陆军军官队，俺花了十块大洋去那里买了张中尉官职委任状，年前寿光皇协军招募，俺当上了连长。"

傅有德听得好笑，便问道："你认识刘黑子刘墨林吗？"

"俺只闻大名未见其人，听说他面如黑炭，长发獠牙，像个大魔头。"

听着张纪台的回答，在旁边的刘墨林、孙广仁和傅有德忍不住哈哈大笑，差一点把嘴里的面条吐了出来。

傅有德用手里的筷子敲了几下碗，又指向张纪台说："你这人真是有眼无珠,你对面这位就是黑旺山的大寨主刘黑子,现任营丘县抗日救国独立营营长。"

傅有德话音刚落,张纪台两眼直瞪着刘墨林,张着大嘴巴半天没说出话来。过了好一会儿,摇了摇头说:"真的吗?"

刘墨林微微一笑说:"本人即是刘黑子,姓刘名墨林,不像个杀人魔头吧!"

张纪台这才拱手施礼,结结巴巴地说:"小的有眼不识金镶玉,不知您就是刘大寨主,不,是刘营长,得罪,得罪。"说着跪在地上磕起头来。

刘墨林问道:"这次日本人攻打高崖镇来了多少兵力?指挥官是本田大佐吗?"

"回刘营长话,来攻高崖镇的指挥官是本田大佐,他带来了一个分队的卫兵。营丘驻军的八木少佐带了日军一个小队外加县保安大队四十多人。寿光驻军的吉冈少佐带来一个日军小队外加我带的皇协军一个连队一百二十人。另有潍县驻军的羽田中尉,他带来一个机炮分队。"张纪台停顿了一下又补充说,"听说安丘驻军一部分在白塔镇外围设伏,以阻止增援。"

刘墨林听张纪台说完,摆了下手对张纪台说:"你回塔楼看好你那些弟兄,不要惹是生非,否则严惩不贷。"

孙广仁挥手让卫兵把张纪台押送出去。

刘墨林伸了个懒腰,站起身来说:"嘿,真是冤家路窄,这次要与本田老鬼子算算账,咱去东门看看。"

三人刚出明楼大门,看见台基下秦佩琳校长带着一帮镇民走过来,他们有拿着长杆子的,有拿着绳索白布的,说是要去湖里打捞乡亲们的尸体。刘墨林告诉秦佩琳,日伪军并没有撤退,正在东门外集结,随时可能进攻高崖镇。秦佩琳听了脸色顿时沉下来说:"刘营长,你看咋办?"

刘墨林拍了拍腰间驳壳枪说:"莫怕,兵来将挡水来土掩,咱死守东门,沿街设三道防线,本营将士誓与高崖镇共存亡。"

秦佩琳走到台基上,挥手对镇民们说:"日本鬼子还在东门外,他们还想攻击咱高崖镇,大伙先帮着独立营抗敌,对付倭寇宁死不屈!"

镇民们呼应着随刘墨林往镇东门进发。

本田俊二叉着双腿按着军刀站在开着灯的汽车前面,两只眼睛死死地盯着高崖镇的东门。随着天气渐亮,一些日本士兵陆陆续续从镇子里逃了出来。本田喊来八木少佐让他清点人数,不一会儿八木来报告,说营丘、寿光驻军的两支小队失踪十五人,其中包括吉冈少佐。寿光皇协军一个连队全部失联,营丘保安大队只有十二人归队。本田听后一脸不悦，他命令八木少佐带领自己的卫队去各个镇门去接应。八木刚要行动，却看见从北面来了一群士兵，搀扶着吉冈少佐一瘸一拐地走了过来。原来吉冈在跳窗时崴了脚，夜里又分辨不出方向，所幸在大街上遇见了自己的士兵，一伙人跌跌撞撞摸到了此门才得以逃脱。

几声喇叭的鸣笛响起，本田闻声转身望去，见两辆汽车满载着全副武装的士兵开了过来。安丘县驻军的武藤上尉从汽车上跳下来，行军礼报告："大佐阁下，安丘驻军上尉武藤进二率队赶到，另有皇协军九十六人随后跟进。"

"吆西，辛苦大大的，请让你的部下稍作休息，等待进攻命令。"

武藤上尉的到来，像是给本田打了一针强心剂，让他又振作起来。本田看了一下手腕上的表，已是上午七点十分，他召集八木少佐、武藤上尉和羽田中尉，布置进攻方案：八点整，由羽田的机炮分队先用迫击炮轰炸，武藤率队攻击，待安丘的皇协军到位，由八木少佐督战杀入镇内。

"明白，明白。"三个军官答应着。

高崖镇内正在为应战做准备，在刘墨林和秦佩琳号召下，军民唇齿相依，决心抗击日本人的入侵。乡亲们拆下自家的门板作挡墙，抬出家中的箱子，里面填上沙土堆积在街心，形成了三道防线。

刘墨林看着南侧街边有一排用石头垒砌的平顶房屋，便让营兵们把沙袋子摆放在屋顶，又把缴获的几箱手榴弹抬上去，一旦日伪军突入街里，即可将手榴弹从上往下抛出炸敌。

上午八点刚过，随着本田大佐一声令下，日军的迫击炮开始对东门进行轰击。武藤上尉挥舞着军刀指挥他的士兵冲杀过来，守卫东门的独立营官兵抵挡不住，纷纷退到街里来。在街里第二道防线镇守的刘墨林指挥还击，长枪短枪，一阵突射，顽强地把日军的进攻势头压住。武藤吼叫着让士兵用掷弹筒发射榴弹，随着几声爆炸，独立营的两挺机枪被打哑，日军又喊叫着冲杀过来。刘墨林和他的营兵被迫撤到第三道防线，在街边平顶房上的营兵见日军突涌而来，便一个劲地往街心扔下手榴弹，顷刻间，闪电伴随着巨响在敌群中开了花，冲到街心的日本士兵猝不及防，扔下七八具尸体狼狈撤退。傅有德呼喊着率领几十名营兵反冲上去，一直把日军赶出东门外。

本田大佐见攻进镇子里的日军败退回来正在疑惑不解，武藤上尉一脸无奈地过来报告，说敌方在街内设了埋伏，并从沿街房子上投掷手榴弹，造成伤亡，他们又无后续兵力跟进，不得不退了回来。本田闻听大怒，要亲自率日军再攻高崖镇，此时突听身后枪声大作，他转身望去，只见一群身穿黄色棉装的皇协军士兵溃逃过来，本田举起望远镜观察，发现在这些皇协军身后有一支队伍在追击他们。本田命令羽田中尉迅速用重机枪组成一道防线，又让武藤派出通信兵摇动旗子，把溃散的皇协军收拢起来。

本田见追击的队伍在远处只是放枪呐喊虚张声势，并无冲锋攻击的举动，他判断这是来自白塔镇增援的国民党军队，无多大战斗能力，一颗惊恐的心安顿下来，他决心要对高崖镇进行继续攻击。本田看到刚刚逃窜过来的皇协军，有的坐在地上大口喘气，有的干脆躺下来喊叫着没吃上早饭饿得慌，一个个萎靡不振，哪里还有点军人的气质。本田怒不可遏，他喊过武藤上尉训斥了几句，武藤抽出军刀，朝着一个躺在地上的士兵一刀扎进他肚子，那士兵惨叫一声滚翻着死去。面对惊恐万分的皇协军，武藤吼叫道："统统地列队集合！"

那些皇协军战战兢兢地起身列队，随着武藤上尉发出的口令，列队完毕的士兵们有序地报起数来。当最后一个报到七十五时，本田大佐走了过来训话："你们的像是一群被追赶的羊，有损大日本皇军的颜面，统统的胆小鬼。我的知道你们没有吃上早餐，可是皇军的士兵同样没有吃上早餐，有的昨天晚上也没有吃上饭，本大佐也在饿肚子。"本田说到这里，指了一下前面的高崖镇又说，"镇子里边水的有，粮食的有，女人的也有，只有攻杀进去，才能得到我们需要的一切，你们的明白？"

"明白，明白。"皇协军们有气无力地喊着。

本田大佐举起了他的指挥刀，大声喊道："过一会儿你们要勇敢地去冲锋，有贪生怕死者，皇军的机枪是不会吝啬子弹的，统统明白？"

"明白，明白。"皇协军们胆怯地答应着。

刘墨林在镇子里让孙广仁和傅有德召集起营兵，一边去安置伤员，一边去加固工事。秦佩琳校长带领的乡亲们送来稀饭和大饼，营兵们吃着喝着准备再战。刘墨林也顺手取了个大饼，边咀嚼着边来到镇东门口，他登上镇门楼子用望远镜看到对方在集结队伍准备进攻，预感到接下来将会是一场血战。当他观察到对面一些衣冠不整的皇协军正在列队，倏忽间一个想法涌现心头，他问询在身旁的傅有德："关在塔楼里的皇协军有多少人？"

"没细数，应该超过一百人。"傅有德回答。

"你去把他们押解到这里，全部拆掉腰带提着裤子过来。"刘墨林命令道。

"是营长，俺这就去办。"

不多一会儿，傅有德和他的营兵押解提着裤子的皇协军走了过来，刘墨林喊出皇协军的连长张纪台，对他说："张连长，本营长今个开恩要放你们

第四十二章 反击

回去。"

张纪台提着裤子一脸尴尬，躬身点头说："多谢刘营长开恩，俺和弟兄们不胜感激。"

刘墨林做了个鬼脸说："这需要一个条件，你们须脱掉这身黄皮，方可让你等迈出这镇门。"

张纪台似乎没有听懂，结结巴巴地问道："请刘营长明示，到底让兄弟们咋办？"

傅有德在一旁催促道："就是谁脱个精光就放谁出去，不脱光的就地枪毙！快点给老子脱，免得浪费子弹。"

"哎，哎，俺们脱，俺们脱。"皇协军们答应着，纷纷在脱穿在身上的衣服。

刘墨林看着脱得一丝不挂的皇协军，命令守卫的营兵："敞开大门，放他们出去。"

脱得赤裸裸的皇协军们被冻得瑟瑟发抖，争相涌向镇门外。

本田大佐此时正高举着指挥刀准备下令攻击，却突然发现从对面镇门内涌出一片赤身裸体的人群，随着日军机枪的一阵扫射，呼啦啦倒下一片。人群中开始有人高喊："皇军呀，别开枪，俺们是吉冈少佐带来的皇协军寿光连队，千万别开枪呀。"

高举着指挥刀的本田大佐顿时目瞪口呆，当他还没明白过来是怎么回事时，报务员拿着一份刚接收的急电赶了过来，本田看电文写着：大佐阁下，共产党的渤海纵队今早七时乘船在寿光羊角沟镇登陆，我海上警务队官兵全部玉碎，羊角沟镇被围，请求支援。

本田看后大惊失色，好似晴天霹雳当头一击，蓦的他短促地痉挛了一下，呼了一口气，许久才缓过神来。他意识到寿光县城兵力空虚，如果这支共产党的部队占领羊角沟镇，进而攻击寿光县城，定会凶多吉少。为得到一个高崖镇却失去了一个寿光县城，实为得不偿失。他踱步在原地转了几圈，最后不得不下令："统统撤退！"

一时间汽车喇叭声、呼喊叫、骂声乱作一团，衣帽不整的和赤身裸体的皇协军混杂在一起，一群人如丧家之犬跟随着日军的卡车仓皇逃去。

第四十三章 超度

刘墨林在高崖镇东门口举起望远镜观察日伪军的动向，不知为什么发现敌营中乱作一团，随即如鸟兽散逃之夭夭。刘墨林判断不出日伪军为何突然溃逃，有点不相信自己的眼睛，他带领着孙广仁和傅有德两个连队长出东门观看，见日伪军已经逃得无影无踪。刘墨林正诧异，却发现从镇子的东南方向赶过来一支队伍，待走近才认出是张海生率领着县抗日大队的人赶到。

张海生来到刘墨林跟前，两人相互握手寒暄了一阵，刘墨林说："张大队长到来就像一场及时雨，把那些日本旱魔赶跑了。"

张海生想着他来之前马尚岭县长交代的话："你去高崖镇只是虚张声势，帮帮场子，切勿与日本人真刀实枪地打起来，咱县大队这点兵力不能让日本人给包了饺子。"张海生觉得有些不好意思，连忙说："实在惭愧，县抗日大队倾巢而出，六十来人只有三十多条枪，剩下的是大刀长矛、土炮火铳，只是尽其所能来帮帮场子。"

刘墨林用眼瞥了一下这些县大队的人，手里拿着七凑八拼的枪械，觉得确实寒酸，便说："患难之交诚可贵，你们能来帮场子就是好兄弟。咱们去镇上明楼一叙。"

刘墨林陪着张海生进了镇子，见秦佩琳带领着一群头上扎着白布带子的镇民迎了过来，秦佩琳对刘墨林说，死在湖里的人已经泡了一整夜，要去打捞上来。又说秦丹婷的父亲领着几个镇上的木工正在赶制棺材，捞上来的尸首先放在观音阁超度三日，全镇公祭后，统一下葬在位于仙月湖西岸的秦家墓田里。

刘墨林吃惊地问道："秦校长，那天丹婷的父母没有跟着下湖吗？"

"没有，秦立业和丹婷她娘去了徐家庙给亲戚家修门楼子，幸免于难。"

听了秦校长的话，刘墨林呼出一口浊气，用低沉的声音对旁边的孙广仁说："带上你连队所有人，去湖里帮着秦校长去捞死在湖里的乡亲们，务必把俺娘和丹婷的尸首找到。"

"是，营长，您放心，俺这就去。"

看着孙广仁陪秦佩琳离去，刘墨林对张海生说："贤弟率领县大队的弟兄们一大早从白塔镇赶来打鬼子，想必饿坏了吧，去明楼营房里吃点东西，咱俩边吃边聊。"

张海生闻听刘墨林的母亲和他未婚妻遇难，心头一阵悲伤，觉得很不是滋味，躬身施礼说："实不知家母和丹婷老师遇难，仁兄节哀呀。"

刘墨林也不答话，二人牵着手进了明楼，来到伙房内间落座，一会儿厨兵摆上几个炒好的素菜，上来两笼大馒头，又端来一盆面汤，刘墨林拿起一个馒头对张海生说："多谢马尚岭县长派贤弟赶来支援，您有所不知，这帮可恨的倭寇昨天下午一度攻入高崖镇，并在湖西岸设伏袭击逃难的镇民，以致高崖镇八十多口男女老少惨死在仙月湖里。为祭奠亡魂，今天咱就不沾荤了，还请贤弟见谅。"

张海生听到镇上的乡亲死去八十多人，脑海里浮现出高崖镇战况之惨烈。他瞥了一眼笼里的馒头，并没想去动，站起身来抹了一下嘴巴说："刘营长，高崖镇驱寇大捷，我定当与马县长详告为您请功，这边一摊子后事还待您去料理，我这就回白塔镇，台兄保重，我和县大队的弟兄们这就告辞。"

刘墨林见张海生要走，便叫来傅有德在他耳边嘀咕了几句，傅有德点头走了出去。刘墨林转身示意张海生坐下，动情地说："日本人凶残暴戾，毫无人性，墨林与倭寇不共戴天。杀母之仇、亡妻之恨，墨林必报，血债要用血来还。"

张海生甚为激动，他握起拳头在餐桌捶了一下说："兄母即是我母，我与大哥心心相依，抗日驱倭，海生义不容辞！"

刘墨林送张海生走出伙房，见先抗日大队的队员们已在院子里等候，刘墨林对张海生说："我想检阅一下你们县大队如何？"

"当然可以，老兄您请。"

随着张海生的一声口令，县大队的六十多名队员列队完毕，张海生喊道："有请营丘县抗日救国独立营刘墨林营长训话。"

县大队的人听到刘墨林的大名，如雷贯耳，他的事迹早就被传得神乎其神，特别是这次大败本田大佐的三县日伪联军，大家更是对刘墨林敬重有加，奉为神明。大家一听刘墨林要训话，站直着腰杆打足精神注视着。

刘墨林来到队伍前面，却没有要训示的意思，他看着十几个手拿长矛身背大砍刀的队员问道："你们几个喜欢长矛还是喜欢快枪？"

"报告刘营长，俺们喜欢快枪。"队员们齐声回答着。

刘墨林一挥手，傅有德和他的营兵把早就准备好的枪支分发给县大队的队员们。张海生见县大队的人正在摆弄着刚得到的枪，队列有些不整齐时，高喊一声："立正，全体都有向右看齐。"

队伍立刻整齐有序。

"稍息，大家继续听刘营长训话。"张海生喊完队列口令，躬身朝刘墨林做出请的手势。

刘墨林向前跨了一步说："感谢县抗日大队来高崖镇帮场子，打日本咱们有福同享，有难同当，本营长决定将独立营缴获的日本三八大盖步枪二十六支、歪把子机枪两挺、子弹两千发送给你们县大队。记住了，我们要共同抗日打鬼子。"

刘墨林的话音刚落，县抗日大队的队员们高喊着："共同抗日打鬼子，共同抗日打鬼子……"

天近傍晚，在白塔镇县公署的马尚岭县长有点沉不住气了，他接到省党部发来的密报，由青岛驻军的本田大佐，纠集潍县、营丘、安丘三县的日伪军，以超出三百人的兵力来攻击高崖镇。马尚岭预计到刘墨林凶多吉少，他最担心的是张海生的抗日县大队，这支区区六十多人的队伍去为高崖镇解围，无疑是以卵击石，战事成败可想而知。马尚岭惴惴不安地走到院子里来回踱步，正当他一筹莫展时，却听见院门外传来一阵欢笑声。

张海生率领六十多名县大队队员气宇昂扬地走进县署大院，前头的两名队员肩扛两挺机枪，随后的队员全部背着上了刺刀的步枪，个个威风凛凛，好不气派。正当马尚岭县长惊愕之时，张海生兴冲冲跑过来报告："报告马县长，高崖镇保卫战取得大捷，刘墨林的独立营大获全胜。"

看着马尚岭吃惊的样子，张海生粲然一笑又补充说："咱县大队毫发未损，这刘墨林也大方，送给咱县大队步枪二十六支、机枪两挺、子弹两千发。按您吩咐，咱帮场子是名利双收啊。"

马尚岭听了顿时眉开眼笑，吩咐下属让伙房今晚多加几个菜，炖上两只山羊，他要亲自为县大队把盏庆功。

张海生跟着马尚岭进了县署办公室，马尚岭不解地问道："海生呀，你详细说说，刘墨林是怎样打败本田指挥的三县联军的。"

第四十三章 超度

"这场大战,本田俊二和刘墨林各施诡计,日伪军围了高崖镇东西北三个镇门,故意留下南门不攻,待高崖镇的百姓乘船进湖逃难,即以迫击炮轰击,配以重机枪扫射,造成八十多口镇民惨死在湖中,其中包括刘墨林的母亲和他的未婚妻秦丹婷。"张海生说到这里,眼圈红了起来。

马尚岭颇感震惊,骂道:"本田这只老狗竟然如此狠毒,是可忍,孰不可忍!"

海生停顿了一下,又说:"刘墨林也不是等闲之辈,他在日伪军到达之前,先派一个连队在离镇西门不远的壕沟里埋伏,自己率另一连队阻击日伪联队。奋战至傍晚,刘墨林利用天色故意放敌军入镇,却将独立营隐藏于明楼的地下藏兵洞里。日伪军当晚占领明楼遂在兵营休息,子夜过后,刘墨林施放钻天猴为号,埋伏在镇西壕沟里的独立营连队从西门掩杀入镇,随即刘墨林率兵从暗道涌出突袭敌军。日伪军猝不及防,损失严重,其中从寿光前来参战的皇协军整连一百多人悉数被俘,本田大佐和部分日军逃出东门幸免被捉。待至天亮,安丘日军一个小队来增援,本田纠集兵力又攻,战况一度激烈,日军曾攻入镇内又被击退。本田欲再度进攻,刘墨林施出损招,逼迫俘虏的寿光皇协军脱去衣服,赤裸着身子去挡日军的子弹。这时,我率县大队已临近高崖镇外围,却发现前面有一支皇协军徒步赶至增援,被我从背后连唬带吓,使其溃不成军。至此,日军已是疲惫之师,本田见斗不过刘墨林,遂下令撤退,日伪军兵败如山倒,丢盔卸甲,好不狼狈。"

马尚岭听完张海生的叙述,长舒一口气赞叹道:"刘墨林战神也,必将是党国之将才。"

马尚岭坐在圈椅上沉思了一会儿,突然问张海生:"你说县大队在外围恫吓前去增援的皇协军,使其溃散,对高崖镇保卫战的胜利起到了多大作用?"

"嗨,县长,县抗日大队对整个高崖镇战事的作用是微乎其微。"张海生摇了摇头回答。

"不,刘墨林镇守高崖镇,阻击日伪军有方,你在外围配合得当,应是同等功劳。对,呈报省党部高崖镇保卫战取得大捷的电文就以此发稿,恳请嘉奖。"

张海生正想回话,马尚岭挥手制止了他,随后起身离开圈椅在屋里踱了几步,又问张海生:"不知刘墨林的母亲什么时间安葬?"

"听说死在仙月湖里的八十多口老少先在观音阁超度三日,公祭后全部埋葬在湖西岸的秦家墓田。"

马尚岭听了张海生的回答,吩咐道:"你明天到镇上准备好三牲祭品,多扎些纸人纸马，再雇上一个锣鼓丧仪班子，三日后你我要亲自去高崖镇参加公祭，并为刘墨林的母亲敬香。"

"好的，县长，县大队的弟兄们还等您去犒劳呢。"

张海生帮着马尚岭披上大衣，二人走出了县公署办公室。

此时刘墨林正在塔楼上用望远镜瞭望四周，高崖镇外一片寂静。一场攻防大战突然结束，让他觉得不可思议，对日伪联军的撤退，他更是大惑不解。尽管日军在半夜三更被逐出镇外，根据本田重新集结的兵力依然有很强的进攻力量，分明是敌强我弱，这位本田大佐却决定逃离，刘墨林感到有点蹊跷。

卫兵过来报告，说秦佩琳校长在塔楼下等候。刘墨林顺手把望远镜递给随从，急步走下楼来。他见秦佩琳手里拿着一条白布条，便问道："是不是让我去观音阁参加超度亡魂的祭仪？"

秦佩琳点了点头说："从湖里打捞上来的八十六口老少尸首已全部入殓，连同在东门抗击日军阵亡的二十六名营兵，大小棺材已摆放在观音阁，你娘和丹婷的灵柩安放在观音阁大殿中央，等着你去瞻仰遗容后再钉棺做超度祭仪。"

秦佩琳说完，将手中的白布条系在了刘墨林额头上，又低声说了句："墨林，你要节哀啊。"

他俩一前一后来到观音阁。观音阁内，八十多口棺椁排列在砖道两侧。受害者的亲人们哭泣着敬香烧纸寄托哀思。当大家看到刘墨林走进院子里，纷纷抹着眼泪，高举起拳头呼喊着要报仇。刘墨林环顾四周，见群情激愤，也不说话，他将两臂挥动，攥紧拳头示意要与日寇血战到底。

刘墨林在秦佩琳陪同下走向大殿台基，见摆放在大殿中央的两口棺材被漆成一黑一红，孙广仁和傅有德两个连队长带着十几个营兵分列左右在守灵。秦佩琳对刘墨林说："这口黑色的棺椁是你母亲的，红色的是秦丹婷的。"

秦佩琳招手让几个守灵的营兵把棺盖移开，刘墨林来到棺椁前，当看到母亲安详地躺着时，他视线模糊起来，仿佛整个观音阁大殿倏地变得昏暗。迷蒙中发现母亲睁开了眼睛，面带微笑望着他。刘墨林猛地打了个寒战，身躯在发抖，内心的痛苦像刀割似的，一股泪水夺眶而出，他猛地发出了撕心裂肺的嘶吼："娘，亲娘啊，孩儿不孝啊，哇……"刘墨林肝肠寸断，号啕大哭起来。

在观音阁祭灵的镇民们动情地陪着刘墨林哭起来，整个观音阁沉浸在一片悲痛之中。秦佩琳怕刘墨林哭坏了身子，轻拍着他的后背劝道："墨林呀，逝者不能重生，母亲在天之灵会罩护着你呢。抗战在即，镇民们还指望你保护呢，节哀吧。"

刘墨林慢慢止住了哭声,沉静了好一会儿,他转过身来缓缓来到漆成大红色的棺椁前,当他看到秦丹婷已被炮弹炸得面目全非时,那牙齿咬得格格直响,他没有再哭泣,生生地把悲愤压在肚子里,说了声:"盖棺吧。"

听着钉棺盖的敲击声,刘墨林没有发现丹婷的父母,便招手把秦佩琳、孙广仁、傅有德叫在跟前,嘶哑着嗓子说:"你们随我去看望丹婷的爹和娘。"

四个人出了观音阁,沿着大街朝秦丹婷家走去,在路上,秦佩琳见刘墨林的情绪平静下来,便说:"目前高崖镇内外的民众对日军的暴行愤慨不已,正是发展抗日武装的大好时机。"

孙广仁和傅有德听了秦校长的话,都表示赞同。

刘墨林长舒了一口气说:"这次日军撤退得有些蹊跷,本田这个老鬼子是咋想的咱不得而知。迫于形势,对罹难者的三日超度要取消,最好今天夜里把停放在观音阁里的百十口棺椁埋在秦家墓田,让死者入土为安。"

他看着秦佩琳点头同意,又对孙广仁和傅有德说:"今晚独立营全力以赴帮着乡亲们去秦家墓田修坟下葬。明天傅队长守镇,我与孙广仁去趟大鼓山巡察地势,我想在那里招兵买马,设立营寨,以便与高崖镇形成犄角之势。"

他们说着话已来到秦丹婷的家门口,推开大门,看见秦守业和老伴各抱着一叠黄纸准备去观音阁祭灵呢。刘墨林看见秦丹婷父母那苍老的面孔和颤抖着的身子,孝敬之心油然而起,再也忍耐不住情感上的怜悯,三步并作两步来到二老面前,跪下来叫了声"爹,娘",又泣不成声地说:"俺娘和丹婷不在了,您二老就是俺亲爹娘,墨林养你俩一辈子。"

秦立业和老伴"儿啊,儿啊"地叫着,三个人抱头痛哭起来。

这天夜里下起了毛毛细雨,高崖镇上的人在抗日独立营的配合下,点燃起了火把,抬起了棺材,走向了仙月湖西岸的秦家墓田。

高崖镇码头前面驶来一只大船,船上载着纸扎的楼台亭阁、童男童女、车马宝箱和猪头牛头羊头等三牲祭品。船停靠在岸边,一队身穿黑色制服的警员忙着把那些祭品搬运下船。马尚岭头戴黑呢礼帽,身穿一件黑呢大衣,拿着一支黑色手杖在张海生的搀扶下走下船来,随后十几个手执唢呐、喇叭、铜锣、笛子的乐队也跟着来到岸上。张海生对马尚岭说:"县长您在岸上稍等,我去镇上找一下刘墨林,让他过来迎接您。"

马尚岭摇了摇头说:"不,海生。我随你一起去明楼,刘营长这次劳苦功高，礼当专程拜谒，再说我也好多年没来高崖镇了，正想自己走走，随便看看。"

说罢，二人在几个警员的护送下，往距离不远的镇南门走去。

此时，高崖镇已是戒备森严，把守镇南门的一队营兵见从船上走下来一支队伍，一边派人去明楼报告，一边架起机枪做防守准备。张海生见状，便让马尚岭停下脚步，自己带着两个警员走向台阶来到镇门前与守卫交涉，表明身份说是马县长亲自驾到，要去明楼见刘墨林营长。守门的营兵告诉他，刘墨林营长和傅有德连队长今早骑马出了南门，并不在镇子里。正当张海生感到遗憾时，孙广仁连队长带着那个报信的营兵赶了过来，他见张海生正在和守门的卫兵说话，便大声喊道："张大队长您好哇，听说您陪马县长大驾光临，兄弟前来迎接。"

张海生见是独立营的连队长孙广仁，一边打招呼一边说："马尚岭县长在台阶下面呢，你随我去拜见吧。"

二人步下台阶，见马尚岭正背着身子看仙月湖的景色，孙广仁在他身后行军礼喊道："报告马县长，营丘县抗日独立营一连连队长孙广仁前来迎接。"

马尚岭回过身来，打量了一下孙广仁，见他长得高大魁梧，点了点头说："这次高崖镇保卫战你们打得好呀，山东省党部已经通电嘉奖。怎么，刘墨林营长还好吧？"

"报告马县长，刘营长不知您今天驾到，一大早他与傅有德连队长出镇办事去了，留下俺在明楼值守，您有什么事尽管吩咐。"

马尚岭听了疑惑地问道："你们刘营长去了哪里？不是说今天要公祭安葬死去的军民吗？"

孙广仁回答："县长有所不知，刘营长说这次日军撤退得有些蹊跷，本田是个老鬼子，不得不防，所以当晚已将罹难的人安葬在秦家墓田，要求全镇加强守备，以防日伪联军卷土重来。听卫兵说今天一大早他和傅有德连队长骑着马出了镇子，到了哪里属下不知。"

马尚岭听了孙广仁的解释，有些意外，又追问道："你是说高崖镇还会有战事发生吗？"

"说不准，这次来侵犯高崖镇的是三个县的日伪联军，从人数到装备，他们都占有绝对优势，在还有战斗力的情况下突然撤退，必有缘故。估计俺们刘营长是为这事忙去了。"

马尚岭听罢感到局势并不明朗，心里一阵紧张，他转身对跟随在后边的张海生说:"要是高崖镇和白塔镇能通电话就好了,可以随时了解情况。"

张海生接话说:"要不让孙连长陪您先到镇上休息一下,吃完午饭再去祭坟?"

马尚岭此时对游览高崖镇兴趣全无,又感到形势危险,便说:"本县是来祭奠亡灵的,不是来游逛的,还是让孙连长带我等去秦家墓田祭灵吧。"

孙广仁连队长在前引路,带领着这支祭灵队伍行色匆匆地来到仙月湖西岸的秦家墓田。马尚岭看着新添的一百多个坟冢,心头一阵抽搐。张海生示意乐队奏起哀乐,又将搬运来的那些纸扎祭品燃烧起来。马尚岭在孙广仁的陪同下来到刘墨林母亲的坟茔前,行三鞠躬礼,礼毕后马尚岭附在张海生的耳边说:"此地不可久留,速回白塔镇吧。"

"明白。"张海生答应着。

张海生来到孙广仁面前,低声说:"马县长还有公务在身,这次就不去镇上了。"他又指了一下摆在地上的牛头、猪头和羊头说,"这三牲祭品你处理吧,我陪马县长先行一步。"说罢,也不容孙广仁答话,他大手一挥,带领着一行人悻悻地离开了秦家墓田。

第四十四章　邂逅

　　刘墨林和傅有德商量，趁着日伪军刚刚败退，潜入营丘对日军的图谋探个究竟。二人骑马刚出明楼，刘墨林大口咳嗽起来。傅有德见营长咳个不停，便问他是不是受了风寒。刘墨林说这两天胸口堵得慌，有些难受，又说他昨夜梦见了母亲，要先去母亲坟上磕几个头再去营丘。于是他俩打马穿过高崖镇南门，沿着渡口坡道来到了仙月湖西岸的秦家墓田。

　　刘墨林跳下马来，把缰绳交给傅有德说："你在此等候，我去母亲坟上待上一会儿就回来。"说罢，一个人进了坟茔深处。

　　傅有德左等右等不见营长回来，隐约听见墓地里传来哭声，便把两匹马拴在一棵大松树上，寻着哭声去找刘墨林。果然看见刘墨林伏在他母亲的坟头上痛哭不止。傅有德来到刘墨林身旁，劝了好半天才让刘墨林止住哭声。刘墨林擦了擦眼泪，又坐在坟边喘息了一会儿才起身和傅有德离开。二人来到拴马的大松树下，刘墨林用手扶着树干又咳嗽起来，傅有德一边搔着刘墨林的后背，一边说着："营长，营丘有家康然药房，药房里有专治咳嗽的神药，是名医秦秋谱老先生研制的，叫精元沙参膏，听说服了即好。"

　　刘墨林说："好，等到了那儿别忘了去康然药房买点。"说罢，二人各自飞身上马朝着营丘奔去。

　　刘墨林和傅有德到达营丘已是黄昏时分，在若明若暗中看见南门处并无日本士兵守卫，只有两个穿黑衣的汉奸保安倚靠在门墙外耷拉着脑袋在打盹。刘墨林见他们疏于防守，便招呼傅有德催马直奔过去。那两个汉奸保安被惊动，执枪拦住说是要检查，刘墨林也不下马，从口袋里掏出几块银圆递了过去说："给二位兄弟吃顿酒钱，家里人病了，要进城里买点药。"收了钱的保安见刘墨林气宇不凡,像个款爷,点头哈腰说:"二位爷请进城,药铺在大石桥南头。"

他俩来到城里,刘墨林看着天色昏暗下来,便说要找个馆子吃饭,先填饱肚子再说。二人骑马转悠了大半天,沿街几家羊汤馆、火烧铺、烩饼店都没入眼,当转到西关街上看见几盏大红灯笼处,映照着"六合祥饭庄"的招牌十分扎眼,便赶了过去。早有门前候客的小店员跑了过来给牵马坠镫,看着刘墨林和傅有德下了马,小店员对着门庭高喊一声"贵客两位进店",他接过客人的马缰绳牵着两匹马进了后院。

刘墨林和傅有德进了六合祥饭庄,大堂内果然宽敞漂亮,只见对面墙上挂满了红牌黑字的菜单,菜单下面摆放着一个紫檀木架,架子上端放着一只青花大瓷盘,盘内盛着数十个娇黄玲珑的大佛手,十分赏心悦目。一位上了年岁的老店员端着个红木托盘迎了过来,托盘里盛着两块叠的方方正正的热毛巾,那老店员把托盘放在刘墨林和傅有德面前说:"两位客官,先擦把汗吧。"

刘墨林和傅有德各取了毛巾擦着脸,老店员又轻声问道:"二楼是雅座,一楼是散客,不知二位客官选在哪里用餐?"

刘墨林环顾四周,觉得在一楼散座更方便些,便说:"就在一楼吧,请问贵店有啥拿手的菜?"说完又想咳嗽,便用毛巾捂住了嘴巴。

老店员回答说:"今晚的招牌是清蒸开凌梭鱼和红烧狮子头,要不各来一份尝尝?"

傅有德在一旁说:"俺家掌柜这几天犯了咳嗽,可有清淡的菜肴?"

"有,有哇,我一会儿让厨子熬上一碗冰梨汤,能平喘止咳。不过要根治这咳嗽的毛病,还是去康然药房买精元沙参膏,那膏方灵得很,服了就见效,三次能痊愈。"

三人正说着话,突听门外的小店员喊道:"贵客一位莅临。"

刘墨林朝着门口望去,见从门外进来一个年轻女子,他顿时眼睛瞪得溜圆,吃惊得头发都抖动起来,他张大嘴巴差一点喊出"婷婷"来。从外面进门的这位姑娘,身穿一件素花棉袄,脖子上扎着一条浅绿色围巾,烛光下一双晶亮的大眼睛明净清澈,行进中仪态轻盈,好似一位美丽的仙子从天而降。从她的体型和容貌来看,她就是秦丹婷。

正当刘墨林被进门的女子惊得目瞪口呆时,那位老店员迎了上去说:"是素清小姐呀,真是说啥就来啥,刚才还与这二位客官说起您家药房里的精元沙参膏呢。"

今天是素清三婶秦贞贞的生日，约好全家晚上来六合祥饭庄吃饭。素清在药房里忙活，晚来了一会儿。素清听老店员说正与客人谈及精元沙参膏，她打眼望去，见有两位汉子站在老店员身后，其中一位正用痴情的眼神看着她。当素清的眼神与刘墨林的目光碰撞的一刹那，身上就像有一股电流掠过，让她打了个寒战。

素清涨红着脸再看对方，见这个汉子一双剑眉下深邃的目光炯炯有神，高挺的鼻梁显得英俊潇洒，五官似刀刻般轮廓分明，整个人呈现出一种威武的霸气风度。老店员见双方彼此注视着，便问了一句："哎呀，原来你们都认识啊？"

素清这才意识到自己有些失态，稳了稳神说："不认识，只是觉得这位大哥面熟，忘了在哪里见过。不知俺三叔和三婶到了没有？"

"噢，到了，到了。刘大掌柜和您三婶还有您妹子楠儿小姐都在楼上雅间等您呢，请上楼吧。"老店员回答着。

素清走上楼梯，走到中间又转头对刘墨林说："这位大哥，精元沙参膏康然药房里有，如需要明天来拿吧。"

"嗯，嗯，您走好。"刘墨林答应着，目送素清上了二楼。

老店员安排刘墨林和傅有德在散座坐下，沏上了一壶茶端过来说："二位先用茶，您看让厨房准备两荤两素，外加一盆皮蛋瘦肉粥，四菜一汤合适不？"

刘墨林又要咳嗽，没有答话，傅有德接话说："可以，可以，先熬碗雪梨汤给俺掌柜的镇镇咳吧。"

"哎，我这就去后厨安排启菜。"

老店员刚要离开，听见门外的小店员又喊着："二位警爷莅临。"

老店员走了过去笑脸相迎："哎哟，是张保安和徐保安呀，二位这边请。"

老店员躬身把两个保安队员让进大堂。傅有德见是在南城门把手的那二位，便到刘墨林耳边嘀咕了几句。刘墨林点了点头，傅有德迎了上去说："原来您二位也来吃饭，真是缘分。这顿饭俺掌柜请客，一起喝杯酒，给个面子。"

那两个保安队员见是在城门给钱的那款爷，连忙说着"谢谢"，凑了过来。刘墨林招呼着入座，又让老店员再加几个菜，老店员答应着去后厨选菜去了。

不一会儿，老店员领着两个店员各端着木盘走过来，餐桌上摆了瓜子、花生、果脯、豆豉、腐乳、香肠六例，另一个店员将木盘中的一碗雪梨汤放在了刘墨林面前。老店员催促着刘墨林将雪梨汤趁热喝下，说是热饮才有功效。刘墨林端起那碗雪梨汤几口喝完，顿时觉得胸口舒服了很多，他放下喝干净的碗问道："六合祥饭庄里有啥好酒？"

老店员回答道："营丘的懒郎酒远近闻名，您尝了就知道，名不虚传。"

那两个保安也附和着说："是，是，懒郎酒好喝，只是贵些，平日里喝不到。"

刘墨林抹了一下嘴巴，对老店员说："来上一坛，俺也尝尝。"

两个保安听说要喝懒郎酒，肚子里的馋虫都快出来了，老店员说这懒郎酒要先烫热才出香气，让大家稍等，他去烫酒。两个保安见还要等会儿，便各自从腰里掏出烟袋，又在烟锅里按满烟末，相互点上火使劲抽起烟来。刘墨林看着两个保安在喷云吐雾，呛得又要咳嗽，碍于初次见面又不好制止，只好用手捂着鼻子忍着。

一袋烟的工夫，餐桌上摆满了菜肴，老店员用毛巾裹着一坛烫热的酒抱了过来，将酒斟满了四大碗。一个保安把持不住，把嘴巴贴在酒碗边上，狠狠地啜了两口，咂巴着嘴喊道："好酒，好酒啊。"

刘墨林和傅有德相互对视一眼，端起酒碗品尝了一口，扑鼻的醇香沁人肺腑，果然是好酒。于是四个人对碰着酒碗喝了起来。

一碗酒下肚，刘墨林瞥了那两个保安一眼，见他俩的年纪都过五旬，满脸的皱纹像树皮一样粗糙，肢体动作已呈老态，便问道："你俩这岁数，还得当值守城门呀？"

坐在他对面的保安回答："唉，混碗饭吃呗。兄弟您有所不知，前几日保安队跟着皇军去打高崖镇，结果被人家刘黑子打了个屁滚尿流，保安队二十多人丢了命，十多人受伤。五十多人的保安队如今能当班的剩下了不足十个人，最倒霉的是俺保安队长阎子平，他让刘黑子割掉了鼻子不说，又被日本人撤了职。这几天可苦了俺这几个老保安，一天到晚要分守在营丘的东西南北四个城门，都三天没回家了。"

傅有德问道："你俩去高崖镇打仗了没有？"

另一个保安摇了摇头说："那天留下了俺几个年岁大的守城门，没有跟着日本人去打高崖镇，算是保了条命。"

刘墨林又劝着喝酒，他见那两个保安已是面红耳赤，说起话来无所顾忌，便问道："怎么就你俩看守县城南门，怎么没见到日本人？"

坐在他对面的保安咂了口酒，吧嗒着嘴说："这儿没有几个日本皇军了，只留下了一个班的摩托车巡逻队，也就七八个人吧。"

刘墨林听了心头一震，又问道："那些日本皇军干啥去了？"

"嗨，老弟还不知道吧，共产党的渤海纵队打了日本人占领的羊角沟，听说还要攻打寿光县城。本田大佐领兵去寿光解围了。现在营丘就剩下几个日本皇军和俺们这些老保安了。"

坐在傅有德对面的另一个保安插嘴说:"日本驻军长官八木少佐跟随本田大佐去了寿光县城,留下俊冈少尉来管理防务。这个俊冈鬼子狠着呢,他喝了酒就对俺们拳打脚踢,还经常去找花姑娘,找不到就打人,听说阎队长挨了他不少耳光。"

坐在刘墨林对面的保安接话说:"那阎赖子把自己的老相好王丽丽送到火车站日本兵营里去陪俊冈睡觉,这个王丽丽有个毛病,一听见火车轰隆隆地响就吓得尿裤子。听说这天夜里俊冈正搂着她睡觉,正好窗外一列火车驶过,王丽丽吓得尿了床,被俊冈一脚从被窝里踹到了地下,嘻嘻,你说这是啥事呀。"

刘墨林这才明白,本田大佐的撤兵是渤海纵队攻打寿光羊角沟的缘故,再也无心听这两个保安队员在餐桌前瞎咧咧,便起身说:"二位老兄不好意思,本人身体略有不适,得先行一步。你俩吃好喝好,我俩就不奉陪了。"

二人说罢要起身离开,老店员过来说后院客房已经烧好暖炕,门外的小店员会领着过去。

刘墨林和傅有德被小店员领到六合祥饭庄后院的客房里,客房里被天花板上吊着的一盏电灯照得十分明亮,灯光下一盘通墙大炕占了大半个房间,炕上被褥齐全,炕内有火道连通,整个房间都热乎乎的。小店员拿着从墙上垂下来的一条绳索说:"这绳子往下一拉,电灯就熄灭,再一拉电灯就亮了。"小店员交代完毕,道了声别出了房门。傅有德脱了鞋子上了炕,边给刘墨林伸开被窝边说:"营长,俺看营丘防守疏松,趁日军主力不在,俺骑快马连夜回高崖镇,约孙队长各自挑选六十名营兵,于明日黄昏前赶到营丘,夜里从东西两个城门突入城内,杀他个人仰马翻。"

刘墨林盘腿坐在炕上说:"不可,鬼子的兵营驻扎在营丘火车站内,那儿建有坚固的围墙和碉堡,守备森严又有胶济铁路机动,一旦出现战况将会东西沿着铁路线支援,此时攻打营丘会得不偿失。"刘墨林咳嗽了一会儿又说,"再说本田让日军撤退,是因为共产党的渤海纵队在寿光区域开战,咱高崖镇才免于祸端。当下要学着共产党的套路去招兵买马扩大武装,暂不去招惹日本人。"

傅有德回答说:"听说共产党杀富济贫,不图发财,官兵一致,这一点倒像营长您的套路。"

"嘿,傅有德,咱俩都参加共产党算了。"刘墨林开玩笑地说。

"营长,您参加俺就参加,一言为定。"傅有德认起真来。

"睡吧，睡吧，明天去康然药房拿能治咳嗽的那个什么参膏，早点回高崖镇。"刘墨林说完钻进了被窝。

听着傅有德的鼾声，刘墨林拉灭了电灯。屋子里黑暗起来，刘墨林在被窝里翻来覆去睡不着，脑海里一会儿是丹婷一会儿是刚才看见的素清姑娘，一直折腾到天亮方才睡去。

刘墨林一觉睡到晌午，醒来看见傅有德肩上搭着条毛巾，双手端着一盆热水走进屋里，他在被窝里伸了个懒腰问道："现在是啥时辰？天都大亮了。"

傅有德笑了笑说："已过晌午，看您睡得香没敢惊动您，您先洗漱一下，咱俩去前厅吃点东西，再去康然药房拿药。"

刘墨林从炕上爬起来，洗了把脸，装束妥当，随傅有德来到前厅。老店员让后厨煮了两碗葱丝虾仁打卤面，二人匆匆吃完便来到门外。小店员早早牵着马在等候，刘墨林和傅有德接过缰绳后飞身上马，拱手告辞了老店员和小店员，催马往大石桥奔去。

康然药房伙计肖光亮，一大早来到老酒厂的车棚里，他把大掌柜刘锦什坐的辕车拉到院子里，把车内车外打扫得干干净净，又去马厩把枣红马牵来套上车，甩了个响鞭驾着辕车来到西门里，他今天要送刘锦什和秦贞贞去懒边园。

素清一个人留在药房里，她魂不守舍地拿起一支鸡毛掸子清扫着药房里的药匣子。昨夜在六合祥饭庄与刘墨林相遇，让她像失掉魂似的。那汉子刚强中的魅惑让她难以忘怀。她把鸡毛掸子插在瓷缸里，自己坐在林宜生看诊的那把圈椅上，两只手托住腮颊沉思起来。未婚夫林宜生去了辽北，一晃半年多依然是杳无音信。平心而论，她并不喜欢这个老实巴交的林宜生，只是秦秋谱爷爷撮合，她只得认了这门亲事，不管怎么说，林宜生不是她心中所爱的人。素清想着那汉子要来拿精元沙参膏，便从药架子上取下几瓶用抹布擦了起来，听着墙上的自鸣钟响了十多下，她看到表上的指针已过了十二点，正寻思着那人怎么还不来拿药膏呢，几声敲门声突然传来，素清一阵兴奋，从圈椅上站起身来要去开门。

素清走到大门边上问道："是谁呀？"

门外的人只是敲门并不答话。素清也没有多想，轻轻把门拉开，见门外站的是阎子平和日本驻军的俊冈少尉。阎子平脸上戴着个白布口罩，遮住他那被削掉的鼻子，俊冈喝得醉醺醺站在旁边，满身散发着酒气。阎子平见素清开了门，笑嘻嘻地说："是素清姑娘，听说贵药房的林宜生去了辽北购参，大半年了没有回来，你肯定想得不行了吧？嘿嘿，今天俊冈少尉要替他给你解解闷。"

素清见对方不怀好意，便说："今个药房关门停业，你们明天再来吧。"

素清要关门，却被俊冈用手推开，他用半生不熟的中国话说："花姑娘的好漂亮，我的喜欢，金票的有，供应券的有。"

阎子平嬉皮笑脸地说："太君您的花姑娘，我的门外站岗的有。"

俊冈此时兽性大发，不容分说抱起素清就往诊室里走。任凭素清怎么挣扎喊叫，阎子平只是充耳不闻，他掩上大门，蹲在门口外面晒起太阳来。

刘墨林和傅有德骑马来到大石桥北首，见拱起的石桥有个陡坡，便下马牵行上桥，当来到石桥中央高处，刘墨林环顾四周，看到狼水河穿城而过，两岸的柳树已露出绿芽，长长的柳枝垂没在水中，河面上倒映出纤细柔嫩的柳条，像是一位美丽姑娘在梳洗着自己的秀发。触景生情，刘墨林脑海里浮现出昨夜见到的素清小姐，期盼见面的心思油然而生，他加快了脚步牵马下桥，来到桥南头，看见斜对面的康然药房近在咫尺，于是招呼跟随在后面的傅有德，把马拴在桥头的护栏上，自己急步往药房走去。

阎子平鼻子处的伤口还没愈合，时而隐隐作痛。这次让他长了记性，给日本人卖命并没有好下场。他从高崖镇回来，即被八木少佐撤了职，生活没有了着落，只好靠着姘头王丽丽到日本兵营去卖色相弄口吃的。这王丽丽也不知咋了，听见火车驶过的震动就吓得尿裤子，这两天她又去火车站找日本人，都被轰了出来。没吃没喝怎么办呢，阎子平今天中午去烧饼铺赊了几个烧饼和王丽丽吃完，一个来到街上闲逛，不巧遇见喝醉酒的俊冈少尉。俊冈见到阎子平提出要找花姑娘，阎子平要让王丽丽陪他，俊冈摆了摆手说王丽丽尿床，臭臭的。给拒绝了。阎子平只好说等找到后会告诉他，俊冈揪住阎子平的耳朵非要马上去找。阎子平无奈只好领着俊冈在街乱转。当他们来到大石桥南口，俊冈发起脾气来，他掐住阎子平的脖子，吵着要花姑娘，阎子平情急之下，指着康然药房说那里有花姑娘，于是二人来到门前寻事。

当俊冈抱住素清进了药房院里，听着素清姑娘时断时续的呼叫，阎子平突然打了个寒战，他想到康然药房是刘锦什大掌柜家的，这家子人可不好惹，如果俊冈把素清给糟蹋了，一旦刘锦什知道是他引狼入室，非得把他大卸八块不可。他知道大祸临头，猛地站立起来正想溜走，却发现从石桥处一前一后走过来俩人，待前边的人走近，阎子平"妈呀"一声怪叫，裤裆里滴滴答答渗出尿

第四十四章 邂逅

来，他哆嗦着两条腿顺着墙根朝南边的巷子里逃去。

刘墨林此时也发现了用白布包住鼻子的阎子平，又隐约听见药房里传来"救命"的呼叫声，感觉到情况有些不妙，他让傅有德去追赶阎子平，自己拔出藏在腰间的驳壳枪冲到药房大门前，用脚踹开掩闭着的大门，疾步来到院子里。

俊冈抱着素清进诊室，看见室内靠墙处有张床，便把素清按在床上。方才素清又挣扎又呼喊已经耗尽了力气，俊冈见素清瘫软在床上不再反抗，奸笑着摘下挎在腰间的军刀，转身竖靠在墙边，脱下裤子欲行非礼之事。素清趁俊冈转身，她从枕头下摸出一支银簪子，这支银簪子正是大娘发给她们几个姐妹防身用的。这时脱掉裤子的俊冈喊着"吆西"扑了过来，素清趁其不备，握着银簪子使劲扎了过去，俊冈猝不及防，被狠狠地插在胸脯上，疼得大叫一声滚翻在地上，俊冈恼羞成怒，气急败坏地抓起那把军刀，按开锁钮将刀抽出柄鞘，骂了声"八格牙路"，挥起刀砍向素清。就在素清惊恐地闭上眼睛时，只听砰的一声枪响，俊冈晃了晃身子扑倒在床边上。

素清睁开眼睛，看见俊冈的脑袋被子弹穿了个孔，鲜血一滴滴淌在床上，她下意识地用脚把俊冈的脑袋蹬下床沿。一个大汉手执着枪口上还冒着青烟的驳壳枪走了进来，素清这才看清楚救他的人是昨天晚上在六合祥饭庄相遇的那位汉子，她情不自禁地扑在那汉子的怀里，俩人紧紧地拥抱在一起。

傅有德走了进来，他见刘墨林和素清相互搂抱着，便故意咳嗽了一声，刘墨林这才松开素清问道："逮住那个姓阎的小子没有？"

"报告营长，俺街巷不熟，让这小子跑掉了。那姓阎的喊叫着刘黑子进城了，街上响起了警笛，情况危险，咱得赶快出城。"

刘墨林连连咳嗽着对素清说："日本人很凶残，这个日本军官又死在这里，你不能待在这药房里了，得跟着我走才安全。"

素清瞅了他一眼说："俺只问一句话，你是哪里的营长，名字叫啥？"

刘墨林坦然一笑回答："我就是抗日救国独立营营长刘墨林，江湖上传的刘黑子。"

"刘墨林"这名字让素清大为惊喜，刘黑子的故事在茶余饭后听得多了，前不久回懒边园还听二姐素涵提起来，原来他就是自己心目中的大英雄。素清拢了一下头发，说了声："刘大哥，您稍等一下。"

素清找了个包袱，拿了几瓶精元沙参膏，又取了几件换洗的衣服，又把插在俊冈胸膛上的那支银簪子拔下来一并放在包袱里，打了个结从容地背在身后，对刘墨林说:"俺跟着大哥走。"

三人来到桥头拴马处,刘墨林把素清扶上马,自己脚踏马镫飞身跨了上去,把素清护在怀里,对已经骑上马的傅有德说:"你前面开路,我随后跟进,往南门进发。"

"遵命。"傅有德答应着。两匹马一前一后疾驰而去。

第四十五章　清明

刘墨林潜入营丘杀死俊冈少尉并劫走素清小姐的消息不胫而走，八木少佐连夜从寿光赶回来调查此事。他约了伪县长郭子敬和刘锦什大掌柜一起来到康然药房查看，死在诊室里的俊冈少尉下身赤裸着，一颗子弹从他脑袋的左侧射入右侧穿出，应该是遭到了近距离枪击，胸膛上冒出的血迹已经凝固。郭子敬嗅到俊冈身上有股酒味，似乎明白了些什么，他用日语对八木说："俊冈少尉好像是与一个女人要发生关系，才把裤子脱掉放在了一边，为什么他身边还有一把拔出鞘的军刀？很让人费解。"

八木摇了摇头问刘锦什："素清小姐平时在这个房间工作吗？"

"是的，她就在这个房间坐诊。"

听了刘锦什的回答，八木问跟随的部下："你们确定是刘墨林把素清小姐劫走了吗？"

"哈依，是两个骑马的武士把素清小姐劫持了，阎子平说与素清小姐同骑一匹马的人是刘墨林的有。"

郭子敬解释说："不会错，刘墨林割掉了阎子平的鼻子，阎子平当然认识他。"

八木凄然一笑说："英雄救美人的干活。"

八木挥手让他的部下把俊冈的尸体抬了出去，转身向刘锦什深鞠一躬说："俊冈失礼的有，大日本皇军对素清小姐被劫持深表关切。"

八木成仁回到兵营作讯室，用电话向本田大佐汇报了俊冈被杀、刘墨林掳走素清小姐的情况。本田大佐告诉八木少佐，刘墨林是个狡猾的敌人，他这次到营丘是侦探虚实。本田要求八木一定要加强防备，尽快把营丘的保安大队充实起来，提议让郭子敬兼任保安队大队长，建制在一百二十人左右，以确保万无一失。八木放下电话，即找到郭子敬，向他传达了本田大佐的指令。郭子敬百般推辞，不想兼任这个保安大队长。八木以解除他的县长职务为要挟，郭子敬才勉强答应下来。

　　刘锦什回到家中，饭茶不思，躺在床上望着天花板上的吊灯直发愣。他突然想起什么，起身打电话给药房的伙计肖光亮，让他套车再回懒边园一趟。

　　刘锦什的辕车急匆匆来到懒边园已是黄昏时分，全家人正在东厢房吃晚饭，大娘见三弟回到家，让莲儿在餐桌旁加了把椅子，让锦什坐下来一起吃饭。晚饭很简单，二娘下了一锅杂合面，在餐桌上摆上几碟小咸菜。大娘又催着莲儿去炒几个菜，锦什说吃不下，就凑合着吃碗面吧。大哥锦戎问他出了啥事，怎么连饭也不想吃。锦什就把俊冈被杀、素清被劫的消息说了出来。这个消息简直就是一个晴天霹雳，让人难以置信，一家子都看着老爷子问怎么办。刘老爷子也被这消息给弄蒙了，摇着头讲不出个所以然来。素涵沉思了一会儿说："我在高崖镇曾见过这个刘墨林，不像个坏人，更不是江湖上传说的杀人不眨眼的刘黑子，他的未婚妻叫秦丹婷，在镇上小学当老师，长相有些像三妹素清，刘墨林为什么杀俊冈，事情必有缘故。"

　　这时隐约听到书房里的电话铃响，素英跑出东厢房去接电话，不一会儿素英喊话说是三婶打来的，让三叔接电话。

　　刘锦什到书房接完电话，回到东厢房告诉大哥锦戎说："贞贞电话里说素清走时拿了换洗的衣服，不像是被强行劫持，大概是看着俊冈被杀，怕惹上麻烦才跟那个刘墨林走的。"

　　听了锦什的话，大家才安下心来。

　　餐房里的电灯突然昏暗起来，二娘问锦什："他三叔啊，怎么这几天家里的电灯时不时就暗下来，咋回事啊？"

　　刘锦什回答说："二嫂有所不知，城里各户续接电灯的成倍增加，火车站和日本兵营里用电量也在增大，厂里一台烧酒精的发电机已经超负荷，筋疲力尽了。"

　　二娘似乎没有听懂锦什的话，便猜着说："你是说发电的东西没有吃饱饭，多喂些饭不就有劲了吗？"

　　一席话引得全家都笑了起来。

　　大娘问道："有什么办法没有？"

　　"日本工程师高桥四太郎建议上一台烧煤的发电机组，把现在用的这台发电机作为备用，就够用了。"

大娘听锦什说要换一台烧煤的发电机，又问道："上一台烧煤的发电机要花多少钱？这煤炭怎么办？"

"大嫂，煤炭好办，咱五图乡煤窑的煤就是现成的。这烧煤的发电机组发出电量要比烧酒精的发电机高好几倍呢，自然也就贵些。我想和素涵商量一下，医院能不能缓建，把准备建医院的钱用在更换发电机上，两年后就能把本钱收回，再建医院也不迟。"

大娘说："咱家药房被日本人闹得鸡飞狗跳，还建什么医院。日本人不走咱不建了。"

刘老爷子接话说："当下先打听一下素清是不是到了高崖镇，得想个法子把她给接回来。"

"是，大哥。我明儿派人去高崖镇打听。"

这天是清明节，家家户户要祭祖扫墓。懒边园刘氏宗亲会有五年大祭、三年小祭的约定，今年要大祭。大娘和二娘早早起床准备要摆供的祭品，除了已经准备好的三牲，还要备下香烛、黄纸、冥币和四碟八碗的酒菜。

刘老爷子掬着他那支剑杖来到天井里，看见二娘正在收拾祭品，便问道："怎么你一个人忙活，大娘去了哪里？"

二娘回话说："清明的早晨饭要吃饺子，大娘和莲儿在东厢房里调饺子馅呢。"

刘老爷子点了点头对二娘说："一会儿锦什和贞贞领着楠儿要回家吃饭，你去喊着素涵、素欣和英子早点起床，让她们帮着一起包饺子，吃完饭还得去老墓田祭祖磕头呢。"

二娘答应着说："知道了，知道了。你去园子里溜达溜达，吃饭的时候让英子去喊你。"

刘老爷子走出宅门来到内院里，看着始勤亭边上的青竹已是生机勃勃、翠色欲滴，便走进亭子里，闻着竹叶的清新味道，吟出了郑板桥的新竹诗："新竹高于旧竹枝，全凭老干为扶持。明年再有新生者，十丈龙孙绕凤池。"

刘老爷子赏竹兴趣未尽，外院一阵喧哗扰乱了他的情趣，他转身朝着外院的园门望去，见懒边园刘氏宗亲会的执事刘增文带领着二十多位刘氏宗亲进来。刘增文曾是营丘北关小学的语文老师，现退职在家，按着辈分要比刘锦戎高一辈呢。刘老爷子忙迎上去拱手说："老叔您起得早啊，是来拿祭品的吧？"

刘增文也拱手问安："昨日和大娘约好了，今年清明大祭来敬祖的人多，得先把供品早摆上，郭齐店子本家宗亲一大早送来两百头的鞭炮五十支，等着您读完祭文燃放呢，咱得让十里八乡的人都知道懒边郭齐刘氏的兴旺。"

"好啊，宗亲们都辛苦了，供品都放在宅院的天井里，你们去拿吧。"刘老爷子说着，把这一行人让进了内宅。

看着正在搬祭品的宗亲，刘老爷子叮嘱刘增文说："今天来参加祭典的人多，得注意火灾和拥挤，千万别闹出出格子的事来，以免惊动祖宗。"

"您放心，俺专门支派十个宗亲维持秩序。巳时三刻祭典准时开始，您得早点过去。"刘增文说完招呼着一干宗亲搬着祭品出了懒边园。

刘老爷子目送前来搬祭品的宗亲们走出沿街的大门，看街门的耿老头刚把大门关上，听见街上响起马铃声，又把大门敞开，只见康然药房的伙计肖光亮驾着辕车进了大门。素楠从辕车上跳下来，像只小燕子张开双臂扑到刘老爷子的怀里，喊着："老爹，老爹，楠儿回来了。"

锦什和秦贞贞也从辕车上下来，跟着蹦蹦跳跳的素楠进了内院。

一家人在东厢房围满了餐桌，刘老爷子环顾了一下在座的人，问三弟锦什："这一桌人独缺了朴子和素清，不知清儿有消息没有？"

"有消息了大哥，我派响水崖子的刘金贵和他儿子刘青山去高崖镇打听，这个刘金贵的二妹家就在高崖镇，他爷俩见到了素清，还带回来素清亲笔写的一封信。"刘锦什说着从口袋里摸出来一封信递给了大哥锦戎。

刘老爷子接过信，随手交给素涵说："我没戴老花镜，涵儿你给大伙读一下吧。"

素涵接过信函便读了起来。

三叔、三婶：

　　清儿让家里挂念了，那天阎赖子带着喝了酒的俊冈少佐来咱药房滋事，俊冈对我欲行不轨，危急时刻巧逢刘墨林营长到药房取药，为救我性命，他开枪打死了俊冈，怕我因此受牵连，遂把我带回高崖镇，并安排我在镇小学任算术教员。天天有孩子陪伴让我过得很充实，一切均安。

　　请转告老爹、大娘、二娘及姊妹们，不必惦记。素清顿首。

素涵读完信件说："看来三妹没事，我在高崖镇见过镇小学的校长秦佩琳，人很沉稳。我也见过刘墨林的未婚妻，她叫秦丹婷。就在镇小学教书，相貌很像三妹素清。"

刘锦什说："但是听刘青山说日本联军攻打高崖镇时，为躲避战火，镇上的老百姓从仙月湖渡口乘船逃难，船至湖上遭到日本人的炮击，镇上八十多口人死在湖中，其中有刘墨林的母亲和秦丹婷。"

听到锦什说的这个消息，所有人都沉闷起来，蹙着眉头谁也不吭气。

刘老爷子见屋里冷了场，捋了捋下巴的胡子说："看来是刘墨林救了素清，真是万幸。现在是战争时期，你们姊妹一定要小心啊。"

大娘接过老爷子的话茬说："俺总觉得咱懒边园离县城太近，说不定哪天日本军人会来找麻烦，俺想让素涵和莲儿去孙家寨她姐那里，素欣和英子随你三婶去响水崖子，躲得日本人远远的。"

这时莲儿把煮熟的饺子端到了餐桌上，看到热气腾腾的饺子，刘老爷子说："一会儿吃完饭要去祭祖，你们边吃边听我唠叨唠叨咱祖宗的事。五百年前，也就是明朝的永乐十九年，一世祖刘嵩举家从广饶县迁至营丘县五图乡的郭齐老庄，这就是咱郭齐刘姓的来历。二世祖刘铎因是长子，族谱称大股，三世祖刘章为铎祖第五子，明天顺年贡生曾任直隶行唐县知县，诰授文林郎。谱牒称五公，咱家这一支是郭齐刘氏大股五公后裔。至十七世祖刘阳熙，也就是我的爷爷，他在清道光十年中举，次年进京参加朝考，于道光十五年任山东无棣知县，道光十八年他卸任回家始建懒边园。之后你们的爷爷，也就是我父亲刘境宽又将懒边园扩建。随着各地郭齐刘姓来这里成家立业，至今懒边园村的刘姓宗亲已达一百户人家。今天去懒边墓地祭祖就是敬拜我的爷爷刘阳熙，你们听明白了吗？"

素英边吃着饺子边回答："老爹，您每年清明都唠叨一遍，俺三世祖爷爷是知县，十七世爷爷又是知县，到您这里还是知县，俺耳朵都听出茧子来了。"

"知道就好，今年朴子不在家，你们要以女当男。除了你们大娘、二娘和三婶不去，你们姐妹都得陪着我和你三叔去墓田祭祖。"

"知道了，老爹。"众姐妹答应着。

懒边墓田里正是春日艳阳，红黄相间的野花衬托着翠绿的松柏显得生机勃勃，一片万物复苏的景象。

刘姓的宗亲们携老扶幼聚集在墓田里，准备参加巳时三刻将要举行的清明祭祀大典。懒边刘氏宗亲会典仪执事刘增文扯着嗓门大声喊叫着让大家列队，按着祭奠习俗，女人在右男人在左，依次围绕在先祖刘阳熙的墓碑前面，低头默默地肃立着。

郭齐刘氏十七世祖刘阳熙的碑额顶上披着黄色绸布，下方的祭祀供桌上摆放着三牲及酒肴糖果，立在供桌前面的石雕香炉里点燃起几束香火，袅袅飘荡的烟雾缭绕在墓碑周围，像是先祖的亡灵在魂萦漫游，呈现出凛然肃穆的气氛。

刘老爷子和他三弟刘锦什在女儿素涵、素欣、素英、莲儿的陪伴下来到墓田里，典仪执事刘增文带着几个宗亲迎了过去，刘增文拿着一张黄纸交给刘老爷子，又用指头对着黄纸上的字读着："曲家庄来了宗亲二十人，赠送两百头的鞭炮五十支。城里北关来了宗亲十七人，送黄纸二十刀外加香火十捆。北黄埠来了宗亲三十人，送生猪一头，活羊一只，鲤鱼两尾外加冥钱一箱。耿安庄来了宗亲十六人，送黄纸十刀。还有远道来的毕都乡宗亲五十五人，抬来食盒三架。算上咱懒边园的宗亲应有三百人参加祭祀典仪。"

刘老爷子满意地点点头说："祭仪结束，外乡宗亲一律留下吃饭，懒边宗亲每户出一名本家作陪，祭宴用资若不够，去大娘那里支取。"

"够了够了，去年您资助的宗亲会费还没用完呢，贤侄您放心，已准备祭宴三十桌，午时一刻在咱刘氏祠堂开宴，届时您和三侄锦什还得去敬杯酒。"刘增文回答着。

刘老爷子掏出怀表看了一下说："时辰到了，开始吧。"

刘增文大步来到供桌前面，面边参加祭祀的宗亲大声喊着："肃静，肃静，请宗亲各位肃静。"

随着刘增文的喊声，墓田里的人群安静下来。

刘增文将手中的典仪册页打开读道："郭齐刘氏懒边墓田清明祭祀大典开始，全体宗亲须垂手默哀追思先贤。"

顿时，黑压压一片人群沉寂在静默之中。

时过一刻，刘增文打开典仪册页又读道："外乡外村宗亲，各派一名代表墓前敬香并磕头跪拜。"

这时从列队的宗亲队伍里，走来五名外村外乡的代表，他们手执一束点燃的香火面向墓碑将香火掬在胸前，躬身三拜将香火插在香炉里，行磕头礼后回归列队。

刘增文向前挪了几步又读道："请郭齐刘氏族长，十九世孙刘锦戎宣读祭文。"

刘老爷子把手中的剑杖递给身边的素涵，自己来到供桌前，先朝墓碑行三鞠躬，又转身面对列队的宗亲深施一礼，立身后从口袋里取出他昨夜撰写的祭文，朗读起来。

郭齐刘氏记十七世祖刘公讳阳熙墓碑前祭文：

中华民国二十八年新历四月五日清明，慎终追远，以无比崇敬之情，虔备三牲薄酒及糖果祭物，不腆凡仪，致告天地神祇，日月星辰暨列祖列宗案前云：

清明之日普照骄阳，懒边墓田紫气瑞祥。吾祖阳熙迁于宝地，终于此乡。祖传功德，子嗣和畅。守正修道，人丁兴旺。勤俭持家，滋润八方。宗亲和睦，家福自强。

悠悠高空，大地茫茫。先辈泱泱，德业辉煌。仁义礼智，恭信俭让。格物致和，世载荣光。忠孝诚谦，伦理纲常。族系绵延，祖训发扬。承先启后，开来继往。子孙须记，万事勿忘。

呜呼哀哉。

烟火冲天而去，空遗伏地之殇。今日清明奠记，情切众生登堂。闻望德彰仪范，祖恩缅怀深长。行将墓前跪拜，谱成祭文度尚，天地众灵来格，列祖列宗共享！

尚飨。

郭齐刘氏十九世孙刘锦戎撰文祭奠。

刘老爷子读完祭文，震耳欲聋的鞭炮声骤然而起；在阵阵鞭炮声中，参加祭祀的宗亲们开始散开，各自去寻找本家亲人的坟茔，进行祭拜、清扫和筑土焚香。

刘锦戎和刘锦什带着四个女儿来到父亲刘境宽的坟茔前，锦什取了一叠黄纸压在坟头上，几个人开始清扫坟茔周边的杂草。刘老爷子似乎觉得这里有人来清理过，便转到了坟头背面，眼前的情景让他茫然无措，半痴半呆地愣在那里。素涵正和三个妹妹烧纸，燃出的烟火呛得她眼泪流了出来，她起身擦了把泪水，看见父亲像块木头立在坟茔边上一动也不动，觉得有些奇怪，便来到老爷子身旁叫了两声"爹"，父亲却没有响应。锦什见状喊着"大哥"，轻拍了一下他的胳膊，只见刘老爷子身子动了动，用手指着坟茔喃喃地说："难道是仙迹？你俩看看这是不是两个字？"

刘锦什定眼一看，坟茔上用土堆出两个字形，尽管受到风吹雨淋，但字迹的骨筋还是十分清晰，很快就辨出是"武儿"两个字。素涵想起那天清晨史秦首长曾在这里清理杂草，难道"武儿"这两个字是史秦所为？史秦就是她的二叔刘锦武？于是她压低了声音问父亲："老爹，俺二叔的胸膛上是不是有块红痣？"

　　刘老爷愣了一下，问素涵："你，你是咋知道的？你二叔生下来心窝上有块红色胎痣，你爷爷说他胸怀大志。"

　　刘锦什恍然大悟，他问素涵："元宵节你和朴子去高崖镇接应的首长就是你二叔刘锦武？"

　　素涵点了点头回答说："那时我不知道史秦首长就是二叔，今天看到武儿这两个字才确定他就是俺二叔。"

　　刘老爷子又问素涵："也就是说他应该知道你和朴子是谁？"

　　素涵说："是，老爹，二叔对朴子很赏识，还给朴子起了个绰号，叫白狼。"

　　刘老爷子听了素涵的话，长长舒出一口气，说："二弟呀，你胸怀大志，以国事为重，今天大哥和三弟在祖坟上见到你了。"

　　一群黑老鹳哇哇叫着盘旋在墓田上空，刘老爷子看着那群黑老鹳说："悲歌可以当泣，远望可以当归。锦武二弟，我和老三锦什等着你回家。"

第四十六章 蝗灾

潍北大地到了入秋季节，懒边园里却没有等待丰收的喜悦，自从清明节过后，一个夏天就没有落下一滴雨来。大娘心急如焚，看到地里的庄稼干枯得不成样子，心里笼上一层愁云，思来想去决定要去方山庙里拜佛求雨。

二娘从刘老爷子睡房里抱出一张凉席，放在天井里想洗刷一下。她提着木桶要到水井里取水，看了看天色唠叨起来："都入秋了，大早晨还这么热，像着了火似的。"

大娘摇着一把大蒲扇从正房里走出来，她看见二娘手里提着只水桶，还自言自语地说话，便问道："你提着水桶干什么？"

二娘听见大娘问她，转过身来说："老爷子的凉席有股汗味，俺想清洗一下呢。"

大娘说："这提水的活让喜奎去干吧，你先去准备一下俺去方山庙里求雨的供品。"

二娘回话说："俺都弄好了，喜奎刚才把供品搬到车上了。这大热天去方山，路又远，你不嫌累啊。"

"唉，地里旱得都冒出火来了，求不下雨来这庄稼咋活？你真是站着说话不腰疼。"看着二娘疲惫的脸色，大娘觉得她把话说重了，又放慢口气说，"明个让喜奎去孙家寨把莲儿接回来，你也有个帮手，家里少了她还真不行。"

二娘说："俺累不着，只是很想这些孩子，一转眼都走了三个月了，还是把她们姊妹都接回来吧。"

喜奎拿着马鞭走进了内宅，对大娘说："马车俺套好了，咱们走吧，早去早回来。"

大娘和喜奎来到外院拴马石处，大娘刚坐在马车上，刘老爷子从园子里走了过来，见大娘要乘马车出门，便问道："你这是去哪里呀？"

大娘回话说："都三个月了，老天爷也没让下场雨，地里的庄稼都旱坏了，高粱还没有秀出穗头来呢，俺要去方山庙里拜佛求雨。"

"你真是糊涂了，这兵荒马乱的还敢去方山？去年被绑票的事你都忘了？真是好了伤疤忘了疼。去年大涝，今年大旱，如来和菩萨还不知道躲到哪里去了呢，拜佛有啥用？"

刘老爷子一席话，说得大娘犹豫起来。

街门外传来敲门声，看门的耿老头刚把门打开，刘增文带领着十几个村民急匆匆走了进来。刘老爷子见这些个个都是满头大汗，便问遇到了什么事情让他们如此着急。刘增文抹着脸上的汗水说："大事不好，村北的庄稼地里有了蝗虫，耿家墓田旁边的玉米地被啃个精光，黄压压一片正从北朝南飞着呢。"

大娘听说田地里招来了蝗虫，顿时紧张起来，她对刘老爷子说："你在家等着，俺和增文大叔先去西坡高粱地里看看。"

大娘说罢催着喜奎要走，刘老爷子摇了摇手中的剑杖说："别着急，我跟你们一起去吧，在家也闷得慌。"

刘老爷说着，招呼着刘增文上了马车。喜奎打了个响鞭，驾车出了车门，十几个村民跟在马车后面跑着，一起往西坡的高粱地奔去。

刘老爷子、大娘和刘增文带领着村民来到西坡上，看着一望无际的高粱地，大家呆呆地愣在那里，只见成片的高粱耷拉着头，枯萎的叶子、干瘪的秸秆，一派荒疏的景象。大娘无奈地说："先涝后旱，蚂蚱成片。这不又来了蝗虫。"

刘增文说："听寿光县的人说在纪台乡的三元里墓田里出了旱魃，半夜时分会从坟茔里飞出来找水喝，那旱魃鬼飞到哪里，哪里就有旱灾。"

站在坡上的村民听得头皮直发炸，有人问道："啥叫旱魃呀？这么吓人。"

"旱魃又叫飞僵，就是坟墓里女尸变的鬼，披散着头发，舌头伸出来有三尺长呢。"

正当大家听得毛骨悚然时，一阵沙沙的响声由远而近传了过来。站在坡上的人顺着响声望去，见西北方向出现一团团黄沙，遮天盖地地肆虐过来，瞬间变成千万只蚂蚱，波浪似的涌进高粱地里。随着嚓嚓的咀嚼声，顷刻那些高粱只剩下光杆。

刘老爷子领略到了"飞蝗蔽空日无色"的场景，惊奇地张着嘴巴说不出话来，感到胸部压迫得喘不过气来。这些蝗虫似乎不怕人，竟有上百个朝着站在坡上的人群袭击过来，有的碰撞在脸上，有的落到衣服上，大家惊叫着用手去阻挡。大娘挥舞着蒲扇扑打着老爷子肩膀上的蝗虫，谁知有几只落在了她的头上，大娘觉得头皮发痒，下意识地用手去抓，无奈头上的蚂蚱被头发丝缠住拽不下来，刘老爷见状费了好大劲才把大娘头上的蝗虫摘除掉。

刘老爷子手里捏着一只蝗虫仔细观看，蝗虫伸着长长的触角，左右两只眼睛圆圆的，嘴巴上两片刀状的牙齿不停地咬动着，褐色脊背上抖动着的翅膀摩擦出嚓嚓的响声，带刺的大腿蹬在刘老爷子手指上，让他感觉到这蝗虫蛮有力气。

刘老爷捏紧它问刘增文："这蝗虫就是蚂蚱，用什么法子才能不让它们蔓延成灾？"

刘增文说："蚂蚱最怕火，烧掉了它的翅膀，它就没有本事到处吃庄稼了。"

刘老爷子点了点头表示赞许，又问大娘说："这干枯了的高粱，假如没有蝗虫来吃，还能收粮食吗？"

大娘哭丧着脸说："都旱成这样子了，还能收啥粮食？"

刘老爷指着马车上准备求雨拜佛的香火和黄纸，吩咐刘增文说："你去车上取下香火黄纸，带人到高粱地里去烧那些干枯的秸秆，燃烧起火来蝗虫就飞不起来，烧咱北片的庄稼保咱南片的粮食。"

刘增文招呼着站在坡上的村民，从马车上拿了黄纸和香火，分散到高粱地里四处放起火来。一时间懒边园周边的庄稼地里，火苗蹿起，飘起了浓浓滚烟。

这天黄昏，大娘帮着二娘在东厢房里烙起韭菜合子，家里的大黄狗领着几只小黄狗吠叫着跑出内宅，好像是在迎接谁。大娘放下手中的面铲，好奇地从东厢房里出来，跟在狗后面往外院走去，当大娘走出内院园门时，看见他外甥大民赶着马车从街门进来。莲儿坐在马车上，她刚下车就被那群狗儿围住，摇头晃脑蹭着莲儿的裤腿撒欢。大娘笑着说："家里离开莲儿还真不行，连这些黄狗都想莲儿。"

大民跳下车叫了声"姥姥好"。大娘大半年没见外甥大民了，见他又长高了半头，身子结结实实变成了大人的模样，喜欢得不得了，便过去拉着大民的手说："哎哟，大民变成大人了，长成了大小伙子，二民还好吧？"

"俺弟弟都会叫爹娘了，满屋子里跑呢。俺姥爷还有二姥姥都好吧？"

"好着呢，一会儿叫你喜奎叔卸马套，快回家尝尝你二姥姥烙的韭菜合子。"

当素莲喊娘的时候，大娘才发现素涵没有在车上，于是问道："莲儿，你二姐怎么没有在车上？"

"俺二姐昨个到苇子镇找队伍去了，大姐怕家里惦记，让俺回来报个信。"

大娘听了吃了一惊，忙问道："去苇子镇那么远的路，她是怎么去的？"

"是俺姐夫送她去的，今晌午俺姐夫才回来，他说在苇子镇见到了朴子，朴子当上了副排长，说后天要送二姐去烟台，组织上让素涵二姐在部队医院当院长呢。"

大娘听了方才放下心来，对莲儿说："回家吃饭的时候，你把素涵的事跟你爹详细说说。"

东厢房里刘老爷子和大娘、二娘、莲儿、大民、喜奎围坐在一起，一家子边吃着韭菜合子边聊着素涵去找队伍的事。刘老爷子说："这男大当家，女大当嫁，自古如此。你们二叔胸怀大志，涵儿和朴子天性自立，担山赶日由不得父母做主，随他俩去吧。"刘老爷子说完，话锋一转问喜奎，"今天烧了多少地段，蝗虫飞到哪里了？"

喜奎回答说："狼水河西段的地都烧完了，蝗虫被挡在了县城以北，明儿俺陪大娘去趟南郝乡看看咱家的地，如果见不到蝗虫，城南的地就不用再烧了。"

刘老爷子捋了一把胡子说："唉，这几把火总算把蝗虫治住了。"

大娘问起大民来："你们家的地遭旱了没有？招蝗虫了吗？"

大民回答说："姥姥不用担心，俺家的地都临着狼水河和丹河，洼处的庄稼长得好，今春天没有旱苗，夏天俺爹浇了几遍水，没有招来蝗虫。"

大娘说："告诉你爹，蝗虫来了就用火来烧。"

"俺记住了姥姥。"大民回答着。

刘老爷子咬了一口韭菜合子，边咀嚼边说："这韭菜合子烙得好香啊，今年大旱，咱家的粮食至少要减产七成吧？"

大娘回答说："俺算了一下，要减收八成，亏了听了您的话去年咱家卖给了北海银行一半的田地。要催着他三叔快把电厂改成用煤发电，靠薯粮造出的酒精恐怕供不到年底了。"

屋里的电灯又昏暗起来，刘老爷子指着昏暗的电灯泡说："古人云，三月无雨旱风起，麦苗不秀多黄死。九月降霜秋早寒，禾穗未熟皆青乾。唐朝的白居易都经历过了，来年春天咱营丘缺粮，皇军蝗虫，天灾人祸，恐怕又要闹饥荒了。"

第二天清晨，莲儿早早起床，她提着一只篮子要去园子里摘些熟透的葡萄。她知道大姐家没有种葡萄树，准备摘上一篮子让大民带回去给大姐家尝个鲜。莲儿来到园子里发现树枝上吊着些像蚕茧一样的东西。它用干枯的树叶卷成窝状，两头尖尖用一根长丝垂吊着，在微风中不时地荡动。莲儿记起二娘曾描述过，这叫吊死媳妇。谁家媳妇蒙受冤屈上吊死了，她的魂灵就会变成这个样子。莲儿看着这吊死媳妇打了个寒战，身上如同被尖刺扎了一下，惊慌地转身往家里跑去。

懒边园子里出现了吊死媳妇，让家里人惊惶不安。刘老爷子喊着喜奎要到园子里一探究竟。大娘、二娘和莲儿一直把大民驾的马车送出街门外，也回身到了园子里。大家发现这吊死媳妇在杏树、桃树、槐树、榆树上都有，一只只悬挂在树枝上，让人感到厌恶。

喜奎捏住一只吊死媳妇，剥开包裹着的叶皮，见里面躺着个胖胖的小虫子，便拿给刘老爷子看，刘老爷子摇着头问起二娘来："你是咋知道这种东西叫吊死媳妇的？"

"是朴子他姥姥活着的时候说的，俺还是头一次见这东西呢。"

二娘回答着又问大娘："表姐你见过吗？"大娘摇了摇头没有说话。

刘老爷子恍惚地看着满园子里垂挂着的这些卵巢，自言自语道："这不是吊死的媳妇，是吊着的活虫子。它们吃光了树上的叶子，又把自个裹起来睡大觉。"说完感到一阵眩晕，差一点栽倒在地上。喜奎急忙把老爷子扶住，一家人搀护着老爷子悻悻地回到了内宅里。

在厅堂里，大娘让二娘沏了一碗鸡蛋茶，又掺了些蜂蜜端给老爷子喝，刘老爷子把碗推到一边，把身子斜靠在太师椅上，闭着眼睛也不与人说话。二娘知道老爷子喜欢安静，便招呼着大娘和莲儿离开厅房，自个去东厢做饭去了。

二娘炒了几个菜，又烫了壶懒郎陈酒，想让老爷子喝点酒压压惊，莲儿到厅房喊着老爹到东厢房吃饭，老爷子却摆了摆手示意莲儿出去。二娘踮着小脚过来催促，老爷子更是闭着眼睛连头也不抬一下。二娘无奈，只好由他。

晚饭时，大娘亲自来叫老爷子去东厢房吃饭，刘老爷沉了半天，只吐出两个字"不饿"，就再也不搭理她。大娘见老爷子不吃也不喝顿时慌了神，她喊来二娘和莲儿，商量来商量去，觉得还是让锦什回懒边园一趟，让他来劝劝老爷子。

营丘电厂的大掌柜刘锦什这几天特别忙碌，电厂在青岛大和商会桥本秀幸的帮助下，一台日产的燃煤发电机已安装到位，经日本电气工程师高桥四太郎的调试已能正常运转，准备明日下午并网发电。这台燃煤发电机能顺利安装，女儿素楠功不可没。他发现这个桥本秀幸为人诚恳，做事执着，似乎对素楠情有独钟，他俩在一起有种言听事行的默契。当看到素楠已能用流利的日语与工程师高桥四太郎交谈时，他觉得楠儿既聪明又伶俐，是将来自己在商务上的得力助手。

依照桥本和素楠的建议，在这台燃煤发电机并网发电后，要尽快收购五图乡里的小煤窑，统一筹划开采，再从青岛大和商会购进部分挖掘设备进而扩大产量，形成一条龙的供煤渠道。想到这里，他想起了日伪县长郭子敬。

刘锦什摇起了办公桌上新装的台式电话机，让接线员接通了县政府郭子敬的电话。电话接通后，话筒里传来郭子敬那公鸭嗓子的声音："莫西莫西，哎哟，是刘大掌柜，您有什么吩咐请讲。"

"郭县长，今晚我在家里略备薄酒，祈劳您玉足，恳请莅临小聚。"

"难得刘掌柜邀约，本县定会如约而至。幸甚，幸甚！"

刘锦什见郭子敬答应赴宴，又叫通了家里的电话，让秦贞贞准备一桌酒席，并通知楠儿和桥本届时作陪。

秦贞贞在自家的餐厅里摆好了一桌子酒菜，刘锦什也早早回家等候郭子敬的到来。素楠和桥本秀幸各提着一只礼品袋子进了客厅，素楠喊着："爸，妈，女儿楠儿回来了。"

秦贞贞见楠儿后面跟着桥本，她从心眼里喜欢这个日本小伙子，便迎上去说："茶几上有刚沏好的茶，你们俩陪着爸爸先喝杯茶，郭县长一会儿到，我去厨房烫壶酒。"

素楠扬起手里的提袋说："桥本在火车站的供应车上买了两盒寿司和两瓶日本清酒，先把这日本清酒温烫一下，今晚我要报复这个郭子敬。"

刘锦什看了一眼素楠说："今晚请郭子敬吃饭，是让他给咱解决五图乡煤窑的收购，你报复他为啥？"

素楠做了个鬼脸说："上次在六合祥吃饭，郭子敬用日语开我玩笑，这次桥本教了我好些日本的俚语，本小姐要与他比试比试。"

刘锦什从沙发上站起来，摆了摆手说："嗯，楠儿呀，官商官商，官在前商在后，商对官要示弱不能逞强。巧言乱德，为商者小不忍则乱大谋。"

"知道了，我的好爸爸，桥本教我学着西洋商务的教程呢，到时候看我怎么对付郭子敬。"

素楠话音刚落，郭子敬夹着个皮包走了进来，他一屁股坐在沙发上，把手里的皮包扔在茶几上，嘴里嘟囔着："烦死人了，烦死人了。皇军发起了什么'太平洋圣战'，要从营丘筹粮催款，从下个月开始本县府和保安警队统统开支自付，刘大掌柜您说倒霉不？"

刘锦什过来安慰说："郭县长，车到山前必有路，船到桥头自然直。桥本先生和楠儿已备下清酒，等您入席呢。"

郭子敬听说桥本在隔间的餐厅，似乎觉得刚才发的牢骚有些过分，立刻露出拘谨的神情，嘴里"啊啊"了两声，随着锦什来到餐厅入座。素楠拿起酒壶给郭子敬斟满了一杯酒，用日语说："欢迎郭君您的光临，桥本君特地拿来日本东京都的清酒来款待阁下，请干杯。"

郭子敬听着素楠流利的日语吃了一惊，他端起清酒一饮而尽，称赞道："吆西，吆西。这是正宗的日本清酒，谢谢桥本君。"

刘锦什也喝了一杯清酒，对郭子敬说："这酒味淡些，要不给您换陈年的懒郎？"

"不，不，我喜欢这清酒的味道。日本的造酒技术源于中国，日本的风土将其精练，制成了清酒。清酒的制作工艺十分考究，并以特级、高级和准级来区分日本酒的质量，这是一款高级别的清酒。"郭子敬说完连连喝下去三杯，满意地朝着桥本点头。

刘锦什见时机成熟，给郭子敬斟满一杯酒说："郭县长，今有一事与您商量，明天下午新安装的燃煤发电机将接网发电，电量是之前的十倍，不用再担心电量不足造成电灯昏暗的情况。这台发电机每天用的燃煤是三驾马车的载煤量，要从五图乡几个小煤窑里收购煤炭才能保证发电不受影响。我想把五图乡的煤窑收并整合，引进机械挖掘设备，扩大产煤量，以保证供电正常。"

郭子敬听了先是一怔，摇着头说："县政府已是陋室空堂，今年又扩大了一百多人的保安警务，花费更是入不敷出。五图乡的煤窑征税约占全县税收的百分之十呢，电厂把它们收并了，县里的税收咋办？"

刘锦什赧然一笑说："桥本先生的燃煤电力企划书上有这方面的预算，燃煤税收以电量扩大征税，现在营丘电厂占全县税收的两成半，如果五图乡的煤炭能保证电机发电用量，电费征税预计能占全县税收的五成，也就是说电厂的税收将占全县税收的一半，何乐不为呢？"

郭子敬方才顿悟过来，他满脸堆笑，高举着酒杯频频与桥本和素楠碰杯畅饮。

客厅里的电话骤然响起，刘锦什过去接电话，电话传来大娘急匆匆的声音，当得知庄稼地里闹蝗灾，懒边园子里出现了吊死媳妇的虫祸，大哥愁得一天不吃不喝时，锦什的心情沉重起来。

刘锦什闷闷不乐地回到餐桌前，秦贞贞见丈夫脸色有些难看，便问道："我隐约听见是大嫂打来的电话，家里出什么事了吗？"

刘锦什却看了一下郭子敬说："记得马尚岭县长说过，您当年在日本留学是学农业的吧？"

"本人毕业于日本东京农业大学校。"郭子敬回答完，又疑惑地问道，"刘大掌柜为何问起本人在日本留学的事情？"

"不好意思，刚才接到懒边园大嫂的电话，我家园子里的树上挂了些当地叫吊死媳妇的虫巢，我大哥见了不知如何是好，愁得吃不下饭去，故问您这位农业大专家，有没有办法对付这些吊挂在树上的虫子。"

郭子敬听后，他的眼珠子滴溜溜乱转，沉思了许久，心想今晚在锦什掌柜家里解决了税收，为何不去懒边园讨些征粮呢。于是他对刘锦什说："明日上午八点，您派辕车去县府接我，算来一年多没去懒边园了，我要去拜见刘叔大人。"

郭子敬话音刚落，餐厅里的电灯突然熄灭，屋内屋外一片漆黑。

第四十七章 尺蠖

早晨，懒边园沉浸在一片轻柔的雾霭之中，随着公鸡的启明报晓，刘老爷子慢慢地睁开了睡眼，当看到几束光线透过窗帘照射进屋里，他在床上活动了几下，感到肚子有些饿，便起身穿好衣服，拿起竖在床头上的那支剑杖来到天井里。

莲儿看见老爹从厅房里走出来，高兴地喊着："老爹起床了，老爹起床了。"

谁知挂在石榴树下笼子里的两只八哥，也此起彼伏地叫着："老爹起床了，老爹起床了。"

二娘兴冲冲地从东厢房迎过来，看见老爷子恢复了原状，颤抖着双手合掌举到额头上说："俺的天呀，好歹出来了。她爹啊，您饿了吧？"

刘老爷子笑嘻嘻地说："真的饿了，有啥吃的？"

"俺蒸了碗葱花水蛋，你先垫垫饥，俺去擀碗你最爱吃的杂合面条。"

刘老爷子进了东厢房，莲儿在刚蒸好的葱花水蛋上滴了点香油，端到老爹面前说了声："趁热吃吧。"

老爷子闻着碗里的蛋羹，香喷喷的鲜美热气漫延迂回，萦绕鼻端，按捺不住食欲，迫不及待地拿起调匙挖着嫩嫩的蛋羹吃了起来。

刘老爷子吃完那碗葱花水蛋，见二娘正在案板上擀面条，问道："大娘去哪里了，怎么没见她出来？"

二娘回答说："喜奎赶车拉她去了南岩地里看庄稼，大姐说一会儿三弟锦什要回家，她顺便割些嫩茬韭菜，晌午回来包饺子。"

刘老爷子放下手中的调匙，对二娘身边的莲儿说："我去园子里看看那些吊死媳妇到底是些啥虫子，等煮熟了面条，你去园里喊我回来吃饭。"

说完，起身出了东厢房。当他来到外院园门，看见一辆辕车停在拴马石旁边，正在卸马套的药店伙计肖光亮见刘老爷子走了过来，忙迎上去问安，并说刘锦什大掌柜陪着县长郭子敬去了园子。刘老爷子"嗯"了一声，也不多说话，朝着园子走去。

刘老爷子刚走到园子的柴门口，刘增文和他堂弟刘增安来找他。刘增安平日在懒边园村东守护关帝庙，是半个道士半个村民，他说庙前四棵榆树上吊满了裹着叶巢的虫子，有过路的说这东西不吉利，恐怕村里要惹祸灾，特地过来讨教。刘老爷子并不接他俩的话茬，只是说随他一起进园子里看看。

三个人进了园子，看见刘锦什陪着郭子敬在几棵杏树下溜达。刘老爷子故意咳嗽一声，锦什见大哥来了，忙对郭子敬说："我大哥来了，你快对他说说这虫子的事。"

郭子敬见刘老爷子领着两个人过来，便迎上去满脸堆笑说："啊呀，刘叔您吉祥，近来身体可好？"

"子敬啊，你比去年见面时发福了。噢，我记起来了，你当年在日本留学是农科的吧，你看看这满园子树上吊着些虫巢是咋回事？"

"刘叔呀，昨夜听锦什掌柜说这事来着，今早我查了读大学时有关虫害的书籍，这虫子属鳞翅目尺蛾科，日本教科书上叫它尺蠖，译成中国话叫吊死鬼。尺蠖食量极大，繁殖特别快，暴发性强，平时待在树上吃树叶，老熟时吐丝以树叶裹卷作茧。来年春天由蛹变成蝶，飞到树上下籽生虫。这虫子主要咀嚼嫩芽和花蕾，并不伤害枝干，所以您老尽管放心，它不会造成树木死亡。"

刘老爷子听郭子敬的话说："子敬啊，你想想看，吊死鬼专吃嫩芽和花蕾，这杏树上结不成杏，桃树上长不成桃，桑树上没有了葚果，成何体统？这虫子不灭，我于心不安呀。"刘老爷子说完，见郭子敬没有回话，便问，"你看有没有灭掉这些吊死鬼的办法？"

"最有效的办法是不要让它化蛹出蝶，一个蝶子能产生上千虫籽，所以要想个法子把这些吊着的虫巢打下来。"郭子敬边说着，边用手做了个打虫子的动作。

刘增文在一旁说："这个好办，我去找几个人拿着长竿子就能把这些吊死鬼打下来。"

"我看还要全村上下一齐打，否则到了明年春天，树上的吊死鬼化蛹成蝶，飞来飞去到处下籽生虫，防不胜防。"

刘增文回答："老侄子说得对，要打全村一起打彻底消灭它。一会儿让增安去敲铜盆，喊话通告全村各户去打这吊死鬼。"

刘增安答应着出了懒边园子。

莲儿过来喊着老爹回家吃饭，刘锦什问老爷子："大哥怎么还没有吃早晨饭？"

"还没呢，你们三个跟我去吃杂合面条吧。"

锦什和刘增文摇着头都说吃过了，只有郭子敬说他也没吃早饭，正好跟着老叔蹭顿饭。四个人走到内宅大门的时候，大街上传来敲铜盆的声音，又听刘增安喊着："各家各户，吊死鬼上树，拿竿子去打，不得有误！"

在东厢房里，郭子敬边往嘴里扒着面条，边对刘老爷子诉说日本人逼迫县政府征粮筹钱的事，当说到要扩充一百二十人的县保安大队，下月就要断粮时，他把面条碗猛地墩放在餐桌上，瞅着刘老爷子说："老叔，您老要帮我，总不能让一百多人的县保安大队挨饿吧。"

刘老爷子惨然一笑说："是啊，今年大旱夏粮减半，秋粮又遇蝗灾近似绝产。你也知道我家去年卖出一半的良田用于建电厂，唉，懒边园不及当年了。"

郭子敬失望地看着刘老爷子，手里的筷子不知不觉掉在了餐桌上，嘴里嘟囔着："那咋办，那咋办。"

刘老爷子捋了一把胡子，用沉稳的语调说："就凭你喊我老叔，我也要帮你。这次电厂更换燃煤发电机，会省下些用于制造酒精的薯粮，尽管是粗粮，但不至于饿肚子。不过从长计议，不妨采用古人义务兵伕、自备衣粮的办法，以解今年冬天缺粮之现状。"

刘老爷子的一席话，顿时让郭子敬茅塞顿开，情不自禁地两手拱拳朝刘老爷子连连作揖。

刘锦什来到东厢房，说县政府打来电话，有急事找郭县长。郭子敬跑到厅房去接电话，不一会儿他匆匆忙忙从厅房走出来，喊着说："出事了，出大事了，我得赶紧回县府。"

刘锦什问道："啥事啊，急急忙忙地要走。"

郭子敬走到刘老爷子跟前说："八木少佐率营丘驻军一部去寿光参加大扫荡，被渤海纵队新一团的狙击手白狼给打死了。新任命的小野正雄少佐已到营丘，要我立马过去见他。"

刘锦什喊过肖光亮来，让他立刻送郭子敬回县府，待送到后再返回懒边园。

看着郭子敬上了辕车，刘老爷子指着驶出街门的辕车说："郭子敬这头蠢驴，十个郭子敬也比不上一个马尚岭，愚蠢之极。"

刘老爷子说完这话突然打了个冷战，他对刘锦什说："刚才郭子敬说八木少佐在寿光被一个叫白狼的狙击手击毙了，记得清明那天在咱爹的坟头旁，素涵说你二哥给朴子起了个绰号叫白狼，难道是朴子打死了八木成仁？"

"是大哥，素涵说这话的时候我也在场。"

哥俩沉默了许久，锦什压低声音说："响水崖子那边两套院落已修整妥当，大哥去那里住一段时间吧。"

"正合我意，我想带着你二嫂过去，正好素欣和英子也在那边，留下你大嫂和莲儿看家。"

"什么时候动身？"锦什问道。

"等吃完午饭随你的辕车一起走，要人不知鬼不觉。"

刘锦什点了点头，看着苍老的大哥心里一阵痛楚。

高崖镇上的秦宪文、秦宪武兄弟俩，自从跟着秦佩琳校长到营丘，一直被关押在日本兵营里，每天被支派打扫院落和干杂活。大半年过去了，哥俩多次与兵营里日本兵交涉要求回家均被拒绝。这次兵营里来了小野少佐代替八木少佐，这个小野身材矮胖，肤色黝黑，表情傲慢，面相如凶神恶煞一般。他接管兵营后，让士兵对秦宪文和秦宪武严加看管，有杂活时让他俩去干，没活时把他俩关在地下室里不让出来。这天夜里两个执枪的日本士兵把秦宪文和秦宪武喊醒，让他们带上随身物品，随后把他俩押解到刚停在站台的瓦罐列车上。

随着一声长长的汽笛响，火车开始隆隆地开动起来。在漆黑的瓦罐车厢里，秦宪文和秦宪武身子紧紧靠在一起蹲坐着，当听到车厢里有喘息声，才知道车厢里还有其他人，他俩在火车行驶的震动中迷迷糊糊地睡着了。

不知过了多久，这列火车停了下来。随着瓦罐车厢的门被拉开，刺眼的太阳光线照进车厢里，一个日本兵伸进脑袋来叫喊着："统统下车，米西米西的有。"

车厢里的人开始陆续跳下车来，抬着麻木的腿不停地跺脚。秦宪文看着从各个瓦罐车厢里下来了一大群人，对秦宪武说："这列火车拉着这么多人，是让咱干啥去？"

秦宪武抬头望着天上的太阳，对秦宪武说："你看这太阳在火车头后边呢，我觉得这是往北走，不会是拉咱去东北干煤黑子吧？"

一句话让秦宪文紧张起来，心想：去了那里半条命就没了。

一阵哨声传来，只见一个翻译官模样的人鼓着嘴巴在吹哨子，看着站台上的人注视他，便大声说："排队，都给我排队，开始清点人数。"

从车厢里下来的人排起队来，翻译官一五一十地数了两遍，他走到一个挎着军刀的日本军官面前说："报告苍介队长，苦力的一共一百三十五人。"

"吆西，分队的有，每节车厢十五人一组，一会儿分发棉衣、棉鞋、棉帽子和饭盒子。这趟列车有九节拉苦力的车厢，明天到达山海关后会感到十分寒冷，皇军的优待优待。"

这个叫苍介的队长，转身看了一下站台上有人正烧着冒热气的三口大锅，用手指了一下对翻译官说："你的带领这些苦力去那边领取饭盒，开始米西米西的有。"

这些被日本军队强征来的民夫，分别来自高密、潍县及营丘等地，是准备去黑龙江边境线上做修建防御工事的劳役。秦宪文和秦宪武各领取了一个军用饭盒，随着前边排队的民夫来到大锅前，民夫们看着热气腾腾的大锅顿时傻了眼。只见大锅里煮的是杂合面疙瘩汤，上面是汤水，下面是面疙瘩，旁边连个勺子也没有，民夫们看了半天忍不住又饿又渴，只好拿着饭盒淘起锅面上的浮汤来喝。秦宪文在锅边看得仔细，他见不远处有棵大柳树，落了叶子的枝条垂散着，灵机一动来到柳树下折了些枝条，编起一把笊篱来；秦宪文拿着编好的笊篱来到大锅前，也顾不上汤水的滚烫，将笊篱伸到锅底，捞起了满满的面疙瘩，先给宪武的饭盒盛满，又给自己的饭盒盛满，二人躲在一旁大吃起来。民夫们见这用柳条编的笊篱好用，便你争我夺抢着用它来捞锅里的面疙瘩。

秦宪文和秦宪武吃饱喝足，便在站台上闲逛起来。宪武看见对面站牌子上的三个字，用手指着读道："兔城站，哥，这里叫兔城站。"

宪文瞅了瞅站牌上的字，摇着头说："你念错了，第一字不是兔子的兔，是啥俺也不认识。"

宪文反驳说："是个兔呀，这字俺跟丹婷姐学过。"

"不管你学没学过，这个字绝对不是兔子的兔。"宪武再次摇头否定着。

兄弟俩争执不下，一个手提着信号灯的师傅走过来，秦宪文按捺不住对站名的疑惑，迎上去鞠了个躬问道："大叔，这里是什么站啊？"

"小伙子，是禹城站。"

还不等宪文致谢，那师傅晃荡着信号灯走远了。

秦宪文对秦宪武说："是大禹的禹，你忘了，丹婷姐给咱俩讲过大禹治水的故事。"

宪武低着头，抽噎着说："哥，俺想家，俺想咱爹娘，还有丹婷姐。"

宪文凑到宪武的身边，咬着耳朵说："咱不能去东北当煤黑子，咱俩得找个空茬逃出去。"

砰砰两声枪响把宪文和宪武吓了一跳，不一会儿他们看见两个日本士兵拖着一具尸体从站台上走过来。翻译官在高声呵斥："谁要逃跑统统枪毙，皇军的枪法百发百中。"

火车头上的汽笛响起，民夫们在日本士兵的看押下纷纷上了瓦罐车厢，火车开动起来。

在火车的轰隆声中，秦宪文觉得越来越冷，被冻得头疼鼻酸，两只脚失去知觉，就像两块冰。秦宪武依偎在秦宪文身边不停地颤抖着，嘴里嘟囔着："冷呀，哥，俺冷。"

秦宪文在黑暗中摸到了在禹城火车站配发的棉衣和鞋子，他对宪武说："快把发给咱的棉袄、棉裤和棉鞋换上，那棉帽子也戴上，俺的脚也冻麻了。"

车厢里不断传来咳嗽声，有人在唉声叹气，有人在骂这寒冷的天气，民夫们听到有人在换棉衣裤，也跟着在这黑灯瞎火的瓦罐车厢里，摸索着换上各自的棉衣裤。

不知过了多久，火车终于停了下来。瓦罐车厢的门被拉开，随着一股寒风吹进车厢，大家把棉袄攥得紧紧的，缩着脖子走下车厢。站台上已是白雪皑皑，凛冽的北风呼呼地刮着，吹在脸上像一把把刀子扎来。那个翻译官把脑袋裹在大衣里吹起哨子，他见民夫们都下了车，于是大声喊着："这里是山海关火车站，四面是冰天雪地，逃跑是死路一条。有拉屎尿尿的赶快解决，完事后马上回到车厢里，一会儿有人往车厢里送饭。"

民夫们在站台上刚活动不久，几个日本士兵端着上了刺刀的步枪喊叫起来："统统上车，统统上车。"

大家被赶回车厢里，不一会儿来了一群当地的大妈，她们两个人一组提着个大木桶，到各个车厢去发送食物。民夫们纷纷拿出饭盒挤在车厢门口，饭盒里被放进了两个窝头和一块咸菜。秦宪武拿起窝头咬了一口，那苦涩的味道几乎让他吐出来，他叫着："这是啥窝头呀，苦死了。"

车厢下发放窝头的大妈苦笑着说："大米白面是给皇军吃的，俺东北的老百姓都在吃这橡子面的窝窝头，能有填肚子的东西吃就算谢天谢地了。"

车厢里的民夫不再说话，只是默默地咀嚼着又苦又涩的橡子面窝头。

汽笛响起，火车又开动了。

民夫们在瓦罐车厢里，只听到火车碾压铁轨的声响震颤回荡，车厢上下晃动着，也不知道外面是白天还是黑夜，于是有人站起来跺着脚以驱赶身上的寒冷。秦宪武在车厢晃动中摸到一根横着的铁柱子，他用力拽了一下，竟活动起来，渐渐露出一条门缝，宪武惊喜地叫着："哥，俺摸到了车厢上的铁门，你过来看看。"

秦宪文寻着弟弟的喊声走过来，借着门缝透进来的光亮，二人拽着铁门，随着铁门的移动，一股寒气扑面而来，秦宪文看到了车厢外面的景象，雪花飘舞着，呈现出一片白蒙蒙的夜色世界。

火车依然在冰天雪地中行进，禁不住风雪吹进，秦宪文想把车厢门关闭，却猛地听见一声巨响，随即轰隆隆发出震动。站在车门边上的秦宪文和秦宪武兄弟俩被重重地摔出车外，几个翻滚下了路基，跌倒在厚厚的雪地上。秦宪文抹了一把脸上的雪，又搀着秦宪武爬了起来，当他俩再看那列车时，眼前的情景让兄弟二人目瞪口呆。只见这列火车扭曲着车身歪歪扭扭碰撞在一起，火车头喘着粗气轰然倒在了路基下，带动着脱轨的车厢呈之字形倾覆在风雪之中，民夫们喊叫着一个个从翻倒的车厢里钻了出来。

正当宪文和宪武惊魂未定，雪影中发现一队人马冲杀到火车跟前，守卫火车的日本士兵开始开枪，一时间喊杀声，枪击声响成一片。冲杀过来的这支队伍发现了车厢下的民夫，听见有人喊叫着："我们是打日本鬼子的抗日联军，是咱老百姓的队伍，大家不要慌，赶快往前面树林子里跑，到了那里就安全了，林子里有我们的人。"

秦宪文和秦宪武踏着厚厚的雪，往前面的树林里奔去。铁路上传来轰隆隆的马达声，几束灯光照射过来，随即响起了重机枪的射击声。

袭击火车的抗日联军看见日本人的铁甲车开了过来，便相互呼喊着撤退，铁甲车上的重机枪在探照灯的照射下不停地射击,有几个民夫被打倒在雪地上。秦宪文和秦宪武没命地朝着丛林奔跑，秦宪文觉得一条腿钻心的麻痛，不由自主摔倒在宪武身旁，秦宪武见哥哥跌倒在雪中，便来扶他。秦宪文挣扎着起来，勉强走了几步说："俺腿挨了子弹，走不动了。"

"哥，俺背你走，到了林子里就没事了。"秦宪武背起宪文，深一脚浅一脚地踏着雪往树林里走去。

秦宪武把秦宪文背到树林里已是气喘吁吁，体力渐渐不支。当看到林子有人来接应，一头栽倒在地上，昏了过去。

秦宪武醒来时，天已大亮，他发现自己睡在一间木屋里的热炕上，他感到十分口渴，便下炕要去找水喝。这时从木屋门外走进来一位小战士，那小战士来到他身旁说:"你醒了?这里是我们部队医院的留查室,一会儿我们林院长要来看你。"

小战士话音刚落,从门外走进一个人来,这人穿着一身棉制服,外面罩着一件白色大褂,他来到秦宪武面前说:"小兄弟,你哥腿上的子弹已经取出来了,没有伤着骨头,养几天就好了,他在隔壁的屋子里睡觉呢。"

站在旁边的小战士立刻说:"这就是我们医院的林院长。"

还没等秦宪武回答,林院长问道:"我听你哥说的话有些耳熟,你哥俩是营丘人吧?"

秦宪武见林院长和蔼可亲,又说着一口营丘话,便回答说:"俺是高崖镇上的,俺哥叫秦宪文,俺叫秦宪武。俺听院长说的话也是老家的口音,院长您也是营丘人吗?"

"我老家是郚部乡的,我姓林,叫林宜生,等你哥养好了伤,你哥俩就留部队医院帮着我救护伤员吧。"

在这深山老林里遇见同乡,秦宪武倍感亲切,当听到林院长要收留他兄弟俩时,一股热流涌上心头,宪武抿住泪水,朝林宜生鞠起躬来。

第四十八章　银簪

县保安大队院里突发起一场大火，熊熊的火焰蔓延到了四邻的房屋，浓浓的黑烟盘旋在营丘上空。一时间喊叫声、警笛声、嘈杂混乱的响声在县城里回荡着。日本驻军的小野少佐调来了消防兵，才把这场大火扑灭。

郭子敬被烟火呛得连连咳嗽，他这几天犯了牙疼、征粮、催税，又要集训新筹建的保安大队，一连串的棘手事务让他忙乱了手脚。他正在捂着肿起的腮帮子唉声叹气，小野少佐挎着军刀走了过来，未等郭子敬礼让，小野气势汹汹地指着郭子敬的鼻子破口大骂，郭子敬只好忍气吞声，强作笑脸道歉。

这场大火是县保安大队的两个厨兵故意燃放的，原因是保安大队的一个分队长叫牛大来，他带几个保安队员巡哨归来已是晌午，几个人到伙房里寻吃的东西。他们看见大锅里煮的是地瓜干子，气不打一处来，叫嚷着让两个厨兵给他们弄干粮吃，两个厨兵只得叫苦，说伙房里除了从电厂拉来的地瓜干子，就是些生了芽子的地瓜，哪里有干粮来做饭。牛队长正在气头上，不容分说扇了厨兵几个耳光，跟随的几个保安队员狗仗人势，对着两个厨兵拳打脚踢。被打的两个厨兵受气不过，索性在伙房里放起一把火，然后逃之夭夭。

郭子敬见街上一片狼藉，保安队的分队长牛大来在他面前抱怨："县长，咱保安队上顿吃发了霉的地瓜干子，下顿吃生了芽子的地瓜蛋子，巡逻守门还要自带干粮，弟兄们都叫嚷着散伙，都不想干了呢。"

郭子敬转动着眼珠子，思来想去觉得还是得去趟懒边园找刘老爷子讨教个法子，总得要给站岗巡哨的保安队吃顿像样的饭吧。他从日本驻军那里借来由日本兵驾驶的两辆挎斗摩托，带上牛大来要去懒边园拜访刘老爷子。

懒边园里，自从刘老爷子和二娘去了响水崖子，大娘就搬到了老爷子的卧房里住。这天她从厅房出来，觉得身上暖暖的，抬头看见天上的太阳正旺，便吩咐莲儿把过冬的被褥拿到庭院天井里去晒。看街门的耿老头跑来传话，说郭县长带着两个日本人驾着摩托车来到外院。大娘拢了拢头发，刚走出垂花门口，看见郭子敬领着两个日本士兵，后面跟着穿着黑衣服的保安分队长牛大来在宅门外站着。郭子敬见大娘来迎接，连忙躬身施礼说："婶子好啊，刘叔可在家里？侄儿有事来找刘叔商量。"

大娘不想告诉他老爷子和二娘的去向，一时也想不出推辞的理由，便说："是郭县长大驾光临，咋不先来个电话？老爷子出去了，也不知去了哪里。"

郭子敬推测刘老爷子去了园子里溜达，说："婶子请先把这二位太君领进内宅休息，我和这个牛队长去园子里找找。"

大娘点了点头，看着郭子敬和牛大来去了园子，便把两个日本卫兵让进了内宅。

挂在石榴树上的两只八哥在笼子里跳跃着，看见大娘领着两个陌生人进了垂花门，昂着头叫了起来："贵客光临，贵客光临。"

两个日本士兵感到十分好奇，想不到这鸟儿还会说话，便来到笼子旁边逗起鸟来："空泥几娃，空泥几娃，你的好哇。"

笼子的八哥摇着头学叫着："七哇，七哇，你好。"

两个日本士兵高兴得又蹦又跳，喊着："吆西，吆西。"

那二个八哥也叫着："吆西七哇，吆西七哇。"

大娘见两个日本士兵在逗鸟，也懒得照应他们，转身去了后罩房忙活去了。

素莲抱着一叠被褥从耳房里出来要到天井晾晒，她看见两个日本士兵在石榴树下挑逗笼子里的八哥，礼貌地点了点头从他们身边走过。这两个日本士兵看着素莲的背影，见素莲穿着一件合身的碎花浅红棉袄，身量苗条，腰肢袅娜，简直就像从天上飘来一位仙女。特别是经过石榴树时身上留下一缕甜香，立刻让这两个日本士兵销魂荡魄。

素莲把被褥搭在绳索上晾晒，又用手拍了拍被面，见搭挂整齐，即往前院走去。那两个日本士兵相互对视了一眼，蹑手蹑脚尾随着素莲欲行不轨。素莲来到影墙对面的南房里，贴着宅门的南房东首是间客房，素莲想把屋里的被褥也拿到天井里晾晒。她刚到炕上去取被褥，两个日本士兵把斜背在身上的步枪取下来放在门外，狞笑着蹿进屋内，像饿狼般扑到素莲的身上。素莲被压倒在炕上惊叫着大喊"救命"，拼尽全力与两个日本士兵撕打起来。

懒边园内宅里的后罩房是大娘整理账目的地方，长工们把这里叫作账房。

大娘摆弄着算盘正在对账，隐约听见了莲儿的呼救声，家里的大黄狗也狂叫起来。大娘感觉事情有些不妙，急匆匆离开后罩房，寻着莲儿的哭喊声往南房奔去。

大娘来到南房，见两个日本士兵对莲儿进行猥亵，大娘勃然大怒，她从头髻上拔出那支银簪子，朝着一个日本士兵的后脖颈猛然扎去，因用力过猛，银簪子从日本士兵的脖颈穿透咽喉，那个日本士兵挣扎了几下，翻滚在地上当即毙命。另一个日本士兵见大娘来得凶，夺路逃出屋子，他捡起竖在门外的步枪，又从腰间拔出刺刀上在步枪上，进屋要刺杀大娘。大娘刚把素莲从炕上扶起来，莲儿看见日本士兵端着上了刺刀的步枪冲进屋子，大喊着让大娘闪开，就在大娘转身刹那，只听噗的一声，刺刀扎在大娘的肚子上。大娘疼得大叫一声，本能地攥住扎来的刺刀。日本士兵想抽回刺刀再次行刺，抽动几次均被大娘攥住，二个较着劲对峙起来。

喜奎正在马厩里磨着大铡刀，想趁着天气暖和多铡些草料以备牲畜过冬。他刚把铡刀磨快，用手试着锋利的刀刃，看见大黄狗慌里慌张地跑过来，对着喜奎一会儿扑地，一会儿咬住他的裤腿，从眼睛里带着恳求的神态，似乎是催他去应急。喜奎喊着："大黄，你是说家里出事了？"

大黄哀叫了两声，头前带路往内宅跑去。

喜奎手执铡刀跟在大黄狗后边，奔跑着来到了内宅，果然听到了大娘和莲儿的呼喊声。他寻着声音来到南房，眼前的情景让他大惊失色，看着大黄狗发疯似的去撕咬端枪的日本士兵，喜奎大呼道："狗日的小鬼子找死呀！"

挥起大铡刀砍了过去，随着咔嚓一声响，日本士兵的半截脑袋被削了下来。

素莲和杨喜奎小心翼翼地拔出扎在大娘肚子上的刺刀，一股鲜血冒了出来，大娘捂着肚子上的伤口疼得直哆嗦。喜奎问大娘是不是去县城药房里包扎，大娘看着躺在地上的两具日本兵尸体，苦笑一声说："县城去不成了，这懒边园老宅子也待不住了。一会儿郭子敬和那个保安回来就麻烦了，咱得躲一躲。"

喜奎问道："大娘，咱到哪里去躲？"

大娘皱了皱眉头，吩咐喜奎："你快去套车，送我和莲儿去孙家寨她大姐家，麻利点。"

"哎，俺知道了。"杨喜奎答应着出了南房。

素莲见大娘肚子上不停地流出血水，急得不知如何是好。大娘让她去厅房里找块白布，再把灶台上敬灶王爷的香炉子拿来。莲儿帮着大娘在伤口上洒了香灰，又用白布包扎起伤口，搀扶着大娘走出了宅门。

郭子敬和牛大来到了懒边园子里，寻找了大半天也没有发现刘老爷子的踪影。牛大来看见几棵柿子树上挂满了透红的柿子,便对郭子敬说:"县长,您看树上这些红红的柿子是不是很甜呀,俺去摘几个尝尝?"

还不等郭子敬答应,牛大来攀上了一棵柿子树,蹬着枝杈摘下一个柿子放在嘴里咬了一口,浓郁的甜汁让他大呼好吃。看着郭子敬眨巴着眼睛,牛大来扔下一个柿子来,嘴里边嚼着柿肉边喊着:"县长,您尝尝,好甜呀。"

郭子敬接住扔下来的柿子,见柿皮软软的,先咬了一小口,用嘴巴吸咂着里面的柿汁,果然甜蜜无比。郭子敬满意地对爬在树上的牛大来招了招手说:"你多摘点,我要送给小野少佐尝尝。"

牛大来做了个鬼脸,说了句"吆西,吆西"。他摘下戴在头上的帽子,等把柿子摘满帽子再递给郭子敬,郭子敬把帽子里的柿子丢在地上,再把帽子递上去,两个人一来一往摘起柿子来。

郭子敬见地上摆满了一大堆柿子,伸了个懒腰,他掏出怀表看到已过下午一点钟,即招呼牛大来说:"不摘了,不摘了,本县肚子都饿瘪了。兴许刘老爷子已经回到家了,中午与他喝几盅,吃过午饭,再从他家找两个筐子,装上柿子回县城。"

牛大来从柿子树上跳下来,二人各捏着个柿子刚走到离柴门不远处,忽听一阵马铃响,一辆马车从懒边园宅院出来,一闪而过出了街门。郭子敬眨巴了几下眼睛,他问牛大来是不是一辆马车出去了,牛大来说他看到马车上好像坐着两个女人。郭子敬好生诧异,晃了晃脑袋急步往宅院走去。

懒边园的宅门掩闭着,郭子敬拿起辅首上的衔环轻扣着,院内一点反应也没有,郭子敬推开两扇大门迈了进去,他和牛大来刚走到影墙边上,大黄狗从垂花门蹿了出来,朝他俩龇牙咧嘴咆哮着。牛大来赶开了大黄狗,二人走进了内宅。偌大的院落阴沉沉的,除了大黄狗跟随着吠叫,没有人出来接应。

郭子敬隐约嗅到一股血腥的气味,顿时觉得浑身发凉,内心的恐慌立刻提到了嗓子眼上,当转到南房看见两具日本士兵的尸体时,他眼前一黑瘫倒在地上。

黄昏时分,素绣把二民放进悬吊在厅房大梁上的吊篮里,扭了一下他的小脸蛋说:"娘去给你爹和你哥做饭去,你自个玩会儿。"

说罢去了灶房掌灯做饭,这几天来富和儿子大民在坝上修剪果树,天黑下来才回家吃饭。

听见院门响,素绣认为是大民和他爹回来了,喊着:"大民呀,你去厅房里照看会你弟弟,娘要做饭给你爷俩吃。"

第四十八章 银簪

回答的却是素莲的声音："大姐，咱娘来了。"

素绣见喜奎和素莲搀扶着母亲进了院子，忙到跟前去接应。素莲讲述了事情的经过，素绣心疼地把大娘扶到内屋的炕上，又烧了一锅热水，让莲儿帮着给大娘擦洗身上的血迹，看着大娘肚子上的伤口不时地溢出血丝，姐妹俩难过地低声哭泣。这时孙来富和大民回到家里，听说大娘被日本人的刺刀扎伤，便跑来内屋问候。大娘强忍着伤口的疼痛对女儿女婿和外甥大民说："这次两个鬼子死在懒边园，日本人不会善罢甘休，定会派人四处打探娘的下落，娘来你家养伤的事千万不要声张。"

女婿孙来富安慰大娘说："请娘尽管放心，这些日子您安心住在家里。俺这就去找孙郎中问问有什么治伤的好药。"

素绣觉得这个孙来运有些不靠谱，但一时又没有更妥当的办法，只好同意让来富去找孙来运，早去早回来。

孙来富打着个灯笼来到孙来运家，敲了半天门孙来运才出来，闻着他满身的酒气，来富迎面招呼："郎中大哥，俺是本家兄弟孙来富。"

孙来运看清楚来找他的人是孙来富时，惊讶地绕着舌头说："嘿呀，是来富掌柜，不知您黑灯瞎火来鄙府有何吩咐，请进屋陪本郎中小酌一杯。"

孙来富心想就他家这几间破院落还称府呢，于是直奔话题："唉，俺儿子大民不小心用砍刀割破了胳膊，好深的伤口呢，俺来问问您家有没有好药能止血。"

"嘿呀，这有何难，先用温盐水冲洗一下伤口，再从香炉里抓一把灰按上，包扎起来就没啥事了。"孙来运摇晃着脑袋比画着。

"香炉里的灰咋行，你家有没有更好的药？"孙来富失望地问道。

"噢，按说这红伤之药最见效的就是云南白药。刀、枪、跌、打诸伤，无论轻重，出血者用温开水送服，淤血肿痛者用酒送服，化脓成疮者用醋调匀敷在患处，当日止痛，五日愈合，十日痊愈，其灵验之……"

孙来富听得心急，打断他的话说："郎中大哥，俺是问您府上有这云南白药吗？"

"嘿呀，俺这陋室哪里有这种名贵药材，不瞒兄弟你说，当年俺郎中爷爷红运当头，曾备下几瓶云南白药。只可惜俺爹这个赌鬼，不光赌光了几十亩良田，家藏的奇珍异宝都被他输了个一干二净。于今郎中世家败落，来运命苦也，呜，呜……"孙来运一吸一顿地哭泣起来。

孙来富哪里有心听他胡诌，拱手告辞离开了他家。

来富回到家中，告诉大娘和素绣，治疗这伤口要用云南白药。大娘叹了一口气说："这云南白药咱懒边园和康然药房里就有，可现在家不能回，县城不能去呀，不过另一个地方或许会有。"

孙来富急切地问大娘："娘，您说啥地方有啊？"

大娘的伤口又是一阵疼痛，她咬着牙关吸了口气说："清水泊。"

两个日本士兵在懒边园被杀的消息不胫而走，离奇的故事传遍了营丘县城，情节是懒边园的长工杨喜奎用铡刀铡下了两颗日本人的头。

刘锦什正在家午休，刚躺在床上便听到了电话铃响。他起身拿起电话，是郭子敬从懒边园打过来的。当听到郭子敬在通话中诉说着懒边园发生的一切时，刘锦什无法相信自己的耳朵，像根木桩立在床边一动也不动。在他身边的秦贞贞看见丈夫张着大嘴巴，眼珠瞪得溜圆，脸上暴起了几道青筋，双手紧握着话筒在不停地抖动着，知道听到了不祥的消息，忙问道："怎么了锦什，出什么大事了？"

刘锦什缓了好大一会儿，才放下话筒回答："懒边园出事了，两个日本士兵在咱家南房里被杀，大嫂和莲儿下落不明。"

看着秦贞贞惊得目瞪口呆，刘锦什摇起电话机，呼喊着电厂伙计赵春生，让他立刻驾车接他去懒边园。

刘锦什坐着他的辕车一路狂奔，等来到懒边园见日本士兵已经在街门两侧设了警戒，县保安队的人也把周边围了个水泄不通。刘锦什只得在街门外下了辕车，随即在两个日本士兵的看护下进了外院。

看街门的耿老头被绑在了拴马石上，小野少佐在对面按着军刀，在郭子敬的翻译下大声呵斥："你的说，是不是杨喜奎杀了皇军，又把他的主人胁迫跑了？"

耿老头脾气倔，犟起来似头驴，不管小野怎么打怎么骂，鼓着腮帮子就是不说话，气得小野拔出军刀架在耿老头的脖颈上吼叫道："死了死了的，你的说杨喜奎哪里去了？"

谁知耿老头梗起了脖子，来了一句："有本事你就杀。"

小野颤抖的双手就要挥刀砍去时，他的身后有人在喊："住手，不要杀人！"

小野转过身来，见是刘锦什在喊他，便收起了军刀，他朝着刘锦什略施一躬说："这个老头倔强的脾气，你的问话，你家那个叫杨喜奎的下人去了哪里？"

耿老头看见刘锦什走了过来，大呼冤枉。刘锦什问道："耿大伯，你看见杨喜奎去了哪里？"

耿老头扬了扬脖子说："俺看见喜奎赶着马车，上面拉着大娘和莲儿出了街门往西去了，郭县长也看到了，他还问俺。"

"两个皇军在宅院被杀这事你知道吗？"刘锦什又问。

"俺在外院是看街门的，内宅里的事俺哪里知道哇？这个日本军官硬是逼着俺说是喜奎杀了人，俺就是没看见嘛！"耿老头愤愤地回答。

刘锦什觉得小野确实有些唐突，于是对郭子敬说："郭县长，您请示小野太君把耿老头给放了，我陪你俩去内宅看看。"

郭子敬在小野面前解释了半天，小野很不情愿地点了点头，示意卫兵给耿老头松绑，招了一下手气呼呼地朝内宅走去。

刘锦什随着小野和郭子敬来到内宅南房，看见两个日本士兵的尸体上盖了床棉被，直挺挺地躺在地上。小野指着丢在旁边的大铡刀说："长工杨喜奎的是杀害皇军的凶手，大大的嫌疑犯，必须抓到。"

刘锦什仔细看了看那把大铡刀和步枪上带血的刺刀，脸色凝重起来。郭子敬从牛大来手中取一支银簪子，递给刘锦什说："刘掌柜，你看看这支银簪子是大婶的还是素莲的。"

刘锦什接过银簪子，捏在手中反复看着。这支银簪子他再熟悉不过了，这正是大嫂戴的那支，依照大哥的吩咐，他让银匠照着这支银簪子的式样打造了十支，凡是跟懒边园沾边的女人都配发一支，以作防身之用。他沉思了一会儿，把银簪子还给郭子敬说："我记得大嫂戴的是只金簪子，要比这支银簪子短了一半，还是大哥当年从天津卫带回来的呢。至于素莲还未成婚，头发又没留鬏，用这簪子干什么？"

刘锦什的解释让郭子敬闭口无言，他拿着银簪子在手中反复比量着，心想这支扎死皇军的银簪子到底是谁的，他觉得这案件扑朔迷离，难以识别真相。

第四十九章　挟制

　　营丘开始实行宵禁，大街小巷到处张贴着悬赏缉拿杨喜奎的告示，出入县城的人都要例行检查，街上不时地出现巡逻的日本士兵。

　　刘锦什从懒边园回到家中，第二天开始眩晕头疼，随着一阵恶心，把早晨吃的饭也吐了出来。他斜躺在床上，痛苦不堪地呻吟着。秦贞贞用热水烫了毛巾，不时地敷在丈夫的头上，并安慰锦什不要太着急，相信大嫂和素莲不会出事。锦什告诉秦贞贞，先把大嫂给她的那支银簪子收起来，千万不要让郭子敬看见，现在他担心的是发现一支步枪刺刀上有血迹，不知刺刀扎到了谁的身上。家里的门铃响了起来，秦贞贞走到院子里去开门，见是赵春生领着一个斜挎着包袱的少年走了进来。这少年腼腆地朝着秦贞贞深鞠一躬，喊着"三姥娘"，秦贞贞这才认出他是大民来，秦贞贞惊喜地回应着："哎哟，是大民呀。几天不见长成大小伙子了，快进屋见你三姥爷去。"

　　三人来到内屋，大民见刘锦什歪躺在床上，头上敷着块毛巾，认为是病了，便叫着"三姥爷吉祥"鞠躬行礼。刘锦什瞅着行礼的小伙子，愣是没认出是谁来。秦贞贞赶忙介绍，说他就是孙家寨大妮家的外甥，叫大民。锦什方才恍然大悟，欠了欠身子问道："是大民呀，姥爷头疼得都认不出你是谁来了。现在城里戒严，你是怎么进来的？"

　　"俺进城门时，几个保安队的人过来搜查盘问，俺说是去电厂干活的，就放进来了。"

　　大民回答完三姥爷的问话，身子往床前靠了靠低声说："是俺……"他说着又看了一下赵春生，欲言又止。

　　秦贞贞在一旁知道大民有要紧话要说，便对大民说："你春生哥是自家人，有话你就说吧。"

"俺娘让俺来给三姥爷和三姥娘送个信，俺姥娘和莲姨昨晚到了俺家，让您俩放心。"

刘锦什听说大嫂去了孙家寨，突地从床上坐起来，他把额头上的毛巾一把拽了下来问道："杨喜奎呢，喜奎也在你家吗？"

"喜奎叔和俺爹今早晨去了清水泊，去找云南白药给俺姥娘治伤。"还没等锦什问话，大民补充说，"俺姥娘的肚子被日本鬼子扎了一刀，伤口可深呢，俺来的时候还在流着血水。"

刘锦什听到大嫂受了伤，翻身跳下床来，吩咐赵春生说："你马上去找肖光亮，从药房里找些云南白药，把药藏在马车的横轴上，再去电厂捎上两个伙计，尽早出城到懒边园看守宅子。明日起早你驾车去孙家寨送药，悄悄地去，悄悄地回。"

赵春生见事急，答应着走出了屋子。

刘锦什看了看大民问道："你会驾马车吗？"

"俺会三姥爷。"大民答应着。

"那好，你随我去马厩去牵马驾车，咱俩一起去响水崖子见你大姥爷，现在就走。"

秦贞贞关切地问："锦什啊，你的头不是还疼着吗？"

刘锦什晃了晃脑袋说："大嫂有下落了，头也不觉得疼了。"说着，和大民一起走出了宅院。

转眼刘老爷子在响水崖子村已经住了三个月，他几乎天天与调酒师傅郑大郎躲进酒窖里琢磨酿造、勾兑，乐此不疲倒也过得自在。这天在酒厂看守粮仓的刘金贵过来说，村上的本家侄子刘治勇刚宰了一只山羊，炖了一锅羊肉汤要请刘老爷子去品尝。刘老爷子欣然应许，随即提了一壶郑大郎用二十年洞藏勾调的原浆，跟着刘金贵来到村西头的羊肉铺。只见贴着铺子的外墙搭建了一个草棚子，里面支着一只大锅，锅灶下燃烧着的木柴火焰正旺，锅里正煮着一只整羊，沸腾的水花翻滚着溢发出的香气扑面而来。

刘治勇从锅里捞出一块羊肉放在案板上，麻利地用刀切成肉丁，当看到刘金贵领着刘老爷子过来，他放下手中的厨刀，在锅台边上摆了两个马扎子，热情地招呼二人坐下。刘老爷子和刘金贵靠着锅台刚坐下，刘治勇把切好的羊肉放在两只碗里，又从锅里舀起羊汤浇上，加了香菜、盐和胡椒粉，分别端到他俩面前说："二位本家大叔先尝尝这碗羊汤，一会儿俺捞出羊脑拌上韭花酱，给你俩补补身子。"

看着碗中琥珀色的羊汤,刘老爷子拿起调羹轻轻划动汤汁,然后舀起一勺放进嘴里,鲜香浓郁的汤味让他意犹未尽,连连夸起这羊汤做得入味来。听着"呼啦,呼啦"喝汤的声音,刘金贵那碗羊汤已经吃得精光,他喊着:"好吃,真的好吃。"

正当二人赞美着羊肉汤的味道,草棚外面传来素英的喊声:"老爹,快回家,俺三叔来了。"

刘老爷子听见英子喊他回家,便把他提来的那壶懒郎酒推给刘金贵说:"这壶酒你自个享用吧,今天这顿饭记在酒厂的账上,我家三弟来了,我得回去看看。"说罢,告辞了刘金贵,走出了羊肉铺子。

刘老爷子在宅院门口见到了正等他的三弟刘锦什,看到锦什脸色阴郁,感觉到家里出了意外。二人进了宅院,锦什反手把大门闭上,即把两个日本士兵死在懒边园南房里,大娘受伤与莲儿逃到孙家寨女婿家的经过讲述了一遍。突如其来的消息让刘老爷子始料不及,刘老爷子把大民叫进屋里,仔细问询了大娘的伤势。当听到女婿孙来富和杨喜奎起早去了清水泊为大娘取云南白药时,老爷子紧绷的心才放了下来。二娘在一旁听说大娘受了重伤,急得直落泪,央求着老爷子及早回去看望大娘。刘老爷子叹了一口气说:"是福不是祸,是祸躲不过,还是先回懒边园吧。"

锦什也叹了声气说:"大哥,二嫂,我是怕你俩回家后日本人回去找麻烦。"

刘老爷子捋了捋胡子说:"不用怕,康然药房和懒边园的三个日本兵士皆是自取其祸,侵犯在先,天理难容。我看明早送我和二娘回懒边园,让素欣和素英暂留在响水崖子。"

"好吧大哥,我得马上赶回县城,近期电厂里的煤炭热量不够,发电量上不去,楠儿正联系着坊子电厂的配煤,今晚高桥四太郎要调试变压,我回电厂看看。"

刘锦什搓着双手又对二娘说:"二嫂不要着急,您收拾一下东西,明天让大民驾车送您和大哥回懒边园,一会儿青山陪我骑马回县城。"

刘老爷子点了点头说:"大民和青山这俩孩子我都喜欢,等懒边园安顿下来,我即去孙家寨看望你大嫂。唉,造的什么孽呀,自从日本人占了县城,咱家就没消停过。"

宅门砰的一声被撞开,刘金贵跌跌撞撞闪了进来,只见他醉醺醺地翻着白眼，嘴里喊着："族，族长，还有半锅羊肉呢……"他前脚一滑扑通一声跌倒在地上。

刘老爷子和二娘离开响水崖子这天正是冬至，一大早纷纷扬扬的雪花从天空中飘落下来，天地间变成白茫茫一片。二娘坐在马车上瑟缩着身子问老爷子："你不是说今年是暖冬吗？今个咋这么冷呀。"

刘老爷子裹了裹穿在身上的狐皮棉袍，看着二娘眉毛上结的一层霜，用手扑了扑落在她头上的雪花说："天有不测风云，这回寒倒冷的冬至让人难以预料。"

二娘小声嘟囔道："不就是说这天气忽冷忽热吗？"

老爷子挪了挪身子，对着前面赶车的大民说："大民你冷吗？"

"姥爷，俺一点也不冷。"

"这雪天路滑，你驾车小心点，咱不急着赶路。"

"哎，俺知道了姥爷，三姥爷的辕车让赵师傅赶着去孙家寨给俺大姥娘送云南白药，想不到今天下起大雪，这辆马车也没有个遮挡，车厢里俺放了床被子，您和俺二姥娘裹上吧。"

二娘听着大民的话有些感动，她对老爷子说："还是大民懂事，可比朴子细心多了。"

雪在不停地下着，刘老爷子回头看着马车上碾压出的车辙，心头上涌起一阵酸楚的凄凉。

大民驾着马车来到懒边园街门口，看见耿老头带着从电厂赶来看宅院的两个伙计正在扫雪，便打起了招呼。耿老头见是刘老爷子和二娘回到了懒边园，扔下手中的扫帚赶到马车前搀扶着老爷子下马车，又搀扶着二娘从马车上下来。他抹了一把眼泪说："老爷子您可回来了，这两天咱懒边园出了大事，也不知道大娘她怎么样了……"说着竟哭了起来。

刘老爷子拍了拍他的肩膀安慰道："我都知道了，这不回家了吗，让你受委屈了。"

老爷子抬头看了看漫天飘扬的雪花，又对迎过来的两个长工伙计说："等雪停了再扫吧，这天太冷了，都回屋里暖和暖和。"

一个伙计回答说："等雪下大了就扫不起来了，俺俩和耿老伯都扫了三回了。"

旁边的另一个伙计说："赵春生一大早就驾着大掌柜的辕车出去了，俺问他去哪里他不说。还有今晌午俺听见厅房里响了两次电话,不知道是谁打来的。"

刘老爷跺着麻木的脚说:"我知道了,辛苦你们了。"

大民让两个伙计帮着卸下马套,见耿老头牵着马去了马厩,便跑过来搀着姥爷轻声地说:"赵春生师傅是到孙家寨给俺姥娘送云南白药去了。"

老爷子点了点头,和二娘朝着内宅走去。

三人来到厅房,见屋里冷冰冰的,二娘招呼大民去耳房取些木炭把壁炉烧起来。随着壁炉里的火苗燃起,厅房里渐渐感到暖和,二娘帮着老爷子脱下穿在身上的狐皮棉袍,挂在了衣架子上。看着老爷子坐在圈椅上打盹,她示意大民在厅房里陪伴老爷子,自己踮着小脚去了东厢房操持晚饭。

电话铃响了起来,刘老爷子揉了揉惺忪的睡眼,看着大民坐在旁边的靠椅上呼呼地酣睡,他摇了摇头去接电话。电话里传来郭子敬的声音:"哎呀老叔呀,您可回来了。我这几天打过几次电话都没有找到您。是这样啊,本田大佐已从青岛到达营丘火车站,他今晚要在日本兵营设宴,请您务必参加。"

刘老爷子听着电话,顿时打了个冷战。心想这是鸿门宴啊,他沉寂了一会儿说:"贤侄呀,不,郭县长,麻烦你转告本田大佐,老朽垂至暮年,又逢身体欠佳,今日不能外出赴宴。待这风雪天气过后,老夫专程拜访如何?"

话筒里传来郭子敬惶急的声音:"哎呀,贤叔啊,本田大佐是日本驻青岛的部队长,负责咱胶潍地区治安的最高军事长官,西至淄川东至青岛的区间地域统统由他管辖。他亲自指示让我这几天约您老人家,本县哪敢推辞。一个小时后我乘日军的汽车去懒边园接您,您提前准备一下哈。"电话挂断了。

天色黑暗下来,刘老爷子拉开了电灯,看着外甥大民还在椅子上酣睡,他又把电灯拉灭。

二娘抱着个暖水瓶进来,见房间里昏暗,她咕哝着:"怎么没把电灯拉开,都累了吧。"说着拉开了电灯开关,厅房里明亮起来。

她看见老爷子仰着脑袋瞅着天花板在发愣,便沏上一壶茶端在八仙桌上说:"你先喝口茶,俺去擀些杂合面条,家里没有菜了,炸盘花生米将就着吃吧。"

刘老爷子欠了欠身子说:"不要准备我的饭了,郭子敬一会儿来接我去日本兵营赴宴,鸿门宴啊!"看着二娘吃惊的样子,老爷子压低声音说,"明天晌午前如果没有我的消息,让大民驾车拉你去孙家寨,看大娘的伤势情况,你俩及早去羊角沟她娘家去住。"

二娘不解地问道:"老爷子啊,咱家这是咋了?"

刘老爷子摇了摇头说："是福不是祸，是祸躲不过，这祸真的来了。"刘老爷子说完，靠在圈椅上眯起了眼睛不再说话了。

听见院子里大黄狗的吠叫声，郭子敬身穿一件日本军官的黄呢大衣带领一名执枪的日本士兵进了内宅。他打开手电筒照射着走到垂花门处喊叫着："老叔啊，子敬前来接您，请出来吧。"

刘老爷子在二娘和大民的陪伴下走出厅房，郭子敬迎上去说："不好意思，在这个大雪之夜邀您去赴宴，还请老叔包涵。"

刘老爷子坦然一笑说："子敬呀，这不像是邀请，倒像是押解吧。"

郭子敬满脸尴尬，躬身说："哪里，哪里，是邀请，本田大佐亲自邀请。"

汽车开启了车灯，行驶在返回县城的雪路上。

刘老爷子坐在驾驶室里，郭子敬紧紧地挨着他。看着灯光映照着漫天飞舞的雪絮，刘老爷子问郭子敬："子敬呀，这个本田大佐多大年纪？"

"哎，五十出头吧，人很好，很友善。"

听着郭子敬的回答，刘老爷子慢慢地闭上了眼睛，在汽车行进的晃动中睡着了。

当汽车来到日本兵营的门岗，刘老爷子被哨兵的口令声惊醒。他看见汽车开进了大院里，周边的电灯把雪地照射得一片明亮如同白昼。十几名日本士兵手执上了刺刀的步枪排列整齐，一位身披斗篷的日本军官在队列前站立。郭子敬推开车门，嘴里喊着"小野少佐辛苦了"下了汽车。车下等候的小野正雄也不搭理郭子敬，自己跑到汽车的侧面去开启车门，他见驾驶室的老爷子要准备下车，便用手搀扶住说："老先生慢慢地下车，小心的有。"

刘老爷子下来汽车，他踩了踩地上的雪，稳下神来问道："您就是营丘驻军的小野少佐吗？"

小野正雄立正站立回答："吆西，本人的小野正雄，本田大佐在营房里等您，请。"

小野少佐带领着刘老爷子和郭子敬从列队的日本士兵前面走过，等走进营房大门，早有一名浓妆艳抹的日本女人在门内候着，她迎面鞠了个深躬，细声细气地用日语说："大佐阁下让客人一个人到会客房间去，少佐阁下陪县长先生在隔壁房间休息。"

这位日本女子说完便引领着刘老爷子来到客房前，随即弯下腰来帮着刘老爷子脱下靴子，她拉开了客房的门，把老爷子送进了房间。

本田俊二身穿一件马乘袴式的冬用和服，在兵营的会客间等候着刘锦戎的到来。他坐在榻榻米上伏案看着一份帝国本部寄发的"以华制华，分而治之"的绝密文件。由于帝国发动太平洋战争，所需兵员和给养供应在日本本岛已处于捉襟见肘的窘迫境地，更多的战争储备只能从中国的占领区攫取。上次剿灭高崖镇刘墨林部失败，又在寿光县扫荡中损失了八木少佐，潍北地区的局势让他十分焦虑。特别是营丘地处胶济铁路的中端，军事价值和经济位置显而易见。他意识到县长郭子敬是个无能之辈，对这只不舞之鹤只能弃用。因此，这次约见营丘的贤达名流刘锦戎尤为重要。

迎接刘老爷子的日本女人叫羽田美子，她把刘老爷子送进会客间，本田俊二放下手中的文件，站起身来迎接，他做了个中国式的拱手动作说："在这大雪之夜把锦戎老先生请到兵营里来，抱歉，抱歉。"

他见刘老爷子穿着狐皮棉袍，便对羽田美子说："房间里热热的，请帮老先生把棉袍脱掉。"

羽田美子答应着，配合着刘老爷子脱下棉袍，又服侍刘老爷子在案几前坐下。

刘老爷子盘腿坐定，看见案几上摆放着一个方形木盘，盘中一套银色酒具格外扎眼，便拱手对本田说："大佐阁下，听本县县长郭子敬说您是专程从青岛赶来见我，不知有何要事让大佐如此关照？"

本田哈哈一笑说："刘老先生的大名如雷贯耳，我来拜访是应该的。"

本田把手一招，让羽田美子凑到他身边，用日语嘀咕了几句，羽田美子起身离去。本田拿起酒壶给刘老爷子斟满一杯酒，又给自己斟满一杯酒，端起酒杯说："本人在执行大日本帝国大东亚共荣的计划，还希望刘老先生多多协助。"看着刘老爷子没有答话，本田指着天花板上的吊灯说，"正因为有大日本帝国的力量，这里才有了电灯。你的家和帝国的大和商会有很好的交往，为实行大东亚共荣的方案，日本军人来营丘殖民是应该的，希望今后有更好的合作，我们干了这杯酒。"本田说完把酒一饮而尽。

刘老爷子慢慢抿尝着杯子里的清酒，感觉清香但不醇厚，他啜了半杯把杯子放下说："感谢本田大佐赐酒，自从你们从德国人手里接管了胶济铁路，营丘火车站和我家就有了很好的关系，以至后来的电厂合作。我真诚地希望今后有更好的合作。"

"吆西，目前大日本帝国正在开辟太平洋战场，战果大大的辉煌。为支援在南洋的圣战，需要后方供应更多的物资，营丘也要有更多的责任。"

刘老爷子不再说话，本田却加重语气说："我知道在你们家药房和宅院里发生了皇军官兵死亡的事件,这是令人不愉快的事情,本司令官一定要追查的。"不容刘老爷子辩驳,本田俊二从放在他身边的皮包里抽出一份电文交给刘老爷子说,"根据日本青岛驻军特高课的情报,击毙日军八木少佐的狙击手白狼就是您的养子朴子的有,更不可思议的是朴子的姐姐刘素涵,也就是您的亲生女儿也在为抗日的共产党军队服务。"

刘老爷子看这封电文是日文格式,中文的"朴子"和"刘素涵"字形一清二楚。刘老爷子颤抖着双手拿着电文似乎觉得这张纸有千斤重,二人双目对峙着,严峻的场面几乎一触即爆。

客房门被拉开,羽田美子端着个大食盒进来,她跪在旁边把食盒里的两碗热气腾腾的汤菜放在案几上,用日语说了声"请慢慢用",又转身出了房间。

本田不再礼让刘老爷,自己拿起汤勺慢慢地啜食起菜汤来。刘老爷子见本田在有滋有味地喝汤,他感到肚子正饿,也拿起汤勺往嘴里送汤,客房里除了二人啜食汤的声音,出奇地安静。

待刘老爷子一碗汤喝完,听见本田突然问话:"这味噌汤的味道怎么样?"

刘老爷子此时哪里还尝得出这味噌汤的味道,只觉得肚子有些暖和,便说:"还好,还好。"

客房的门又被拉开,羽田美子又送来了鳗鱼饭,闻着诱人的香气,本田介绍说:"这是日式蒲烧鳗鱼饭,请您品尝。"

刘老爷子却没动筷子,他看着本田问道:"本田先生,您今天把我请来,不会是为了喝这碗汤吃这碗饭吧?"

本田俊二端起酒杯一口干了下去,正容亢色地说:"锦戎先生,只要你答应皇军一个条件,对之前发生的不愉快,本大佐可以一笔勾销。"

"请讲,大佐阁下。"

"大日本青岛驻军总部决定在营丘成立维持会,任命你为营丘维持会长,辖管营丘属一切事务。"

刘老爷听本田说要他当维持会长,顿时大吃一惊,不解地问道:"本田先生,不会是老夫耳背,听错了吧?自贵军占领营丘县,已成立县政府,并由郭子敬为县长,为何此时又要设立维持会?"

本田俊二招手示意羽田美子离开房间,他低声告诉刘老爷子说:"大日本皇军每占领一个县城,都要先成立维持会,待局势安定后再设立县政府。之前皇军赶跑了国民党的县政府,考虑到郭子敬对帝国的忠诚,所以直接任命他为营丘县县长。谁知郭的是个无能之辈,至今没有设立正常的政府事项,更无法执行皇军布置的决定，因此要撤销营丘县政府，成立营丘县维持会，待统统顺民之后，再设立县政府。"本田说罢，饮尽一杯酒又说，"皇军不会奉养一个碌碌无为的县长。"

刘老爷子终于明白了本田俊二约见他的意图，他看着本田手中不停地晃动着那张电文，知道拒绝已是自取没趣，决定先答应下来以图后计。于是，他举起酒杯对本田说："我虽是老朽，但为营丘父老百姓生活在大日本帝国的大东亚共荣圈，我决定接受营丘维持会会长之职，只是在风烛残年，恐有不周之处，日后还望大佐阁下多多体恤。"

"吆西，吆西。三日内请您写出营丘维持会的章程报告和组成人员名单，五天以后在营丘县城的府学文庙举行隆重的维持会长就职仪式，我要亲自参加主执，为您颁发委任状。"本田哈哈大笑着举起了酒杯。

刘老爷子已是力倦神疲，不停地打着哈欠。本田见状对老爷子说："兵营已经为您准备好了休息的房间，由羽田美子小姐伺候您睡觉可以吗？"

刘老爷子摇了摇头说："我家在县城里有房子，维持会筹备事关重大，还要与三弟锦什商量，今晚我得回去住。"

"吆西。"

本田让羽田美子喊来小野少佐，让他备车护送刘老爷子去县城休息。

第五十章　鸿信

刘锦什望着院子里纷纷扬扬的大雪，心里惦记着大哥和二嫂回到懒边园了没有。秦贞贞在厨房里包着饺子，看着丈夫在客厅里呆呆地望着窗外，她放下手里的擀面杖来到锦什身旁说："要不打个电话问问大哥到家了没有？"

一句话提醒了刘锦什，他摇起电话让接线员接到懒边园的话机上，不一会儿传来二娘的声音："是二弟啊，你大哥刚才被那个郭县长接走了。"

锦什听罢吃了一惊，忙问道："二嫂，大哥被郭子敬接到哪里去了？还下着大雪呢，是怎么接走的？"

"是一个日本士兵开着汽车来的，说是去了日本兵营见本田大佐，都把俺急死了。"

听着二娘结结巴巴的话，刘锦什只得安慰说："二嫂您别着急，我问一下郭子敬，等有了消息我再打电话。"挂上电话，刘锦什心如鹿撞，七上八下地砰砰跳动，好像热锅上的蚂蚁在客厅里团团转。

电话铃陡然又响了起来，刘锦什的身子像触了电似的痉挛起来，他不想去接电话。秦贞贞抖抖手上的面粉过来拿起了话筒，是女儿素楠从电厂打来的，她说热电锅炉调压已结束，变压器调试完毕，电机在正常发电。她要陪工程师高桥四太郎吃夜宵，一会儿让刘青山送她回家，让爸妈放心。

秦贞贞放下电话对刘锦什说："楠儿陪高桥四太郎去吃消夜，我去煮饺子，晚饭就咱俩吃了。"

刘锦什"嗯"了一声，随着秦贞贞来到餐厅。屁股刚挨在座椅上，听见电话铃又响起，看着秦贞贞在往锅里倒饺子，他摇了摇头只得去客厅接电话，话筒里传来郭子敬的声音："是锦什大掌柜吧，本田大佐宴请锦戎老先生刚结束，老爷子今晚要去您那边住，请准备一下，皇军开汽车去送，一会儿就到。"

郭子敬的电话让刘锦什欣喜欲狂，大哥没事了，苍天保佑啊。他盼咐秦贞贞说："大哥没事了，快去东院把屋里的壁炉烧起来，大哥一会儿过来住。"

看着秦贞贞去了东院，刘锦什拿起勺子搅着锅里的饺子长长地呼出一口浊气。

就在刘青山陪着楠儿回到家中不久，刘老爷子在两个日本士兵的护送下也进到了院里。一家子见到刘老爷子便簇拥着来到屋里，看着楠儿老爹长老爹短地叫着，老爷子说："家里有现成的饭没有，我在日本兵营里只喝了几口汤，肚子还饿着呢。"

"有哇，有哇，刚包的饺子，我这就去煮。"秦贞贞说着进了厨房。

刘老爷子对素楠说："楠儿，老爹和你爸有事要商量，时候不早了，你先去睡吧。"

他缓了口气又对刘青山说："青山呀，一会儿我有事找你，你先在客厅里候着。"

"知道了。"

"知道了。"

素楠和刘青山分别答应着。

刘锦戎和刘锦什哥俩来到餐厅坐定，刘老爷子边吃着弟媳妇秦贞贞煮好的饺子，边对坐在对面的刘锦什说："三弟，这次本田专程从青岛赶过来找我，事出有因，其用心极其歹毒。"

锦什听大哥这么说，心里一阵紧张，忙问道："大哥，这本田是什么用心啊？"

"日本人要在营丘县城里成立亲日维持会，由维持会代替县政府。"

锦什听了还是有些不明白，又问道："日本人成立维持会是啥意思？为什么要取代县政府呢？"

"嗨，这维持会是让我来当会长，代替郭子敬的县长之职。本田说得很明白，郭子敬是个无能之辈，他的能力不能让日本人满意，更完成不了征粮缉税的事项，故此要成立维持会，替换他。"刘老爷子看着一脸窘态的刘锦什又说，"三弟啊，这个本田俊二好算计啊，他为啥让我来干这个维持会长，还不是瞄向了咱家的钱和粮，一旦我当上这个会长，家里的资财尽数要填日本军队的窟窿，这分明是个无底洞嘛！"

刘锦什这才明白本田约见大哥的用意，于是说："大哥，咱不能上日本人的当，前些日子郭子敬一直催促我干那个商会会长，我一直拖到现在，成立维持会是本田的计谋，无论如何不能答应。"

刘老爷子用筷子夹起一个饺子，他看着饺子说："唉，本田手上有朴子和素涵参加共产党军队的情报电文，朴子在寿光又击毙了八木少佐，他以此对我要挟，我怎么能拒绝得了哇，本田发话，要我三日内写维持会章程报告和组成人员名单，五日后在县文庙大殿前成立营丘县维持会。"

秦贞贞着急起来，她攥住锦什的衣袖说："不能让大哥答应啊，一旦上了维持会这条贼船，就下不来了。"

看到锦什和秦贞贞一筹莫展的样子，刘老爷子捋了一下胡子说："刚才在汽车上我想出一个法子，此事要靠一个英雄来解救。"

刘老爷子朝三弟锦什和弟媳秦贞贞招了招手，压低了声音，如此如此说了半天，锦什和秦贞贞连连称是。

锦戎老爷子见三弟和弟媳同意了他的设想，便起身说："我这就去三弟的书房写封信，只是辛苦了要去送信的赵春生了。"

刘锦什点着头说："贞贞陪大哥去书房，春生明天一早去送信，我会周详安排。"

在书房里，秦贞贞在台灯下研起墨来。刘老爷子取了支毛笔蘸着砚池里的墨汁伏案疾书。

刘墨林营长大鉴：
  时值贼寇狂猖，遂使生灵涂炭，唯阁下英侠，铁骨铮铮砥砺家国，统帅勇士奋起，驱强梁扬国威，气宇轩昂正气凛然。高崖英雄声传潍北，营丘大地为之一振，自此抗日之声风鸣雷动。难忘吾女素清有幸被尊驾拯救，举家感激涕零已感彼恩。
  于今老夫呈一事启禀，无怪鲁莽，敬请谅之。日军大佐本田俊二心怀叵测，雪夜召见老夫，欲成立营丘亲日维持会，以取代力弹财竭之伪县政府，进而加强搜刮资财，以充实灾难深重之大东亚"圣战"。本田以"情报"相要挟，指定老夫为会长，兹于腊月二十四日在营丘县城府学文庙召开维持会成立大会，届时颁发任职之命。
  营丘物阜民丰，风俗尤其善爱醇厚。自日军占领以来，民众饥寒交迫度日如年。若日伪维持会成立，更置庶民于水火之中，终不为老夫所愿也！故此，恳求阁下在腊月二十三日午时，谋出奇兵，将老夫"劫持"出城，以挫败倭人之企图。

　　大丈夫生在三光之下，应是光明磊落何惧生死。刘营长若予搭救，成一线生机，必图衔报。老夫将尽其绵薄之力，为抗战计当奋勇共砺，义无反顾。

　　民国三十二年腊月十九日，刘锦戎禀呈。

　　刘老爷子写完信函，用嘴吹着未干的墨迹，又复读一遍后将信件折叠。他伸了个懒腰，看见桌案对面的插瓶里有一支鸡毛掸子，便从鸡毛掸子上摘下三根鸡毛，一并放进信封里。他又拿起毛笔蘸了蘸墨，在信封上写出三个正楷字"鸡毛信"。

　　秦贞贞端来一杯茶水放在书案上，她提醒刘老爷子说："时辰不早了，大哥喝口水，早点去东院睡吧。"

　　刘老爷子连连打着哈欠，把锦什叫进书房说："这封信我写好了，刘墨林要兴师动众，里面放张汇票充作军饷吧。"

　　"知道了大哥，我也是这样想的，明天一早春生去高崖镇送信，之前他爷俩去过高崖镇寻找素清，见过刘墨林，轻车熟路。您放心去睡觉吧。"刘锦什说罢，喊来赵春生，二人搀扶着刘老爷子去了东宅院。

　　高崖镇上明楼里官兵士气正旺。刘墨林利用战胜日伪军的余威，又扩充了两个连的兵力。他在秦佩琳的引导下认定了共产党的主张，对设立在白塔镇的国民党县政府采取名义上的应付策略。至此，刘墨林与马尚岭实质上已是貌合神离。

　　这天刘墨林在明楼大院里训练新兵，他让营兵们堆起几个大雪人，把红红的胡萝卜插在雪人的脸上充当鼻子，然后指挥新入营的兵士练习瞄准。门岗上的哨兵跑来报告，说有个自称是从营丘县城来的人求见，刘墨林看着天上还在零星飘荡着雪花，便问道："这大寒天是个啥样的人来找我？"

　　哨兵回答："是个骑着马的青年人，说是来送信的，不像是坏人。"

　　刘墨林随着哨兵来到大门处，门外台基下站着牵马的小伙子，一脸腼腆的貌相似乎面熟，又记不得在哪里见过，于是问道："是什么人前来送信？"

　　刘青山先是鞠了个躬，回答说："刘营长您不认得俺了，俺是刘素清老师的本族兄弟，姓刘名青山。"

　　刘墨林这才记起上次来寻找素清的刘金贵、刘青山父子，他吩咐哨兵去迎接牵马，招呼刘青山进了明楼。

二人来到营部，刘青山从怀里掏出那封信交给刘墨林，刘墨林接过信件，见信封上写了"鸡毛信"三个秀丽的楷体字，便问刘青山："这鸡毛信是谁写的？"

"是素清的老爹，俺们族长刘老爷子亲手写的。"

刘墨林听了顿时心头一怔，刘老爷子怎么写来这封鸡毛信？他疑惑地打开信封，见里面有一张银票折夹着三根鸡毛，待取出银票，钤盖着刘锦什印章的两千银圆数额清晰可辨。刘墨林先是吃了一惊，后又觉得好笑，这个老丈人，我还没送聘礼呢他却送银票来了。他又抽出信封里的信笺，伸展开细看，见纸笺上的文字铁书银钩，笔迹如行云流水，神采动人。刘墨林开始一字一句阅读，顷刻被刘老爷子所感动，心想这老丈人求救，此时不救更待何时！他把拳头一挥，喊来卫兵吩咐说："你领这位兄弟去伙房吃饭，要好酒好菜招待，不得有误。"

卫兵答应着带领刘青山走出营部，刘墨林把信函和银票放进衣兜里，披上缴获的日军的一件呢子大衣，走出明楼要去见素清。

素清自从在高崖镇小学任教，秦佩琳校长见她聪明伶俐，责任心强，便让她管起了全校的教务。这天二人正在校长室草拟三个年级的寒假考试试卷，见刘墨林急匆匆走了进来，素清知道他亲自到访必定与秦校长有要事磋商，推说要去教室查课借故离开，却被刘墨林拦住。墨林从衣兜里掏出了一封信件递给素清说："素清，您看看这封信是谁的亲笔？"

素清接过信笺展开观看，见老爹的亲切字迹，读完之后不由得潸然泪下。

刘墨林见素清睹物伤情，便脱下那件呢子大衣搭在椅上，用手拍了一下书桌说："辅车相依，唇亡齿寒，君所知也。刘老爷子所求墨林责无旁贷！"

秦佩琳见刘墨林如此动情，便问道："出啥事情了，是素清的家信吗？"

素清把老爹写的信递给秦佩琳说："俺家老爷子遇到难处了，才给墨林写了这封信。"

秦佩琳校长接过信笺，反复看了两遍，沉思了许久，他问刘墨林："您打算如何营救刘锦戎老先生？"

"依我独立营的兵力哪敢贸然攻城，招募的两个连队新兵正在训练，有刀不能劈有枪不能击，杀敌形不成气候，现在营里急缺军事教官。"刘墨林说完觉得有点答非所问，又补充说，"我还没有想出方略，不过不入虎穴焉得虎子，我得亲自潜入县城，把老爷子拯救出来。"

秦佩琳离开座椅,来到生着火的铁皮炉子前,提起沸着水的大铁壶给刘墨林倒了一杯开水,又在炉膛里加了炭块,看着冒出来的火焰说:"本田鬼子是要利用刘锦戎老先生的声望和家资成立伪维持会,为日本侵略者服务,可谓机关算尽。此事非同小可,咱决不能让本田的计划得逞。"

秦佩琳把大铁壶放在炉口上,接着说:"我觉得先要制订个营救计划,及早通知渤海纵队新一团于震邦团长,按着计划双管齐下,并行不悖。"秦校长拿起刘锦戎先生的鸡毛信交给刘墨林,又说,"最好把这封信和您的营救计划一并交给于震邦团长。"

刘墨林收起刘老爷子的鸡毛信,他看了一下墙上的挂钟,觉得时间有些紧张,便起身告辞。

秦佩琳和素清把刘墨林送出学校大门。看着墨林走远,秦佩琳对素清说:"镇上有套二进院的大宅子,原是黑老大邢万成的。那年邢万成被墨林镇压后,房子一直空闲着。现在是独立营的军械仓库,回头我带你去看看,如觉得合适,我让墨林派人把院落清扫干净,配齐家什,等刘老爷子到了高崖镇,就住在那里。"

素清叹了一口气说:"还不知俺老爹这次能不能虎口脱险呢。"

秦佩琳一笑:"两个女婿救丈人都会豁上命的,我看十拿九稳。"

刘墨林往明楼走去,发现两个镇民抬着一口薄板棺材迎面过来,前面抬棺的见是刘墨林,满脸堆笑打起招呼:"刘营长好,俺是木匠铺里的伙计秦永来,这棺材是西街邻居家定做的,俺俩给人家送去。"

刘墨林扬了扬手,示意让他们快去。当看到那黑色棺材从他身边闪过,心头怦然一震,萌生出一个营救刘老爷子的方案来。刘墨林加快脚步来到明楼前,脚步踏着台阶嘴里念叨起来:"看到棺材升官发财,墨林不稀罕官,也不稀罕财,只想把老丈人救出来!"

门口站岗的哨兵见营长摇晃着身子走上台基,两手比比画画,嘴里嘟嘟囔囔的,认为他喝多了,急忙跑过来搀扶,却被刘墨林反手一拨,那哨兵猝不及防,打着滚翻下台基。刘墨林思考事情时最忌讳别人打扰他,那站岗的哨兵怎么会知道这些,只得自认倒霉。

刘墨林径直走到营部,吩咐值日营兵守在门外,自己关起门来开始思考营救刘锦戎老先生的实施方案。就在屋子里的光线昏暗下来的时候,刘墨林把营救方案写完。他反复看了几遍,修改了几处措辞,确定无误后与刘锦戎老先生的鸡毛信一并装入信封,又在封面上写了"绝密"二字,加盖了"营丘县抗日救国独立营"印章。刘墨林靠在椅背上放松地呼出一口气，眯起眼睛想休息一会儿，觉得还得给于震邦团长说明一下，他拿起刚搁下的毛笔写了封信。

于震邦团长亲启：
　　获悉懒边园刘锦戎老先生亲笔鸡毛信，当知日倭之企图。为挫败本田之阴谋，特呈告营救之方案，确定于腊月二十三日午时实施。因时间急迫且无法面谕聆教，故即日起墨林全力以赴率部尽锐出战。请谅，盼援。
　　另：我部招募抗日兵士二百六十八人，急需贵团援派教官整饬，军官尚缺副营职一名，正连级两名，均请于团长举荐。刘墨林启禀。

兵营里响起军号声，刘墨林听这号声是通知营兵们去伙房吃饭。兵营里一日两餐，头晌饭是上午七时开始，后晌饭是下午四点半。随着滴答答的号乐节奏，刘墨林感觉肚子饿了起来。他披上大衣打开房门要去伙房吃饭，却见一连队长孙广仁和二连队长傅有德带了四名卫兵在门口等候。

孙广仁见营长出来，忙迎上去说："营长您饿了吧？头晌饭还没顾上吃呢。是这样，码头上开了间地锅炖鱼小馆子，俺和老傅知道您爱吃鱼，想请您去尝尝。"

"是啊，是啊。听说那里炖出来的鱼很好吃的。"傅有德也随声附和着。

刘墨林没有理会孙广仁和傅有德的说话，他的两只眼睛却盯着旁边的四个卫兵。他见这几个卫兵正是血气方刚的年纪，精力正旺，于是问道："你们四人谁的年龄最大？"

"报告营长，秦孝三的年龄最大，今年二十六岁。"

刘墨林一招手说："随你们连队长进屋，营里有急事要办。"

"遵命。"

四个人答应着跟在孙广仁和傅有德的后面鱼贯而入。

刘墨林从桌案上拿起一个厚厚的信封，压低声调说："这是一封生死攸关的绝密信，须昼夜兼程到寿光县渤海湾边上的苇子镇，当面交给于团长，取来于团长亲笔回谕为完成任务。本营长决定由你们四名卫兵骑快马去送信，不得有误！"

"遵命！"四名卫兵昂起胸脯答应着。

"还有，以秦孝三为这次行动的组长，如出意外以年长者继任，人在信在，丢命不丢信。知道了吗？"刘墨林加重语气，说话如斩钉截铁。

"知道了。"四名卫兵异口同声地叫着。

刘墨林亲手把信件交给秦孝三，又叮嘱说："你为年长，事事多操心。现在先去吃饭，准备四天的干粮和草料，一个时辰后出发。速去速回，马到成功！"

"明白。"秦孝三把信件藏在怀里，挥手示意其他三名卫兵走出了营部。

刘墨林目送四名卫兵出了房门，他转眼瞪着孙广仁骂道："你这鸟人，请我去吃个地锅炖鱼还带上四名卫兵，摆啥威风嘛！"

傅有德笑着说："营长息怒，这地锅炖鱼馆子在镇门南边的码头上，邻着仙月湖呢，不带上几个卫兵咋行？"

"嘿！也是，如果这四个卫兵不来，我还得找另外四个营兵去送信。这么说本营长还得谢你俩才对。走，咱去码头吃炖鱼去。"

刘墨林说罢，把驳壳枪掖在腰带里，披上大衣走出营部。他环顾明楼大院，见四处已悬挂起了马灯，触景生情吟出一句"夜黑月风高，杀人放火天"。回身对孙广仁说："来的都是客，你去找一下从营丘来送信的刘青山，邀请他一起去吃地锅炖鱼。别忘了多带几个营兵去码头巡防。"

"是，营长。"孙广仁答应着跑步去了营房。

第五十一章 拯救

仙月湖隐匿在缥缈的暮霭中，湖岸上静悄悄的，只有湖面上融碎的冰凌在涌动中碰撞，发出砰砰的响声。码头临岸处有五间草房，门前横杆上悬挂着四盏白色大灯笼，灯笼里的蜡烛已经点燃，映透着"柴火炖鱼"四个楷体大字格外扎眼。

刘墨林在傅有德陪同下来到鱼馆里，开店的老板娘迎上来说："东首房间里的炕烧热了，快脱鞋上炕吧。不是说三位军爷吗，咋才来了两位？"

傅有德说："是四位，还有两位立马就到，先把酒烫上。"

炕中间摆了一张四腿方桌，上面放着咸鸭蛋、煮花生、松花蛋、鱼皮冻、鸡头米糕和姜丝拌藕六碟小菜。刘墨林盘腿上炕，屁股底下顿觉暖暖的，叫了一声"好舒服"。老板娘闻声把烫好的一坛子酒端过来，分别给刘墨林和傅有德斟满两碗说："二位军爷先喝着，等你们的人来齐了，再上几个俺店里的拿手菜。"

刘墨林端起酒碗刚要与傅有德对饮，孙广仁带领着刘青山走了进来，傅有德招呼他俩脱鞋上炕。老板娘见客人到齐，便开始上菜，螺丝大盘子、小盘鳝段子、鱼丝、鱼片、鱼丸子。待五例菜肴摆到炕桌上，老板娘说："这些都是俺当家的做的，军爷们尝尝味道咋样。一会儿把大草青鱼炖好了就端上来。"

刘墨林尝那鳝段子，肉质香脆软嫩滑爽；又尝那鱼丸子，油而不腻，入口即化；再尝那大盘螺丝，咸辣适宜齿颊留香。刘墨林尝了几筷子，不禁叫起好吃来，他端起酒碗与孙广仁、傅有德和刘青山对碰着喝得痛快。老板娘来到炕桌旁，她麻利地把炕桌上的菜肴往边上挪出位置，又拿起酒坛为大家斟满酒碗，喊了一声："端上来吧。"

这时一个大汉应声端着一盆炖鱼走了过来，他把热气腾腾的鱼盆放在炕桌中间说："盆里面是一条二十斤的大草青，炖了半个多时辰呢，各位军爷尝尝这味道咋样。"

大汉话音刚落，刘青山惊奇地喊了起来："杨勇大哥。"

那大汉听见有人喊他，他一看是刘青山，晃了晃脑袋确定喊他的人就是刘青山，眨巴着大眼睛问道："嗨呀！是青山兄弟，你咋在这里？"

刘青山却反问道："您不是在营丘六合祥饭庄当帮厨吗，怎么跑到仙月湖码头开起店来了？"

"唉！一言难尽，你们先尝尝俺炖的鱼。"这位叫杨勇的大汉拿起铁勺，舀着盆里的鱼块在炕桌上分起鱼来。

看着盆中色白如乳的鱼汤，香喷喷的鲜美味道侵袭而来，刘墨林馋涎欲滴，他用筷子插起鱼块咬了一口，爽滑酥嫩的鱼肉顿觉口感饱满，鲜香四溢。他满意地看了杨勇一眼问道："你和青山认识呀？"

"回军爷，俺在六合祥饭庄干帮厨，青山兄弟常去送酒，俺俩脾气相投，当然认识。"杨勇边给大家分着炖鱼边回答。

"你咋到高崖镇开起这鱼馆来？"刘墨林又问。

"唉，自从日本人占了营丘，今天收捐，明天交税，六合祥饭庄的生意一天不如一天。俺丈母娘家是高崖镇的，高崖镇上的驻军刘黑子营长治军有方，四方平安，老百姓的日子好过起来。俺和老婆商量来到码头上开个鱼馆，混口饭吃。"

刘青山见杨勇不认得刘墨林，正想起身介绍，却被刘墨林摆手止住，接着问道："在营丘县城里你还有家人吗？"

"有啊，俺爹和俺娘都在县城里，这不商量着腊月二十三小年这天要去县城看看老人家。"

刘墨林听罢，用筷子在炕桌上敲了一下说："好巧呀，本营长腊月二十三也要去营丘，咱俩同行咋样？"

杨勇听到对面的官爷自称是营长，惊诧地瞪起了大眼睛，刘青山连忙介绍说："杨大哥，这位是高崖镇抗日救国独立营的刘营长，就是你刚才说的那个刘黑子。"

杨勇见大名鼎鼎的刘墨林营长就在眼前，慌忙鞠躬致歉："小的杨勇有眼不识泰山，恕罪恕罪，俺听从刘营长吩咐。"

刘墨林哈哈笑着说："俺刘黑子不黑吧？杨厨师莫客气，后天我随你去营

第五十一章　拯救

丘县城，顺便去看看你家老父亲，走后这鱼馆里的生意亏欠由本营长补上。"

杨勇忙说："俺听刘营长的，俺家在县城的南关街上，刘营长真的能去，俺家蓬荜生辉。"

杨勇见刘墨林满意地微笑着，拱起双手说："刘营长和各位慢慢喝着，俺去炒两个菜。"说完离开了房间。

刘墨林见杨勇离开，招手让孙广仁、傅有德、刘青山凑近，低声说："后天是腊月二十三小年日，咱得去营丘把刘锦戎老先生搭救出来。"然后这般这般盼咐起来，孙广仁、傅有德和刘青山频频点头称是，三人摩拳擦掌，准备跟着刘墨林在营丘大干一场。

小年这天是营丘城里的集市。年关临近，城里城外的人要置办年货，一时间大车小辆络绎不绝，人来车往要去集市上占摊卖东西和买东西，赶集的人群从四面八方朝西门里涌来。

南城门是人群出入最多的地方，晌午时刻，出城的人和入城的人交织在一起，熙熙攘攘，嘈杂喧闹，好不热闹。无论守门的保安们怎么喊怎么叫，拥挤的人群失了秩序，让这些守门的保安束手无策，他们便索性躲到城门一边，不管也不问，任其人群随意出入。

这时，城门口驶来两辆马车，前面的马车上拉着一口棺材，那棺材没有上漆，两个小伙子一左一右坐在车帮上守护着。驱赶这辆车的是刘青山，旁边坐着的是杨勇。后面那辆赶车的是傅有德，刘墨林戴着一顶毡帽坐在他身边，另有四个壮汉坐在车厢里。当这两辆马车随着赶集的人流进入城门，傅有德看见守门的保安队员无精打采地依偎在城门墙边，他蛮有兴致地打了个响鞭，扭头朝着坐在身旁的刘墨林会心一笑，想不到他们如此顺利地进了营丘县城。此刻，刘墨林正朝着两侧守门的保安队望去，当看到一个用黑布捂住鼻子和嘴巴的人佝偻着身子正瞅着他，彼此目光碰撞的一刹那，突地打了个冷战。这人正是被他削掉鼻子的阎赖子，刘墨林用手压低了戴在头上的毡帽，催促着傅有德驱车快走。两辆马车行驶到城内大街上，刘墨林急速跳下车来，快步追上在前面驾车的刘青山盼咐道："你快去找到刘老爷子，请他即刻去学府文庙，刚才守城门的阎赖子可能认出了我，时间紧迫不要耽误。"

"知道了。"刘青山答应着跳下车来，他把马鞭交给杨勇，一溜烟消失在大街上。

杨勇驾车来到南关街的巷子里，傅有德让随车的营兵把棺材打开，各自取出藏在棺材夹板里的短枪，推上子弹等候着刘墨林下令。刘墨林让杨勇回家去接他父母，叮嘱及早离开县城去高崖镇，又挥手示意傅有德驾车，带着营兵往学府文庙奔去。

大清早，稀稀拉拉的鞭炮声把刘老爷子惊醒。他穿衣起床，迎着晨曦走出东院，看到西院里的电灯亮着，知道今天过小年，按着俗规早饭要吃饺子和放鞭炮。刘老爷子沿着胡同来到街上，一张贴在墙上的告示映入眼帘，他拢了一下眼睛读了起来："大日本帝国驻军特别启示，订于本月二十四日十时许在府学文庙举行营丘县维持会成立仪式，县城居民年满十八岁者，无论男女须准时参加，如有意延误和拒绝者将严惩不贷。特此公告。"

刘老爷子读罢，觉得心里很不是滋味，说了一声"造孽啊"，返身折回胡同，敲起西院的门来。

"来了，来了。"随着甜脆的回应院门被打开，"老爹老爹，小年好。"素楠叫着迎上去扶住刘老爷子。

"好哇，好哇，楠儿你咋不睡懒觉了？"

"过小年要吃饺子，俺得早点起来帮着妈妈包饺子啊。"

"楠儿长大了，懂事了。"

刘老爷子随着素楠走进客厅，见侧间的厨房门开着，瞅见锦什在揉面，秦贞贞在调馅，正忙得不亦乐乎。秦贞贞见大哥来到，便打招呼说："大哥早啊，您和锦什在客厅歇会儿，俺和楠儿一会儿就包好了。"

刘老爷子说："我就看着你们一家子包饺子吧，凑在一起显得热闹。"

刘锦什抖了抖手上的面粉说："昨天午后店伙计肖光亮把二嫂送到了孙家寨，夜里很晚才回来，听他说清水泊陆枭雄寨主派了寨医专程去了孙家寨给俺大嫂疗伤，用了一种叫金疮散的神药，大嫂现在伤口已经愈合，也止住了疼痛，确认无大碍后寨医才回清水泊。"

刘老爷子放松地呼出一口气说："多谢陆寨主啊，不过你大嫂还是及早去羊角沟她娘家养伤为好，孙家寨离驻营丘的日本兵营不足十里地，太近。"

刘锦什说："大哥您放心，大嫂让肖光亮传话说她和二嫂明天动身去羊角沟。只是去高崖镇送信的刘青山还没有消息，这让人着急呀。"

"不急，我说过，是福不是祸，是祸躲不过，人做事天在看，我就不信日本人违背天理会不遭报应。"

刘老爷子刚说完，客厅里的电话铃响了起来，素楠一蹦高地去接电话，她拿起话筒轻声地用日语说："莫西，莫西？"

随着听筒里传来的声音，素楠一张笑容的脸变得阴沉起来，她捂住话筒喃喃自语："我当是桥本秀幸呢，谁知是郭子敬，真扫兴。"

刘锦什问道："楠儿，是谁的电话呀？"

素楠朝着刘老爷做了个鬼脸说："老爹，是郭大人找您。"

刘老爷子在客厅接过素楠递来的话筒，话筒里传来郭子敬的声音："呃呃，是楠儿吧，我要找你老爹说话。"

"我是你刘叔，有话请讲。"

"哎呀，刘叔啊，小年好哇，小年要吃饺子的。"

"子敬啊，你这大清早来电话，吃过饺子没有哇？"

"唉，不瞒刘叔您说，县政府伙房里的厨子有事回家了，这小年的饺子吃不上了，要不我去您府上蹭顿饺子如何？正好有事禀告。"

刘老爷子想到郭子敬孤身一人在营丘，也没个家口，便答应下来："你过来吧，我在西院等你。"

放下电话，刘老爷子坐在沙发上沉思起来，他似乎感觉到今天会有大事发生，不知道刘墨林收到鸡毛信后会采取什么样的行动，顿时觉得客厅里闷得慌，于是提着剑杖走到院子里去溜达。

郭子敬提着两瓶日本酱油走了进来，他见刘老爷子在院子里，把手里的酱油举起来说："老叔啊，这是两瓶日本的龟田万浓口酱油，是我从火车站的供应车上买的，吃饺子蘸着才有味道。"

刘老爷子把郭子敬让进客厅里，楠儿喊着都到餐厅里去吃饺子，一席人坐定，秦贞贞又拿出昨夜做好的素锅，再切上一盘香肠，招呼着大家吃起来。郭子敬味蕾大开，吃了整整两盘饺子，他打着饱嗝告诉刘老爷子，今晚八点钟本田大佐乘火车从青岛到达营丘，他要在日本兵营再次款待刘老爷子，并特邀锦什大掌柜作陪，届时请准时到达。刘老爷子听了淡淡一笑说："这日式饭菜不咸不淡，不甜不辣，除了冷饭就是凉菜，品不出滋味，老夫实在吃不惯。"

郭子敬嘿嘿一笑说："老叔就去应酬一下吧，千万别扫了本田大佐的兴。还有是不是咱俩去学府文庙督促一下会场的布置情况，明天您老上任，本田大佐要亲自参加亲日维持会成立仪式，咱们马虎不得。"

刘老爷子捋了一下胡子说："等过晌我午休后过去看看。"

郭子敬拱起手说："好吧，下午两点整我准时到学府文庙等候老叔驾临。"

阎子平自从被日本人弃用，就像一条流浪的狗在营丘乱窜乱转，靠着赊骗填饱肚子，吃了上顿没下顿，活脱脱像个乞丐。挨饿受冻的生活让他不得不去乞求兼任保安队长的郭子敬，乞求在保安队谋个职混口饭吃。郭子敬对阎子平并无好感，但考虑保安队正缺人手，不得已让阎子平干上了南城门守卫小队的副队长。小年这天阎子平在南城门值守，他认出挥鞭驾车的是高崖抗日独立营连队长傅有德，又发现刘墨林也坐在车上，二目灼灼相视，正所谓仇人相见分外眼红。剮刑的痛苦让阎子平怒火中烧，复仇的本能让他恨不得把刘墨林生吞活剥，他骑上一辆警备用的脚踏车，发疯似的往日本兵营驶去。

刘青山一路狂奔来到西门里小石桥上，发现刘老爷子拄着剑杖从巷子里走出来，他跑到刘老爷子面前上气不接下气地说："刘营长让俺接您马上去学府文庙。"

刘老爷子见是刘青山心中大喜，连忙说："好侄儿，扶我快走。"

刘青山搀扶着刘老爷子来到学府文庙，早就等在门口的郭子敬带着两个保安队员迎了过来。郭子敬拱手说："总算把老叔您给盼来了，我陪您进文庙看看。"

一行人进了文庙大院，刘老爷子环顾四周，见有人在清扫院落，大殿前的基台上已挂起了白底黑字的横幅，上有"营丘县亲日维持会成立大会"的字样。郭子敬讨好地问刘老爷子："老叔，您看这会场布置得咋样？"

刘老爷子一脸阴沉，用剑杖指着悬挂在基台上的横幅说："这白底黑字的布幅多像是举行殡葬仪式，你是让人哭呀还是让人笑啊？"

郭子敬望着刘老爷子嫌弃的表情，尴尬得一时说不出话来。

一个戴着墨镜的人带领着几个汉子围了过来，还没等郭子敬反应过来，这些人已掏出短枪顶在了他和两个保安的腰上。正当郭子敬惊恐万分的时候，听见墙外一阵大乱，有人在喊："皇军有令，刘黑子进城了，全城戒严不得出入。"

一时间警哨声伴随着枪声传来。郭子敬壮起胆来问道："你们是什么人，敢在这撒野？"

戴墨镜的人哈哈一笑，他把手里的驳壳枪打开大机头，顶在郭子敬的太阳穴上说："本人高崖镇抗日独立营的刘墨林是也。"

郭子敬吓得面如土色，哪里还敢反抗，舌头僵住，呜啦呜啦吐不出话来。

在旁边的刘老爷子见刘墨林要动杀机，他眉头一皱拱手说："好汉息怒，老夫才是日本皇军任命的维持会长，要杀要剐冲我来，请把这位郭先生放走为盼。"说完朝着刘墨林递了个眼色。

刘墨林何等聪明，当即明白了刘老爷子的意思，于是对身边的傅有德说："擒贼擒王，咱们只能带走一个，把这三个狗东西绑在阙门石柱上示众，看看

第五十一章 拯救　　453

谁还敢给日本人当汉奸。"

"好嘞！"傅有德答应着，吩咐营兵把郭子敬和两个保安队员推到阙门二侧的石柱上，将他们绑得结结实实，又怕他们喊叫，脱下三人的袜子分别塞进各自的嘴里。刘墨林见处置妥当，挥手与营兵们簇拥着刘老爷子往文庙的后门奔去。大家绕过大殿后墙，刘墨林见孙广仁带十几个营兵，手里端着上了刺刀的长枪从后门迎进来，当听孙广仁说已经将县城西门控制时他大喜过望，对刘老爷子说："文庙北门处有辆拉棺材的马车，您老暂且躺进棺材里以避枪弹，咱们从西门突出去。"

刘老爷子点了点头说："听从刘营长安排，方才你留下郭子敬一条命，实为老夫和全家开脱，见得刘营长智慧。"

刘墨林脸色一红说："您老过奖了，等到了高崖镇，墨林再给您设宴压惊。"

一行人临近文庙北门，刘墨林看到石碑前有人摆了个占卜算卦的摊子，一张小木桌上有毛笔和纸砚，只是算卦人已跑得无影无踪。刘墨林心想：俺得给日本人留下个字据。他来到卦桌前拿起笔来蘸墨写道：

　　缉拿汉奸入敌巢，
　　虎口拔牙动锋刀。
　　东西南北齐声唤，
　　抗日救亡涌风潮。

告知已将汉奸刘锦戎缉拿归案，尔等三日后去狼水滩收尸。刘墨林搁笔。

此时街面上枪声大作，刘墨林知道这是潜入县城参加袭扰的营兵们与敌伪交上了火，他从容地将写好的纸笺压在卦桌上，转身吩咐道："傅有德，带上你的人打前锋往西门进发，孙广仁带兵断后，刘青山驾马车，由我护送刘老先生出城，动作要快，不得迟延。"

众人齐声喊"明白"，交替掩护着刘老爷子走出了学府文庙。

刘青山跳到了马车上，早有两个营兵把车上的棺材盖子移开。刘墨林搀扶着刘老爷子登上马车，照应着刘老爷子躺在了棺材里，自己守在一旁掩护。傅有德带领营兵头前冲杀，孙广仁带兵断后阻击。刘青山甩开马鞭驱车朝着县城西门疾驰。

第五十二章　快婿

　　营丘驻军的小野正雄少佐正在兵营里安排晚上的宴请，门岗打来电话说保安队的阎子平求见，有紧急军情报告。当他从阎子平嘴里得知刘墨林和他的营兵已潜入营丘时，急得出了一身冷汗。自从日军在高崖镇围剿失败，日本驻军的官兵听到刘墨林的名字就像听见了魔鬼的声音，让他们胆战心惊。小野拨通了青岛驻军司令部的电话，他向本田大佐汇报了刘墨林潜入营丘的消息。本田大佐指示立即封锁营丘，并通知淄川和潍县的驻军乘铁甲车从西东两个方向沿胶济铁路快速增援，要求务必将刘墨林生擒活捉。

　　小野下令紧急集合，并迅速做出决定，他派驻军的一名少尉带领两名日本士兵与阎子平一起去保安大队队部，召集全部保安队员投入封城戒严行动，自己带领驻地官兵倾巢出动，杀气腾腾地进入营丘县城。

　　营丘县城里到处是零散的枪声，一会儿密集一会儿零星，这让小野弄不清刘墨林和他的营兵隐蔽在什么位置。这时一个保安跑来报告，说从西门进来了一队人马去了府学文庙，小野闻讯拔出军刀一挥发出命令："府学文庙的有，前进！"指挥着士兵们朝着府学文庙奔去。

　　小野和他的随从进了文庙大门，看见院内阙门两侧的石柱上绑着人。近前一看，被绑在右侧石柱上的是郭子敬，绑在左侧石柱上的是两个保安队员。小野走近郭子敬面前问道："什么的情况？"

　　郭子敬摇头晃脑说不出话来。小野这才发现郭子敬的嘴里塞着东西，便伸手把他嘴里的布袜子拽了出来，郭子敬张着嘴巴干呕起来。小野让士兵给他松绑。郭子敬大口喘着气缓了好大会儿才告诉小野少佐："刘墨林和他的同伙把刘锦戎老先生给抓走了。"

小野问道："刘墨林去了什么方向？"

郭子敬指着通往大殿后面的石板路说："府学文庙的北门方向。"

小野又挥起军刀，命令随从们往北门口搜索追击。

在府学文庙北门摆摊算卦的赵世道，听见营丘城里响起了枪声，又见一队便衣簇拥着刘锦戎老先生从大殿墙根走过来，惊恐地躲到了旁边的石碑后面。等这群人走出北门口，他才从石碑后面出来，看到卦桌上留了张字笺，便捡起来看，当读到缉拿汉奸刘锦戎并三日后去狼水河滩收尸体时，他吓得像块石柱愣愣地戳在那儿。

小野率领他的部下赶了过来，看见一个着装像道士的人站在那里发抖，便指挥士兵围了上去。赵世道看见日本士兵端着明晃晃的刺刀对向自己，双腿颤抖如筛糠一般，小野连喊他三声竟没有反应。郭子敬见这位手里拿着一张纸笺，便抢过来看，纸笺上的字句让他顿时目瞪口呆，惊慌地张着大嘴巴半天没回过神来。小野见状问郭子敬："什么东西让你如此紧张，上边写了些什么东西？"

郭子敬摇晃着脑袋，缓了口气说："是刘墨林给皇军的一首诗。"

小野觉得好奇，追问道："诗的有，什么的内容？"

"诗里说刘锦戎是亲日的汉奸，让皇军三日后去狼水滩收刘锦戎的尸体。"

"八格牙路，可恶的刘墨林，魔鬼的有。"小野骂着，举起军刀带领着他的士兵一窝蜂似的出了府学文庙北门。

营丘县西城门临近农贸市场，在内城墙根下的沟坡里，讨价还价声、叫卖吆喝声起伏不断。城外的农户要抽出半天工夫来赶集置办年货，人来人往好不热闹。当一阵阵枪声传来，赶集的人们都认为是鞭炮摊上燃放的响声。随着枪声越来越近，那些买鞭炮的货主开始收摊撤市，大家这才恐惊起来，于是纷纷涌向离集最近的西城门，惊惶不安的人群一时间把西门堵了个水泄不通。刘青山驾着马车混杂在里面，他手攥着马鞭一脸无奈，只能随着拥挤的人流在缓慢移动。刘墨林着急地站在马车上，他前不见傅有德，后看不到孙广仁，任凭他大喊大叫也无济于事，索性掏出驳壳枪，对着城墙上的垛口，砰砰放了两枪。挤着出城的人见有人打枪，惊慌地四处躲避。刘墨林乘机喊着他的营兵并拢在马车周围，前呼后应着出了城门。

刘墨林见城门外一马平川，他抹了把额头上的汗水长长地舒出一口气，躬身对躺在棺材里的刘老爷子说："老伯，咱们出县城了。您躺累了就起来坐会儿，前面是西店村，从西店折南去南郝，再过荆山就是高崖镇了。"

刘老爷子握着剑杖坐起来，他看到马车前面的营兵手握着清一色短枪在跑动，回头看到一队营兵手执长枪在护送，便问刘墨林："你这次搭救老夫动用了多少人马？日军若来追杀能抵挡得住吗？"

刘墨林坦然一笑说："老伯您放心，前面傅队长带着二十人打头阵，后面孙队长带着二十人断后，另留了十人在营丘县城骚扰，料也无妨。"

话音刚落，突听队伍后面响起了密集的枪声。刘墨林转身望去，见是从县城西门追出来的日伪军与垫后的孙广仁部接上了火。看着刘老爷子忧郁的表情，刘墨林安慰他说："您老大可放心，孙广仁队长率领的营兵携带着两挺机枪，其他营兵均配长枪，阻击日军有十分把握，不必担忧。"

未等刘老爷回话，队伍前面传来爆豆似的枪响，刘墨林惊愕地用手遮眼观看，傅有德满头大汗跑过来报告："刘营长，大事不好，一股日军从北面胶济铁路上过来，他们配有重机枪，我的营兵全是驳壳短枪，咱们的火力顶不住，咋办？"

刘墨林掏出插在腰间的驳壳枪，纵身跳下马车对傅有德说："我咋没算计到日倭能沿铁路线来增援呢？兵来将挡，水来土掩，走，随我去前面看看。"

二人来到队伍前面，见营兵都俯卧在地，手执短枪在阻击对抗。对面有十几名日本士兵，架设一挺重机枪在不停地射击，而且不断有日军从北侧过来支援。刘墨林这才意识到事态的严重性，他的队伍受到了日伪军东西两面的夹击，如果南撤在一片没有遮挡的平地上，分散的队伍必然是日军的活靶子。北面是胶济铁路，日本人增援的铁甲车正在严阵以待。刘墨林仰天叫了一声："苦也，墨林亡矣。"

战斗在继续，而且越来越激烈。随着西面日军的增强，傅有德的营兵不断有人伤亡，他不得不保护着刘墨林往后退缩。在东面阻击的孙广仁遇到了更大的麻烦，从潍县前来增援的日军机炮分队已经赶到西门外，开始用迫击炮进行轰击，在炮火轰鸣中的孙广仁和营兵们抵挡不住败下阵来，纷纷退到马车边上。

刘墨林束手无策，他看了一下黄昏下的残阳，把傅有德和孙广仁召集在身边说："大丈夫宁死不屈，这次要与日本人同归于尽了。"

傅有德挺着胸脯说："跟日本人拼了，二十年又是一条好汉。"

孙广仁也昂起头说："俺这条命本来就是营长给的，俺听营长吩咐。"

这时，东西两边的枪炮声突然停了下来，大地一片寂静。刘墨林感到诧异，他跳上马车环顾四周，看见一个翻译官模样的人手里举着一面日本太阳旗，从城门方向走了过来。他边走边喊着："刘墨林营长听着，本人是大日本皇军的翻译官汪少伦，奉本田大佐电令，只要你们把刘锦戎会长放了，皇军饶你们不死。"

在棺材里坐着的刘老爷子听得清清楚楚，他对刘墨林说："老夫与抗日独立营共存亡，千万不要轻信日本人的话。"

"知道，老伯。"刘墨林随即站在马车上高声喊道，"在下是营丘县抗日独立营营长刘墨林，请转告本田大佐，如果你们再攻击，定会拼个鱼死网破，老子保证不了刘锦戎的安全。"

在营丘县城西门督战的小野少佐气势汹汹地来到翻译官汪少伦面前，他指手画脚，不耐烦地哇啦哇啦说了一通话，汪少伦"哈依哈依"地答应着。等小野把话说完，汪少伦又喊叫起来："小野少佐让本翻译官转告，你们已经处在皇军的包围之中，你们的位置全部在皇军炮火的覆盖之下，你们反抗已经没有了意义。若不是考虑刘锦戎会长的安全，你们早就变成了炮灰。现在给你们三分钟的考虑时间，如果不答应释放刘锦戎会长，皇军将开炮轰击。"

刘墨林暗暗叫苦，他深知日军的残暴，即便把刘老爷子交给日本人，日军的迫击炮也会毫不留情地进行轰击。刘墨林看到围绕在周边的营兵已不足二十人，伤亡过半的战况让他心痛不已，不知不觉两行热泪流淌下来。几声伤员的呻吟让他清醒了许多，他抹了一把脸上的泪水，从一个营兵手里要来一支步枪，他要击毙对面的翻译官，以表示坚决抗击的决心。当他准备举枪瞄向汪少伦时，隐约听到从县城东北方向传来阵阵枪炮声，刘墨林为之一振，他判断这是渤海纵队的新一团正在围攻驻扎在营丘火车站的日本兵营，攻击日军的老巢是解救他的最好办法。刘墨林由忧转喜，大声呼叫着："弟兄们，打起精神准备反击。"

滴滴滴答，滴滴滴答，在西面的日军身后响起了急促的冲锋号声，一支队伍从西店村子里杀了出来。呐喊声、枪弹声交织在一起，以排山倒海之势冲向敌阵。从淄川增援过来的日军猝不及防，丢下十几具尸体朝着胶济铁路方向仓皇逃窜。

于震邦团长在雷天泰和朴子的陪同下来到马车前，刘墨林见是于团长过来，跑过去迎接，两只大手握在一起的时候，刘墨林感到一股暖流贯通全身，连声说："谢谢于团长，谢谢新一团前来支援的官兵们。"

于震邦说："为了抗日救国，咱们走在了一起，不用客气。"

朴子看见刘老爷子坐在马车上的棺材里，连忙跑过去喊道："老爹快出来，于团长看您来了。"

刘老爷子见朴子和雷天泰各牵一匹战马陪着一个军官走过来，认定这个军官就是素涵多次讲过的于震邦，他顿时心花怒放。不等朴子过来搀扶，自己麻利地下了马车。于震邦先是向前行了个军礼，又挽住刘老爷子的胳膊说："老爷，您老行民族大义之举，拒绝日倭之企图，振邦甚为感动。这次墨林把您从营丘城接出来，抗日行为幸甚至哉。"

刘老爷子听着于震邦喊他"老爹"，为之一怔。朴子在一旁说："老爹，于团长是俺姐夫，他和俺二姐在苇子镇举行革命婚礼，是史秦首长亲自批准的。"

"噢，噢，是史秦答应过的。好，好啊。"刘老爷子点头回应着。

这时，新一团二营营长高天保骑着一匹快马过来报告，他说西门外的日伪军已退到城里，凭借着城墙在顽抗，请示要不要马上组织攻城。于震邦吩咐高天保，先做半小时的佯攻，随后打两发信号弹，让围攻日本兵营的三营在天黑前撤出战斗。

看着高天保拨马离去，于震邦转身对刘墨林说："刘营长，纵队领导同意你信中的要求，史秦首长还专门来电让我全力支持。我决定派雷天泰同志去你们独立营任职副营长，主要协助你做好整训工作。"

"谁？雷天泰？这雷大侠能屈身到高崖镇这小庙里去？"刘墨林有些不相信自己的耳朵。

在他身旁的雷天泰给刘墨林行了军礼说："天泰奉于团长命令决定去抗日独立营任职，请刘营长多多关照。"

刘墨林这才知道在他身边的这个人就是雷天泰，他握住雷天泰的手说："哎呀，你就是雷天泰呀，墨林慕名已久，欢迎你啊！"

于震邦拍着朴子的肩膀对刘墨林说："我团刘治朴副排长去你们营暂任射击教官。"

"于团长把神枪手白狼给我，墨林真是三生有幸。"刘墨林高兴得合不上嘴。

于震邦又说："另外派我团副参谋长吕卫同志去你营任教导员，预计后天拂晓，吕卫带一个加强班的战士去高崖镇向你报道，这些战士将配合刘治朴对你营两个连队的新兵做正规军训。"

刘墨林喜不自胜，他给于震邦行军礼说："来高崖镇的新一团官兵，墨林坦诚相待，都是抗日队伍，又有于团长关怀，我抗日独立营定会发展壮大。"

于震邦摆了摆手说："墨林呀，我团几员大将交给你有点舍不得，白狼去你营任教官，黑狼黄铁弹又去史秦首长那里当了警卫员，为了抗日统一战线，我们都要学会舍得。"

看着刘墨林表情粲然，于震邦把话锋一转说："还有一事相托，我家老爷子去了高崖镇，你得给我照顾好呀。"

刘墨林嘿嘿一笑说："姐夫哥，老爹是你家的，也是俺家的，实不相瞒，我与素清已私下订了婚约，一家人不说两家话，咱们可是一家人。"

朴子做了个俏皮模样对刘老爷子说："老爹，您听见没有，俺有了大姐夫、二姐夫，今个又添了个三姐夫。"

雷天泰在一旁忍不住插了一句："朴子别急，你还会有个四姐夫。"

于震邦看了雷天泰一眼对刘老爷子说："老爹，您就放心跟着墨林和雷天泰去高崖镇吧，等把日本鬼子打跑了，我和素涵一起去接您回懒边园。"

刘老爷子刚才听着于震邦和刘墨林的对话，对这两个女婿可谓十分满意，他抬头看了看天色，正是霞光灿烂，便舒出一口气说："我盼着这一天呢。"

血红的晚霞渐渐褪去，天色暗了下来。刘墨林招呼着队伍，在攻城的阵阵枪炮声中，护送着刘老爷子乘坐的马车，消失在通往高崖镇的乡路上。

本田俊二大佐乘火车赶到营丘火车站时已是晚上八点钟，围绕着拯救刘老爷子的一场大战刚刚结束。本田来到日本兵营的作讯室，手里拿着郭子敬交给他的刘墨林留字，他一边看着写在纸面上的诗词，一边听着小野正雄少佐对战斗情况的汇报。等小野汇报完毕，又让郭子敬做了补充。本田放下手里的笺纸问道："小野君，你是说刘墨林这次绑架行动是采取了三个步骤，一是刘墨林亲自潜入县城对刘锦戎老先生进行挟持，二是布置兵力围攻皇军兵营以阻其入城支援，三是安排主力在西门外接应。整个过程是这样吗？"

"是的，这是刘墨林预谋的绑架计划。"小野回答。

本田拿起了放在桌案上的笺纸晃了晃又问："那么他们围攻皇军兵营的兵力是多少？跟随刘墨林潜入县城的有多少人？在西门接应的主力兵力有多少人？"

"报告大佐，围攻我部兵营的敌方兵力接近三百人，跟随刘墨林进入营丘县城的大概是五十人左右，在西门接应刘墨林出城的主力估计至少是五百人，当时是黄昏，受视线影响，数字可能不准确。"

"八格，县城难道没有安排守卫吗，怎么让刘墨林混进这么多人来？另外刘墨林是怎么知道刘锦戎先生要荣任维持会长的？城内奸细的有。一句话，你们统统失职。"

看着小野和郭子敬立正肃立不敢回话，本田摇着头缓了口气说："你们得动动脑筋想一下，刘墨林在高崖镇的兵力充其量不足三百人，哪里来的八百多人规模？这是一个团级建制才能够达到的人数。难道另外有一支队伍参加了这场战斗？"

本田俊二来到作战地图前，看了一会儿说："潍北地区方圆六十公里之内，成建制的反日武装，只有寿光县北部渤海滩上的渤海纵队，也就是说是他们派出了两个营的兵力，长途跋涉来到营丘县配合刘墨林进行了这次行动。"

本田说完又摇了摇头否定了自己的判断："这是不可能的，刘墨林是国民党的部队，渤海纵队是共产党的军队，彼此之间没有必然的联系，怎么能够进行这样娴熟的并肩作战呢？不可能，绝对不可能。那么只有一种可能，就是刘墨林倾巢出动，利用黄昏采取虚张声势的佯攻战术，迷惑皇军脱离了战场。吆西，刘墨林大大的厉害！"

本田大佐有些激动，他挥着手臂说："我要联系二十里堡飞机场的长谷川大佐，请求出动飞机对高崖镇进行轰炸，以显示大日本皇军的威风。"

本田说完坐在椅子上读起刘墨林写的诗来，当读到落款有"尔等三日内去狼水滩收尸"的字句时，便问郭子敬："郭君，狼水滩在什么地方？"

"报告大佐，白塔镇南边白狼山脚下有片河滩，当地叫狼水滩。"

本田听罢脸色陡然一变，骂道："八格牙路，那里是马尚岭的地盘，刘墨林良心大大的坏了。"

作讯室里的空气凝重起来，三个人谁也不再说话，室内一片寂静。过了好大一会儿，本田开口说："你们三日后派人扮成便衣，去狼水滩把刘锦戎的尸体找回来，要在府学文庙举行隆重的殡葬大会，县城里的职员、学校里的学生统统参加，以培养大东亚共荣圈的声誉。"

"哈依，大佐阁下。"郭子敬抢先答应着。他见本田仍在看着刘墨林写的诗，凑前一步鞠躬施礼说："子敬有一事请示大佐，不知是否许可。"

本田头也不抬说："你的讲吧。"

"大佐阁下，子敬精力有限，不宜再兼任县保安大队长之职，请您考虑另选他人，我将尽心办好县务。"

本田并不理睬郭子敬的请求，他把刘墨林写诗的笺纸在郭子敬面前抖了抖说："虎口拔牙动锋刀，东西南北齐声唤。刘墨林的这两句诗，你的怎么理解？"

郭子敬见本田没回应他的请求，只好说："刘墨林狂妄至极，他在污蔑皇军无能。"

本田摇着头说:"不,不对,你的不理解他写这句诗的动机。虎口拔牙动锋刀是表示刘墨林亲自潜入到县城来绑架刘锦戎先生,东西南北齐声唤是他布置了佯攻和接应的队伍。所以这次绑架行动是刘墨林一手策划和执行的。"本田俊二看着郭子敬点头称是,又说,"刘墨林狡猾诡诈的有,此人一日不除,本大佐一日寝食难安。"

小野少佐做了个立正姿势说:"大佐阁下,你让我率领一个中队,去高崖镇砍下刘墨林的人头。"

本田站起身来踱着步说:"用谋略取胜是最高的智慧。所以明攻不行,只能暗取。本人在帝国大学进修军事时,课程里强调了情报的重要性,在战争中缺乏情报来源是最可怕的。"本田转过身来压低声音说,"我决定从青岛特高课调来两名情报员,在营丘县成立侦缉队,制定一个暗杀刘墨林的计划,待我批准后行动。"本田回到转椅上坐下又转了个圈,看着郭子敬说,"我想让翻译官汪少伦任职营丘县保安大队长,那个被刘墨林削掉鼻子的家伙任副队长。这样郭君可以专心干好县长本职,要为皇军多多筹备粮食和经费,本大佐对你会大大的重用。"

"哈依,哈依。谢谢大佐关照,子敬一定会忠于职守,诚心为皇军效力。"

本田把手中的笺纸丢在了地上,又踩了一脚对郭子敬说:"刘墨林写的这张笺纸你留作纪念吧,希望你天天读一遍上面写的诗句,你会感到这是对你的羞辱。"

"哈依,哈依。"郭子敬伏身趴在地上,小心翼翼地把笺纸捡起来,又用袖子擦了擦,放在了自己的口袋里,然后垂手鞠躬,活像一条哈巴狗。

第五十三章　空袭

　　高崖镇地痞邢万成被镇压后，他家的宅院一直被用作抗日救国独立营的军械仓库。刘墨林在搭救刘老爷子之前，已经安排营兵把宅院腾空，又雇来镇上的砖瓦匠对房舍进行了粉刷和修整。这座宅院分前后两进院落，四面墙壁高矗，挑高的正房前出廊后出厦，显得气势庄严。转角的拱窗尽是石砌，结实厚重，虽然比不上懒边园豪华，但在高崖镇也是数一数二的大宅院。

　　刘老爷子住在后院，北首正房五间是他的卧室和书房，素清搬到西厢房居住，便于对刘老爷子照顾，东厢房用作餐厅，挨着东西厢房的两间耳房分别由刘墨林招聘来的一个厨娘和一个女佣居住。前院的正房是刘老爷子的客厅，左右两厢用作客房，宅门内的四间南房是朴子和刘青山的居室。宅墙东侧是个跨院，吕卫带着十五名战士来到高崖镇后，刘墨林派人把这里打扫出来，正房由雷天泰和吕卫居住，边房是战士们的宿舍。

　　雷天泰、吕卫和刘墨林三个人相见恨晚，一见面就聊得热火朝天。吕卫认为当下民不聊生，物资匮乏，兵贵在精而不在多，所以这次军训十分重要，要多培养神枪手和投弹手，以提高战术素养和打击能力。雷天泰提议对新兵连要增强拳术和刀法的训练，兴起习武练拳的高潮，让战士们掌握搏斗的技能。刘墨林十分赞同，要求及早在打鼓山营地对全营官兵进行轮次军训。

　　次日，傅有德陪同雷天泰和朴子带着从新一团挑选来的十五名战士去了打鼓山，刘墨林和吕卫在明楼营部商量要在打鼓山扩建营盘的事，连队长孙广仁过来说派到营丘县城执行骚扰任务的十名营兵已经陆续回到高崖镇,无一伤亡。刘墨林听了很高兴，便问道："那个会炖鱼的厨子杨勇回来没有？"

　　孙广仁回答说："回来了，这些营兵多亏杨勇照应，他们几个一直藏在杨勇家的菜窖里，等县城消除了戒严，他们才零散地出城，只是两把短枪和十颗手榴弹留在了杨勇家里。"

刘墨林十分满意，他看着吕卫说："吕教导员，你说对这些英雄要不要奖赏？"

"噢，奖赏？我不知道咱独立营用什么方式来奖赏？在新一团对立功的战士是记功。"

刘墨林嘿嘿地笑了几声说："我这里就是犒劳一顿，对，以后谁作战英勇就让吕教导员给他记功。"

看着孙广仁在一旁点头称是，刘墨林吩咐道："孙队长，你一会儿去码头鱼馆，告诉杨勇今天晚上炖上两锅鱼，我要请从县城归来的勇士们吃饭，你和吕教导员作陪。"

"是，营长。"孙广仁答应着出了营部。

掌灯时分，码头上的鱼馆门庭若市，应邀前来吃炖鱼的营兵人头攒动，就像下锅的饺子一般。原因是孙广仁连队长领会错了刘墨林营长的吩咐，刘墨林本意是把曾在营丘县城进行骚扰的十名营兵请来吃鱼，孙广仁却通知凡是参加去营丘县城战斗的营兵都来吃鱼。这一下子来吃鱼的营兵摩肩接踵，把五间草房挤了个满满当当。

刘墨林站在炕头上高声喊道："大伙静一静，本营长有话说。"

看着营兵们安静下来，刘墨林说："请大家来吃鱼的都是这次大战营丘县城活着回来的弟兄们。令本营长痛心的是有二十六名兄弟战死在那里不能来吃鱼。为了抗日，咱们去营丘县城要拯救一个德高望重的老先生，在战斗最危急的时刻，共产党的新一团把我等拯救出来。现在，我请从新一团前来我营任职的吕卫教导员给大家训话，欢迎。"刘墨林带头鼓起掌来，营兵也跟着鼓掌。

突然人群中有人问道："营长，啥叫教导员呀？"

刘墨林说："教导员就是什么都教，什么都管，懂了吗？"

"营长，俺不大懂，这教导员什么都管，那营长大还是教导员大？"那问话的营兵又问。

"废话，打仗的时候都听本营长的，我大。不打仗的时候都听教导员的，他大。"

"哎呀，你俩都大，一样大啊！"大家都笑了起来。

在旁边的孙广仁挥了挥手让营兵们都静下来，他喊道："大伙别嚷嚷了，让吕教导员训话。"

吕卫站在炕上，清了清嗓子说："兄弟们，当前日本侵略者的铁蹄践踏了中国的大好河山，无辜的同胞遭到日军的血腥屠戮。面对亡国灭种的民族危机，国共两党摒弃前嫌，化敌为友，结成了广泛的抗日民族统一战线。为了挫败日伪政府的阴谋，兄弟们跟随刘墨林营长去营丘县城执行任务，经过浴血奋战，取得了胜利。今天被刘营长请来吃鱼的都是抗日独立营的精兵强将，希望你们再接再厉，在部队中起到模范带头作用。现在咱们全营要开展军训大练兵，每个人都要掌握一定的战斗技能，把枪打得更准，把手榴弹扔得更远，把大刀耍得更狠，练就一身本领跟着刘营长再打几个大胜仗！大家有信心没有？"

"有，有哇，有哇。"鱼馆里的营兵喊得震天响。

"借光，借光，鱼来了，鱼来了。"杨勇和他老婆各端着一大盆炖鱼，边喊着边走过来。

夫妻俩把两盆鱼放在了炕桌上，营兵们拿起碗纷纷来抢，却被孙广仁挡住，他举着一把大铁勺说："别抢，别抢，都有份，俺来分鱼。"

营兵们端着孙广仁分给他们的大碗炖鱼，有的偎靠在墙边，有的蹲在地上，有的坐在炕沿上大口吃了起来。刘墨林喊着上酒，老板娘拿来一摞碗摆在了炕桌上，又端起酒坛往碗里倒酒。

刘墨林端起一碗酒对吕卫说："吕教导员，大哥敬你一碗，感谢新一团对独立营的关照。"

吕卫平时最怕喝酒，此时场合又不得不喝，只好端起一碗酒与刘墨林对碰，咧着嘴巴吞了下去。一碗酒下肚，吕卫顿觉头晕眼花，他跟跟跄跄地挪动了几步，斜睨着醉眼对刘墨林说："刘，刘营长，雷天泰和朴子是海量，我不行。"说完一头栽倒在炕头上。

刘墨林见吕卫不胜酒力，但听吕卫说雷天泰和朴子能喝酒，便对孙广仁说："等天泰和朴子回来，别忘了安排喝一顿。"

"是营长，俺记下了。"孙广仁回答。

"刘青山怎么没有来？"刘墨林又问。

"报告营长，刘青山要学打枪，他跟着雷副营长去了打鼓山。"

刘墨林好像突然想起什么，他拍了一下自己的脑袋对孙广仁说："我得出去走走，你陪着兄弟们多喝点，一会儿把吕教导员送回去。"说罢，他独自一人离开了鱼馆，往镇子里走去。

自从搬进邢家大院，素清能天天和她老爹在一起，感到很舒心。这天她陪着老爷子吃完晚饭，让女佣烧了锅热水，服侍老爹泡了脚，又送老爷子去卧房睡下，直到听见老爹发出鼾声，她才熄灭了灯回到自己住的西厢房里。素清刚要上床躺下，突然听到前院有人敲门，她披上外套走到院门处轻声问道："是谁呀？"

"开门素清，我是黑子。"

"噢，是墨林呀。"

素清打开了院门，刘墨林迈过门槛走了进来。素清闻着他身上的酒气，关着门栓问道："你喝酒了？"

"在码头鱼馆里喝了一大碗，想到朴子和青山去了打鼓山，有些不放心，过来看看你和老爷子。"

"老爹睡下了，客房里没烧炕，太冷了，你去俺屋里暖和会儿。"

二人来到后院西厢房里，素清帮着刘墨林脱下棉大衣挂到衣架上说："这大院里没个男人，到了夜里俺还真的有点害怕。"

刘墨林挠了挠头说："我这不来了吗，你说这个吕卫，一碗酒下去就醉得不省人事，哪像个爷们。"

素清搬过梳妆台前的凳子，边示意刘墨林坐下边说："可不能以酒量论英雄。"

刘墨林坐在凳子上，晃了晃屁股觉得凳子很结实，他问素清："听说你弟弟朴子酒量蛮大？"

素清淡然一笑说："在俺家数五妹素楠的酒量最大，三叔从小就教她品酒，这酒多少度数她一尝就知道，两个朴子喝不过一个楠儿。"

"哇，厉害。素楠还有这本事，真是大户人家的千金不一般哪。"刘墨林听得出奇，他眨巴了一下眼睛又问素清，"那天在营丘县城西门，我与于团长碰面，才知道他是你二姐夫。不过雷天泰对朴子说很快会有个四姐夫，这是咋回事？"

素清莞尔一笑说："嗨，你还不知道吧，雷天泰救过四妹素欣的命。"

看着刘墨林疑惑的眼神又说："听四妹说雷天泰为人诚恳，武功又好。噢，东厢房里烧了锅热水，是给老爹泡脚用的，锅里还剩了些，俺去拿过来你也泡个脚，解解乏。"说罢去了东厢房。

不一会儿，素清提着一桶热水进来，她帮着刘墨林脱下皮靴，试着水温把他的脚放进桶里，蹲下身子给刘墨林洗起脚来。

素清温柔的双手搓摸着刘墨林的脚丫，刘墨林心里感到一阵阵发痒，他忍不住用手托住素清的脸颊，把嘴巴贴在素清的头顶上，来了一个深深的吻。素清仰起头去看刘墨林,彼此双眸互视,眉眼传情中顷刻化为不约而同的拥抱……

在鸡鸣声中刘墨林睁开了眼睛,他见素清还在身边熟睡着,不忍打扰,便悄悄地起身穿衣服。刚穿上棉袄,素清说话了:"天还黑着呢,再睡会儿吧。"

"我想赶早去找秦校长。"

"大清早找他干啥?"

"我要跟他商量,早些与你举行革命婚礼。"

"噢,去吧,从今个起你搬到前院的客房里住,俺会把炕头烧热,你看行不?"

"一言为定!"

刘墨林起床穿好衣服,走出了邢家大院。

刘锦戎老爷子在高崖镇安顿下来,他住在宽敞的邢家大院,有刘墨林的关怀备至,又有女儿素清的悉心照料,聘雇的厨娘和女佣也是尽心服侍,这让他很满意。

厨娘叫秦荷花,高高的个头,三十五六岁的年纪,花白的头发让她显得比实际年龄大。她家原在镇上卖烙饼,去年日军围剿高崖镇,她丈夫帮着乡亲们撑船逃难,船至湖中被日军炮弹击中,一船人命葬仙月湖。女佣叫秦冬梅,今年十七岁,是秦荷花的亲侄女。

这天冬梅去集市上买菜回来,听见天上嗡嗡地响,她抬头望去,见有两只大铁蜻蜓飞到头顶上,在凄厉的尖叫声中,两颗黑乎乎的东西落了下来。随着火光一闪,一股炽热的波浪把她高高抛起,在剧烈的爆炸声中,邢家大院的南门楼倒塌下来。

刘墨林在明楼看着营兵们跑操,巨大的爆炸声让队伍骚乱起来。刘墨林大声呼喊让大家保持镇定,拿起武器去占领制高点准备战斗。等了一会儿再无动静,正当刘墨林感到诧异,孙广仁跑来报告,说日军两架飞机在镇子上扔下两颗炸弹,把邢家大院给炸了。刘墨林大叫一声"不好",飞身朝着邢家大院跑去。

邢家大院门前传来凄惨的哭声,只见厨娘秦荷花抱着死去的冬梅哭得死去活来,周边几个乡亲也陪着哭泣。倒塌的门楼、断裂的木块、破碎的瓦砾,场面一片狼藉。刘墨林顾不上许多,他跳过坍塌的墙体,跑到宅院里去看刘老爷子。当看见刘老爷子双手掬着剑杖,仰望着天空在发呆时,他长长呼出一口气,来到老爷子面前问道:"老爹,您没事吧?"

刘老爷子抬起剑杖指向天空说:"能有啥事,日本人恼羞成怒,向高崖镇示威来了,真是无耻之极。"

孙广仁和吕卫带着十几个营兵赶了过来，见营长在跟刘老爷子说话，吕卫走到跟前说："是日军飞机来袭扰，一共扔下两枚炸弹，门楼被炸塌，冬梅被炸死，但不像是有具体目标。"

刘墨林点了点头，转身吩咐孙广仁说："你亲自去把冬梅的后事处理一下，再找几个泥瓦匠把门楼修起来。一会儿我和吕教导员要去打鼓山，咱得把兵练好，血债要用血来还。"

秦佩琳校长和素清也急匆匆赶了过来，素清扑到刘老爷子怀里说："老爹，吓死俺了。"

"清儿，老爹没事。"

刘老爷子看着刘墨林说："你们去忙吧，我要和秦校长进屋说会儿话。"说罢，扭头回了厅房。

这日早晨天刚放亮，营丘县保安大队新任大队长汪少伦带领着十几名保安队员，全部以便衣装束，骑着脚踏车驶出县城南门。他们要去白狼山下的狼水滩寻找刘锦戎先生的尸体，按着汪少伦的想法，狼水滩发现刘老先生的尸体后，在当地强征一辆马车把尸体运回县城。

初春的狼水滩正是枯水季节，山脚下的河滩上裸露着大片鹅卵石，大堆小堆突兀着活像一个个坟头。远处靠近河湾的地方，枯死的芦苇密密麻麻，在料峭的风中起伏摇动着，发出索索响声，里面好似藏匿着呻吟的魔鬼，让人感到恐惧。汪少伦带领着保安队员来到狼水滩上，看着这荒凉的景象十分扫兴，除了看见几只惊飞的乌鸦，哪里有人的影子。汪少伦气不打一处来，对着这群无精打采的保安队员骂起阎子平来："你们看看这个没鼻子的阎子平，昨晚上说好一起来的，今早临走推说肚子疼，害得老子到了这鸟都不拉屎的鬼地方，到哪里去找尸首！你们说这人是个什么玩意。"

保安队员有随着诉苦的，有跟着嘲讽的，乱哄哄叫嚷了半天觉得肚子饿起来。有几个保安队员从衣兜里拿出又黑又硬的杂合面窝窝头，边用嘴啃着边骂道："咱吃的东西还不如皇军的狗粮，这叫啥世道。"

汪少伦早饿得饥肠辘辘，摸了一下衣服上的口袋，什么也没有，才想起来忘了带饭。他扫兴地四处张望，发现河滩南边山坡上有个村落，几股炊烟袅袅升起，他灵机一动把保安队员召集在跟前说："你们看这狼水滩上游有个村子，离这里也就二里地。咱们悄悄地过去，抓几只鸡炖汤喝。"

保安队员们顿时兴奋起来，纷纷扔掉手里的窝窝头，推起脚踏车朝着村子进发。

汪少伦要去的村子叫东窝铺,东窝铺村西边濒临仙月湖,北面依偎狼水滩,是狼水河支流与仙月湖交汇的地方。村里人多以捕鱼养鸭为业,是个典型的渔村。靠山吃山,靠水吃水,这里民风淳朴,民俗也特别。鸭子是散养的,鸭蛋谁捡到是谁的。滩里有成片的莲藕,村里人采莲挖藕不分你家和我家,全村老少亲如一家。初春湖水乍凉,还没到捕鱼捞虾的季节,村里人开始修船补网,为来日鱼汛下湖捕捞做准备。汪少伦催促保安队员推着脚踏车沿上坡的石板路进了村子,听到邦邦的敲击声,汪少伦顺着传过来的响声拐过一座石桥,看见几个村民在修理一条翻扣过来的渔船,旁边十几名妇女围成一圈在织渔网。汪少伦贼胆心虚,低声传令保安队员避开村民绕道前行。当他们走过一道石墙时,发现前面树丛里用渔网围建了个栅栏,圈养的几十只鸭子在走来走去。保安队员们顿时欣喜异常,纷纷把脚踏车放在一边,跑进栅栏里去抓鸭子。栅栏里有个浅水塘,鸭子觉察到有人来捉它,嘎嘎地叫着往水塘里跳,几个保安队员见鸭子逃进水塘里,索性挽起裤腿跳进入冰凉的水里去捉,受到惊吓的鸭子拼命地扑腾起翅膀四处躲避。保安队员被鸭子弄得满脸是泥水,好不容易捉到几只鸭子,气喘吁吁地爬上水塘准备离开,突听一个女人大声喊叫:"来人啊,有人偷鸭子了。"

在栅栏外边的汪少伦见跑过来一个抱孩子的女人在喊叫,便迎上去制止道:"别喊,别喊,俺买你的鸭子还不行吗?"

那女人说:"这些鸭子是围起来孵小鸭的,一只也不卖,快给俺放回去。"

保安队员们好不容易抓到手的鸭子怎么肯放回去,于是也不理睬那喊叫的女人,骑上脚踏车转身要离去。

那女人见偷鸭子的人要逃,又喊叫起来:"快来人啊,坏人偷鸭子了。"

汪少伦听那女人喊他是坏人,恼羞成怒,从腰间拔出手枪叫道:"你他妈的再喊,老子枪毙你。"说罢朝着天上连开两枪。

女人一声惊叫,怀里的孩子随即大哭起来。

村民们听到了呼叫声和枪声,有拿渔叉的,有拿砍刀的,也有拿着铁铳的,齐呼啦一群人赶过来,那女人见来了本村的人也壮起胆来,带领着村民往村口追去。

保安队的人在村民们追杀声中落荒而逃,出来村口是高低不平的石板路,斜陡的下坡让这群骑脚踏车的保安队员吃尽苦头,何况手里还提着扑腾着翅膀的鸭子,没骑多久有人重重地摔倒在地上,一时间车撞车人碰人倒下一片。汪少伦也被冲倒在路边，顿时摔了个鼻青脸肿。他顾不上疼痛，扶起脚踏车喊着："快走，快走。"自己骑上脚踏车没命地逃去。

保安队员们也顾不上手里的鸭子，扶起脚踏车争先恐后地只顾逃命。有两个摔得重的，一瘸一拐地跑起来，没行多远即被后面追赶过来的村民生擒活捉。

营丘县县长马尚岭正在家中吃晚饭，报务员拿着省党部发来的急电跑来报告，说刘墨林率部袭击了营丘县城，劫持了当地绅士刘锦戎，要求尽快查明情况。马尚岭凑到马灯前借着光亮读阅电文，电文的字里行间让他觉得刘墨林实在难以管束，这样大的行动也不来请示，真是胆大妄为。又一想，刘墨林袭扰营丘县城尚可理解，但劫持刘锦戎老先生却匪夷所思。想到这里他把碗筷一推，对夫人文萍萍说："唉，吃不成了，我得去办公室一趟。"

马尚岭和报务员一起来到县党部大院，看见张海生住的屋子里点起了油灯，便对报务员说："你去喊一下张大队长，说我找他有事。"

马尚岭来到办公室，见炉子里的炭火还没灭掉，他拿起铁钳夹了几块木炭放进炉膛里，随着火焰升起，屋里有了点热气。

张海生跑着进了办公室，见马尚岭坐在火炉边上取暖，忙说："县长，屋里太昏暗，我把马灯点起来。"

马尚岭摆了摆手说："咱俩摸着黑说话吧，省点灯油钱。"

张海生搬了把椅子在火炉旁坐下来说："我正有事向您汇报，街上有人传着消息，说日本人的飞机轰炸了高崖镇，还炸死了人。"

"嗨，说的就这事，你还得把灯点起来，有省党部的电文让你看。"

"是，县长。"

张海生从炉子里引出火苗，把办公桌上的马灯点上，屋子亮堂起来。

马尚岭从口袋里拿出电文递给张海生，张海生仔细读完电文半信半疑地说："县长，刘墨林去了县城也就罢了，为何劫持了刘老爷子？道理上说不过去呀。"

马尚岭挠了挠头皮说："我看应该当真，为何日本人派飞机来轰炸高崖镇，事出有因难以预料，所以上方让咱们把真实情况弄个水落石出。"

张海生站起来回答说："我明天起早去高崖镇，找到刘墨林问个究竟。"

"也好，去一趟吧，一定要问清楚刘锦戎老先生的下落，此事必有蹊跷。"

二人正说着话，门卫来报告说东窝铺村的村长和几个村民押解着两个营丘县城里的二鬼子来报官。马尚岭闻听心里一阵欢喜，对张海生说："这里黑灯瞎火有人解谜来了，我倒要听听营丘县城到底出现了啥情况，你去安排连夜审讯，我一会儿过去。"

张海生在县党部大院里吹起了紧急集合的哨子，在嘟嘟的哨声中，县抗日大队的值班人员列队整齐，等待张海生安排任务。张海生吩咐几个人去做审讯准备，自己带上剩余的警员来到大门口，只见几个村民手举着灯笼，灯光下东窝铺村的村长肩扛着大抬杆铁铳，威风凛凛地站立在门口外的台基上，被五花大绑的两个伪保安队员跪在他旁边。张海生让警员把两个伪保安队员押进大院，自己抱拳朝着东窝铺村的村长连声道谢，直到把他们送走才回到刑讯室。

两个伪保安队员被押到刑讯室，当他俩看到墙上挂满了刑具，顿时吓尿了裤子瘫坐在地上。张海生没费多少周折，便摸清了刘墨林袭击营丘县城的大致概况。他正看着笔录，恐有疏漏之处，马尚岭手中拿着一份刚接收的电文进来，压低声音对张海生说："省党部又来急电，问题复杂了，怀疑是共产党的队伍参与了独立营攻击营丘县城的行动。"

张海生听罢吃了一惊，他接过马尚岭手中的电文读道："营丘县马尚岭台鉴，接内线密报，共产党的渤海纵队新一团配合刘墨林部，有计划地袭击了营丘县城。盼望查实后回告。中国国民党山东省党部。"

张海生只得再对两个伪保安队员进行严厉地刑讯，各式刑具把两个人折腾得死去活来，也没审出个所以然来。马尚岭见这两个伪保安队员对渤海纵队新一团并不知晓，再审问也无济于事，便对张海生说："算了，你还是明天起早去趟高崖镇吧。"

第五十四章 人日

张海生带着两名警员骑快马来到高崖镇。守卫明楼的营兵见是张海生大队长莅临，马上报告在营部值守的孙广仁连队长。孙广仁整装到明楼门基外笑脸相迎，拱手抱拳说："欢迎张大队长来俺独立营视察。"

张海生抱拳还礼说："孙连队长不必客气，不知刘营长在不在营部？"

孙广仁答道："真不凑巧，刘营长去了打鼓山阅兵，傍晚才能回来。"

张海生听说刘墨林不在镇上，便转身对两个警员说："你俩把马匹交给孙连队长，随我去街上逛逛。"

孙广仁听张海生要去街上，便说："咋不到营部坐会儿，要不要俺陪您到街上转转？"

张海生摆着手说："不麻烦了，你忙你的。实话实说，我有个姑表姐在镇上教书，她自从来到高崖镇，我还没见过她，我得去见见她。"

"教书的表姐？她是谁呀？"

"她叫刘素清，你认识她？"

"哎呀，俺真是有眼不识荆山玉，想不到您是素清嫂子的表弟，得罪，得罪。"

孙广仁称素清是嫂子，让张海生丈二和尚摸不着头脑，于是问道："你说素清是你嫂子？难道你是宜生的……"张海生用眼瞅着孙广仁，突然把话忍住。

孙广仁急忙解释："啥姨生的，俺是说素清是墨林营长的未婚妻，马上要举行革命婚礼了，届时还请您和马县长来喝喜酒呢！"

张海生被孙广仁没头没脑的话弄蒙了，他沉下脸来问道："孙连队长，请你如实相告，我姑父在哪里？"

孙广仁这才明白张海生大队长来高崖镇的用意，他想起了刘墨林施诈在营丘县城府学文庙北门写给日伪的那首诗，若实话直言又怕泄密，于是说："张大队长，属下觉得您还是问您表姐吧，中午俺在营部备桌酒菜，给您接风。"

张海生打探刘老爷子的消息心切，也不搭理孙广仁，扭头走下明楼门外的台基，要去高崖镇小学找素清。

高崖镇小学里师生们正列队做着课间操，在体育老师有节奏的哨声中，大家边舒展着手臂边唱着：

      练练强身体，
      缩缩病自找。
      伸伸臂，弯弯腰。
      踢踢腿，蹦蹦跳。
      人人做体操，
      一天精神好。

素清在列队的边上做着体操，看校门的守卫来到她身旁，轻声地说校门外有位自称叫张海生的警官求见，素清拢了一下头发跟随着守卫往校门口走去。素清差不多两年没见到张海生了，她来到校门口，看见张海生身穿黑色的棉布警服，纹丝不动地站立在那里，便迎上去说："海生表弟，你咋来高崖镇了？"

张海生见素清从学校门口出来见他，兴奋地往前挪了两步说："表姐好吧，有点公务要办，刘营长下午才回来，所以过来看看您。"

"墨林去了打鼓山阅兵，傍晚才回来了呢，你随我去家里坐坐，中午表姐请你吃个便饭。"

张海生见素清对刘墨林的行踪了如指掌，才知道孙广仁所说的表姐与刘墨林的婚事是真的。于是他转身让跟随在后面的两个警员远离，压低声音问素清："表姐，海生有一事不明，请您如实相告。"

"你说吧，凡是姐知道的不会隐瞒。"素清回答。

"县党部接到上方电告，说刘墨林率部袭击营丘县城劫持了姑父，昨晚东窝铺村民抓获两名伪保安队员，经审讯查明他们是到狼水滩搜寻姑父尸体的，马尚岭县长放心不下，特让我专程来高崖镇找刘墨林问询，无奈刘营长不在镇上，值守的孙广仁又没告诉姑父下落，所以我来学校求问表姐。"

素清听了扑哧一笑说："看把你紧张的，老爹好着呢，就住在镇上。"

看着张海生疑惑的样子，素清又补充说："是这样，日军本田大佐要挟老爹任职营丘县维持会长，以替代无能的郭子敬。老爹决意不从，遂写鸡毛信差人送来高崖镇，为拯救老爹，墨林率兵袭击了营丘县城。救出老爹后，墨林留下一纸诗文，上写让日伪三日内去狼水滩收尸，以给日伪造成劫持假象。"

张海生这才恍然大悟，又追问道："昨夜上方又来密电，说共产党的渤海纵队新一团配合刘墨林部参与了袭击县城行动，表姐您知道这事吗？"

素清看着张海生黝黑的脸膛，一双眼睛在转动，觉得他问的事有些敏感，便故意说："俺哪里知道什么渤海纵队，等墨林回来去问他吧。"素清见海生有些难堪，把话锋一转说，"昨天晚上老爹还念叨你呢，想不到你今天就来了。"

"我去看看姑父可以吗？"张海生问道。

"当然可以。走吧，表姐现在领你去。"

张海生跟随素清拐过一条街巷，前面响起了一阵鞭炮声，听到有人在喊："新店开张，糕点糖茶。童叟无欺，欢迎品尝。"

素清告诉张海生，这是一家糕点铺开业，说是年前试营业，图个迎春纳福早发财。张海生问道："这开店的是本镇人吗？"

素清说："听说是从天津卫过来的，他们生活在敌占区，受尽日伪剥削，便来到国统区的乡下开店谋生。"

张海生想到今天是年二十八，"腊月二十八，打糕蒸馍贴窗花"。快过年了，要见姑父不能空着手，他对素清说："咱去这家新开业的店里看看，给姑父选几样好吃的点心。"

素清也没拒绝，陪着张海生往糕点铺子走去。

二人进来店门，里面已是人满为患。好不容易挤到柜台前，见对面货架上摆放了各式糕点，有酥松脆甜的津门大麻花、滋味各异的京式细八件、晶莹透黄的蜜三刀、小巧玲珑的酥皮月饼，样样件件香味扑鼻，让人垂涎三尺。特别是货架上摆放着十几只大玻璃瓶子，里面五颜六色的糖果给人一种难以抵挡的诱惑，让你目不暇接。

正在柜台内兜揽生意的老板娘看见了身穿警官制服的张海生，满脸堆笑迎了上来，她隔着柜台说："欢迎警官先生光临本店，您需要什么糕点请吩咐。"

张海生看着货架里琳琅满目的糕点说："你家糕点可真多，还请老板娘推荐两款。"

老板娘瞥了一眼在张海生旁边的素清，笑嘻嘻地问道："是孝敬父母的吧？"

这位老板娘三十多岁年纪，长得小巧玲珑，天生一副笑眼，即使不笑的时候也会让人感觉到她的笑意盈盈。

"是送家里老人的。"张海生回答。

老板娘端上一盒点心介绍说："这是本店精制的津门京八件，每件两款，六斤重，十六个款式十六种味。这京八件点心入嘴酥松适口，馅儿柔软起沙，香味纯正。"

素清细看盒子里的点心，黑芝麻点缀的、红枣泥拼花的、山楂擦馅的、乌梅醒目的、绿茶抹面的、青梅擦酥的、桂圆码盘的、紫薯嵌纹的，既精致又美观，便满意地朝海生点了点头。

张海生会意地对老板娘说："这盒京八件我要了，请老板娘再推荐一款。"

老板娘又拿来一提合桃酥，拆开包装介绍说："这是本店今早晨刚烤制的合桃酥，口感酥脆甜而不腻，吃了满口留香。早餐来几块，最合老人胃口。"

看着张海生欣然接受，老板娘从柜台下抽出一条黄色彩带，边麻利地捆扎边说："今天本店开业大吉，难得长官和小妹光临，这盒京八件和合桃酥半价销售，一块银圆结账。"

张海生从衣兜里掏出一块银圆放在柜台上，收起糕点刚想离去，却被老板娘喊住，只见老板娘拿了一个木盘，从货架上取来两只大麻花端到柜台上，用素纸包好递给素清说："请妹妹捎给你家老人，本店的大麻花，快过年了图个吉利。"

素清拿了麻花喊了声"谢谢"，跟在张海生身后离开了糕点铺子。

自从女佣冬梅被日本人的飞机炸死，可忙坏了厨娘秦荷花，她除了做饭，还要代替冬梅照应刘老爷子的起居。看着临近年底，荷花想备点炸货。她伺候刘老爷子吃完早饭，便在厨房炸起松肉来。

刘老爷子在厅房闻到了炸肉的油香，他来到了院子里看见荷花在厨房里忙活，便走了过去。灶里的柴火烧得正旺，金黄色的松肉在滚烫的油锅上下沉浮，荷花拿着长长的筷子夹起松肉不停地翻动，松肉在翻滚的油花中发出吱吱啦啦的声音。荷花见老爷子走了过来，咳嗽了两声说："这里呛得慌，俺一会儿炸完了就去给您沏茶。"

"不急，不急，你慢慢炸，我去前院走走。"

刘老爷子掬着剑杖溜达到前院，听见南门口有动静，他抬头望去，见素清带着一个警官各提着东西走了进来，直到那警官作揖喊姑父，他才认出是张海生来。刘老爷子见张海生身材伟岸，人也显得精神，于是问道："海生你过了这个年是多大年纪？"

"回姑父话，俺属牛的，过了年是本命二十五岁了。"

"噢，跟着马尚岭县长好好历练，抗战救国需要你们这些年轻人。走，咱到屋里说话。"

三人来到后院厅房，素清和海生把糕点放在八仙桌上，刘老爷子问道："你俩拿来的是什么？"

素清把素纸包装的大麻花打开说："是海生兄弟给您买的点心，高崖街上新开张了一家糕点铺子，是从天津卫迁来的，她家的点心俺看着还算精致，您尝尝咋样。"

刘老爷子看那麻花，白条和麻条中间夹着含有桂花、闵姜、桃仁、瓜条、橘丝五料组成的酥馅大麻花。刘老爷子掰了一块放进嘴里，果然酥软香脆，与众不同，不由得赞誉有加。

孙广仁连队长来到邢家大院，他邀请张海生去明楼喝酒。刘老爷正和张海生在客厅喝茶，要留张海生在家吃饭。张海生让孙广仁把跟班的两个警员招待好，自己要陪姑父就不去明楼了。孙广仁只得回营部让营兵送来八个菜，厨娘荷花炖了碗松肉，又包了饺子，餐桌上饭菜摆得满满当当。刘老爷子让素清找来刘墨林送的一坛酒，又让荷花用酒壶烫上，便与张海生对饮起来。

几杯酒下肚，刘老爷子来了精神，大谈刘墨林在营丘县城拯救他是临危不惧，果敢英勇，大有豪侠弹剑悲歌之慨，耳边仿佛还回荡着大战西门外的啸杀声。张海生屏气凝神听得十分入迷，当听到在西门被日军夹击，危难之时于震邦率新一团搭救时忍不住喊起好来。

张海生本来就对刘墨林敬重有加，听完刘老爷子的叙述更是对这位战神崇拜之至。他看了一下旁边的素清说："三姐好福气，选择个大英雄为婿，不知婚期订在几月几日？"

刘老爷子起身要方便，厨娘荷花过来搀扶着去了茅房。素清告诉张海生，正月初七是刘墨林的生日，准备这一天在明楼举办婚宴。海生当即表示祝贺，答应届时前来参加婚礼。

趁老爷子不在，素清问张海生："不知表弟有婚约没有？"

张海生苦笑一声说："抗战情急，天天忙于公务，哪里有工夫去想这些事。"

素清瞥了海生一眼说："你觉得素英怎么样？她可是经常念叨你。"

张海生一脸诧异地说:"三姐别开玩笑,英子是我小妹妹,小我六岁呢。"

"老爹不是也比二娘大六岁吗?这不算事。"

"三姐您不是开玩笑吧?"

"不是,俺觉得你俩挺合适。"

张海生脸面一红,说:"那就拜托三姐了。"

这时厨娘过来说老爷子捎话说他不胜酒力,已回卧房睡下了。张海生听后便对素清说:"不瞒三姐,马县长急等电文要回复省党部,我得回白塔镇及早禀告,老爷子的事情我已清楚,就不必见墨林大哥了,拜托向他问安。"说罢起身要走。

素清也不挽留,也起身说:"你就早点回白塔镇吧,记住俺和墨林的婚期。"

张海生说:"海生记下了,咱是自家人,我会提前一天过来待客。"说罢,拱手告辞走出了邢家大院。

张海生回到白塔镇时天色已晚,他来到县党部大院看见县长办公室透出灯火,便去敲门进见。马尚岭开门见张海生手里提一个盒子进来忙问道:"情况弄清楚了?见到刘墨林没有?"

张海生把一盒点心放在办公桌上回答说:"回县长话,刘墨林没见着,见到刘锦戎老先生了。"

马尚岭闻了闻桌子上的盒子说:"好香啊,是盒点心吧。"

"是,县长。高崖镇上新开一家糕点铺子,我买了一盒京八件您尝尝。"

马尚岭从炉子上提起水壶,给张海生倒了一碗白开水说:"我还没吃晚饭,咱俩边吃点心边说话。"

张海生正饿,他咬了口点心便把刘墨林率兵去营丘县城拯救刘老爷子的前前后后细说了一遍。

马尚岭对刘锦戎老先生的明智选择大为感慨,当确定共产党的新一团配合了刘墨林的拯救行动时,他感到事情的严重性,心里像有块大石头压得喘不过气来,咋也参不透刘墨林和共产党的军队是如何沟通的。张海生见马县长的脸色凝重,便请示说:"咱给省党部的电文怎样回复?"

马尚岭看了看吊在房梁上的马灯说:"忠诚党国,实话实说。"

二人不再说话,默默地一口开水一口点心地吃着。

过了许久,张海生突然想起什么,他抹了一下嘴巴说:"县长,还有一事禀告，正月初七刘墨林要举办婚礼。"

"什么？他的未婚妻秦丹婷尸骨未寒，咋要急着结婚？不知娶的是哪家姑娘？"马尚岭问道。

"是我姑表姐刘素清，听素清说正月初七是刘墨林的生日。"张海生回答。

马尚岭听了先是一怔，又追问道："你说是懒边园的三小姐素清？"

"是，县长。上次在营丘县城刘墨林救过她的命。"

马尚岭捋着头顶上花白的头发说："是啊，你和懒边园大娘是同村同族。想不到英雄救美人，美人变成妻，刘墨林高人也。"

马尚岭拿起一块点心狠狠地咬了一口，边咀嚼边说："海生你知道吗，正月初一女娲初创世，她造出了鸡狗猪羊牛马后，于正月初七造出了人，人和家禽各有生日。年初一是鸡的生日，年初二是狗的生日，猪的生辰是正月初三，羊的生辰是正月初四，牛的生辰是正月初五，马的生辰是正月初六，咱们人的生日是正月初七。所以年初七又称人日，刘墨林好生日呀。"

马尚岭端走水碗，大口地把碗里的水喝干净，又说："我说这个刘墨林怎么逢战必胜，所向披靡呢，人家生日好啊。这次我要亲自参加他的婚礼，还要给刘墨林来个大惊喜。明天一早电告省党部，申请给刘墨林加官晋爵。让他生是党国的人，死是党国的鬼，决不能让共产党钻了抗日救国独立营的空档。"

马尚岭凑近张海生如何如何地吩咐着。

眨眼间春节悄悄地离去，这天是大年初六，高崖镇上的人们沉醉在过年的欢乐之中。夜幕降临的时候，天空中时断时续地闪现着五颜六色的烟花。从明楼大院的塔楼上鸟瞰下方，万家灯火通明，整个镇子都被光影笼罩着。

刘墨林正在塔楼上设酒席招待前来祝贺婚礼的抗日县大队的大队长张海生，考虑到张海生是素清的姑表弟，特地邀请朴子和雷天泰来作陪。当张海生见到身穿抗日独立营棉布军装的雷天泰和朴子时，着实让他大吃一惊，他怎么也想不到这二位会在刘墨林麾下从戎。刘墨林见张海生诧异，便介绍说："这位是咱独立营副营长雷天泰，这位是咱独立营的教官刘治朴。"

张海生在懒边园见过雷天泰，虽无交往，但对雷天泰知之甚详。为治疗流行肺痨，他受名医秦秋谱之托，不远千里陪林宜生到辽北采购空沙参，不知为什么参到人未还，引起了许多传说。有人说他在深山老林入伙当了胡子，有人说他被当地参户留下做了入赘女婿，众说纷纭，莫衷一是，没想到这次在高崖镇的明楼里见了面。还没等张海生问候，朴子喊着："海生哥，你咋不认识俺了？"

张海生见到朴子心中倍感亲切，两年多的光景朴子变成了青年壮汉，想到朴子小时候顽皮的模样便有意开了句玩笑话："朴子老弟，你还想玩枪不？"

朴子嘿嘿笑了两声说："海生哥，俺真想看看您用的那支汉阳仿造老驳壳枪，那支枪还用着吗？"

"哥舍不得丢，还一直用着呢。"张海生说着从腰里把驳壳枪掏出来递给了朴子。

朴子接过驳壳枪在手里把玩，接着把枪放在餐桌上说："海生哥，这枪老掉牙了，您看俺这支咋样？"说着从枪匣里拔出自己佩戴的枪递了过去。张海生接过枪，见是一支德国产二十响大镜面匣子，机匣两侧锃明瓦亮，如镜子一般光可鉴人。张海生爱不释手，对朴子说："朴子老弟，你从哪里得到的这二十响？咱俩换了吧。"

"那可不行，这枪是去年在寿光反扫荡，俺在一千公尺开外击毙了日军少佐八木成仁，纵队领导送给俺的奖励。"

"哎呀，战报上说一名叫白狼的神枪手打死了八木，记得在懒边园英子喊你白眼狼，原来白狼是你朴子啊。"张海生恍然大悟，他把枪还给朴子接着说，"你可是抗日英雄，枪是你的荣誉，老哥岂敢贪婪。"

刘墨林从餐桌上摸起张海生的驳壳枪看了一下，又交给雷天泰说："这枪太老了，有失咱张大队长的身份。明天你到营部枪械库找支日本军官用的撸子给张大队长换了吧。"

雷天泰看了看枪说："不用，撸子是防卫护身用的，射程太近不说，还没个准头，又容易走火，我平时佩戴两支枪，把我的一支留给张队长便是。"说罢从怀里掏出两支驳壳枪来，把其中的一把交给了张海生。海生见是一支八成新的德国毛瑟，高兴得不得了，嘴里连连称谢。

朴子在一旁说浑话："嘿，四姐夫把配枪送给了七姐夫。"

一句话把雷天泰和张海生说了个大红脸，好不尴尬。

还是张海生转移话题说："墨林兄，明天马尚岭县长将从白塔码头乘船来高崖镇贺婚，婚礼上会有重礼相送，说要给您一个大惊喜。"

刘墨林没有回应张海生的话，他转头问朴子："听说于团长和你二姐结婚举行的是革命婚礼，啥叫革命婚礼呀？"

"嗨，就是全团吃了顿虾仁馅的大包子。"朴子笑着回答。

刘墨林对雷天泰说："明天咱也举行革命婚礼，全营官兵吃猪肉馅的大包子。"

张海生说:"还得让马县长讲个贺婚的话吧？"

"当然，傅有德是司仪官，你与他商量个仪式，请马县长讲话。中午在邢家大院备桌酒席，总得让咱家老爷子喝几盅吧。"

刘墨林话音刚落，吕卫带领孙广仁和傅有德两个连队长过来敬酒，刘墨林把吕卫介绍给张海生，张海生拱手说："幸甚，幸甚。"

吕卫说："明日咱营长大婚，墨林兄在明处应酬婚典，我等在暗处巡营戍卫，力保婚礼顺利举行。"

刘墨林赞许地说："吕卫教导员缜密，《孙子兵法》昭示，得意忘形之日即是惨遭灭顶之时，明日婚礼简约为上，须加强戒备以防不测。"

"所言极是。"

"所言极是。"

大家随声应和着，相互敬起酒来。

第五十五章　夜宴

　　高崖街上张灯结彩，镇子里的人都在为刘墨林营长和素清老师贺婚祝福，从明楼到邢家大院沿途挂满了红灯笼。刘墨林在傅有德陪同下边欣赏着路两旁的灯笼，边往邢家大院走着。昨夜他与张海生多喝了几杯，和衣在明楼营部睡下。一大早被司仪官傅有德叫醒，要陪他回邢家大院换婚服。二人进了大门口，刘墨林见刘老爷子正在前院掬着剑杖溜达，便来到跟前问安："老爹您起得早哇。"

　　"墨林，我正想找你，你和清儿的革命婚礼要不要敬拜父母？"刘老爷子问道。

　　刘墨林见老爷子问得奇怪，愣了一下回答："敬天地之祥福，敬父母之尊孝，敬夫妻之和睦，这都是天经地义的，咋能不拜？"

　　"我是说你得去把素清的干爹干娘请来，此理莫忘。"

　　"知道了老爹，我去和素清商量一下。"

　　刘墨林吩咐傅有德陪着老爷子散会儿步，自己来到后院的西厢房。高崖小学两个女老师作为伴娘正在帮着素清梳妆打扮，素清在镜子里看见刘墨林走了进来，便问道："您今个咋起得早啊？"

　　"昨夜与张海生大队长多喝了几杯，睡在了营部，是傅有德把我喊醒的。"

　　"墨林呀，今天您应酬多，千万别喝多了。等俺收拾妥当，咱俩去前院新房，俺帮您换一下婚服。"

　　"知道了，有件事要单独与你商量。"刘墨林示意在素清旁边的两位伴娘离开，见她们知趣地走出西厢房，刘墨林压低声音说，"刚才碰见老爹，他老人家让咱俩在婚礼上要敬拜秦丹婷的父母，您觉得合适不？"

素清转过身,如碧波般的清澈眼神瞅着刘墨林说:"俺已经让秦佩琳校长亲自去请咱干爹干娘了,墨林你记着,丹婷的父母就是咱俩的父母,婚典上要磕头喊爹娘,这是礼数。"

素清的话让刘墨林感动得差点流下泪来,他禁不住把素清抱在怀里,嘴巴贴在她的耳边说:"我的好清儿,咱俩天生一对,地生一双,白头偕老,永结同心。"

素清双手勾住刘墨林的脖颈说:"白头偕老,永结同心。"

院外一阵锣鼓喧天,傅有德跑到西厢房门外喊着:"营长,院门外来了一支送贺礼的乐队,等着您去接礼呢。"

刘墨林从西厢房出来,他与傅有德来到大院门口,见门前两个小伙子抬着一只宰杀好的大肥猪,旁边另一对小伙子抬着一条足足有五尺长的大鲢鱼,中间是十几号人组成的锣鼓乐队在有节奏地敲打着。锣鼓队的人见刘墨林和傅有德从门口走出来,更是拼命地捶击起来,急促的鼓点锣音像旋风般激荡磅礴,响彻云霄。这时从锣鼓队后面走出来一位长者,他一挥手锣鼓顿时停了下来,又过来手端礼盒的四个姑娘在这位长者身后一字排开。那长者朝着刘墨林拱手抱拳说:"俺是日昇堂油坊的掌柜邢贵田,受商街十二家店铺委托,前来贺婚送礼,祝刘营长新婚大吉,早生贵子。"

刘墨林也拱手抱拳还礼:"邢掌柜辛苦,墨林新婚新办,对镇上各家商铺的厚爱,我与素清心领了,深表感谢。"

邢掌柜似乎没有听出刘墨林言中有意、话外有音,他从衣袖里抽出一份用大红宣纸写的礼单递给了刘墨林。刘墨林看那礼单:

恭请刘府新婚人墨林素清伉俪惠存:

开天辟地,宇宙洪荒。天高地厚,地圆天方。溯本追源,凤舞龙翔,淑女才郎,日月同光。男婚女嫁,般配鸳鸯。礼仪孝悌,宜守纲常,启窗花暖,开镜生香。璧合珠联,吉庆华章。些备薄礼,礼单一张。照数查收,劳烦账房。

计开:

现大洋八百块

脸盆面镜一双

宝瓶一对

绸布二匹

椅凳二把

景泰蓝手镯二只

耳环一对

水晶项链一双

　　刘墨林看后，把礼单折叠送还到邢掌柜手中说："墨林有言在先，婚礼拒收礼金礼品，请把礼单收回。"

　　邢贵田十分不解，乞求说："刘营长劳苦功高，守护高崖镇一方平安，才让俺们这些商家得以生计。今闻您与素清小姐大婚，各商铺酌议略备薄礼，还请刘营长不计资薄，把礼收下。"

　　刘墨林一再表示拒收，二人争执不下。

　　秦佩琳校长从人群中走了过来，他对邢贵田说："邢掌柜，古人云，国正天心顺，官清民自安。刘墨林营长爱民护镇，清风两袖，今日新婚新办拒收礼金，你我当体会革命婚礼之初衷。应遂刘营长所愿，把礼金退回商街各店铺为盼。"

　　秦校长德高望重，邢贵田见他发话，只得把礼单收回，但回身指向被抬着的肥猪和鲢鱼说："大婚之日送整猪和鲢鱼是咱镇上的习俗，隐含珠联璧合寓意，秦校长能否说情让刘营长收下。"

　　秦佩琳对刘墨林说："用这珠联璧合庆贺新婚含义皆知，也是商街上各位掌柜的心意，您就收下吧。"

　　刘墨林只好答应，他拱手对邢贵田说："墨林感恩商街上一片厚意，麻烦邢掌柜把猪和鲢鱼送到明楼去犒劳守镇官兵。之后送礼者一概拒收，下不为例。"

　　送走了邢掌柜和乐队众人，刘墨林和秦佩琳、傅有德走进前院，刘墨林吩咐傅有德说："你去老爷子书房里，以司仪官名义写张拒收礼金的告示，贴在大门上，再派几名卫兵在门前设岗，看到送礼者一律谢绝。"

　　傅有德答应着去了后院，刘墨林对秦佩琳说："马尚岭县长午前要来贺婚，我已安排孙广仁连队长全程陪同，中午在这院里设宴款待，您和老爷子出面陪客。"

　　看着秦佩琳点头，刘墨林又说："素清娘家在日伪占领区，就以贵校老师们为女方宾客，一并今晚宴请。还有从新一团来的干部战士，司仪官傅有德安排了三桌酒席，届时您得出席并讲话。"

第五十五章　夜宴

秦佩琳问道:"婚礼之时是否让吕卫教导员、雷天泰副营长与马尚岭见面?"

"我与吕卫和雷天泰商量,大婚期间对高崖镇的守戍不可懈怠,他俩昼夜分班各率营兵巡逻,以防不测。"

秦佩琳见刘墨林想得周到,点着头说:"不见也好,可以少惹是非,尽管国共合作共同抗日,但蒋介石委员会亡我共产党野心不死,应当警惕。"

"我懂,明白。多谢校长提醒。"

刘墨林话音刚落,素清的两个伴娘来找,说是去婚房给他换婚服。刘墨林来到新房把婚服换上,只见他头戴黑呢礼帽,身穿黑缎锦袍,斜跨镶着金边的大红丝带,胸前挂一朵绸绒饰花,衬得他风采十足。刘墨林打扮停当,在两位伴娘陪同下来到后院西厢房见素清,素清没等他进屋,即从门口迎出来。只见她头戴凤冠,肩披霞帔,上身穿绣花红袄,下身红裙红缎绣花鞋,满身红装,喜气洋洋。

二人手挽着手,前有司仪官傅有德引领,后有伴娘簇拥,前呼后拥来拜高堂。

在邢家大院的厅房里,刘老爷子和秦立业分坐在正堂八仙桌两旁的太师椅上。秦立业的老伴坐在右侧,秦佩琳作为证婚人坐在左侧。司仪官傅有德把新郎新娘引进厅堂中央,秦佩琳见一对新人站定,便清了一下嗓子宣布:"新郎刘墨林、新娘刘素清今日赤绳系定,珠联璧合。高堂膝下,订成佳偶。刘姓联姻,一堂缔约。同心同德,宜室宜家。卜他年白头永偕,敦百年之静好,此证!"

秦佩琳略做停顿,向前走动两步,又喊道:"一拜天地,敬苍天姻缘天成。请二位新人转身对门外鞠躬。"刘墨林和素清回过身来,对着门外天地深鞠一躬。

秦佩琳又喊起:"二拜高堂,敬父母养育之恩。请两位新人回身对父母鞠躬。"刘墨林和素清又回转身来,分别对刘老爷子、秦立业夫妇各鞠一躬。

秦佩琳再喊起:"夫妻对拜,敬如宾恩爱一生。请二位新人迎面相互鞠躬。"

两个伴娘在旁边倡导说:"谁鞠躬鞠得深,谁爱对方爱得深。"

当看到刘墨林的脑袋差点碰到素清的脚面上,以至于戴的礼帽滚掉在地上时,满屋人大笑起来。

证婚人秦佩琳笑着宣布:"二位新人新婚新办,婚礼大成。请入洞房。"

刘老爷子看着婚礼结束,拱手对秦立业说:"自从清儿来到高崖镇,承蒙干爹干娘对她照顾,老哥在这里感谢了。"

秦立业的老伴从座椅上起身，手里拿着一只红色小布袋子对素清说："清儿，这是干爹和干娘的一点心意，你收下吧。"

素清接过小袋子，捏了一下是几块银圆，于是说："干娘，俺不要。您和干爹留着用吧。"

秦立业说："清儿收下，又不多，只是俺老俩的一点心意。"

刘老爷子招了招手把刘墨林叫到跟前，只见他从脖子上摘下佩戴的一件玉质吊坠，交给刘墨林说："墨林啊，老爹从营丘仓皇出城，也没带上什么值钱的东西，这是我平日里戴在身上的一件玉坠，你留下做个纪念吧。"

刘墨林接过来一看，玉坠雕了一只蝙蝠嘴巴咬着铜钱，寓意是"福来跟前"，心里十分喜欢，便说："谢老爹，墨林珍藏了。"

刘老爷子捋着下巴上的胡须说："前朝曾文正说磊落光明其人如玉，希望你借鉴曾公的治军方略，为人做事光明磊落。"

刘墨林紧紧攥着手中的玉坠说："谢谢老爹的教诲，墨林记下了。"

前院来贺喜的人熙熙攘攘比肩接踵，大家高昂着脖子观望这场新意的婚礼。当看到刘墨林挽着素清的手在两位伴娘的陪同下缓缓走来时，叫好声、鼓掌声此起彼伏。司仪官傅有德吩咐营兵燃起了鞭炮，自己从衣兜里抓着糖果撒向空中，一时间前院里贺婚的人群热闹起来。

张海生和孙广仁一直在高崖镇码头等待马尚岭县长的到来，在临近晌午的时候看见一支大帆船靠在岸上，马尚岭让几名随从搀扶着走下船来。张海生和孙广仁迎上去，张海生向马县长介绍孙广仁说："这是咱抗日独立营一连连队长孙广仁，上次您来高崖镇为蒙难的镇民祭灵见过的。"

孙广仁行军礼对马尚岭说："报告马县长，俺受到刘墨林营长委托，特地来码头迎接。"

"噢，见过，见过。"

马尚岭掏出怀表看了看时间，等随从把带来的几箱贺礼抬下船来才说："时间不早了，孙队长你头前带路，趁着这婚庆大喜，我得去拜见一下你们营长的岳父刘锦戎老先生。"

一行人浩浩荡荡来到邢家大院门前，马尚岭见门上贴着一张大红纸上写的告示，便读了起来：

谨于民国三十三年正月初七十时，在邢宅举行革命婚礼，新郎刘墨林、新娘刘素清敬备薄酌恭候，新婚新办，一概拒收礼品礼金。敬告所邀礼宾

第五十五章 夜宴

遵守为盼。主婚司仪官傅有德敬上。

马尚岭摇着头嘴里念叨着:"革命婚礼?咋叫革命婚礼?"

孙广仁过来解释说:"听俺营长说,革命婚礼就是吃顿大包子。"

马尚岭听了哈哈大笑起来,他指着门上的告示说:"革命尚未成功,同志仍需努力。蒋委员长继承孙中山先生遗志,提倡新生活运动,以整齐、清洁、简单、朴素为标准,革除陋习,提高素质。墨林贤弟执行得好啊。"

听着马尚岭说话,前来迎接的新郎新娘已到门口,刘墨林拱手抱拳说:"马县长过奖,过奖。墨林和素清这厢有礼,恭候县长大驾光临。"

马尚岭见刘墨林身着婚服,胸前戴一朵大红绒花,显得神采奕奕。新娘刘素清一身红装,犹如出水芙蓉般娇艳,于是夸道:"哎呀,真是织女配牛郎,才子配佳人。祝愿你们花好月圆,地久天长。"

马尚岭停顿了一会儿问道:"墨林贤弟,您的泰山老丈人可在府上?"

刘墨林回答说:"回县长话,老爹在餐厅等着您喝喜酒呢。"

在后院的餐厅里只摆了一桌贺婚宴,司仪官傅有德推举马尚岭坐在主陪位置,新郎官刘墨林为副陪。刘老爷子和秦佩琳为左右主副宾,依次为张海生、孙广仁及傅有德列坐其次。新娘素清和两个伴娘排坐其中为婚宴助兴。马县长的随从和其他宾客均在南院厢廊里吃猪肉馅的大包子。

刘墨林见大家入席坐定,示意马县长讲话,马尚岭端着酒杯站起来说:"今天刘墨林先生暨刘素清小姐伉俪婚宴简约隆重,新事新办男女同席尚有三喜,这第一喜是本日正月初七是女娲神造人之日,俗称人日,此时举办婚礼乃是大吉大利,我提议大家共饮一杯。"马尚岭说完把酒杯与刘老爷子和秦佩琳分别对碰一下,一饮而尽。

待两个伴娘给大家斟满酒杯,他端起酒杯又说:"这第二喜是今日乃墨林贤弟的生辰,生日与婚日共贺此二喜也。"马尚岭说完又把酒一饮而尽。

等大家喝完第二杯酒,马尚岭清了清嗓子说:"这第三喜是给新郎官一个惊喜。"马尚岭拍了拍手,只见一个随从提着一只皮箱走到马尚岭身边,打开箱子里面是一套折叠整齐的军官制服,上面盖着一张委任状。马尚岭取出委任状,以立正姿势宣读:

兹委任刘墨林为国民革命军山东保安第一师,第三补充团上校团长。此状。委员长蒋中正。

马尚岭读罢，看着对面的刘墨林说："墨林贤弟英勇抗战，战功卓著，蒋委员长十分青睐，特地委任为上校团长，官升二级，可喜可贺呀。请接状吧。"

谁知刘墨林却无感恩戴德的表现，也没有去接马尚岭手里的委任状，只是仰起脸来问道："敢问马县长，这山东第一师的师长是谁？"

"是原在博山驻军的张竞约。噢，他曾是你的手下败将，但以抗战计，应团结对敌，不计前嫌，你还得服从才是。"

见马尚岭如此回答，刘墨林说："这人对日寇抗而不战，只会躲避，成天在博山的山沟里打圈圈，当地人给他起了个绰号叫张圈圈。如今他成了我独立营的上司，岂不丢人现眼？"

刘墨林的话让场面尴尬起来，一时间鸦雀无声。

还是刘老爷子打破僵局说："我得看看蒋委员长的委任状。"说着从马尚岭手里接过委任状，仔细看了一遍说，"马县长，我记得西汉时期的东方朔《占书》所载皆测候风云星月及太岁六十年丰凶占验之法。曾有'初七人日，从旦至暮，月色晴朗，夜见星辰，人民安，君臣和会'的说辞。蒋委员长的委任状由您在这正月初七颁发，岂不是人日大吉？"

大家听刘老爷子这是在没话找话，只得"是啊，是啊"地敷衍着，一顿饭吃得索然无味。

马尚岭推说公务在身，要告辞回白塔镇，刘墨林把他送到渡口码头，马尚岭见张海生正吆喝着让人往船上搭靠渡板，便对刘墨林说："墨林贤弟，咱俩借步说话。"

二人走到炖鱼馆旁边，马尚岭见左右无人低声说："实不相瞒，已接到省党部电文，荐举我为山东第八区行政督察专员兼保安司令，山东保安第一师受我辖制，请贤弟尽管放心，对张竞约任师长不必过虑。"

刘墨林叹了一口气说："他当他的师长，我干我的营长，君子和而不谋，小人谋而不和。等赶走了日倭强盗，墨林按甲休兵，隐居黑旺山，重建炭厂实业救国。"

这时听见张海生在喊叫："马县长，上船了。"

马尚岭拱手向刘墨林告辞："墨林，不日我的委任下达，我将从中协调。后会有期。"

刘墨林拱手相送："仁兄辛苦，一路顺风。"

望着远去的帆船，刘墨林感觉身子一阵酸痛快要散架，他转身返回镇子里。

走到明楼的时候连连打起哈欠，也不理会给他敬礼的守岗营兵，踉跄着步子来到营部，一头扎到行军床上呼呼大睡起来。

天色黑下来的时候，吕卫、雷天泰、孙广仁和朴子带领着训兵的十几名战士来到邢家大院。司仪官傅有德把这伙人领到后院餐厅，他告诉吕卫说："吕教导员，按着营长的吩咐，今晚共设四桌酒席，前院两桌是高崖镇小学秦校长订的，赴宴的都是素清嫂子的同事。后院两桌是为您订的，款待新一团的官兵。"

"好啊，今晚开荤。这几天训兵辛苦，借营长的婚礼同志们打打牙祭。"吕卫边说着边挥手示意大家就座，并让傅有德上菜。一时间七碟八碗摆满了桌子。吕卫看着一桌子饭菜，突然想起了什么，他问傅有德："怎么，新郎官呢？"

大家你看我，我看你，才发现营长没来。孙广仁告诉吕卫说刘营长只身一人去了渡口送马尚岭，之后未见他回来。吕卫一听心里着急，一脸严肃地说："快分头去找，从明天起给营长配备警卫员。"

吕卫带着孙广仁找到明楼，守门的卫兵说营长一直在营部，大伙一颗悬着的心才放下来。吕卫等人来到营部，见刘墨林躺在行军床上仰着脑袋在打呼噜。吕卫觉着好气又好笑，四桌婚宴还等着他去敬酒呢，这位老兄竟然睡起大觉来了。吕卫拍了拍他的脸颊，刘墨林一个鲤鱼打挺从床上跃起，瞬间去摸腰里的手枪，吕卫笑着说："是我呢，你这新郎官怎么躲到营部睡起大觉来了？"

刘墨林看昏暗的房间，抹了一把脸笑着说："正做梦与日本鬼子拼刺刀呢。"

孙广仁来到床边上，把刘墨林扶起身来说："起来吧营长，前院后院四桌酒席等着您去敬酒呢，俺怕嫂子等急了。"

刘墨林下来床，伸了个懒腰，在大伙簇拥下出了明楼。

素清在婚房里接待前来贺喜的同事们，一帮朝夕相处的教员们围绕着新婚话题，纷纷表达对素清和刘墨林这对佳偶的祝福。天色渐渐黑了下来，两位伴娘点起了蜡烛，烛光下看见餐桌上已摆满了菜肴，老爹和秦佩琳校长在餐桌前交谈甚欢。素清心里想着墨林咋还没回来呢，也许是在后院正和新一团的人在喝酒。她正让伴娘去后院喊墨林，却见刘墨林带着吕卫、雷天泰、朴子过来敬酒。素清喜出望外，她看了刘墨林一眼没有说话，刘墨林望着素清嘿嘿一笑，他端起酒碗逐个对来宾敬起酒来。

刘墨林把两桌酒席敬完，已是二斤酒下肚，他神情恍惚，身子晃了晃，顿觉肚里翻江倒海。身旁的吕卫和朴子急忙把他扶住，二人把他架到院子里，刘墨林哇的一口，酸甜苦辣直泻一地。

素清着急地跟出来，她轻拍着丈夫的后背，直到止住了呕吐才让朴子搀扶起刘墨林去了后院的西厢房。素清喊着厨娘荷花去烧些开水，忙活着把丈夫身上的污物擦洗干净，又兑了一碗蜂蜜水，用调羹一勺一勺往他嘴里送，待喂了半碗蜂蜜水，便给他脱下靴子，盖上了被子。

前院和后院的酒席因刘墨林醉酒离席，也就没有了热闹的气氛，大家匆匆吃完饭各自离去。

素清在后院西厢房里陪护着酩酊大醉的新郎夫君，听见窗外不再喧嚷，又见墨林熟睡，便从西厢房走了出来，院子里一片寂静。素清和刘墨林的婚房是前院五间正厅房，原用作刘老爷子的会客厅。因用场不大，刘老爷子让刘墨林改作与女儿结婚的婚房。东二间是起居室，西三间是客厅，今晚的两桌婚宴就摆在了西三间的客厅里。素清来到婚房里，见屋里落地烛台上的蜡烛已快燃尽，便重新换了一支长蜡烛。刚坐在床上想歇息一会儿，感觉褥下有东西硌她，素清掀开绣花的绸缎被褥，下面居然铺着红枣、花生、桂圆和莲子，寓意是"早生贵子"。素清这几天时有恶心，又爱吃酸，怀疑自己怀上了孩子，想到这里脸色一红，不放心在西厢房醉酒的丈夫，素清掩门走出了婚房。

夜至四更，静谧的深夜里银白的月光洒向邢家大院。睡在南房里的雷天泰下炕要方便，婚宴上他喝了不少酒，感觉还有点头晕。当走出屋门时，听到房顶上有动静，他摇晃了一下脑袋顺着声音望去，果然看见有两个黑影一闪而过。雷天泰警觉起来，他返回屋里取出驳壳枪，打开大机头往院子里奔去。

对面婚房的窗户里还透着烛光，只见从屋上跳下两个黑衣人来，鬼鬼祟祟地来到窗前，他们捅破窗户纸，往里扔着什么东西，然后迅速脱离。雷天泰大吼一声"什么人"，话音刚落，连续两次爆炸让婚房燃起了大火。雷天泰急得哇呀呀直叫，瞄着火光下映动的黑衣人扣动了扳机，砰砰两枪，一个黑衣人被击倒，另一个往后院逃窜。雷天泰担心刘墨林和素清睡在婚房里，顾不上追赶逃走的黑衣人，疾步来到婚房里救人。屋内浓烟滚滚，呛得他喘不过气来，雷天泰屏住呼吸摸到床边也没找到人，只好退了出来。

爆炸声惊醒了刘墨林，他跳下炕来告诉素清不要动，自己抄起手枪赤裸着脚跑出门外，发现对面东厢房屋顶上有个人影在晃动，抬手就是两枪，定眼再看，房顶上的人已逃得无影无踪。

雷天泰听见后院响起了枪声，提着枪跑了过去。他看见刘墨林赤着脚站在院子里，长长舒出一口气说："营长，万幸你和嫂子没住在婚房里，有两个歹徒往屋里扔了手榴弹，一个歹徒被我打死，另一个逃掉了。"

刘墨林嘿嘿一笑说："酒是个好东西，我若不醉，洞房花烛夜，必死无疑。"

素清从屋里拿着刘墨林的靴子过来，让刘墨林快穿上。刘墨林穿上靴子，望着婚房里燃起的火焰说："我和天泰去南院救火，你去照看老爷子，告诉他咱俩安然无恙，别让他老人家担心。"说罢，他与雷天泰来到南院，看见吕卫和朴子正带领着十几名战士在奋力救火。吕卫见刘墨林和雷天泰过来，吩咐朴子说："你指挥着救火，我去见营长。"

刘墨林、吕卫、雷天泰来到被击毙的黑衣人尸首旁，吕卫拨开那人的黑色斗篷，见他胸前挂着一颗无柄手榴弹，腰间插着一支王八盒子手枪，吕卫摘下手榴弹看了一下说："这是一枚特制的燃烧型手榴弹，上次日军在寿光扫荡中曾用过，专烧干枯的芦苇和房屋，破坏力极大。"

刘墨林说："日本人要跟老子玩阴的。"

孙广仁和傅有德各带一队营兵赶了过来，刘墨林见婚房里的大火已被扑灭，于是命令道："全镇实行戒严，天亮后挨户搜查，决不能让暗杀老子的日本人跑掉。"

"明白，明白。"大家答应着分头行动。

天刚蒙蒙亮，吕卫和朴子带着新一团的战士巡逻，当走进一条巷子时，隐约听见滴滴答、滴滴答的声音，这让吕卫警觉起来。吕卫在新一团任副参谋长时曾负责报务室，对发报的声音他再熟悉不过，他和朴子各带几名战士沿着巷子左右包抄过去，巷口直通商街，从传出电报声音的位置判断，声源就在刚开业不久的糕点店内。

吕卫和朴子带领着战士把糕点店围住，正当朴子准备叫门搜查时，店门突然开了，只见一个年轻汉子提着只柳编箱子，陪着一个上了年岁的老汉颤颤巍巍走了出来。二人看到门前出现了一队威武的军人时顿时慌了手脚，青年汉子两手紧抱着柳编箱子生怕别人抢去，那老汉哆嗦着依偎在门框上。吕卫向前盘问道："你们是这店里的人吗，大早晨要去哪里？"

青年汉子瞪着眼睛摇晃着脑袋说不出话来。吕卫见状又说："镇子里发现了日特，我等是例行公务，请把这只箱子交出来检查。"

青年汉子依旧是晃着脑袋不说话，场面僵持起来。沉寂了一会儿，那老汉开始说话："长官，他是个哑巴，俺们是这家店里的亲戚，腿脚不好要早点乘船去蒋峪镇。"

吕卫看这个老汉，头戴一顶肥大的棉帽子，把脸孔遮盖得严严实实，只露出花白的胡须。他佝偻着腰背，蹒跚着脚步踉踉跄跄向前挪动着。吕卫觉得这老汉是在惺惺作态，便问道："请告诉我箱子里装的是什么？"

"唉，能有啥值钱的东西，只是放了几件破衣裳。"

老汉回答着从衣兜里拿出几块银圆对吕卫说："长官行行好，这点钱请收下给兄弟们买些早点，放行吧。"

吕卫瞥了一眼那汉子抱着的箱子似乎有些重，不像是仅仅放了几件衣服，于是他义正词严地说："这只箱子我们必须要检查。"

吕卫话音刚落，那汉子把抱着的箱子往地下一放，两手掀开上衣露出挂在腰间的几颗手榴弹，他大声吼道："你们统统离开，否则一起死了死了的有。"

朴子在一旁看得清楚，他在寿光反扫荡中曾缴获过日本人使用的这种无柄手榴弹，趁那汉子还没有拉环取下保险销便果断开枪，砰砰两声枪响，子弹正中他的头颅，那汉子当场毙命。

随着朴子的枪响，那老汉号叫一声蹦跳起来，伸手到腰间去掏手枪，几个战士手握上了刺刀的步枪把他逼住。老汉惨然一笑，一口咬下缝在上衣上的一颗纽扣，咀嚼几下后晃着身子仰面跌倒在地上。

吕卫让一个战士把柳编提箱打开，里面是一部日本九四式无线电台，吕卫摸了一下机体还热着。这时一个战士喊着："吕教导员，这个老头是个女的。"

吕卫转身来到躺倒在门边的老汉面前，老汉的棉帽滚落在一旁，一头秀发披散着，吕卫伸出手指在她鼻子上试探，早已没有了气息。待撕下贴在脸上的假胡须，一张女人的脸蛋显露出来，她正是糕点店里的老板娘。

第五十六章　阅兵

俗语说，神仙难过二三月。正是这青黄不接的时期，百姓们的存粮告罄，营丘大地闹起了饥荒。饥饿的人们为了活命，以菜叶为食，菜叶吃光了去挖野菜，野菜挖光了又啃树皮，天天饥不择食，饿得肚皮贴脊梁。一些老弱病残者开始死亡，一时间饿殍遍野，哀号四起。

刘锦什坐着篷车来到北岩乡查看自家的麦田，去年干旱让地里麦苗生长得良莠不齐，由青转黄的地段屈指可数，有些地带穗粒尚未成熟即被灾民偷割，能看到的只有一片无尽的荒凉。自从大哥大嫂离开懒边园，家里的地产商务都由他一人承担起来，再过一个月夏收在即，眼看着庄稼收成锐减，他心急如焚却又无可奈何。

看着快要西落的太阳，刘锦什问站在他身旁的肖光亮说："从这里到高崖镇有多远？"

肖光亮回答说："大概有六十多里地吧，三个时辰的车程。"

刘锦什摇了摇头说："咱们回县城吧。"

迎着夕阳的余晖，肖光亮驱车回到县城里，刘锦什听到乞讨声，他掀开篷车上的布帘，从窗户里看到成群的灾民聚集在大街小巷，心里很不是滋味。马车来到西门里小石桥边上，刘锦什还没下车，已凑上来几个乞丐伸着手来讨吃的，肖光亮没好气地把他们赶开。刘锦什一脸窘态回到家中，秦贞贞见丈夫回来便关切地问道："你不是去乡下看麦地了吗，遇到啥事了？"

刘锦什苦笑一声说："去年大哥说今年春天有饥荒灾祸，果然来了。"

电话铃响了起来，刘锦什拿起话筒，是营丘火车站小泉站长打来的，邀请刘锦什去日本兵营喝茶，让他顺路到县政府接上郭子敬一起参加。

刘锦什换了件长衫马褂，告辞了秦贞贞乘篷车来到县政府门前，见郭子敬已在等候，便招呼上车。郭子敬上来篷车，他告诉刘锦什，小野正雄少佐被调去南洋参加"圣战"，驻扎营丘县的日军不足二十人，全部由小泉四郎站长辖制，小泉现在是日本驻营丘的最高军事长官。

篷车来到日军兵营大门外，刘锦什和郭子敬各自下车，站岗的日本士兵跑过来行军礼说："请进，小泉中佐在接待室恭候。"

刘锦什听日本兵说话有点童声童气，瞥他一眼见这士兵不足十五六岁，又矮又瘦，个头还不及他手执的步枪高。刘锦什低声问郭子敬："郭县长，这个日本兵怎么是个孩子？"

郭子敬摇了摇头，没有说话。

二人进了兵营，早有军妓羽田美子踱着木屐过来迎接，羽田美子把刘锦什和郭子敬带到会客室，又帮着他俩脱掉鞋子送到榻榻米上。小泉四郎从侧面的拉门里进来，只见他身穿中佐军服，腰上挎着佐官军刀，一副职业军人的模样。小泉示意刘锦什和郭子敬坐在案几前面，自己解下军刀在他俩对面坐下来。小泉拍了拍手，羽田美子端着茶具来到茶几侧旁，她取了风炉和茶釜跪在榻榻米上开始煮水。待水煮沸之时，便折叠起茶巾对茶具擦拭，接着用茶勺从茶罐中取出茶末置于茶碗里，注入开水后用一根竹条不停地搅拌碗中的茶水，直至茶汤泛起泡沫来，才分别端到三人面前，轻声说了声："请用茶。"

小泉四郎端起茶碗放在嘴边啜了一口，连连点头表示赞许，刘锦什和郭子敬也端起茶碗慢慢地品着。大家喝完碗中的茶，看着羽田美子在续茶汤，小泉开始说话："我这个火车站长又多了份苦差事，既要负责火车站的运务，又要负责营丘县的防务。你们二位是我多年的老朋友，拜托多多关照。"

郭子敬欠身拱手说："郭某不才，当唯命是从，唯阁下马首是瞻。"

小泉四郎摆着手说："是并驾齐驱，不是马首是瞻，中国古语我的懂。"

刘锦什只是点了点头，没有说话。小泉转身对羽田美子说："你去准备三份乌冬面，去吧。"

看着羽田美子离去，小泉四郎啜了口茶又说："告诉诸位一个好的消息，驻扎在高崖镇的刘墨林于一个月前被我特工人员击毙，这对营丘县城的安全大大的有利。"

"太好了，太好了。"郭子敬乐不可支，拍着手叫起好来。

小泉看了一下刘锦什说："还有一个好消息，刘掌柜一定会更高兴，刘锦戎老先生被劫持到高崖镇后，虽然被软禁，但受到了很好的礼遇。"小泉四郎停顿了一下又接着说,"大日本和中国是友邦,在日占区要以和为贵,无论是国民党的军队还是共产党的军队,只要不与皇军对抗,统统可以和平相处,共谋繁荣。我的想法是拜托锦什大掌柜去一趟高崖镇,把刘老先生接回来,之前发生的不愉快可以一笔勾销。锦什兄,您看可以吗?"

刘锦什天天盼着去看望大哥,觉得这是个机会,对刘墨林被日本人击毙一事,他感到不可思议,于是问道:"小泉兄,我很赞同您的想法,只是本田大佐同意吗?"

小泉四郎把挨着他屁股的军刀拿起来往墙边一扔,又端起茶碗里的茶汤一口喝干,说:"本田大佐已回日本国本土复命,我们潍北地区的军事由北原苍介顾问全权掌控,在日军占领区以和为贵正是他的意见。"

羽田美子端上来乌冬面,小泉四郎介绍说:"这是日本秋田的稻庭乌冬面,我们一起来尝尝。"

刘锦什和郭子敬从日军兵营出来,见肖光亮的篷车在门外等候,二人上了篷车。肖光亮驾车先把郭子敬送到县政府,又把锦什掌柜送回家中。秦贞贞见丈夫回来,便问道:"咋这么快就回家了,小泉站长那里没啥事吧?"

刘锦什告诉秦贞贞说:"小野少佐去了南洋,本田大佐回了本国,这两个魔头终于走了,营丘幸甚,幸甚。"

秦贞贞觉得事出突然,于是说:"还不知日本人又派个啥魔头来。"

刘锦什却笑了一声说:"日本人气数已尽,我看见日本兵营里站岗的竟然是一个十五六岁的孩子。小泉站长迁职为中佐军阶,由他来掌管咱营丘县的军务,你想不到吧。"

"哎哟,太好了。你得跟小泉站长说说,快把咱大哥接回来,还有躲在羊角沟的大娘和二娘也得快回来。下个月就收麦了,这里里外外没有大嫂操持怎么行。"秦贞贞急切切搓着手唠叨起来。

刘锦什握住秦贞贞的手说:"刚才和小泉站长喝茶的时候,他催促我去接大哥,说之前发生的不愉快统统一笔勾销。不过他还说刘墨林已被皇军的特工击毙,我对清儿有些放心不下,明天起早就去高崖镇一探究竟。"

秦贞贞想着丈夫明天还要赶路,便督促着早点睡下,一夜无话。

次日清晨,刘锦什乘坐篷车驶离营丘县城,肖光亮驱车一路狂奔,沿途光景不必细说。天至晌午来到高崖镇北门,守门的营兵要对进入镇子的人例行检查,刘锦什只得下来篷车,排队等待盘问。

这天雷天泰查岗来到北门,见驶进来一辆篷车,跟随的人气度不凡,定眼一看是刘锦什大掌柜，他又惊又喜跑上去问候："老叔，您咋来高崖镇了？"

刘锦什见来了一位军官喊他"老叔"，瞅这军官长方面膛，粗发浓眉，一脸胡茬尽显英武，觉得在哪里见过又一时想不起来，于是试探着问道："您是抗日救国独立营的长官吗？"

"哎呀老叔，俺是雷天泰。"

刘锦什细看这人正是雷天泰，惊得差点叫出声来。自从雷天泰和林宜生去辽北未归，心中的焦虑如同一团火在燃烧。此时他那充满笑意的眼睛里射出两道逼人的寒光，他盯着雷天泰问道："你是啥时候从辽北回来的？咋不告诉我一声，林宜生呢？你可知道秦老先生是怎样挂念你们……"刘锦什哽咽起来，不能再语。

雷天泰顿时窘得满脸通红，一肚子委屈不知从何说起，两行热泪流淌出来。沉寂了许久，雷天泰抹了一把脸上的泪水说："老叔，对不起，说来话长。俺领您先去见老爹吧。"

刘锦什也感觉到事出有因，长长叹了一口气也不再问话，默默地跟在雷天泰身后朝镇内走去。

邢家大院里有一棵梧桐树开满了梧桐花，淡紫色的花形像喇叭，走进院子里能闻到淡淡的香甜沁人心脾。这天刘老爷子让厨娘秦荷花搬来一把椅子，他坐在椅子上欣赏梧桐花。有两只喜鹊跳跃在树枝上，啼叫得清脆悦耳，婉转动听。刘老爷子看见喜鹊的羽毛闪耀着青紫色相间的光辉，不时地扇动着翅膀在枝条上纵身舞动，便情不自禁地想起了京剧《桑园会》，嘴里唱着：

喜鹊不住叫喳喳，
叫得老身心内麻。
三弟起早采桑去，
日落时分还未回家。
无奈坐在院中等啊，
抬头看那梧桐花。

"咚锵锵锵，咚锵锵，"刘老爷子又念白说，"三弟呀，快回来吧，太阳要下山了。"

这时厨娘沏了壶茶端着过来，她看见刘老爷子身后站着雷天泰和一个陌生人，老爷子却浑然不觉，于是喊道："老爷子别唱了，有客人来了。"

刘老爷止住唱腔，转身一看是三弟锦什和雷天泰，便笑着说："哎呀是三弟来了，都说喜鹊叫喳喳，好事来到家，我唱啥来啥。"

刘锦什过来握住大哥的手说："大哥在这里过得还好吧？"

"好哇，听说县城里闹了饥荒，情况怎么样？"刘老爷子关切地问道。

刘锦什回答说："县城里挤满了灾民，我让人在咱家药房前支了两口熬粥的大锅，一天熬四锅粥还不够分的。"

"我出走高崖镇后，日本人那边有啥动作？"刘老爷子又问。

"大哥，有好消息，昨晚小泉四郎约我和郭子敬去喝茶，才知小野正雄调任南洋去参加'圣战'，本田大佐回日本本土复命。小泉以中佐军衔掌控营丘县军务。小泉这次让我接您回去，并说之前的不愉快可以一笔勾销。"

刘老爷子捋起胡子，沉思了片刻才说："墨林把我拯救出来，要回去须听听他的看法，我总觉得还不到时机。"

刘锦什听大哥说到刘墨林，吃惊地问道："小泉四郎昨晚告诉我刘墨林已被日本特工击毙，难道是谎话？"

雷天泰在旁边插话说："老叔有所不知，日本人预谋潜伏在高崖镇，企图暗杀刘营长。参加刺杀行动的两名日特被击毙，一名主犯服毒自杀，墨林营长安然无事。"

肖光亮来到跟前问刘锦什篷车上带来的酒卸在哪里，刘锦什看着大哥说："我带来了二十坛懒郎酒，得找个地方卸下来。"

刘老爷子对雷天泰说："先留下两坛交给荷花，剩余的让肖师傅送到明楼去。还有，你去码头鱼馆订上一桌炖鱼，你三叔最爱吃鱼，再喊上墨林和朴子一起陪你三叔吃饭。"

"是老爹，俺这就去安排。"雷天泰答应着和肖光亮出来院子。

看着雷天泰离开，刘锦什对刘老爷子说："大哥，这个雷天泰张口叫三叔，闭口叫老爹，一个外人套什么近乎？"

刘老爷子笑了笑说："三弟你还不知道吧，咱家近期是喜事临门。素涵和渤海纵队的新一团团长于震邦结为夫妻，已在队伍上举办了婚礼。素清和刘墨林于正月初七在这院里举行婚庆，半夜时分日本特务往婚房里扔了两颗手榴弹，所幸墨林和清儿没睡在婚房才幸免于难。你说的这个雷天泰曾救过素欣一命，你大嫂求过一卦说他俩八字相合，兴许是恩爱一对。嘿！咱懒边园的闺女不愁嫁呀。"

刘锦什听完大哥的话便说："孩子们的婚姻父母做主，由天注定，大哥和大嫂把关责无旁贷。只是这个雷天泰从辽北回来，不去县城找我有些失礼，这次在高崖镇见到他让我心里很纠结。"

刘老爷子摇着头说："据我所知，雷天泰是从辽北要饭回来的，一路风霜露宿吃尽苦头。他本想去投奔清水泊，阴差阳错被新一团收留。上次你二哥锦武从寿光苇子镇渡海去烟台昆嵛山根据地，就是他护送的。去年在寿光反日寇扫荡，他屡立战功。日本人恨他要命，悬赏一千块大洋取他人头，他咋能去日伪占领的营丘县城找你？"

刘锦什这才明白事出有因，于是说："噢，情有可原，是我错怪他了。"

刘老爷子说："你饿了吧，咱俩步行去仙月湖码头鱼馆，也顺路逛逛这镇子。"

刘锦什看了看手表说："都正午十二点半了，早晨只顾赶路忘了吃早点，是有点饿了。"

兄弟俩出了邢家大院，沿着街巷边走边聊，刘老爷子对刘锦什谈起朴子的事迹来。二人刚过了十字街口，看见朴子带领着几个执枪营兵在前面，另有两乘轿子紧随其后匆匆赶了过来。正当刘老爷子在纳闷，朴子来到跟前说："老爹，三叔，快上轿吧，俺姐夫要接您老俩去阅兵。"

刘老爷子问朴子："咋个阅兵啊，还要坐轿子去？"

"俺咋知道呀，这是营长和吕教导员的命令。"朴子回答着。

锦什见朴子长得壮壮实实，腰束武装带，挎了一支驳壳枪，正是抽枝挺节的年华，显得英姿勃勃。他心想：二嫂带来的这小子竟然出落成一个行武之人。于是他对刘老爷子说："大哥，恭敬不如从命，咱听朴子的，上轿吧。"

刘老爷子和刘锦什分乘两顶轿子，在朴子的带领下一前一后来到仙月湖码头，二人刚下轿子便听见三声礼炮声，刘老爷子放眼望去，即被码头上的情景所震撼。只见码头上旌旗猎猎，战鼓声声，足足有三个连队的兵士持枪鹄立，闪亮的枪刺在烈日下发出耀眼的光芒，整支队伍威武壮观，好生气派。

刘墨林带领着吕卫和雷天泰迎了过来，三人朝刘老爷子和刘锦什行了个军礼，刘墨林说："小婿不知三叔光临高崖镇，有失远迎，请三叔见谅。春节前后我抗日独立营进行了三个月的兵训，今天请老爹和三叔检阅。"

孙广仁连队长正步走过来，行军礼喊道："报告营长，独立营列队完毕，请检阅。"

刘墨林在前领队，刘老爷子和刘锦什随行，吕卫、雷天泰、朴子、孙广仁殿后，一行人在队伍前站立。排在队首的傅有德连队长高声断喝："全体都有，立正，敬礼！"

受检阅的营兵一个个昂首挺胸，精神抖擞，济济跄跄，以立正姿势举手敬礼。

刘墨林高喊一声："兄弟们辛苦了。"

"抗战到底，英勇杀敌！打败日寇，保家卫国！"一阵排山倒海的声音回荡在仙月湖岸边。

随着嘹亮的口号喊起，受检阅的营兵们执枪向前，迈着整齐一致的步伐开始行进。顿时鞋底与地面的碰撞声与呼出的口号声汇成了一支雄壮的进行曲。

看到抗日独立营的士兵步伐齐整，口号洪亮，目不旁视，动作有力，是一支整肃有序的队伍，刘老爷子对刘墨林说："孟夫子云，天降大任于斯人也，必先苦其心志，劳其筋骨，饿其体肤。今日为父大开眼界，方知你们练武训兵实属不易，区区三个月能练出如此威武雄壮的队伍，日后打倭寇焉有不胜之理？"

刘锦什也是竖起大拇指，颔首称赞。

目送渐渐离去的受阅队伍，刘墨林邀请大家进了鱼馆。当厨师杨勇把一盆炖鱼端上桌时，炖鱼散发的鲜香让一干人顿觉肚子饿起来。老板娘随后把鱼块分盛在碗里，刘锦什吃了几口鱼自是赞不绝口。刘墨林让老板娘取来酒碗又斟满酒，他端起酒碗先是呷了一口，对吕卫说："久闻这懒郎酒名扬四方，尝了一口果然名不虚传。三叔是营丘县商界的大掌柜，这次亲临高崖镇，让咱独立营蓬荜生辉。按老爹吩咐，在这码头鱼馆为三叔接风，咱们一起给三叔敬碗酒如何？"

"好啊，好啊。"大家端起酒碗给刘锦什大掌柜敬起酒来。

刘锦什来者不拒，端起酒碗来连碰几碗。不多时见大家喝得面红耳赤，便说："我这次来到高崖镇，目睹镇上民生安定、抗日独立营威武雄壮，甚为敬佩。"他把话题一转又说，"现在营丘县城里灾民聚集正闹饥荒，可谓民不聊生。日本兵营里的驻军已不足二十人，昨晚我去兵营，见门岗守值的士兵竟是一个十五六岁的孩子，人不及枪高，说明日军士气已落。营丘火车站小泉四郎站长兼职统辖营丘县军务，他提出以和为贵，并让我来高崖镇接大哥回懒边园。此事请大家议一下再定夺。"

吕卫接话说："日本军队不自量力发动太平洋战争，以致战备储存日显不足，兵源更是捉襟见肘，所以在中国的日占区提出以和为贵。我觉得刘老先生暂时还不能回去，以防被日伪再利用。"

刘墨林和雷天泰听完吕卫的分析，也点头称是。

刘锦什接着说:"还有一事较为棘手,夏收在即,家里有几百亩的麦田要收割打晒,急须把大娘和二娘从寿光羊角沟接回懒边园以操持麦收。只是路途较远,听说最近羊角沟一带渔匪猖獗,去接大娘须有人保护才行。"

朴子插话说:"三叔您别担心,俺去把大娘和二娘还有莲儿姐接回家。"

雷天泰随着说:"俺陪朴子去,沿途路径俺熟悉。"

吕卫想了想说:"我看天泰和朴子都不能去,因为羊角沟那边是日占区,去年寿光反扫荡胜利后,日本人要悬赏一千大洋通缉你师徒俩呢,咋还要再入虎口。我看让刘青山去,他经过三个月的训练,已成为一名合格的战士了。"

刘老爷子发话说:"三弟回县城去见一下小泉四郎,先说我身染伤寒,受不了路途上的颠簸,暂留在高崖镇养病。再说夏收在即,要接大娘回家操持家务,希望予以协助。后说营丘县饥荒严重,须在县城再设几口大锅熬粥救济。"

雷天泰说:"老爹的意见好,如果小泉四郎能派汽车去接大娘,当天可以往返。"看着吕卫迟疑的目光,雷天泰解释说,"这个小泉四郎站长和三叔有多年的来往,朴子还跟他摔过跤呢。"

刘墨林表示赞同,他让朴子去通知刘青山,让他跟随刘锦什回营丘县城,协助去羊角沟去接大娘的任务。

待酒足饭饱,一干人走出鱼馆。刘锦什把刘墨林叫到一边,他从手腕上把手表取下来交给刘墨林说:"三叔来得匆忙,不知你和清儿结婚,恕没带贺礼馈送。这块手表是我托人从青岛购买的,地道的瑞士货,你收下权作纪念。家里事多,我一会儿接上青山即回县城。"

刘墨林收下手表回谢说:"多谢三叔,这表我收下了。老爹在高崖镇有素清照顾您,尽可放心,见到大娘和二娘望报平安。知道三叔您商务繁忙,还要筹划去接岳母大人,墨林就不挽留您了,预祝三叔一路顺风。"

第五十七章　路障

夜幕下的营丘县城一片萧条，店铺已经早早关门停业，昏暗的街灯下聚堆的饥民躺在墙根处，时有传来哀号和哭泣声。刘锦什在篷车上看到这凋敝的景象心头一阵酸楚。他想看一下手表上的时间，伸出手腕时才想起在高崖镇他把手表送给了刘墨林，只好苦笑一声问坐在身旁的刘青山说："青山，你说现在几点了？"

刘青山掰着手指数着回答："咱一路赶得急，差不多走了六个钟头，俺看也就晚七点吧。"

"噢，还早呢。"刘锦什咕哝着撩起前面的布帘子对驾车的肖光亮喊道，"先别回家，直奔火车站，我要去见小泉四郎。"

"好来。"肖光亮答应着，扬起马鞭啪的一声抽在马屁股上，那马拉着篷车踏踏地跑了起来。

小泉四郎在营丘火车站站长室，他的心情简直糟糕透了，原因是供应车上的账目出现收支失衡，出售的货物入不敷出，造成亏损。上月初发出了一百二十张供应券，月底却收到了二百多张，显然是有人伪造了供应券，用假券来购买供应车上的货物。小泉拿着一柄放大镜，对比着摊在台灯下面的供应券，看了半天也没瞧出个所以然来。

军妓羽田美子提着一只食盒进来，她催促小泉四郎说："站长阁下，您该吃晚饭了。"羽田美子边说着，边把食盒里的饭菜摆在了案几上。小泉见是一碗白米饭、一碗味噌汤和一碟泡菜。他把嘴一撇说道："你要把我饿成瘦马吧？"羽田美子为难地回答："不好意思，您大概好些天没去兵营了吧。现在食物匮乏，买不到肉食和新鲜的蔬果，兵营里开始一日两餐的供给，您将就一下吧。"

还没等小泉四郎说话，卫兵进门报告说电厂的刘锦什大掌柜来访，小泉吩咐快把刘掌柜请进来。刘锦什走进站长室，看见小泉四郎铁青着脸，羽田美子在一旁候着，案几上摆着一碗米饭和一碟辣白菜，心想日本人也开始挨饿了，于是问道："小泉站长，您还没有吃晚饭吗？"

小泉四郎见刘锦什进来，笑脸相迎，却反问道："您的夫人今天晚上做了什么好吃的？"

刘锦什摇着头说："我刚从高崖镇赶回来，就先到您这里来了，哪里顾得上吃饭？"

小泉四郎得知刘锦什也没有吃饭，便对羽田美子说道："你的再准备一份饭菜，快快的有。"

看着羽田美子离去，小泉四郎从对面的文件柜里拿出来两听罐头放在案几上说："不好意思，没有好吃的招待。去年你们营丘县和周边各县都遇到天旱蝗灾，农作物歉收，现在米珠薪桂，食物开始稀缺了。你知道吗，有人伪造了营丘火车站的供应券，供应车上的货物流失严重，这个月大大的亏损，我的十分生气。"小泉四郎说着顺手从办公桌上抓起几张供应券递给刘锦什看。

刘锦什接过供应券看了一会儿说："记得这供应券是每个月发一次，供应车是每个月来四次营丘火车站售货，持供应券的人都是火车站的员工和军人，偶尔也赠送给有特殊关系的朋友，等同于薪金。"

小泉回答说："是，是的。现在有人伪造了供应券，真的假的难以分辨。您是懂得商务的大掌柜，有没有办法防止人们用这些假的供应券？"

刘锦什想了一下说："有办法，可以在券面上加盖暗记。"

小泉四郎听了为之一振，追问道："什么的暗记？您的说说。"

刘锦什指着供应券的券面说："比方在券面上加盖昭和二十年字样的印鉴。在券面右上角加盖倒置的印鉴表示第一次购物，在券面的右下角加盖正立的印鉴表示第二次购物，在券面的左上角加盖横右的印鉴表示第三次购物，在券面的左下角加盖横左的印鉴表示第四次购物，每个月依次顺延。但是这个秘密只有您和售货员知道。"

"吆西，您大大的厉害，我的佩服，佩服。"

羽田美子又提着食盒走进来，她摆在案几上仍然是米饭、泡菜和味噌汤。

小泉四郎一边开启罐头一边让羽田美子烫上一壶清酒。看着罐头里的鱼块，他端起酒盅与刘锦什对饮起来。几盅下肚，小泉问道："刘大掌柜，你去

第五十七章 路障

高崖镇见到你哥哥刘锦戎老先生没有？"

"见到大哥了，他因感染伤寒，身体虚弱，没有把他接回来。"

"噢，情况严重吗？祝他老人家早日康复，也盼望他早日回家。"

"谢谢阁下关照，我有一事相求，不知当讲不当讲。"

"不客气，你的说说。"

"再过几天，夏收在即，我家的麦田需要收割打晒，急须把我大嫂接回懒边园来操持麦收事宜。"

"我知道你们家的土地很多很多，收获粮食是件大事情，不知大娘现在在什么地方？"

"她在寿光县羊角沟里的张家庄，是大嫂的娘家。"

"好的，你的等一下，我看看地图上的位置。"小泉说着从书橱里取来一张军用地图，摊在办公桌上看了起来。

他指向羊角沟的张家庄时，告诉刘锦什说："从这里到达张家庄的距离是六十三公里。全部是相对安全的皇军占领区。我明天派军车去接你的嫂子，你要派一名认识大娘的人乘车带路，当日可以往返。"

刘锦什听小泉要派军车去接大嫂，心里一阵高兴。他端起一盅酒敬小泉四郎说："感谢阁下的帮助，我准备在县城再开设四口大锅，每日两餐舍粥救济，以保全饥民的生命。"

小泉端酒与刘锦什对碰说道："是呀，没有比生命更宝贵的东西。本田大佐和八本少佐统统武暴的有，日本军人对占领区实行恐怖政策我的不赞同。以和为贵，共存共荣乃是天道。噢，记得你大哥刘老爷子曾对我说过，天道下济而光明。"

站长室墙上的自鸣钟响了起来，刘锦什看指针已是夜里十点，便起身告辞。小泉四郎把刘锦什送出站长室，刘锦什告诉小泉，刘墨林没有死，仍然在高崖镇。小泉四郎听后不禁一怔，嘴里喃喃地说道："以和为贵，以和为贵。"

刘锦什回到家中，见夫人秦贞贞和女儿素楠正坐在餐桌旁等他。秦贞贞见丈夫回来，便关切地问道："咋这么晚才回来？见到大哥没有，担心死了。"

"大哥好着呢，他暂时还不能回来。还有一件喜事，咱清儿和刘墨林结婚了。"

"哎哟，清儿咋嫁给了个杀人魔王。你见到刘黑子了，啥模样？"秦贞贞惊奇地问道。

"嘿，耳听为虚，眼见为实，真是百闻不如一见。刘墨林长得文质彬彬，一副书生模样，哪里像什么杀人魔王。"

"都是外面传的。光顾说话了，你还没吃饭吧，我和楠儿包了饺子，你歇着，我去煮点。"

刘锦什摆着手说："不用了，我回县城后直接去了小泉站长那里，晚饭吃过了，有件事要与你说说。"

"啥事啊？"秦贞贞问道。

"小泉四郎答应明天派军车去羊角沟接大嫂，我让刘青山跟车去接。明天上午肖光亮和赵春生从电厂带上几个帮手，顺便接你去懒边园里里外外清扫一遍，吃的用的要备全，估计傍晚大嫂和二嫂就能回家。"

刘锦什说完，见素楠两眼发直，仰着头瞅着天花板上的吊灯。灯光下看见她脸上似乎还有泪痕，忙问道："楠儿你咋了，也不跟你爸爸说话，和谁赌气了？"

秦贞贞说："楠儿，跟你爸爸说说，有话别憋在心里。"

谁知素楠哇的一声哭了起来，这可把刘锦什吓得不轻，他抚摸着素楠的肩头说道："楠儿呀，咱不哭，有事告诉爸爸，爸爸给你做主。"

素楠从衣兜里掏出一封信递给刘锦什说："他走了，再也不回来了。"

刘锦什看那封信全是些洋文，他哪里看得懂，便急切地问道："谁走了再不回来了？你快告诉爸爸呀！"

素楠抽泣着说："桥本秀幸走了，大和商会从青岛撤回日本本土了。"

刘锦什这才明白是怎么回事，他知道素楠和桥本二人，在改造电厂中建立了深厚友谊，却想不到素楠对桥本如此痴情。但时局的变化让一切不可预料，于是叹了一口气说："楠儿啊，你二姐、三姐，还有你四姐要嫁的人都是打日本鬼子的军人，你却偏偏喜欢上一个日本人，这次你和桥本分开，兴许是天意吧。"

素楠擦了擦眼泪说："桥本是个日本人，可他是个好人，我真的好想他。"

秦贞贞在一旁说："日本人有好人，也有坏人，自从日本人占领了营丘县城，你大娘被迫躲到羊角沟她娘家，你老爹被逼得出逃高崖镇，你四姐和英子去了响水崖子，好好的一个家被拆得七零八落。哎，造孽呀！"

刘锦什突然想起什么问素楠："高桥四太郎没说要走吧？"

素楠说："桥本写给我的信就是高桥转给我的，高桥说他父母在美国人的飞机轰炸中都罹难了，他想留在咱电厂不回日本国了。"

刘锦什说："咱电厂从烧酒精到转换烧煤都是高桥的功劳，这个人诚实厚

第五十七章 路障

道，又有技术，能留就留，还要好好地待他。还有，桥本既然回到了日本，就不要再想他了，听爸妈的话，楠儿是个乖孩子。"

素楠沉闷了好一会儿，终于做出个鬼脸来，破涕为笑说："俺知道了，我的好爸爸和好妈妈。"

黄旗堡村自从建立了民兵组织，在队长马释永和副队长黄二愣的掌管下，吸取前阵子抗击日伪军的教训，因地制宜，挖土洞，砌高墙，把整个村落建成一个户户相通、家家能战的堡垒。这天黄二愣带着一队民兵去村外巡逻，刚走到砖窑场边上，看见一辆披着篷布的日本军车由南往北飞驰而过。黄二愣突发奇想，他告诉民兵们说："刚才过路的汽车肯定是从营丘县城去寿光县城的，有来必有往，咱得做个拒马路障横在公路上，等汽车回来咱们就劫了它。"

"劫了它，劫了它。"民兵们随声附和着。

有个民兵问黄二愣，去哪里找拒马路障。黄二愣指着砖窑场后面的树林子说："去林子里砍几棵大树来做拒马。"

民兵们有的回村去拿木工家什，有的跟着黄二愣去林子里寻找合适的树桩。一伙人七手八脚忙活了大半个时辰，终于赶制出一个拒马路障来，又呼喊着号子抬到了公路中央。黄二愣示意大家埋伏在公路两侧，等着要劫持返回的日本军车。

天过晌午，也没有看见汽车的影子，民兵们又渴又饿，耐不住心烦跑到公路上往北张望。突然听到了汽车的马达声，民兵们喊着"来了，来了"纷纷跑下公路隐蔽，那辆汽车轰轰隆隆行驶到拒马前停了下来，只见从驾驶室里跳下来一个人。他来到拒马路障前大喊着："是谁设了路障？有人吗？"

那人声音刚落，黄二愣一挥手，民兵们高喊着"不许动，缴枪不杀"，端着枪冲了上去，把汽车团团围住。

从汽车驾驶室里下来的人正是刘青山，他押车去了羊角沟接上大娘、二娘、素欣、莲儿和喜奎便往回返，不想在黄旗堡砖窑场这地方被拦住。当他看到一群身穿老百姓衣服的人端着上了刺刀的步枪围了过来，便问道："你们是哪部分的？干吗大白天来劫车？"

"俺们是黄旗堡民兵大队的，你是干啥的？"一个民兵反问道。

"我是营丘县发电厂的，快把路障移开。"

刘青山刚说完，听着一个民兵喊起来："报告黄副队长，开车的是个日本鬼子。"

黄二愣上下打量着刘青山说:"看你就像个狗汉奸,快,把他给俺看住。"

两个民兵立刻端枪把刘青山逼退到汽车头前面。黄二愣来到汽车驾驶室前,命令民兵把开车的日本司机拽下车来,让他蹲在地上不得动弹,嘴里骂道:"狗日的鬼子,你们祸害俺黄旗堡老少十几口子人呢,这次非把你点了天灯不可。"

大娘、二娘、素欣、莲儿和喜奎都在车厢里,因车厢披了篷布,看不见外面的事情,但都知道有人在劫车。大娘吩咐二娘、素欣和莲儿把插在头上和带在身上的银簪子握在手里,如遇到不测就去拼命。喜奎在一旁说:"俺听外面有人说黄旗堡什么的,是不是汽车到了黄旗堡地界。"

大娘掀开车厢后面的篷布,看着砖窑场后面的槐树林子说:"这里是黄旗堡的砖窑场,窑上还有口水井呢,以前俺走娘家都在这里歇脚,咱有救了。"

这时黄二愣走了过来吼叫着:"车上的人都下来,俺要烧了这鬼子的汽车。"

大娘见车下是个愣头愣脑的青年汉子,便问道:"敢问您是黄旗堡村的吗?"

黄二愣见车上问话的妇女衣着讲究,一脸福相,一看便知是大户人家的太太,于是回答说:"俺是黄旗堡民兵大队的,专打日本鬼子。车上的人都要下来,俺们要搜车检查。"

大娘见对方能够对话,缓下口气又问道:"黄旗堡的族长黄乃清老先生还好吧?"

"那是俺表大爷,你认识他呀?"黄二愣吃惊地问。

"当然认识,是多年的老朋友了。"

"你认识他也没用,他年前腊月二十六过世了。"

"是吗,真是不幸,村里有个马释永在吗?"

"谁,马队长你也认识呀?"

"麻烦你去把他喊来,就知道俺是坏人还是好人了。"

"这……"

黄二愣沉闷了一会儿,跟身边的民兵说:"你跑步去村里找马队长,说说这里的情况,他让咱放人咱就放人,他让咱烧车咱就烧车。"

那民兵答应着,快步往村里跑去。

黄小满挺着个大肚子在洗吃饭用过的碗筷。马释永从桑园里摘来几个青色的杏子,他把杏子放在一旁说:"吃几个杏子吧,没熟的杏子酸。"

黄小满说:"俺爱吃酸的时候这杏子还没长起来,不想吃酸东西了杏子长

第五十七章 路障

大了。你说说俺生个女孩叫啥名字，生个男孩叫啥名字？"

马释永想了一会儿说："俺刚才摘杏的时候见树上落着一只天牛，咱生个男孩叫天牛，生个女孩叫青杏，咋样？"

黄小满笑了笑说："男孩叫天牛，女孩叫青杏，叫成乳名还行，叫成大号马天牛、马青杏不好听。要是黄族长活着就好了，让他老人家给咱孩子起个名字。"

两口子正说着话，跟着黄二愣巡逻的民兵跑进院里，他先拿起水瓢在水缸里舀了半瓢水。咕咚咕咚喝了下去，抹了一把嘴巴说："报告队长，二愣领着俺们劫了一辆日本汽车，车上有个太太要见您。"

马释永似乎没有听明白，忙问道："啥太太要见俺，她长得啥样？"

"那太太长得蛮富态，好像车上的都喊他大娘。"报信的民兵回答。

"车上有多少人？"马释永又问道。

"俺没数，有男的也有女的，对了，开车的是个日本兵，坐在他旁边的人说是营丘电厂的。"

马释永听了顿时一怔，他对黄小满说："应该是营丘电厂刘锦什大掌柜的汽车，八成是送大娘回娘家，让二愣子给劫了。"

马释永起身往院外跑去，黄小满不放心，生怕黄二愣做出出格的事来。她进屋取下挂在墙上的三八大盖步枪，挺着大肚子随后跟着要去保护大娘。

黄旗堡村的村民听说黄二愣劫了日本鬼子的汽车，便纷纷要去支援，一时间通往砖窑厂驿道上拿枪的、拿刀的汉子和看热闹的男女老少络绎不绝。

马释永远远看见被劫的汽车周围已经聚集了许多人，他加快脚步奔跑过去，见汽车旁边村民围着一个身穿军服的日本士兵，叫骂的、喊打的声音不绝于耳。守卫的民兵见马释永跑过来，大声喊着："大伙儿都让开，马队长来了。"

谁知村民们见了马释永到来，像是给自己壮了胆，一个妇女哭了起来，她哭诉着："俺家爷们就是被这些日本畜生给害死了，俺得报仇啊。"

她边哭着边脱下穿在脚上的布鞋来，拿着脚底朝着那日本士兵的脸上打去。围观群众的情绪被这妇女给调动起来，一个个撸起袖子喊着要打鬼子。在车头前面的刘青山见势不好，他对马释永喊着："马师傅，俺是刘青山，你们村上的人把司机打坏了谁来开车？"说罢便奋不顾身去保护日本司机。

马释永已认出了刘青山，他想拦住这群怒气冲冲的村民，哪里还拦得住。日本司机被打得嗷嗷直叫，刘青山的身上也挨了不少拳头，场面一度失控。

正当马释永束手无策，却听见身后砰砰连响两枪。枪声把正在打人的村民镇住了，他们惊恐地回头望去，只见黄小满瞪着一双杏仁眼，手里举着一只三八大盖步枪，挺着个大肚子大声呵斥道："你们咋不听俺家马队长的话了？都给俺住手。"

村民们见黄小满一副怒不可遏的样子，谁还敢再动手打人，一个个像木桩般动也不动地矗立在那里，场面顿时安静下来。

黄二愣急匆匆过来对马释永说："马大哥，您去看看车厢里那个女人是坏人还是好人？"

马释永气不打一处来嘴里骂道："都是你小子惹的祸，俺揍你这个兔崽子。"说着挥起拳头要打黄二愣，却被刘青山拦住。

刘青山说："黄副队长也是误会，当下先把日本司机保护好，再去见大娘和二娘。"

马释永吩咐黄二愣把日本司机扶到驾驶室里，让民兵护住汽车，任何人不准靠近。

刘青山陪着马释永来见大娘和二娘，喜奎从车厢里跳了下来喊了一声"马大哥"，马释永见是喜奎，两人拱手对礼。马释永说："俺不知道黄二愣子劫了车，让咱大娘、二娘受惊了。"

大娘听见马释永在车下说话，她让素欣和莲儿把篷布掀开，要下车去见马释永。马释永和喜奎迎上来把大娘搀扶下车，黄二愣过来道歉："大婶千万别生气，二愣不知道您是俺马队长的大娘，不好意思，不好意思。"

大娘说："不知者不怪，要不是你劫了车，俺还见不着马释永呢。"

黄小满带领着乡亲们围了过来。大娘见黄小满挺着个肚子，手里还端着支枪，便问道："小满你怀上了，啥时候生呀？"

"大娘好，俺算着日期入秋就生。"黄小满回答着。

大娘转身对马释永说："要伺候好小满。去年旱灾，今年你们家的庄稼长得咋样？"

马释永叹了一口气说："俺家的麦田地势高，全旱死了，又闹蝗虫，俺干脆放了一把火把干枯的麦秸全烧了，盼着下来雨种秋粮呢。"

"今年咱懒边园的麦子靠着狼水河地段的还能收割，大概要比去年减产七成。唉，一家老少吃饭还是足够。你家没粮了就去家里拉点，小满要生孩子不能断粮饿肚子。"

马释永说："多谢大娘，到了入秋要是实在顶不住了，俺就去懒边园赊点。"

二娘在上车说："不是赊，是去拿。"引得大家都笑了起来。

第五十七章　路障

黄小满对大娘说："去年素涵妹子去胶东昆嵛山路过黄旗堡，她在俺家住了一宿，还给村里人看了病。这不，听说素涵的娘来了，乡亲们来见见您。"

这时围观的人群挥手喊着："大娘好，大娘好啊。"

刘青山看着西落的太阳，凑到大娘耳边说："时候不早了，咱该走了。"

大娘点了点头，朝乡亲们挥手告别，大伙服侍着大娘上了车厢。刘青山到驾驶室拿起发动汽车的摇把，插在车头上使劲摇了起来，随着马达的轰鸣声汽车被发动起来。

黄二愣招呼着民兵把拒马路障移开，他一个箭步跳到驾驶室下面的踏板上，伸着脑袋对驾驶汽车的日本司机说："小日本，你听着，要不是你开车送俺大婶，今天非你揍扁了不可。"

那日本司机听不懂黄二愣在说什么，认为对方是在道歉，于是"哈依，哈依"点头示好。

刘青山跳上驾驶室，命令日本司机开车，汽车开始行进。

黄旗堡的乡亲们挥手告别，目送汽车消失在地平线上。

第五十八章　假券

营丘县城的东门濒临狼水河渡口,从仙月湖驶来的船只停泊在这里装卸货物。去沂蒙山区的盐运也是在这营丘渡口中转,早发夕至,当日就能到达高崖镇码头和蒋峪渡口。想象得到这里曾一度繁荣。自从日本人占领了营丘县城后,航道中断,码头上变得冷冷清清。

县保安大队的大队长汪少伦从狼水滩回到县城后,对副大队长阎子平越看越不顺眼,时常讥讽寻衅。阎子平仗着自己是县城里的老户,处处与汪少伦作对,二人水火不容,欲将彼此除之而后快。这天汪少伦以加强警备为名,指派阎子平去东门外渡口负责守卫。阎子平知道这渡口码头已是今非昔比,没有船业的往来也就没有要挟的油水,断定这是汪少伦蓄意报复,他便消极对抗,三天打鱼两天晒网,每日无所事事,索性在家里睡起大觉来。

这天早晨,阎子平在睡梦中被敲门声惊醒,他骂骂咧咧地从炕上跳下来开门,王丽丽摇晃着身子从外边走进来,嘴里嘟囔着:"两个日本兵搂了俺一晚上,才给了两张供应券,太小气了。"说着从衣兜里掏出来两张供应券递给阎子平,叮嘱道,"晌午十一点供应车停靠营丘火车站,你拿供应券兑换些吃的,俺累坏了要睡觉。"说罢,一头扎在炕上睡着了。

阎子平给王丽丽盖上被子,拿着供应券看起来,看着看着他笑了起来,自言自语地说:"嘿,卖艺不如卖身,老子有饭吃了。"他穿好衣服,拿着供应券出了门。

阎子平来到阎家巷子他本家兄弟阎相文家,阎相文是个会刻图章的艺人,逢五排十的日子在西门集市上摆摊,快三十岁了还是个光棍汉,阎相文见阎子平来家里找他,仰着冷脸说道:"这大早晨到俺家有何贵干呢?这些天俺日子过得紧，吃了上顿没下顿，你借俺的两块银圆该还了吧？"

阎子平咧开嘴笑了一下，扬起手里的供应券说道："你就知道那点破钱，俺是来让你发大财的。"

阎相文哼了一声讥讽道："狗嘴里还能吐出象牙来，又在吹牛吧？"

阎子平也不在意，他把供应券递给阎相文说："你看这是啥？这叫供应券，能从日本人的供应车上兑换东西，吃的用的都是响当当的东洋货。"

阎相文接过供应券，边看着边说："俺听说过这纸券能从日本人的供应车换饼干，还是盛在铁盒子里的，放上半年也不坏。"

阎子平凑到阎相文耳边低声问道："喂，长见识了吧，俺问你，这供应券你能刻印出来吗？"

阎相文反复看了一会儿供应券说："这纸券好仿印，只是需要三样东西。"

"哪三样东西？你说说。"

"雕版、纸张和油墨。"

"这三样东西哪里能买到？"

"要去潍县城北的杨家埠去买，杨家埠那边能印过年的门神和皇历，这些家伙什都有。"

"好哇，杨家埠离咱营丘县城不到三十里路，我派个兄弟陪你各骑一辆脚踏车，当天打个来回。"

阎子平话音刚落，阎相文却摇晃着脑袋说："不行，不行。这事只是说说，可不能真的去干，要是被日本人知道了，非得把俺喂了狼狗不可。"

"嘿，你只管在家仿制，剩下的是俺来办，这事天知地知你知俺知，日本人咋能知道？"阎子平满嘴吐着唾沫星子，双手比画着说。

"那好，你说说给俺啥好处？"阎相文问道。

"二一添作五，换的东洋货和卖的钱，你一半俺一半，咋样？"

"天地良心，此话当真？"

"俺阎子平对天发誓，如有欺诈，天打五雷轰。"

"那好，一言为定，明天一早俺去杨家埠备料。"

从此，阎相文在家偷偷地开始仿印供应券。

一个月的麦收下来，大娘瘦了整整一圈，二娘心疼地包了韭菜鸡蛋调虾皮馅的饺子犒劳大娘，一家子人都在东厢房里陪着大娘吃饺子。大娘拿起筷子夹起一只饺子放在嘴边咬了一口，似乎没吃出味道，她把咬过的饺子放在碟子里，瞅着那半只饺子落下泪来。在一旁的二娘顿时傻了眼，忙问道："是俺忘了放盐了？不会呀，俺记得放盐了，还尝过呢。"

大娘抹了把脸上的泪水说道："不是饺子的事，俺是想咱家老爷子在高崖镇，也不知过成个啥样了。"

前来帮着麦收的秦贞贞劝大娘说："上次锦什从高崖镇回来，说刘墨林这个女婿很孝顺，对俺大哥百依百顺，再说还有朴子和天泰照应着，素清更不用说，大嫂你不用担心。"

英子插嘴对大娘说："要不俺和四姐去高崖镇陪老爹，您看行吧？"

大娘瞥了一眼素英，没好气地说："你去干啥？是会做饭还是会洗衣服？要去也是让你四姐去，你待在家里好好看书。"

素英一听让素欣去，不让她去，急得站起来说："大娘，您这是让咱家再添个四女婿。"

大娘见英子呛她，一时气不过，起身要去打素英，一家人连忙把素英护住，纷纷劝着大娘息怒。

这时隐约听见厅房里的电话铃响了起来，秦贞贞说："俺去接吧，兴许是锦什从青岛出差回来了，电话是他打来的。"

秦贞贞来到厅房接电话，话筒里传来刘锦什的声音，他让秦贞贞转告大娘，从青岛购买的两部新卡车已通过火车运送到营丘火车站，明天让司机试车，后天就可以来懒边园拉粮食。还有一件事是让二娘去磨坊磨两袋子新收的麦仁米，他要送人用。秦贞贞答应着放下电话，她返到东厢房向大娘和二娘回禀锦什在电话里说的事情。大娘听后吩咐说："等吃完饭，莲儿跟着二娘去磨坊磨麦仁，给他三叔留两袋，再准备两袋送高崖镇，后天两辆卡车开过来，一辆车拉粮食，另一辆送二娘和素欣去高崖镇。"

大娘的话刚落，二娘摆着手说："俺可不坐汽车去，上次从羊角沟回来，俺头晕了一路，又恶心又想吐的，受不了。"

大娘对喜奎说："明儿你套车送你二娘和素欣去高崖镇吧，除了带点麦仁，再带点从羊角沟捎来的虾米和鱼干，路上要小心。"

"知道了大娘，俺这就去牵着驴，去磨坊帮着二娘磨麦仁。"喜奎答应着走了出去。

大娘叹了一口气说："都说墨林这女婿厉害，可是林宜生哪天回来，咱咋对人家说呀？"

秦贞贞接话说："林宜生死心眼，咋就不能想个法子跑回来，害得天泰找了他好几个月，还差点丢了性命。再说林宜生音讯全无，死活不知，一年多了，让素清咋等他？"

二娘听着落下泪来，喃喃地说道："这兵荒马乱的，朴子在外边操枪弄炮，要是弄出个好歹来，让俺咋活呀！"

大娘瞪了二娘一眼说："一个英子够淘的，你又添堵，朴子咋了，跟着个大英雄姐夫干有什么不好？再说有雷天泰这个师父护着，他老爹又在身边，你惦记个啥？"

秦贞贞在一旁安慰二娘："明天二嫂不就能见到朴子了吗？"

英子噘起嘴巴嘟囔着："俺二娘咋就没有这福分，坐着马车去高崖镇，颠来簸去的，多难受。"

大娘听着英子在嘀咕，也不搭理她，叹了一口气说："散了吧，各忙各的去。"

这天早晨天上下起了蒙蒙细雨，小泉四郎率领着一队日本士兵监督装卸工人往火车上搬运盐包，一个上午装满了四个车厢才结束。小泉看见光着上身的劳工们各个口喘粗气，汗水和雨水交结在蓬乱的头发上，憔悴的脸颊上露出疲惫的神态，便下令每人补发一张能兑换十块糖果的供应券。

从西边驶来的供应车已停靠在站台上，车厢下挤满了手执供应券、等待兑换物品的人们。小泉四郎从列队的士兵中喊过一名伍长，在他耳边说了几句话，那伍长"哈依哈依"地点着头，转身招呼两名士兵去维持秩序。

小泉回到站长室，他刚脱下身上的雨衣挂在衣架上，军妓羽田美子抱着一个用棉布包着的食品盒走了进来，她把食品盒放在案几上，边解开棉布边说道："阁下辛苦了，饿了吧，您趁热吃点东西吧。"

随着食品盒打开，一股清香的味道扑鼻而来，小泉四郎看见碗里的米饭色泽清白，米粒油亮饱满，弥散着诱人的香气，他端起米饭吃了一口，感觉嘴里香糯咸宜，十分可口，于是问羽田美子："这是什么米饭？比日本的新潟大米还好吃，有一种特别的味道。"

羽田美子回答道："这是刘锦什大掌柜派人送来的麦仁米饭，是用新收割的小麦磨制的，非常好的美食。"

"吆西，好吃，真正的好吃。"

小泉四郎吃得正香，日本兵的伍长过来报告说抓住了一个执假供应券兑换商品的人，小泉命令把抓到的人押送到兵营审讯室。随即拿起电话呼叫县保安大队的汪少伦，让他马上到兵营参加审问。小泉安排完毕，放下手中的电话，慢慢享用完碗里的麦仁饭,起身让羽田美子服侍他整装停当,挎上军刀往兵营走去。

小泉四郎在兵营门口见到刚刚赶来的汪少伦,便告诉他发现有人伪造假供应券,在供应车上购买日本商品,现在已抓到一个执假券的嫌疑人,要马上审讯。汪少伦听了为之一惊,表示协助皇军一查到底,尽快破案。

二人来到兵营里的审讯室,当汪少伦看到绑在十字架上的嫌疑人时,被惊得目瞪口呆,他诧异地睁大眼睛,仔细瞧了瞧,确认这人正是他的表弟赵广生。赵广生原在寿光县城酱菜铺子里当伙计,汪少伦当上了营丘县保安队大队长后,他跑来投奔表哥,汪少伦把他推荐给县长郭子敬,在县政府当了名职员。赵广生被绑在十字架上,迷迷糊糊地打着瞌睡,他听到有人进来睁开眼睛,看见了汪少伦,便挣扎着身子喊叫起来:"表哥快救俺,这些日本人听不懂俺说的话,误会啊,误会。"

汪少伦拿着几张仿造的假供应券展示在他眼前询问道:"这些供应券你是从哪里得来的?"

"哎呀,今早晨郭县长给了俺一沓子供应券,让俺来火车站供应车上兑换日本饼干和清酒,不想供应车上的店员看了一会儿,就叫来站岗的日本兵把俺抓了,这是为啥呀?表哥。"赵广生晃着脑袋分辩道。

"这一叠子供应券是多少?"汪少伦又问。

"俺数了是二十张。"赵广生回答。

小泉四郎没太听懂赵广生又快又急的寿光土话,他问汪少伦:"他的讲了什么?"

汪少伦用日语把赵广生说的话翻译了一遍,小泉四郎不太相信假的供应券出现在郭子敬身上,他摇了摇头,沉默了一会儿,命令汪少伦说:"你带两辆摩托车去把郭子敬押来,我要质问,快快的有。"

"哈依。"

汪少伦答应着转身要走,被绑在十字架上的赵广生喊着:"表哥,快让日本人给俺松绑啊!"

汪少伦头也不回地说道:"你先受会儿罪,郭子敬过来对证才能放了你。"说罢,快步走出了审讯室。

郭子敬这天没吃午饭,他在县政府办公室等着要吃供应车上的日本饼干呢,左等右等不见赵广生回来,肚子饿得咕咕叫起来,突然听到急促的敲门声,还不等他去开门,办公室的门哐当一声被撞开,只见汪少伦带着两名荷枪实弹的日本士兵闯了进来。

郭子敬见汪少伦闯进办公室，不由得恼火起来，他对汪少伦大发脾气："胡闹，也不报告就闯进来，还懂不懂规矩！"

汪少伦并不道歉，冷笑一声说："小泉中佐让俺押您去火车站见他。"

"押我？岂有此理！"郭子敬重重拍了一下桌子。

两个日本士兵端起上了刺刀的步枪逼向郭子敬，郭子敬见状只好服软，他整了整衣领说了声："好吧，我随你们走，见到小泉站长再说。"

郭子敬在日本士兵的看押下坐进摩托车的挎斗里，随着日本兵的启动，摩托车一溜烟地离开了县府大院。

一行人来到日本兵营里的审讯室，在昏暗的光线下，郭子敬看见赵广生被绑在十字架上，他疑惑地问汪少伦："这是咋回事？"

还未等汪少伦答话，审讯室里的电灯亮了起来，小泉四郎从内门走了过来，他拿着几张供应券递给郭子敬说："这些供应券是你交给这个赵广生的吗？"

这时被绑在十字架上的赵广生喊了起来："郭县长，皇军误会了，快给他们解释解释。"

"八格！"一个日本士兵扇了赵广生一记耳光，审讯室里的气氛凝重起来。郭子敬看了看供应券，对小泉四郎说："是的，是的，是我给了赵广生二十张供应券，让他去火车站兑换饼干的。"

"吆西，这些供应券你是从哪里得到的？"小泉四郎问道。

郭子敬一脸窘态，为难地摊开双手，说不出结果来。

小泉四郎厉声吼道："我再问你，这些供应券是从哪里来的？"

郭子敬尴尬地说："小泉君，小小的事情，小小的事情，您不必担心……"

小泉四郎见郭子敬答非所问，说不出供应券的下落，于是叫喊着："郭子敬内鬼的有，老虎凳的伺候！"

行刑的日本士兵不由分说地把郭子敬捆绑在老虎凳上，当在郭子敬小腿下边垫上两块砖头时，郭子敬呼天抢地地惨叫着："我说，我说，小泉君高抬贵手啊。"

小泉四郎挥手让日本士兵停止用刑，问道："你的供应券是从哪里来的？"

"哎呀呀，疼死了，是东关街煤店掌柜韩知恒贿赂我的。"

小泉四郎质问："韩知恒的为什么要行贿？"

郭子敬红着脸回答："他的煤店给县政府供煤球，要求每十筐加价一块银圆，我怕皇军讥笑我受贿，所以没敢告诉您。"

"八格牙路，苟且贪婪的家伙。"

小泉四郎边骂着郭子敬边示意日本士兵给他松绑，看着郭子敬一瘸一拐地从老虎凳上下来后，转身对汪少伦说："你的马上去找到煤店的韩掌柜，查清楚假供应券的情况。"

汪少伦喊着"哈依"，答应着去找韩知恒。

东关煤店靠着东门码头不远，韩知恒从街上买来几个猪肉火烧，又切了一盘酱疙瘩咸菜条，拌上些香油，正啃着火烧吃午饭。汪少伦一步闯进了店里，韩知恒见汪大队长铁青着脸亲临本店，便放下手里的火烧起身说道："哎呀，汪大队长大驾光临，让俺蓬荜生辉，还没吃饭吧，要不将就着吃个肉火烧，俺再切盘猪头肉，咱俩喝一盅？"

原来韩知恒惯于小恩小惠，经常请汪少伦喝个小酒，送个烧鸡什么的，二人关系尚好。

汪少伦把韩知恒叫到内房低声问道："你可送郭子敬县长二十张供应券？"

"哎呀，您咋知道的？"韩知恒惊异不已。

"可惹上大麻烦了，你送的那些供应券全是假的，郭子敬被皇军抓起来了，小泉中佐命令我押你去日本兵营对质呢。"

韩知恒闻听吓得魂不附体，头发根都竖了起来，结结巴巴地说："这些供应券是王丽丽卖给俺的，一块银圆买五张，谁知道是假的，这娘们太缺德了。"

"谁？王丽丽这个骚娘们哪里来的假供应券？"

"她说是跟日本人睡觉，挣的报酬。"

"日本人怎么会有假供应券？她住在哪里？"

"她住在阎家巷子，阎子平副大队长家里。"

"噢，听说她是阎子平的姘头，一对狗男女，你带路，我去抓人。"

韩知恒看了一下没吃完的肉火烧，陪着汪少伦出了煤店。

自从阎子平怂恿阎相文伪造供应券，又暗派王丽丽拿供应券去兑换银圆，阎子平有了钱也就吃喝不愁，这天晚上他让王丽丽买来一些酒菜二人对饮起来，直至酩酊烂醉才吹灭油灯滚在炕上睡起觉来。第二天临近晌午阎子平醒来，王丽丽还在呼呼大睡，他一个人起床，看到桌子上还剩下半只烧鸡，抓起烧鸡啃了几口，阎子平咀嚼着鸡肉从抽屉里拿出来十块银圆，放进衣兜里，掩上房门走到巷子里，四处张望发现没有人，便来到阎相文家门楼前敲起门来。

阎相文把阎子平让进家里，阎子平着急地说："你得赶制二百张供应券，丽丽等着用呢。"

"俺昨夜打了个通宵，今早才仿印出来，还得晾晒大半天，到晚上才能拿走。"

阎相文瞥了一眼阎子平又说："上次你拿走的一百张卖了没有？还没给俺钱呢。"

"当然给，当然给。"

阎子平看见满地晾晒着的供应券，他把手伸进衣兜里，不停地捏着那十块银圆，最后拿出五块来递给阎相文说："你先收下这五块银圆，等晚上俺来拿印出来的供应券时再给你五块，余下的等卖出钱来再给你，老弟放心，大哥说话算话。"

阎相文收下五块银圆，说道："大哥，不好意思，俺还得干活呢，就不留你喝茶了，你嘱咐的供应券，等天黑过来取吧。"

"辛苦辛苦，就不打扰了。"阎子平答应着告辞，离开了阎相文家。

阎子平走出严家巷子，看到对面包子铺前聚集着十几个衣衫褴褛的乞丐，有的坐在门前石阶上，有的依偎在墙边，叫叫嚷嚷，大煞风景，他走到跟前骗这些乞丐说方山寺的和尚在东门外刚煮开了舍粥大锅，正在施舍呢。乞丐们一听有吃的纷纷往东门跑去，阎子平骂着"晦气"走进了店里，包子铺的老板娘见来人是阎子平，忙说店里的包子卖完了，只剩下两碗咸汤。阎子平从衣兜里掏出一块银圆放在桌子上说道："本队长今天有财神保佑，还怕你们店里没有包子！"

老板娘见钱眼开，笑着说："有包子，有包子，俺这就去包，阎队长，您把以前赊过的包子钱一并还了吧。"

阎子平从衣兜里又掏出一块银圆，在桌子上捻了个转，他看着旋转的银圆说道："欠你钱是你的福分，本队长肚子饿了，你看着办吧。"

"哎哟，闹着玩呢，阎队长大人不记小人过，您稍等，俺去蒸包子。"

老板娘和颜悦色地给阎子平递来一碗咸汤，转身去了厨房。

阎子平坐在包子铺里喝了两口咸汤，正想闭目养神，突听一阵摩托车的声响，他瞪大眼睛顺着方向朝门外望去，只见两辆摩托车和一对保安队的人聚集在巷子口，汪少伦和煤店的韩掌柜下了摩托车，带领着几个日本士兵进了阎家巷子。韩知恒的出现让阎子平紧张起来，他瞬间明白了事情的严重性，暗叫一声"不好"，急忙抓起桌子上的两块银圆溜出了包子铺。

随着阎子平家的屋门被撞开，躺在炕上的王丽丽吃惊地看着执枪的汪少伦和他身后的两个日本士兵，身上一阵阵冒着凉气，在被窝里蜷缩成一团。

汪少伦质问道:"阎子平哪里去了?"

王丽丽许久才回过神来,她回答说:"俺一睁眼就不见了,咋知道他去了哪里?"

"你马上起床跟我去兵营,皇军有重要情况要询问。"

"老娘腰疼,哪里也去不了。"

汪少伦见她耍无赖,便朝着日本士兵挥了一下手,那两个日本士兵用刺刀挑开盖在王丽丽身上的被子,像抓只鸡一样,把王丽丽提下炕来,拖着往外走,一直拖到巷子口,把王丽丽塞进摩托车的挎斗里。

汪少伦命令周边的保安队员说:"你们马上去寻找阎子平,见到即抓,不得有误。"

看着保安队的人散去,汪少伦对站立在旁边的韩知恒说:"韩掌柜,你给郭子敬送假供应券的事儿,我会在皇军那里说情,你回店里等候处理消息吧。"

韩知恒感激涕零,两辆摩托车押着王丽丽朝日本兵营驶去。

王丽丽被押到日军兵营里,汪少伦用日语告诉小泉四郎,王丽丽是伪造供应券的重要嫌疑人,小泉四郎让士兵把王丽丽绑在十字架上,当两只狼狗伸出血红的舌头舔向王丽丽的大腿时,王丽丽惊恐地喊着:"皇军饶命,俺说,俺说。"

小泉四郎让士兵把狼狗牵到一旁,王丽丽把阎子平和阎相文合谋印制假供应券的事情全部交代出来,小泉发狠地咬着牙齿,命令汪少伦和郭子敬各带一队士兵分头去抓阎子平和阎相文。

郭子敬和赵广生带人闯进阎相文家,阎相文正在整理晾晒着的假供应券,人赃俱获,被逮个正着。

汪少伦去抓捕阎子平却不怎么顺利,从东关码头到阎家巷子,均没发现阎子平的踪迹,汪少伦只好下令全城戒严,并在街巷各处张贴告示,悬赏捉拿阎子平。

再说阎子平从包子铺逃出,像只无头苍蝇到处乱撞。他到西城墙根见西门里集市上的人群正在渐渐散去,有一对中年男女分别拿着烧纸和贡果往南走着,阎子平便尾随其后,跟着来到南街上的火神庙。这座火神庙又叫南关真君庙,靠近南城墙边上,进入门楼,小小的院子北首是卷棚顶抱厦的三间瓦房,殿厅供奉着火神祝融,东西侧间是道士的住所和膳堂。传说在这座火神庙里求姻缘非常灵验,善男信女来这里尝试祈福,能获得桃花运。守执火神庙的是一个年过六旬的老道士,这人姓崔,人称崔老道。自从日本人占领了营丘县城,庙里的香火日渐冷落,崔老道靠着施舍饥一顿饱一顿地勉强度日。

阎子平来到火神庙里,见那敬香火的夫妇燃香焚纸之后磕头离去,他走进了殿堂里,崔老道见来了一位身穿保安制服、脸上遮着一块黑布的人,心头骤然一震,这不是县保安大队的副大队长阎子平,他来做甚?于是装作不认识的样子问道:"施主要求姻缘还是官运?俺给您摇上一卦。"

阎子平从衣兜里掏出一块银圆放在签岸上说道:"请道长给俺摇上一卦,指指路。"

崔老道看见银圆眼睛一亮,他把银圆收进衣袋里,拿着一束香凑到油灯旁点燃,插在了香炉里喊着:"施主给火神爷磕个头吧。"

阎子平面对火神泥塑连连磕了三个响头,这时崔老道拿起桌案上的签筒,嘴里振振有词,不停地晃动着签筒,直到一支竹签从筒里飞落到地上。崔老道俯身捡起掉在地上的竹签,按着签上的序号去墙边换取签文,签文印在一张纸条上,崔老道撕下那纸签递给阎子平说:"施主抽了个下下签,您自己读签文吧。"

阎子平哆嗦着手接过签纸读道:"衰木逢春少,孤舟遇大风。动身无所托,劫难在途中。"

阎子平正是走投无路,两只转动着的贼眼珠顿时黯然失色,身子摇晃得厉害,只觉得天旋地转,好像踩了个陀螺,一屁股坐在了地上。

崔老道见阎子平失魂落魄的样子,哂笑一声问道:"施主的卦签可否灵验?"

"灵验,灵验呀,日本人要抓俺,请道长赐教。"阎子平说着把口袋里剩下的四块银圆全掏出来,放在了签桌上。

崔老道收起银圆,压低声音说:"殿台后边有个菜窖,你先躲进菜窖里,等过了这阵子风声你再出来。"

阎子平眼睛湿润,直呼崔老道是再生父母,拱手作揖致谢。

崔老道刚把阎子平藏进道殿后面的地窖里,一队保安队员就前来搜查,他们把殿内殿外搜了个遍,临走警告说如果看见一个脸上捂着黑布的人要报告,这人叫阎子平,是皇军抓捕的要犯,隐瞒者格杀勿论。崔老道答应着把保安队员们送出庙外,他返回道殿,心里琢磨着这个阎子平外号叫阎赖子,在营丘县城里尽干坏事,声名狼藉,如今藏进庙里,一旦被日本人知道,自己难脱干系。崔老道越想越害怕,觉得自己不如一走了之,他来到内室脱下道袍,把盘在头上的发髻披散下来,换了一件便服,又把阎子平给的五块银圆藏在腰带里,急急忙忙出了火神庙，回他老家都昌村去了。

　　这天夜里下起了大雨，在南关街流浪的一群乞丐来到火神庙避雨，他们推开殿门，见无人阻拦，便纷纷涌进殿里，相互依偎在一起睡起觉来。

　　阎子平躲在又湿又潮的菜窖里，饥渴难忍，又有蚊虫叮咬，让他苦不堪言，好不容易熬到天亮，便爬出菜窖来找崔老道要吃的。当他走进了道殿，看见横七竖八躺了一地人。惊愕之余却被乞丐们认了出来，只听一个乞丐说："瞧瞧这家伙脸上蒙着块黑布，咋像告示上画的那个人！"

　　乞丐们站了起来，围住阎子平上下打量着，不知谁喊了声："把他送给保安队，换些吃的。"

　　"换吃的，换吃的！"乞丐们聒噪着一拥而上，把阎子平按倒在地上，一个乞丐解下自己的裤腰带，反剪起阎子平的双手，捆了个结结实实。一行人大呼小叫，押送阎子平去报官。

　　汪少伦刚起床，准备去洗漱，守值的保安队员来报告说一群乞丐把阎子平逮到了，汪少伦闻之大喜，喊起几个保安队员随他去见阎子平，果然看见一群乞丐押着阎子平簇拥在大门处。

　　阎子平被汪少伦押解到日本兵营，小泉四郎已经发出电报告知青岛日本驻军总部，营丘县伪造假供应券的罪犯全部落网。日军青岛总部发来回执，并附有北原苍介签发的"统杀无赦"指令。

　　小泉四郎拿着电文喊着："统杀的有。"传令全体日本士兵紧急集合，准备行刑。

　　首先受刑的是阎相文，他的眼睛被一块黑布蒙住，身体被捆绑在兵营院中央的旗杆上，行刑的是两个日本娃娃兵，两人端着上了刺刀的步枪并列站在阎相文对面，当伍长发出刺杀口令时，两个娃娃兵腿打哆嗦，不敢动手。伍长生气地在他俩屁股上各踢一脚，吼叫着："刺杀，刺杀的有"。

　　两个娃娃兵同时端起枪，一下把刺刀扎进阎相文的肚子上。阎相文扭动着身子疼得"哎哟哎哟"直叫，伍长示范着刺杀动作，哇啦哇啦地训斥刺杀的位置不对。当看到两个娃娃兵把刺刀捅进阎相文的胸膛时，伍长满意地竖起了大拇指。

　　阎相文的尸体被拖到一边，阎子平和王丽丽被押了上来，二人分别被绑在靠墙的两棵树干上，汪少伦来到阎子平面前说道："姓阎的，恭喜你有今天的下场。"

　　阎子平有气无力地说："俺今天要做鬼了，饿了两天，水米未进呢，能不能给找点饭来填饱肚子,总不能让俺当个饿死鬼吧?"

汪少伦嘿嘿笑了几声说:"知道你饿了两天,可皇军的狼狗已经饿了三天,正等着吃人肉呢。"

阎子平朝着汪少伦的脸上吐了口唾沫,骂道:"狗娘养的汪少伦,等着俺变成恶鬼去咬你。"

两只狼狗轮番撕咬着阎子平身上的肉,阎子平撕心裂肺地惨叫着,小泉四郎看到汪少伦得意扬扬地哼着小曲,骂了一句"八格牙路",他拔出手枪朝着阎子平的脑袋砰砰就是两枪。

王丽丽早已魂不附体,脚底下惊吓出一摊尿水后昏倒了,小泉四郎让汪少伦把昏迷的王丽丽拖出日本军营,下令从今往后不得让她进入火车站区域。

傍晚时分,一列火车轰隆隆驶过营丘火车站,王丽丽苏醒过来,她学着狼狗"汪汪"地叫,一会儿哭泣,一会儿又大笑,从此营丘县城里出现了一个整日裤裆湿漉漉的、披头散发的疯女人。

第五十九章　颓势

趁着清晨凉爽，朴子摇着一条篷船，载着老爷子和二娘，由素欣陪在身旁来到仙月湖采莲。七月的仙月湖是最好看的季节，莲花竞相开放，湘莲、美人笑、六月报、红荷、白玉，各色种类叠翠铺锦，数十里的湖面落英缤纷，美不胜收，呈现出一派壮丽景象。

自从二娘和素欣来到高崖镇，刘老爷子心情大悦。今天，他坐在船上看着满目的荷花更是雅兴十足。篷船摇进荷花丛中，一群蜻蜓迎面飞过，刘老爷子捻着胡须说："'小荷才露尖尖角，早有蜻蜓立上头'，老夫今个亲临其境了。"

素欣在一旁说："老爹吟的是宋代杨万里《小池》里的诗句，触景生情，老爹何不来上一首？"

刘老爷子环顾四面的荷花吟道：

荷湖七月沐晨风，
伴棹蜻蜓迎日红。
浪奏洪波飘浩渺，
水天留影篷舟轻。

素欣听了拍手叫好："老爹，好诗好诗啊！"

摇橹的朴子却说："老爹的诗俺也没听懂，反正俺觉得这仙月湖比咱懒边园的葫芦湾阔多了，这里荷花开得鲜，花瓣也大，连蜻蜓也长得不一样。"

二娘说："还是俺朴子的话中听，一听就懂。"

一家人哈哈笑了起来。

朴子用力摇桨，把篷船驶进莲丛深处，素欣采了几颗莲蓬，她剥下几粒莲子递给了二娘和老爹，老爷子嚼着莲子说："好清香呀，这莲子又叫藕实，中医《金匮要略》上说它补脾止泻，养心安神，百病可却。"

二娘对素欣说："下次带个水壶来，俺把荷瓣上的露珠收在壶里，回家给你爹煮茶喝。"

刘老爷子接话说道："将荷花瓣和荷花蕊一起煮水，有清心除烦的功效。"

一船人有说有笑，一只鱼鹰鸣叫着忽地蹿入水中，不见了踪影，不一会儿衔起一条鱼，扑展着翅膀飞去。朴子顺着鱼鹰飞去的地方眺望，发现远处有只载鱼鹰的舢板，舢板上有个戴着斗笠的汉子正在挥动着手臂放鱼鹰捉鱼，朴子对老爹说："荷丛上有人在放鱼鹰捉鱼，咱去看看吗？"

刘老爷子点着头说："渔翁放鱼鹰捉鱼，只是听说未见其详。去看看，去看看。"

朴子摇橹过去，只见一条舢板飘荡在水面上，一个上了年岁的老汉坐在船尾处，手拿一根竹竿不停地赶着鱼鹰入水捉鱼，鱼鹰脖子系着一条绳索，小鱼能吞进肚中，吃不下的大鱼吐在舢板上，不多会儿舢板上已经有十几条鲜活的鱼在蹦跳着。

刘老爷子看得兴趣盎然，他问朴子："舢板上放鱼鹰的老汉是高崖镇上的吗？"

"是，老爹，他姓秦，平时爱开玩笑，镇上的人都叫他老顽童。"

朴子把篷船靠近，大声喊道："顽童大叔，你来得好早啊。"

那老汉见来了一条篷船，摇橹的人肩上斜挎着驳壳枪，定眼一看是朴子，嘻嘻一笑说："这不是咱独立营的刘教官吗？一大早就下湖了？"

朴子回答说："趁着早晨凉快，陪着老爹和老娘还有俺四姐来看荷花。"

"哎哟，刘教官好孝顺呀，敬佩，敬佩。"

"顽童大叔，你咋一大早来抓鱼呀？"

"嘿，刘教官不打鱼不知道湖上的事，早上放鱼鹰捉的是鲫鱼，晌午放鱼鹰捉的是鲤鱼，临晚放鱼鹰捉的是花鲢，实不相瞒，俺儿媳生了个大胖小子，老伴儿要俺逮些鲫鱼熬汤，给她补身子。"

朴子拱手施礼说道："领教领教，恭喜恭喜！"

老顽童嘿嘿笑了一阵子，对朴子说："刘教官，听说你是百发百中的神枪手，俺得领教领教。俺拿条鱼往天上一扔，你掏枪去打鱼，打中了这舢板上的鱼归你，打不中，俺借你的枪打几发过过枪瘾，咋样？"

朴子见老顽童耍调皮便回答:"俺独立营有纪律,不得随便玩枪,再说伤了您的鱼鹰,责任就大了。"

老顽童似乎被朴子的话给噎住了,他张了张嘴没说出话来,只见他俯下身去捡起十几条鲫鱼放进一个网兜里,朝着篷船甩了过来,网兜里的鱼被扔到朴子的脚下,老顽童嘻嘻一笑说:"算俺说话没谱儿,这几条鲫鱼你带回去给二老熬汤喝。"

朴子正想回话,却听见身后有人在高喊:"刘教官,俺有事找您。"

朴子转身望去,见是营部通信员小滕架着一条小舢,奋力摇动双桨飞速驶来,待舢板靠近,小滕抹了一把脸上的汗水说:"刘教官,营长说有紧急任务让您立即回营部,俺驾篷船陪老爷子看荷花,您驾着舢板回镇上,舢板速度快。"

刘老爷子见通信员小腾来找朴子,知道必有大事,便对朴子说:"你驾舢板先走,我和你二娘也要回去,一会儿太阳升起,这天就热了。"

朴子答应着跳到舢板上,小腾来到篷船前,大家招手向老顽童告别,两条船一前一后折返回高崖镇。

朴子来到明楼,看见台阶旁边的大槐树下拴着两匹战马,马大汗淋漓,知道这是长途跋涉跑过来的,他加快脚步走到营部门口喊了一声:"报告,刘治朴来到!"

屋里传来吕卫的声音:"快进来吧。"

朴子走进屋子,吕卫指着两个身穿新一团军服的战士说:"你看谁来了?"

朴子见是新一团团部通信员徐会良和报务组的组长郑晓扬,战友重逢分外亲切,三双大手紧紧握在一起。

刘墨林走过来对朴子说:"事情有些紧急,新一团于团长现任渤海军分区司令,他捎来一封信,说日军在潍北地区有异常调动,正在把县城之外的各乡镇据点撤防,兵力收缩到县城里,要求我营做实地侦查,了解敌方的意图,并尽快将情况报告。我和吕教导员、雷副营长商量,决定由你从营直属队挑选两名战士,乔装打扮潜入营丘县城,摸清日伪的动向,往返三天,时间紧,任务重,你看行吗?"

朴子回答说:"营长放心,俺保证完成任务。"

雷天泰过来补充说:"你去县城要隐蔽,去的人不要多,两人即可。可扮成渔民乘船沿狼水河到营丘码头,次日清晨从县城东门上岸进城,那边有刘青山接应，找到三叔问明情况，速去速回，军分区还等着消息呢。"

"明白，俺这就去准备。"

朴子刚要转身离去，新一团通信员徐会良却请示刘墨林说："报告刘营长，俺请求与刘治朴一起去营丘县城完成侦查任务。"

刘墨林看着这位血气方刚的小伙子心里喜欢，说道："你的请求由吕卫教导员决定。"

吕卫拍了一下徐会良的肩膀说："你骑了一夜的马，身体吃得消吗？"

"报告吕教导员，俺吃得消。"

吕卫说："好吧，你听刘治朴指挥，下午睡一觉，晚上出发。"

看着朴子和徐会良走出营部，吕卫对郑晓扬说："你的任务也很重要，下午我陪你到各联队去挑选能识字的战士，利用你在高崖镇这三天时间为独立营培训出报务员来。"

郑晓扬行军礼说："教导员放心，晓扬尽力而为。"

刘墨林说道："郑组长能来，我们从日本特务手里缴获的那部电台这次能派上用场了，从此咱独立营就有了千里眼和顺风耳，只是不知道兵营里有没有人识字。"

雷天泰在旁边接话说："试试看吧，总得找出个能识文断字的人来，跟着郑组长学发报。"

清晨万籁俱寂，天边露出鱼肚色的曙光，高崖镇上的艄公撑着一条篷船，把朴子和徐会良送到了营丘东门外渡口，朴子扮作渔民的模样，提着一篮子新鲜鲫鱼走上岸来。徐会良肩上扛着渔叉，渔叉的叉杆上吊挂着两条大嘴鲢鱼，足足有半个人高，他跟在朴子身后也走向渡口，朴子转身打了个口哨，让艄公撑船离去。

城门掩闭着，连个人影也没有，朴子抬起脚来蹬了一下城门，那城门吱吱呀呀开启了一条缝隙，徐会良随势一推，二人闪了进来，他俩刚走几步，门内的几个保安队员惊慌地喊叫着跑了过来，一个身穿小队长制服的保安队员问道："你们是什么人？这么早就进城了。"

朴子不慌不忙地答道："俺是荆山湾子的，想早点进城，到集市上去卖夜里网的新鲜鱼。"

保安队员们围了上来，看到徐会良扛着的渔叉上那两条大嘴鲢鱼，开始七嘴八舌地议论起来。保安小队长看了看大嘴鲢鱼说道："嘿！怎么这般巧，咱汪大队长今天要娶亲，昨夜吩咐俺去买鱼呢，一大早就给送上门来了。"

他又看了看篮子里的鲫鱼，说道："你俩卖的鱼，俺保安队全收购了，开个价吧。"

朴子说："一篮子鲜鲫鱼，两条大嘴鲢子，三块银圆咋样？"

保安小队长伸出两个指头说道："县里闹饥荒呢，买东西要交税，就两块银圆吧，免交税钱。"

朴子也不再打价，说道："好吧，权当给汪大队长贺喜，咱们一手交钱，一手交货。"

"这个小兄弟会说话，稍等，俺去拿钱。"保安小队长转身去了值班室。

不一会儿保安小队长拿着两块银圆走过来递给朴子说："打交道痛痛快快多好，早卖了早回家，免得在集市上让太阳晒着，趁着早晨凉快，回你们荆山湾子吧。"

朴子说："谢老总，还得去城里给俺老爹打二斤酒呢。"

保安小队长指了指前边一条街说："酒铺子在电厂大门旁边，这时辰还早，城里的街店还没开门呢。"

朴子和徐会良把鱼留下，一个提着空篮子，一个扛着渔叉，二人往城里走去。

朴子对县城太熟悉了，他带领着徐会良很快来到电厂，见大铁门开着，便径直走进厂里，看门的老头见进来了两个人，忙出来问是找谁的，还没等朴子答话，那老头惊叫起来："哎呀，是少掌柜，几年不见，俺都不敢认了，你三叔还没过来，俺领您先到办公室坐会儿。"

朴子问道："刘青山在厂里吗？"

"他在兴许还在睡觉呢，俺这就去喊他。"老头回答着去叫刘青山。

刘青山听说朴子来找他，迅速跑出屋子，见朴子手里提着个空篮子，旁边的人扛着只渔叉，二人都是渔民打扮，刘青山把他俩让进屋里，关上门问朴子："这位同志咋不认识？"

朴子回答说："他是新一团团部通信员徐会良，现在要尽快见到俺三叔，营长还等着俺俩回去报告呢。"

刘青山看了看徐会良说："先把渔叉留在这里，俺这就去套车，送你们去西门里找三叔。"

刘青山从床底下拖出一只木箱子说道："这箱子里是刘营长上次来县城接老爷子时留下来的枪支和弹药，你们看看能不能用上，俺到马厩套车去。"

刘青山走出屋子，朴子把木箱子打开一看，顿时喜出望外，箱子里有两支驳壳枪、两包子弹和十枚日式无柄手榴弹。朴子把驳壳枪压满子弹，一支交给徐会良，一支插在腰里，又把手榴弹放进刚才盛鱼的篮子里，这时听到刘青山在门外喊："车套好了，咱们走吧。"

朴子提篮子走出屋子，见刘青山驾着一辆篷车在等候，便招呼徐会良上了篷车，刘青山甩了一个响鞭驾车出了厂门，朝西门里驶去。

刘锦什和秦贞贞正在家里吃着早点，素楠在一旁拨弄着高桥四太郎从青岛捎来的收音机，先是听到一曲日本音乐，后听见一位男腔的播音声调，显得很悲怆。刘锦什问素楠收音机里说些什么，素楠说日本国出了大事，从天上掉下一枚陨石击中了广岛市，白色的闪光让成千上万的人双目失明，随即发生大爆炸，顷刻之间卷起巨大的蘑菇状烟云，接着竖起几百根火柱，广岛市沦为焦热的火海，有几十万人死亡。刘锦什说："日本人遭受天谴，引来万劫不复之祸，真是报应啊。"

秦贞贞听见客厅里好像来了人，便离开餐桌，来到餐厅，当看到刘青山领着朴子和一个不认识的年轻人进来时，有些意外。朴子看见三婶过来，连忙鞠躬施礼说道："三婶好，俺从高崖镇过来，三叔在家吗？"

"哎哟，朴子咋长得又高又壮？你三叔在餐厅吃饭呢，你们还没吃饭吧？快到餐厅里坐，三婶给你们做饭。"

素楠听是朴子来了，高兴得一蹦一跳，她做了个鬼脸对朴子说："家里来了个大英雄，弟弟您肚子饿了吧，快来餐厅吃饭。"

朴子见是素楠出来，便说："五姐好漂亮，俺真的饿了。"

一行人进了餐厅，围着餐桌坐下，秦贞贞见来了两个大小伙子，便让素楠帮着在灶膛里烧火，煮起挂面来。

刘锦什问朴子："你们是不是赶了一夜的路，啥事这么急？"

朴子看了看徐会良说："俺二姐夫捎来一封信说，不知为什么日本鬼子把各个据点的驻军撤回到了县城，纵队领导特地派新一团通信员小徐来了解情况，三姐夫和吕教导员派俺俩到县城找您问问。"

刘锦什听了把紧张的脸色平静下来，他指着摆在窗台上的收音机说："刚才楠儿听了收音机，日本的播音员说天上的陨石落在了广岛市，砸死了几十万人呢，咱潍北这边闹着饥荒，县城外的据点根本供给不上，所以他们把兵力撤回县城，力保不失，也是没有办法的办法，日本人遭天报应，离灭亡的日子不会太久了。"

听着三叔的分析，朴子和徐会良点头对视了一下，朴子说："俺明白了，三叔，这些情况要早回去汇报。"

刘锦什说："今天中午伪保安大队长汪少伦在队部举办婚宴，我得去应付一下，你俩等我回来再走。"

秦贞贞问锦什："这个汪少伦都四十多岁了，要娶谁家的千金？"

"汪少伦硬是要娶东关煤店韩知恒的女儿，韩家姑娘才十七，这欺男霸女的龌龊事，亏他汪少伦能做得出来。"刘锦什愤愤地说。

素楠在一旁插话："爸，您就别去了。"

刘锦什解释说："小泉次郎约我过去，爸得去应酬，还有我先去厂里处理一些事情，下午安排拉煤炭的卡车送朴子和小徐出城。"说罢，喊着刘青山驾车去了电厂。

素楠端着两碗刚出锅的面条，分别送到朴子和徐会良面前，看着两人吃着面条，素楠开起了朴子的玩笑："朴子弟弟，你眼睛怎么比小时候斜得更厉害了？是不是眼不斜，这枪就打不准了？"

朴子嘿嘿一笑说："在家里英子叫俺白眼狼，在部队上大家都喊俺白狼。"

"听说你的枪法了得，百发百中，啥时候也教五姐打几枪。"素楠又说。

朴子用筷子指着窗台上的收音机说："教五姐玩枪可以，不过你得把收音匣子借给俺听两天。"

素楠笑了笑说："大娘说咱懒边园的家业都是你少东家朴子的，这台收音机算个啥。"

朴子却摇着头说："咱二姐夫于震邦团长让俺做个无产阶级，俺可不稀罕什么家产。"

素楠问道："啥叫无产阶级呀？"

朴子憋红了脸，想了好一会儿才说："好像是净身出户。"

秦贞贞切了一碟小咸菜端上餐桌，她对朴子说："你五姐逗你玩呢，快趁热吃面条吧，这台收音机你喜欢就拿走。"

朴子瞪起那只斜眼看秦贞贞说："三婶子，俺部队有纪律，不拿群众一针一线。"

在一旁吃着面条的徐会良再也忍不住了，扑哧一笑，那面条从鼻孔里喷了出来。

此时，韩知恒家里乱了套，韩家姑娘叫韩雯雯，十七岁的年纪却性格刚烈，她手里攥着一把剪刀要死要活，发誓不嫁汪少伦。韩家族亲众多，听说汪少伦要强娶韩雯雯，七大姑八大姨来了一帮人，大家议论纷纷，多数不同意这门亲事，有的说让雯雯到亲戚家躲几天，有的干脆要与汪少伦拼个你死我活，韩知恒的老婆也在骂韩知恒，说这是要把自己的女儿往火坑里推。韩知恒有苦难言，一脸无奈。

韩家院子里来了一个女乞丐，吵吵嚷嚷要吃的。韩知恒他老婆出来一看是王丽丽，气不打一处来，抓起一把铲煤要把她轰走，谁知王丽丽索性把身上的破衣裳脱了个干干净净，赤身裸体躺在地上耍起了无赖。韩知恒的老婆也不含糊，叫来几个婆娘要把王丽丽抬走。正当院子里闹得不可开交，韩知恒眉头一皱，计上心来，他喊着众人住手，自己来到王丽丽的身边说："你穿上衣服，俺给你吃白面大馒头。"

半痴半疯的王丽丽一听有吃的，穿上衣服从地上爬起来要跟韩知恒走，韩知恒把王丽丽领到饭堂里，找出三个大馒头和几个咸鸭蛋，又从酒坛子里倒了一大碗酒，他端着酒对王丽丽说："你喝了这碗酒，才能让你吃大馒头和咸鸭蛋。"

王丽丽饥不择食，接过韩知恒手中的酒，咕咚咕咚喝了下去，一碗酒喝光，她扔下酒碗抓起馒头就啃，馒头还未吃完一半，晃荡着身子倒了下去。

韩知恒喊他老婆过来，在她耳边说了几句话，他老婆心领神会，招呼着旁边的几个婆娘扒下王丽丽身上的破衣裳，给她换上女儿的婚服，戴上凤冠，又用红绸布遮盖住王丽丽的脸孔。一伙娘们七手八脚忙活了半天才把王丽丽抬到了正房里，韩家要偷梁换柱，让汪少伦出丑。

随着一阵奏乐声，汪少伦身穿蓝袍黑马褂，头戴黑缎礼帽，胸前佩戴大红扎花，骑着一匹枣红大马行走在前面。他身后是一乘四人抬的大花轿，大喇叭、小唢呐在左右两侧吹奏着，十几名执枪的保安队员尾随行进。这支娶亲队伍来到韩知恒家大门口，早有接待的汉子在门口外候着，那汉子见汪少伦下了马，便迎上前去说了一通话，汪少伦听了昂起头笑了几声说道："没关系，没关系，难得俺丈人一片苦心，韩小姐上了轿就是俺媳妇，俺不管她是醉了还是醒了，快点把俺媳妇扶进轿子里，兄弟们还等着俺俩拜堂成亲呢。"

那汉子答应着跑进门内，不一会儿工夫，韩家几个婆娘把醉睡中的王丽丽弄进花轿里，汪少伦也不在乎，翻身上马，催促着轿夫们折返，乐队又随着队伍嘀嗒嗒嘀嗒嗒地吹奏起来。

县保安大队队部的大院里摆上了十几桌酒席，出席婚宴的人看到花轿进了院子，呼喊着叫起好来。待花轿落地，汪少伦掀开轿帘看见新娘子烂醉如泥，只好省了拜堂成亲的礼数，安排人把新娘子架进新房，自己到了头桌向前来贺喜的小泉四郎站长、郭子敬县长和刘锦什大掌柜一一致谢。随着司仪官高喊一声"开席"，大家推杯换盏，喝起酒来，场面好不热闹。

王丽丽醒了酒，口渴难忍，她扯下盖在头上的红绸布，摇晃着身子到了屋子外面找水喝，她看到满院子的人都在吃菜喝酒，便来到离她最近的头号桌旁，端起小泉四郎用过的茶杯喝起茶来，正当大家惊愕之余，她又抓起桌子上的一只烧鸡大口啃了起来，新娘子的举动把入席的宾客惊呆了，小泉四郎看了一下这位身穿婚纱的新娘有些面熟，仔细观察认出这位新娘子是王丽丽，觉得不可思议，便问坐在他旁边的汪少伦："这是你娶的新娘子吗？"

汪少伦也不知道为什么用大花轿抬来的韩家小姐变成了疯婆子王丽丽，他呆呆地愣在那里，张着大嘴巴也说不出话来。

小泉四郎骂了一句："八格牙路！"瞪了汪少伦一眼，拂袖而去。

同在头桌的郭子敬看了刘锦什一眼，两人也同时离席。一时间在院子里出席婚宴的人走了一大半。

汪少伦这才明白过来，韩知恒玩了移花接木的把戏，把自己骗了，他气愤不过，纠集了十几个保安队员要去找韩知恒算账。

一干人手执木棍、斧头，气势汹汹地来到东关煤店，煤店大门落锁，韩知恒和他的家人早已逃之夭夭。汪少伦大怒，煽动保安队员把韩家煤店砸了个稀巴烂。

朴子一觉睡到晌午，他睁开眼睛发现徐会良不在身边，便出来屋子去找，见徐会良在院子里用抹布擦着一辆脚踏车，打招呼说："小徐，你没睡觉吗？"

"刘教官你醒了？俺睡醒了来院子里溜达，看见这辆脚踏车太脏了，就擦洗一下。"

"这是俺五姐骑的车，车胎里还有气不？"

"俺看了，满着呢。刘教官，你说营丘县城有多大？"

朴子抬头看见西院房顶上的烟筒冒着黑烟，他对徐会良说："俺三婶和五姐还在做饭，我骑车拉你去城里转一圈儿吧。"

"行吗，不会有危险啊？"

"咱俩带上枪，转一圈就回来。"朴子说完推着脚踏车出了院子。

再说汪少伦带领着他的保安队员从东关煤店出来，似乎怒气未消，嘴里骂骂咧咧地走在前面，一伙人在大街上走着，见迎面一辆脚踏车飞驰过来，汪少伦扬起手喊道:"停车,给老子停车!"

朴子见对面走来一伙人,忙刹住车闸让车速放慢,徐会良顺势从车上跳了下来,脚踏车已来到汪少伦面前,只听汪少伦骂道:"混账东西,你他妈的没看见老子在执行公务?"

朴子刹住车,一条腿撑住车身,用斜眼瞄向对面的人,见此人身穿黑缎马褂,胸前佩戴着大红花,四十岁左右的年纪,心想这人大概就是要娶韩知恒女儿的县伪保安大队长汪少伦,怎么这副德行!不由得心生厌恶,下意识地伸手去掏枪。汪少伦眼尖,他见对方是个斜眼,觉得好像在哪里见过,又看见对方有掏枪的动作,突然想起这人正是去年皇军在寿光大扫荡中要通缉的神枪手白狼。他斜眼特征太明显了,刹那汪少伦身上似有一股电流通过,冷不丁打了一个寒战。他悔恨自己的队伍只拿了些棍棒没有带枪,只好点头哈腰,向对方示好,嘴里终于冒出了人话:"对不起,是误会,是误会,请通行,请通行。"

朴子也不与他计较,喊着徐会良上车坐稳,蹬起脚踏车,扬长而去。汪少伦急匆匆回到县保安大队,他摸起电话向小泉四郎报告了白狼潜入营丘县城的消息,又下令保安队紧急集合,欲倾巢出动缉捕白狼。

朴子骑车带着徐会良来到大石桥北首,两人下车沿着拱坡走向大桥,朴子指着桥两侧的石头围栏说:"下面就是狼水河,昨夜咱俩就是从仙月湖东岔口乘船沿着这条河来营丘县城的。"

徐会良望着缓缓流动的河水说:"好宽的大河,好漂亮的县城,等日本鬼子滚出中国,说不准你们独立营就迁回这县城来。"

二人说着话,突然听见响起了一阵阵警哨声,朴子说:"不好,汪少伦认出了我们,三叔家回不去了,要赶紧从南门突围出去。"说罢,他让徐会良坐在脚踏车上,自己骑上去,顺着大石桥下坡往南奔去。

朴子和徐会良刚下来桥头南口,便和汪少伦带领的保安队遭遇上了。朴子几枪过去,几个保安队员应声倒地,汪少伦和他的保安队都知道对面是神枪手白狼,谁也不敢冲锋,双方对峙起来。这时日本的巡逻队赶到,密集的机枪子弹把朴子和徐会良逼到桥头边上的石头狮子身后。

在这危急时刻,石桥上下来一辆马拉的篷车,驾车的正是刘青山,只见他驾着篷车冲下桥头,对着朴子喊道:"俺来掩护,你俩沿着药房东墙进巷子,从南门出城完成任务要紧。"说着驾车朝前冲去,日本巡逻队的机枪把拉篷车的马匹打倒,刘青山的肩头和双腿也被子弹击中,篷车翻倒在马路中央,刘青山费力地把乘着手榴弹的篮子拖到身边,他把一颗颗手榴弹的保险销拔出来,当敌人围过来时,他拉响了手榴弹。

手榴弹巨大的爆炸声让朴子痛心不已,他大喊着:"青山哥,俺对不住你啊。"

朴子一只手扶着车把,一只手挥动着驳壳枪往县城南门冲去,看守城门的保安队员见有人骑着一辆脚踏车飞速驶来,便招手阻拦,朴子和徐会良举枪便打,两个保安队员顿时被击倒,其余的人纷纷躲避,朴子奋力蹬车,闯出了营丘县城。

第六十章 光复

正午时分，一列瓦罐军车停靠在营丘火车站，小泉四郎率领他的士兵在站台前列队迎接。瓦罐车厢里下来了许多伤员，瘸腿的、断胳膊的、用纱布缠着脑袋的，一个个无精打采，在站台上活动。两个带着红十字袖标的医务人员照应着一个用绷带吊着胳膊的军官走下了车厢，小泉四郎迎了上去，他见这位军官佩戴少将军衔，即行军礼报告："将军阁下，营丘火车站站长小泉四郎中佐听候吩咐。"

这位少将抬了抬受伤的胳膊，似乎很疼痛，"吁"了一声，朝着小泉四郎点了点头问道："列车在这里要停靠多长时间？"

小泉站长回答说："报告将军，本站得到的指令是列车停靠三十分钟，要对机车进行加水和补充燃煤。"

"吆西，你这里有咖啡吗？"少将又问。

"有的，有的，请将军到我站长室休息。"

小泉四郎邀请这位少将来到站长室，亲自煮了一杯咖啡端到他面前说道："将军阁下，请用咖啡。"

少将端起杯子，啜了一口咖啡，称赞说："非常完美的味道，正宗的马来西亚零涩咖啡，你叫什么名字？听你是关东口音，是千叶县人吗？"

"是的，是的，我出生在千叶县夷隅郡的御宿町，我叫小泉四郎，在这里任站长十多年了，听将军口音，也是关东大平原的吧？"

"你我都是本土的关东人，我叫小坂正雄，出生在千叶县八千代，原在奉天关东军司令部任职，后调至太行山作战。"

同乡相见，逐渐熟络起来，小泉关切地问道："将军，您胳膊上的伤势严重吗？大日本的将军都受伤，难道战斗很激烈？"

小坂正雄一脸无奈地说："太行山区的地势十分复杂，共产党的八路部队实行游击战法，不好对付，我们皇军在那里作战很艰苦。"

小泉四郎见这位同乡少将态度诚恳，便问道："听广播说美国人的飞机轰炸了我国本土，很想聆听将军阁下对局势的看法。"

小坂正雄把杯中的咖啡喝光，咂巴了几下嘴说："中国的古文《左传》说过，外强中干，进退不可，周旋不能，这正是我大日本帝国目前的窘境，我受帝国统帅部的命令，率领军车上的伤残士兵回日本守卫本土，如不出本人所料，你们交通部队近期也要撤回本土。"

小坂少将看着挂在墙上的潍北地图又说："这是块平原地带，地貌与我们日本关东地区几乎一样，中国太大，我们消化不了它，勉强吞下去会把肚子胀破，你明白吗？"

"明白，我明白。"小泉四郎答应着。

火车鸣起了长长的汽笛声，小坂少将起身说："要动身了，感谢站长的咖啡，我们一定会在本土见面。"

小泉四郎送小坂少将上了车厢，火车轰鸣着离开了火车站，望着远去的军车，小泉四郎心里一阵惆怅。

羽田美子提着一只竹篮饭盒站在站长室门口，她目送军用瓦罐车开走，看见小泉四郎回来，便喊着："站长阁下，您饿了吧，请用餐吧。"

羽田美子今天打扮得很漂亮，只见她高挽着发髻，穿着一件夏日式紫荆花留袖和服，身材显得愈发凹凸妙曼，白嫩细致的皮肤散发出更加暧昧的诱惑。小泉四郎瞅了她一眼，掏出挂在腰带上的钥匙打开站长室的门，伸出手来做出一个邀请的动作说道："美子小姐，请进屋吧。"

羽田美子走进站长室，把篮子里的食物摆到案几上说道："站长辛苦了，这么晚了还没有吃饭。"

小泉四郎却说："我的胸部沉闷，不想吃任何东西。"

羽田美子哽咽着说："这是我最后一次给您送饭，从今往后，您不会再吃到我做的饭了。"

小泉四郎吃惊地问道："你说什么？这是为什么？"

"青岛驻军总部打来电话，要我尽快赶到烟台战区去做慰安服务。"

小泉四郎有些恼怒，他摘下戴在头上的军帽狠狠地摔到办公桌上，对羽田美子说："不要去，战争很快会结束，时局会有变化。你等待跟我一起撤回到日本国土去。"

羽田美子感动地哭泣起来。

墙上的自鸣钟发出了叮当叮当的响声,小泉四郎见指针指向下午一点,他端起案几上羽田美子送来的一碗味噌汤,放在嘴边狠狠地呷了几口,笑着说:"很好喝的酱汤,只有像家乡农民那样野蛮地喝汤,才能尝出酱的味道来。"

小泉把汤碗放在案几上,又说:"请您把收音机打开,我要听家乡的广播。"

羽田美子擦着眼泪旋转着收音机上的旋钮,收音机里传来了近似哭调的声音:

朕深鉴于世界之大势及帝国之现状,欲采取非常之措施,收拾时局。兹告尔等臣民,朕已命帝国政府通告美、英、中、苏四国,接受其联合公告。

盖谋求帝国臣民之安宁,同享万邦共荣之乐,斯乃皇祖皇宗之遗范,亦为朕所眷眷不忘者。前者,帝国所以对美、英两国宣战,实亦为希求帝国之自存与东亚之安定。至若排斥他国之主权,侵犯他国之领土,固非朕之本志。然交战已阅四载,纵有陆、海将士之奋战,百官有司之奋勉,一亿众庶之奉公,各自恪尽最大努力,战局并未好转,世界大势亦不利于我。加之,敌新使用残虐炸弹,频杀无辜,惨害所及,实难逆料。若仍继续交战,不仅导致我民族之灭亡,亦将破坏人类之文明。

如斯,朕何以保亿兆之赤子,谢皇祖皇宗之神灵乎!此朕之所以饬帝国政府接受联合公告也……

小泉四郎呆呆地坐在椅子上,许久才叹出一口气来,他对羽田美子说:"裕仁天皇陛下发布诏书,宣布大日本帝国无条件投降,战争结束了。"

电话铃响了起来,小泉四郎不情愿地抓起话筒,电话里传来北原苍介的声音,他指示营丘火车站及兵营驻军要及早做好撤退准备,听令实施。当小泉四郎请示兵营中的武器弹药是否销毁时,北原苍介告知说:"武器弹药是用于战争的,大日本帝国已经不需要战争,这些武器装备要留给企图内战的中国武装力量,中国自身有了战争,撤退的日本人才最安全。"小泉四郎"哈依哈依"地答应着。

刚放下电话,一个日本士兵送来一封绝密信件,要求小泉站长签收。小泉四郎签字后拆开信件看了起来,这是一份由日本特高课对懒边园家族的调查情报，调查表明懒边园家族成员几乎都是重要的抗日分子，当看到击毙八木成仁少佐的白狼竟然就是朴子时，他不寒而栗。

小泉四郎回想起几年前拜访懒边园与刘老爷子一起吃饭时，曾谈及日本与中国是一衣带水的近邻之邦，谁知一场战争让朋友变成了敌人，小泉四郎迁思回虑，回想起圣人孟子的一句古语来，彼一时，此一时。于是他吩咐羽田美子说："今天晚上你陪我去刘锦什大掌柜家吃饭，你去准备一些寿司，另外给他夫人带上一件礼物。"

羽田美子鞠了一躬，答应着出去了。

天色黑暗下来，街上亮起了路灯，小泉四郎身穿西装，特地扎了一条白色的领带，由羽田美子陪着来到了刘锦什家里。刘锦什见小泉站长来到，他和夫人秦贞贞、女儿素楠出门迎接，羽田美子把手里的大礼盒递给秦贞贞说："我做了一点寿司，又给夫人准备了一条丝巾，不成敬意，请多多关照。"

秦贞贞见羽田美子如此客气，便说："千万不要客气，饭菜都准备好了，请到餐厅吃饭吧。"

五个人落座，小泉四郎对刘锦什说："这些年我领教了你们家的懒郎酒，我们日本的清酒在懒郎酒面前就像弟弟遇到了哥哥。"

素楠聪明，她从收音机里听到了日本投降的消息，又在高桥四太郎那里得到了证实，猜到小泉站长的到来大概与时局有关，她端起酒壶，一边往杯子里斟酒，一边问小泉四郎："小泉站长，听收音机里说，贵国的长崎和广岛市被天上落下来的陨石击中，造成伤亡，真是一件不幸的事。"

小泉四郎把满满的一杯酒一口吞了下去，他端着空杯说道："日本的军界在撒谎，落在长崎和广岛的爆炸物不是天上的陨石，是美国人扔下来的残虐炸弹，造成三十万人伤亡、近五万幢房屋被毁，长崎和广岛变成了一片废墟。"

正当酒桌上的人听得毛骨悚然的时候，小泉四郎声音低沉地说："我大日本帝国裕仁天皇已颁布诏书，宣布结束战争。"

素楠接话说："我在收音机里听到了日语广播，有些日语没有听懂，问了高桥四太郎才知道，这场战争要结束了。"

小泉四郎凄然一笑说道："楠桑，岂止是结束战争，是我大日本帝国无条件投降。"

刘锦什用颤抖的嗓门对小泉四郎说："这场战争给中国人造成了极大灾难，你看我们懒边园这一家子，大哥、二哥有家不能回，我侄子、侄女也在外闯荡，数不尽的老百姓失去了家人……"他哽咽着用拳头捶了几下餐桌。

小泉四郎放下酒杯，他以立正姿势深深鞠了一躬后说道："我，小泉四郎对这场战争给懒边园造成的伤害表示深切的歉意。"说罢，他从西装的内衣袋里掏出一个信封来，双手递过去说，"战争把我们的合作关系变成了敌对关系，这是日本特高课对懒边园家族的情报调查，我才知道您的二哥史秦将军是共产党军队的重要负责人，令本人想不到的是，被寿光日本驻军通缉的白狼竟然是朴子。"

小泉四郎把特高课提供的情报文件递交给了刘锦什，他又补充说："这份情报书请保存好，一场可怕的战争把一个绅士之家变成了抗战之家，另外在文件的后页是我给朴子写的一封亲笔信，请尽快转给他。"

小泉四郎看了一下手表，转头对素楠说："楠桑，高桥君决定不回日本国了，因为在美国飞机的轰炸中，他失去了所有亲人，高桥四太郎是一个优秀的电气工程师，留在营丘县，你们电厂有用，我还希望你俩成为朋友，为此我在日本军营留下来一批桶装美孚汽油作为馈赠的礼品，你知道目前汽油是最匮乏的物资，明天务必派人去兵营拉货。"

看着素楠默默地点头，小泉四郎眼眶里涌动着泪水，停顿了好一会儿才说："刘大掌柜，我真想在你家多待一会儿，可是事务在身，我不得不即刻告辞，请谅解。"

小泉四郎招呼着羽田美子离开餐厅，他谢绝刘锦什一家的送行，疾步走到巷口，等待他的摩托车发动起来，他坐在后座对迈进挎斗里的羽田美子说："抓紧回兵营收拾行李，今晚零时所有日籍人员乘专列撤离营丘火车站。"

摩托车的轰鸣声由近渐远，消失在夜幕中。刘锦什来到书房要看小泉四郎留下的信件，他凑到台灯下开启信封看了起来，尽管特高课的这份情报是日文的，但也能看出个大概。懒边园家族的成员关系与职业年龄条条分明，刘锦什不得不佩服日本特高课的情报手段，后页上是小泉四郎写给朴子的亲笔信：

　　白狼先生，你见到这封信的时候，我已率领我的部下撤离了营丘火车站，战争让朋友变成了敌人，让朴子变成了白狼，我对日本军人给营丘县庶民百姓造成的伤害深表歉意。

　　日本裕仁天皇陛下已发布诏降书，作为谢罪，我已将日本驻营丘兵营中的武器装备清点造册，如数封藏在兵营东侧备用铁轨上的两节车厢内，请转告你的长官尽快取运。真想再次与你摔跤，但我知道你必胜我必败，代问贵府你的家人安好。

　　小泉四郎搁笔。

附日军武器装备清单：

明治三八式七十五毫米口径野炮二门

大正三年式重机枪二挺

大正十一年式轻机枪四挺

明治三八式有坂步枪五十六支

德式无柄手榴弹六箱

炮弹及子弹共计七十九箱

九四式五号发信机二部，配手摇发电机二部

日式莫尔斯电码发报机一部，配电池若干

另有九四式军用卡车二辆、九七式挎斗摩托车五台、战马四匹，均在军营车库和马厩放置。不成敬意，请贵军查验收讫。

刘锦什看完小泉四郎写给朴子的这封信件，感到事关重大，一是告知日本人要在今晚撤退，二是告知日军武器装备的贮藏地点，须尽快把这封信件送至高崖镇，让刘墨林的独立营采取行动。于是他来到客厅与秦贞贞和素楠商量要连夜去高崖镇送信。

秦贞贞听说丈夫深更半夜要出门，有些不放心，便劝阻说："明早天亮动身吧，高崖镇路远，这黑灯瞎火的怎么去？"

刘锦什说："军情十万火急，容不得一刻钟耽误，必须去啊，我决定乘厂里的两部卡车去高崖镇。"

秦贞贞问道："为啥乘两部车去呀？再说城门早就关了，能出得去吗？"

"车上有通行证，我亲自去叫开城门，守门的保安队都受过贿赂，不会不开门，带两部车去高崖镇，是想把大哥和二嫂接回来。"

刘锦什对夫人解释完，又对素楠说："楠儿你记住，爸出城以后，你立即在全城停电，并切断所有电话联系，爸爸不回来，不得送电。"

"知道了爸，我这就陪您去厂里，安排司机开车送您出城。"素楠说罢，挽起刘锦什的胳膊出了家门。

高崖镇上明楼营部里灯火通明，深更半夜刘墨林召集连以上军官开会，宣读渤海区党委刚刚发来的电报：

一、日本天皇发布诏书，承认日军战败，表示无条件投降。

第六十章 光复

二、于振邦同志为渤海区司令员兼党委书记，负责潍北地域全面工作。

三、原营丘县抗日救国独营扩建为营丘独立团，任命刘墨林为团长，吕卫为政治委员，雷天泰为副团长，孙广仁为参谋长。

四、尽快摸清日军投降后营丘县城和营丘火车站的情况，等候伺机解放。

营部里响起阵阵鼓掌声和欢呼声，大家相互鼓励，表示要拿下营丘县城和营丘火车站。

卫兵前来报告说，明楼外来了两辆大卡车，来人自称叫三叔，要见刘营长，刘墨林、雷天泰和朴子立即跑出营部去迎接刘锦什，见三叔星夜赶来高崖镇，知道必有大事传递。还不等问候，刘锦什把小泉四郎写给朴子的信件交给刘墨林说："事关重大，你看了这封信就知道了。"

刘墨林一口气读完信件，心中大喜，看到信件中的日军武器清单，更是如获至宝，当即告诉入会的军官们，今晚有重大行动，让连队长们各回营房召集士兵们做好连夜战斗准备，听令而行。

刘墨林见众军官离去，营部里只留下吕卫、雷天泰、孙广仁和朴子，便喊着给三叔刘锦什沏杯茶。素欣从内室端着一杯茶，叫着三叔递过来，刘锦什接过素欣递来的茶心里嘀咕，这深更半夜的，素欣怎么在这里？吕卫看着刘锦什大掌柜惊疑的眼神解释说："刘大掌柜有所不知，前不久我部缴获了一部日特的电台，军区派报务组长来我营教习发报人员，无奈营里找不出个人来干这件事，素欣听说后主动请缨，她人也聪明，现在收发报技术已是得心应手，今晚的消息事关重大，所以素欣来营部值班。"

刘墨林见三叔消除了疑惑，便说："三叔披星戴月送来小泉四郎写给朴子的信件，犹如连城之璧，当立大功，营丘独立团全体官兵感激不尽，不过墨林斗胆要借三叔一物，不知是否应许？"

"跟三叔不必客气。"

"我想借用一下您带来的两部汽车，趁夜色运送兵力去占领营丘车站。"

刘锦什听后欣然应允，说道："本想着带两部卡车过来，是接你岳父和二娘回懒边园的，既然军务所需，你们用便是。"

刘墨林又问道："不知这一辆汽车能拉多少人？"

刘锦什答道："车斗里能拉十六人，驾驶室里除了司机，还能挤进两人。"

刘墨林大喜，他拍了一下桌子说："马上组建一支三十二人的突击队，刘治朴为突击队长,雷副团长带队,卡车绕开县城直抵日本军营,拂晓前就能控制火车站。"

他看了一下刘锦什又说:"只是辛苦了二位司机。"

刘锦什说:"不妨事,我押车同去。"

刘墨林点头同意,补充说:"还得带上素欣,在日军留下来的装备里有部发报机,看看能不能启用,一旦能用,立马联系。"

看着众人点头称是,刘墨林挥起拳头砸了一下桌子,下达命令:"雷副团长和朴子陪三叔带着突击队乘汽车即刻出发,吕政委和孙参谋长在明楼坐镇,我带三个连队星夜兼程至营丘,晌午县城便能得手。"

随着大家齐声喊"是",明楼大院里响起了紧急集结号。

伪保安大队长汪少伦纠集了几个牌友在队部打麻将,发誓要打个通宵,不知咋了,今晚汪少伦的手气特别差,几乎是打一局输一局。玩到半夜,却突然停了电,有人趁着黑暗把桌子上的钱划了个一干二净,汪少伦无可奈何,只得去了卧房睡觉。早晨起床汪少伦连拉了几下电灯开关,还是没有电,骂骂咧咧地来到队部给电厂打电话询问,喊叫了半天也没有接通。汪少伦气急败坏,骑上保安队的一辆挎斗摩托要到电厂去寻事,他来到电厂见大门紧闭,跳下摩托车来到门前又踢又踹,无论他怎么折腾,也没有人来搭理他,只好骑上摩托车来到伪县府来找郭子敬。汪少伦在郭子敬面前发了一通牢骚,郭子敬听得一头雾水,摸起电话来联系刘锦什,谁知怎么也打不通,于是二人商量要一起去火车站找小泉四郎。

汪少伦让郭子敬坐在挎斗里,自己驾车来到火车站,摩托车行驶在站台上,连个人影也没碰到。他狐疑地环顾四周,见一点动静也没有,便加足马力往兵营驶去,汪少伦看见兵营大门半掩闭着,也无士兵站岗,鸣了两声喇叭,闯了进去。

雷天泰和朴子带领着突击队员们已对日军兵营清理完毕,雷天泰听见摩托车的马达声由远而近,便警觉地让大家隐蔽起来,当汪少伦的摩托车驶入兵营大院,朴子见是郭子敬和汪少伦,他一挥手,突击队员们端着枪刺围了上去。

汪少伦见围过来的人不像是日本士兵,忙问道:"你们是什么人?皇军哪里去了?"

朴子提着驳壳枪走过来说:"这里没有皇军,只有狼军。"

汪少伦惊叫着:"白狼,你咋在皇军的兵营里?"

郭子敬在惊慌中认出了朴子，便下来摩托车的挎斗点头哈腰地说："朴子您咋在这里？我是郭子敬。"

朴子嘿嘿一笑说："俺抓的就是你这个姓郭的汉奸。"

雷天泰走过来示意突击队员把郭子敬和汪少伦押进了审讯室。

此时刘墨林带领着独立团的官兵已赶到营丘县城外围，看了一下手表是上午十点半，他举起望远镜观察，见城墙上没有任何设防，便下令攻城，一时间冲锋号响起，战士们喊杀着涌进城来。

营丘县城里的伪保安队已是群龙无首，变成乌合之众，哪里还敢抵抗，逃窜的、投降的，乱作一团，不到一个时辰，营丘县城即被刘墨林的独立团控制。刘墨林率队来到县政府，见里边的人早已逃之夭夭，他走进县长办公室见墙边几案上摆着一把日本军刀，便抽出刀身舞动了一下问道："县长大人郭子敬逃到哪里去了？"

在他旁边的傅有德说："正在搜查，他跑不了。"

话音刚落，屋里的电灯亮了起来，办公桌上的电话也丁零丁零响了几下，刘墨林感到好奇，他抓起话筒放在耳边，里边传来接线员的声音："请问您要接通哪个电话？"

刘墨林对着话筒说："给我接兵营。"

电话等了许久，终于传来雷天泰的声音："俺是独立团的雷天泰，请问你是哪位？"

刘墨林心里一阵高兴，说道："天泰呀，我是刘墨林，你那边怎么样？"

"报告团长，日军兵营和两个车厢的武器装备已经清理完毕，刚才我们抓到了伪县长郭子敬和保安大队长汪少伦，还有日军留下的电台完好，素欣已与吕政委取得联系。"

"好哇，我这边也一切顺利，不费一枪一弹，占领了营丘县城，我马上派傅有德率领一个连队去接管火车站，你让朴子、素欣带上电台来县政府汇合，还有，别忘了把郭子敬和汪少伦押解过来。"

"是团长，咱们一会儿见。"

听到雷天泰的答复，刘墨林放下电话，放松地坐在圈椅上闭目养神，一会儿发出轻微的鼾声。

窗外发出一道闪光，接着是一声清脆的霹雳，宛如雷神降临，噼里啪啦下起大雨来。刘墨林顿时被雷鸣惊醒，他起身来到门口，看着外面的滂沱大雨，自言自语地说："下吧，一洗这些年的屈辱。"

第六十一章　团圆

　　白塔镇上空乌云密布，黑沉沉的天像是要塌下来，一阵电闪雷鸣后，暴雨疯狂地下了起来，这雨越下越大，好似瓢泼一般，让天地间顷刻挂起了一道瀑帘。马尚岭坐在县长办公室里呆呆地望着窗外，一声巨雷如同燃爆了一堆火药，震得窗棂索索作响，马县长下意识地捂住了自己的耳朵。大雨一直下到傍晚才停下来，马尚岭起身，拿起一把油布伞想回家。这时张海生头戴着斗笠，披着蓑衣走了进来，他见马县长要离开，忙说："发了山洪，白塔街上的水有齐腰深，许多宅户都进了水，现在雨刚刚停下，还出不去。"

　　看着马尚岭紧张的神情，张海生劝慰说："县长放心，咱白塔镇沿山势而建，地势高泄洪快，再过半个时辰就没事了。"

　　马尚岭听了松了一口气问道："仙月湖东岸上的几个村子恐怕被淹了吧？"

　　张海生划了一只火柴把马灯点燃，说道："怕是不保险，明天我带人去看看。"

　　县府大院里传来阵阵嘈杂声，张海生离开县长办公室，来到院子里问询情况，原来东窝铺村几乎被山洪吞没，村民们死里逃生，来到镇上寻求过夜的地方，马尚岭下令把县府大院空闲的房子腾出来，能住人的先住下，再在院子里熬上疙瘩汤，总不能让灾民饿着肚子过夜。一时间找柴火的、涮洗锅盆的、提灯笼的、举火把的，吵吵嚷嚷，乱作一团。

　　马尚岭的肚子一阵痉挛，疼得用手按住胃部，坐在椅子上，张海生不停地捶着他的后背问道："县长是不是胃病犯了？"

　　"嗯嗯，疼得厉害。"

　　机要员拿着一份电报来到办公室，他见马县长佝偻着身子坐在椅子上，没敢把电报递过来。张海生问是哪里发来的电报，机要员说是省党部急电，马尚岭听说是急电，沙哑着嗓子说："拿来我看看。"

马尚岭接过机要员递过来的电报，瞄了一眼电文的称谓，像触了电般从椅子上一跃而起，他伏在办公桌上，戴上老花镜看了起来：

马尚岭专员台鉴：
　　一、日本裕仁天皇于昨日发表终战诏书，正式接受《波茨坦公告》，宣布无条件投降。
　　二、日军在华各战区暂未发布投降命令。
　　三、应立即派人去营丘县城探视，行光复之准备。
　　四、任命马尚岭为山东第八区行政督察专员兼保安司令，统辖营丘、昌邑、潍县、益都、寿光、临朐六县军政事务。
　　五、任命张竞约为山东保安一师师长兼第八区保安副司令。
　　六、山东第八区督察专员公署设在营丘。

马尚岭读罢大喜过望，取来一张纸，提笔写了"苦尽甘来，遵从党命"八个大字交给机要员说："用这八个字给省党部发回执吧。"

看着机要员走出办公室，他把省党部发来的电文交给张海生说："你看一遍吧，咱的苦日子熬到头了。"

张海生见马尚岭动作敏捷，哪里还有胃病的症状，惊讶地接过电报，当他读完电报最后一个字时，激动地喊着："胜利了，抗战胜利了，苦日子熬到头了。"然后双手捂住眼睛，呜呜地哭了起来。

马尚岭也不时地擦着眼泪，停顿了好一会儿，他对张海生说："别哭了，还有大事等着你去做呢。"

张海生止住了哭声，哽咽着说："您吩咐，马县……不，马专员，海生听您吩咐。"

马尚岭深吸一口气说："这次省党部让本人辖管潍北六县军政，兵力统筹是件大事，其实刘墨林部不好管，张竞约部更不好管，二人向来我行我素，这个张竞约滑得像条泥鳅，还不如刘墨林来得痛快，所以要用刘墨林来制衡张竞约。"

张海生没大听明白，于是问道："海生愚钝，马专员的意思是？"

马尚岭用手指敲打着桌子说："我准备光复营丘县城后请示省党部，要求张竞约部与刘墨林部合并，任命刘墨林为山东保安一师副师长，任命你为山东保安一师参谋长。"

张海生这才明白让刘墨林制约张竞约的意图，于是又问道："张竞约是一个师的编制，刘墨林只是一个加强营，小鱼咋能吃得了大鱼呀？"

马尚岭挠了挠黑白参半的头发解释说："张竞约号称一个师，实际作战能力只是一个团，刘墨林号称是个独立营，以他现在的实力，要比一个团还强，假如双方引发战端，很可能刘墨林的一个营会击溃张竞约的一个师，你信不？"

张海生回答说："当然，当然，他俩之前在黑旺山不是较量过吗？现在刘墨林经历高崖镇保卫战，收缴了大量日军装备，更是如虎添翼，张竞约哪里是刘墨林的对手。"

"所以你这个参谋长上任后要从中周旋，让张刘二人既分又合，为我所调遣。"

"是，海生会及时请示，为马专员之命是从。"

马尚岭诡秘地一笑又说："还有，明天一早你装扮成商贩去趟营丘县城，亲自打探那里的情况，要为光复营丘县城做准备。"

张海生回答说："这场大雨路是走不成了，我得乘船去。"

马尚岭似有所悟，说道："对这场山洪让狼水河水涨湍急，船可顺流而下，你找上两名艄公，乘条快船去。"

这时门处有人报告说大院里的目前房子都住满了，还有十来个人没法安排住宿，马尚岭环顾了一会儿办公室说："都挤进我的县长办公室吧，我一会儿和张大队长回家住。"

听到门外的人没有回话，马尚岭催促说："还愣着干什么，把没住下的人都喊进来。"说罢，他和张海生离开了县府大院。

雷天泰和朴子冒着大雨来到县政府办公室，刘墨林见他俩被雨淋得如同落汤鸡，忙说："外面下着这么大的雨，你俩咋来了？快去找件衣服换上，千万别着了凉。"

雷天泰说："怕您一个人在县长办公室寂寞，赶过来陪您说会儿话。"

刘墨林问道："军营和火车站那边妥当了吗？"

雷天泰回答说："团长尽管放心，傅有德率领一个连队已到达，一切在掌控之中。"

朴子看到墙边处有个衣柜，他打开衣柜，一股浓浓的香水气味扑鼻而来，里面挂满了衣服，于是喊道："姐夫，你看里面全是干净的衣服，咱俩快换上吧。"

雷天泰走了过来，他和朴子从衣柜里各挑选了件衣服换上，刘墨林见他俩换上了衣服，笑了笑说："你俩换上了伪县长的衣服，怎么人也变样了？人是衣裳马是鞍，一看长相二看穿。这个郭子敬没啥本事，穿衣打扮却很讲究，听说见了咱家老爷子还喊着刘叔，十分敬重。"

雷天泰回答说："俺听老爷子说过，他郭子敬是泗水人，早年留学日本，学的是稻田种植，毕业后回到家乡泗水县，又无稻田可种，便考取了省府职员，被派到营丘县任教育局局长。他父亲是泗水中学的校长，老爷子在泗水任县长时，两人有些交情，郭子敬为人还算老实。营丘县城沦陷，他给日本人当了县长，成了汉奸。"

刘墨林沉思了一下说："这个郭子敬是杀还是不杀？他和汪少伦不一样，杀了有点可惜，不杀他，可留在营丘中学做名教员。"

雷天泰说："嘿，想起那年他喝多了酒，靠着路边一棵大树睡着了，俺抢了他的脚踏车。"

朴子插话说："汪少伦非杀不可，俺得为刘青山报仇。"

三人正说着话，电话铃又响了起来，刘墨林拿起电话，是素楠打来的，他说等雨停了都到家里来吃饭。

刘墨林放下电话对雷天泰和朴子说："今晚都到三叔家吃饭，还是县城好，有电灯，有电话，一会儿让素欣电告吕政委，让他及早把团部迁到县城里来。"

入夜时分，大雨终于停了下来，随着乌云消散，皎洁的月亮裹着一圈月晕，给大地披上了一层晶白的玉纱，星星闪烁着显露出来，装点在朦胧的天幕上，一阵脆响的鞭炮声打破了夜晚的宁静，呼声此起彼伏，县城里的人们开始奔走相告："日本人逃走了，高崖独立团来了，抗战胜利了，营丘县城光复了。"

刘墨林和雷天泰在朴子的带领下来到西门里三叔家，三婶子秦贞贞和楠儿准备了满桌的菜肴，刘锦什特地穿了一件黑绸马褂到巷口迎接两个女婿的到来。大家来到餐厅次第入座，刘锦什干咳了两声，用手捏几下嗓子，嘶哑着声音说道："三叔我昨日偶感风寒，嗓子疼痛，服了一粒片仔癀，感觉稍好些，还望二位贤婿见谅。"

刘墨林见三叔说话吃力，他端起酒杯站起来说道："三叔您先坐下歇会儿，都是一家亲，不必计较礼数，听小婿反客为主说几句话，此次光复营丘县城，三叔不顾疲劳，连夜赴高崖镇送信，功不可没，墨林代表独立团全体官兵诚心诚意敬三叔一杯酒。"

雷天泰和朴子跟随着给三叔敬酒。

素欣急匆匆地跑到三叔家，他见刘墨林和雷天泰正在陪三叔吃饭，忙把他俩喊到客厅，压低声音说："吕政委转来渤海军区急电，十万火急，请你俩查阅。"

刘墨林接过电报，是渤海军区司令员于振邦签发的：

急转刘、吕、雷，山东军区总部决定高崖独立团即日起归建第三野战军第八兵团警卫团，限十日内抵达沂蒙山区根据地峨山邵家楼，可采取昼休夜行秘密行军，以避免暴露行踪。

任命雷天泰为潍北军垦农场场长，限三日内去清水泊任职，收缴的日军车辆、重炮，凡是妨碍行军的装备，均由雷天泰部存留。

营丘县政府及设施一律保护，我军不计一城一地之得失，应以不与友军敌对之态度，让出营丘县城与高崖镇。于振邦。

电报下页是由吕卫签发的：

团长，我于今晚零时率队去打鼓山，次日夜行至蒋峪镇。等候与您会合后一并去沂蒙山根据地峨山邵家楼。吕卫。

刘墨林把电报交给雷天泰，雷天泰看完电报对刘墨林说："祝贺团长，咱独立团变成了主力部队。"

刘墨林说："咱俩要分家喽，你去清水泊管的摊子也够大的，捕鱼、晒盐、养马、种田，还得维修枪械。电台和素欣留给你，两部日军九四式发信机我带走，日后加强联络，哪天部队没饭吃了，还得找你要吃的。"

雷天泰说："团长，部队能拿得动的都拿走，拿不动的留下来，啥时候需要，俺派人送过去。"

刘墨林握住雷天泰的手说道："有这个心意就成了，谢谢你好兄弟，不过我想用一个排的兵力换一个朴子，你舍得吗？"

雷天泰笑了笑说："谢团长给我留下一个排的兵力，朴子人聪明，枪法好，能带兵训兵，又经历过大战，难得团长喜欢他。部队去峨山要长途跋涉，山区情况复杂，你带上朴子比留给俺更有用，再说朴子跟着大部队才会有出息。"

第六十一章　团圆

"好，一言为定。"

"一言为定。"

啪的一声，二掌相击。刘墨林和雷天泰牵着手返回餐厅，向三叔和三婶告辞。

昨日的大雨引发山洪暴发，白狼山上的雨水倾泻到狼水河里，让水势陡涨。河水滚沸着漫过堤岸，水沫四溢，浪花激荡，犹如脱缰的野马奔腾嘶啸，令人惊心动魄。

张海生从白塔镇码头上选了一条快船，又雇佣两名艄公来撑船掌舵，快船行驶在咆哮的狼水河里，如箭离弦飞流直下。至晌午时分已抵达营丘县城的东门码头。张海生让艄公们看住船，他摸了一下插在腰间的驳壳枪，只身一人上岸来。

张海生沿着石街走到县城东门，见城门大敞四开，并未见有人守门，便大步走向城内来到街上。听见一阵阵锣鼓声，张海生打眼望去，是一支踩高跷的队伍在表演，大人小孩，彩旗舞动，把踩高跷的队伍围了个水泄不通，大有普天同庆的欢乐气氛。张海生沿街走到烧饼铺子门前，见墙上贴着红绿标语，分别写着"庆祝抗战胜利""祝贺光复县城"，想到两位艄公还没吃饭，自己也又饥又渴，便走进了铺子。

烧饼铺的店伙计见来人气度不凡，忙迎上来把张海生引领到靠窗户的座位，嘴里介绍说："今晌午有肉火烧、豆腐火烧、鸡蛋韭菜馅火烧，还有油酥火烧，咸菜丝白送，咸汤白喝，不知客官要吃哪种火烧？"

张海生大道："先来一碗咸汤、一碟咸菜、一盘葱段，两个肉火烧尝尝，另每样两个打包带走。"

"好咧，请客官稍等。"

店伙计答应着刚离开门外，走进来一个黑脸汉子，一进门就叫喊着："店里烤了多少火烧，俺要多少。"

店伙计笑脸迎过来说："哎呀，是韩掌柜，您得稍等，有位客官比您叫得早，咱得先来后到不是？"

那位韩掌柜着急地说："先让给俺吧，外边踩高跷的跳了一上午还没吃饭呢，俺买的火烧是送给高跷队的。"

店伙计却笑了笑说："不好意思，您得和这位客官商量一下，这是咱营丘人做买卖的规矩。"

韩掌柜转过身来看到张海生，双目交汇彼此都愣住了，张海生认出这人是东关煤店的韩知恒，韩知恒也认出对面坐的是县警察局张海生局长，只见韩知恒躬身施礼，拱手抱拳说道："小的有眼不识泰山，张局长穿着便衣，俺差点认不出来了，好几年没见了，您一向可好？"

张海生起身礼让："韩掌柜好，自从县政府迁至白狼山，马县长和本人无时无刻不挂念营丘县城里的芸芸众生，马尚岭县长已被国民政府任命为分管潍北六县的第八区专员，奉马专员之命，我来县城了解情况，但不知街上的高跷队是在庆贺啥事，门外墙上的标语写的光复县城是啥意思？"

"哎呀，张局长您刚到县城还不知道吧，昨日刘墨林率独立团来光复营丘县城，得天公相助，天上晴空打起了霹雷，吓得日本兵没敢出动，独立团一个冲锋杀进城来，先逮住了汪少伦，又抓住郭子敬，伪保安大队的人群龙无首，顿时散了伙。"

韩知恒咽了口唾沫，接着又说："刘墨林占领了营丘县城，天上下起了大暴雨，那大雨下得天地灰蒙蒙的，啥也看不见，日本鬼子有枪不能放，有炮不能打，只好冒雨爬上电驴子，连夜逃到了青岛，这不，县城里的人都在庆祝光复呢。"

张海生听得目瞪口呆，觉得此事非同小可，刘墨林竟然打下了营丘县城，于是他加重语气问道："韩掌柜，你确定是刘墨林的队伍打下了营丘县城？"

没等韩知恒说话，烧饼店的店伙计凑过来说："韩掌柜说得没错，昨晚雨刚停，独立团的兵就来订火烧，买了一百多个呢。"

张海生这才深信不疑，他从衣袋里掏出一块银圆给店伙计说："别找钱了，快去准备我订的火烧，本局还有急事要办。"

韩知恒也催促说："先给张局长拿火烧，警务不能误，这事俺懂。"

看着店伙计离开，韩知恒压低声对张海生说："俺东关煤店旁边有间卤味小馆子，那里的猪头肉、猪蹄子、猪下货做得好吃着呢，俺请你去喝两盅，咋样？"

张海生阴沉下脸来说："本局有要事在身，你要管住嘴巴，不要把我来县城的事说出去，过几天我请你喝酒。"

"知道，知道，张局长放心，军机大事的分量俺明白。"

店伙计拿着打包的火烧，点头哈腰地送张海生出了店门。

张海生提着打包的火烧快步来到船上，两个艄公闻到火烧的香味，忍不住流出口水，张海生把火烧递过去说道："刚出炉的火烧，肉的、豆腐的、鸡蛋韭菜的、油酥的，吃完后咱们回白塔镇，工钱加倍，只是越快越好。"

两个艄公大喜过望，一边嚼着烧饼，一边拿起篙竿撑起快船，原路返回。快船来的时候是顺流而下，返程却是逆水行舟，两个艄公一前一后奋力撑船，无奈水流湍急，费了好大劲才行出十里。眼看斜阳西下，南风又起，逆风逆水，哪里还撑得动，艄公累得气喘吁吁，实在没有了力气，只好把船锚扔下，让快船停下来。

张海生望着这狼水汹涌奔泻而下，急得直跺脚也是束手无策，这时上游驶来一条篷船，撑船的艄公唱歌而来：

嗨呀……
狼水滚滚大河宽，
绕过高崖走荆山，
亲亲林泉峪，
营丘撒撒欢，
转弯到了小丹过大丹。
哎哟哟，哎哟哟，
哗啦哗啦淌进了渤海湾。

唱歌的艄公撑着篷船来到快船边上，对两个张口气喘的艄公说："你俩缺心眼呀，再往前两里是林泉峪，那里有个落瀑，水大浪急，根本顶不上去，快折返回营丘县城吧。"

看着擦肩而过的篷船，两个艄公暗暗叫苦。

张海生远眺上游，看见远处有片林木，知道那就是林泉峪，他对两个艄公说道："你俩再鼓鼓劲，把船撑到林泉峪，记得那里有个上岸码头，咱们弃船走旱路，抄近道回白塔镇。"

两个艄公只得起锚撑船，好不容易把船撑到林泉峪码头，艄公把船索系到岸边一颗柳树上，又搀扶着张海生上了岸，大家辨了辨方向，一起朝白塔镇走去。幸亏天有星月能辨出路径，三人走到大半夜，时过五更才进了镇子，张海生让两个艄公回家休息，自己一瘸一拐地来到马尚岭住处，也顾不上许多，砰砰地敲起门来。

马尚岭在睡梦中被惊醒，他从枕头底下掏出左轮手枪，披上衣服走到院子里。张海生听见有动静，压低声音说："马专员，我是张海生，快开门。"

马尚岭把院门打开，让张海生走进了院子说道："咱屋里说话。"

二人进了屋子，张海生便把在营丘县城的所见所闻告诉了马尚岭，马尚岭听完张海生的讲述，感到了事情的严重性，自己未得半点讯息，刘墨林竟敢擅自攻占营丘县城，岂不是犯上作乱？于是他和张海生急匆匆来到县府大院，喊起报务员给张竞约发报，令他率兵逼近营丘县城，又下令白塔镇上的全体县府职员、警员及抗日大队队员紧急集结，刻不容缓往县城开拔。一时间人头攒动，陆地用车，水路行船，水陆并进赶往营丘县城。

马尚岭在张海生的陪同下，率领着一队警员乘快船先行，至晌午时分抵达营丘码头，一行人弃船上岸进入城里，见大街上井然有序并不混乱。警员们簇拥着马尚岭来到县政府，县府大院被打扫得干干净净，并未见到刘墨林一兵一卒，显得出奇平静，这让马尚岭十分惊诧。

张海生把马尚岭送到县政府，即安排县大队在各城门布防，又派警员巡逻，找来文书写出标语告示，宣布国民政府接收营丘县城。见一切安置妥当，便在县政府找了间空房呼呼大睡起来。

马尚岭只身走进县长办公室，刚进门，见一个身穿粗布衣衫、腰上系着一条布带的用人哈着腰候着。马尚岭也没有搭理，他到办公桌前刚坐下，那用人端了一杯茶放在桌子上，扯着公鸭嗓子尖声尖气地说道："马县长久违了，小的郭子敬在此伺候。"

马尚岭愣了一下，瞥他一眼，见果然是郭子敬，便说道："郭子敬，你不去伺候日本人，伺候我干什么？"

郭子敬见马尚岭能搭理他，一副紧张的表情稍稍放松下来，先是鞠躬，又从衣袋里掏出一封信，双手递过去说："马县长，这是刘墨林团长让小的给您留下一封信，请拆阅。"

马尚岭接过信来问道："刘墨林团长和他的营兵去了哪里？"

郭子敬诚惶诚恐地说："小的也不晓得，您看过信也许就知道了。"

马尚岭拆开信封看了起来：

马尚岭兄钧鉴，勉密。

今将营丘县城奉上，期望守护。民众受日倭统治屈辱，应予体恤，汉奸汪少伦已被羁押，当以审判。墨林应天意，归隐山林，此乃智者乐水仁者乐山也。另，郭子敬表意悔过，去留由兄台裁夺。

敬颂时祺，刘墨林呈递。

马尚岭看了两遍，想起刘墨林曾说过，等抗战胜利了要去黑旺山经营煤炭的话，他沉思良久，打消了心中疑虑，看了一下在旁边低眉顺眼的郭子敬说："你暂以县议员身份留在县府听命，看你今后施展如何再行定夺。"

郭子敬连忙作揖称谢说道："谢马县长不杀之恩，马县长是郭某再生父母，子敬今世当做牛做马尽心侍奉。"

一阵枪声从远处传来，这枪声越来越密集，马尚岭紧张地从椅子上站起身，他问郭子敬哪来的枪声，郭子敬眨巴着眼直摇头，马尚岭大声喊着："快去找张海生大队长。"

马尚岭话音刚落，张海生提着一只驳壳枪走了进来，他瞪着充满血丝的眼睛对马尚岭说："我听枪声是从西门传来的，马专员，您在此稍等，我过去看看。"

马尚岭说："多带些人去支援，会不会是刘墨林唱了一出空城计，等我进城，他再围城。"

"我去看看就知道了。"

张海生回答着走出办公室，他招呼了十几个警员执枪往西门方向跑去。待来到西门，守门的县大队队员过来报告说城外来了些穿着黄色军装的人要攻城，被他们挡住了，现在攻得厉害。张海生来到城楼上观察，见西门外果然有一队人马在鸣枪攻城，一个军官骑着高头大马，耀武扬威，挥动着马鞭在指挥，张海生看着军官的动作有些面熟，突然想起这是保安一师张竞约师长，便下令守城的官兵停止射击。

指挥攻城的张竞约见守城的队伍停止了射击，便举起望远镜观察，见是张海生在城头上，连忙下令停止攻城，双方的枪声消停下来，只见张海生在城墙上喊着："张师长久违了，我是营丘县大队的张海生，别来无恙。"

张竞约催马来到城下，仰起脖子喊道："我是奉马专员之命到营丘县城的，他妈的怎么打错了呢！我还认为你们是刘黑子的人马，误会，误会呀。"

张海生回复说："马专员在县政府恭候，请张师长把队伍后撤，您个人进城，我陪着去见马专员如何？"

张竞约心想：这个马尚岭诡计多端且老奸巨猾，我只身进城被他扣了就麻烦了，于是便说："谢张大队长好意，竞约衣冠不整，又没备礼，我先告辞，过几天专程前来拜访。"说罢，拨回马头便走，招呼着队伍回淄川去了。

张海生回到县政府向马尚岭回禀，马尚岭听了也没答话，只是嘴里嘟囔着："刘墨林君子也，张竞约小人也。"

他拿起桌案上的毛笔饱蘸浓墨，写了"抑倭荣光"四个大字，待墨干后，对候在一旁的郭子敬说："你拿这幅字立刻去木匠铺里刻个匾，后天一早用，不得有误。"

"遵命，遵命，小的马上去办。"郭子敬拿起字，哈巴着腰出了办公室。

望着郭子敬的背影，马尚岭对张海生说："留他一条命，权当在县府大院里养着一条会说人话的狗。"

张海生说："还是让他离开县政府的好，以免有国民政府养奸之嫌。"

马尚岭点着头表示同意，看了看墙上的钟表说道："后天是中秋节，你备些节礼，再带上我的匾牌去趟懒边园，你要亲自挂匾，以感谢这家人在抗战期间的奉献。"

"明白，马专员放心，海生会办好。"

墙上的自鸣钟敲了起来，马尚岭对张海生说："傍晚六点了，你陪我找间饭铺，一是填肚子，二是体察民情，国以民为本，民以食为天，食以安为先，安以质为本，质以诚为根，当记当记呀。"

二人一前一后走出了县政府大院。

这天是中秋节，刘老爷子和二娘于昨天傍晚回到懒边园，大娘为了给老爷子接风，期盼过个团圆节，几天前就安排长工们把懒边园里里外外清扫了个干干净净，又派人粉刷墙壁，油漆门窗，宅院里的垂花门描金添彩，让整个懒边园焕然一新。

刘老爷子早早起了床，他拿起剑杖刚出厅房，挂在石榴树上鸟笼里的两只八哥叫了起来："黎明即起，黎明即起。"

刘老爷子摆了摆手中的剑杖，走出了宅院，他来到内院，望着四周的景物，一切是那么熟悉，竖着的奇石、随风摇动的青竹、始勤亭上的一角飞檐，让他动情地流连一番。

外院传来马铃声，刘老爷子朝着园门望去，只见跑进来一个小男孩，男孩五六岁的样子，正眨巴着大眼睛望着他。刘老爷子见着小孩子圆胖的脸蛋，显得活泼可爱，便向前去迎他。女婿孙来富拿着一只马鞭走了过来，他对那小孩说："二民，这就是你姥爷，快叫姥爷。"

二民"姥爷，姥爷"地叫着，大民和素绣手里各提着一篮子东西进内院，素绣好久没见父亲了，她见老爹脸面清瘦，身子还算结实，便对老爷子说："是大娘捎信让俺们一家早点过来，一起过团圆节。"

第六十一章　团圆

刘老爷子说："是啊，你二妹素涵和朴子在部队上，你三妹素清在高崖镇教书回不来，你四妹素欣跟着天泰留在清水泊，楠儿陪着你三叔和三婶去了烟台，说是要采办机器建个纺织厂，家里除了你大娘和二娘就是莲儿和英子，你们来了就热闹了。"

英子和莲儿从宅门出来，把素绣一家子迎进了宅院。

二娘在东厢房里煮了一锅面条，一家子围在餐桌旁吃得正香，大娘开始发话："今个日本人投了降，咱这一家子总算安稳下来，今晚都得陪着你们老爹喝酒，吃月饼，看月亮，好说好笑地过个团圆节。"大娘又想起了什么，问喜奎说，"俺让你从潍县订的礼花送来了没有？"

喜奎说："都到齐了，晚上俺和大民、二民放焰火。"

大娘又说："还有把不放亮的电灯泡都换新的，咱懒边园要亮亮堂堂过个中秋节。"

看街门的耿老伯跑了进来，说来了两辆大汽车，让家里人去看看。

喜奎和大民陪着刘老爷子来到街门口，见两辆汽车停靠在一旁，一支乐队在敲敲打打，乐队前面有两个警员抬着一块雕花牌匾，匾额上刻有"抑倭荣光"四个楷体大字，被漆成石青色，显得格外醒目。张海生见刘老爷子从街门里出来，连忙迎上去鞠躬说道："姑父吉祥，海生奉马尚岭专员之命前来给懒边园挂匾。"

刘老爷子仔细端详匾额，见"抑倭荣光"的刻字旁边是"马尚岭"落款，便说道："马县长现在任何职了？感谢他这么用心，亲自书写匾额。"

"姑父您还不知，马尚岭现在是统辖六县的第八区专员兼保安司令。"张海生说罢又问道，"姑父，您看把这牌匾挂在哪里好？"

刘老爷子捋了一下胡子，抬头看了看街门上方，用手指了一下说道："就挂在这街门的瓦檐下面吧。"

张海生一声令下，几个警员从汽车上抬下来梯子，七手八脚地架在街门前，一个木匠登上梯子，把递上来的牌匾镶在了街门上。在乐队的锣鼓声中燃放起了鞭炮，场面顿时热闹起来。

大娘和英子领着二民来到街上观看，海生见大娘出来，忙到跟前问安，大娘吩咐英子回家安排饭菜，要留前来挂匾的人吃饭。海生说他今天事务繁忙，午前还要陪马专员去潍县办事，等闲下来一定前来拜访。大娘见挽留不住，只好口称感谢。海生招呼随从上了汽车，他看了英子一眼，从口袋里掏出一个红绸袋子塞到英子手里，不等英子回话，急匆匆上了汽车，在马达的轰鸣声中离开了懒边园。

傍晚时分，夜幕开始降临，天色逐渐黑暗起来，几颗闪闪的星星眨着眼睛，呼唤着月亮露出头角，瞬间一轮明月挂在天上，散发出皎洁的光，把懒边园景色浸染得如梦幻一般。大娘让喜奎打开宅院里的电灯，一时间地上的灯光和天上的月光交相辉映，庭院里一片光明。

　　天井中央摆了一张大餐桌，二娘招呼着素绣和莲儿开始布菜。

　　刘老爷子在大娘的陪伴下来到餐桌前，他看了一下满桌的饭菜说："都入席了吗？"

　　二娘回答说："孩子们都到齐了，就等您了。"

　　老爷子望着青黑色的夜空，如盘的月亮悬停在垂花门楼上方，似乎触手可及，便逗二民说："二民呀，你看姥爷家的月亮圆，还是你们孙家寨的月亮圆啊？"

　　二民晃了晃小脑袋反问道："姥爷，为什么俺家的月亮像只小船，你家的月亮像个圆盘呀？"

　　一句话说得大家笑了起来，刘老爷子捋了捋胡子说："人有悲欢离合，月有阴晴圆缺，此事古难全，这些等你长大了就知道了。"

　　英子插话说："老爹，跟小孩子说话别说得太深，俺都听得麻烦。"

　　大娘看见英子手腕上套着一只透亮晶莹的镯子，白了她一眼说："有你这样跟老爹说话的吗？等哪一天把你给嫁了，离俺远远的，省得惹娘生气。"

　　谁知英子一瞪眼说："俺可有言在先，本姑娘非张海生不嫁。"

　　嘿，大娘气得正要骂她，听老爷子干咳了一声，觉得今晚是团圆节，只好忍下性子对素绣说："绣，看你七妹说话没深没浅的，也不怕她姐夫笑话。"见素绣只是笑笑并不说话，便拿起盘子里的一个月饼说，"盘子里的酥皮月饼是你二叔从青岛订的，你们都尝尝，甜着呢。"

　　看到大家在吃月饼，大娘突然想起了什么，她对喜奎说："忘了件事，你拿几个月饼给看街门的耿老头送去，他给咱家看门这么多年，还挨过日本人的打，千万别忘了人家。"

　　喜奎答应着去给耿老头送月饼，他刚出外院，看见耿老头正在开街门，随着丁零丁零的马铃响，迎着街门垛口上的灯光，只见雷天泰扬着马鞭，素涵和素欣坐在车厢里，风尘仆仆地赶了进来。

　　雷天泰和素涵、素欣的到来让全家人欣喜若狂，素英拉着素欣的手高兴地跳了起来。二民见素涵腰带上挂着枪套，好奇地用手摸着问道："二姨，您戴的手枪是从哪里买来的？俺玩会儿行吗？"

素涵握着二民的小手说:"二民都长大了,枪可不是随便玩的,这枪还是你二姥爷送给二姨的呢。"

刘老爷子听着问素涵:"涵儿,见到你二叔了?"

素涵告诉刘老爷子说:"我们医院在昆嵛山上,离军区总部不远,二叔隔三岔五常来医院视察。"

"你二叔身体咋样?五十岁的人了,还精神吧?"刘老爷子问道。

"二叔好着呢,他让我捎个口信,向您和大娘、二娘还有全家问好。"

"噢,昆嵛山在烟台,清水泊在寿光,你和素欣是怎么凑到一块的?"刘老爷子又问。

"回老爹,总部要在清水泊建战备医院,派我来筹建,想不到天泰和素欣在那里。"

雷天泰端着一杯酒给老爷子敬酒,素欣在一旁说:"是俺二姐夫于司令特别交代,让天泰带着俺姐俩来家里过团圆节的,从早晨启程,跑了一整天才到家。"

老爷子把杯中的酒一饮而尽,吩咐喜奎说:"你带着大民、二民去外院放烟花吧,欢天喜地地给你们二叔、三叔、三婶,还有振邦和墨林、楠儿和朴子报平安。"

一时间上升的烟火在空中绽放,流光溢彩,如同金菊怒放,牡丹盛开。懒边园上空,转眼汇成一幅华丽璀璨的图画。

刘老爷子看着五彩缤纷的烟花兴趣盎然,他悄悄问素楠:"你什么时候回清水泊呀?"

"安全起见,明天一早就走。"素涵回答。

刘老爷子起身说:"我喝得有点多,你扶我去书房,我写封信捎给你二叔。"

素涵挽扶着老爹来到书房,灯光下刘老爷子颤抖着手,拿起笔写出了双调三仄韵的《秦楼月》:

中秋醉,炫空花炮惊天炜。
惊天炜,黎明鼎沸,上苍祈惠。
抗倭风暴通天擂,驱逐鬼魅民丰沛。
民丰沛,举觞抚慰,寄情狼水。
岁次乙酉年中秋夜,怀念锦武二弟,填词《秦楼月》于懒边园灯下。

附：《懒边园》

家在懒边谓古营，
沧桑故里绽梅红。
几番摧折雨风过，
花色依然岁岁同。

二〇〇九年除夕，
我携妻儿回到故园。
阔别时间太久，
大年夜的懒边宅里，
影壁下的老梅红苞待放，
它像忠诚的守护神，
看守着这座百年老宅院。
它正悄望着：
满壁上的红楹联，
厅堂上的红灯笼，
门框上的红门笺。
那升空的红烟火，
映红了镌刻在门匾上的大字：
懒边园。

懒边园不仅意味着乡情与思念，
还有儿时的足迹和欢乐，

她的历史更让我浮想联翩。
懒边园北墙外有个塘湾，
记得它的形状像个大葫芦，
一棵粗大的柳树斜躺在水面。
小伙儿骑在树梢上钓鱼，
姑娘在树干上涮洗衣衫。
夕阳下它好似一面镜子，
掩映着彩霞，回荡起微澜。

传说村名原叫懒鞭，
这里是昌乐至寿光必经之地，
走出县城北门一路坡低，
马车运货毫不费力。
车夫更是懒得加鞭，
皆因城北是下坡地势。
懒鞭的传说大致如此。
懒鞭为何又叫成了懒边，
老外公又讲了下段故事：
古代一位知县路经此地，
清晨的太阳早已高悬，
这里的居民下地归来依然又睡，
县官说怎么日上三竿还不早起，
村里的人真是懒到了边。
刘氏宗谱载记：
这里明洪武初年聚为村落，
取其传说，
最终以"懒边"为村名。

塘湾的南岸，
有几棵大槐树遮蔽着一面墙基，
夯实的土墙围起三亩林地，
这就是后来闻名乡里的懒边园子。

由老老外公道光十年购置,
这在当年的地契里记载详细。

塘湾的上游,
源接狼水河这条由南淌北的水溪。
狼水绕过我家林园的墙篱,
如同天然的护院之河,
潺潺延转半里,
缓缓流入湾池,
形如半个马蹄。

懒边园东侧,
是我家的宅房。
这三进门的四合院落,
建有民国始成的阁楼厅堂。
母亲说我出生在西厢,
农历丙申年腊月十八日辰时,
刚出的太阳光耀楼窗,
随着母亲临产的呻吟,
家里的黄狗爬到房顶上,
迎着太阳叫了几声,
外公要把它赶下来,
外婆说天狗护月亮,
家狗叫太阳,
是吉兆,吉兆,
我的小外甥将来会逢难呈祥。

宅西的懒边园子,
记载着我儿时的留恋。
园内有几棵粗大的柿树,
簇拥着一棵叶茂枝展的茶树。
这是园里唯有的一棵茶树,

却渗透着老外公的期盼。
他利用累年生长的枝干，
精心修盘成一个树椅，
每逢读书都抱我坐在上面。
终生忘不了这棵茶树，
老外公苦心七年的艺术之编，
我坐上去自得其乐，
仰望着门楼上的飞鸽，
悠然朗朗读诗篇。

记得我七岁那年阳春，
茶树旁的桃花苞红吐新，
我爬到茶椅上看小人书叫《岳云》。
他锤杀金弹子的故事，
是那样动魄惊心，
读到胜处竟挥枝将桃花打尽。
随着被双枪陆文龙的故事吸引，
不知不觉中憋尿失禁，
中午六姨喊我吃饭，
提着尿湿的裤子羞见家人。
这次被老母亲重重责打，
罚我背诵十篇课文，
训示做事有度要懂得节制。
那情景历历在目，
娘的母爱不纵更是铭记在心。

懒边园子的东北角，
是我家盖的碾坊。
沿街开了个小门，
平日里自家私用，
每逢五排十开放。
村邻们可以来这里碾米磨粮，

夏日里都喜欢聚在坊外乘凉。
这年我六岁,
老外公决定开设幼儿学堂,
要亲授族门子弟蒙学,
地点选在这三间碾坊。
开课定在晨前卯时,
此时的天还没有亮,
那偌大的碾盘就是课桌,
学童自带小灯围聚碾旁。

月牙西下我被叫醒,
老外公手执灯笼领我进碾堂。
待其他学仔鱼贯而入,
诵读床前明月,
仿写周吴郑王。
《三字经》总是难懂,
苟不教不知此苟为草旁,
只想家里的黄狗吠叫汪汪。

碾坊里的照明最为心伤,
当时灯用煤油极其匮乏,
村邻将蓖麻籽剥皮,
一粒粒白籽被串成火棒,
尽管燃时极短倒也明亮。
啪啪的焰火催人速读,
短暂的灯火逼迫着一目十行。
感谢这串串蓖灯之光,
久而久之的碾盘苦读,
学仔们彼此练就了过目不忘。
为此村童唱起了歌谣:
"一串蓖麻照磨坊,
六个学仔齐声唱,

日月水火天不亮,
起早爬黑盼太阳。"
谨肃的老外公笑了,
这帮仔儿们有希望。

懒边园子的南墙根,
生长着从外地移植的洋姜,
这洋姜却让全家躲过一场饥荒。
自我记事起,
故乡的生活疾苦,
村里逢灾时常有人饥饿病亡。
有的邻居去闯了关东,
撇家舍业流落他乡。
我家多亏了园里的这些洋姜,
因为它生可煮熟充饥,
晒干可作过冬的储粮。

盼来清明过后谷雨前,
园里便可采撷鲜嫩的榆钱,
还有紫色的桑葚、芜菁的蔓,
用它掺上面粉蒸菜团。
夏日雨雾刚过,
园里的树墩头周边,
会寻找到蘑菇一片。
记得外婆用藕叶包上蘑菇,
撒上炒过的芝麻和椒盐,
放在火灶中烤熟,
这是我最喜欢吃的香菇饭。

懒边园不是富家花园,
它朴实无华村俗自然。
既无楼台亭榭,

又无奇石雅观。
植有柿枣桑榆，
栽有棠红杏甜。
北有松头拨云，
南有楸林参天。
园子东侧有两块竖石，
石上凿有几处孔眼，
外公说是拴马用的，
我常骑在石上跃马扬鞭。

经拴马石往北十步，
有棵百年枸杞，
粗壮的躯体，
簇拥着稠密的旁枝。
春天黄黄的花朵，
秋天红红的果实。
在它的东西两侧，
分别是两口水井，
西井水甜东井水涩。
甜水我家饮用，
涩水用作浇地，
谁也没有预料到，
在这里却发生了可悲的故事。

小时候常听外公讲，
梦见蛇会带来吉利。
我对龙蛇情见乎辞，
源于懒边园里的那架枸杞。
在那涩水井里有两条蛇，
青白色的是雄，
深青色的是雌，
粗如杯口长过九尺。

我从记事就见过它们的蜕皮,
也曾常常拿着树枝逗它们,
老外公还用扁担去量比。
每逢太阳曝秋,
这对蛇都盘到枸杞架上,
不时咯咯地叫着,
会意的母鸡就卧在架底,
下的蛋是专供蛇的美食。
这是我家共同恪守的秘密。

时年家乡大旱,
园子里常有借水的村邻。
或许有人见过它们,
村里的传言越传越神。
有个造反头目叫王喜,
自封懒边村的革委会主任。
一天他带了几个村民找来烟花炮仗,
到园子里要消灭牛鬼蛇神,
鼓动全村人去围观,
高呼口号阵势逼人。
一时涩水井内炮仗点燃,
几挂鞭炮闪光震耳。
烟火呛得人群咳嗽,
村民们开始疑惑是假是真。

王喜无奈到井口去观察,
他手拽井绳带动了汲水的辘轳。
旋转的辘轳把手将他打晕,
他一头栽进井里,
声嘶力竭喊救人。
被救的王喜魂不附体,
他说蛇的大口血红如盆。

从此懒边园子寂静了，
村邻居家谈蛇色变，
再不敢擅自去井边探闻。
谁也不敢再闯懒边园子，
只怕惹怒这二位蛇神。

今年除夕我回到宅中，
久违的乡亲陪我守夜，
儿时的追忆情与酒浓。
谈及"文革"时的暴殄天物，
又疑问那青蛇为何再无踪影。
是被鞭炮的激波伤害，
还是外祖父哄我说的青蛇化龙？
青蛇啊，我当时昼夜难宁。
园里园外整整找了你三天，
不文明的愚昧举措，
深深刺痛我儿时的心灵！
随着故居辞岁的烟火，
我写了一首绝句送青龙：
"涩塘渥墨懒边情，
飞动龙蛇撰古风。
吹影镂尘魂迹在，
送虬一曲大江东！"
是啊！
自然和谐是万象之衡，
生灵的存亡相承一脉，
人类啊，你要睿智慧明！

懒边园趣味难忘，
捕来蜻蜓拴在尾上，
手执细线送它飞翔。
摄几只蝴蝶制作标本，

捉来蟋蟀大斗螳螂。
难忘的是逮来两只牵牛郎,
把它缚在细棒两头,
再将孔眼钻中央,
平衡地插在铁丝上。
牵牛郎一前一后叫着转动,
最爱看它那抖颤的小翅膀。
懒边园啊,
我可爱的故乡,
沧桑岁月宛如梦,
追梦唯有少年长!

懒边老宅醒了,
闻着新年烟火余香,
听着迎春爆竹的续响。
大年初一,
我在院里折了一枝红梅,
插在了为祈祷平安,
按家俗摆供的香案上。
我妻儿也是第一次来故宅过年,
唤我出门去拜见邻里宗长。
懒边的天刚刚蒙蒙亮,
我走过二门步入胡同,
感悟与苦读碾坊的路程一样。
抬望眼见晨光,
竟不知何处觅碾坊。
懒边之源何在?
懒边园子何往?
四十年变故如燃一支香。
我挽着妻子转回了身,
哽咽无语空惆怅,
迎着宅门上的红灯笼,

泪眼凝注在楹联上,
这是老外公遗嘱的宅门联句:
忠厚传家远,
诗书继世长。
……

(刘乐一写于2012年春节)